Um século de Clarice Lispector

FÓSFORO

Um século de Clarice Lispector

Ensaios críticos

Organização
YUDITH ROSENBAUM E CLEUSA RIOS P. PASSOS

Apresentação

Quero que os outros compreendam
o que jamais compreenderei.
Clarice Lispector

Clarice Lispector, aos cem anos de seu nascimento, continua a surpreender seus leitores, no país e no exterior. A epígrafe nos desafia a seguir lendo seus textos, a expandir seus múltiplos sentidos, sempre contornando suas zonas opacas, cheias de mistério e inesgotável decifração. A escritora revela seu desejo de que se compreenda o que ela jamais compreendeu. Difícil tarefa que legou aos que se debruçam sobre sua obra. No entanto, ainda que haja o limite do que também nós não saberemos — e ressalve-se que o não saber é, ainda, na visão de Clarice, um modo singular de contato entre os seres —, a potência de seus textos nos envolve, instiga-nos a analisá-los e nos transforma no encontro com sua escrita.

Por isso, a convivência com a literatura da autora tem gerado uma produção crítica incessante. É o caso deste volume, *Um século de Clarice Lispector*, uma coletânea de ensaios compostos por autores brasileiros e estrangeiros, estudiosos de Clarice Lispector, que a homenageiam em seu centenário. Além disso, o livro se faz uma complementação do Colóquio Internacional: Cem Anos de Clarice Lispector, que teve lugar em fins de 2020, organizado pela Faculdade de Filosofia, Letras e Ciências Humanas (FFLCH) da Universidade de São Paulo.

A seção inicial, FORMAS DO ESTRANHAMENTO, traz autores que tratam das diferentes modalidades de estranhamento em obras de Clarice, tornando-se um aspecto constitutivo de grande parte de seus escritos. Sobre o assunto, em "As surpresas do narrar em Clarice Lispector: 'A quinta história'", Lucia Helena realiza uma leitura desse conto, integrante de *A legião estrangeira*, à luz da compreensão do conceito de "estranho", de Freud, relacionando-o ao modo peculiar da escrita da autora, baseado na labilidade de formas e na repetição obsessiva de um núcleo semântico gerador do aprofundamento da experiência de vida das personagens, sempre postas em desassossego, como forma de manifestar uma concepção densa do estar no mundo.

Já Alexande Nodari escreve o ensaio "O infamiliar animismo de Clarice Lispector", tratando também da recorrência do estranhamento do e no familiar, na prosa da autora. Podendo ser aproximado ao *infamiliar* freudiano, tal motivo, porém, se afasta dele, na medida em que se associa, por um lado, ao monismo presente nas ficções de Clarice — que postula o caráter animado de tudo que existe, independentemente das distinções correntes entre realidade psíquica e material, fantasia e real, vivo e inerte etc. — e, por outro lado, ao seu perspectivismo, com a existência de múltiplas naturezas e a possibilidade de comunicação e transformação entre elas. Assim, o *infamiliar* clariciano consistiria não no retorno do recalcado, como em Freud, mas na sobreposição de naturezas, que se dá no encontro sobrenatural com um outro (sub- ou inumano) que olha para o sujeito.

Sem se fixar explicitamente no estranhamento, mas valendo-se de traços que o tocam, António Ladeira, em "Homem devorador, animal regenerador: Duas variantes do masculino monstruoso em Clarice Lispector", apoia-se em perspectivas dos estudos sobre a masculinidade e a teoria junguiana dos arquétipos para enfocar duas personagens masculinas, considerando-as duas variantes daquilo a que ele nomeia "o masculino monstruoso". As personagens são "o homem que janta", em "O jantar", e o búfalo, em "O búfalo", contos de *Laços de família*. O crítico argumenta que, ao estudar essas personagens, em sua relação com as femininas, pode-se iluminar estas últimas nas suas motivações e conflitos. Além disso, defende que tanto o "homem que janta" como o "búfalo" propiciam experiências iniciáticas às "mulheres" que, com eles, formam um "par", tendo os episódios em que participam funções formativas ou regeneradoras.

Por sua vez, "O lado de fora do lado de dentro", de Noemi Jaffe, é um artigo sobre o conto "A repartição dos pães", integrante de *Felicidade clandestina*, no qual se aborda o aspecto do estranhamento e de que forma tal aspecto se relaciona às ideias de gratuidade e hospitalidade. Diante de uma mesa farta que a anfitriã de um almoço oferta, desinteressadamente, a um grupo de convidados hostis, a narrativa mostra como ocorre uma transformação na atitude desses convidados. O ensaio analisa as marcas semânticas, sintáticas e estilísticas que propiciam tanto o estranhamento como a mudança sofrida pelas personagens.

INICIAÇÃO, ENCENAÇÕES constitui a segunda seção, revelando algumas escolhas da trajetória de Clarice desde seu início, bem como parte do jogo de encenações ficcionais que a autora emprega na construção de suas criações literárias ou jornalísticas em momentos distintos de sua trajetória. Em "A imprensa como caminho: Os primeiros textos de Clarice Lispector na mídia impressa", Aparecida Maria Nunes mostra justamente que, na imprensa brasileira, a autora publicou ficção e atuou como jornalista. Essa trajetória de quase quarenta anos permitiu que os primeiros escritos de Clarice viessem a público e a popularizassem, sobretudo quando as editoras recusavam seus livros. No trabalho com os gêneros jornalísticos, ela também foi exemplar ao adotar critérios próprios, não se submetendo rigorosamente aos manuais de redação. No início dos anos 1940, quando decide seguir a carreira de jornalista aos dezenove anos de idade, em pleno Estado Novo, constrói um legado ao fazer parte dos principais periódicos da ocasião, espólio esse que nos auxilia a compreender a participação de intelectuais no governo de Getúlio Vargas, mas também dos pressupostos que nortearam a Clarice Lispector escritora e jornalista.

Cabe, entretanto, apontar o outro modo de iniciação, o da passagem da infância para a adolescência, explorada no artigo "Adolescentes de Clarice nos caminhos turbulentos do feminino", de Eliane Fittipaldi. Nele, Clarice penetra no conflito que vivem suas personagens entre se inserir na ordem social (predominantemente burguesa e falocêntrica) de que fazem parte e resistir às coerções que essa ordem impõe. Um momento importante em que esse conflito eclode é o da adolescência, limiar entre a infância e a vida adulta, que demanda uma nova condição subjetiva. Abordam-se, assim, duas personagens que vivem esse momento de crise e de crescimento: a protagonista do conto "Gertrudes pede um conselho", escrito em 1940-41 e publicado postumamente em 1979, no volume *A bela e a fera*, e a jovem inominada de "Preciosidade", escrito em 1955 e publicado em 1960, em *Laços de família*. A ideia é perceber a maneira pela qual os "conceitos de 'feminino' e 'feminilidade' afetam a caracterização dessas personagens" e, consequentemente, o corpo do texto — sua escritura.

Em outra perspectiva, Mariângela Alonso enfoca a ideia de "origem", no ensaio "Nem tanto como o barro nas mãos do oleiro: A metáfora da criação em Clarice Lispector", destacando que tal metáfora constitui uma das linhas de força da obra da autora, expandindo-se livremente tanto em suas narrativas como em suas pinturas. Cabe sublinhar que a escrita da autora não deixa de registrar os impulsos e os anseios do ato criador e sua expressão. É o que podemos observar em romances como *O lustre*, *Água viva*, *A hora da estrela*, *Um sopro de vida*; processo semelhante se observa nas telas *Interior de gruta* e *Gruta*. Nessas obras, porém, a metáfora da criação surge ancorada à ideia de origem como imperfeição ou falha, imagem que recolhe o turbilhão originário da vida e do texto, presente ao mesmo tempo na caracterização das personagens e seus atos, bem como na própria experiência da escrita. Assim, aí se busca investigar a metáfora da criação nas produções mencionadas, a partir das formulações de George Steiner, Roland Barthes e Benedito Nunes.

De outro ponto de vista, ainda relacionando iniciação e encenação, o artigo "A idade desfeita: Reversões irreversíveis em Clarice Lispector", de Clara Rowland, aponta a questão do leitor e sua relação com a obra a partir de encenações da autora, que afirma, em nota "a possíveis leitores", na abertura de *A paixão segundo G.H.*, sugerindo que "ficaria contente" se seu livro "fosse lido apenas por pessoas de alma já formada", pois só essas saberiam que o livro "nada tira de ninguém". O artigo pretende, então, interrogar essa advertência, procurando lê-la mais do que como um aviso para os perigos de uma leitura precoce, como uma das muitas encenações da obra de Clarice, de rituais sacrificiais de iniciação que põem, em cena, a interação complexa e decisiva para a ideia de ficção que estrutura essa obra, entre tempos e idades da experiência humana.

Enfocando ainda questões da encenação, o artigo "A perfeição da rosa", de Michel Riaudel, trata da labiríntica e enigmática história "A imitação da rosa", constante de *Laços de família* e centrada em duas mulheres, Laura e Carlota. Em torno da relação dessas amigas, que remonta à infância, e da dinâmica monótona do casal Laura e Armando, a trama liga várias imagens e noções de uma forma muitas vezes paradoxal. Assim, Cristo e as rosas aparecem ambos como a pior tentação contra a qual se deve resistir. Do mesmo modo, não é fácil conciliar o horizonte de autenticidade de Laura com a encenação a que ela se presta. Trata-se de seguir o caminho que estes valores traçam para compreender o que está em jogo na "loucura" de Laura, a relação entre os códigos sociais e a "verdade profunda" dos seres.

A terceira seção, PERCURSOS, contempla a obra de Clarice tanto em seus deslocamentos espaciais, literal ou metaforicamente, como em seus movimentos e sentidos ao longo do tempo. O primeiro ensaio, "Brasília, a *extrósima*", de Carlos Mendes de Sousa, trata da junção feita, pela autora, de seus dois textos sobre Brasília (em *Visão do esplendor*, de 1975), possibilitando uma leitura em perspectiva e tendo em conta as datas em que as "crônicas" foram escritas, os contextos em que aparecem, além do diálogo estabelecido com outras obras da autora. A "Brasília" de Clarice é um lugar onde, como que, distraidamente, mil portas se abrem. Nesse modo de se apresentar a cidade, toda a Clarice está lá dentro, afinal. Como quem não quer a coisa, são apresentadas reflexões sobre literatura e verdade, vida e morte, mas também desconcertantes notas humorísticas sobre as coisas menores do cotidiano. Pretende-se mostrar ainda como o segundo texto ("Brasília: Esplendor"), em vários planos, anuncia o livro *A hora da estrela*.

Outras portas se abrem e entra o artigo de Clarisse Fukelman, "No limiar das casas de Clarice Lispector", que se propõe a pensar arquiteturalmente a obra da autora, tomando por fio condutor a janela, como lugar de (auto)conhecimento e de comunicação entre espaço privado e público. Antropologia, literatura, artes visuais e fenomenologia fornecem instrumentos interpretativos para observar as conexões entre o projeto arquitetural e o projeto ficcional clariciano. A progressiva implosão de coordenadas espaciais ao longo de sua obra, a favor do fluxo da escrita, leva às "não casas" e amplia o potencial metafórico da janela: textos-fluidos abrigados no espaço da página, como se quisessem transcender os limites do suporte, com impacto sobre os modos de relação do leitor com o espaço-texto.

Do espaço mais amplo para o menor, mas não menos complexo e intrincado, Veronica Stigger, no artigo "Arrumar a forma?", apresenta a seguinte hipótese: como Cristo, pelas estações da Via-Crúcis a que a *paixão* do título *A paixão segundo G.H.* faz referência, a protagonista de Clarice Lispector se desloca por vários aposentos de seu apartamento até chegar ao quarto da empregada, onde para. Seu percurso se interrompe diante da falta do que arrumar no ambiente limpo, iluminado e organizado de Janair. Se "arrumar é achar a melhor forma", quase como "desgasta[ndo] pacientemente a matéria até gradativamente encontrar sua escultura imanente", que forma ela pode extrair do que vê como um "vazio seco?"

Já os dois ensaios posteriores desta seção buscam outro tipo de percurso; contudo, não inteiramente diferente dos propostos nos três iniciais, já que se encontram na mesma busca. Nos próximos, o caminho se faz pelos jogos textuais no decorrer do tempo. No primeiro artigo, "*A cidade sitiada*: O caroço e seus frutos", de Regina Lúcia Pontieri, objetiva-se ressaltar a importância de *A cidade sitiada* para a experiência de escrita que a autora elaboraria nas obras posteriores. Publicado em 1949, o terceiro romance de Lispector não parece ter recebido até hoje uma atenção mais cuidadosa. É o que mostra a revisitação de alguns momentos de sua fortuna crítica. Entretanto, o cotejo de certos aspectos desse romance com trabalhos posteriores da autora permite perceber o modo como ele lhes foi determinante.

O segundo ensaio "O começo e o fim", de Vilma Arêas, não propõe uma simples comparação entre *Perto do coração selvagem* e *A hora da estrela*, mas pretende determinar o ponto de encontro entre suas diferenças, que se cruzam na discussão da atividade literária. Desistindo de encontrar uma resposta para a questão no primeiro livro, Clarice fez um apelo só respondido 43 anos depois, em *A hora da estrela*. Neste último, conseguiu vencer sua dificuldade, sempre discutida por ela e por alguns críticos, de escrever sobre a classe popular no Brasil.

Em DIÁLOGOS reúnem-se artigos que estabelecem relações intertextuais entre literaturas nacionais e internacionais e a literatura de Clarice, bem como conexões das suas narrativas com outros campos do saber ou outras linguagens artísticas. O primeiro deles, "Sereias: Sedução/ Conhecimento/ Danação", de Adelia Bezerra de Meneses, propõe um recorte de um estudo do mito odisseico em contraponto com a literatura brasileira. O intuito consiste em trabalhar o romance *Uma aprendizagem ou o livro dos prazeres*, de Lispector, focando sobretudo o motivo temático da sereia. Na sequência de uma apresentação da leitura que Adorno faz da *Odisseia*, em *Dialética do Esclarecimento*, aborda-se a sereia de um viés menos explorado na diluição deste mito, ou seja, a inquietante relação entre sedução e saber, que tanto marca a protagonista Loreley. Isso levou, inevitavelmente, a um paralelo com o mito bíblico de Adão e Eva, articulando conhecimento e danação, e explorando a simbologia da maçã, da Bíblia ao logotipo da Apple.

Em seguida, Eliane Robert Moraes, em "A potência do pequeno: Notas sobre 'A menor mulher do mundo', de Clarice Lispector", mostra como o encontro de um explorador francês com uma pigmeia africana é ocasião para Clarice Lispector interrogar a viagem como conhecimento das alteridades e refletir sobre a impossibilidade de decifração do outro. Na contramão dos lugares-comuns da ideologia colonialista, que sustentam a superioridade dos *maiores*, a autora aposta na equivalência entre os *grandes* e os *pequenos*, explorando um paradoxo que já se anuncia no título (*a menor* mulher é *a maior* de sua categoria) e se evidencia nos procedimentos literários da *redução* e da *ampliação*, reiterados ao longo do texto. Lispector se alinha, assim, a uma tradição da literatura filosófica europeia que, de Swift a Bataille, critica a noção de *medida humana* em função do complexo jogo de proporções que subjaz à condição humana. Daí que a minúscula personagem possa ser aproximada da desmesura de Deus.

Um outro diálogo, desta vez entre escritores que homenageiam seus pares, tem lugar em "Clarice Lispector, musa inquietante", de

Gilberto Figueiredo Martins. Partindo da ideia de que, assim como as adaptações interartes ou traduções intersemióticas, as criações literárias e depoimentos de escritores produzidos em homenagem a colegas de ofício passam a fazer parte de suas fortunas críticas, o ensaio revisita e comenta textos escritos pelo poeta Ferreira Gullar para celebrar a autora Clarice Lispector, após sua morte, ocorrida em 9 de dezembro de 1977. Ganham destaque dois poemas, um feito no calor da hora, como reação ao choque da perda; outro, analisado como contribuição brasileira para uma série de atualizações do *topos* literário *Ubi sunt?* ("Onde estão?").

Já no ensaio de Nádia Battella Gotlib, cinema e literatura se encontram. Um dos romances escritos por Clarice Lispector, *A paixão segundo G.H.*, de 1964, ganha filme assinado pelo cineasta Luiz Fernando Carvalho, que tem longa e bem-sucedida carreira enquanto diretor. A proposta de Gotlib é discutir questões referentes a uma leitura comparada entre essas duas narrativas — a do filme e a do romance —, questões que envolvem especificidades de linguagens e acarretam diferentes modos de recepção de tais obras por parte do leitor/espectador. Como considerar então, criticamente, essa passagem das páginas literárias para as telas de cinema, já que esse trabalho criativo ultrapassa os limites do que se considera uma adaptação?

É também na vertente dos estudos comparatistas que se insere "Escrituras e pinhos-de-riga: a incomum paleta de cores de Clarice Lispector", de Ricardo Iannace. O artigo atém-se ao constructo estético em Clarice Lispector a partir da especulação comparativa entre o romance *A paixão segundo G.H.* (1964), as prosas de ficção *Água viva* (1973) e *Um sopro de vida: pulsações* (1978), e duas pinturas em técnica mista sobre madeira que a escritora produziu. Procura-se, com vistas a esse *corpus*, trazer a lume tanto as proposições de Lispector acerca daquilo que nomeia de "figurativo do inominável" quanto à correlação, em paralelo às inferências da autora, que evidencie aspectos estruturais de sua linguagem verbal e de sua fatura pictórica, as quais reverberam uma fragmentação sintática exponencialmente marcada por instabilidade e processo corrosivo do léxico, mediante operação reincidente de certas figuras retóricas — em consórcio com cores arbitrárias, pinceladas veementes e texturas exageradas, conferindo visibilidade ao campo energético da realidade. Interessa, ainda, ensaiar uma correspondência entre o que a ficcionista concebe como sendo a "harmonia secreta da desarmonia" e o espaço diagramado em desenho quadrilátero, a perspectivar o dormitório de empregada na obra *A paixão segundo G.H.* Esse cômodo, a propósito, admite diálogo com dois de seus quadros: *Interior da gruta* (1960 [Acervo Instituto Moreira Salles]) e *Caos, metamorfose, sem sentido* (1975 [Acervo Fundação Casa de Rui Barbosa]).

Por fim, a seção que encerra o volume, ESTÓRIAS ENREDADAS, como o próprio título já diz, enlaça uma grande diversidade de textos de Lispector. A unidade do conjunto é dada pela proposição de um núcleo principal — seja a descoberta da escrita, a dinâmica das relações familiares, a força da matéria social ou as polaridades entre inocência e civilização — de cujo novelo emana uma rede de contos/crônicas/romances, revelando a organicidade da obra de Clarice, a despeito da multiplicidade temática. O primeiro ensaio, "O tesouro que é só descobrir: Uma leitura de 'Os desastres de Sofia'", foi escrito por três autores — João Camillo Penna, Belinda Mandelbaum e Enrique Mandelbaum — e segue o caminho sugerido pela própria narradora de "Os desastres de Sofia", ao dizer que "meu enredamento vem de que uma história é feita de muitas histórias". Ao desdobrar algumas histórias enoveladas no conto, os autores desenvolvem a ideia de que a narrativa pode ser lida como uma parábola, em cujo centro encontra-se uma outra parábola hassídica em duas versões, a do professor e a da aluna Sofia. É no encontro promovido entre elas, a partir da versão da parábola de cada uma, que se vislumbra o nascimento de Clarice como escritora, quando a aluna vê o impacto que seu texto produz no professor e a possibilidade de curar através de uma escrita mobilizada por identificações entre eles, ambos imigrantes judeus acolhidos em terras brasileiras.

Na sequência, Cleusa Rios P. Passos propõe a leitura de "Os laços de família", do livro quase homônimo *Laços de família*. A análise centra-se na palavra suspensa que marca a vida de um casal, bem-sucedido social e economicamente, mas não em suas relações afetivas, pois se calam sobre seus desejos e angústias. Só se terá acesso a tais aspectos pelo olhar e fluxo de pensamento de cada um. Aqui, o enfoque privilegiará a figura feminina que, presa aos laços familiares (pais e marido), evocará experiências semelhantes das mulheres de "A imitação da rosa", "Feliz aniversário" e "Amor". As tramas que enlaçam todas as personagens — inclusive os homens — levam-nas a esperar a palavra do outro que não se exterioriza. Contudo, há sempre uma ruptura desencadeadora de inquietações singulares e propulsoras de seus incertos destinos.

Novos enredamentos narrativos surgem a partir da presença inequívoca da questão social em Clarice, mapeada por José Miguel Wisnik no ensaio "A coisa social". Partindo da crônica "Literatura e justiça", Wisnik circunscreve o que sempre esteve no dilema quase insolúvel da escrita da autora: "como aproximar a 'coisa social' da 'veemência da arte'?". Transitando por textos em que a potência da "coisa inominável de tão óbvia" é apenas entrevista, como no conto "Amor", o ensaísta caminha pelas marcas contundentes da "coisa social" na sensibilidade literária de Lispector, atravessa o embate entre narrador e personagem n'*A hora da estrela* até despontar na vertiginosa crônica "Mineirinho" e nas tensões cruciais do romance *A paixão segundo G.H.* Percebe-se, ao final do percurso, o que Wisnik antecipa em suas páginas iniciais: "Engana-se, pois, quem pensar Clarice como uma escritora desligada da inquietude e do fervor social, supostamente mergulhada nos desvãos existenciais e psicológicos de uma obra da qual a dimensão política estaria ausente [...]".

Ainda dentro da perspectiva de histórias enredadas, Simone Rufinoni parte da leitura da crônica "O artista perfeito", desenvolvendo uma reflexão acerca dos aspectos que o tema da inocência pode assumir na obra da autora. Sob esse ponto de vista, são brevemente analisados os contos "A mensagem" e "A menor mulher do mundo", a novela *A hora da estrela* e o romance *Água viva*. O desdobrar das possíveis acepções da ideia de inocência na obra da autora entremostra um arco que compreende diversas recorrências: o anseio de liberdade, a presença do bárbaro, a tendência ao silêncio, a construção literária do excluído e a vocação experimental.

Fechando o percurso do livro, Yudith Rosenbaum examina, no ensaio "O significante enigmático em 'Evolução de uma miopia'", referente ao conto do livro *A legião estrangeira* (1964), aspectos da constituição do sujeito na cultura, eixo temático importante da obra clariciana. A leitura parte de um comentário inicial sobre o texto "Menino a bico de pena", mostrando afinidades e diferenças com o conto central. O operador de leitura é o conceito psicanalítico relativo ao "significante enigmático", formulado por Laplanche, de modo a investigar como o pré-adolescente protagonista decodifica (ou não) as mensagens ambíguas no tabuleiro do jogo familiar.

Conforme se vê, o universo clariciano, em seu centenário, proporciona mil e um pontos de vista críticos. Cabe ao leitor desses ensaios construir o seu e continuar o movimento infinito de recepção e fruição de uma das maiores escritoras brasileiras.

AS ORGANIZADORAS

PARTE I

Formas do estranhamento

As surpresas do narrar em Clarice Lispector: "A quinta história"*

LUCIA HELENA

O que te falo nunca é o que te falo e sim uma outra coisa. Capta essa coisa que me escapa e, no entanto, vivo dela e estou à tona de brilhante escuridão.

Clarice Lispector, *Água viva*[1]

Vamos falar a verdade: isso não é crônica coisa nenhuma. Isto é apenas. Não entra em gênero. Gêneros não me interessam mais.

Clarice Lispector,
A descoberta do mundo[2]

De escrita insólita, Clarice Lispector transforma estilos e gêneros e faz, do tema do desassossego do mundo, um recurso constante, que atinge sua culminância no inusitado da forma e do conteúdo em um de seus contos, "A quinta história".[3] As micronarrativas de que esta historieta se compõe são uma tentação para a metamorfose que seu estilo leva a cabo. Lispector chama a atenção do leitor para a estranheza de uma ambiência contaminada de um tom de absurdo, que invade a realidade doméstica do todo dia, fazendo-a adentrar o patamar do inesperado e quase surreal.

Abre-se o livro *A legião estrangeira* e lê-se o título do texto em que ela fala da arte de matar baratas: "A quinta história". É um conto? É uma crônica? Ou pertence ao gênero do que ela chama de fundo de gaveta? É difícil nomeá-lo. Clarice também hesita. A narradora, do mesmo modo, vacila em batizar o seu relato, que poderia, segundo diz, também

* Este texto é uma versão modificada do último capítulo de meu livro *Uma literatura inquieta: Memória, ficção, mercado, ética*. Rio de Janeiro: Editora Caetés, 2016. Houve transformação do título e de alguns parágrafos. (N.A.)

se intitular: "O assassinato", "As estátuas", "De como matar baratas" ou, ainda, "Leibniz e a transcendência do amor na Polinésia".

Curioso[4] texto, com suas várias possibilidades de nomeação e que parece, ao mesmo tempo, simples e emaranhado, fechado em si mesmo. Raro seria, também, um título possível para um relato que oferece, entre outras coisas, uma receita de como matar baratas.

E é assim que o prosaico se insinua como chave de entrada, o que não é incomum na obra de Clarice Lispector, capaz de dar densidade ao cotidiano de donas de casa, ou a uma cesta de peras. E, deste modo, a simplicidade entra em conflito com a quantidade e diversidade de títulos que inserem o texto na categoria do que, se parece nojento e assustador, desperta, todavia, um sentimento de coisa inusitada que, ao mesmo tempo, remete o leitor ao que é familiar, no caso, as baratas, algo que se acrescenta ao familiar, à casa de família, fazendo com que soe bizarro e provoque estranheza pelo excesso da repetição.[5]

Em "Como matar baratas" — lembremos que a expressão consta como um dos títulos do conto (e/ou crônica) de Lispector — a barata, apesar do nojo que usualmente causa, é um bicho comum ao cotidiano das casas e, ainda que seja um animal que se costuma colocar entre o abjeto, o temido e o assustador, é familiar. No entanto, quando a ela se acrescenta, como acontece no texto, uma conotação que não se consegue de início descobrir qual é, a barata que parecia inicialmente algo apenas concreto, animal que se vai matar, aos poucos ressurge com virtualidades novas, ganhando a semântica de algo estranho, de algo que vai além do que se diz, projetando uma dimensão: a do que ainda não foi dito e resta em suspenso. Ao se fixar na simplicidade da "barata", coisa esquisita e talvez inadequada para se tratar na literatura, pensarão alguns, é aí, então, que o texto de Lispector começa a fisgar o leitor.

Todavia, este convite de entrada com aparente ingenuidade e prosaísmo é uma porta falsa. Cuide-se o leitor, pois Clarice já começou a fingir. Tudo no seu fingimento parece, mas não é. Sorrateiramente, a narrativa vai-se construindo como estranhamento. A nota dissonante e disfarçada é, em geral, coisa minúscula, uma notação breve da linguagem minimalista. Uma lista de novos títulos, como no caso, "A quinta história". A reclamação banal de quem se queixa de baratas é logo atendida por uma vizinha prestimosa que oferece a receita necessária de como "matar baratas" para, deste modo, a incomodada poder se livrar do animal nojento. Aliás, Lispector, como Kafka (em *A metamorfose*), utiliza o abjeto para construir impacto e gerar reflexão sobre a morte, o horror, o abominável. É oportuno lembrar que os diversos títulos enumerados, em penca, e logo de saída, revelam-se recurso de alto valor para ampliar o processo de subjetivação em *A hora da estrela*, ficção em que treze títulos "pendem" na folha de rosto, como os cantadores penduram o seu cordel, nas feiras do Nordeste. Neste conto também. E isto porque a barata vai alçando voo de significação, deslocando-se do "ser barata" para "ser um ente" e, também, gente. Esta é uma lenta e poderosa transformação. Em Kafka ela também ocorre, na *Metamorfose*, só que de forma muito mais impetuosa.

Em "A quinta história", temos um texto que age como se a narradora-protagonista (uma dona de casa, personagem cara a Lispector) fosse "gaga". A narrativa empaca no título, logo no início da história, como se a frase não decolasse e o enunciado ficasse preso no molambo da língua. O texto em questão apresenta, como se viu antes, quatro diferentes títulos dados pela narradora como alternativa, em uma história que se anuncia como "a quinta" a ser narrada. Afinal, pergunta o leitor, qual a denominação dessa história, com tantos títulos? Se um gago repete as vogais e as sílabas de uma mesma palavra, ou mesmo repete incessantemente, até o arrepio do interlocutor, a mesma palavra; a narrativa gaga de Lispector finge que repete, criando diferenças, um título que não quer acabar nunca. Como se remontássemos ao relato interminável de Sherazade. Como se fosse uma imagem da narradora milenar, que contava histórias ao sultão para salvar-se e continuar viva, Clarice Lispector um dia comentou que "escrever é uma maldição, mas uma maldição que salva". Passado o momento do narrador que contava para a comunidade suas experiências, ou o do narrador viajante que, ao retornar, relatava suas aventuras, Clarice Lispector, no mundo líquido moderno, tem como possibilidade, nos anos 1970, lidar com o fragmento, a falta de unidade, a repetição, a revelação pontilhista da estranheza em face à solidão das personagens com as quais escolhe lidar.

Pensando além, existe algo em comum entre os quatro títulos propostos como alternativa para nomear um mesmo texto? Creio que sim e que este traço de união os divide em dois grupos: três dos títulos, "As estátuas", "O assassinato" e "Como matar baratas" falam de algo que se aproxima da morte. As estátuas são congelamentos do movimento, sugerem, pois, a própria *morte* do movimento. Brincar de estátua, quando criança, é sinônimo de ficar parado por muito tempo. Dentre esses três, dois remetem ao ato de assassinar e ao de matar baratas, expressões que, até literalmente, inscrevem a palavra morte, por associação direta. O quarto título, no entanto, não nos fala da morte. E é um tanto inusitado, se pensarmos na quase literalidade dos outros três. O quarto título fala do amor e reúne coisas díspares como o filósofo Leibniz e a Polinésia. Engata-se Leibniz ao amor quem sabe porque, em seu trabalho na filosofia, na política e na diplomacia, esse pensador alemão do século 17 discutia a necessidade de se buscar, na reflexão, um fundamento que ajudasse a extirpar o estigma mortal das guerras religiosas ocasionadas pela cisão do Cristianismo.

O que teria Leibniz a ver, no entanto, com a Polinésia e o amor na Polinésia? E o que teria isto a ver com uma receita para matar baratas? Estas são junções que Lispector cuidou de estabelecer com argúcia. O elo que as reúne não é evidente, mas atende ao que diz o provérbio italiano "*se non è vero è bene trovato*" ("se não é verdade, é um bom achado"). Ou seja, se não é claro, no entanto existe a sutil e, no caso, delicada urdidura de um elo: na Polinésia, como símbolo do amor carnal e do amor da hospitalidade, se oferecem flores — gardênias brancas —, indicação de apreço pelo hóspede ou de desejo pela pessoa amada. Na flor que se entrega ao hóspede, o que se oferece é o carinho da intimidade, no qual o interesse carnal foi sublimado e transformado em uma espécie de transcendência do amor. Desse gesto resulta um efeito: o afeto desejoso de coligar. Assim, pode-se ver no texto de Lispector "A quinta história" um relato que dá forma ao especial enlace de amor e morte, ou: dá-se o enlace da vida contra a morte, no amor capaz de gerar transcendência, ou: o amor como princípio de vida e, mesmo, da vida.

Se você, leitor, se dispuser a ir, agora, ao início deste (meu) texto, verá que uma epígrafe, retirada de (outro) texto da própria Lispector, dá uma boa sugestão para que se interprete a maneira de ser da linguagem, em Lispector em geral e nesta "A quinta história", em particular. Esta escritora, que uma vez se anunciou "fiandeira de achados e perdidos" disse, em *Água viva*, um de seus mais desafiadores ardis narrativos: "o que te falo nunca é o que te falo e sim uma outra coisa". Resta, então, perguntar, a bem do fingimento de Lispector (ou será "a bem da verdade"?):

— Afinal, estamos ou não tratando de baratas? Talvez a receita para matar baratas, dada pela vizinha, possa até funcionar para matar baratas "reais". Quem sabe uma de nossas leitoras — minha ou dela, Lispector — venha a utilizá-la. Mas se este for o caminho que você escolheu para ler "A quinta história", procurando baratas reais, para daí partir e analisar o texto, jamais se questionando sobre a natureza da barata de que se fala, talvez seja hora de deixar o livro quieto e começar a pensar.

A linguagem de Lispector é *clandestina*. Uma linguagem que tem parte com o demo (como no redemoinho de Riobaldo, em *Grande sertão: veredas*), que é parente da cigana oblíqua e dissimulada, na verdade mais próxima do "bruxo do Cosme Velho" do que da personagem Capitu, em *Dom Casmurro*. Lispector usou a expressão *clandestina* no título de uma de suas coletâneas de contos: *Felicidade clandestina*, de 1971. Em seu texto, portanto, não cabe um leitor que só queira ficar ao pé da letra, regido pelo dicionário, mas outro que, como no poema de Drummond, busque penetrar surdamente no reino das palavras, onde esperam os poemas para serem escritos. Como, então, interpretar essa enigmática composição? Como a barata que se transforma em outra coisa, este texto de Lispector foi também mudando. Inicialmente ele foi publicado em *A legião estrangeira* (1964), livro de estatuto híbrido, dividido em duas partes. A primeira continha uma série de contos, dentre eles, "A quinta história". A segunda parte reunia o que a autora denominou de "fundos de gaveta". Sendo parte e sendo todo, este fragmento do livro se compõe de trechos que migravam de uma condição a outra, localizando-se, em outros livros da autora, ora como contos, ora como crônicas, ora como partes de crônicas, romances, contos.

Para complicar um pouco mais, no jogo que Clarice Lispector faz com esse texto, vê-se outro elemento: mesmo o gênero em que ele era reconhecido, o do conto, vai ser metamorfoseado em outra coisa. Digo isso porque, em 1971, em uma crônica do *Jornal do Brasil*, "A quinta história" foi reproduzida como crônica, com o título de: "Cinco relatos de um tema". Vê-se, pois, que, mesmo na parte de *A legião estrangeira* destinada a reunir contos, onde esse texto fora enfeixado, a estratégia da metamorfose de um fragmento mutante o contamina e lança o leitor futuro, e o atual, em um território pantanoso, em que o gênero literário se transforma em uma entidade de linguagem movediça.

Mediante tal procedimento, não apenas "A quinta história" mas também *A legião estrangeira* nos lançam em uma "pátria" na qual o *estrangeiro* pode ser visto como um estranhamento ou, também, como o estrangeiro, no sentido de "o hóspede", aquele a ser hospedado com amor, na Polinésia. A legião de palavras usadas em *A legião estrangeira* abona o substantivo "estranho", ele mesmo uma palavra em migração, que transporta a noção de diferença, que remete tanto ao "imigrante" quanto ao "migrante" e, também, ao "não familiar", e ao que Freud um dia chamou de "*Unheimlich*".

O *estranho*, o não habitual, pode ser interpretado como aquela pessoa ou coisa que está em contato com paragens remotas de nós mesmos e que, assim sendo, no estatuto das palavras é capaz de recuperar e levar adiante matrizes pré-textuais. Estamos nos aproximando daquilo que, em literatura, em especial na de Katherine Mansfield, Virginia Woolf e James Joyce, o crítico inglês Robert Humphrey chamou de *O fluxo da consciência no romance moderno*. Com esta expressão, Humphrey se referia ao fato de que, no Modernismo e em especial nos contos e romances dos autores citados, a narrativa simulava alcançar os limites da *pré-fala*: o discurso que viria do inconsciente do personagem para o leitor, encravado, mas de forma independente, no texto do narrador. É o estranho freudiano em ação, na forma textual.

Trata-se de um procedimento não só do modernismo. Machado de Assis, em suas obras, notadamente *Dom Casmurro* e *Memórias póstumas de Brás Cubas*, nas quais o recurso aparece com frequência, usou dessa técnica com riqueza de nuances e de significação, em benefício de produzir um texto com força inaudita, no qual o inconsciente e o consciente se encontram conectados, no eixo do discurso literário, a partir de algo que hoje se denomina *fluxo da consciência*. A técnica se manifesta, dentre outras maneiras que lhe servem de recurso, pelo "discurso indireto livre", em que a fala do narrador é invadida pelo nível da pré-fala do personagem, que não tem mais seu discurso introduzido de forma direta ou indireta apenas, mas em uma forma mista, híbrida também ela. Ou seja, o discurso indireto livre abona a frase de Mário de Andrade, quando — querendo indicar que o que escrevia aflorava também de modo inconsciente, como no fragmento extraído da *Pauliceia desvairada* — disse: "Falo sem pensar o que o meu inconsciente me grita".[6]

A barata do texto de Lispector vem de longe. Vem de um remoto e imaginário território de linguagem. Remoto, mas possível de estar presente, pois o trabalho com a linguagem é — sempre e ao mesmo tempo — um trabalho com distintas e simultâneas dimensões temporais e textuais, em incessante contaminação e deslizamento — uma metamorfose ambulante de sintagmas e paradigmas, metonímias e metáforas. Desse modo, a literatura deixa entrever que a linguagem é, ao mesmo tempo, uma representação do mundo e, também, uma forma de demonstração do quanto o mundo é, paradoxalmente, irrepresentável, o que torna a literatura um fazer que não espelha o mundo, nem é a representação de um análogo que a antecede.

Vale a pena retomar e organizar um pouco mais a história desse texto (não a que ele nos conta, mas a história da viagem do próprio texto na série literária elaborada por Lispector). Como já se disse, ele surge em 1964, como conto, em *A legião estrangeira*. Reaparece como crônica publicada no *Jornal do Brasil*, em 26 de maio de 1971. Esta crônica, por sua vez, encontra-se republicada em uma coletânea, *A descoberta do mundo*, de 1984. Sua movimentação histórica não para aí. Esse conto--crônico (e conto/crônica) ganhou, de novo, forma de conto em *Felicidade clandestina*, também de 1971. Mas não é só isso. O texto está em diálogo, no nível dos símbolos e alegorias de que se utiliza, com um dos romances mais famosos da autora, *A paixão segundo G.H.* (1964). Nele, é marcante a relação *sui generis* da protagonista com a barata. E remete a possibilidades significativas muito amplas, como, por exemplo, a uma *coita de amor*: queixei-me de baratas.

De que nos fala mais este texto? Um texto ao mesmo tempo *conto e crônica-fragmento-todo e parte*; a que Clarice Lispector denominou, tomando-o como conto, "A quinta história", e nomeando-o crônica, intitulou-o "Cinco relatos de um tema". Entre outras coisas, o texto nos diz do *mal-estar* da escritora com o gênero, entendido como gênero literário, mencionado na segunda epígrafe desta interpretação. Uma das razões do incômodo de Clarice Lispector com a categoria dos "gêneros literários" advém do fato de que ela trata o texto como um tecido, como uma trama de linguagem que ela urde em permanente metamorfose, o que a leva a escrever "no limite" das formas existentes — os gêneros — e que encontrava disponíveis na literatura tanto do passado como naquela que lhe era contemporânea.

Como escritora, Lispector revela-se distante do amor aos padrões clássicos (do mundo clássico, o que a toca mais de perto é a forma claro-escuro do barroco, chamado de "pérola imperfeita"). Ela é mais afinada, neste sentido, com a caoticidade — benéfica em seu mundo de ramificações — que a explosão das formas pode provocar. Surgido no barroco, esse jogo de silêncio e fala, de morte e ressurgimento, de dispersão e recoleção desenvolveu-se no romantismo, em especial em sua vertente saturnina e orgiástica, com seu quê de anúncio do decadentismo. Este jogo de linguagem liberou, dos padrões clássicos, os gêneros lírico e dramático e mostrou como estavam corroídas as bases do universo épico, em contradição com a sociedade de consumo. Lukács argumenta, em *A teoria do romance*, como teve surgimento, em substituição ao mundo clássico e à epopeia, o romance: o novo texto do homem solitário em uma sociedade de valores burgueses, distintos das comunidades existentes antes das transformações trazidas pela revolução industrial e pelo iluminismo, na Europa do século 18, além da alteração do contrato social, conforme vislumbrado por Rousseau. Para além da vitória do romance, uma forma literária mais livre e experimental foi levada ao extremo pelas vanguardas históricas europeias de inícios do século 20 e, também, pelo modernismo dos anos 1920-30 no Brasil. Clarice Lispector, ainda que pertença ao grupo de renovadores do uso da linguagem, no entanto, não é uma "formalista", nem podemos chamá-la de "vanguardista", no sentido de produzir uma linguagem perceptual e claramente "experimental". Seu experimento é minimalista e opera na fresta da linguagem, razão pela qual o termo "clandestinidade" é uma forma adequada para nomear o processo de escrita desta autora magnífica.

O trabalho de linguagem de Lispector é labor em surdina, destinado a aguçar um tipo de leitor que se aproxime do viés machadiano, oblíquo e dissimulado. Como disse, em expressão feliz, um de seus melhores críticos, Benedito Nunes, ela trabalha não só o drama existencial dos homens e mulheres excluídos e da classe média, mas, e de forma engenhosa, "o drama da linguagem". Seu texto se realiza na tensão entre o novo e o já sabido, utilizando-se do aparentemente banal para produzir o corte da agudeza e o traço do incomum. Lispector, recorrendo a seu pendor para o minimalismo no estilo, usa aspas, por exemplo, um recurso de pontuação a que todos estão acostumados desde a escola primária, mas que ela, no entanto, usa de forma inesperada, de um modo que transforma em algo incomum a caracterização da protagonista do conto "A imitação da rosa", de *Laços de família* (1960). Quando o narrador afirma que Laura "estava de novo '*bem*'", essa notação leva a supor que a "natureza" desse "bem" não é inocente, nem banal. Quem está bem "entre aspas", estaria, de fato, bem? Com as aspas, a narrativa levanta no leitor atento uma suspeita acerca do bem-estar da personagem. Ainda tratando de Laura, a narrativa informa que ela, quando menina e aluna do colégio *Sacré Coeur*, copiava, "com ardor de burra", as aulas que não entendia. Surpreende-nos, portanto, a junção entre termos passíveis de serem compreendidos como acepções em contrário — ardor e burra — já que quase ninguém reuniria, sem mais, a palavra *ardor* à expressão *de burra*, uma vez que a burrice é tida como algo insosso, sem atrativo, portanto, sem ardor. Na linguagem *estranha* de Lispector, a burrice se enche de intensidade até erótica, a ponto de, em "A imitação da rosa", as duas significações opostas hospedarem uma à outra, reunindo os contrários, não para sintetizá-los, mas para enlaçá-los em um paradoxal *ardor de burra*. "A quinta história" é uma teia hospedada na linguagem de Lispector, pelo erotismo do amor e pelo amor à dialética dos contrários. A linguagem hospedeira se entretece com o amor pelo estranho, como os laços de flores enlaçam de amor os hóspedes, na Polinésia, lugar no qual ao estranho se oferece o colar de flores do amor e o calor do afeto. "A quinta história" aviva a vontade do amor fraterno na filosofia de Leibniz. Seu apreço à mônada, em uma de suas obras mais famosas, traduz o gosto pela unidade concebida como símbolo de uma possível união universal. Uma unidade paradoxal, porque remete a uma concepção de amor marcada pelo conflito: entre o amor e o ódio e entre a vida, a morte e a guerra.

Recordando as ilações de Ricardo Piglia, em *O último leitor*, talvez coubesse não apenas nos fixarmos no texto, mas também no leitor e nos leitores que o vão ler. E, neste sentido, o leitor é quem pergunta o que um texto é e como ele é narrado. O leitor ao texto se reúne, seja ele singelo ou atilado, num momento de dialogismo, de conversa íntima, de leitura-puxa--leitura, que puxa lembrança e ativa o processo de significação, num procedimento erótico e poroso de contaminação. Deste modo, a mediação do leitor no processamento do sentido do texto não tem fim. Não seria mentir (ou seria fingir?), pois, dizer que "A quinta história" é, dentre outras possibilidades, uma estranha história de amor (e de ressentimento), construída no terreno minado da linguagem de Lispector em que a significação é explosão e festa, nojo e abjeção em transcendência erótica. No palco da crueldade de um imaginário que pode gerar Eros, mas também pode fazer falar as forças destrutivas de Tânatos, inscreve-se e escreve--se, por entre as frestas da narrativa de Clarice Lispector, uma história de amor confiscado, em clima de traição e culpa. Componentes que a autora gosta de buscar no melodrama que permanece no subterrâneo de um imaginário cheio de surpresas. A força da metáfora no texto literário é vital, uma vez que "em sua tarefa de desautomatizar as percepções [...] a linguagem literária inspiraria, afinal, vida à linguagem morta".[7] Retornando a Freud, que observa esta força de um outro ponto de vista, a que denominou de "o estranho", ele nos diz que, na literatura, o estranho ganha uma força de reversibilidade especial. Assim e acima de tudo, é um ramo muito mais fértil do que o estranho é na vida real, já que:

> contém a totalidade deste último e algo mais, além disso, algo que não pode ser encontrado na vida real. O contraste entre o que foi reprimido e o que foi superado não pode ser transposto para o estranho em ficção sem modificações profundas; pois o reino da fantasia depende, para o seu efeito, do fato de que o seu conteúdo não se submete ao teste da realidade.

O resultado algo paradoxal *é que, em primeiro lugar, muito daquilo que não é estranho em ficção sê-lo-ia se acontecesse na vida real; e, em segundo lugar, que existem muito mais meios de criar efeitos estranhos na ficção, do que na vida real.*[8] [grifo do autor]

A presença da "receita para matar baratas" e tudo o que sua rede metafórica pode fazer convergir para o texto, e dele divergir, gera no leitor o sentimento de que existe um contraste entre a barata e a mulher que reclama, mas um contraste que as aproxima. Algo contrastante reúne o que foi reprimido (um possível ressentimento amoroso) e o que foi superado (a escrita das várias possibilidades de títulos, até que se chega ao amor na Polinésia, um lugar distante e quimérico, fantasioso, exótico, bem diferente de uma casa cheia de baratas). O resultado, aproveitando Freud, é algo paradoxal, o fato de que o conto (ou a crônica?) expõe a transformação metabólica dos afetos, entre ressentimento, ódio, incômodo, estranheza, para uma nova estranheza, a Polinésia, mas cercada do sentido do amor. É dessa tensão vital entre morte e vida, entre a destruição e implantação do impulso amoroso, que o texto de Lispector se torna hospedeiro da afetividade que retorna.

Extremamente criativa, Lispector, ao deslocar sua personagem da ambiência de vida, da morte do amor e do ressentimento, oferece ao leitor uma substituição de mundos: o da casa, com seus barulhos, o casal com suas incompatibilidades sob mesmo teto, a violência da morte, ainda que fosse de uma barata impregnada de alteridade, transferindo a narradora-personagem para outro habitat, o da cena de amor da afetividade, do erotismo e da hospitalidade. Este texto, que não é um conto, não é uma crônica, não é só isto, embora possa ser tudo isso, é ainda mais: não só a casa, mas um lar. Deste modo, quando no texto de Lispector ocorre a chance, pela diminuição do ressentimento da narradora, de o tema da barata desdobrar-se não mais em direção à violência, ao ódio e à morte, mas ser encaminhado rumo à encenação da vida e do amor, "A quinta história" dá lugar ao amor na Polinésia, verdadeiro *locus ameno* de sentimentos hospitaleiros e afetivos, criando-se uma cena de fulgor em que o familiar do amor se junta ao estranho da surpresa. "A quinta história" é, pois, um texto no qual Lispector enreda magnífica interpretação do drama da linguagem e da afetividade entre os seres, em tensão, no palco do mundo, fazendo-se uma representação em metamorfose fugidia, do amor e da morte. Forças que são, ao fim (e ao princípio) de tudo, sentidos inolvidáveis do humano, transfigurados na teia tênue da ficção, que reassegura o poder da vida contra a morte, construindo de modo sutil a passagem da "arte de como matar baratas" à alegoria do amor nas flores da Polinésia.

Espero que o leitor me acompanhe nesta aventura de pensar questões narrativas, candentes ainda hoje; encravadas no chão histórico da obra de Lispector e em consonância com os impasses não resolvidos deixados a nosso cargo, ao longo da história da literatura, dos sonhos, realizações e fracassos do mundo ocidental; numa época como a nossa, em que o anseio pela globalização construiu um modelo de capitalismo que atinge o mundo como um todo.

Nesta ambição, o acúmulo do capital tem sido acompanhado por uma sensibilidade de outra natureza, violenta e voraz, quase desumana, e é na arte, talvez nem sempre bem-vinda, nem sempre valorizada, que encontraremos, sem dúvida, a chance de formular o pensamento crítico e de valorizar o ato de ler e escrever como atividades do espírito humano no que ele tem de mais voltado a nos aproximar de uma reflexão indispensável, que nos leve a compreender que o dinheiro não é, como se pensa, a maior compensação da vida.

Mais importante do que valorizar uma riqueza apenas material, creio que é necessário estarmos atentos à importância da construção de uma sociedade mais justa, na qual se viva com equilíbrio e generosidade a vida. E na qual o prazer e a beleza em todas as suas modalidades, também na do belo horrível, possam comparecer e nos habilitar a emoções menos belicosas do que a da violência que campeia o planeta, cheio de desigualdades sociais e de perigos iminentes.

NOTAS

1. Lispector, 1973, p. 16.
2. "Máquina escrevendo", crônica de 29/5/1971 (Lispector, 1992, p. 375).

3 . Cf. Lispector, 1964, pp. 147-50.
4 . Cf. Freud, 1996, pp. 235-7.
5 . Cf. Freud, 1996, p. 238.
6 . Como percebe o leitor, "tomei emprestada" a frase do "Prefácio interessantíssimo", de Mário de Andrade, que compõe seu volume de poesias *Pauliceia desvairada*, de 1921.
7 . Guerizoli-Kempinska, 2009, p. 209.
8 . Freud, 1996, p. 266.

REFERÊNCIAS BIBLIOGRÁFICAS

ANDRADE, Mário de. "Prefácio interessantíssimo". In: ______. *Pauliceia desvairada. Poesia completa.* São Paulo: Martins, 1966, pp. 12-32.

FREUD, Sigmund. "O estranho". In: ______. *Uma neurose infantil e outros trabalhos (1917-1918).* Trad. do alemão e do inglês sob a direção de Jorge Salomão. Comentários e notas de James Strachey, em colaboração com Anna Freud. Assistidos por Alix Strachey e Alan Tyson. *Obras psicológicas completas de Sigmund Freud.* v. XVII. Rio de Janeiro: Imago, 1996, pp. 235-73.

GUERIZOLI-KEMPINSKA, Olga. "A metáfora morta-viva em Kafka". In: *Gragoatá.* Publicação do Programa de Pós-Graduação em Letras da Universidade Federal Fluminense. Niterói, n. 26, pp. 207-16. 1. sem. 2009.

HELENA, Lucia; OLIVEIRA, Paulo Cesar Silva. *Uma literatura inquieta.* Rio de Janeiro: Caetés, 2016.

HUMPHREY, Robert. *O fluxo da consciência: um estudo sobre James Joyce, Virginia Woolf, Dorothy Richardson, William Faulkner e outros.* Trad. de Gert Meyer. Revisão Técnica de Afrânio Coutinho. São Paulo: McGraw-Hill do Brasil, 1976.

KAFKA, Franz. *A metamorfose.* Trad. de Modesto Carone. São Paulo: Companhia das Letras, 2007.

LISPECTOR, Clarice. *Água viva.* Rio de Janeiro: Editora Artenova, 1973, p. 16.

______. *A descoberta do mundo.* 3. ed. Rio de Janeiro: Nova Fronteira, 1992, p. 375.

______. "A quinta história". In: ______. *A legião estrangeira. Contos.* Rio de Janeiro: Editora do Autor, 1964, pp. 91-4.

______. "A quinta história". In: ______. *Felicidade clandestina. Contos.* Rio de Janeiro: Sabiá, 1971, pp. 147-50.

______. "A quinta história". In: ______. *A descoberta do mundo. Crônicas.* Rio de Janeiro: Nova Fronteira, 1984, pp. 226-7. (Crônica publicada no *Jornal do Brasil*, 26 jul. 1969).

LÖWY, Michael. *Judeus heterodoxos: messianismo, romantismo, utopia.* Trad. de Marcio Honório de Godoy. São Paulo: Perspectiva, 2012.

LUKÁCS, George. *A teoria do romance.* Trad. de Alfredo Margarido. Lisboa: Presença [s.d.].

______. *A alma e as formas: ensaios.* Trad. de Rainer Patriota. Intr. de Judith Butler. Belo Horizonte: Autêntica, 2015.

NUNES, Benedito. *O drama da linguagem: uma leitura de Clarice Lispector.* São Paulo: Ática, 1989.

PIGLIA, Ricardo. *O último leitor.* Trad. de Heloisa Jahn. São Paulo: Companhia das Letras, 2006.

O infamiliar animismo de Clarice Lispector

ALEXANDRE NODARI

> *Digamos que, se essa palavra* [unheimlich] *tem algum sentido na experiência humana, é o da casa do homem. Deem à palavra "casa" todas as ressonâncias que quiserem, inclusive astrológicas. O homem encontra sua casa num ponto situado no Outro para além da imagem de que somos feitos.*
>
> Jacques Lacan

1. Muito antes da tradução recente, levada a cabo por Ernani Chaves e Pedro Heliodoro Tavares, consagrar em círculos psicanalíticos "O infamiliar" para verter *Das Unheimliche*, de Freud (traduzido ao português anteriormente como "O estranho" ou "O inquietante"), a palavra aparece três vezes em um livro de Clarice Lispector de 1960. Que isso se dê em uma obra intitulada justamente *Laços de família* parece apontar para o copertencimento entre familiar e infamiliar de que falava Freud, que formam, como coloca Cleyton Andrade, "opostos sem exclusão mútua". Afinal, continua o psicanalista, o infamiliar constitui "uma surpreendente alteridade do mesmo, do íntimo", "o familiar que retorna num lugar em que sua familiaridade se desfaz por um momento".[1] De sua parte, *Laços de família* parece apontar para a radicalização de um duplo movimento presente desde o início na ficção clariciana: por um lado, os laços familiares, socialmente familiarizados, aparecem não só para unir, como também para prender, enlaçar, servindo como instrumentos de domesticação que alocam cada um em seu lugar; e, por outro, nas margens do familiar, nas bordas dos laços do domesticado, começam a aflorar cada vez mais uma série de figuras que depois dominarão quase que por completo sua obra — "loucos", criados, animais, espaços "naturais" domesticados na cidade, cercados por ela (jardins zoológi-

cos ou botânicos) etc. Como uma verdadeira legião estrangeira — de sentido completamente oposto à da formação militar com esse nome —, tais figuras vão ganhando cada vez mais o centro da cena da obra de Clarice, questionando e revelando a violência das relações domesticadas e domesticantes. Como dirá João Camillo Penna, "a família está ali sempre para ser margeada, para fazer aflorar a margem. E, nesses textos, claramente são os laços da família, os fios da domesticidade que se esgarçam, para deixar ver uma exterioridade real que rompe, um estrangeiro em legião, estranho, experimental [...]. Esses outros 'infamiliares' em série, nessa imensa, infinita reescrita do *Unheimliche* freudiano".[2]

2. Todavia, a homonímia oculta um equívoco. Por trás da semelhança manifesta, há uma diferença latente entre o infamiliar freudiano e o clariciano. Comecemos por Freud. O "efeito de infamiliar" se produz, para ele, quando a "prova de realidade" (a diferenciação entre o que é interno, da ordem psíquica, e o que é externo, da realidade material e simbólica partilhada socialmente), é, digamos assim, posta à prova e falha, ou, ao menos, vacila. Trata-se de um "conflito de julgamento" que se dá, entre outros casos, "quando as fronteiras entre fantasia e realidade (*Wirklichkeit*) são apagadas, quando algo real (*Real*), considerado como fantástico, surge diante de nós".[3] Que o fantástico possa emergir *como* real, em substituição à realidade "material", aquela partilhada simbolicamente e que deveria aparecer como tal, é o que possibilita a emergência do sentimento de infamiliaridade: duplos, seres inanimados que se indistinguem dos animados, coincidências cuja aleatoriedade fica em xeque por sua constância, em suma, todo um domínio que se pode chamar de sobrenatural. Por isso, Cleyton Andrade irá dizer que se trata da "invasão de uma realidade por outra que já estava lá", o que gera uma *indeterminação* do que se deve tomar como real.[4] Essa outra realidade, como "já estava lá", não emerge do nada, pela *primeira vez*, e sim como retorno do recalcado, de uma cena, se diria, *originária*: "esse infamiliar", diz Freud, "nada tem realmente de novo ou de estranho, mas é algo íntimo à vida anímica

desde muito tempo e que foi afastado pelo processo de recalcamento", a saber, o *animismo*:

> A análise de casos da ordem do infamiliar nos remeteu à antiga concepção animista de mundo, que se caracterizava pelo preenchimento do mundo com espíritos humanos, pela supervalorização narcísica dos próprios processos anímicos, pela onipotência de pensamentos e pela técnica da magia construída a partir disso, pela distribuição das forças mágicas cuidadosamente escalonadas entre pessoas estranhas e coisas (mana), bem como por todas essas criações com as quais o ilimitado narcisismo desse período do desenvolvimento se defende da objeção imposta pela realidade. Parece que todos nós, em nosso desenvolvimento individual, atravessamos uma fase correspondente a esse animismo dos primitivos e que não nos afastamos dela sem que ela nos legue restos e rastros capazes de expressão, de tal modo que tudo o que hoje nos aparece como "infamiliar" é a condição para que esses restos da atividade psíquica animista ainda nos toquem e estimulem sua expressão.

Ainda que se possa argumentar, como Cleyton Andrade faz, que "selvagem e civilizado não" operam, aqui, "como marcadores de distinção entre natureza e cultura, mas como uma outra gramática para o copertencimento entre positividade e negatividade", nem toda a matização presente, tanto em *O infamiliar* quanto em *Totem e tabu*, desfazem por completo o laço que o argumento freudiano faz entre ontogênese e filogênese, a criança e o "primitivo", a "pré-história individual e [... a] pré-história dos povos".

3. Passemos a Clarice. Como tenho proposto em outros lugares, o monismo professado por ela, enunciado já em *Perto do coração selvagem* quando Joana entoa "Tudo é um", não diz respeito somente à unidade entre seres vivos e entre o orgânico e o inorgânico, o animado e o inanimado, mas também àquela entre, para usar os termos de Freud, realidade e fantasia (ou ficção).[5] Daí o procedimento que Camillo Penna chama de "desliteraturização",[6] tão frequente em sua

obra, bem como a famosa formulação de G.H.: "Vou criar o que me aconteceu. Só porque viver não é relatável. Viver não é vivível. Terei que criar sobre a vida. E sem mentir. Criar sim, mentir não. Criar não é imaginação, é correr o grande risco de se ter a realidade".[7] Não há em Clarice uma distinção de natureza entre realidade interior (psíquica) e exterior (material), entre o plano do imaginário e o do simbólico, entre a fantasia e uma partilha coletiva do que seria o externo.[8] Assim, ao apontar que a "realidade não é fenômeno puramente externo", ela não estava apenas marcando a igualdade de estatuto entre a realidade interior e a exterior, mas também advogando a reversibilidade (ou seja, no limite, a indistinção) entre ambas, como fizera antes com a relação entre o abstrato e o figurativo: "Tanto em pintura como em música e literatura, tantas vezes o que chamam de abstrato me parece apenas o figurativo de uma realidade mais delicada e mais difícil, menos visível a olho nu".[9] Por isso, não se deve tomar os abalos pelos quais passam suas personagens como meramente psíquicos, na linguagem patológica da loucura, e sim como verdadeiros abalos sísmicos, ontológicos, não redutíveis a um fenômeno interior. Quando, por exemplo, o mundo de Ana vacila em "Amor", após a *visão do cego*, é, de fato, o *mundo*-de-Ana que vacila:

> Mesmo as coisas que existiam antes do acontecimento estavam agora de sobreaviso, tinham um ar mais hostil, perecível... O mundo se tornara de novo um mal-estar. Vários anos ruíam, as gemas amarelas escorriam. Expulsa de seus próprios dias, parecia-lhe que as pessoas na rua eram periclitantes, que se mantinham por um mínimo equilíbrio à tona da escuridão — e por um momento a falta de sentido deixava-as tão livres que elas não sabiam para onde ir. Perceber uma ausência de lei foi tão súbito que Ana se agarrou ao banco da frente, como se pudesse cair do bonde, como se as coisas pudessem ser revertidas com a mesma calma com que não o eram.[10]

E mais tarde, esse mundo outro para o qual "o cego a guiara" e que se consubstancia no Jardim Botânico, é claramente definido pela narradora como não se limitando a uma realidade interna, mas, ao contrário, como extremamente palpável também: "*Ao mesmo tempo que imaginário — era um mundo de se comer com os dentes*, um mundo de volumosas dálias e tulipas [...]. As árvores estavam carregadas, o mundo era tão rico que apodrecia".[11]

Ou seja, se os acontecimentos que poderiam ser reputados como "fantásticos", mágicos ou sobrenaturais, não se dão meramente *dentro* das personagens, não se limitam a uma "realidade psíquica", então não surpreende que o mesmo monismo esteja presente na indistinção entre o real e o mágico, o natural e o sobrenatural. Assim, numa entrevista, a autora, ao ser perguntada "como encara o sobrenatural em sua vida?", responderá: "Olha, o natural é sobrenatural também. Não pense que está longe, não. O natural já é um mistério...".[12] E em *Uma aprendizagem ou o livro dos prazeres*, a protagonista se dará conta justamente de que "a vida era sobrenatural": "O que lhe veio à mente foi a levemente assustadora certeza de que os nossos sentimentos e pensamentos são tão sobrenaturais como uma história passada depois da morte".[13] Mas, se não há, em Clarice, uma distinção de natureza (ontológica) entre a realidade interior e a exterior, entre fantasia (sobrenatural) e real (natural), isso implica também que não pode haver uma "indeterminação" entre eles, tampouco um "conflito de julgamentos" ou uma vacilação da "prova de realidade", dos quais, no esquema freudiano, derivariam o infamiliar. Como, então, ele emerge na sua obra?

4. Grande parte dos enredos claricianos, por isso mesmo rarefeitos, gira em torno de uma mesma situação: personagens que, diante de um, digamos, lugar-comum, uma cena cotidiana e banal, *familiar*, são levadas a um estranhamento radical. O infamiliar, assim como em Freud, "não está longe": do mesmo modo que o natural já é sobrenatural, o infamiliar se inscreve (ao menos potencialmente) já no próprio familiar. Uma passagem de *A paixão segundo G.H.*, que relaciona explicitamente o viver, o sobrenatural e o infamiliar, aponta para isso, ao mesmo tempo que indica o processo pelo qual tal relação se desfaz: "Coisa sobrenatural que é viver. *O viver que eu havia domesticado para torná-lo familiar*".[14] É como se, para Clarice, os "laços de família" (familiarizantes, domesticantes), as relações sociais naturalizadas e,

no limite, o processo mesmo de humanização (como ocorre em "Menino a bico de pena") impedissem e patologizassem como loucura isso que constitui, na verdade, a "visão da *realidade*".[15] Contudo, tal visão não cessa de acontecer — ou de aparecer —, sempre por meio de um *encontro*, o encontro com um *outro* que está nas margens dos laços familiares do cidadão de classe média (o paradigma da normalidade das sociedades ocidentais industrializadas), com figuras que essa sociedade considera baixas, inumanas ou subumanas e que produz o estranhamento (a infamiliaridade) da cena familiar — seja ele um *objeto* de uso comum de repente estranhado (como em "O relatório da coisa"), seja uma planta ("A imitação da rosa"), seja ele um bicho, seja ele alguém de outra classe social (empregadas, mendigos), seja alguém de uma condição física "anormal", com todas as aspas (o cego de "Amor", por exemplo). Trata-se, de fato, de um *encontro* no sentido forte, na medida em que esse outro não apenas é olhado pelo sujeito, pelas personagens de Clarice, mas olha de volta: esse outro não é apenas *objeto* do olhar alheio, mas *sujeito* da ação de ver. É assim que, nas ficções clariceanas, até mesmo um despertador pode aparecer dotado de visão (e, logo, de subjetividade): "Será que o Sveglia me vê? Vê, sim, como se eu fosse um outro objeto", pois "é mais gente do que gente";[16] o mesmo valendo para o ovo de "O ovo e a galinha", que se inicia com a seguinte frase: "De manhã na cozinha sobre a mesa vejo o ovo", para logo a seguir inverter a relação: "O ovo me vê".[17] Num contínuo que vai do inanimado ao animado, tudo o que existe parece, na obra clariciana, potencialmente capaz de ver, de pensar, de ser gente. Mas, sem sombra de dúvida, são os encontros com os animais os mais abundantes. Ratos (como o de "Perdoando Deus"), as inúmeras galinhas, cachorros e cavalos, a ostra (já presente em "Amor" como objeto da visão, e que em *Água viva* se mostrará pensante), e, como caso mais emblemático, a barata de *A paixão segundo G.H.*, que faz a protagonista perceber a sobrenatureza da vida, que a faz entrar no que chama de "mundo primário":

> A barata com a matéria branca me olhava. Não sei se ela me via, não sei o que uma barata vê. Mas ela e eu nos olhávamos, e também não sei o que

uma mulher vê [...]. A barata não me via diretamente, ela estava comigo. A barata não me via com os olhos mas com o corpo. [...] E eu — eu via. Não havia como não vê-la [...]. Eu a via toda, à barata.[18]

Assim, se o outro, mesmo não humano, e mesmo um objeto, uma coisa, algo inanimado, se revela um ser vivo, um sujeito, então estamos diante de um animismo, de um "mundo todo vivo".[19] E é isso que as personagens *veem ao serem vistas pelo outro*, é isso que constitui o que a própria Clarice chamou de "estado de graça", em diversas obras (e que, como mostrou Camillo Penna, não pode ser equacionado à epifania no sentido teológico):

No estado de graça, via-se a profunda beleza, antes inatingível, de outra pessoa. Tudo, aliás, ganhava uma espécie de nimbo *que não era imaginário*: vinha do esplendor da irradiação quase matemática *das coisas e das pessoas*. Passava-se a sentir que *tudo o que existe — pessoa ou coisa — respirava* e exalava uma espécie de finíssimo resplendor de energia. Esta energia é a *maior verdade do mundo* e é impalpável [...]. Não como se tivesse estado em transe — não houvera nenhum transe —, saía-se devagar, com um suspiro de quem teve *o mundo como este o é*.[20]

Mas, se esta é a "maior verdade do mundo", "o mundo como este o é" (e não um estágio superado ou superável, como em Freud), por que não é visto sempre? Aqui, é importante retomar uma distinção feita por G.H.: por um lado, "o estado de graça existe permanentemente", ou seja, "Todo o mundo está em estado de graça", mas, por outro, "A pessoa só é fulminada pela doçura quando percebe que está em graça, sentir que se está em graça é que é o dom, e *poucos se arriscam a conhecer isso em si*".[21] Assim, se "estado de graça é inerente", o que costumamos chamar de "estado de graça" é a *percepção,* a visão disso (do mesmo modo que se o natural já é o sobrenatural, a percepção disso é o que costumamos chamar de sobrenatural). No monismo clariciano, como vimos, o sobrenatural não está *sobre* o natural, não o transcende, mas constitui a própria natureza, dando-se a ver com o encontro que infamiliariza o familiar, que indomestica o domesticado, que estranha o naturalizado: "Ao explorar o espaço do sobrenatural", afirma Renata Sammer, Clarice "o torna imanente, desafiando os limites entre os corpos, humanos e não humanos. As oposições entre transcendência e imanência, natureza e cultura, são assim desfeitas".[22] Mas tal visão, tal conhecimento, como alerta G.H., traz consigo sempre um *risco*, também enunciado pela protagonista de *Uma aprendizagem...*: "Lóri achava que estava certo o estado de graça não nos ser dado frequentemente. Se fosse, talvez passássemos definitivamente para o 'outro lado' da vida, que esse outro lado *também era real* mas ninguém nos entenderia jamais: perderíamos a linguagem em comum".[23]

5. "É que um mundo todo vivo tem a força de um Inferno":[24] o perigo acarretado pelo "estado de contato", como G.H. define o encontro com o outro, é o da transformação completa de si, o que ela chama de "despersonalização". Assim, a narradora de G.H. vai se tornando barata ao longo do romance,[25] e a sua narrativa constitui uma tentativa não só de dar conta dessa experiência, mas também de fazer frente a ela e de garantir o retorno à condição humana. Ser transformado por aquilo (e naquilo) que nos vê constitui um risco disseminado pela obra clariciana (risco que é, ao mesmo tempo, um desejo, mesmo que a contragosto, assim como, para Freud, mas de modo radicalmente indiferente, haveria um desejo infantil de semelhança entre o inanimado com o animado, de inexistência de "uma rigorosa diferença entre vivos e não vivos", que, recalcado, retornaria na forma do efeito de infamiliaridade). Os exemplos poderiam se multiplicar, do "Seco estudo de cavalos", em que "Só os cães ladram pressentindo o sobrenatural" da transformação da protagonista, que "veria as coisas como um cavalo vê",[26] à célebre crônica "Bichos":

> às vezes me arrepio vendo um bicho. Sim, às vezes sinto o mudo grito ancestral dentro de mim quando estou com eles: parece que não sei mais quem é o animal, se eu ou o bicho, e me confundo toda, fico ao que parece com medo de encarar meus próprios instintos abafados que, diante do bicho, sou obrigada a assumir, exigentes como são, que se há de fazer, pobres de

> nós. Conheci uma mulher que humanizava os bichos, conversando com eles, emprestando-lhes suas próprias características. Mas eu não humanizo os bichos, acho que é uma ofensa — há de respeitar-lhes a natura — eu é que me animalizo [...]. Não ter nascido bicho parece ser uma de minhas secretas nostalgias. Eles às vezes clamam do longe de muitas gerações e eu não posso responder senão ficando desassossegada. É o chamado.[27]

E é por essa possibilidade de transformação radical que as personagens muitas vezes tentam evitar o olhar do outro, como quando a protagonista de "O búfalo" se vê diante de um quati no zoológico, passagem em que fica claro o motivo da transformação e suas consequências:

> Recomeçou a andar em direção aos bichos [...]. Não conseguiu ir muito adiante: teve que apoiar a testa na grade de uma jaula, exausta, a respiração curta e leve. De dentro da jaula o quati olhou-a. Ela o olhou. Nenhuma palavra trocada. Nunca poderia odiar o quati que no silêncio de um corpo indagante a olhava. Perturbada, desviou os olhos da ingenuidade do quati. O quati curioso lhe fazendo uma pergunta como uma criança pergunta. E ela desviando os olhos, escondendo dele a sua missão mortal. A testa estava tão encostada às grades que por um instante lhe pareceu que ela estava enjaulada e que um quati livre a examinava.[28]

Aqui, o desvio do olhar vem muito tarde, e, mesmo que brevemente, o mundo vacila e ocorre uma inversão ou troca de perspectiva (que se repetirá ao final, como que numa radicalização dessa mesma cena, agora entre a personagem e o animal que nomeia o conto). Eis o risco, eis no que consiste a transformação: adotar a perspectiva do outro e, desse modo, estranhar a própria (ver "as coisas como um cavalo vê", como se deseja no "Seco estudo", significa, evidentemente, ver-se como cavalo, e não mais como uma humana, não mais identificar-se com os demais humanos). Assim, como vimos, o olhar do despertador Sveglia, em um mesmo gesto, inverte a relação entre sujeito (pessoa) e objeto (instrumento) e converte a narradora de "O relatório da coisa" naquilo que ele "é", na medida em que a vê "como se eu fosse um outro *objeto*" (e o conto trata justamente, entre outras coisas, da objetificação dos homens produzida pela divisão do tempo em unidades iguais e vazias proporcionada pelo relógio e instrumentos de "medição", que, mais do que medir algo previamente dado, o constituem).

Trata-se, portanto, de uma concepção não só animista, como também perspectivista, em que tudo que existe (espécie viva, objeto etc.) não só é dotado de visão, agência, subjetividade, ponto de vista, como também, atrelado a isso, um mundo ou natureza próprios.[29] "A partida do trem" parece enunciá-lo explicitamente, quando a narradora afirma, em referência ao cachorro que:

> Ulisses, se fosse vista a sua cara sob o ponto de vista humano, seria monstruoso e feio. Era lindo sob o ponto de vista de cão. Era vigoroso como um cavalo branco e livre, só que ele era castanho suave, alaranjado, cor de uísque. Mas seu pelo é lindo como o de um energético e empinado cavalo. Os músculos do pescoço eram vigorosos e a gente podia pegar esses músculos nas mãos de dedos sábios. Ulisses era um homem. Sem o mundo cão.[30]

Do "ponto de vista de cão", "Ulisses era um homem", *i.e.*, sujeito — mas sem o "mundo cão" que caracteriza o "nosso" mundo humano, demasiado humano. Ou seja, em Clarice, como corolário dessa concepção, o infamiliar (o sobrenatural) não emerge, como em Freud, quando se dá uma indeterminação entre duas realidades (a psíquica e a material, a interna e a externa) *de um mesmo sujeito*, e sim quando há o *encontro* de duas naturezas *de dois sujeitos diferentes* que se sobrepõem e parecem *sobredeterminar* a realidade:[31] uma *sobrenatureza*. Não se trata do retorno de *crenças* (Freud fala em "crença infantil", "crenças animistas"), que o desenvolvimento psíquico individual e dos povos teria recalcado e/ou "superado", mas da (re)emergência da percepção da *existência* do animismo, da existência de mais de um mundo ou natureza, que o processo de (auto)domesticação, familiarização, teria ocultado (inclusive, mas não só, pelos perigos que sua visão comporta). O infamiliar, em Clarice, é a *Stimmung* do encontro sobrenatural entre mundos ou naturezas.

6. A sobrenatureza, afirma Marco Antonio Valentim,

> é o princípio que opera uma comunicação equívoca entre mundos divergentes: como propõe Viveiros de Castro, acentuando o caráter ontológico-político do conceito, "o sobrenatural não é o imaginário, não é o que acontece em outro mundo; o sobrenatural é aquilo que quase-acontece em nosso mundo, ou melhor, ao nosso mundo, transformando-o em um quase-outro mundo".[32]

Um dos modos dessa "comunicação equívoca" aparece no *topos ex-tópico* indígena do "encontro sobrenatural na mata", em que o sujeito (humano) encontra "um ser que, *visto* primeiramente como um mero animal ou uma pessoa, revela-se como um espírito ou um morto, e *fala* com o homem",[33] "situação", diz Viveiros de Castro, "em que o sujeito de uma perspectiva [...] é subitamente *transformado* em objeto na perspectiva de outrem".[34] É, de certo modo, o que se passa com as personagens claricianas quando, diante do olhar do outro, são transformadas nele. Contudo, a transformação não é o único resultado possível do encontro sobrenatural: se, como aponta Viveiros de Castro, "*a Sobrenatureza é a forma do Outro como Sujeito*",[35] essa forma, nas ficções claricianas, não é unívoca.

Em um importante e potente artigo recente, Renata Sammer definiu a "sobrenatureza" em *Água viva* como "o que torna possíveis as transformações e o *contato* entre mundos distintos".[36] E, de fato, o "contato" é crucial nessa obra (e talvez em todas as outras) da autora: assim, a narradora falará do "estado de contato com a energia circundante", "contato com o invisível núcleo da realidade", ao mesmo tempo, um "contato seco e elétrico consigo, um consigo impessoal", um "contato com uma realidade nova" e "um contato com a vida primitiva animálica".[37] Trata-se, vale frisar, de um movimento que não é unidirecional, mas recíproco: a personagem tanto toca quanto é tocada por aquilo que toca.[38] Desse modo, um dos exemplos invocados por Sammer (numa referência de Clarice a Rilke) é justamente uma cena em que a narradora vê e é vista por um animal, sem que o resultado seja a transformação (só) dela: "Uma vez olhei bem nos olhos de uma pantera e ela me olhou bem nos olhos. *Transmutamo-nos*. Aquele medo. Saí de lá toda ofuscada por dentro [...]. Estou com saudade daquele terror que me deu trocar de olhar com a pantera negra".[39] "Transmutamo--nos", "trocar de olhar com": aqui, a transformação é de mão dupla, uma troca recíproca de naturezas. O "terror" (e também a saudade dele, sentida posteriormente) se justifica, pois, além da possibilidade de passar para o "outro lado da vida" e perder a "linguagem comum" (a transformação total de si no outro), essa troca se dá na forma de uma "entrega" (e "não existe nada mais difícil que entregar-se totalmente").[40] Ao menos é o que lemos numa das mais belas passagens de *Uma aprendizagem*, o encontro de Lóri com o mar:

> *Aí estava o mar, a mais ininteligível das existências não humanas. E ali estava a mulher, de pé, o mais ininteligível dos seres vivos.* [...] *Ela e o mar.* [...] Só poderia haver um encontro de seus mistérios se um se entregasse ao outro: a entrega de dois mundos incognoscíveis feita com a confiança com que se entregariam duas compreensões. [...] *Lóri olhava o mar, era o que podia fazer.*[41]

Aqui, a inversão de gêneros prenuncia a entrega recíproca ("*o* mar, *a* mais ininteligível das existências não humanas", "*a* mulher [...], *o* mais ininteligível dos seres vivos"), e a oposição apenas aparente entre "existências não humanas" e "seres vivos" (afinal, uma existência não humana pode ser um ser vivo) aponta para o monismo animista de Clarice que torna possível o encontro sobrenatural se dar entre o animado e o supostamente inanimado (o mar se revela, poderíamos dizer, uma *água viva*).

Em *A hora da estrela*, presenciamos algo semelhante, em que a diferença das duas naturezas transmutadas não é aquela entre duas espécies de seres vivos, mas também entre um ser vivo e uma "existência não humana", só que, agora, *ficcional*, a saber, entre um autor (Rodrigo S.M.) e sua personagem (Macabéa): "Vejo a nordestina se olhando ao espelho e — um rufar de tambor — no espelho aparece o meu rosto cansado e barbudo. Tanto nós nos *intertrocamos*".[42] Essa "intertroca" parece constituir, ao lado da transformação (ou previamente a ela), um dos modos privilegiados de emergência do infamiliar, do encontro sobrenatural. Se G.H. passa, de fato, por um devir-barata, antes disso, porém, há um intercâmbio existencial de naturezas. Retomemos a cena em que a barata olha a narradora:

> Mas se seus olhos não me viam, a existência dela me existia — no mundo primário onde eu entrara, os seres existem os outros como modo de se verem. E nesse mundo que eu estava conhecendo, há vários modos que significam ver: um olhar o outro sem vê-lo, um possuir o outro, um comer o outro, um apenas estar num canto e o outro estar ali também: tudo isso também significa ver.[43]

Esse tipo de formulação reciprocante — "a existência dela me existia" — aparece seguidamente nos encontros claricianos com a alteridade: em "Bichos", numa referência à relação entre um médico e sua rosa, lemos que eles "haviam podido *se viverem um ao outro* profundamente, como só acontece entre bichos e homens".[44] Se o encontro sobrenatural parece se dar quando duas naturezas se interpenetram, então é possível que haja uma sobredeterminação recíproca de ambos.

Além disso, nem sempre a transformação, quando ocorre, é total. O infamiliar pode emergir também como uma contaminação entre mundos: o contato, mesmo que parcial, pode gerar efeitos, gerar trocas mesmo que inaparentes. Para ficar na crônica recém-citada, se uma das suas frases iniciais é "Um animal jamais substitui uma coisa por outra", mais adiante, encontramos uma formulação muito semelhante, referente agora às relações entre seres humanos e animais, usada para explicar por que a narradora dava aos seus filhos bichos de espécies diferentes: "é que as relações entre homem e bicho são singulares, não substituíveis por nenhuma outra".[45] É como se o contato com os animais acabasse fazendo com que a relação com eles fosse regida pela sua natureza ("eu não humanizo os bichos, acho que é uma ofensa — há de respeitar-lhes a natura — eu é que me animalizo").

Mas há ainda outra forma em que "a forma do Outro como Sujeito" pode tomar forma em Clarice, caracterizada pelo mais cruel de seus personagens, o (criminoso) professor de matemática, como *entendi-*

mento, quando diz, em referência ao cão que abandonou, ou melhor, *para ele*:

> embora meu, nunca me cedeste nem um pouco de teu passado e de tua natureza. E, inquieto, eu começava a compreender que não exigias de mim que eu cedesse nada da minha para te amar, e isso começava a me importunar. Era no ponto de realidade resistente das duas naturezas que esperavas que nos entendêssemos: Minha ferocidade e a tua não deveriam se trocar por doçura: era isso o que pouco a pouco me ensinavas, e era isto também que estava se tornando pesado. Não me pedindo nada, me pedias demais. De ti mesmo, exigias que fosses um cão. De mim, exigias que eu fosse um homem. E eu, eu disfarçava como podia. Às vezes, sentado sobre as patas diante de mim, como me espiavas! Eu então olhava o teto, tossia, dissimulava, olhava as unhas. Mas nada te comovia: tu me espiavas. A quem irias contar? Finge — dizia-me eu —, finge depressa que és outro, dá a falsa entrevista, faz-lhe um afago, joga-lhe um osso — mas nada te distraía: tu me espiavas. Tolo que eu era. Eu fremia de horror.[46]

Não nos enganemos: o que o cão propõe não tem nada de pacífico, daí o narrador não poder aceitar de modo algum e desviar seu olhar, como que ciente de que "Quem se recusa à visão de um bicho está com medo de si próprio".[47] Trata-se, antes, de uma proposição utópica ou ex--tópica, mesmo sobretópica, em que as diferentes naturezas coexistiriam em sua própria conflituosidade, no (não-, entre- ou sobre-)lugar do seu próprio friccionar-se: a utopia clariciana de uma comunidade da existência em que o acordo (o entendimento) não é uma abdicação do conflito e da diferença em um metalugar, mas o lugar mesmo em que o conflito e a diferença têm lugar. Pois o "entendimento" proposto se daria *no* "ponto de realidade *resistente* das duas naturezas", justamente ali onde a diferença aparece *enquanto diferença*, onde o encontro aparece *enquanto encontro*, justamente ali onde as duas naturezas se friccionam ao máximo para constituir um *ponto* de *realidade* sobredeterminado reciprocamente por ambas, e sem que nenhuma delas se anule, sem que nenhuma delas ceda à outra. O real (o infamiliar, o sobrenatural, o "invisível núcleo da realidade", a "visão da realidade") emerge aqui como um ponto resistente, ao mesmo tempo de contato e intervalo (não-contato), toque e conflito. E o entendimento *nesse* ponto resistente, no real, é, no fundo, um entendimento recíproco *desse* ponto que resiste, da resistência desse ponto (ao entendimento), entendimento do/sobre o não entendimento recíproco, afinal, como diz G.H., "Toda compreensão súbita é finalmente a revelação de uma aguda incompreensão".[48] Trata-se, em suma, do entendimento *da* diferença, *em que é a diferença que (se) entende*, mais uma forma do "encontro de seus mistérios", da "entrega de dois mundos incognoscíveis feita com a confiança com que se entregariam duas compreensões". O entendimento em jogo assemelha-se, portanto, à percepção do estado de graça, o saber peculiar que dele emana:

> Era como se viesse apenas para que se soubesse que realmente se existia. Nesse estado, além da tranquila felicidade que se irradiava de pessoas lembradas e de coisas, havia uma lucidez que Lóri só chamava de leve porque na graça tudo era tão, tão leve. Era uma lucidez de quem não adivinha mais: sem esforço, sabe. Apenas isto: sabe. Que não lhe perguntassem o que, pois só poderia responder do mesmo modo infantil: sem esforço, sabe-se.[49]

Eis, assim, uma possível definição do sobrenatural, enquanto real último, segundo Clarice Lispector: o ponto resistente do/no encontro entre mundos. A realidade, sobrenatural por si só, *está* nesse encontro, *se situa* nele, em suma, *é* o próprio *encontro de mundos*, a sua percepção, o seu entendimento: como diria Riobaldo, "o real não está na saída nem na chegada: ele se dispõe para a gente é no meio da travessia". E esse ponto de realidade resistente talvez seja, ao fim e ao cabo, o ponto que habitamos, a nossa casa ("o viver"), casa sobrenatural, sempre outra, sempre *também* do outro, contato entre mais de uma natureza, casa que *domesticamos para tornar familiar*, mas cuja infamiliaridade não cessa de emergir quando, sobrenaturalmente, no encontro com outro, a encontramos (percebemos) e (a) entendemos (em) toda a nossa incompreensão (mútua).

NOTAS

1. Cleyton Andrade. Comunicação sem título apresentada na atividade preparatória para o XXIII Encontro Brasileiro do Campo Freudiano, em 24 ago. 2020. Disponível em: https://www.youtube.com/watch?v=VPEdy5hkwbo. As demais citações de Cleyton Andrade provêm dessa fala.

2. João Camillo Penna, comunicação privada.

3. Sigmund Freud. *O infamiliar*. Trad. de Ernani Chaves e Pedro Heliodoro Tavares. Belo Horizonte: Autêntica, 2019. As demais citações de Freud provêm dessa edição eletrônica.

4. Cf. "Animismo e indeterminação em 'Das Unheimliche'", de Christian Dunker, presente na edição citada de *O infamiliar*.

5. Cf. Alexandre Nodari. "A vida da ficção: apontamentos sobre o feminino, a escritura e a transformação em Clarice Lispector". In: COUTINHO, F. ; ALENCAR, S. (Orgs.). *Visões de Clarice Lispector: ensaios, entrevistas, leituras*. Fortaleza: Imprensa Universitária UFC, 2020, pp. 13-33.

6. João Camillo Penna. "O nu de Clarice Lispector". *Alea*, 12(1), pp. 68-96, 2010.

7. Clarice Lispector. *A paixão segundo G.H.: edição crítica*. Madri: ALLCA XX, 1997, p. 15.

8. Id. *Encontros*. Evelyn Rocha (Org.). Rio de Janeiro: Azougue, 2011, p.83.

9. Id. *Para não esquecer*. Rio de Janeiro: Rocco, 1999, p. 31.

10. Id. *Laços de família*. Rio de Janeiro: Rocco, 1998, pp. 22-3.

11. Ibid., p. 25.

12. Clarice Lispector, *Encontros*, op. cit., p. 161.

13. Id. *Uma aprendizagem ou O livro dos prazeres*. Rio de Janeiro: Rocco, 1998, p. 140.

14. Id. *A paixão segundo G.H.*, op. cit., p. 13 [grifo nosso].

15. Id. *Uma aprendizagem...*, op. cit., p. 69.

16. Clarice Lispector. *Onde estivestes de noite*. Rio de Janeiro: Rocco, 1999, pp. 57-8.

17. Id. *Felicidade clandestina*. Rio de Janeiro: Rocco, 1998, pp. 49-50.

18. Id. *A paixão segundo G.H.*, op. cit., p. 50.

19. Ibid., p. 16.

20. Clarice Lispector. *Uma aprendizagem...*, op. cit., pp. 131-2 [grifos nossos].

21. Id. *A paixão segundo G.H.*, op. cit., pp. 93-4.

22. Renata Sammer. "Sobrenatureza, *Água viva*: o conceito à luz da ficção de Clarice Lispector". *Remate de males*, 40 (1), pp. 205-21 (citação pp. 219-20), 2020.

23. Clarice Lispector. *Uma aprendizagem...*, op. cit., p. 133 [grifo nosso].

24. Id. *A paixão segundo G.H.*, op. cit., p. 16.

25. Cf. Eduardo Viveiros de Castro. "Rosa e Clarice, a fera e o fora". *Revista Letras*, 98, pp. 9-30, 2018; Alexandre Nodari. "'A vida oblíqua': o hetairismo ontológico *segundo G.H.*". *O eixo e a roda*, 24(1), pp. 139-54, 2015.

26. Clarice Lispector. *Onde estivestes de noite*. Rio de Janeiro: Rocco, 1999, pp. 40-2.

27. Id. *A descoberta do mundo*. Rio de Janeiro: Rocco, 1999, pp. 334-7.

28. Ibid., p. 130.

29. A referência aqui, escusado dizer, é a Viveiros de Castro, mas também às variantes ocidentais do perspectivismo, de Leibniz a Ortega y Gasset, passando por Nietzsche.

30. Clarice Lispector. *Onde estivestes de noite*, op. cit., p. 33.

31. A "sobredeterminação" aqui parte do sentido conferido ao termo por Freud em *A interpretação dos sonhos:* um único elemento manifesto do sonho pode ser determinado por mais de uma série de pensamentos latentes, não se reduzindo, portanto, a nenhuma delas em específico. A ressalva é de que, em nosso uso do conceito, não estamos lidando com sonhos e pensamentos, mas mundos ou naturezas.

32. Marco Antonio Valentim. "A sobrenatureza da catástrofe". *Revista Landa*, 3(1), pp. 3-25 (citação p. 11), 2014.

33. Eduardo Viveiros de Castro. *A inconstância da alma selvagem.* São Paulo: Cosac Naify, 2002, p. 397 [grifos no original].

34. Id. "O medo dos outros". *Revista de antropologia,* 54(2), pp. 886-917 (citação p. 902), 2011.

35. Id. *A inconstância da alma selvagem,* op. cit., p. 397 [grifos no original].

36. Renata Sammer. "Sobrenatureza, *Água viva*", op. cit., p. 214 [grifo nosso].

37. Clarice Lispector. *Água viva.* Rio de Janeiro: Rocco, 1998, pp. 13, 21, 28, 62 e 44.

38. Cf. Alexandre Nodari. "O indizível manifesto: sobre a inapreensibilidade da coisa na 'dura escritura' de Clarice Lispector". *Revista Letras,* n. 98, pp. 83-113, 2018.

39. Clarice Lispector. *Água viva,* op. cit., p. 73.

40. Id. *A descoberta do mundo,* op. cit., p. 334.

41. Id. *Uma aprendizagem...*, op. cit., p. 78 [grifo nosso].

42. Id. *A hora da estrela.* Rio de Janeiro: Rocco Digital, 2017.

43. Id. *A paixão segundo G.H.,* op. cit., p. 50.

44. Id. *A descoberta do mundo,* op. cit., p. 337.

45. Ibid., pp. 332-4.

46. Id. *Laços de família,* op. cit., pp. 122-3.

47. Id. *A descoberta do mundo,* op. cit., p. 334.

48. Id. *A paixão segundo G.H.,* op. cit., p. 12. Trata-se de um motivo recorrente na prosa clariciana. Cf., por exemplo, a crônica "Não entender" em *A descoberta do mundo,* op. cit., p. 172.

49. Id. *Uma aprendizagem...*, op. cit., pp. 131-2.

Homem devorador, animal regenerador: Duas variantes do masculino monstruoso em Clarice Lispector*[1]

ANTÓNIO LADEIRA

INTRODUÇÃO

No universo de Clarice Lispector, as personagens femininas e as respectivas marcas de género geram um interesse crítico crescente que remonta, para não ir mais longe, aos anos 1970. O mesmo não se poderá dizer dos personagens masculinos. Se a questão do feminino em Lispector é relativamente polémica, mais o será a questão da masculinidade, na sua articulação com os personagens masculinos, muitas vezes tidos como pouco significativos num universo ostensivamente não masculino. A escassez de estudos sobre este tema, na minha opinião, constitui uma lacuna a preencher. A crítica brasileira Bernadete Grob-Lima afirma que uma certa "corrente feminista" "omite em seus estudos as personagens masculinas e todo o seu esplendor. Não se fala do desempenho de Martim [*A maçã no escuro*], Dr. Lucas, Perseu, Mateus [*A cidade sitiada*], Ulisses [*Uma aprendizagem ou o livro dos prazeres*], Daniel [*O lustre*]".[2]

A forma como estudo a masculinidade e os personagens masculinos em Clarice Lispector** segue, em parte, a proposta dos "*mascu-*

* A editora optou por manter a grafia do português de Portugal. (N.E.)

** Actualmente trabalho num projecto de livro sobre os personagens masculinos em Clarice Lispector. O presente trabalho apresenta, de forma modificada, parte das pesquisas feitas. (A partir daqui, todas as notas com asterisco são do autor.)

linity studies" (originários do mundo anglo-saxónico), uma subdivisão dos estudos de género. Estudar a masculinidade neste universo, como se imagina, é acrescentar controvérsia à polémica já mencionada. Nem todos encontram utilidade no estudo do género masculino na sua especificidade, enquanto categoria *gendered* e já não como modelo universalizante da experiência humana, como tem sido o caso até há pouco tempo. A minha abordagem baseia-se na sociologia (área onde nasce este campo de estudos), nomeadamente no trabalho do americano Michael Kimmel que, na esteira de Pierre Bourdieu (no livro *Masculine Domination*), defende o lema "igualdade de género", expressão que, parecendo simples e justa, não deixa de ser complexa e incompreendida. Aqui parto da premissa de que tanto o homem como a mulher se encontram, de certa maneira, em situação de desajuste relativamente ao papel que a sociedade patriarcal lhes atribui; embora nem sempre compreendam a origem específica do seu mal-estar. Lucia Helena afirmava há alguns anos: "Os personagens de Lispector [...] estão sempre tensamente submetidos à tradição patriarcal em sua dinâmica de obediência a valores que, se aparentemente se mostram mais vantajosos para os homens, acabam por aprisionar e reprimir todos, não importando o sexo, a classe, a etnia ou a idade".[3]

Recorrendo à teoria junguiana dos arquétipos, pretendo trabalhar dois personagens masculinos que considero constituírem, de certa maneira, "tipos", embora não no sentido de "tipos sociais". Serão, se se quiser, "arquétipos", uma vez que os encontramos, recorrentemente, em diferentes pontos da obra, em forma de variantes, ou parcialmente, em intersecção com outros arquétipos. Eu diria que o "arquétipo" lispectoriano é diferente de um arquétipo no sentido mais convencional (sendo verdade, além disso, que não sigo exactamente a definição de Jung), porque nunca se dão propriamente recorrências exactas; existem, sim, regularidades de elementos em circulação e recomposição permanentes, à medida que se viaja na obra. Estes materializam-se em certo tipo de imagem, de personagem, em certo tipo de situação diegética, em alguma forma de conflito, de encontro ou desencontro etc. A hipótese que aqui proponho é de que a obra, ao colocar estas figuras masculinas em interação (geralmente) com as femininas,* acaba por revelar aspectos destas últimas que teriam permanecido ocultos caso a interacção não tivesse sido analisada. Por outras palavras, interrogar os personagens masculinos desta forma — tendo em conta a sua especificidade, na sua relação com o seu *par* feminino — acaba por enriquecer o nosso entendimento das próprias personagens femininas (e, naturalmente, da obra onde estas se inserem). Escolhi dois tipos, ou dois personagens-arquétipos, presentes em dois contos: o homem que janta exuberantemente no conto "O jantar"; e o animal que é objecto do ódio da protagonista no conto "O búfalo".

Podemos dizer que estes arquétipos — enquanto caricaturas e símbolos que também são — se encontram na margem do sistema patriarcal, não constituem, digamos, um masculino realista, mas aquilo a que chamaria uma forma de masculino radical e alegórico: o masculino monstruoso. Nesta linha junguiana, como dizia, procuro explorar a natureza essencialmente dupla dos arquétipos — constituindo cada arquétipo, na verdade, um par arquetípico: homem-mulher; sendo que ambos os polos de cada par arquetípico se encontram numa relação dinâmica entre si; têm sinais opostos, mas estes sinais podem alternar, substituir-se.

HOMEM QUE JANTA, BÚFALO QUE OBSERVA

Tanto o "homem que janta" como o "búfalo que observa" podem representar o *animus* junguiano da mulher. (Bem sei que o narrador do conto "O jantar" é um homem, mas aqui procuro explicar por que, assim

* Os leitores notarão que aqui trabalho uma noção de género binária. Não quero significar com isto que Clarice Lispector — ou eu — sejamos conservadores na maneira de pensar o género. Quero dizer que, segundo me parece, o verbo de Clarice pode estar justamente denunciando o binarismo sufocante dos géneros, sancionado pela sociedade, ao *estudar* obsessivamente este binarismo. As caricaturas que faz em inúmeras personagens e livros podem constituir a sua denúncia. Por outras palavras, o género é ridiculamente rígido porque ele (tal como o binarismo) está sendo caricaturado, criticado. Naturalmente, é possível que a própria autora não tenha desejado que o seu texto denuncie as categorias de género, o binarismo, da forma exacta em que o exponho. O que é facto, na minha opinião, é que o leitor tem razões suficientes para defender que o texto clariciano o faz, independentemente da vontade da autora.

mesmo, *este* poderá representar o polo feminino destas interacções arquetípicas). Ora, o *animus* é — segundo Jung — a projecção feita, pela mulher, do seu princípio masculino (oculto) que, com frequência, se originou no pai desta e que ela projecta nos objectos do seu interesse amoroso. Isto indica que estas figuras masculinas, ao serem "construções" do desejo ou da repulsa das mulheres, não deixam de constituir uma parte dos próprios polos femininos que integram estes pares arquetípicos. Por outras palavras, os personagens masculinos constituem uma parte das próprias personagens femininas; os monstros masculinos não deixam de ser uma criação de quem os observa, e de quem deles fala obsessivamente. A energia e sentimentos que a mulher projecta no homem, no *outro*, no *outro* género, representam aquela energia e sentimentos que ela mesma tem relativamente a uma parte de si mesma. Isto explica porque faz sentido considerar tanto o "búfalo" como o "homem que janta"* como duplos dos seus pares "femininos".

Além da natureza dupla de cada arquétipo, ambos se relacionam em função de uma complementaridade: o homem que janta *completa* o búfalo e vice-versa. (A esta ideia regressarei.)

Pela presença do onirismo, de uma certa atmosfera mágica (não tanto no enredo, mas na linguagem e nas imagens), pelas provas de superação ou iniciáticas (no sentido da autodescoberta) por onde se veem conduzidos heroína ou herói, pela repetição de motivos e arquétipos, não é excessivamente arriscado propor que o mundo de Clarice Lispector é afim dos contos de fadas. Ora, os contos de fadas, longe de serem insignificantes histórias para crianças, constituem uma das expressões mais relevantes e directas da matéria arquetípica humana, constituindo a "anatomia do homem", como terá afirmado Jung.[4]

Entrando na matéria do conto, "O jantar" apresenta as impressões de um homem que come de forma sôfrega num outro homem que come de forma discreta. Aquele personagem é designado como "o velho comedor de crianças",[5] com as óbvias ressonâncias míticas dos

* Citarei aqui um dos autores que propõe o modelo do duplo, a propósito de "O búfalo": Oliveira, na p. 3, nos diz: "O argumento desenvolvido neste trabalho é de que o animal que dá nome à narrativa é, por um efeito de visão da própria personagem, um duplo tanto de si mesma como do amante que a rejeitou".

contos de fadas. O observador, embora homem, é possuidor do que chamaria uma masculinidade não hegemónica, relativamente à época e grupo social. A sua masculinidade é diminuída (ou "aumentada", depende da perspectiva) contrastando gritantemente com a masculinidade do homem-monstro. Esse homem frágil que *voyeuristicamente* observa e regista esta história, é a "mulher" que Clarice Lispector não deixa de ser, mesmo quando disfarça o seu género. Não devemos esquecer que o conto "O jantar" tem a sua origem (o primeiro ensaio de um texto posteriormente ampliado) numa curta cena do romance *Perto do coração selvagem*. Nessa cena, quem observa o "homem que janta" é a protagonista, Joana, entre fascinada e enojada. Destacam-se duas coisas: a óbvia tensão sexual da cena em que a protagonista, "antes de casar", perde simbolicamente a virgindade. Perdendo-a, ela ganha preparação para a próxima etapa da vida. O homem que janta faz — obviamente — uma das coisas que melhor definem os monstros ou os animais que amedrontam as crianças: come, mastiga, devora ameaçadoramente. Note-se também que, como consequência dos que observam, tanto Joana (no romance) como o observador (no conto) perdem o apetite perante a sofreguidão do homem, reforçando simbolicamente o que não são nem desejam ser: monstros hipermasculinos. Enojado com a cena que testemunha, o observador termina o conto recusando a sua refeição: "empurro o prato";[6] na cena do romance, Joana tem um acto equivalente, arrepia-se, "estremece" diante do seu "pobre café" que — aposto — nunca chega a terminar:

> Um dia, antes de casar... vira um homem guloso comendo. Espiara seus olhos arregalados, brilhantes e estúpidos, tentando não perder o menor gosto do alimento... As pernas sob a mesa marcavam compasso a uma música inaudível, a *música do diabo*... A ferocidade, a riqueza de sua cor... Joana estremecera arrepiada diante do seu pobre café. Mas não saberia depois se fora por repugnância ou por fascínio e voluptuosidade.[7] [grifo meu]

Ora, esta mesma relação entre o observador comedido, espacialmente restringido (escondido na sala, procurando não ser notado) e o monstro exuberante que fascina, que se amplia no espaço e não dá sinal de ver em volta — existe nas duas cenas, do conto e do romance. Aqui incluem-se as sugestões de admiração extática e voluptuosa que uma mulher pode sentir por um homem; ou que (neste caso) um homem (com algumas diferenças) poderá sentir por outro mais forte, outro que possui poder sobre a sua vida ou a sua posição.[8*]

O processo de deglutição do monstro é uma ruidosa e escandalosa encenação da predação do reino animal, de um animal comendo outro, justamente, sem cerimónias. As visões da língua, dos dentes, da deglutição e, finalmente, do "abocanhar da carne em pleno voo", remetem-nos, precisamente, para o espectáculo da alimentação dos animais em cativeiro, para os circos e, naturalmente (não por acaso), para o momento em que os tratadores alimentam os animais nos jardins zoológicos (o que nos transporta para a personagem do búfalo, que abordarei em seguida):

> agora desperto, virava subitamente a carne de um lado e de outro, examinava-a com veemência, a ponta da língua aparecendo — apalpava o bife com as costas do garfo, quase o cheirava, mexendo a boca de antemão... Em breve levava um pedaço a certa altura do rosto e, como se tivesse que apanhá-lo em voo, abocanhou-o num arrebatamento de cabeça.[9]

É interessante como o poder deste patriarca se revela fechado a toda a comunicação com o que o rodeia (como um cego) cego ao "homem feminino" (por contraste, com o monstro) que — quase tão sofregamente como aquele — segue todos os seus movimentos, na ânsia de penetrá-lo com o olhar: "Procuro aproveitar este momento, em que ele não possui mais o próprio rosto, para ver afinal. Mas é inútil. A grande aparência que vejo é desconhecida, majestosa, cruel e cega".[10]

É muito relevante o facto do observador/narrador fazer, no final, após a saída do homem, uma espécie de balanço do estado do seu gé-

* Este arquétipo pode também remeter para a figura do "masculino devorador" brasileiro. Almeida, na p. 64, traz afirmação de Viveiros de Castro que dizia, dos tupinambás, que "sem ter morto um inimigo um homem não existia; a execução ritual era a cerimónia de iniciação masculina, que assim, além de cancelar uma morte prévia, vingança restauradora, criava vida, inventava homens". [meu sublinhado]

nero. Para uma mulher, é natural que a sua identidade se reforce na comparação com um homem hipermasculino. No caso dos homens, afirma a sociologia da masculinidade que estes — ao se conhecerem socialmente — imediatamente medem o seu estatuto e se posicionam numa hierarquia imaginária. O observador certamente se posicionou num lugar inferior, pois afirma que este velho "parece mais fraco, embora ainda enorme e ainda capaz de apunhalar qualquer um de nós".[11] Ou seja, apesar de enfraquecido pela idade, trata-se de um homem que poderia dominar fisicamente os outros; um atributo clássico da masculinidade. O conto termina de uma forma muito eloquente, o narrador apressa-se a comunicar ao leitor que a sua identidade de género sobreviveu, que ele *ainda* é homem apesar do embate com aquela força cega e superior: "Mas eu sou homem ainda".[12]

Claire Williams reconhece uma certa ambiguidade nestas palavras, parecendo que aceita como possibilidade o narrador lamentar pertencer ao mesmo género de um ser que, monstruosamente, parece incluir todas as contradições do sistema patriarcal.[13] Lendo o conto como uma crítica ao sistema patriarcal, Claire Williams conclui com aquilo que dizem quase unanimemente os estudiosos da masculinidade: "O jantar" mostra que não são apenas as mulheres que sofrem com as expectativas da sociedade. Os homens também experimentam pressões — mesmo estando numa posição de mais poder só por serem homens:[14] "*All men were harmed by the "hegemonic masculine"... because it narrowed their options, forced them into confining roles, dampened their emotions, inhibited their relationships with other men, precluded intimacy with women and children, imposed sexual and gender conformity*".[15]

Aquela resistência grotesca, animalesca, às dificuldades mais terríveis (nunca confirmadas, mas sobre as quais o narrador especula a partir da lágrima solitária) confirma-se quando ele mantém o apetite, contrastando com o caso do narrador, que perde o apetite. Por isso o observador afirma, colocando-se temporariamente no lugar do homem observado: "Quando me traíram ou assassinaram, quando alguém foi embora para sempre, ou perdi o que de melhor me restava, ou quando soube que vou morrer — eu não como".[16] E afirma: "Não sou ainda esta potência, esta construção, esta ruína. Empurro o prato, rejeito a carne e seu sangue."[17] Ou seja, ele rejeita os atributos de uma masculinidade violenta e desesperada, abraçando outra mais moderada, ou escolhendo a "feminilidade" que resulta da rejeição dos mais brutais atributos masculinos: "*Feminity is what lies beneath, it is what results of a failed, corrupted or disrupted masculinity*".[18]

O outro conto que aqui estudarei, "O búfalo", apresenta um arquétipo pertencente à mesma família do anterior. Sabe-se que o búfalo é um animal totémico, um dos mais sagrados segundo as culturas indígenas da América do Norte. Uma história bantu, que inclui um búfalo (o búfalo africano, neste caso; supõe-se que o búfalo do conto é o "bisonte" norte-americano), diz, deste animal, que ele contém "a thousand magic arts".[19] É um animal que, de certa maneira, salva e redime e (como mostrarei adiante) parece, estranhamente, complementar o homem que mastiga/devora.* Os dois polos passivos dos dois casais arquetípicos (isto é: o homem que observa o monstro e a mulher que estuda o búfalo) saem grandemente modificados das suas experiências com estes arquétipos. Eu diria que ambos — embora de formas diferentes — saem mais completos, mais próximos daquilo a que Jung chama a *individuação*, ou seja, um estado de relativo equilíbrio entre o consciente e o inconsciente. Compreende-se que também este arquétipo, como todos, tenha uma função compensatória visto que, como nos sonhos, eles procuram corrigir um desequilíbrio.

* "O cego que mastiga", no conto "Amor", é uma variante interessante do monstro devorador; de certa maneira, é uma variante de sinal oposto. O cego é o antimonstro porque, em vez de devorar com gozo como o homem que janta, ele apenas mastiga em seco, infinitamente e inofensivamente, um chiclete que provavelmente não tem sabor. (Conhecemos a relação entre infinito e esterilidade que, para Lispector, residia no chiclete da infância que nunca mais acabava e que perdia o sabor ao fim de algum tempo). O cego é, pela maneira desamparada como vive (em situação de rua), alguém que leva a dona de casa a sentir-se culpada (culpa de classe?) da sua vida privilegiada na qual ela, apesar disso, sempre sentiu alguma misteriosidade quando todos se ausentavam. É também a visão do cego que a faz partir os ovos, símbolo universal da vida. Ou seja, o cego faz com que a sua vida se *quebre*, ainda que temporariamente. Esta devoração *falsa* não alimenta, não sustenta e, no fundo, revela — para surpresa da dona de casa — que é ela (representante da classe privilegiada) quem o *devora* a ele e não o contrário. O cego é quem é devorado.

É claro que o homem que devora se animaliza no acto de mastigar, em parte porque seus olhos permanecem cegos, fechados ou fixos no tecto, cessando indicações de consciência humana ou pensamento. No conto "O búfalo"* dá-se, de certa maneira, o oposto. Apesar de, à primeira vista, parecer ameaçador, é um animal proveniente do mundo insondável do inconsciente, e que aqui surge como adjuvante. Trata-se, portanto, de um animal que parece ter condições de percepção superiores aos da mulher e dos humanos, uma figura aqui enigmática, subtil, quase mítica ou angélica. E isso é reconhecido pelo leitor, sobretudo pelo impacto dramático que o búfalo imprime à protagonista, o *seu* polo feminino: fá-la simplesmente cair no chão (procurarei interpretar esta queda mais adiante).

Eis uma forma de resumir a história: uma mulher, no rescaldo de uma separação — o seu amante rejeita-a —, decide que quer aprender a odiar o homem de quem se separou. Para "aprender a odiar" ruma ao jardim zoológico e procura um animal no qual projecta o ódio que, por enquanto, ainda é só projecto. O que se segue é uma viagem pelo labirinto simbólico (típico das viagens iniciáticas) que é o jardim zoológico, em busca do animal eleito, numa espécie de versão invertida (diabólica?) dos muitos contos de fadas em que o príncipe, de casa em casa, procura a virgem ideal a quem propor casamento para, com ela, viver feliz para sempre. Naturalmente, há um crescendo na espectacularidade das rejeições, como no caso de Cinderela, até o príncipe encontrar a parceira certa. Segue-se uma lista dos animais que, por uma razão ou outra, como a mulher mesma conclui, não merecem ser odiados: ou porque são demasiado ingénuos, atraem a compaixão, ou são incapazes de ódio. A lista inclui o leão, o hipopótamo, os macacos, o elefante e o camelo, a que se segue o quati. Frustrada com o facto de nenhum deles ser bom candidato a objecto do seu ódio, ela

* No conto "Mistério em 'São Cristóvão'" são vários homens mascarados de animais (e um de diabo) que, assustando uma família pelo barulho que fazem ao quebrar flores no jardim, precipitam uma moça virgem numa passagem iniciática (de simbolismo sexual, mas não exclusivamente) a um estado de superioridade moral, social, ética, ontológica etc. Todas as máscaras têm algo de monstruoso porque evocam uma alteridade (numa relação eu *versus* outro) sobretudo as que representam animais ou seres espirituais. Uma das máscaras é a de touro, símbolo de força, potência sexual etc.

pede a Deus, numa espécie de oração diabólica,* uma intervenção a favor do ódio e não do amor. Significativamente, ela usa o termo "par", aquilo que Cinderela, mesmo sem palavras, parece pedir a Deus ao completar os degradantes trabalhos domésticos: "Oh, Deus, quem será o meu par neste mundo?". Esta frase sugere uma relação problemática com o seu *animus* (por isso a hesitação entre amá-lo e odiá-lo). Como numa história do folclore norueguês, o búfalo — neste caso, o touro, animal com características muito comparáveis — é aqui um ser bondoso, "azul" e "limpo", embora a princípio não o pareça: "*Here the helpful animal is a bull, which can represent primitive masculinity, brutal emotion, often linked with the negative animus, who can really cause a woman to be like a bull in a china shop. But describing this bull as "blue" and "clean" means that here he is not destructive*".[20]

Chegada ao camelo, no auge da sua frustração, ela sente uma vontade irresistível de matar, que é análoga — parece-me — à do homem que jantava. (Sabemos isto porque o próprio observador diz que aquele homem *poderia* apunhalar qualquer um, se o desejasse). É, portanto, como se tivesse havido uma substituição quiásmica entre os polos arquetípicos. O polo passivo da segunda história — a mulher que deseja odiar — adquire características do polo activo da primeira história — o monstro que devora. Primeiro nota-se a voluptuosidade do desejo do ódio e, agora, surge o impulso de eliminar o outro — de o *comer* — pela violência: "Então, nascida do ventre, de novo subiu, implorante, em onda vagarosa, a vontade de matar, seus olhos molharam-se gratos e negros numa quase felicidade".[21] Prosseguindo, vemos que a mulher apresenta um quadro de valores invertido relativamente àquele que Lispector considera positivo, e habitualmente celebra na sua obra: o amor, o amor pelo outro, o amor pelo mundo. Ora, a mulher em "O búfalo" valoriza o oposto, queixa-se de que — no rescaldo da rejeição amorosa que sofreu — ela, na vida, "só aprendera a ter a doçura da infelicidade, e só aprendera a amar, a amar, a amar",[22] justificando assim porque deseja, agora, odiar. Já que foi rejeitada por excesso de características femini-

* Recordemos que em *Perto do coração selvagem* o ritmo que o homem marca com os pés, na p. 26, é classificado como "música do diabo".

nas, como a passividade e a docilidade, deverá agora fazer o oposto do que tem feito: masculinizar-se, tornar-se, em parte, "monstro"; talvez inverta, assim, a sua circunstância na vida. É em reacção a esta frustração que ela vai agir. Se o ódio pelo animal não encontrou um veículo — por não ter ainda visto o animal certo —, não há dúvida de que a mulher sente aqui, entretanto, ódio por si mesma, um sentimento que o conto vai procurar resolver. Mas é então que ela vê o búfalo. Primeiro, ao longe, sem ver ainda o rosto (como aconteceu, a dada altura, com o homem que jantava).* "Era um búfalo negro. Tão preto que a distância a cara não tinha traços."[23] Finalmente, ela julga ter encontrado o objecto perfeito para o seu ódio. Um animal digno do ódio que ela deseja ter por ele e capaz de odiar também. Como numa inversão — outra — de uma paixão à primeira vista, ela parece sentir aqui o ódio (mútuo) à primeira vista, uma relação não de vitalidade mas de morte. A consequência lógica desta cena é repor o que foi substituído, a declaração de amor--ódio feita, finalmente, ao verdadeiro correlato do búfalo, o amante que a rejeitara: "Eu te amo, disse ela então com ódio ao homem cujo grande crime impunível era o de não querê-la. Eu te odeio, disse implorando amor ao búfalo"[24]. Uma variante desta frase tinha sido proferida por ela antes. "'Eu te odeio', disse muito apressada"[25] e esta "pressa" sugere (admitido pela própria narradora) a futilidade de um ódio apressado, caprichoso e, sobretudo, imerecido para o homem. A linguagem habitual dos contos de fadas (sobretudo em Clarice) prepara o leitor para que uma personagem que pense e aja assim venha a receber uma punição que a matará ou a tornará o oposto do que é. Assim — de acordo com as regras do próprio mundo clariciano — quem está agindo contra a ética é a mulher que visita o zoológico, é ela quem precisa aprender uma lição, sofrer uma punição, redimir-se da missão de ódio que ela mesma se atribuiu. Por fim, quando "os olhos do búfalo... olharam os seus olhos", a mulher "meneava a cabeça [como se imagina que faça um búfalo, um touro etc.] espantada com o ódio com que o búfalo... a olhava [...] Ela

* A referência ao rosto cego, outro elemento arquetípico, surge também no conto "O jantar", na p. 168: "Procuro aproveitar este momento, em que ele não possui mais o próprio rosto, para ver afinal".

sente-se presa, enfeitiçada no amor do ódio". O conto termina com a sugestão de que ela terá caído no chão: "... antes de o corpo baquear macio a mulher viu o céu inteiro e um búfalo".[26] Como mencionei, as interpretações possíveis serão aqui múltiplas: algumas apontariam para um desmaio, outras para uma morte, por exemplo.

CONCLUSÃO

Dado que a lógica estruturante destes contos — embora apresentando cenas realistas — não reside na realidade mas no mundo do sonho ou do inconsciente, eu considero que é legítimo falar-se numa morte iniciática no caso de ambas as histórias. Quanto à mulher em "O búfalo", tal sugestão de morte é óbvia; mas, no caso do conto "O jantar", tal sugestão, se considerarmos com atenção, também está omnipresente. Tanto a morte própria como a alheia, tanto a morte da carne viva, que é a carne deglutida na refeição, como a morte temida de quem observa, horrorizado, o espectáculo da devoração. (A náusea sentida significa que tanto devoração como morte os atingem profundamente.) Esta morte, segundo a antropologia das religiões, pode significar simultaneamente o fim da infância, da ignorância e da condição profana.[27] É uma morte que conduz necessariamente — tratando-se de um conto de formação, de busca espiritual — a uma passagem para um estado superior, se se quiser, causando a correção de algo que necessitava ser ajustado. Só ao morrer simbolicamente, entrando e saindo da morte, atravessando a sua nuvem negra, esta mulher aprende a rejeitar o egoísmo e a autoabsorção própria das crianças. Só assim ela desaprenderá (eufemisticamente) o ódio e a morte. Como dizia Mircea Eliade, "Os símbolos da morte iniciática e do renascimento são complementares".[28] Na linha desse arquetipismo de sinal contrário, podemos dizer que ela tenta devorar e é devorada; tenta odiar e acaba sendo "amada" (pelo mundo, pelo monstro, por si própria).* A queda que o búfalo provoca é uma lição clássica: só o amor, e não o ódio,

* Como diz Vilma Arêas, na p. 215: "Chega ao jardim zoológico procurando ódio... Mas lá só encontra amor".

salva. A lição é aparatosa: uma queda que é uma devoração simbólica por parte de um monstro que o é apenas na aparência.

> A devoração pelo monstro aparece como o cenário específico da iniciação heroica em que o iniciado, graças à ajuda providencial dispensada pelos deuses, fadas, humanos, ou objectos mágicos, consegue paulatinamente vencer ou superar os diversos obstáculos que vai encontrando ao longo do seu percurso de vida: infância — adolescência — idade adulta... permite ao iniciado aceder a uma nova modalidade de ser, dotar-se de um estatuto ontológico radicalmente outro.[29]

Podemos dizer que se trata de um conto que nos apresenta o drama dos relacionamentos amorosos, o que é equivalente a dizer — como em muitos outros casos na obra de Lispector — o drama do género. Drama que, no fundo, é também o drama da natureza humana, na sua necessidade de prestar provas e de, sem desanimar, movimentar-se iniciaticamente de etapa em etapa. O género é conflito, a relação humana é conflito, e ai das que se julgam "princesas passeando pela floresta virgem":

> *There are women who are so afraid of this battle that they stay out of this world — they seem to have no animus and no conflicts. They are like princesses going through the forest untouched. But they only remain untouched because they don't touch the reality of the mortal individual*, the drama of human relationship. *If they do touch it, this princess life stops, and the trolls and bulls break loose.*[30] [grifo meu]

Esta explosão de *trolls* e *bulls* (ou búfalos) que sucede quando nos recusamos a enfrentar a vida remete-nos para os monstros — afinal vitais, regeneradores — desses dois contos.* Estranhamente, se há fi-

* Este momento remete-nos, creio, para os "bichos" ou monstros (o *animus*) que, de noite, se soltavam de Vitória, na obra *A maçã no escuro*, na p. 229, quando esta pensava em Martim, com quem tinha uma óbvia relação de amor-ódio. Note-se como, tal como a protagonista do conto "O búfalo", ela tem a necessidade de confessar "amo-te" em silêncio ou apenas mentalmente: "'Eu te amo', experimentou de novo com voz dura e altiva... 'Os bichos estão soltos', pensou então suave, suave, melancólica".

gura que simboliza a regeneração é o monstro. Tudo dependendo da forma como lidamos com ele:

"Em todas as civilizações deparamos com imagens de monstros devoradores, antropófagos e psicopompos, que são símbolos da necessidade de uma regeneração. A simbologia do monstro poderia resumir-se com a fórmula 'Morra o homem velho, viva o homem novo'".[31]

Para terminar, de forma compensatória (como acontece, dizia eu, com os sonhos), ambos os arquétipos causam um crescimento a quem com eles se depara, uma vez que o seu propósito é instintivamente terapêutico, como é o caso da obra de Lispector em geral. Sempre com o objectivo de providenciar um equilíbrio às nossas naturezas desajustadas. Em "O jantar", a lição surge de forma preventiva: o monstro assusta para impedir uma situação perigosa; no caso de "O búfalo", de forma curativa, causando a correcção do rumo de quem se encontrava perdida sem o saber.

NOTAS

1. Todos os contos mencionados estão incluídos no livro *Todos os contos*.
2. Grob-Lima, p. 246.
3. Lucia Helena, p. 1167.
4. Apud. Marie-Louise von Franz, *Shadow and evil*, p. 12.
5. "O jantar", pp. 166-9.
6. Ibid.
7. *Perto do coração selvagem*, p. 26.
8. "Estou tomado pelo êxtase arfante da náusea. Tudo me parece grande e perigoso" ("O jantar", p. 168).
9. "O jantar", p. 167.
10. Ibid., p. 168.
11. "O jantar", p. 169.
12. Ibid.
13. Williams, p. 73
14. Id.
15. Em tradução livre: "Todos os homens foram prejudicados pelo 'masculino hegemônico'... porque ele estreitou suas opções, forçou-os a papéis restritos, amorteceu suas emoções, inibiu suas relações com outros homens, impediu a intimidade com mulheres e crianças, impôs conformidade sexual e de gênero" (Gardiner, p. 5).

16. "O jantar", p. 169.

17. Ibid.

18. Em tradução livre: "Feminidade é o que está por baixo, é o que resulta de uma masculinidade fracassada, corrompida ou rompida" (Biron, p. 15).

19. Em tradução livre: "mil artes mágicas" (Franz. *Animus and Anima*, p. 56).

20. Em tradução livre: "Aqui, o animal útil é um touro, que pode representar masculinidade primitiva, emoção brutal, muitas vezes ligada ao *animus* negativo, que pode realmente fazer com que uma mulher seja como um touro em uma loja de porcelana. Mas descrever este touro como 'azul' e 'limpo' significa que aqui ele não é destrutivo" (Franz. *Animus and Anima*, p. 53).

21. "O búfalo", p. 209.

22. Ibid., p. 208.

23. Ibid., p. 209.

24. Ibid., p. 210.

25. Ibid., p. 205.

26. Todas as citações deste parágrafo são trechos de "O búfalo", p. 211.

27. Araújo, p. 56.

28. Ibid., p. 61.

29. Eliade apud Araújo, p. 57.

30. Em tradução livre: "Há mulheres que têm tanto medo desta batalha que ficam fora deste mundo — parecem não ter *animus* e nenhum conflito. Elas são como princesas intocadas, na floresta. Mas elas só permanecem intocadas porque não tocam a realidade do indivíduo mortal, o drama do relacionamento humano. Se tocarem, a vida desta princesa para, e os *trolls* e touros se soltam" (Franz. *Animus and Anima*, p. 54).

31. In: Chevalier & Gheerbrant, p. 456.

REFERÊNCIAS BIBLIOGRÁFICAS

ALMEIDA, Maria Cândida Ferreira. *Tornar-se outro: o topos canibal na literatura brasileira*. São Paulo: Annablume, 2002.

ARAÚJO, Alberto Filipe; ARAÚJO, Joaquim Machado de. "Iniciação e imaginário educacional n'As aventuras de Pinóquio". Braga, Portugal: Universidade do Minho, Instituto de Educação. Disponível em: http://repositorium.sdum.uminho.pt/bitstream/1822/18380/1/Inicia%c3%a7%c3%a 30%20e%20Imagin%c3%a1rio%20educacional%20nas%20Aventuras%20de%20Pin%c3%b3quio.pdf. Acesso em: 1º jun. 2021.

ARÊAS, Vilma. "Clarice Lispector e o conto moderno brasileiro: observações sobre 'O búfalo', no livro *Laços de família*". Sandra Assunção, Ileana Heineberg e Michel Riaudel (Ed.). *Hispanismes*, n. 15, pp. 214-5, jan./jun. 2020. (Dossiê *Laços de família* de Clarice Lispector). Pessac: Société des Hispanistes Françaises de l'enseignement supérieur / Université Michel de Montaigne. Disponível em: https://hispanistes.fr/images/PDF/HispanismeS/Hispanismes_15/14-Vilma-Areas-pdf.pdf. Acesso em: 1º jun. 2021.

BIRON, Rebecca E. *Murder and masculinity: violent fictions of twentieth century Latin-America*. Nashville: Vanderbilt University Press, 2000.

BOURDIEU, Pierre. *Masculine Domination*. Stanford: Stanford University Press, 2002.

CHEVALIER, Alain; GHEERBRANT, Jean. *A dictionary of symbols*. Oxford, Cambridge: Blackwell, 1994.

ELIADE, Mircea. *Initiation, rites, sociétés secrètes*. Paris: Gallimard, 1976.

FRANZ, Marie-Louise von. *Shadow and evil in Fairy Tales*. Boulder: Shambhala Publications, 1995.

_______. *Animus and Anima in Fairy Tales*. Toronto: Inner City Books, 2002.

GARDINER, Judith Kegan (Ed.). Introduction. *Masculinity Studies and Feminine Theory. New Directions.* Nova York: Columbia University Press, 2002.

GROB-LIMA, Bernadete. *O percurso das personagens de Clarice Lispector*. Rio de Janeiro: Garamond Universitária, 2009.

LISPECTOR, Clarice. *A maçã no escuro*. Rocco: Rio de Janeiro, 1998.

_______. *Perto do coração selvagem*. Rio de Janeiro: Francisco Alves, 1992.

_______. *Todos os contos*. Lisboa: Relógio D'Água Editores, 2016.

_______. *Uma aprendizagem ou o livro dos prazeres*. Rocco: Rio de Janeiro, 1969.

OLIVEIRA, Amael. "O duplo em 'O búfalo' de Clarice Lispector". *Anais eletrônicos do IV Seminário Nacional da Literatura e Cultura*. São Cristóvão/SE: Gelic/UFS, v. 4, 3-4 maio 2012. Disponível em: https://www.yumpu.com/pt/document/read/12992065/o-duplo-em-o-bufalo-de-clarice-lispector. Acesso em: 1º jun. 2021.

OLIVEIRA, Solange Ribeiro. "The Dry and the Wet: cultural configurations in Clarice Lispector's Novels". Disponível em: https://core.ac.uk/download/pdf/17529.pdf. Acesso em: 9 jan. 2021.

PAZOS ALONSO, Cláudia; WILLIAMS, Claire (Ed.). *Closer to the wild heart: Essays on Clarice Lispector.* Oxford: Legenda, 2002.

WILLIAMS, Claire. "'O jantar', *Laços de família* (1960). Uma leitura do conto de Clarice Lispector". Sandra Assunção, Ileana Heineberg e Michel Riaudel (Ed.). *Hispanismes*. n. 15, pp. 121-31, *Premier* Semestre 2020. (Dossiê *Laços de família* de Clarice Lispector.) Pessac: Société des Hispanistes Françaises de l'enseignement supérieur / Université Michel de Montaigne. Disponível em: https://hispanistes.fr/images/PDF/HispanismeS/Hispanismes_15/8-Claire-Williams.pdf. Acesso em: 1º jun. 2021.

O lado de fora do lado de dentro

NOEMI JAFFE

Se o termo "estranho" significa, originalmente, aquele que vem de fora — daí a ideia de estrangeiro e de estrangeiridade — há muito já se sabe que também do lado de dentro (das comunidades, dos lugares, mas, sobretudo, das subjetividades) habita um estrangeiro que nos olha e a quem olhamos com estranhamento. Quem é você, outsider, *alien* — ou estrangeiro, em latim — que ora se oculta, ora se revela dentro de mim?

Se Clarice Lispector é uma das autoras que mais e melhor perscrutam o lado de dentro de suas personagens — geralmente, mulheres urbanas e burguesas em estado mais ou menos consciente de crise —, é a partir do lado de fora desse lado de dentro que essa crise tende a irromper. É no momento em que Ana vê o cego mascando chicletes e nos momentos em que testemunha o instante pecaminoso de luxúria vegetal e animal no Jardim Botânico que ela reconhece, mesmo que imperceptivelmente, a outra com quem convive. É na visão do dente quebrado que a esposa obediente decide, num átimo de surpresa, pular da janela, cometendo assim seu maior e talvez único ato de desobediência. É no encontro com o basset avermelhado, em "Tentação", que algo na menina fica sabendo que ela se transformará numa insolente cabeça de mulher.

No conto "A repartição dos pães" — que analiso mais detidamente a partir de agora —, uma narradora em primeira pessoa, que se refere a um grupo de convidados para um almoço de sábado como "nós", vai lentamente transformando sua reação negativa ao convite em espanto *epifânico*, diante de uma mesa farta e acolhedora.

O almoço a que esse "nós" estava convidado é referido, logo na primeira linha, como "de obrigação". Em seguida, a narradora diz que cada um deles "gostava demais do sábado para gastá-lo com quem não queríamos". Todos se encontravam "presos", como se fossem obrigados, novamente, "a pousar entre estranhos". Já se autorreferenciando, ela — quero supor que seja uma narradora feminina — afirma que preferiria, a gastar mal o sábado, fechá-lo na mão dura, onde ela o amarfanharia como a um lenço. Pairava, entre os convidados já chegados à casa, "uma avareza de não repartir o sábado". Todas essas indicações estão no primeiro parágrafo do conto. São duas vezes "obrigação", duas vezes "gastar", uma vez "avareza" e uma vez "prisão". Um campo semântico estabelecido de uma "economia do desejo", uma forma de colocar o desejo em situação de mercadoria a não ser esbanjada ou desperdiçada, a não ser comerciada em troca de algo obrigatório, que os aprisione. É claro que, desde logo, o leitor mais atento já vai se dar conta, pelo uso intencional da terminologia econômica e do absurdo irônico de preferir amarfanhar o sábado a gastá-lo mal, que esses convidados já se encontram aprisionados em sua forma mercantilista de experimentar o desejo. E, ainda mais, pela ironia implícita no uso do "nós", quando, na verdade, é a voz da narradora que domina a narrativa de forma praticamente onisciente.

"Cada um fora alguma vez feliz e ficara com a marca do desejo. Eu, eu queria tudo. [...] Ninguém ali me queria, eu não queria a ninguém. [...] Bebíamos sem prazer, à saúde do ressentimento. Não é com você que eu quero, dizia nosso olhar sem umidade. [...] Qualquer alegria seria um insulto à alegria maior."

Fica clara, aqui, a forma como persevera um cultivo amesquinhado e, pode-se dizer, mesmo birrento de um desprazer antevisto nesse almoço de sábado, dia de descanso e de dar chance ao desejo. Ninguém é feliz, ninguém se quer nem se deseja, mas todos precisam preservar, a qualquer custo — trocadilho incluso — a alegria maior da insatisfação. Essa é a marca que deixou nesses corpos a felicidade um dia vivida.

Como oposição ao economicismo dos convidados, o segundo parágrafo começa descrevendo a anfitriã como a única a não ter "economizado" o sábado para "gastá-lo" numa quinta à noite. Ela não se impacientava com aquele grupo que "parecia não querer refrear seu cavalo, para ir em busca de outros, outros cavalos". Há uma ênfase insistente em desejos de ir além daquilo que não se tem. Ninguém ali está de posse de um desejo ou de uma alegria, mas todos querem mais. A única em quem coincidem o desejo e sua prática é a anfitriã, que só parece querer o que tem e ofertar o que deseja.

Quando, no terceiro parágrafo, os convidados passam para a sala do almoço, não acreditam que aquela mesa possa se destinar a eles.

É como se, nas reticências que seguem o "não podia ser para nós", se ocultasse a continuação "para nós, que, por recusarmos um convite desconhecido por antecipação, só somos merecedores de um almoço sovina", já que o raciocínio é matemático. A conta não parece fechar.

O que ocorre é que a anfitriã não calcula, não se entrega ao cálculo comercial. Ela, como hospedeira, oferece o almoço de graça. Vamos ver adiante como se destacam termos representativos da graça e da abundância, num conto cuja moral — se uma houvesse — poderia ser: "Existe almoço grátis".

Isso fica explícito em passagens como: "aquela mulher dava o melhor não importava a quem"; "ela lavava os pés do primeiro estrangeiro"; "os tomates eram redondos para ninguém"; "sábado era de quem viesse"; "a laranja adoçaria a língua de quem primeiro chegasse"; "tudo só existindo e todo"; "em nome de nada, era hora de comer"; "em nome de ninguém, era bom"; "era reunião de colheita e fez-se trégua"; "come, come e reparte".

O conto não explicita nem quem é essa mulher, apenas referida como "mulher", nem quem são os convidados. Como se trata de uma experiência de hospedagem — hospedeiro e hospedados (*hôte*, em francês, é quem hospeda e quem se hospeda, já que os papéis devem ser intercambiáveis) —, o nome deve ser o que menos interessa, em termos ideais, como o dessa anfitriã. Ela é a hospitaleira ideal, perfeita justamente porque não se sabe perfeita, porque não oferece a abundância da comida em nome de algo ou alguém, como a narradora faz questão de salientar sobre o funcionamento mental dos convidados.

As várias referências religiosas do conto também fazem pensar, é claro, na hospitalidade cristã: desde a lavagem de pés estranhos até as duas vezes em que Deus é mencionado, passando por "era uma mesa para homens de boa vontade" e pelos ramos de trigo distribuídos pela mesa.

A religiosidade certamente existe, mas, como tudo em Clarice, ela aparece subvertida. Guardando muitas semelhanças com o Éden entre paradisíaco e infernal do conto "Amor", assim é descrita, no outro conto, a mesa em que se distribui a comida:

> A mesa fora coberta por solene abundância. Sobre a toalha branca amontoavam-se espigas de trigo. E maçãs vermelhas, enormes cenouras amarelas, redondos tomates de pele quase estalando, chuchus de um verde líquido, abacaxis malignos na sua selvageria, laranjas alaranjadas e calmas, maxixes eriçados como porcos-espinhos, pepinos que se fechavam duros sobre a própria carne aquosa, pimentões ocos e avermelhados que ardiam nos olhos — tudo emaranhado em barbas e barbas úmidas de milho, ruivas como junto de uma boca. E os bagos de uva. As mais roxas das uvas pretas e que mal podiam esperar pelo instante de serem esmagadas. E não lhes importava esmagadas por quem. Os tomates eram redondos para ninguém: para o ar, para o redondo ar. Sábado era de quem viesse. E a laranja adoçaria a língua de quem primeiro chegasse.

Se existe religião nesse conto — e ela existe fartamente — e se há, nessa religiosidade, referências ao cristianismo, seria uma espécie de cristianismo pagão, porque essa mesa descrita — continuando nos parágrafos seguintes — é uma mesa nada menos que dionisíaca. São todos alimentos crus (só mais tarde, no conto, haverá uma indicação passageira à carne), como que provenientes imediatos da terra e todos destacados em sua inteireza, cor, umidade, ereção, majestade e como que oferecimento. São alimentos que se oferecem à boca. A visão dessa mesa, para a narradora, os convidados e o leitor, repercute os insetos e plantas em estado de acasalamento incessante que Ana presencia no Jardim Botânico, mas aqui sem a sombra do inferno e do pecado, pairando ao redor. Tudo é pura entrega, puro erotismo e pura religião e essa mulher hospitaleira desinteressada torna-se uma verdadeira deusa, mênade Madalena.

Além de tudo isso, também fora oferecido leite e vinho em bilhas de barro, rabanetes e limões de acidez espanhola, e a melancia com seus alegres caroços. Tudo "só existindo e todo. Assim como existe um campo e as montanhas. Assim como existem homens e mulheres e não nós, os ávidos. Assim como um sábado. Assim como apenas existe. Existe". E, mais adiante, "aquilo tudo queria tanto ser comido como nós queríamos comê-lo". É restituída a sacralidade do sábado de descanso, dia de realização de desejos instintuais como comer e beber, mas sem a avidez dos desejos não realizados ou a da gula que come além da comida. O encontro, aqui, é exato: hóspedes que querem comer a comida justa que, por sua vez, quer ser comida por eles. Não há atributos nem no sábado, nem na comida, nem nos comensais, tudo se torna o que é, num paganismo à Alberto Caeiro, em que adjetivos só fariam contaminar de julgamentos o que está aquém do juízo.

A hospitalidade primeira, essa que se encontra na *Odisseia* e nos povos originários, é uma prática que, por sua importância, tem ascendência até sobre rituais de vingança, manutenção da honra ou sobre interesses comerciais e políticos. Para o filósofo Levinas, inclusive, a hospitalidade tem precedência sobre os valores da liberdade e da igualdade. Para ele, não se concebe liberdade e igualdade sem que haja a recepção do outro, simplesmente pela sua outridade. A hospitalidade está diretamente relacionada ao estranhamento e à estrangeiridade. No mesmo conto menciona-se, algumas vezes, o termo "estranho" e a frase que o conclui diz que "pão é amor entre estranhos". Quem recebe um hóspede não lhe pergunta quem ele é ou o que quer. Lava seus pés e lhe oferece o que sua casa tem de melhor: cama, comida, calor e abrigo. Só depois dessa distribuição de conforto é que haverá as perguntas sobre sua procedência, suas experiências e necessidades. Não se fazem perguntas, num primeiro momento. Aceita-se o estranho em sua integridade estrangeira. Aquele que hoje é hóspede poderá, um dia, ser o hospedeiro e quem se hospeda, por ter sido bem recebido, saberá retribuir a atenção concedida. É uma das primeiras trocas civilizacionais do humano e aquela que sustenta as regras éticas e de convivência de uma comunidade.

Em "A repartição dos pães", o processo *epifânico* acontece pela surpresa dos convidados hostis, diante da presença farta e graciosa com que são recebidos, sem o juízo sobre sua contrariedade. Como ocorre muitas vezes na linguagem clariciana, alguns verbos aparecem intransitivamente, como "existe", "existem", "comíamos" (duas vezes), "olhávamos". A hospitalidade está diretamente vinculada à graciosidade e à intransitividade como atitude. Como oposição delicada ao economicismo dos convidados, representado semanticamente nos exemplos mostrados antes, tudo o que se refere à mulher é ligado à graça: ela faz o que faz sem pensar em retribuição, de graça; a ideia de graça também como bênção aparece aqui no aspecto religioso e incondicional com que ela prepara essa mesa; também em seu gesto ressalta a graciosidade da disposição da comida; e, finalmente, a graça como espírito de alegria, capaz de desarmar o mau humor teimoso desses convidados espantados.

"Tudo diante de nós." Essa ideia de estar diante de, de pôr-se diante de, é a própria etimologia da palavra "presença" e do tempo presente: estar diante de. Essa mesa que se faz presente no presente, transformando o sábado em sábado e cada um em si mesmo, além de com o outro, sem um porquê algum, é não a representação, mas a própria imanência hospitaleira. Coisas e pessoas que são o que são por ser, mas não espontaneamente e sim pelo gesto de uma mulher desinteressada.

Como em "A menor mulher do mundo", em que a pigmeia grávida deseja o anel e as botas do explorador, também aqui o contato com o "selvagem" despoja as pessoas do desejo do que não se tem em nome do desejo exato pelo que se tem, pelo que se oferece e pelo que se aceita receber. Trata-se, agora, de um desejo erótico e sensível, em que visão, paladar e tato se ajustam ao tamanho, cor, textura e sabor do que se acolhe e colhe. "Nada guardado para o dia seguinte, ali mesmo ofereci o que eu sentia àquilo que me fazia sentir. Era um viver que eu não pagara de antemão com o sofrimento da espera. Fome que nasce quando a boca já está perto da comida [...] A cordialidade era rude e rural." E, numa lembrança quase direta à menor mulher do mundo, "aquilo tudo me pertencia, aquilo era a mesa de meu pai. Comi sem ternura. Comi sem a paixão da piedade". Distante da moralidade, este conto aproxima o leitor de uma noção mais arcaica de *ethos* cuja premissa é o bem-estar de todos com todos. Sem esquecer que, ainda no conto "A menor mulher do mundo", a visão sobre o desejo da pigmeia é também contraposta ao querer ávido e oportunista das leitoras da notícia do jornal, ansiando, em seus recalques e defesas, por possuir a menor mulher do mundo. Só ela, alegre mesmo no perigo que corre — ou justamente por causa dele —, sabe ajustar aquilo que quer àquilo que vê e pode: "Mas na umidade da floresta, [...] amor é não ser comido; amor é achar bonita uma bota, amor é gostar da cor rara de um homem que não é negro, amor é rir de amor a um anel que brilha. Pequena Flor piscava de amor e riu quente, pequena, grávida, quente".

Outro índice do aspecto pagão dessa entrega amorosa — e, pode-se dizer, primitivamente cristã — é a ausência de sofrimento ligado à oferta do banquete: "Não havia holocausto, aquilo tudo queria ser comido tanto quanto nós queríamos comê-lo. Era um viver que eu não pagara de antemão com o sofrimento da espera". Deus, com letra maiúscula mesmo, diz o conto, nunca foi tão tomado pelo que Ele (também em maiúscula) é. Trata-se de um ato de fé ligado à terra. Os convidados se tornam camponeses fidalgos, "ocupados como quem lavra a existência, e planta, e colhe, e mata, e vive, e morre, e come". Os atos intransitivos prescindem de juízo, de virtude e da ideia de qualquer sacrifício, o que implica ausência de retribuição. E é justamente em função da ausência de comércio como motor da ação que todos os estranhos podem repartir o que têm e o que comem: "A comida dizia rude, feliz, austera: come, come e reparte"; ou: "Quem lento bebeu o leite, sentiu o vinho que o outro bebia" e "a cordialidade era rude e rural".

E não adianta buscar nomear a que tipo de credo a autora ou narradora se refere. Seria algo semelhante a uma das seitas apócrifas do início do cristianismo? Seria um ecumenismo com elementos do sincretismo brasileiro? É claro que nada disso cabe para a leitura desse conto, cuja oferta como literatura é postar-se em algum lugar aquém até mesmo da linguagem e certamente aquém de classificações.

"Comi aquela comida e não o seu nome."

Trata-se de uma utopia erótica da exatidão (justo encontro). O que desejo se encontra com o que se oferta diante de mim. Estou diante de: o que está diante de mim é o presente presente: a imanência. O sonho maior de todo escritor — e, sobretudo, dos poetas — é fazer coincidirem palavra e coisa, numa língua que prescindiria da arbitrariedade. Uma língua adâmica em que a coisa é nomeada assim que é posta *epifanicamente* diante de seu nomeador, numa relação de necessidade absoluta.

Ao longo de todo o conto, Clarice faz com que a linguagem trabalhe a serviço do maior silêncio possível, distante da ideia da palavra apenas como intermediação ou instrumento que liga as coisas à sua designação. Também o conto deve ser lido por suas palavras e não pelo que elas designam, se isso for possível.

Desde o momento em que se passa à sala do almoço, passa-se, também no conto, a uma outra qualidade semântica e sintática. Abundam os adjetivos relativos às sensações: branca, vermelhas, amarelas, verde, alaranjadas, avermelhados, ruivas, negro, roxas; redondos, líquidos, duros, eriçados, aquosa, ocos, emaranhado, ardentes, retorcido. E os substantivos e verbos: abundância, pele estalando, carne, ardiam nos olhos, instante de ser esmagadas (as uvas), adoçaria a língua, cortado pela acidez, atravessas com as cabras os desertos dos penhascos. Tudo isso num retângulo de dez linhas que imitam a própria mesa em sua proliferação colorida, telúrica e sensível. Um parágrafo que se dispõe diante do leitor em sua fartura, presentificando a experiência dos personagens.

E também na sintaxe, como já dito, salta-se para a intransitividade e para advérbios como "nada, nenhum, ninguém, nunca, sem", em que ressalta a gratuidade: "Em nome de nada, era hora de comer. Em nome de ninguém, era bom. Sem nenhum sonho. Nada guardado para o dia seguinte. Ninguém falou mal de ninguém porque ninguém falou bem de ninguém. Nunca Deus foi tão tomado pelo que Ele é. Sem uma palavra de amor. Sem uma palavra".

E tudo isso expresso por frases curtas se sucedendo num ritmo emulador de coisas que vão brotando como que autonomamente, um ritmo bíblico, também imitando o gesto de levar a comida à boca:

> Quem lento bebeu o leite, sentiu o vinho que o outro bebia. Quem bebia vinho, com os olhos tomava conta do leite. Lá fora Deus nas acácias. Que existiam. Comíamos. Como quem dá água ao cavalo. A carne trinchada foi distribuída. A cordialidade era rude e rural. Era reunião de colheita e fez-se trégua. Comi sem saudade nenhuma. E eu bem valia aquela comida. Sem uma palavra de amor. Mas teu prazer entende o meu. Nós somos fortes e comemos.

A última frase do conto — "pão é amor entre estranhos" — resume a etimologia da palavra "companheirismo", ou "dividir o pão". É pelo pão que esses estranhos se aceitam e pelo gesto dessa anfitriã que, gratuitamente, o distribuiu. Pela experiência do espanto diante da coisa que se oferece para ser consumida, os contrariados se fizeram próximos. Pelo esquecimento, mesmo que passageiro, do lugar da palavra como mediação para ocupar um vínculo de necessidade com a coisa nomeada, também a língua se coloca como ofertório e também o leitor compartilha a imediaticidade.

Pode ser que tudo seja breve.

A literatura não é mesmo matéria que se aloja definitivamente no corpo e na alma. Ela apenas reacomoda pequenos calos, dissolvendo-os devagar. Quando vemos, depois de muita Clarice, muito Rosa, muito Machado, nosso olhar para o mundo e para nós mesmos é de maior aceitação e tolerância ou, ainda, de maior rebeldia e ação.

O antropólogo inglês Tim Ingold, em ensaio que defende uma educação voltada para o lado de fora, mais do que para dentro, sugere uma inversão da frase "uma coisa aparece" para a mais estranha "aparece uma coisa" ou "aparece ela". Na ordem convencional, a coisa existe antes de sua revelação, pronta e esperando para ser percebida pelo observador, cuja atenção está buscando algo naquilo que vê e observa. Ao caminhar desinteressadamente, entretanto, a atenção é capturada pelo "aparecimento daquilo que aparece"; "o andarilho espera, acompanha a emergência das coisas". "O aparecer de uma coisa equivale à sua emergência, e testemunhar esse aparecimento é comparecer ao seu nascimento."

Em "A repartição dos pães", acompanhamos uma narradora que se transforma, ou se reinaugura, pela visão do aparecimento inaugural de uma mesa farta e gratuita. Na sala de almoço, "aparece a mesa" e, com ela, "aparece a comunhão".

Clarice não faz a coisa aparecer. Ela faz aparecer a coisa e, com isso, também aparecemos nós.

PARTE II

Iniciação, encenações

A imprensa como caminho: Os primeiros textos de Clarice Lispector na mídia impressa

APARECIDA MARIA NUNES

Ainda como estudante da Escola Nacional de Direito da Universidade do Brasil, Clarice Lispector decide não seguir a carreira de advogada. Pretende iniciar outra: a de jornalista. A jovem estudante busca então, junto aos principais editores de revistas da cidade do Rio de Janeiro, a publicação de seus contos e se candidata ao trabalho de jornalista. Apresenta-se também como tradutora.

Desiludida com a disciplina de Direito Penal, ela é bem-sucedida nas abordagens. A *Pan*, de José Scortecci, promete divulgar o conto encaminhado, conforme conta em carta à irmã Elisa, em 22 de maio de 1940: "Ou o homem está louco ou sou eu quem está" (2007, p. 19). E a *Vamos Ler!*, dirigida por Raimundo Magalhães Junior, que se considera padrinho literário de Lispector, não somente acolhe a ficcionista iniciante, mas também a repórter, a entrevistadora e a tradutora.

Por muito tempo, devido a uma informação equivocada na biografia de Clarice Lispector escrita por Renard Perez, em *Escritores brasileiros contemporâneos* (1964), a partir de uma entrevista que obteve com a escritora em 1961, acreditava-se que o primeiro conto clariciano publicado na imprensa fosse o que Álvaro Moreira, então redator-chefe, recebe na redação de *Dom Casmurro*, em 1941. *Dom Casmurro*, periódico literário de circulação nacional, talvez o mais representativo veículo da área no governo de Getúlio Vargas, em pleno Estado Novo (1937-1945), com o programa de lançar novos autores, apresenta a estreia de Clarice Lispector, como verdadeira promessa em "Cartas a Hermengardo",[1] distribuídas em três edições do ano de 1941 (14 de junho, 26 de julho e 30 de agosto). Nessas cartas, Idalina, moça de trinta e dois anos incompletos, escreve ao amado, que na verdade se chamava José, narrando momentos de angústia, revolta e paixões, entre outros assuntos confidenciais, que denotam o traço da experiência interior e do aprofundamento introspectivo na ficção da jovem Lispector. Mas *Dom Casmurro* também revela, em 1941, a Clarice Lispector poeta, em "Canto da mulher eterna" e "Descobri o meu país".

Por essa ocasião, a estudante se arrisca na poesia. Chega a preparar um livro somente com seus poemas, anunciado até pela imprensa carioca. Mas a edição não ocorre, talvez porque se decepciona com a avaliação desencorajadora de Manuel Bandeira. Em carta à amiga, em 23 de novembro de 1945, Bandeira comenta que prepara uma antologia de poetas bissextos. Lamenta, então, não ter consigo os poemas que certa vez ela lhe mostrara, para incluí-la na coletânea. Insiste que Lispector é poeta e afirma sentir remorsos do que disse a respeito dos versos que ela lhe mostrara: "Você é bissexta: faça versos Clarice, e se lembre de mim" (2002, pp. 78-9). Apesar disso, não há apontamentos que comprovem que Lispector tivesse se enveredado pela poesia depois da idealização desse livro, que acabou se perdendo. No entanto, as páginas da imprensa brasileira ainda conservam alguns poucos registros da tentativa. E as primeiras que chegam ao leitor de jornal são as que *Dom Casmurro* deu visibilidade, ainda de uma poeta desconhecida no meio literário.

O poema inaugural "Canto da mulher eterna" apresenta traços que se somam às propostas literárias da escritora em formação. Há crítica às escolas literárias e o manifesto de rompimento com os postulados que o simbolismo, o parnasianismo e o modernismo defendem. O eu lírico preconiza liberdade de criação, nos moldes a propiciar a identidade e o momento de quem escreve, sem amarras.

CANTO DA MULHER ETERNA[2]

Não quero modernismos
onde palavras estranhas se choquem
com o tilintar de taças desiguais.

Não quero parnasianismos
onde a palavra pise a ideia
e conceba uma flor frágil e artificial.
Não quero simbolismos
que se isolem em analogias.
Quero um pouco de barro.
Um pouco d'água.
Um pouco de sopro.
Quero fazer uma outra poesia,
com pernas e braços,
que tenha um pouco da terra e do céu,
que tenha a verdade dentro de si
sem saber,
que chore e ria e ame e cante e vibre e morra e seja eterna,
gerando sempre outras poesias.
Eu quero um filho.

A poeta de vinte anos, em seu segundo poema publicado na imprensa, segue a mesma estrutura do anterior, no que se refere à composição dos versos livres, à ausência de rimas e à escolha pela forma que privilegia a palavra e seus significados. Aliás, sobre a questão "forma e conteúdo", o dilema integra as premissas do projeto literário de Lispector, desde os seus primeiros textos inaugurados pela imprensa. Nesse projeto, divulgado pela própria Clarice Lispector em "Literatura de vanguarda no Brasil",[3] escrito para participar, em 1963, no XI Congresso Bienal do Instituto Internacional de Literatura Ibero-Americana, na Universidade do Texas, em Austin (Estados Unidos), e relido em diversas outras palestras, a escritora frisa que as expressões "corpo e alma", "matéria e energia" e "fundo e forma" nunca tiveram muito sentido para ela, pois em se tratando de linguagem real a "palavra é na verdade um ideograma". E acrescenta que escrever em uma língua que ainda borbulha, que precisa mais do presente do que de uma tradição, exige que "o escritor se trabalhe a si próprio como pessoa". Ou seja: "Cada sintaxe nova é então reflexo indireto de novos relacionamentos, de um maior aprofundamento em nós mesmos, de uma consciência mais nítida do mundo e do nosso mundo". O poema "Descobri o meu país", sintomaticamente, dialoga com esse discurso da palestrante. Em tom intimista, rompe com fronteiras, nem terra nem céu. Inventa outro Deus, outro céu, outra terra e outros homens, numa zona de intersecção, hachurada, com a literatura que produz. Porém, algumas imagens mais proeminentes em escritos futuros já se fazem presentes nesse poema. O cenário com anjos, de asas em harmonia, que derramam sete bálsamos purificadores no corpo da que fala no poema, por exemplo, é recuperado, mas de outra maneira, com aprofundamento nas discussões sobre corpo feminino e sociedade, na composição da peça dramática "A pecadora queimada e os anjos harmoniosos", escrita por Clarice Lispector em Berna e publicada na primeira edição de *A legião estrangeira* (1964), e depois suprimida pela própria autora nas edições subsequentes.

DESCOBRI O MEU PAÍS

Subi a montanha
e no seu topo os anjos me cercaram
e me engrinaldaram a fronte
com as flores do céu.
Asas zumbiam
em harmonias fragílimas
e vozes de arcanjos louvavam a paz.
Derramaram sobre meu corpo
sete bálsamos purificadores
e fizeram-me beber
ambrosia e mel.
Banharam-me no rio da música
e eu saí ingênua
como o canto de uma criança.
E depois surgiram novos anjos
e não havia noite
e não havia dia.
E a ambrosia e o néctar
deslizavam com fartura celestial.

E novas canções se entoaram
sempre em louvor a Deus.
E não havia noite
e não havia dia.
E aos poucos cresceu dentro de mim
o desespero
e eu busquei em vão os olhos celestiais.
Eles nada diziam
e cantavam a paz.
E aos poucos uma nostalgia
me enlanguesceu
e eu era o arco distendido
sem a flecha
e eu buscava o ar
sem respirar.
Um anjo me interrogou: mais néctar?
Eu gritei: quero cheiro da terra!
E o anjo me perdoou
E eu cansei de ser perdoada,
eu queria sofrer.
E não havia noite e não havia...
Quebrei minhas asas,
desci a montanha
e vivi na Terra!

Homens amavam
e cansavam do amor.
Homens bebiam sangue
e descobriam
que não desejavam brigar
Entoavam-se cânticos místicos
onde só havia a insatisfação.
E depois homens morriam
e todos sabiam que era o fim.

Nem a terra,
nem o céu!

Fechei-me num quarto,
inventei outro Deus,
outro céu, outra terra
e outros homens.

A estreia, contudo, da ficção de Lispector acontece em *Pan*, semanário popular, especializado em matérias sobre a Segunda Grande Guerra, dirigido pelo escritor Tasso da Silveira, no momento em que "Triunfo" é lançado em 25 de maio de 1940, quando a revista já estava em declínio. Mesmo assim, o conto é diagramado em três páginas, com ilustrações que realçam os conflitos de relacionamento do casal Luísa e Jorge, quando ele abandona a companheira. O texto de tom intimista antecipa as particularidades da literatura clariciana, como o fluxo da consciência.

Logo após a morte do pai, Pedro, em 26 de agosto de 1940, em decorrência de uma cirurgia de vesícula, a Clarice de dezenove anos concilia os estudos do segundo ano da faculdade com o trabalho na imprensa carioca. Na *Vamos Ler!*, revista semanal da empresa *A Noite*, consegue publicar dois novos contos: "Eu e Jimmy" e "Trecho". Lançado em 10 de outubro de 1940, "Eu e Jimmy"[4] recebe ilustração de José Correia de Moura, desenhista conceituado, com o qual a escritora mantém duradoura amizade. À semelhança do conto inaugural em *Pan*, a trama de "Eu e Jimmy" centra-se na relação de um casal, mas dessa vez com leveza e bom humor, para discutir a subserviência das mulheres em seus relacionamentos afetivos. "Trecho", publicado em 9 de janeiro de 1941, com ilustração do premiado pintor e caricaturista pernambucano Euclides L. Santos, expõe os conflitos pessoais de Flora enquanto aguarda, em um café, a chegada de Cristiano.

Além desses contos, *Vamos Ler!* se reveste de importância por ter permitido que a jovem Clarice Lispector se iniciasse na reportagem e na entrevista. *Vamos Ler!* é a responsável pelo registro dos primeiros textos jornalísticos da acadêmica de direito, e o resgate desse material permite constatar, por exemplo, que a forma, o viés e a linguagem que empregou na realização da entrevista, em 19 de dezembro de 1940, com o escritor Tasso da Silveira, foram mantidos quando ela assina os "Diálogos possíveis com Clarice Lispector", na revista *Manchete*, entre 1968 e 1969, e depois na *Fatos & Fotos/Gente*, entre 1976 e 1977. Para produzir suas entrevistas, Lispector opta por escrever em primeira pessoa, em texto estruturado por perguntas e respostas e introduzido pelo perfil do entrevistado, segundo suas impressões.

A REPÓRTER E A ARTICULISTA

É constante a presença de Clarice Lispector nas redações de jornais no início da década de 1940. Disposta e interessada na cobertura das pautas, conforme opinião do escritor e jornalista Antônio Callado, ela aos poucos vai chamando a atenção de veteranos jornalistas, ao atuar na Agência Nacional e em *A Noite*. Francisco de Assis Barbosa, um dos primeiros a ler os originais de *Perto do coração selvagem* (1943), destaca que a colega ria muito: "Gostava da vida. Estava de bem com a vida. Estava pronta para viver" (2006, p. 65). E Lúcio Cardoso, mentor por toda uma vida, integra a nova amiga em seu grupo e nas rodas de intelectuais do Rio de Janeiro.

Como repórter da Agência Nacional, Clarice Lispector tem seus textos distribuídos aos órgãos da imprensa brasileira, divulgando o Estado Novo e promovendo pessoal e politicamente Getúlio Vargas. Não há registro oficial do período em que aí esteve nem das reportagens que cobriu. Esse resgate ainda está sendo construído à medida que as matérias assinadas por Lispector vão sendo descobertas nas publicações jornalísticas do país. É certo, porém, que trabalha na Agência Nacional em 1941, indicada por Lourival Fontes, homem de confiança do presidente Vargas e diretor do Departamento de Imprensa e Propaganda (DIP), ao qual a Agência Nacional estava vinculada. Aliás, é importante observar que esse início de carreira como jornalista não é fácil, mesmo sendo apadrinhada por Lourival Fontes. Em carta à irmã Tania, datada de 7 de fevereiro de 1941, Clarice Lispector narra o episódio de sua saída da Agência Nacional em decorrência de desentendimentos com o dr. J., por desejar trabalhar com reportagens. Ela desabafa:

> Quanto ao trabalho: fui falar com o dr. J. e ele ficou de falar com L.F. Mas no dia seguinte telefonei pedindo que ele abandonasse a ideia porque eu não ia voltar. Nunca vi tanta necessidade de dar coices como naquele sujeito. Começou por me dizer que eu não era indispensável. Como eu dissesse que desejava voltar às reportagens, disse-me que eu já estava com imposições. Que eu, entrando lá, faria o que fosse preciso. E que, quando eu fosse com ele ao L.F., ia dizer que tivera um incidente comigo, mas que eu queria voltar e como tinha certas qualidades... E disse-me ele, aconselhava-me a que concordasse com isso como um pai aconselharia... Fez o possível para me botar no meu lugar. E o idiota do Sampaio não me cumprimentou senão depois de longos minutos de observação. Mas o Santos Jr. acha que eu voltarei, porque o J.S. já tinha falado com L.F. (2007, p. 21).

É possível identificar L.F. como o diretor do DIP Lourival Fontes e J.S. como o jornalista Joel Silveira. Mas a identidade do dr. J. não se conhece ainda. Fato é, no entanto, que a novata repórter, antes da passagem relatada na carta à irmã Tania, entrevista a primeira-dama Darcy Vargas e tem matéria publicada no *Diário do Povo*, de Campinas (SP), com crédito de autoria e como repórter da Agência Nacional. "Onde se ensinará a ser feliz"[5] é publicada em 19 de janeiro de 1941 e divulga o projeto "Cidade das meninas", que seria construída em terreno doado pelo governo federal em Nova Iguaçu, para abrigar cinco mil crianças desamparadas.[6] Iniciada por um nariz de cera, técnica comum nos textos de reportagem de Lispector, a matéria menciona a "Cidade dos meninos" do padre Flanagan, no estado de Nebraska (Estados Unidos), que ressurge na proposta de Darcy Vargas. O intuito era que as meninas não recebessem apenas casa e comida, mas um lar. "Nas centenas de casas, simples e alegres, as meninas se desenvolverão sem promiscuidade, como numa pequena família", segundo a idealizadora (2012, p. 55).

Ainda sobre assistência às crianças desamparadas, a revista *Vamos Ler!* publica "Uma visita à Casa dos Expostos",[7] em 8 de junho de 1941. Fundada por Romão de Mattos Duarte em 1738, a instituição chamava-se Casa da Roda, em alusão à roda de madeira instalada na porta de entrada, na qual as crianças abandonadas eram deixadas pelos pais para receberem assistência. A reportagem rememora o fundador e é interessante observar as ilações de Lispector na cobertura. Quando descreve o caso dos internos que permaneceram na Casa até a velhice, ela escreve: "Às vezes o exposto se enxerta de tal modo à nova árvore, que dela só se desprende quando murcho. Assim, ainda mora na Casa dos Expostos uma turma de velhinhos, que nunca se lembrou de fugir" (2012, p. 47). Na sala dos recém-nascidos, a repórter conhece Bonifácio. Diante da história do menino sem condições de sobrevida, ela critica um dispositivo do Código Penal que proibia as entidades assistenciais de aceitarem crianças sem dados de identidade, sob pena de um a cinco anos de prisão. Sensibilizada por temas sociais, expõe um retrato da infância desamparada e finaliza a matéria argumentando que não "é proibindo a aceitação de crianças não identificadas que se acabará com o nascimento delas" (2012, p. 53).

Nesses escritos, as convicções da jovem de vinte anos são tão contundentes que, ao longo da vida, não as modificará. Na revista discente *A Época*,[8] essa atitude de ver os desvalidos, problematizando as formas de se fazer justiça, fica evidente. Em "Observações sobre o fundamento do direito de punir",[9] publicado em agosto de 1941, a articulista defende a tese de que não há direito de punir, mas poder de punir. De acordo com a autora, "o homem é punido pelo seu crime porque o Estado é mais forte que ele" (2006, p. 60). Para a redatora de *A Época*, enquanto "punir" significar simplesmente encarcerar o criminoso, em vez de almejar a cura do mal social para impedir outros de cometerem o mesmo delito, então é "preferível abandonar a discussão filosófica dum 'fundamento do direito de punir' e, de cabeça baixa, continuar a ministrar morfina às dores da sociedade" (2006, p. 60), conclui.[10]

No segundo texto que publica em *A Época*, "Deve a mulher trabalhar?", em setembro de 1941, Clarice divulga a enquete que realizou com estudantes do curso de direito sobre a atuação da mulher fora de casa. Logo no primeiro parágrafo, a repórter questiona: "Deve ou não deve ela estender suas atividades pelos vários setores sociais? Deve, ou não, voltar suas vistas também para fora do lar?". Na sequência, indica duas possibilidades: ou ela segue seu eterno destino biológico ou escolhe livremente seu caminho. "De um lado, a casa, compreendendo filhos e marido, exigindo abnegação constante. De outro, a evolução dos costumes e dos ideais, lançando-a no conhecimento de si mesma e de suas possibilidades" (2012, p. 71). A pauta provavelmente foi motivada pela história da própria Clarice, que conquistava espaço no mercado de trabalho, e da irmã Elisa, que sempre trabalhou para ajudar nas despesas.

CLARICE NA REVISTA O *CRUZEIRO*

Escalada para cobrir a visita do presidente Getúlio Vargas ao Museu Imperial de Petrópolis, Clarice Lispector ganha matéria de quatro páginas, no conceituado semanário *O Cruzeiro*,[11] edição de 5 de julho de 1941. Inspirada na norte-americana *Life*, a revista *O Cruzeiro*, editada pelos Diários Associados, de Assis Chateaubriand, foi o principal magazine ilustrado brasileiro do período, com circulação nacional.

Quando da cobertura pela repórter da Agência Nacional, *O Cruzeiro* constitui importante porta-voz da política modernista e nacionalista do governo de Getúlio Vargas. Por isso, justifica-se a diagramação destacada do trabalho assinado por uma "Clarisse Lispector" em caixa alta e ilustrado por sete fotos do presidente Vargas em visita à residência favorita de verão de d. Pedro II, elevada à condição de Museu Imperial[12] por decreto-lei do próprio Vargas, em 29 de março de 1940.

O parágrafo introdutório da reportagem de Lispector, redigido em nariz de cera, lista os países com maior número de museus. O continente africano, no recorte que fez, possuía sessenta museus, enquanto a América Latina nem figurava na tal relação. A redatora explica, diante do contexto, que é necessário "trazer ao povo a noção das experiências antigas, ensinando-lhe a amar o que é seu e facilitando-lhe a compreensão da realidade atual. E o melhor meio de ensinar história é despertar a curiosidade pela história".

As informações são coletadas em conversa com Alcindo de Azevedo Sodré, diretor do Museu Imperial. A repórter do DIP não entrevista Getúlio Vargas nem reproduz alguma fala oficial. Mas, guiada por Sodré, conhece as dependências do Palácio e se encanta com o lustre de 32 quilos de cristal, que pertenceu ao Marquês de Abrantes, instalado na sala de jantar da família imperial. Em determinado momento, conta Lispector, o diretor do museu pede que as janelas sejam fechadas e torce o comutador. O efeito da luz emanada pelo lustre surpreende, mesmo com o recinto despojado de móveis e objetos. O resultado inesperado desse ato deve ter proporcionado um vislumbre inesquecível na futura romancista e contribuído de alguma forma na trama de seu segundo romance, pois nem mesmo as intervenções de Lúcio Cardoso a demovem de modificar o título *O lustre* (1946) para a obra.

Como repórter, Clarice Lispector é contratada, em março de 1942, por *A Noite*, inclusive com registro em carteira de trabalho. Contudo, a bem-sucedida carreira de repórter é interrompida, em 1943, com o casamento e os anos vividos na Europa ao lado de Maury Gurgel Valente. No entanto, após o lançamento de *Perto do coração selvagem*, a imprensa é novamente o veículo escolhido para a publicação de novos contos, notadamente no período de três anos em que vive em Berna, Suíça, de 13 de abril de 1946 a 3 de junho de 1949, quando escreve histórias, como "O crime" (que depois seria revista e transformada em "O crime do professor de matemática") e "O jantar", que são publicadas pelo suplemento Letras e Artes, do jornal *A Manhã*, em 25 de agosto e 13 de outubro de 1946, respectivamente, com ilustrações do conceituado artista Santa Rosa, antes de fazerem parte de *Laços de família* (1960). Em Berna, também escreve "Mistério em São Cristóvão" e "Os laços de família".[13]

Em visita ao Rio de Janeiro, em 1949, para conferir as provas de *A cidade sitiada*, a ficcionista escreve mais três contos: "Amor", "Começos de uma fortuna" e "Uma galinha". E, enquanto o casal aguarda a viagem para Torquay, na Inglaterra, a revista *O Cruzeiro* publica novos contos de Lispector em diagramação cuidada, geralmente na prestigiada página 3, dedicada à produção feminina, e ilustrados por Percy Deane e Alceu Penna, que fazem história no jornalismo brasileiro. Assim, as páginas de *O Cruzeiro* são as responsáveis por levar aos leitores o texto, em primeira versão, dos seguintes contos: "Instante alpino" (3 set. 1949), "Espanha, canto e dança flamengos" (29 out. 1949), "Esboço de menino" (10 dez. 1949), "Mocinha" (24 dez. 1949), "Pepe, el guia" (18 fev. 1950), "O jantar" (13 maio 1950), "Uma alma caridosa" (23 set. 1950), "A moça tranquila" (3 fev. 1951).

Dos oito contos que a revista *O Cruzeiro* publica, apenas "O jantar" não é inédito, pois o Letras e Artes já o havia lançado. Porém, os demais contos, escritos quando Clarice Lispector era estudante de direito e no período em que residiu em Berna, é imperativo reforçar, conservam uma redação inicial que foi aperfeiçoada pela ficcionista em anos e até em décadas posteriores, obedecendo a critérios estéticos e efeitos estilísticos. Nas versões em livros, Clarice Lispector suprime termos acessórios, faz substituições vocabular e frasal, amplia a narrativa para tornar mais claro o tema, reconfigura a pontuação, altera nome de personagem, elimina e modifica trechos e substitui títulos, em meio a outros procedimentos textuais, extinguindo os traços da escritora principiante.

DA RECEITA DE MATAR BARATAS AO CONTO

Sobre o processo de reescrita, a publicação de uma receita de matar baratas na página "Entre mulheres"[14] é significativa. Nessa primeira versão da receita, Clarice Lispector estrutura o texto ao discurso convencional da imprensa feminina, dispondo ingredientes e modo de fazer, além do uso do verbo no imperativo. A receita de matar é publicada discretamente na edição de 8 de agosto de 1952, com o título "Meio cômico, mas eficaz..." e se ajusta, a princípio, às temáticas trabalhadas por esse tipo de jornalismo, que reforça os papéis da mulher nos cuidados com a casa e família.

A higienização do lar é proposta recorrente no pós-guerra. As receitas caseiras de toda ordem são instigadas a serem substituídas pelos produtos de consumo que a publicidade aconselha. Há um modelo de Brasil que está sendo construído, em busca da modernidade e do progresso. A imprensa e a publicidade, principalmente no pós-guerra, empenham-se na difusão do novo estilo, calcado na cultura da higiene, que tem como alvo a dona de casa. As marcas Detefon, Neocid e Flit investem pesado em anúncios, depois que o uso do diclorodifeniltricloroetano, o DDT, considerado o primeiro pesticida moderno utilizado no combate de piolhos transmissores do tifo nos soldados, em campos de batalha na Europa, é introduzido no ambiente doméstico da classe média brasileira.

A página de Tereza Quadros compõe-se de pequenos textos narrativos sobre beleza, moda, comportamento, etiqueta, culinária e maquiagem, organizados na forma de conselhos, receitas e segredos. Mesmo consultando as revistas *Bünte*, *Paris Match* e *Jour de France*, doadas ao semanário por uma senhora alemã chamada Lothe,[15] para auxiliar na elaboração do repertório, Tereza Quadros faz de "Entre mulheres" oportunidade para veicular a ficção de Clarice Lispector. No caso da receita de matar baratas, disfarçadamente, o exercício ficcional "Meio cômico, mas eficaz..." convida a leitora ao ritual de matar e com "eficácia", palavra de ordem da publicidade da época para os inseticidas. Eis o texto-embrião que Lispector transformará em conto:

> De que modo matar baratas? Deixe, todas as noites, nos lugares preferidos por esses bichinhos nojentos, a seguinte receita: açúcar, farinha e gesso, misturados em partes iguais. Essa iguaria atrai as baratas que a comerão radiantes. Passado algum tempo, insidiosamente o gesso endurecerá dentro das mesmas, o que lhes causará morte certa. Na manhã seguinte, você encontrará dezenas de baratinhas duras, transformadas em estátuas. Há ainda outros processos. Ponha, por exemplo, terebentina nos lugares frequentados pelas baratas: elas fugirão. Mas para onde? O melhor, como se vê, é mesmo engessá-las em inúmeros monumentozinhos, pois "para onde" pode ser outro aposento da casa, o que não resolve o problema.

Esse passo a passo para a assepsia da casa está na contramão da mentalidade do Brasil dos anos 1950, que busca abandonar as receitas caseiras. A leitora pode não perceber o jogo lúdico, pois Tereza Quadros é dissimulada. Quando integra a equipe de *Comício*, Lispector já não é mais aquela mocinha interessada em adquirir experiência na reportagem. Ela agora chega ao Rio de Janeiro[16] como escritora reputada e mãe de Pedro, trazendo na bagagem as experiências da Europa marcada pelo nazismo, as trocas de conhecimento com personalidades da vanguarda cultural e os requintes e as pompas da diplomacia.

Essa receita de matar baratas permanece, contudo, no imaginário de Clarice Lispector. A narrativa aparece na página feminina do *Diário da Noite*, em 16 de agosto de 1960, com modificações, e tem o título alterado para "Receita de assassinato (de baratas)". Depois, o texto é aperfeiçoado, adquirindo a forma de conto na revista *Casa e Jardim*, no mês de outubro de 1960, e recebe o nome de "A quinta história". Como conto, aparece também, em abril de 1962, na sessão "Children's corner" da revista *Senhor*, onde a escritora assina C.L., até ter nova versão, em 1969, na coluna que escreve para o *Jornal do Brasil*, com o título modificado para "Cinco relatos e um tema". Em livro, "A quinta história" integra os contos da edição de 1964 de *A legião estrangeira* e de *A descoberta do mundo* (1984).

Em 1959, quando regressa dos Estados Unidos ao Brasil, em definitivo, separada do marido e com seus dois filhos, Clarice Lispector tem novamente na imprensa um caminho para publicar sua ficção, como nas revistas *Senhor* e *Mais*, e retomar a carreira de jornalista, com as páginas femininas do *Correio da Manhã* e *Diário da Noite*, as entrevistas para *Manchete* e *Fatos&Fotos/Gente*, e as crônicas em *Joia* e no *Jornal do Brasil*. Porém, não mais frequenta com assiduidade as redações de jornal e pouco interage com os repórteres, conforme declaração do jornalista Raul Giudicelli,[17] que trabalhou com Clarice Lispector no *Diário da Noite*. Nesse retorno, Clarice Lispector perde aquela alegria e leveza descrita pelos colegas de sua primeira fase na imprensa, entusiasmada pela reportagem.

NOTAS

1. "Cartas a Hermengardo" foram reunidas e publicadas em *Clarice na cabeceira: jornalismo*, pp. 56-65. Ver também *Clarice Lispector jornalista: páginas femininas & outras páginas*, pp. 57-8.

2. Os poemas de Clarice Lispector que *Dom Casmurro* lançou tiveram a ortografia atualizada.

3. Texto consultado na Fundação Casa de Rui Barbosa, no Rio de Janeiro, espólio de Clarice Lispector.

4. Os contos "Triunfo" e "Eu e Jimmy", além da entrevista "Uma hora com Tasso da Silveira", podem ser consultados em *Clarice na cabeceira: jornalismo*, pp. 29-45.

5. Ver texto integral em *Clarice na cabeceira: jornalismo*, pp. 54-5.

6. O empreendimento acabou não vingando, por falta de recursos suficientes.

7. Consultar texto integral em *Clarice na cabeceira: jornalismo*, pp. 46-53.

8. Revista da Faculdade de Direito, ligada ao Centro Acadêmico Cândido de Oliveira (Caco), um dos redutos da luta antifascista do período.

9. Os dois textos de Clarice Lispector publicados em *A Época* podem ser consultados em *Clarice na cabeceira: jornalismo*, pp. 66-74.

10. Essa visão é manifestada também em crônicas, como na encomendada pelo conselho editorial da revista *Senhor*, em junho de 1962, por ocasião da morte do criminoso Mineirinho. E também quando escreve, indignada, na página feminina "Só para mulheres", do *Diário da Noite*, em 9 de maio de 1960, sobre o caso Caryl Chessman, acusado de ser o Bandido da Luz Vermelha, que foi condenado a respirar um gás mortífero, mesmo negando a autoria dos crimes: essa justiça "mata como médico que desse veneno a um doente porque não soubesse que remédio outro lhe dar".

11. O registro da reportagem e dos contos escritos por Clarice Lispector em *O cruzeiro* é inédito.

12. Como o Palácio de Petrópolis havia sido anteriormente alugado para o Educandário Notre Dame de Sion e, depois, para o Colégio São Vicente de Paulo, a edificação é submetida a um projeto de reconstituição. A inauguração acontece em 16 de março de 1943, na comemoração do centenário da cidade. Portanto, Clarice Lispector, nessa reportagem, não cobre a inauguração do Museu Imperial, mas a visita do presidente Getúlio Vargas às obras de restauro ao referido Palácio.

13. O Letras e Artes ainda publicou "Noite na montanha" e "O medo de errar", em janeiro e julho de 1950, respectivamente.

14. Clarice Lispector produz três colunas femininas, utilizando pseudônimos. No semanário *Comício*, como Tereza Quadros de "Entre Mulheres", colabora de março a setembro de 1952; no *Correio da Manhã* é a Helen Palmer, de "Correio Feminino", entre 1959 e 1961; e em "Só para mulheres", do *Diário da Noite*, assina o nome da atriz Ilka Soares, de 1960 a 1961. Sobre esse trabalho, consultar *Clarice Lispector jornalista: páginas femininas & outras páginas*.

15. Depoimento de Joel Silveira a Aparecida Maria Nunes, em 16 ago. 1990.

16. A família Valente chega de Torquay, Inglaterra, em março de 1951, e permanece no Brasil até setembro de 1952, quando, então, parte para Washington, nos Estados Unidos.

17. Depoimento concedido a Aparecida Maria Nunes, nas dependências da revista *Manchete*, no Rio de Janeiro, em 30 de novembro de 1987.

REFERÊNCIAS BIBLIOGRÁFICAS

LISPECTOR, Clarice. *A descoberta do mundo*. Rio de Janeiro: Nova Fronteira, 1984.

______. *A legião estrangeira*. Rio de Janeiro: Editora do Autor, 1964.

______. *Literatura de vanguarda no Brasil*. Arquivo Clarice Lispector. Fundação Casa de Rui Barbosa, Rio de Janeiro.

MONTERO, Teresa (Org.). *Correspondências*. Rio de Janeiro: Rocco, 2002.

______. *Minhas queridas*. Rio de Janeiro: Rocco, 2007.

NUNES, Aparecida Maria. *Clarice Lispector jornalista*. Dissertação de mestrado. São Paulo: USP, 1991.

______. *Clarice Lispector jornalista: páginas femininas & outras páginas*. São Paulo: Editora Senac São Paulo, 2006.

______ (Org.). *Clarice na cabeceira: jornalismo*. Rio de Janeiro: Rocco, 2012.

PEREZ, Renard. *Escritores brasileiros contemporâneos*. Rio de Janeiro: Civilização Brasileira, 1964.

Adolescentes de Clarice nos caminhos turbulentos do feminino

ELIANE FITTIPALDI

O ajuste das mulheres à feminilidade nunca é perfeito, e muito menos se dá sem conflito.
Maria Rita Kehl[1]

CLARICE E O FEMININO

Em quase toda a sua obra, Clarice Lispector trata de questões relativas ao ajuste das mulheres ao feminino desde a infância até a velhice, passando pela adolescência e pela idade adulta. Para configurá-las como seres desejantes, a escritora quebra vários tabus relativos à sexualidade feminina: fala do desejo infantil, do desejo reprimido da mulher solteira e da casada, do desejo entre as do mesmo sexo, do desejo na terceira idade e da falta de desejo onde ele "deveria" haver. Em suas personagens femininas, delineia uma complexidade de sensações e sentimentos: a anatomia do desconforto existencial com as pressões que a sociedade exerce para que elas sejam — cada uma à sua maneira e conforme as circunstâncias que as narrativas engendram —, algo aquém delas mesmas, para que se conformem com algo menor do que suas possibilidades de ser. Clarice matiza o anseio dessas mulheres por uma existência mais ampla na contramão de tais pressões e aborda o conflito daí resultante com coragem, perspicácia e sensibilidade, ancorada em vários recursos narratológicos e retóricos (principalmente o discurso indireto livre).

Um momento importante em que esse conflito eclode é o da adolescência, fronteira entre a infância e a vida adulta e que requer uma nova condição subjetiva. O psicanalista Moses Laufer data essa fase dos doze ou treze até os 21 anos e a define como "o momento que vai da maturidade sexual física até o momento em que o indivíduo afirmou uma identidade sexual irreversível ou, como Freud o descreveu, uma 'organização sexual definitiva'".[2]

As personagens que aqui abordarei vivem exatamente essa fase de crise e de crescimento. Uma delas é a protagonista do conto "Gertrudes pede um conselho", escrito em 1940 ou 1941 (quando Clarice tinha entre vinte e 21 anos) e publicado postumamente em 1979, no volume *A bela e a fera*. Outra é a jovem inominada de "Preciosidade", conto escrito em 1955 (quando Clarice já tinha 35 anos) e publicado pela primeira vez em 1960, em *Laços de família*. Clarice não gostava desse conto e comentou, em *A descoberta do mundo*:

> "Preciosidade" é um pouco irritante, terminei antipatizando com a menina, e depois pedindo-lhe desculpas por antipatizar, e na hora de pedir desculpas tendo vontade de não pedir mesmo. Terminei arrumando a vida dela mais por desencargo de consciência e por responsabilidade que por amor. Escrever assim não vale a pena, envolve de um modo errado, tira a paciência. Tenho a impressão de que, mesmo se eu pudesse fazer desse conto um conto bom, ele intrinsecamente não prestaria.[3]

Nesses dois textos, vários temas se entrelaçam: a sexualidade, as relações com o outro (importantes na formação do sujeito), a identidade e as identificações, as transformações do *eu*, o ideal de *eu* e o *eu* ideal, a fantasia e o devaneio, a angústia, o trauma, a aprendizagem, o feminino e a feminilidade. São questões que afetam o corpo das personagens e sua caracterização; o corpo do texto, sua escritura. Não havendo como dar conta de todas em tão pouco espaço, a ideia aqui é verificar, na medida do possível, como Clarice (des)constrói os conceitos de "feminino" e "feminilidade", isto é, como o corpo do texto — sua escritura — coloca-os em discussão e os transforma em arte.

ADOLESCÊNCIA, PERÍODO TRAUMÁTICO

Vale notar que a palavra "adolescente" origina-se do verbo latino *adolescere*, que significa "crescer". Considerando-se que o sufixo nominal "ente" exprime a ideia de agente, ela significa, como adjetivo, qualidade ou estado (aquele que cresce) e, como substantivo, tem um conteúdo dinâmico.[4] Nas duas formas lexicais, refere-se a uma complexa fase de transformação do sujeito: é quando ocorre o estranhamento, a angústia em relação ao corpo em mudança e ao aumento da libido, quando se processa o luto do corpo da infância que se está perdendo — o corpo do narcisismo parental. É um período delicado em que também se transforma a relação que se tem com o pequeno outro, cujo olhar pode se tornar invasivo,[5] e com o grande Outro. Tudo isso caracteriza o período da adolescência como potencialmente traumático. Como diz Pierre Jeammet, essa potencialidade traumática "no sentido freudiano do termo, [...] diz respeito à possibilidade de o eu ver seus processos de elaboração e de organização saturados pela tarefa a realizar".[6] Daí os conflitos, a inadequação, a contestação de valores, a rebeldia que transborda dessa saturação.

Aos conflitos próprios da adolescência, juntem-se aqueles específicos das mulheres na época em que esses contos de Clarice são escritos: época em que não se pode exercer livremente a sexualidade sem a preocupação com as consequências da maternidade; em que se ensinam as meninas a conterem os instintos; em que a cultura produz mecanismos rígidos de controle do corpo da mulher; e em que as instituições de poder e os discursos de autoridade (família, igreja, escola, medicina, publicidade) restringem a definição do feminino à conhecida antinomia burguesa que vem do século 19 — a mulher do lar e a da rua (e o bom modelo a ser seguido é, logicamente, o da esposa-mãe-dona de casa).

SERES DE EXCEÇÃO

"Preciosidade" é um substantivo abstrato, de derivação adjetiva, e funciona como uma espécie de epíteto para essa personagem que é apenas referida como "ela" e que, na verdade, quase a nomeia de imediato, por constituir a principal marca que a caracteriza. *Pretiositas*, em latim, é a qualidade do que é precioso, do que só pode ser obtido por um preço alto ou que não se traduz em moeda alguma: aquilo que tem alto valor por sua beleza ou raridade. No caso da personagem, esse atributo não é a beleza — isso já é dito logo no início, por meio de uma lítotes amenizadora: "Tinha quinze anos e *não era bonita*" [grifo meu], ratificada várias vezes depois pelo intensificador "tão":

> Quando foi molhar os cabelos diante do espelho, ela era *tão* feia.
> Ela possuía *tão* pouco e eles haviam tocado.
> Ela era *tão* feia e preciosa. [grifos meus]

Mas, embora a personagem não tenha o atributo da beleza, ela é associada às ideias de raridade e pureza, e é descrita como um ser de exceção por meio de epítetos como "centauro", "princesa do mistério intacto" — mistério esse que se esconde no texto sob várias repetições insistentes: a principal é a da aliteração em [v], fonema que associa subliminarmente por homofonia e, é claro, pela via semântica, dois valores bem específicos ao conceito do feminino. Um, biológico: a *v*agina. Outro, sociocultural: a *v*irgindade, tão importante nessa época. Percebe-se, portanto, tudo aquilo que está subjacente ao título, "Preciosidade", e à expressão "intenso como uma joia", ambos referentes a "ela".

Nos dois primeiros parágrafos do conto, que descrevem minuciosamente o despertar da jovem de quase dezesseis anos, há uma alta carga de sensualidade na linguagem. A prosa assume um ritmo lento, com a enumeração de três adjetivos em gradação — "vagaroso, desdobrado, vasto" — que a instalam no tempo da experiência, da duração. Este último, "vasto", além de depois repetir-se, assume também outras formas lexicais e sintáticas — "vastamente", "vastidão" —, caracterizando assim a personagem como um potencial para tomar diferentes formas.

Outra repetição nesse trecho é a da palavra "não", também intensificada em gradação: "Que *não* se espreguiçava, *não* se comprometia, *não* se contaminava: Ela" [grifos meus]. Refere-se àquilo que, nela, constitui o valor já formado e inegociável (sua idiossincrasia), contribui para reforçar o ritmo ternário que se vem afirmando e estabelece, na materialidade da linguagem, a personagem como "a depositária de um ritmo" — ritmo que é a base dessa idiossincrasia: onde ela é "idem" a si mesma.

Essa perífrase ("a depositária de um ritmo") também marca a personagem como preciosa: afinal, quem é depositário é depositário de um valor. Mas que valor é esse, que ritmo é esse?

É aquele que ocorre no espaço íntimo da vastidão e da nebulosidade — o ritmo todo seu em que ela elabora sua trajetória de transformação de menina em mulher: no "ato misterioso, autoritário e perfeito" de "erguer o braço" como se fosse uma varinha mágica, quando, de manhã cedinho, atrai para si o ônibus, símbolo fálico não ameaçador, espécie de adjuvante mágico, que "avança" dentro da névoa (a da rua e a que está dentro dela) "obedecendo à arrogância de seu corpo". Perceba-se que, nesse ato de chamar para si o ônibus, com cujo andamento se harmoniza (já que, como ela, ele é "incerto e *v*agaroso, *v*agaroso e a*v*ançando"), ela está testando imaginariamente o poder de sua sexualidade no ambiente seguro e controlado do devaneio.

Enquanto "ela" é caracterizada principalmente pela vastidão, pela pureza e pela virgindade, Gertrudes é caracterizada pela força. Seu nome vem do alemão arcaico *Ger-trood*, que significa "haste forte". Além disso, seu apelido, "Tuda", lembra o feminino de "tudo", pronome indefinido que é invariável, não tem flexão de gênero. Esse apelido, com seu significado assim tão absoluto e abrangente, equivale à vastidão da menina de "Preciosidade" e aponta para o potencial de atuação, para o potencial de ser e também para o potencial de subversão da personagem: faz o feminino na linguagem prevalecer contra as normas (no caso, as gramaticais) e mostra que a personagem é capaz de ir também contra outras normas, que é capaz de transformar e se transformar. E, se a protagonista de "Preciosidade" começa o conto mergulhada no espaço íntimo em que desfruta de nebulosa e ampla liberdade, na ilusão de uma completude que sabemos ser impossível (pois só se realiza uma vez para nós, quando estamos no útero materno), Tuda também inicia o conto *in medias res*, mas já lançada no espaço social. Quando a encontramos pela primeira vez, está tolhida pela convenção do que deve ser o comportamento feminino: bem sentadinha, tesa, querendo causar boa impressão na consultora de revista com quem se vai aconselhar — provavelmente uma psicóloga, encarregada de menores abandonados.

Tuda tem um humor instável, característico das variações hormonais da adolescência e da preocupação em adequar-se às normas sociais. Ela não está contente, e é para esse descontentamento que quer uma explicação. Quer saber quem é e busca uma mulher, uma "doutora", um "sujeito suposto saber", que a ajude a descobrir isso. Busca um objeto de valor: um conselho. E, se possível, um emprego. Se a menina de "Preciosidade" abre o conto em harmonia consigo, Gertrudes experimenta um estranhamento de si — é meio canhestra como costumam ser os adolescentes e envergonha-se de suas cartas à doutora, considera-se "idiota, absolutamente idiota". Para ela, "tudo era confuso". Alterna o tédio, a tristeza e a languidez com a força cujo nome indica. E também se percebe como alguém especial, incomum: "ela era alguém, *uma extraordinária*, uma incompreendida!" [grifo meu].

Diferentemente dessa Tuda que busca a individualização na relação com a doutora e que inclui o amor dos homens em seus devaneios, a menina de "Preciosidade" busca ser impessoal para não ter de enfrentar o olhar do outro — principalmente o dos homens, do qual tem medo, porque ele é passível de coisificá-la sexualmente. Ela sabe que já "está pronta" para o sexo, que seu corpo *tem valor* para os homens, que sua transformação em mulher nesse corpo é visível e foge ao seu controle. Tem medo da mulher que se está tornando e que não sabe bem o que e como é, já que as convenções sociais da época não possibilitam discussões abertas a respeito da sexualidade, principalmente a feminina. Além do medo que tem da sexualidade despertada, do desejo — seu e do outro —, essa menina também tem medo da rejeição. Tem uma lembrança encobridora do único garoto que já a amou e lhe jogou um rato morto — como ela diz, "uma porcaria" —, e isso lhe ficou como uma espécie de trauma. Assim, ela recorre a vários rituais e mecanismos de proteção (precisa afirmar para si mesma que é vigorosa por dezesseis vezes — uma para cada um de seus quase dezesseis anos) em uma espécie de ritual mágico. Recorre também a uma espécie de alienação de sua sexualidade, de sua feminilidade (faltosa que é), assumindo uma postura de encerrar-se em si mesma, de se bastar narcisicamente — postura essa que é altamente fálica (porque, como sabemos, só mesmo o falo representa a completude e também sabemos que ela é impossível). O único momento em que essa personagem se sente à vontade no meio dos meninos é quando está em sala de aula, ambiente protegido em que "era tratada como um rapaz. Onde era inteligente". E onde "adivinhava a repulsão fascinada que sua cabeça pensante criava nos colegas". É aqui que ela desafia as estruturas de poder patriarcais.

Assim, enquanto a trajetória da Gertrudes começa na identificação com um *ideal de eu* (a doutora) para depois se desligar dele ("Eu lá preciso de doutora! Preciso de ninguém!"), a menina de "Preciosidade" inicia o conto mergulhada numa espécie *de eu ideal* (no mergulho narcísico na imagem que tem de si própria ou que espera que os outros tenham dela) e o termina aquiescendo ao seu destino de mulher ("assim como uma pessoa engorda, ela deixou, sem saber por que processo, de ser preciosa").

ADOLESCENTES E MÁSCARAS IDENTITÁRIAS: NAS TRILHAS DOS DEVANEIOS

Clarice faz, nos dois contos, uma crítica velada e sutil, mas contundente, à família burguesa, que não dá conta de orientar as meninas nessa fase da vida. A casa, o espaço familiar, para as duas, é um espaço de banalidade, de não reconhecimento: a família da menina de "Preciosidade" é ausente, e ela procura respostas para suas dúvidas e inquietações junto à empregada da casa; e a família de Gertrudes não a percebe sequer — Gertrudes reclama da vulgaridade dos pais e das irmãs e do fato de lhe dedicarem "um olhar distraído, alheio ao nobre fogo que ardia dentro dela". Esse modo precário como a família lida com a transformação da menina em mulher também é muito bem descrito no conto "Obsessão", também ele um conto da juventude de Clarice (escrito no mesmo ano de 1941) e do mesmo livro *A bela e a fera* em que se encontra Gertrudes. Há um momento nele em que a narradora-protagonista diz o seguinte:

> Até que um dia em mim descobriram uma mocinha, abaixaram meu vestido, fizeram-me usar novas peças de roupa e consideraram-me quase pronta. Aceitei a descoberta e suas consequências sem grande alvoroço, do mesmo modo distraído como estudava, passeava, lia e vivia.[7]

Acontece que Gertrudes e a menina de "Preciosidade" não estão assim tão distraídas. Elas percebem que se encontram em crise e, enquanto a primeira procura respostas para suas questões junto a uma profissional, a segunda tenta se evadir da angústia, isolando-se na bolha narcísica. Clarice coloca uma lente de aumento nas sensações, pensamentos e devaneios de ambas e mostra como é, para a mulher, esse processo de subjetivação que é o período da adolescência.

As transformações que então ocorrem não dizem respeito apenas ao corpo, mas ao sujeito em relação à alteridade. Tendo de, nessa fase, desligar-se da autoridade dos pais, objetos de amor que até então lhe vêm fornecendo vias de circulação para o desejo, e de processar o luto da ilusão de completude perdida, ele sente então um vazio que não pode ser preenchido por objeto algum, daí sua angústia existencial. Como defesa e como parte desse processo de constituição da subjetividade e de apropriação do próprio desejo, busca então referências simbólicas por vias imaginárias de identificação com ideais que são veiculados pelo Outro:

> Reconstruídos mediante destruição e construção de identificações, os papéis imaginários [...] ajudam o adolescente a experimentar ou conviver com diversos personagens — fictícios ou não — através dos quais elegem características que poderão inspirar, reformular e enriquecer seus papéis pessoais. Da combinação de cópias de modelos reais ou imaginários, scripts antigos jamais apagados, surgem as singularidades que não podem ser desprezadas no estudo da adolescência.[8]

Considerando tudo isso, o sujeito tem duas possíveis trajetórias de desenvolvimento: ou se fixa nessas identificações (o que acarreta problemas de desenvolvimento psíquico), ou se movimenta por elas, experimentando imaginariamente diversas situações de circulação do desejo. No devaneio, experimenta máscaras que o ajudam a enfrentar a angústia e a encarar o mundo.

No mundo transformado pela luz do sol, sentindo-se exposta, a menina de "Preciosidade" obriga-se a adotar um ritmo diferente do seu próprio. Quando a rua nebulosa adquire nitidez, a repetição do [v] dá lugar à do [r] e o texto passa a falar em "imolação das *r*uas", "pa*r*te do *r*ude *r*itmo de um *r*itual" [grifos meus]. Trata-se agora de um espaço de imprevisibilidade, de "guerra", de sacrifício, de embate com o outro. Para adaptar-se, "ela" (esse feminino em formação que representa toda adolescente e que é produzido por uma Clarice também ela quase adolescente) testa então algumas máscaras identitárias, atributos fálicos rígidos, na expectativa de que encubram sua feminilidade. Essas máscaras são nomeadas pelo/a narrador/a, que, com elas, ilustra seus sentimentos e sensações: "missionária séria", "intelectual", "andar de soldado", "filha", "mulher de apache".

Também Gertrudes fabrica para si várias modalidades de máscaras: "líder de multidões", "mulher amada pelos homens", "freira-enfermeira amada pelo médico". Em seu caso, essas máscaras são vivências imaginárias de funções adultas, explorações de possíveis existências futuras e de escolhas profissionais, sociais e amorosas.

As duas acreditam que têm um destino, um dom, uma vocação, e devaneiam a respeito. Gertrudes mantém "longas conversas imaginárias" com a doutora e se fantasia, desempenhando papéis heroicos e amorosos. Já os devaneios de Preciosidade são mais abstratos, simbolizados pelas estrelas que desenha e que estão em sintonia com sua nebulosidade, sua amplitude de possibilidades de ser. Nesses devaneios, as duas, na qualidade de "tudas", estão procurando ensaiar a mascarada feminina em sua multiplicidade e mobilidade — estão se investindo de papéis teatrais, mas para aventurar-se em terreno seguro. Em linguagem deleuziana, traçam linhas de fuga criativas para "devir mulheres".

Ambas procuram ideais em que se espelhar: uma, a empregada que tem experiência de vida, que é a "antiga sacerdotisa"; outra, a "doutora", com quem monta uma imagem que se esfacela no encontro decepcionante. Assim Gertrudes fabrica essa imagem: "Vai ser assim: ela é alta, tem os cabelos curtos, olhos fortes, um busto grande. Um pouquinho gorda. Mas ao mesmo tempo parecida com Diana, a Caçadora, da sala de visitas".[9]

E assim se lhe apresenta a doutora: "Miúda, cabelos pretos enrolados em dois cachos sobre a nuca. O batom pintando um pouco pra fora dos lábios, numa tentativa de sensualidade. O rosto calmo, as mãos irrequietas. Tuda sentiu vontade de fugir". [10]

A tão idealizada doutora nem é uma mulher excepcional, nem reconhece a excepcionalidade de Tuda: revela-se uma pessoa tão vulgar quanto as de sua família, recorre a todos os clichês possíveis para definir o que a menina sente e só lhe tem a oferecer uma "compreensão inútil e humilhante", um olhar minorizante que projeta sua pequenez na menina e contrasta com a imensa expectativa que esta havia projetado nela. Não tem as respostas esperadas porque está adaptada a um papel que a torna simulacro de si e constitui um conflito personificado, vive em "duelo". Ainda chega a propor a Tuda um pacto com a alienação, ao sugerir que a menina volte a procurá-la quando tiver vinte anos, quando passar "o período de desadaptação", e lhe pede para "ser boazinha".

Interessa notar que, no diálogo das duas, há um deslocamento da focalização da menina para a doutora, que revela a contradição no seu modo de pensar e uma ironia: a doutora até poderia considerar Tuda como uma pessoa especial se não a pré-categorizasse como uma burguesa mimada e não estivesse tão desistente, tão grotesca em sua máscara desgastada. Em determinado momento, "uma sombra terrivelmente simpática" promove uma conexão entre as duas, fazendo Tuda percebê-la com um ar "divino". Mas essa revelação logo desaparece com a assunção da mulher inserida num mundo social a que Tuda quer pertencer, mas não assim, e ocorre uma inversão de forças: "Olharam-se e Tuda, decepcionada, sentiu que estava em posição superior à da doutora, era mais forte do que ela". Gertrudes percebe-se como a haste forte que é e sai, desprezando aquela em quem buscava um modelo de força.

OS SAPATOS E A SEXUALIDADE

A menina de "Preciosidade" se ressente dos seus sapatos vociferantes, inadequados: porque são sapatos de infância que não lhe servem no caminho da adolescência; porque ela quer caminhar em silêncio nas trilhas do feminino; porque a fragilizam, minam o poder que ela ainda está testando magicamente — como quando levanta a mão e o ônibus vem, carregado de [v]s ("*v*agaroso, *v*agaroso e a*v*ançando"), em sintonia com seu ritmo. Esses sapatos ruidosos denunciam o segredo que ela detém, o valor de que é depositária — sua sexualidade emergente, com a qual ainda não sabe o que fazer. Eles evidenciam o desejo que ela não controla (o dos rapazes e — é claro — o dela). Lembremos que, nos contos de fadas, são sapatinhos de cristal que promovem a inserção da Cinderela na vida com um homem e lembremos também que os de Dorothy, de *O mágico de Oz*, têm o poder de conduzi-la de volta à casa, a si mesma. Esses sapatinhos servem apenas nelas e simbolizam não apenas sua base de apoio no mundo, mas um caminhar que é só delas. E surgem na hora exata, quando elas estão preparadas para o encontro com o parceiro ou consigo mesmas. A história em que os sapatinhos *descoincidem* com a heroína e lhe impõem um ritmo demoníaco (*Os sapatinhos vermelhos*, de Andersen) é aquela em que a personagem abre mão do que há de mais precioso em si (sua criatividade) pela vida rica, mas vulgar.

Preciosidade também detesta seus sapatos porque são duráveis, sempre os mesmos, e quer trocá-los à medida que cresce. Os sapatos não estão em sintonia com ela: foram escolhidos pelos pais e simbolizam o desejo do Outro que a desloca para a não singularidade, quando ela é preciosa e precisa de sapatos que se harmonizem com seu ritmo sutil. Essa menina não quer reprimir ou tamponar o desejo que se faz evidente, mas aprender a gerenciá-lo com uma delicadeza e um ludismo que seus sapatos, símbolo do ser no mundo, fornecido pela instituição da família — sua vulgar família burguesa — não possibilitam.

ENCONTROS E DESENCONTROS

Em determinado dia, "ela" comete um ato falho: sai mais cedo que de costume, alterando assim seu ritmo próprio, e mergulha na estranheza das ruas desertas, onde acaba encontrando dois rapazes que vêm em direção contrária à sua e cujo passo faz um ruído insistente em contraposição ao seu. Ela tem muito medo de que a olhem, mas não recua, porque "como voltar e fugir se nascera para a dificuldade. Se toda a sua lenta preparação tinha o destino ignorado a que ela, por culto, tinha que aderir". Ela sabe que tem de passar por um ritual de sacrifício, que tem de abrir mão de sua bolha narcísica, que tem de confrontar o outro sexo, que isso faz parte de seu crescimento. E é assim que, "de pernas heroicas", vai ao encontro dos rapazes — que seu caminhar se mistura com o deles, que o ruído de seus sapatos se mescla com o deles; que seu ritmo é afetado pelo deles.

Interessa notar aqui, que, assim como o ritmo da menina se altera, o do texto também se altera; que a ruptura no modo como ela vem adolescendo também ocorre no texto: antes, ele se estendia em orações longas, em subordinadas articuladas por conjunções; agora, passa a apresentar períodos simples, orações assindéticas, frases curtas que geram suspense. Observamos ainda que a trajetória desse feminino em crise se aproximando dos passos dos rapazes é marcada pela distensão do tempo da narração: a "fração de segundo" em que tudo ocorre se expande em câmera lenta pela distorção que as sensações da menina promovem e pelas próprias acumulações que se fazem nos níveis fonético, lexical, sintático e semântico (observemos especialmente como a recorrência de "oca/ocos/oca/oco" e do fonema [t] produzem no texto uma espécie de sapateado, aproximando nossa sensação, pela harmonia imitativa, da sensação da menina). Esse é o acontecimento traumático fulcral do conto: "ela", que não quer nem mesmo ser olhada, é apalpada pelos dois rapazes. Sua reação mais imediata é a paralisação: ela se entrega ao estranhamento de tudo — de si e do ambiente em que se encontra; e, nesse estranhamento do familiar que é ela mesma, nota que, ao mesmo tempo, não é mais a mesma. O modo como se vê e ao mundo se transforma, e esse deslocamento é indicado por uma metonímia: "Devagar reuniu os livros espalhados pelo chão. Mais adiante estava o caderno aberto. Quando se abaixou para recolhê-lo, viu a letra redonda e graúda que até esta manhã fora sua".[11]

Depois, altera o próprio ritual: caminha até a escola, ela que antes ia de ônibus, e percebe que, nesse trajeto, perdeu a noção do tempo, desconectada de seu ritmo e não mais entregue a devaneios. Não conseguindo se concentrar na aula e já atraindo a atenção dos colegas, vai ao lavatório e lá, sozinha, verbaliza aos gritos sua sensação de estar só no mundo. Faz-se ruidosa como seus sapatos, mas só para si mesma. Por último, olha no espelho que a reflete feia, olha as mãos sujas de tinta "do dia anterior" e pensa que precisa cuidar mais de si. E, ao pensar isso, assume um feminino que até então tinha recusado — um feminino que Gertrudes inicia o conto já cultivando ao sentar-se direitinho, "passando a ferro" a saia amarrotada com as mãos. E esse feminino que assume apresenta então uma demanda de acolhimento e, principalmente, de reconhecimento, que é formulada ao jantar com os pais, quando exige sapatos novos. "Ela" afirma então ser mulher (o que a família não reconhece). E exige subsídios para um novo caminhar, para pôr em movimento o desejo que é seu direito viver. Não discute ter sido vítima de uma agressão — embora revele, pelo modo como fala, que está em conflito. É que ela percebe que o mundo familiar não tem como protegê-la, como não a protegeram os sapatos que lhe deram. Desconfia que a família possa vir a encaminhá-la à perpetuação de um modo de ser que ela rejeita (o da não preciosa).

Gertrudes também passa pela experiência marcante de um (des)encontro difícil — com a doutora —, mas ainda assim uma experiência epifânica e transformadora: "De repente, pareceu-lhe que depois de ter vivido aquela tarde, não poderia continuar a mesma [...] Transformava-se tudo! Como? Não sabia...". Ela também descobre que o caminho da subjetivação e do feminino é individual, solitário, mas assume, apesar do medo da vida e do futuro, a certeza da sua peculiaridade. Escolhe o caminho da não automatização, até de uma possível marginalidade. Embora ainda não saiba o que fazer de si (questão que a levou ao consultório em primeiro lugar), sabe que caminho não quer seguir:

"Continuou a andar. [...] Pensava: antes era daquelas que existem, que se movem, casam, têm filhos simplesmente."

"[...] vou ter outra vida, diferente da de Amélia, mamãe, papai..."[12]

Ao sair do encontro com a doutora, Tuda tem dois outros encontros casuais: um deles é com duas meninas "de uniforme", isto é, idênticas, institucionalizadas, adaptadas, que lembram suas irmãs, tão diferentes dela. Há uma antipatia imediata entre Tuda e elas, que, sendo duas, sentem que vencem o confronto. Mas Tuda não se dá por vencida, o que aqui é muito importante, já que falamos de um momento de formação da identidade — de um momento muito peculiar da existência, em que normalmente o indivíduo quer ser "idem" aos elementos do grupo ao qual pertence. Tuda não entra nesse jogo e pensa: "que tenho a ver com elas?". Ela permanece coerente com a imagem que tem de si mesma, de uma pessoa singular, e afirma essa singularidade.

O outro encontro casual na rua é, na verdade, um encontrão com um homem desconhecido, que sugere uma espécie de bifurcação nas possibilidades da menina dentro da liberdade que sente: ela pode continuar sem considerar certa atração que parece ocorrer entre os dois ou, ao contrário, desviar-se de sua caminhada "sobre a planície desconhecida" para entrar no terreno batido do "*girl meets boy*". Mas Tuda permanece firme em sua haste: assume a mulher que está se tornando como uma força que a faz apropriar-se do "corpo que o homem olhara" e da "alma que a doutora tocara", na intenção de coincidir consigo. Aterra, lúcida, nessa rua que, para ela, é espaço de aventura e de liberdade, que lhe causa medo, mas onde ela "diria o que quisesse, comeria todas as casquinhas do mundo, faria o que bem entendesse" — lugar que ela sobrepõe àquele lar onde sente segurança mas é banal, ou que lhe promete amor e só lhe oferece o desejo de se matar. É na rua que ela afirma a si mesma e seu desejo.

Neste, como em outros textos, Clarice mostra que a mulher, em vez de ser o Outro do homem, como denuncia Simone de Beauvoir n'*O segundo sexo*, é a única de si e para si mesma, e que ela, mais que poder tudo ou querer tudo, é em si, Tuda. Como é "tuda" a literatura, que lida com os possíveis do real, lugar esse que é sujeito a todas as possibilidades do deslocamento, do devir e da desterritorialização e que abre sentidos (isto é, opções existenciais) para que o humano se expanda, e se experimente, e reflita a respeito de si, e se torne sujeito de si, e faça deslocar seu desejo.

Ideias essas que me fazem voltar um pouco à questão da máscara (a máscara que é própria do feminino e que Clarice tão bem mostra consolidar-se na adolescência). Lembro que, na literatura, a palavra "máscara" está na origem da palavra "personagem", cuja etimologia etrusca (*phersu*), grega (*prósora*) e latina (*persona*) significa "soar através de" e se refere às máscaras teatrais, que eram feitas não só para configurar o papel do ator (aquele que age) mas também fazer sua voz ressoar adequadamente no ambiente de representação (comunicar-se com a plateia). Ou seja, a personagem é um lugar de onde se fala, um *topos* da narrativa, um lugar-comum na estrutura do conto, da novela, do romance — assim como do filme e de outras modalidades por meio das quais se conta uma história.

Assim, se a máscara é um lugar, ou uma posição, de onde se diz alguma coisa ao mundo, cabe a nós pensar o que Clarice está tentando nos dizer com essa voz que soa a partir dessas máscaras do feminino que são "ela" e Gertrudes, em histórias que são recortes de existências possíveis. E em que lugar ela nos coloca como receptores/as dessa voz.

Ao fazer essas duas meninas adolescerem, isto é, crescerem aos nossos olhos, ela parece estar nos colocando no lugar mesmo do crescimento — no lugar de um feminino que olha para si e pensa quais são suas próprias possibilidades de deslocamento e de devir. É como se ela nos perguntasse: o que vocês vão querer herdar de mim, Clarice, no século 21? Sapatos barulhentos? Um rato morto? Um batom pintado para fora da boca? Uma casa para cuidar? Ou uma consciência de que o feminino e a linguagem poética lhes oferecem várias máscaras para usar e para fazer o desejo circular e se manifestar (ruidosa ou sutilmente) e abrir sentidos infinitos, não apenas para os papéis sociais que nós escolhemos desempenhar como mulheres, mas para aquilo que vai além desses papéis e que pode nos tornar cada vez mais humanas?

Percebo que, em toda a obra de Clarice e em cada um de seus livros, há sempre uma voz paródica — isto é, um canto paralelo ao das personagens ou que soa duplamente na própria voz delas — e que nos alerta: o feminino é algo que se constrói socialmente, mas que também se desconstrói socialmente, por meio da crítica de suas tensões e contradições. E, já que falo aqui em etimologias, vou lembrar que essa palavra, "crítica", deriva da palavra grega *krimein* (quebrar) e tem relação com a palavra "crise". Trata-se de "pôr em crise" ou decompor um objeto de conhecimento para verificar os elementos que o compõem, para se poder reconstituí-lo em uma interpretação que vá muito além da soma de suas partes recompostas. É nisso que consiste uma boa crítica — na decomposição de um objeto em partes para análise e em sua reconstituição em um discurso interpretativo. Nesse sentido, em cada uma de suas obras, Clarice faz uma crítica do feminino: põe esse conceito (e outros, evidentemente) em crise, expondo sua estrutura anatômica, para que possamos olhar bem os elementos que o formam (a linguagem que o constitui). E, ao recompô-lo, oferece várias propostas (ou máscaras) para esse feminino, vários itinerários, bons ou ruins, nos quais ele passa por transformações. Mas a interpretação daquilo que ela analisa é feita poeticamente. As máscaras (*personae* ou personagens) que engendra para povoar seus contos e romances têm tamanha polissemia que, mesmo estando ligadas às contingências de determinada época, representam o feminino de hoje e de sempre.

Porque é isso o feminino: um constante devir. Quando Beauvoir diz (nessa mesma época) que uma mulher "não nasce mulher, mas se torna mulher", ela está atingindo o cerne da questão. Não há uma mulher acabada, ela se fabrica o tempo todo. Nada, nas palavras de Beauvoir, diz que ela está sendo teleológica — isto é, que a trajetória do feminino chega a um ponto final. Ela sabe muito bem que essa trajetória nunca termina. Clarice também o sabe. E é por essa razão que produz tantas personagens femininas diferentes. Ao criá-las, ela está colocando suas leitoras e seus leitores diante dos possíveis do feminino — está trabalhando esteticamente suas próprias máscaras, as máscaras que somos todas nós. Clarice está nos mostrando que somos todas preciosas e *tudas*, ou que podemos sê-lo. E, embora não nos dê receita alguma para as nossas transformações, porque receita não há, ela nos lança na experiência, nos acontecimentos, e isso nos afeta tanto quanto a realidade empírica nos afetaria ou talvez até mais. Porque ela faz isso com a linguagem poética. Afinal, quem de nós não é afetado/a por suas narrativas e não as considera bem realizadas — mesmo as que não foram valorizadas pela crítica — mesmo as de que ela própria não gostava?

NOTAS

1. *Deslocamentos do feminino: A mulher freudiana na passagem para a modernidade.* Rio de Janeiro: Imago, 1998, p. 82.

2. Laufer, "Psychopathologie de l'adolescent", *Adolescence*, v. 1, n. 1, Paris, 1983. Apud, Sonia Alberti, *Esse sujeito adolescente.* Rio de Janeiro: Rios Ambiciosos/Contra Capa, 2009, p. 26.

3. *A descoberta do mundo.* Rio de Janeiro: Rocco, 1999, p. 239.

4. *Dicionário etimológico*. Disponível em: https://www.dicionarioetimologico.com.br/adolescente. Acesso em: 16 jan. 2021.

5. Sandra Dias, "A inquietante estranheza do corpo e o diagnóstico na adolescência". *Psicologia USP*, São Paulo, v. 11, n. 1, 2000, pp. 119-35. Disponível em: https://doi.org/10.1590/S0103-65642000000100008. Acesso em: 17 mar. 2021.

6. Pierre Jeammet. "Expériences psychotiques et adolescence", *Adolescence*, v. 3, n. 1. Paris, 1984. Apud Sonia Alberti, *Esse sujeito adolescente.* Rio de Janeiro: Rios Ambiciosos/Contra Capa, 2009, p. 29.

7. Clarice Lispector, *A bela e a fera*. Rio de Janeiro: Rocco, 1999, p. 31.

8. Angelina Bulcão Nascimento. *Quem tem medo da geração shopping? Uma abordagem psicossocial.* 2. ed. Salvador: EDUFBA, 2005, p. 39.

9. Clarice Lispector, op. cit., 1999, p. 22.

10. Ibid., p. 23.

11. Clarice Lispector, *Laços de família*: *contos*. Rio de Janeiro: Rocco, 1998, p. 91.

12. Clarice Lispector, op. cit., 1999, p. 28.

Nem tanto como o barro nas mãos do oleiro: A metáfora da criação em Clarice Lispector

MARIÂNGELA ALONSO

INTRODUÇÃO

> *No descomeço era o verbo.*
> *Só depois é que veio o delírio do verbo.*
> Manoel de Barros

Como sói dizer, Deus criou o mundo e a totalidade de tudo o que existe foi criada pelo poder de sua palavra: "Deus disse: faça-se a luz [*fiat lux*]. E a luz foi feita" (Gn 1, 1-3). No livro do *Gênesis*, o auge da criação é o homem e a mulher, Adão e Eva, criados no sexto dia. O sétimo dia configura o descanso de Deus, em referência direta ao sábado, sagrado e adotado pelos hebreus. O processo encadeado na sequência de seis dias sinaliza uma preocupação com a ordem: "Esta é conseguida através de separações e distinções, ordenando a realidade caótica da Terra, que estava sem forma e vazia" (STORNIOLO; BALANCIN, 1991, p. 14).

Assim, com a criação da matéria, o criador rompeu com o silêncio e o imenso vazio do infinito hipotético. Registra-se a força do verbo, conforme consta na célebre passagem do *Evangelho segundo São João*:

> No princípio era o Verbo, e o Verbo estava com Deus, e o Verbo era Deus. Ele estava no princípio com Deus. Todas as coisas foram feitas por intermédio Dele, e sem Ele nada do que foi feito se fez. E o Verbo se fez carne,

e habitou entre nós, cheio de graça e de verdade, e vimos a Sua glória, como a glória do unigênito do Pai. (João 1: 1-14)

Por outro lado, desde 1948, com George Gamow (1904-1968) e Georges Lemaitre (1894-1966), a ciência procura explicar a origem do universo a partir da famosa *Teoria da Grande Explosão* ou *Big Bang*, calcada na hipótese de explosão violenta, inflação cósmica, entre outros termos. Tal explosão refere-se à vasta liberação de energia de ondas gravitacionais e de densidade, que teriam criado o que conhecemos por espaço-tempo.

Seja como for, o entendimento sobre como ocorreu o processo de origem do universo atual favoreceu e ainda favorece diversos debates, estudos e teorias que estão longe de explicar tal fenômeno. Desde os tempos mais remotos, a criação constitui um tema que desperta grande curiosidade dos seres humanos e continua a alimentar grandes polêmicas nos campos religioso, filosófico, científico e literário. Dessa maneira, para além de qualquer tentativa de explicação, a criação do mundo permanece na esfera abscôndita, preservando sua condição misteriosa e intangível.

Em que pese o plano de mistério e de impenetrabilidade do tema da criação, diversos artistas debruçaram-se sobre ele, no esforço de decifrar o seu sentido na pintura, na literatura e nas artes em geral.

O crítico francês George Steiner (1929-2020) deixou contribuições que ampliam esse debate, abrindo uma importante linha de interpretação ao buscar respostas para o sentido da origem do mundo. Em *Gramáticas da criação* (2003), ele parte do impasse ancestral, questionando, na esteira de Leibniz: "Por que o Nada não prevaleceu?", o que teria induzido o aparecimento da matéria orgânica e da vida? No seu entendimento, seria o postulado de um começo no tempo que tornaria imprescindível o conceito de criação, uma vez que somos "criaturas sedentas e empenhadas em voltar para casa, para um lugar que nunca pudemos conhecer" (STEINER, 2003, p. 28). Para o estudioso, os campos artístico, teológico e filosófico se congregam, constituindo possíveis atribuições de sentido para os sujeitos. Em linhas gerais, as três áreas procuram responder a questões inerentes à infância da humanidade. Debruçando-se sobre o texto bíblico O livro de Jó e sobre *A divina comédia*, de Dante Alighieri, Steiner aborda as diversas concepções do sentido da criação, considerando que o campo semântico do termo utilizado nas narrativas míticas e religiosas acaba por determinar os modos de se "compreender a criação articulada da poesia e de hipóteses filosóficas" (STEINER, 2003, p. 24).

Nesse viés, a literatura comparada compreende o objeto literário em sua integração com o domínio da cultura. A partir dessas formulações, tentaremos entender e discutir a temática cosmogônica em algumas passagens da trajetória artística de Clarice Lispector. Para a ficcionista, a criação ou origem do mundo é parte de reflexões acerca do exercício literário, revelando muitas vezes um ideário que percorre toda sua obra e desvela complexas técnicas de recriação textual. Conforme indica Carlos Mendes de Sousa: "A questão da origem é tão obsessiva que em torno dela pode dizer-se que se enreda toda a prosa da autora" (SOUSA, 2000, p. 164). Sem nos estendermos nesse ponto, podemos observar essa obsessão no enigmático conto "O ovo e a galinha", publicado em 1964, na coletânea *A legião estrangeira*. Nele, a narradora procura desvendar a figuração de um objeto hermético, o ovo, a partir de indagações a respeito de sua natureza. As imagens construídas efetuam-se a partir desse núcleo dramático, o que permite que o texto assuma feições ensaísticas: "— O ovo terá sido talvez um triângulo que tanto rolou no espaço que foi se ovalando. — O ovo é basicamente um jarro? Terá sido o primeiro jarro moldado pelos etruscos? Não. O ovo é originário da Macedônia" (LISPECTOR, 1964, p. 56). A remissão aos povos etruscos e à Macedônia sinaliza um passado longínquo, bem como uma ancestralidade histórica, que continuará a ser evocada no texto por meio de uma sucessão de imagens. Como bem observou Verônica Stigger na ocasião do Colóquio em homenagem ao centenário de Clarice Lispector (FFLCH/USP, 2020), em "O ovo e a galinha" a escritora retém duas ideias principais: perfeição geométrica e origem. A continuidade desse tema está presente também na atividade diletante de Clarice Lispector com a pintura. É sabido que a autora pintou vinte e dois quadros, sendo dezenove sobre madeira, especialmente pinho-de-riga, e três sobre tela. Dezoito estão depositados na Fundação Casa de Rui Barbosa, no Rio de Janeiro, enquanto outros dois foram presenteados aos escritores Autran Dourado e Nélida Piñon e, finalmente, dois pertencem ao Acervo do Instituto Moreira Salles, no Rio de Janeiro. Em linhas gerais, as telas sugerem aspectos rudimentares e inacabados pelo esquema das formas e pelos materiais utilizados na composição, como cola, vela derretida, canetas esferográfica e hidrográfica, óleos e ainda esmaltes de unha, que se projetam em sua maioria sobre o pinho-de-riga, de modo a marcar um universo primitivo e hostil, denominado por Ricardo Iannace de "estética do feio" (2020, p. 220).

A respeito das reflexões em torno da pintura, cabe lembrarmos a entrevista que a ficcionista fez com o pintor Iberê Camargo (1914-1994), em fevereiro de 1969, para a seção "Diálogos possíveis com Clarice Lispector", da revista *Manchete*. Nesse encontro, os dois conversam com grande desenvoltura e ela pergunta inusitadamente ao artista: "O que é um núcleo?", "O que é uma expansão?". As respostas de Iberê Camargo organizam-se em torno do sentido cósmico e do que chama "libertação" (2007, p. 212), afirmando que sentia um grande "esvaziamento" após a finalização de um quadro, opinião que é partilhada pela escritora: "Sinto um esvaziamento que quase se pode chamar, sem exagero, de desesperador. [...] a germinação e a gestação para o novo trabalho podem demorar anos, anos esses em que feneço" (LISPECTOR, 2007, p. 212). Para além de uma mera entrevista, as perguntas e respostas denotam a insistência da autora no tema das origens e o aspecto de tensão presente em sua literatura, como se estivesse frequentemente mesclando a pintura à escrita, num jogo de espelhamentos.

Assim, o presente capítulo tem por objetivo investigar a metáfora da criação como uma das linhas de força da obra de Clarice Lispector. Conforme veremos, esse tema expande-se livremente tanto nas narrativas quanto nas pinturas realizadas pela escritora, uma vez que sua escrita não deixa de registrar os impulsos e os anseios do ato criador e sua expressão. É o que podemos observar em romances como *O lustre* (1946), *Água viva* (1973), *A hora da estrela* (1977), *Um sopro de vida* (1977) e ainda com as telas *Interior de gruta* (1960) e *Gruta* (1973-1975). Detalharemos a seguir.

MODELAR, ESCULPIR E (DE)FORMAR: A CRIAÇÃO EM CLARICE LISPECTOR

A minha alma partiu-se como um vaso vazio.
Álvaro de Campos

Para darmos início ao processo de investigação acerca da metáfora da criação em Clarice Lispector, elegemos algumas cenas presentes nas narrativas de *O lustre* (1946), *Água viva* (1973), *A hora da estrela* (1977) e *Um sopro de vida* (1977). Além disso, contemplaremos a atividade pictórica realizada pela autora, com as telas *Interior de gruta* (1960) e *Gruta* (1973-1975).

Iniciamos as reflexões dando destaque a duas cenas que traduzem a metáfora da criação e que se enredam na narrativa de *O lustre*, a primeira ocorrida durante a infância da protagonista Virgínia em Granja Quieta e a segunda vivenciada na cidade grande, correspondente à fase adulta da personagem.

Vale destacar que a trama de *O lustre*, segundo romance de Clarice Lispector, tem, por tema, a vida de Virgínia, desde sua infância na propriedade rural de Granja Quieta, Brejo Alto, e sua estadia na cidade grande, acompanhada pela morte trágica por atropelamento. A infância da protagonista é marcada pela submissão ao irmão Daniel, porta-voz da Sociedade das Sombras e pela indiferença dos pais e da avó, além da fria relação que mantém com Esmeralda, a filha preferida da mãe. Deslocada do núcleo familiar, a menina Virgínia encontra-se imersa em sua própria solidão, vivendo a opacidade das coisas: "Os dias na Granja Quieta respiravam largos e vazios como o casarão" (LISPECTOR, 1999a, p. 20).

Dessa maneira, a vivência traumática de Virgínia movimenta conteúdos inconscientes representados pela criação artística compensatória que possibilita à personagem o preenchimento de lacunas existenciais, como a confecção de bonecos disformes, preparados com barro e água numa área próxima ao casarão. Embora mergulhada em uma imagem agônica da infância, a atividade é capaz de proporcionar outros vínculos da menina com o lugar onde mora a partir da experiência manual, fazendo sobressair um modo próprio de interpretação. Como podemos observar no trecho abaixo, reaproveitado pela escritora e publicado na revista *Nordeste* (Recife, ano XIII, n. 2, jul. 1960) com o título de "Bonecos de Barro":

> Virgínia cavava com os dedos aquela terra pálida e lavada — na lata presa à cintura iam-se reunindo os trechos amorfos. O rio em pequenos gestos molhava-lhe os pés descalços e ela mexia os dedos miúdos com excitação e clareza. [...] Eram bonecos magrinhos e altos como ela mesma. Minuciosos, ligeiramente desproporcionados, alegres, um pouco surpreendidos — às vezes pareciam um homem coxo rindo! [...] Observava: mesmo bem acabados eles [os bonecos] eram toscos como se pudessem ainda ser trabalhados. Mas vagamente pensava que nem ela nem ninguém poderia tentar aperfeiçoá-los sem destruir sua linha de nascimento. (LISPECTOR, 1999a, pp. 43-5)

O trabalho de Virgínia com as figuras de barro manipula conteúdos latentes de sua interioridade: "Conseguia uma matéria clara e tenra de onde se poderia modelar um mundo" (LISPECTOR, 1999a, p. 45). O percurso interno dessa cena destaca a força da metáfora da criação desenvolvida por meio da água com o barro. Pelo exemplo dado, Clarice Lispector manipula como poucos os feitiços da criação literária, estendendo seus efeitos a uma busca incessante por "sentidos ocultos no interior da linguagem" (MOSER, 2009, p. 196). Grosso modo, pode-se dizer que as brincadeiras com as estatuetas de barro engendram a própria representação do artista em seu processo de criação. Como uma espécie de demiurgo, Virgínia artesã de si mesma procura modelar e organizar a matéria caótica e disruptiva por meio do barro. O fragmento intensifica o exercício literário vinculado ao drama da existência, na medida em que dá lume a uma das bases fulcrais da ficção. Não por acaso, o vocábulo *ficção* é oriundo do latim *fictio*:

> [...] palavra derivada de *fictus*, particípio de *fingere*, 'modelar na argila' e daí, por extensão, reproduzir os traços de, representar, fingir, imaginar, inventar. A origem etimológica ligada ao boneco de barro acentua a ideia

> de artesanato e de simulacro que caracteriza a ficção romanesca como um lugar de territórios vastos, dotado de riqueza técnica e de transcendência filosófica, no qual se recria o drama da criatura humana e no qual essa mesma criatura pode buscar orientação. (FERREIRA, 2014, p. 70)

Diante dos bonecos, Virgínia olha a si própria, perdendo-se para poder se encontrar, num movimento muito próximo do que seria o da escultora G.H. com suas formas amadoras, construídas pela artesã Clarice, dezoito anos depois, em *A paixão segundo G.H.*, livro publicado em 1964. O trabalho de Virgínia com o barro traduz *O lustre* como um espaço intervalar de grandes vazios, cujos sentidos se fazem pela contingência metaforizada no "segredo", fato que se converte nas oscilações marcadas pela atividade de moldar os bonecos. O segredo em questão acompanha toda a trajetória de Virgínia e refere-se à sugestão de um afogamento, ocorrido durante a infância, situação na qual ela e o irmão Daniel observam do alto de uma ponte um chapéu marrom, arrastado pelas águas turvas de um rio. Esse fato faz com que ambos acreditem que houve um afogamento, pactuando um segredo, decidindo calarem-se a respeito: "Ela seria fluida durante toda a vida. Porém o que dominara seus contornos e os atraíra a um centro, o que a iluminara contra o mundo e lhe dera íntimo poder fora o segredo" (LISPECTOR, 1999a, p. 9).

A cena inicial do romance retorna em diversos momentos da narrativa, reconduzindo Virgínia aos primórdios de sua vida, ao "segredo" vivenciado nas águas, na medida em que as formas desproporcionais dos bonecos assemelham-se a estados inanimados e inorgânicos, reatualizados numa espécie de presente eternizado pela ação da personagem: "Pequenas formas que nada significavam mas que eram na realidade misteriosas e calmas" (LISPECTOR, 1999a, p. 45).

As figuras esculpidas são impregnadas de detalhes significativos do drama existencial que ronda a personagem, que, encantada com o ato criativo, esvazia-se de tudo ao contemplar as formas extraídas de sua mão. Trata-se de um instante deflagrador, que se estende ao processo ficcional da própria autora na medida em que atinge nas entrelinhas suscitadas pelos silêncios de Virgínia o poder da palavra sempre errante, impossível e inatingível. Nesse sentido, sobressai a atuação literária clariciana como "constructo" do discurso literário, na medida em que demonstra a incompletude do ato de escrever e a consciência de que "o escritor não atinge inteiramente o alvo, mas apenas o toca com a palavra" (ROSENBAUM, 2012, p. 230).

A sutileza da cena atesta a necessidade de expressão da personagem, que, em sua solidão, molda figuras de barro, guardando consigo emoções desconhecidas, as quais parecem brotar da atividade manual com água e terra, em estreita ligação com a realidade íntima. A água misturada com a terra revigora o comportamento viscoso e meditativo de Virgínia, desmontando-se em sentidos a partir das figuras de barro. O retorno desse motivo liga-se ao esforço e tentativa de compreensão para algo que transcende a linguagem e o conhecimento da protagonista: "Era como se eles [os bonecos de barro] só pudessem se aperfeiçoar por eles mesmos, se isso fosse possível" (LISPECTOR, 1999a, p. 46).

O episódio adquire tamanha importância no conjunto de *O lustre* a ponto de ser novamente mencionado na trajetória de Virgínia. Temos, então, uma segunda cena. Já adulta e vivendo na cidade, ela se depara com o desejo agudo de remodelar as formas de barro, em clara alusão ao caminho regressivo das águas da infância:

> Abria a pequena mala das coisas de barro, sem hesitação mergulhava-as em água quente para dissolvê-las e obter matéria para novas figuras. Trabalhava numa feliz concentração que emprestava ao seu rosto a antiga transparência nervosa. Os bonecos no entanto continuavam o traço dos erguidos ainda na infância. Grotescos, sérios e imóveis, de linha fina e independente, Virgínia obstinadamente insistia em dizer a mesma coisa sem entendê-la. (LISPECTOR, 1999a, p. 141)

Não obstante a equidistância dos fatos narrados, as lembranças são reavivadas como sinais de uma experiência que transcendeu seu próprio tempo. A passagem revela um tempo que é continuamente sentido pela personagem, fazendo ressoar a infância dentro de si. Observam-se as relações de sentido da palavra com o ato da criação, como massa informe e grotesca, oriunda de barro e água. Inevitável dizer que a alegoria bíblica do oleiro é reconfigurada, como uma reflexão em torno do ato de criar, mais especificamente sobre a obra literária e a criação da personagem Virgínia, imperfeita e sempre a se moldar.

Na Antiga Mesopotâmia e no Egito Antigo, o barro constituía uma força pulsante e criadora. Através dele era possível a construção de cerâmicas, tabuletas, tijolos para casas e monumentos etc. Os povos mesopotâmicos acreditavam que, após a morte, o cadáver tornava-se pó pelo processo de decomposição. No Antigo Testamento, as figuras do oleiro e do barro constituem um dos textos mais reflexivos em torno da criação do homem. No momento em que Deus atesta que Adão havia comido do fruto proibido censurou-o com a máxima: "[...] por que tu és pó e ao pó voltarás" (Gn 3,19). Assim, uma matéria disforme e desprovida de expressão ganha contornos decisivos, tornando-se imagem e semelhança de Deus: "Como o barro nas mãos do oleiro, assim estão vocês em minhas mãos, ó casa de Israel" (Jr 18,1-6). A imagem do oleiro como artífice é acentuada pelo profeta Jeremias, sugerindo que Deus molda e dirige a história:

> O próprio homem nasce da terra e é formado por Deus, como se este fosse um oleiro modelando um vaso [...]. Percebemos que essa concepção nasce num mundo artesanal: o homem fabrica objetos, mas só Deus tem o poder de fazer o vaso humano com vida. (STORNIOLO; BALANCIN, 2008, p. 16)

Porém, ao emular o ato da criação, a personagem de Clarice Lispector se mostra imperfeita, como as formas dos bonecos: "Ela inclinava a cabeça e como continuava a crescer" (LISPECTOR, 1999a, p. 141). Tais considerações podem ser complementadas pelas formulações do psicanalista Jacques Lacan, quando este toma a imagem e o ato do oleiro enquanto metáfora da criação simbólica. Segundo Lacan (1988), ao criar e elaborar as formas de um vaso, o oleiro cria um vazio, circunscrevendo uma lacuna a ser preenchida. Nesse sentido, os bonecos imperfeitos vão se sobrepondo na infância e na maturidade de Virgínia, acabando por revelar seu vazio e sua opacidade. Tais figuras favorecem a metáfora da criação imperfeita e/ou deformada, o que muito dialoga com o itinerário da personagem. Ao modo de um vaso imperfeito e vazio, Virgínia morrerá atropelada, encurralada na rua e confundida com uma prostituta. Ademais, *O lustre* é cruzado por uma série de deformações, que vão desde o olho de Virgínia, tornado vesgo na infância pela picada de uma aranha, até as descrições de seu pescoço e dos contrastes dos corpos do pai e das primas Henriqueta e Arlete, além de outros momentos.

A estratégia textual contida nas duas cenas pode ser aproximada do que Roland Barthes (2007) definiu como metanarratividade, quando a obra literária tende a voltar-se sobre si própria, como processo de reflexão e referência: "[...] a literatura começou a sentir-se dupla: ao mesmo tempo objeto e olhar sobre esse objeto, fala e fala dessa fala, literatura-objeto e metaliteratura" (BARTHES, 2007, p. 28). Nessa perspectiva, o narrador em *O lustre* passa do barro ao texto, encenando o exercício literário ao mesmo tempo em que delimita sua própria finitude e impasse: "o artesão compõe tanto o conteúdo de sua produção quanto seus instrumentos" (STEINER, 2003, p. 90).

A temática da origem continua fortemente em *Água viva* (1973). Esse livro passou por dois títulos anteriores, *Atrás do pensamento: monólogo com a vida* e *Objeto gritante*. A autora preferiu finalmente *Água viva*, "coisa que borbulha. Na fonte" (LISPECTOR, 1980, p. 27). Segundo Yudith Rosenbaum (2002, p. 50), *Água viva* é, dentre todas as narrativas claricianas, a que mais independe da fábula ou enredo. Por meio de um monólogo dialogado, a voz narrativa tem por ofício a pintura em palavras e é dirigida a um tu imaginário e anônimo, efetuando as mais diversas considerações acerca do tempo, da liberdade, da arte, da morte e da própria linguagem. A escassa trama centra-se no questionamento de sua própria confecção, no registro e captura do "instante-já" e do "é" da "coisa" em processo de escrita autodilacerada: "Mas o instante-já é um pirilampo que acende e apaga, acende e apaga" (LISPECTOR, 1980, p. 16). Assim, o aspecto fragmentário da narrativa constata o desejo que se metaforiza pela busca da palavra.

A condição frenética da voz narrativa aborda constantemente a urgência do ato criativo, sugerindo a todo momento que algo se cria, numa conexão mista de palavra e pintura: "Entro lentamente na escritura assim como já entrei na pintura. É um mundo emaranhado de cipós, sílabas, madressilvas, cores e palavras — limiar de entrada de ancestral caverna que é o útero do mundo e dele vou nascer" (LISPECTOR, 1980, p. 7).

O elo entre a escrita e a pintura no interior da caverna evoca as pinturas rupestres encontradas nas concavidades subterrâneas em que ecoam vozes ancestrais ou primitivas, anteriores mesmo à própria linguagem:

> E se muitas vezes pinto grutas é que elas são o meu mergulho na terra, escuras mas nimbadas de claridade, e eu, sangue da natureza — grutas extravagantes e perigosas, talismã da Terra, onde se unem estalactites, fósseis e pedras, e onde os bichos que são doidos pela sua própria natureza maléfica procuram refúgio. As grutas são o meu inferno. [...] Dentro da caverna obscura tremeluzem pendurados os ratos com asas em forma de cruz dos morcegos. Vejo aranhas penugentas e negras. Ratos e ratazanas correm espantados pelo chão e pelas paredes. Entre as pedras o escorpião. Caranguejos, iguais a eles mesmos desde a pré-história, através de mortes e nascimentos, pareceriam bestas ameaçadoras se fossem do tamanho de um homem. Baratas velhas se arrastam na penumbra. E tudo isso sou eu. (LISPECTOR, 1980, p. 7)

Ligadas ao útero, as grutas surgem como mananciais de vida, em que ressoam a experiência criadora da voz narrativa. A associação acaba por revelar o duplo movimento da literatura clariciana, uma vez que tanto na pintura quanto na narrativa a autora estabelece um processo de escavação da palavra, buscando a todo o momento o elemento protoplasmático da linguagem, em que a escrita assume o movimento de retorno às origens ou à "*arché* soterrada pelo tempo" (PESSANHA, 1989, p. 183). Nesse sentido, para a voz narrativa de *Água viva*, o ato criativo é condição essencial para a existência, sendo a escrita e a pintura atividades equivalentes: "Tudo é pesado de sonho quando pinto uma gruta ou te escrevo sobre ela" (LISPECTOR, 1980, p. 7).

A temática da gruta é reaproveitada por Clarice Lispector em sua atividade com a pintura. Do conjunto pictural realizado pela autora, destacamos duas peças que partilham o tema das origens e retratam o motivo das grutas: *Interior de gruta* (1960) e *Gruta*, cujos limites temporais marcam o entremeio de 1973 e 1975.

Em ambos os quadros pode-se dizer que ecoa a voz narrativa de *Água viva*. Há neles um estilema ou traço estilístico em comum, que se constitui pela origem ou ancestralidade. Em meio a um espaço repleto de cores, acompanhamos o grito ancestral atrelado ao "útero do mundo". As imagens trazem à baila uma natureza primitiva, excêntrica e misteriosa, na qual se orquestram as descrições contidas em *Água viva*. A primeira delas (*Interior de gruta*) nos coloca diante das "estalactites" mencionadas na narrativa, junto a formas brancas que se assemelham a larvas, como estágios imaturos ou pré-embrionários. A cena parece resgatar elementos de uma vida primitiva. O esboço disforme ao lado das diversas cores permite a inserção de áreas cavernosas e obscuras, em que se observam, sobretudo no segundo quadro (*Gruta*), traços de animais, como a fisionomia de um cavalo, no lado esquerdo da tela, e a de um morcego com olheiras, no lado oposto. Tais figuras dão continuidade a uma lista de animais asquerosos mencionados pela voz narrativa de *Água viva*, como aranhas penugentas, ratos, ratazanas, bestas e baratas velhas. Acerca dessas últimas é pertinente lembrarmos sua presença no célebre romance *A paixão segundo G.H.* (1964). Nele, esse inseto provoca uma longa introspecção na personagem G.H., promovendo o seu autoconhecimento e o debate acerca da ancestralidade, já que sua existência remonta a tempos anteriores ao surgimento do homem na terra: "Era uma barata tão velha como salamandras e quimeras e grifos e leviatãs. Ela era antiga como uma lenda" (LISPECTOR, 1998, p. 55).

Em linhas gerais, as telas apresentam-se ao modo de esboços, cujos traços imperfeitos retomam as linhas disformes dos já citados bonecos coxos e mutilados elaborados por Virgínia em *O lustre*.

Um sopro de vida (1977) compartilha similaridades com *Água viva* no que tange à metatextualidade. O traçado metalinguístico é inerente à escritura, especialmente no diálogo entre dois personagens, Ângela e Autor. Pautada por uma longa problematização da criação literária moderna, essa obra revela um horizonte de semelhanças também com o romance *A hora da estrela* (1977), tanto no nível temático quanto formal. Tais semelhanças são partilhadas quanto à atitude de comentário e reflexão da obra acerca de seu acabamento e sua gênese, como uma espécie de dobra especular sobre si mesma, na medida em que se alternam os dois monólogos: "[...] autor interposto e personagem feminina, dessa vez uma escritora (Ângela), ambos como heterônimos da romancista, Clarice Lispector, mais presente do que ausente" (NUNES, 1995, pp. 169-70).

Clarice Lispector conduz as reflexões para a exposição dos impasses inerentes ao ato de escrever. Este é o ponto-chave para entender *Um sopro de vida*, onde a impossibilidade de resolução desses conflitos é representada pelo silêncio, pela página em branco, pelo vazio e pela ruína do próprio texto: "Num sentido mais profundo, a arte também é artífice" (STEINER, 2003, p. 134). Assim, a obra encarna a encenação dramatúrgica e performática de um embate agônico entre a criação e a criatura:

> Tive um sonho nítido inexplicável: sonhei que brincava com o meu reflexo. Mas meu reflexo não estava num espelho, mas refletia uma outra pessoa que não eu. Por causa desse sonho é que inventei Ângela como meu reflexo? [...] Eu a esculpi com raízes retorcidas. É só por atrevimento que Ângela existe em mim. Quanto a mim reduzo tudo em palavras de roda-viva. Todos nós estamos sob pena de morte. Enquanto escrevo posso morrer. Um dia morrerei entre os fatos diversos. (LISPECTOR, 1999b, pp. 27-8)

Como se vê, há uma espécie de jogo de espelhos que se opera pelo desdobramento do narrador, na cisão entre Autor e Ângela, abarcando, ao longo da obra, a consciência da morte e do ser para a morte. Sobre esse aspecto, podemos recuperar as problematizações do crítico George Steiner (2003) quanto à obra de Gustave Flaubert (1821-1880), cujas personagens saíam do controle de sua própria pena, bem como de sua ação. Flaubert oscilava, mostrando-se perdido ao afirmar que Emma Bovary era uma espécie de extensão dele, por vezes se contradizia ao dizer que não a controlava, pois ela possuía vida própria no enredo. Desse modo, o estudioso procura captar o movimento dialético entre criador e criatura, colocando a questão da responsabilidade do criador por suas criaturas. Assim, na análise sobre O livro de Jó, afirma:

> Na estética da resposta sem resposta de Deus a Jó, a "arte pela arte" ou, mais exatamente, a "criação pela criação" ostenta o tempo todo sua grandeza e sua petulância festiva em relação à humanidade. O silêncio do criador para justificar-se ou explicar-se, análogo à recusa do oleiro para assumir qualquer responsabilidade pela argila, estende-se implícito na tautologia da Sarça Ardente que afirma "Eu sou o que sou" (ou "Eu sou/ Eu sou"). (STEINER, 2003, p. 58)

Em *Um sopro de vida*, no diapasão do contato confuso entre Autor e Ângela é que sobressai uma intensa preocupação com a origem das coisas ou a ancestralidade.

Um sopro de vida é aberto com quatro epígrafes que reforçam a temática da criação. A primeira delas é extraída de Gn 2,7: "Do pó da terra formou Deus-Jeovah o homem e soprou-lhe nas narinas o fôlego da vida. E o homem tornou-se um ser vivente". A segunda traz uma frase do filósofo Friedrich Nietzsche (1844-1900): "A alegria absurda por excelência é a criação". Na sequência é apresentada uma frase de Andréa Azulay, filha do psicanalista de Clarice Lispector: "O sonho é uma montanha que o pensamento há de escalar. Não há sonho sem pensamento. Brincar é ensinar ideias"; a quarta e última pertence à pena da própria escritora: "Haverá um ano em que haverá um mês, em que haverá uma semana em que haverá um dia em que haverá uma hora em que haverá um minuto em que haverá um segundo e dentro do segundo haverá o não tempo sagrado da morte transfigurada". Dessa maneira, o livro já anuncia o enredo em torno da criação e da ancestralidade. Ao longo das páginas vamos saber que o Autor escreve sob ruínas e menciona grutas e cavernas pré-históricas: "Ângela tem a espontaneidade de uma iniciativa ou é apenas o meu eco repetido em sete cavernas até morrer? Não é nada disso. O que é? O seguinte: eu só me ouço no eco repetido porque minha voz inicialmente se confunde comigo" (LISPECTOR, 1999b, p. 75).

Ressoa a imagem da gruta como "mergulho na terra" no mundo primitivo. Como "útero do mundo" a gruta é o espaço da vida em seu estado bruto, matéria primitiva e elementar. Nesse cenário amorfo e obscuro como uma caverna pré-histórica, os personagens revelam-se imperfeitos e intangíveis. Nesse sentido, Ângela, criatura por excelência, não se define, espiando-se de viés: "Eu sou oblíqua como o voo dos pássaros. Intimidada, sem forças, sem esperança, sem avisos, sem notícias — tremo — toda trêmula. Me espio de viés. (LISPECTOR, 1999b, p. 37). Ângela é, portanto, a memória ancestral e intangível, constituindo-se como a nostalgia de um tempo que antecede a própria linguagem. Nesse sentido, o Autor cria Ângela em torno de uma atmosfera de indefinição e silêncio. É como se o grito ancestral presente nas cavernas e grutas desembocasse no silêncio libertador da criação: "Criar um ser que me contraponha é dentro do silêncio [...] Eu inventei Ângela porque preciso me inventar — Ângela é uma espantada" (LISPECTOR, 1999b, pp. 15-7). Ao longo da narrativa, Ângela assume o silêncio como plenitude, afirmando: "O silêncio não é o vazio, é a plenitude" (LISPECTOR, 1999b, p. 38). A fim de compreendermos a totalidade dessas passagens, podemos nos reportar às leituras de George Steiner (1988), acerca da poética de Hölderlin (1770-1843). Para Steiner, os versos do poeta alemão aliam o silêncio a um espaço vazio, porém, deflagrador de sentidos:

> Como o espaço vazio é, de forma tão evidente, parte da pintura e da escultura modernas, como os intervalos silenciosos são tão importantes em uma composição de Webern, assim também os lugares vazios nos poemas de Hölderlin, principalmente nos últimos fragmentos, parecem indispensáveis ao complemento do ato poético. (STEINER, 1988, p. 68)

De acordo com o crítico, o silêncio, como experiência singular representa as exigências do ideal. Os intervalos que derivam deste silêncio deflagram uma incrível força poética, expressando o ser em sua totalidade. Em *Um sopro de vida*, o silêncio apresenta-se, portanto, como responsável pela criação e significação escritural. Sobre esse ponto, o filósofo Benedito Nunes afirma que é possível observar, na ficção de Clarice Lispector, um movimento em "círculo", que vai "da palavra ao silêncio e do silêncio à palavra", movimento que definiria o estilo da autora: "escritura conflitiva, autodilacerada, que problematiza, ao fazer-se e ao compreender-se, as relações entre linguagem e realidade" (NUNES, 1995, p. 145).

Por sua vez, o tema cosmogônico é abordado em *A hora da estrela* (1977) através da transfiguração paródica do discurso bíblico do livro do Gênesis:

> Tudo no mundo começou com um sim. Uma molécula disse sim a outra molécula e nasceu a vida. Mas antes da pré-história havia a pré-história da pré-história e havia o nunca e havia o sim. Sempre houve. Não sei o quê, mas sei que o universo jamais começou. (LISPECTOR, 1993, p. 11)

A construção avizinha-se dos contos maravilhosos na medida em que remete ao "era uma vez" das histórias geralmente ligadas a desfechos felizes. Entretanto, o relato está longe de conter esse traço, sendo, na verdade, de carga dramática e irônica. Isso se confirmará nas próximas páginas, quando o narrador Rodrigo S.M. nos apresentará Macabéa, moça pobre e nordestina, criatura parca e rala, contrastando com o tom solene do início do livro: "[...] a pessoa de quem falarei mal tem corpo para vender, ninguém a quer, ela é virgem e inócua, não faz falta a ninguém. Aliás — descubro eu agora — eu também não faço a menor falta, e até o que escrevo um outro escreveria" (LISPECTOR, 1993, p. 23).

O embuste sugere ao leitor a ideia do *fiat lux*, bem como toda a criação do mundo narrada em Gênesis. No entanto, a origem da vida não é aqui resultado da intervenção de Deus, comumente associado como o criador *ipsis litteris*, mas sim da junção de duas moléculas. Dessa maneira, ao trazer para o leitor as cosmogonias remotas, o texto "ultrapassa a simples retomada do passado para reinscrevê-lo como força de criação do novo" (HELENA, 2013, p. 171). Nessa dinâmica, Rodrigo S.M. é capaz de afirmar: "Mas que ao escrever — que o nome real seja dado às coisas. Cada coisa é uma palavra. E quando não se a tem, inventa-se-a. Esse vosso Deus que nos mandou inventar" (LISPECTOR, 1993, p. 26). Se Deus modelou o homem com a argila, Clarice Lispector, através do discurso de Rodrigo S.M., modela Macabéa com a palavra literária, missão não tão impossível: "Com mãos de dedos duros enlameados apalpar o invisível na própria lama. De uma coisa tenho certeza: essa narrativa mexerá com uma coisa delicada: a criação de uma pessoa inteira que na certa está tão viva quanto eu" (LISPECTOR, 1993, p. 28).

O enunciado partilha com *Água viva* e *Um sopro de vida* a preocupação metalinguística, na medida em que problematiza a gênese do próprio processo de criação literária e de suas subversões.

Ademais, para além da criação de Macabéa, o narrador também busca o próprio autoconhecimento, oscilando entre "identificação e afastamento" (FUKELMAN, 1993, p. 7) em relação à sua criatura. Rodrigo S.M. salienta as imperfeições de sua personagem, ao mesmo tempo em que se identifica com a precariedade que a envolve: "[...] Macabéa tinha ovários murchos como um cogumelo cozido. Ah pudesse eu pegar Macabéa, dar-lhe um bom banho, um prato de sopa, um beijo na testa enquanto a cobria com um cobertor" (LISPECTOR, 1993, p. 63).

O procedimento de composição das personagens é semelhante a *Um sopro de vida*, uma vez que o jogo de identificação se dá por vozes interpostas, Rodrigo e Ângela.

Rodrigo S.M. é a voz que sustenta a cena de enunciação e, com ele, Clarice Lispector exibe o procedimento demiúrgico, ao humanizar o ato divino e divinizar o humano, problematizando a função e a posição do escritor: "Sim, não tenho classe social, marginalizado que sou. A classe alta me tem como um monstro esquisito, a média com desconfiança de que eu possa desequilibrá-la, a classe baixa nunca vem a mim" (LISPECTOR, 1993, p. 27). Nesse sentido, estão presentes na criação de Macabéa diversas reflexões discursivas acerca de temas referentes à existência, a representação artística, a justiça social, entre outros. Como já exaustivamente ressaltado pela crítica, o livro concretiza uma história de miséria social e exclusão. A aura cosmogônica sobreleva o "substrato do hibridismo cultural brasileiro" (HELENA, 2013, p. 176), na medida em que dá forma às caracterizações de Macabéa e de seu namorado Olímpico, ambos nordestinos e apartados de um contexto social abalado pela modernização emergente.

Logo no início, o narrador Rodrigo S.M. embaraça-se quanto à fatura narrativa, interrompe o andamento dos fatos, com contradições e ironias, adiando sorrateiramente o relato. No entanto, nessa espécie de prólogo confuso, cabe enfatizar a posição reflexiva de Rodrigo S.M., ao afirmar que, muito mais do que uma mera invenção ficcional, o livro tem por obrigação narrar a exclusão social de Macabéa, moça nordestina entre tantas outras: "Porque há o direito ao grito. Então eu grito" (LISPECTOR, 1993, p. 23); "[...] através dessa jovem dou meu grito de horror à vida" (LISPECTOR, 1993, p. 40). A passagem remete ao quarto dos treze títulos da obra, ao mesmo tempo em que guarda ligação direta com o título de número sete, "Ela não sabe gritar".

Essa disposição acompanhará o narrador por todo o relato, corroborando a queda final de Macabéa acuada na sarjeta, em posição fetal, quando atropelada: "ela pertencia a uma resistente raça anã teimosa que um dia vai talvez reivindicar o direito ao grito" (LISPECTOR, 1993, p. 82).

Macabéa, criação cariada e imperfeita incomoda Rodrigo S.M., na medida em que toca na dimensão ética e traz a lume a temática das origens e dos problemas sociais, avançando o embate entre o narrar e o discutir:

> [...] a obra leva ao extremo a discussão do que o ato da criação dos homens e o ato de criação do Criador (com maiúscula, como se costuma dizer) têm a ver, se comparados entre si, pois ambos dispõem, hipoteticamente, do poder de dar vida e dar morte, seja aos seres humanos, seja às personagens literárias. (HELENA, 2013, p. 175)

Assim, Macabéa morre e leva Rodrigo S.M. consigo: "acabo de morrer com a moça" (LISPECTOR, 1993, p. 87). Rodrigo assume sua *mea culpa*: "Desculpai-me esta morte. É que não pude evitá-la, a gente aceita tudo porque já beijou a parede. [...] Viver é luxo" (LISPECTOR, 1993, p. 87).

A morte da nordestina desencadeia o ancestral grito mudo de denúncia social. Seu apagamento é acompanhado por divagações cosmogônicas do narrador acerca da luz, evocando o início da narrativa, semelhante ao circuito de Ouroborus, que morde a própria cauda em movimento de eterna busca e conclusão impossível: "Eu vos pergunto: — Qual é o peso da luz?" (LISPECTOR, 1993, p. 88). Deixando de ser um peso para Rodrigo S.M., Macabéa morre com as luzes da humanidade, concluindo sua trágica e fraca trajetória.

CONSIDERAÇÕES FINAIS

Este capítulo buscou salientar a metáfora da criação como uma das linhas de força da trajetória artística de Clarice Lispector. Como vimos, sua escrita não deixa de registrar os impulsos e os anseios do ato criador e sua expressão. A temática cosmogônica expande-se livremente tanto nas narrativas quanto nas pinturas realizadas pela autora. Para ela, a criação ancora-se à ideia de origem como imperfeição ou falha, muito longe do trabalho do oleiro, como imagens que recolhem o turbilhão originário da vida e do texto. Tais imagens encontram-se, ao mesmo tempo, na caracterização dos personagens e seus atos, bem como na própria experiência da escrita.

É o que podemos observar com os romances abordados. A prática de escavação da linguagem clariciana se dá a partir das grutas obscuras de *Água viva*, dos bonecos coxos de Virgínia, das criações imperfeitas e cruzadas de Macabéa, Rodrigo S.M., Autor e Ângela. O grito e a força da ancestralidade presentes nesses personagens convivem com a atmosfera de silêncio pulsante e deflagradora de sentidos. Comum a todos, os limites intransponíveis da linguagem.

De acordo com George Steiner, a criação revela-se a partir de duas condições cruciais a seus autores: é uma representação da liberdade e encerra o paradoxo de criar algo que "é" e que ao mesmo tempo "poderia ser":

> Num paradoxo supremo, quanto mais avançadas a radioastronomia e a observação de nebulosas do "limite do universo", mais profundo é nosso mergulho no abismo temporal e no passado primevo no qual toda expansão começou. O ponto crucial, na verdade, é o próprio conceito de início. (STEINER, 2003, p. 20)

Conforme procuramos demonstrar, para a escritora, criar constitui condição essencial para existir. Diante dessa premissa, podemos pensar o ato de narrar e de pintar como experiências complementares. As imagens e borrões na madeira se mesclam e se confundem com as letras da máquina de escrever, atravessando tempos, corpos e linguagens em constante devir, como um abismo em que somos jogados. Desse modo, a obra de Clarice Lispector segue soberana no caminho da pesquisa, o que torna possíveis mais leituras que, com esta, possam dialogar, reivindicando o grito que a própria autora nos lança. Enquanto isso, permanecemos na gruta, como garantia de nosso "mergulho na terra".

REFERÊNCIAS BIBLIOGRÁFICAS

BARROS, Manoel de. *O livro das ignorãças*. 2. ed. Rio de Janeiro: Civilização Brasileira, 1994.

BARTHES, Roland. Literatura e metalinguagem. In: BARTHES, Roland. *Crítica e verdade*. Trad. de Leyla Perrone-Moisés. São Paulo: Perspectiva, 2007.

BÍBLIA SAGRADA: VELHO E NOVO TESTAMENTO. Trad. de João Ferreira de Almeida. São Paulo: Sociedade Bíblica do Brasil, 1969.

FERREIRA, Sandra. *Da estátua à pedra: percursos figurativos de José Saramago*. São Paulo: Unesp, 2014.

FUKELMAN, Clarisse. "Escrever estrelas (ora direis)". In: LISPECTOR, Clarice. *A hora da estrela*. 23. ed. Rio de Janeiro: Francisco Alves, 1993. pp. 3-18.

HELENA, Lúcia. "Nomeação, criação e linguagem em *A hora da estrela*, de Clarice Lispector: reflexões sobre o lugar de Deus no paradigma da linguagem". *Revista Soletras*, n. 26, pp. 170-9, 2013.

IANNACE, Ricardo. "Minha Clarice: dos retratos". In: ALENCAR, Sávio; COUTINHO, Fernanda. *Visões de Clarice Lispector: ensaios, entrevistas, leituras*. Fortaleza: Imprensa Universitária, Universidade Federal do Ceará, pp. 218-23, 2020.

LACAN, Jacques. *O Seminário*, livro 7: A ética da psicanálise. Rio de Janeiro: Zahar, 1988.

LISPECTOR, Clarice. "O ovo e a galinha". In: *A legião estrangeira*. Rio de Janeiro: Editora do Autor, 1964. pp. 54-6.

______. *Água viva*. Rio de Janeiro: Rocco, 1980.
______. *A hora da estrela*. 23. ed. Rio de Janeiro: Francisco Alves, 1993.
______. *A paixão segundo G.H.* Rio de Janeiro: Rocco, 1998.
______. *O lustre*. Rio de Janeiro: Rocco, 1999a.
______. *Um sopro de vida*. Rio de Janeiro: Rocco, 1999b.
______. In: LISPECTOR, Clarice. *Clarice Lispector Entrevistas*. Org. de Claire Williams. Rio de Janeiro: Rocco, 2007.
MOSER, Benjamin. *Clarice*. Trad. de José Geraldo Couto. São Paulo: Cosac Naify, 2009.
NUNES, Benedito. *O drama da linguagem: uma leitura de Clarice Lispector*. São Paulo: Ática, 1995.
PESSANHA, José Américo Motta. "Clarice Lispector: O Itinerário da Paixão". *Remate de Males*, Campinas, n. 9, pp. 181-98, 1989.
PESSOA, Fernando. *Poesias de Álvaro de Campos*. Lisboa: Ática, 1993. p. 281.
ROSENBAUM, Yudith. *Clarice Lispector*. São Paulo: Publifolha, 2002. (Coleção Folha Explica.)
______. Literatura e psicanálise: reflexões. *FronteiraZ*, São Paulo, n. 9, pp. 225-34, dez. 2012.
SOUSA, Carlos Mendes de. *Clarice Lispector: pinturas*. Rio de Janeiro: Rocco, 2013.
______. *Figuras da escrita*. Rio de Janeiro: IMS, 2000.
STEINER, George. "O poeta e o silêncio". In: STEINER, George. *Linguagem e silêncio: ensaios sobre a crise da palavra*. Trad. de Gilda Stuart e Felipe Rajabally. São Paulo: Companhia das Letras, 1988. pp. 55-74.
______. *Gramáticas da criação*. Trad. de Sérgio Alcides. São Paulo: Globo, 2003.
STORNIOLO, Ivo; BALANCIN, Euclides. *Como ler o Gênesis: origem da vida e da história*. São Paulo: Paulus, 1991.
______. "Introdução". In: *Bíblia Sagrada Edição Pastoral*. Trad., introdução e notas de Ivo Storniolo e Euclides Martins Balancin. São Paulo: Paulus, 2008.

A idade desfeita: Reversões irreversíveis em Clarice Lispector*

CLARA ROWLAND

> *Li* O lobo da estepe *aos treze anos. Me deu uma febre danada.*
>
> Clarice Lispector, entrevista[1]

1.

Gostaria de começar pelo começo, ou seja, pelo momento em que um leitor abre pela primeira vez *A paixão segundo G.H.* e encontra o aviso à navegação destinado "A possíveis leitores":

> Este livro é como um livro qualquer. Mas eu ficaria contente se fosse lido apenas por pessoas de alma já formada. Aquelas que sabem que a aproximação, do que quer que seja, se faz gradualmente e penosamente — atravessando inclusive o oposto daquilo que se vai aproximar. Aquelas pessoas que, só elas, entenderão bem devagar que este livro nada tira de ninguém. A mim, por exemplo, o personagem G.H. foi dando pouco a pouco uma alegria difícil; mas chama-se alegria.[2]

Uma advertência como esta não é estranha à obra de Clarice, e tenderá a ocorrer com maior frequência e intensidade nos seus textos tardios — como em *A hora da estrela*, com a sua "dedicatória do autor, na verdade Clarice Lispector"[3] e as suas várias indicações de leitura ("que não se esperem então estrelas no que se segue");[4] ou nas páginas iniciais de *Um sopro de vida*, declaradamente um prefácio do seu autor suposto, onde lemos, por exemplo: "Se este livro vier jamais a sair,

* A editora optou por manter a grafia do português de Portugal. (N.E.)

que dele se afastem os profanos. Pois escrever é coisa sagrada onde os infiéis não têm entrada"[5]. Mas se o gesto encenado nesses textos posteriores é semelhante, não parece repetir a radicalidade dessa inscrição inicial de *A paixão segundo G.H.*, que tanto eco teve nas reacções à leitura de Clarice. Que efeito prevê sobre "possíveis leitores" uma nota como esta? Como a podemos ler?

> O que se passa nestes textos pode ser pensado a partir de um ensaio de Jean-Marie Schaeffer sobre aquilo a que chama "o prefácio filosófico".[6] Nesse texto, Schaeffer sublinha o modo como, na tradição moderna, o lugar do prefácio ganha importância como espaço de defesa da singularidade da voz do autor, precisamente naquele limiar em que, encontrando-se com o mundo, correria o risco de se diluir. Entre as várias manobras retóricas que se destacariam nesse espaço, destaca-se segundo Schaeffer a função pragmática, na qual o filósofo se dirige aos seus destinatários como a um conjunto de "potenciais leitores-discípulos", exacerbando a diferença entre o mundo em geral e os leitores do livro. No espaço do prefácio os leitores podem ser escolhidos e seleccionados através da sua disponibilidade para cumprir uma série de "exigências", para usar uma expressão de Schopenhauer no prefácio a *O mundo como vontade e representação*, ou através da exposição de uma pedagogia da leitura, como no prefácio de Nietzsche a *Aurora*. Aí, lemos: "Ó pacientes amigos, este livro deseja apenas leitores e filólogos perfeitos: aprendei a ler-me convenientemente!".[7]

Partilhando com a retórica exacerbada de *Um sopro de vida* a ideia de uma selecção de leitores de algum modo já iniciados, o prefácio de *A paixão segundo G.H.* parece, no entanto, cumprir outras funções. Desde logo porque, ao contrário dos casos que referi, parece assentar sobre uma disjunção clara entre nota e livro — uma disjunção autoral, entre as assinaturas C.L. e G.H., que parte da caracterização do livro como coisa feita e pronta, dependendo por isso de uma descrição mais fina do que significa entrar — ou poder entrar — na obra. E a sua formulação mais comedida, ou cautelosa — "Este livro é como um livro qualquer. Mas eu ficaria contente se fosse lido apenas por pessoas de alma já formada."—, tem como origem a posição desta

C.L. que aqui aparece como leitora, e não como autora. O que parece estar em causa, na nota de *A paixão segundo G.H.*, parece então ser menos o efeito da leitura sobre a singularização do discurso autoral do que o efeito do livro sobre os seus leitores — no conjunto dos quais, de alguma forma, se deve incluir a assinatura C.L., significativamente isenta de qualquer singularização.

Ao contrário dos prefácios filosóficos a que referi — Schopenhauer e Nietzsche — não se trata, aqui, de uma prescrição de leitura: a temporalidade da formulação é clara. A autora da nota desejaria que o livro fosse lido por pessoas de alma já formada, ou seja, aquelas que sabem, só elas, já que "a aproximação [...] se faz gradualmente e penosamente". Esse conhecimento é prévio e o livro sobre ele nada pode, parece dizer-nos a nota. O que distingue esta advertência do que acontece em *Um sopro de vida* é a sua justificação: "só elas entenderão bem devagar que este livro nada tira de ninguém". Mais do que uma conformação do leitor ideal do livro que introduz, a advertência activa então um estranho mecanismo de protecção — uma ética da leitura, mais preocupada, no limiar, com as suas aparentes perdas do que com os seus ganhos ou, no mínimo, com a distinção entre perdas e ganhos no cômputo final dos efeitos possíveis deste livro. E, sobretudo, dos efeitos possíveis deste livro se for lido cedo demais — a nota de *A paixão segundo G.H.* parece de algum modo querer defender o leitor do perigo representado por uma leitura precoce.

A "alegria difícil" que a autora retira de G.H. surge assim como o efeito de leitura certo de um livro que poderia dar errado — como se a nota estivesse lá para proteger, ou sugerir proteger, leitores incautos do risco do livro: o de poder tirar algo a alguém. O efeito de perturbação desta nota para gerações de leitores de Clarice pode ser situado neste *caveat*, alerta ao leitor, e no modo como encena dois efeitos possíveis para o mesmo livro, no limiar a que um qualquer leitor — por exemplo um leitor de treze anos — pode aceder. E, no entanto, a cena que a nota invoca como risco — a de um encontro precoce e não preparado que acontece cedo demais — é uma das cenas mais recorrentes da obra de Clarice Lispector, a ponto de poder ser considerado um dos seus temas recorrentes e estruturantes. Tratar-se-á então realmente de um aviso à navegação? Porque já estamos dentro do livro, o prefácio pode ser visto como mais um episódio de encenação do constante embate entre o ainda informe e o já formado, entre a formação e a deformação, em *A paixão segundo G.H.* e em toda a obra de Clarice. É o que gostaria de propor nesta leitura transversal da representação do encontro entre diferentes idades da vida na obra de Clarice Lispector, que esta nota parece inscrever na materialidade do livro. Parafraseando a sua protagonista, poderíamos dizer, desta nota, que põe em cena um ritual que "não é exterior a ele, o ritual é inerente".[8]

2.

É possível que o melhor exemplo desse embate e do que aqui parece estar em jogo — o risco do informe sobre pessoas de alma ainda não formada — esteja no livro que Clarice publica no mesmo ano, e que José Miguel Wisnik vincula a *A paixão segundo G.H.* através da ideia de uma trilogia da separação.[9] Nesse ensaio, Wisnik chama a atenção para o carácter estruturado tanto de *Laços de família* — aspecto evidente e muitas vezes destacado — quanto de *A legião estrangeira*, livro mais disperso, como a sua história editorial comprova. A reforçar a ideia de um livro vertebrado, na parte inicial da colectânea de 1964, está a relação quiasmática que se estabelece de forma clara entre os dois contos que a delimitam, "Os desastres de Sofia" e "A legião estrangeira", dois contos sobre a educação de uma criança, com vários pontos de contacto.

De um para o outro conto, em particular, é evidente o paralelismo entre as duas epifanias "orgânicas" que marcam os seus momentos culminantes — poucas vezes replicadas, em intensidade, na obra de Clarice. No primeiro conto, a protagonista descreve deste modo a visão do professor a tentar sorrir:

> O que vi, vi de tão perto que não sei o que vi. Como se meu olho curioso se tivesse colado ao buraco da fechadura e em choque deparasse do outro lado com outro olho colado me olhando. Eu vi dentro de um olho. O que

era tão incompreensível como um olho. Um olho aberto com sua gelatina móvel. Com suas lágrimas orgânicas. Por si mesmo o olho chora, por si mesmo o olho ri. Até que o esforço do homem foi se completando todo atento, em vitória infantil ele mostrou, pérola arrancada com a barriga aberta — que estava sorrindo. Eu vi um homem com entranhas sorrindo. [...] Minhas costas forçaram desesperadamente a parede, recuei — era cedo demais para eu ver tanto. Era cedo demais para eu ver como nasce a vida.[10]

Em "A legião estrangeira", o nascimento de Ofélia como criança é descrito nestes termos:

> Diante de meus olhos fascinados, ali diante de mim, como um ectoplasma, ela estava se transformando em criança. Não sem dor. Em silêncio eu via a dor de sua alegria difícil. A lenta cólica de um caracol. Ela passou devagar a língua pelos lábios finos. [...] A agonia lenta. Ela estava engrossando toda, a deformar-se com lentidão. Por momentos os olhos tornavam-se puros cílios, numa avidez de ovo. E a boca de uma fome trémula. Quase sorria então, como se numa mesa de operação dissesse que não estava doendo tanto. Ela não me perdia de vista: havia marcas de pés que ela não via, por ali alguém já tinha andado, e ela adivinhava que eu tinha andado muito. Mais e mais se deformava, quase idêntica a si mesma. Arrisco? deixou eu sentir?, perguntava-se ela. Sim, respondeu-se por mim.[11]

A relação é quiasmática, como dizia: adulto e criança, em posições invertidas, interagem numa revelação que parece poder ser descrita com as mesmas palavras e recorrendo a expressões equivalentes. Mas se no primeiro caso o corpo metamórfico é o do professor — e o olhar atónito é o da criança de nove anos —, em "A legião estrangeira" é Ofélia que vive o próprio parto como criança, perante os olhos ao mesmo tempo instigadores e fascinados da narradora adulta. O professor e Ofélia, adulto e criança, parecem sujeitar-se à mesma experiência metamórfica, que acontece precisamente no interior de uma relação com o outro polo da contraposição (a aluna ou a vizinha adulta que narra) e que, paradoxalmente, implica, nos dois casos, uma estranha regressão temporal.

Nos dois contos, além disso, o que acontece entre as duas personagens apresenta-se como uma revelação precoce e arriscada, ou uma revelação arriscada porque precoce: se a adulta de "A legião estrangeira" recorda já tardiamente de que "não me lembrara de avisar que sem o medo havia o mundo", e tenta em vão alcançar Ofélia antes que "desistindo de servir ao verdadeiro, ela fosse altivamente servir ao nada";[12] a narradora de "Os desastres de Sofia" percebe que era "cedo demais para eu ver tanto. Era cedo demais para ver como nasce a vida".[13] Como tantas outras crianças precoces de Clarice, estas crianças veem, para os adultos que as narram, cedo demais, e a reacção violenta que têm depende disso mesmo. Como diz a narradora de "Os desastres de Sofia", "Eu ia receber de volta em pleno rosto a bola de mundo que eu mesma lhe jogara e que nem por isso me era conhecida. [...] Meu pai estava no trabalho, minha mãe morrera há meses. Eu era o único eu".[14] O embate entre uma revelação disforme e uma "alma não formada" é, também aqui, um embate arriscado, que o final dos contos, ou a sua moldura, terá de algum modo de naturalizar.

3.

Duas crónicas de Clarice podem ajudar a delimitar o problema.

A primeira é de 1968 e tem como título "A descoberta do mundo" — título que passará a referir o conjunto publicado de crónicas de Clarice e que joga com frases decisivas dos contos anteriores —, e Clarice descreve o seu choque ao ouvir (desta vez, tarde demais), de uma coetânea, a explicação, como diz, "daquilo a que os americanos chamam os fatos da vida".[15] A revelação tardia do sexo deixa a jovem Clarice paralisada, levando-a a jurar, em choque, que nunca irá querer casar-se. Entretanto o tempo passa, e a reacção dilui-se e converte-se em aceitação. Mas não sem perdas. Clarice comenta:

> Antes de me reconciliar com o processo da vida, no entanto, sofri muito, o que poderia ter sido evitado se um adulto responsável se tivesse encarregado de me contar como era o amor. Esse adulto saberia como lidar com uma

alma infantil sem martirizá-la com a surpresa, sem obrigá-la a ter toda sozinha que se refazer para de novo aceitar a vida e os seus mistérios.[16]

Esta frase interessa-me, para já, como descrição em negativo das tensões que activam a ficção de Clarice e que estou a perseguir: por um lado, a expressão "lidar com a alma infantil sem martirizá-la com a surpresa", que descreve o adulto responsável no acto de iniciação da criança, permite já adiantar reflexões sobre o papel da narradora em "A legião estrangeira", que entrega conscientemente Ofélia ao risco da surpresa e da ruína do seu edifício, além de que recorda já a nota de *A paixão...* do início do ensaio. Ao contrário da descrição sugerida, os adultos em Clarice têm, muitas vezes, o papel de agir sobre a criança precisamente obrigando-a a ter toda sozinha de se refazer ou, pelo menos, provocando directamente ou indirectamente essa metamorfose solitária, e é possível aventar que o espectáculo dessa destruição e reconstrução está no centro da experiência literária clariciana. Refazer-se, além disso, é expressão que gostaria de guardar e que recorre ao longo destes textos, sempre que se trata destes choques violentos a que as crianças ou os adolescentes claricianos são expostos cedo demais. Interessa-me porque chama a atenção para a dimensão formal, em sentido literal, desta problemática, sugerindo a associação entre a ideia de crescimento e a de construção de uma forma que, mais do que feita, pode ser desfeita e refeita, como a do próprio texto que a narra. Como veremos, é um movimento que traduz uma tensão definidora da forma do conto em Clarice.

É possível que uma formulação mais precisa deste efeito esteja numa interessante crónica dedicada às reacções de Clarice ao filme *Persona*, de Ingmar Bergman. Aí, Clarice parece desviar a crónica do filme ("Não, não pretendo falar do filme de Bergman") para o seu título e para a relação entre as palavras *pessoa* e *máscara*. Começa então por recuperar uma memória paterna:

> Acho que aprendi o que vou contar com o meu pai. Quando elogiavam demais alguém, ele resumia sóbrio e calmo: é, ele é uma pessoa. Até hoje digo, como se fosse o máximo que se pode dizer de alguém que venceu

numa luta, e digo com o coração orgulhoso de pertencer à humanidade: ele, ele é um homem. Obrigada por ter desde cedo me ensinado a distinguir entre os que realmente nascem, vivem e morrem, daqueles que, como gente, não são pessoas.[17]

Como o narrador rosiano de "O espelho", em *Primeiras estórias*, a consideração da máscara em Clarice parece conduzir à pergunta: "Você chegou a existir?". Mas, tal como no filme de Bergman (e, nesse sentido, a crónica de Clarice é uma leitura sensível do filme), a oposição não é entre identidade e máscara, ou entre existência e máscara, mas entre a nudez do rosto, associada inicialmente à infância e à adolescência, e formas diferentes de máscara, que necessariamente dão forma ao humano, no embate com a existência.

O que é interessante para o meu argumento é a dupla caracterização de um desfazer-se da máscara, na crónica. Se rosto e máscara se equivalem para Clarice em importância, e se a escolha da própria máscara, na adolescência, é a primeira escolha individual — ela própria afirma usá-la, "aquela mesma que nos partos de adolescência se escolhe para não se ficar desnudo para o resto da luta" —, há dois momentos em que a possibilidade de uma ausência de máscara é sugerida e questionada. Por um lado, diz Clarice, o puro rosto pode escolher, na adolescência, manter-se exposto. Se isso acontecer, porém, o risco é alto: "esse rosto que estava nu poderia, ao ferir-se, fechar-se sozinho em súbita máscara involuntária e terrível. É, pois, menos perigoso escolher sozinho ser uma pessoa. Escolher a própria máscara é o primeiro gesto voluntário humano".[18]

Por outro lado, na idade madura, depois de anos "de sucesso com a máscara", esta pode, de repente — "ah, menos que de repente, por causa de um olhar passageiro ou uma palavra ouvida" —, romper-se. Escreve Clarice que a máscara pode "crestar-se no rosto como uma lama seca, e os pedaços irregulares caem com um ruído oco no chão", revelando o "rosto nu, maduro, sensível quando já não era mais para ser".[19] É uma descrição que concentra muitos daqueles a que podemos chamar lugares-comuns da obra de Clarice — o choque súbito que desperta a epifania, provocado por um quase nada, o molde a revelar-

-se oco e a romper, revelando o seu interior interdito, recordando as inúmeras ostras, baratas e ovos que se crestam ao longo da obra, figurando, na simetria formal das suas oposições entre interior e exterior, uma das suas tensões fundamentais.

Nestas duas excepções, porém, a crónica sobre *Persona* articula, mais uma vez quiasmaticamente, os dois tempos e as duas idades que estou aqui a perseguir — um cedo demais arriscado e petrificador e um tarde demais violento e deformador, figurando, nos dois casos, a forma a fazer-se e desfazer-se como molde ao mesmo tempo impossível e inevitável.

4.

É interessante então ler a articulação entre "Os desastres de Sofia" e "A legião estrangeira" a partir destas crónicas, precisamente através da imagem da máscara que se desfaz. Falei de relação quiasmática, no jogo entre criança e adulto que os dois contos estabelecem, e é efectivamente a articulação indissociável entre duas idades que parece estar aqui em causa, mais uma vez sublinhando a questão da formação, ou da educação, tão cara a Clarice. No primeiro caso, é o rosto do professor que se expõe numa nudez insuportável, quando "já não era para ser", precipitando o refazer-se da criança a partir de uma alteração radical do seu equilíbrio anterior, que estabelecia a oposição entre criança e adulto em termos agónicos e antagónicos. Perante o olhar nauseado da narradora sem nome, o professor infantiliza-se numa inocência repugnante e exposta, ou repugnante porque exposta, deixando-a desprotegida para a violência da revelação: "ele matava em mim pela primeira vez a minha fé nos adultos: também ele, um homem, acreditava como eu nas grandes mentiras...".[20] É possível que a melhor descrição desse efeito esteja numa crónica de 1969, intitulada "A proteção pungente", onde lemos:

> Ela não podia olhar para seu pai quando ele tinha uma alegria. Porque ele, o forte e amargo, ficava nessas horas todo inocente. E tão desarmado.

> [...] E obrigava a ela, uma criança, a arcar com o peso da responsabilidade de saber que os nossos prazeres mais ingênuos e mais animais também morrem.[21]

O cedo demais da narradora de "Os desastres de Sofia" é indissociável do tarde demais do professor, que permitiu, na sua nudez terrivelmente amorosa, que a criança visse com "aterrorizado fascínio o mundo".[22]

No segundo conto, é Ofélia que renasce criança, rompendo a máscara adulta com que atormentava os dias da narradora — com "opinião formada acerca de tudo"[23] — no desejo violento do pintainho. A caracterização desse rosto coberto — "ela que estava toda coberta, e tinha mãe coberta, e pai coberto" — tem como revés o rosto sem cobertura da narradora ("logo no rosto que sendo nosso avesso é coisa tão sensível"),[24] deixa perceber que, tal como no conto anterior, o ponto de partida é a inversão entre as figuras da crónica sobre *Persona*: o rosto é aqui o da adulta, a máscara protegida é a de Ofélia. E se essa inversão entre adulto e criança é também uma oposição entre educadora e educando, também aqui ela vai inverter-se radicalmente. Quando a voz da criança começa a entrar "por entre as palavras escritas",[25] a narradora opera a traslação necessária para a alteração dos papéis. "Sem me mexer, eu a olhava. Eu sabia de grande incidência de mortalidade infantil. [...] Eu tinha a ousadia de dizer sim a Ofélia, eu que sabia que também se morre em criança sem ninguém perceber":[26] a partir deste momento, nos termos da crónica, é a adulta que expõe Ofélia à obrigação de se refazer toda sozinha, e à exposição do seu corpo nu ao desejo. O resultado, que fecha o livro, é conhecido de todos: Ofélia mata o pintainho, e a narradora tenta inutilmente correr atrás dela para a proteger tardiamente, ou para reparar a violência do choque sofrido: "Oh, não se assuste muito! às vezes a gente mata por amor, mas juro que um dia a gente esquece, juro!".[27] Como os adolescentes da crónica sobre *Persona*, a exposição sensível de Ofélia corre o risco de a ferir e fechar numa máscara imutável — provavelmente a da "princesa hindu por que sua tribo esperava". Nesse destino, Ofélia sai do conto, ou está já fora dele: "Ofélia é que não voltou: cresceu". "A legião estrangeira" começa e acaba com a sua narradora, sozinha na cozinha com o pintainho — e é a ela que regressarei, depois de mais um desvio por alguns lugares transitados da obra de Clarice.

5.

Também ao longo de "Os laços de família" encontramos recorrentemente este movimento brusco: o da diluição súbita, e nas linhas finais do conto, de uma crise adolescente no correr do tempo. É um movimento perturbador, porque nos violenta com um corte repentino que corresponde apenas à consciência de que o tempo passa, fazendo-nos ver de que modo o conto nos ocupou com a expansão amplificadora e suspensa de um momento que corroía, ou pelo seu transbordar, ou pela sua *vectorialidade* invertida ou inatural à delimitação no tempo. A tensão entre o "pendor formalizante" e o "excesso do fragmentário" na obra de Clarice, de que nos falou Carlos Mendes de Sousa,[28] tem, nos cortes bruscos finais com que se termina (para recuperar palavras de Clarice, sobre Preciosidade) "resolvendo a vida" das personagens,[29] a sua representação mais visível, fazendo-nos estranhar a história natural no momento em que nos é apresentada como pano de fundo para a experiência sincopada e não teleológica de outras idades na vida.

Talvez o exemplo mais visível destes movimentos seja o conto "Mistério em São Cristóvão", em que a correlação entre idades que estou a tentar perseguir assume a conformação de um esquema: a família, que com as suas quatro idades se organiza num desenho que predetermina o risco da sua desorganização: "o sereno perfumado de São Cristóvão não era perigoso, mas o modo como as pessoas se agrupavam no interior da casa tornava arriscado o que não fosse o seio de uma família numa noite fresca de maio".[30] Essa desorganização virá, como se sabe, pela intervenção improvável de três mascarados que decidem colher um jacinto do jardim e são surpreendidos; primeiro, pela menina à janela, e depois pela lua, que imobiliza as quatro máscaras (o rosto da menina é também já uma máscara) num jogo de olhares que antecede a fuga do jardim. Tudo no início tem o carácter de uma cena que se fixou no devir do tempo: na noite de maio, o desenho de uma família é captado no seu equilíbrio precário, e no mistério ou choque que o desequilibra é o tempo que se torna protagonista do conto, porque a sua figura é a conjugação síncrona de várias idades num momento parado no tempo. E nessa travagem, mais uma vez, assistimos a várias perturbações da linha cronológica.

No processo, um dos mascarados, "exangue sob a máscara, rejuvenescera até encontrar a infância e o seu horror".[31] E quando, no final, toda a família se reúne em torno da mocinha, ela é descrita deste modo: "Seu rosto apequenara-se claro — toda a construção laboriosa de sua idade se desfizera, ela era de novo uma menina. Mas na imagem rejuvenescida de mais de uma época, para o horror da família, um fio branco aparecera entre os cabelos da fronte".[32] É mais uma criança que renasce, numa iniciação capaz de a marcar para sempre. O rejuvenescimento é aqui iniciático, marcado pelo jacinto quebrado no talo, e assinala a deformação da idade desprotegida ("se equilibrando na delicadeza da sua idade"),[33] como junção de regressão e envelhecimento.

Mas tal como em "Preciosidade" — conto que também incide sobre um violento atentado a uma alma não formada — "a mocinha aos poucos recuperou a sua verdadeira idade".[34] A deformação de um rosto adolescente, que violentamente a devolve a uma infância inesperada, é uma regressão que o tempo lentamente corrige. Como no conto "Amor", será possível, talvez, "envelhecer de novo".[35] Talvez em nenhum livro como em *Laços de família* seja tão evidente esse embate entre o momento da crise, que institui um movimento de regressão não cronológico — o regresso à infância como detonação da forma e da máscara — e a história natural, que absorve as crises na sequência dos tempos da vida. Os adolescentes, "assim como uma pessoa engorda",[36] crescem, mas não é disso que o conto se ocupa. A história natural funciona, nestes casos, como moldura inatural e incomensurável com a experiência relatada.

Já os adultos, no final do conto, têm outro destino — e é assim que me encaminho para o meu ponto de chegada. Diz-nos o conto que, se a mocinha, aos poucos, recuperou sua verdadeira idade, os outros, que nada tinham visto, tornaram-se atentos e inquietos. E como o progresso naquela família era frágil produto de muitos cuidados e de algumas mentiras, tudo se refez e teve de se refazer quase do princípio: a avó, de novo pronta a se ofender, o pai e a mãe fatigados, as crianças insuportáveis, toda a casa parecendo esperar que mais uma vez a brisa da abastança soprasse depois do jantar. O que sucederia talvez noutra noite de maio.[37]

A família, então, vê o laborioso edifício da casa sucumbir ao risco e ter de se desfazer e refazer de novo. E, tal como nos contos mais emblemáticos de *Laços de família* — "Amor", "Os laços de família" —, o texto termina desfazendo-se com a sugestão de que se poderá, ciclicamente, refazer e repetir.

6.

No final de "A legião estrangeira", estas duas temporalidades — a *vectorialidade* inevitável da história natural e a ciclicidade sincopada do fazer e refazer as formas do humano — são também explicitamente contrapostas, deixando, como dizíamos, a narradora sozinha na cozinha com o novo pinto, que estremece: "o amarelo é o mesmo, o bico é o mesmo. Como na Páscoa nos é prometido, em dezembro ele volta. Ofélia é que não voltou: cresceu".[38]

Talvez seja porém o ponto na obra de Clarice em que é mais clara a lógica sacrificial desta dinâmica: a *vectorialidade* inexorável da saída de cena de Ofélia — a que foi avisada tarde demais — opõe-se ao jogo das formas no adulto, que é também o jogo da repetição. A própria estrutura de "A legião estrangeira" aponta para isso mesmo, articulando a sua moldura — a família reunida à volta do pintainho sem mãe que chegou à cozinha — com a narrativa de Ofélia, através da consciência da repetição de um gesto ("Então estendi a mão e peguei no pinto. Foi nesse instante que revi Ofélia")[39], que coloca a narradora, ao mesmo tempo, no lugar de Ofélia, a criança que estende a mão para pegar o pinto, e da responsável irresponsável pela sua morte simbólica — a adulta que tira no mesmo gesto em que dá. Numa extraordinária inversão do gesto dúplice da preceptora de *The Turn of the Screw* [*A volta do parafuso*. Barueri, SP: Novo Século, 2021] de Henry James, que abraça o pequeno Miles, ao mesmo tempo para o proteger e sufocar, a pedagogia arriscada da narradora do conto faz, no mesmo movimento, nascer e morrer Ofélia, sem poder saber se sobreviverá.

Percebe-se então talvez de que modo a abertura de "A legião estrangeira" e o extraordinário quadro da sua moldura remetem para o mesmo ritual do saber de dois gumes que encontramos na abertura de *A paixão segundo G.H.* Aí, não sem surpresa, estamos num tribunal:

> Se me perguntassem sobre Ofélia e os seus pais, teria respondido com o decoro da honestidade: mal os conheci. Diante do mesmo júri ao qual responderia: mal me conheço — e para cada cara de jurado diria com o mesmo límpido olhar de quem se hipnotizou para a obediência: mal vos conheço. Mas às vezes acordo do longo sono e volto-me com docilidade para o delicado abismo da desordem. Estou tentando falar sobre aquela família que sumiu há anos sem deixar traços em mim, e de quem me ficara apenas uma imagem esverdeada pela distância. Meu inesperado consentimento em saber foi hoje provocado pelo fato de ter aparecido em casa um pinto.[40]

Poderíamos dizer que a teoria da ficção de Lispector está toda contida neste "inesperado consentimento em saber": o movimento que permite passar da ignorância sobre o outro — a morte da escrita — ao saber do outro, que permite a configuração telepática dos modos de narração dos contos de Clarice como uma dolorosa inscrição no género humano. É, no fundo, essa identificação a permitir saber que se pode ser, ao mesmo tempo, vítima e carrasco num mesmo parto mortal, e quanto se perdeu e quanto se ganhou no embate com a forma humana que viemos ou não a ter. Desse drama, acredito, fala C.L. no limiar da descida ao informe de G.H.; e também numa passagem de uma crónica intitulada "Trechos", em que a lógica sacrificial destas narrativas de iniciação se torna evidente:

Um domingo de tarde sozinha em casa dobrei-me em dois para frente — como em dores de parto — e vi que a menina em mim estava morrendo. Nunca esquecerei esse domingo. Para cicatrizar levou dias. E eis-me aqui. Dura, silenciosa e heroica. Sem menina dentro de mim.[41]

É neste sentido que, voltando às palavras de G.H., o ritual é inerente, e também inevitável, ou mais propriamente impossível de evitar com qualquer aviso ou advertência: o cedo demais e o tarde demais fundem-se, em Clarice, no modo como o fazer e o refazer das almas já formadas se apresentam, afinal, como uma repetição inevitável da morte com que, na infância ou na adolescência, entrámos no jogo periclitante da forma humana. E é essa a nossa irresponsabilidade comum.

NOTAS

1. "Entrevista de Clarice Lispector (C.L.)", Clarice Lispector. *A paixão segundo G.H.*, edição crítica coord. por Benedito Nunes. Paris: Association Archives de la littérature latino américaine, des Caraibes et africaine du XXe siècle. Brasília: CNPQ, 1988, p. 298.
2. Clarice Lispector, *A paixão segundo G.H.*, p. 5.
3. Id. *A hora da estrela*. Rio de Janeiro: Francisco Alves, 1995, p. 12.
4. Ibid., pp. 20-1.
5. Id. *Um sopro de vida*. Rio de Janeiro: Rocco, 1999, p. 21.
6. Jean-Marie Schaeffer, "Note sur la préface philosophique". *Poétique*, n. 69, pp. 35-44, 1987.
7. Friedrich Nietzsche, *Aurora*. Trad. de Rui Magalhães. Porto: Rés, 1977, pp. 10-1.
8. Clarice Lispector, *A paixão segundo G.H.*, p. 75.
9. José Miguel Wisnik, "Diagramas para uma trilogia de Clarice". *Revista Letras*. Curitiba, UFPR, n. 98, pp. 282-307, jul./dez., 2018.
10. Clarice Lispector, *A legião estrangeira*. Rio de Janeiro: Rocco, 1999, p. 21.
11. Ibid., pp. 95-6.
12. Ibid., p. 100.
13. Ibid., p. 22.
14. Ibid., p. 19.
15. Id. *A descoberta do mundo: crônicas*. Rio de Janeiro: Rocco, 1984, p. 114.
16. Ibid., p. 115.
17. Ibid., p. 80.
18. Clarice Lispector, *A descoberta do mundo: crônicas*. Rio de Janeiro: Rocco, 1984, p. 80.

19. Ibid., p. 81.

20. Id. *A legião estrangeira*, p. 23.

21. Id. *A descoberta do mundo*, p. 171.

22. Ibid., p. 25.

23. Clarice Lispector, *A legião estrangeira*, p. 91.

24. Ibid., p. 92.

25. Ibid., p. 94.

26. Ibid., p. 95.

27. Ibid., p. 100.

28. Carlos Mendes de Sousa, "A íntima desordem dos dias". In: Clarice Lispector, *Laços de família*. Lisboa: Cotovia, 2006, p. 131.

29. "'Preciosidade' é um pouco irritante, terminei antipatizando com a menina, e depois pedindo-lhe desculpas por antipatizar, e na hora de pedir desculpas tendo vontade de não pedir mesmo. Terminei arrumando a vida dela mais por desencargo de consciência e por responsabilidade que por amor". (Clarice Lispector, "Fundo de Gaveta". *A paixão segundo G.H.*, 1988, p. 293.)

30. Clarice Lispector, *Laços de família*, p. 101.

31. Ibid., p. 103.

32. Ibid., p. 104.

33. Ibid., p. 101.

34. Ibid., p. 105.

35. Cf. "Amor": "Depois, quando todos foram embora e as crianças já estavam deitadas, ela era uma mulher bruta que olhava pela janela. A cidade estava adormecida e quente. O que o cego desencadeara caberia nos seus dias? Quantos anos levaria até envelhecer de novo?" (*Laços de família*, p. 25).

36. Cf. "Preciosidade": "Até que, assim como uma pessoa engorda, ela deixou, sem saber por que processo, de ser preciosa" (*Laços de família*, p. 84).

37. Ibid., p. 105.

38. Id. *A legião estrangeira*, p. 100.

39. Ibid., p. 89.

40. Ibid., p. 86.

41. Id. *A descoberta do mundo*, p. 377.

A perfeição da rosa

MICHEL RIAUDEL

UM DRAMA DOMÉSTICO

Os contos de Clarice Lispector são como pequenas peças de teatro, com a sua divisão em atos e cenas, cenários, personagens e enredos. "A imitação da rosa" presta-se bem a esta forma de organizar a leitura. Unidade de lugar: um apartamento no bairro da Tijuca, na época geralmente habitado por uma pequena classe média, no limite da Zona Norte.[1] A ação vai do quarto (onde está o toucador) à cozinha (onde Laura bebe o seu copo de leite), depois da cozinha à sala de estar, onde o sofá é o elemento central. Concentração do tempo: tudo se passa numa tarde. Nada acontece, ou quase, apesar de esta ser a história mais longa da coletânea. A sua extensão rompe com "Uma galinha", a história anterior e a mais curta do livro. O que marca possivelmente a atenção que a escritora prestou ao ritmo do volume.

Pode-se imaginar várias hipóteses de recortes, por exemplo, dois atos e um epílogo. Ato I, cena 1: Laura perde-se nos pensamentos; enquanto espera por Armando, o seu marido, prepara-se diante do toucador para o jantar na casa de Carlota e João... Cena 2: ela percebe que se esqueceu de tomar o copo de leite prescrito pelo médico, o que a leva à cozinha, antes de ela se instalar no sofá da sala de estar, seguindo o ritual que ela estabeleceu. Começa outro momento de longo devaneio, lembrando o início do primeiro conto do livro. De repente (ato II), o seu olhar fixa as rosas que ela comprou de manhã no mercado. De agora em diante, tudo gira em torno destas flores. Segue-se uma série de sentimentos mistos, desejos contraditórios, hesitações. A empregada entra em cena: Maria terminou o seu dia, Laura pede que faça um desvio quando voltar para sua casa e entregue o buquê à sua amiga Carlota. Epílogo: anoitece, o marido chega do trabalho e encontra a sua esposa "sentada no sofá sem apoiar as costas, de novo alerta e tranquila como num trem. Que já partira". Em outras palavras, a crise voltou.

Estes treze contos estruturam-se quase sempre em torno de um colapso existencial. Este pode ser latente, como no início do "Devaneio...", e logo acentuado sob o efeito do álcool. Pode ocorrer sem aviso prévio, como em "Amor", e aprofundar-se: a passagem pelo Jardim Botânico. Momento tanto inesperado quanto inelutável, tais as sequências implacáveis de uma tragédia: se Ana não tivesse perdido a parada do bonde, tornava-se impossível o vaguear no fantástico mundo das árvores. A crise pode preceder o início da história, como em "O búfalo", o que "justifica" o adversativo "Mas", raro na abertura de uma história...; a visita ao jardim zoológico irá, no entanto, redistribuir a crise em ondas sucessivas, até o desmaio conclusivo. Os sinais dessa crise são diversos: a suspensão do tempo normal, tudo se intensifica, acelera, as personagens perdem o seu rumo. É como se estivéssemos a passar do *chronos* para o *kairos* ou *aiôn*, uma temporalidade que se contrai no instante e se dilata no eterno. Deste ponto de vista, devemos prestar muita atenção ao verbo "acontecer" (ou sinônimos), que muitas vezes funciona como um aviso.

Em "A imitação da rosa", "acontecer" aparece quatro vezes, em contextos diferentes. No segundo parágrafo, surge no meio de uma projeção imaginária, um regresso à casa da família após uma escapada: "Como um gato que passou a noite fora e, *como se nada tivesse acontecido*, encontrasse sem uma palavra um pires de leite esperando." [grifo nosso]. Uma denegação esconde um "acontecimento" cuja gravidade se encontra encoberta por uma dupla desrealização: metáfora e condição. Aliás, se tão pouco acontece em uma história tão longa, é porque tudo se passa no mundo "irreal" e paralelo do fluxo de consciência de Laura, o tempo da recordação, da meditação, da reflexividade. Em vez de privilegiar a ação, a narrativa fica atenta à forma como a vibração das coisas está vivida e sentida, num modo subjetivo. Em uma destas ruminações é lembrado o conselho do médico: "Abandone-se, tente tudo suavemente, não se esforce por conseguir — esqueça completamente *o que aconteceu* e tudo voltará com naturalidade" [grifo nosso].

O que aconteceu se mantém no plano da alusão: um internamento psiquiátrico, que terminou há pouco. Assim, a crise aqui teria precedido o momento em que o leitor entra na história. Desde as primeiras linhas, pegamos o trem andando, por assim dizer — *um trem que já partira*, no momento de regresso ao lar, à vida normal. Mas reconstituindo aos poucos o que aconteceu (um enigma que se esclarece gradualmente, por fragmentos, a partir de vários índices: as precauções do marido, a reação dos que a rodeiam, da enfermeira, do médico...), entendemos que a recuperação é frágil, uma nova crise ameaça. O leitor pode até se perguntar se Laura está realmente "curada", se a crise não é permanente, em latência constante.

A terceira ocorrência de "acontecer" situa-se no episódio das rosas: "Mas, sem saber [o] porquê, ela estava um pouco confusa, um pouco perturbada. Oh, nada demais, *apenas acontecia* que a beleza extrema incomodava." [grifo nosso]. A contemplação das rosas perturba Laura, incomodada pela *extrema beleza* das flores. É *apenas* isso, porém algo *acontece* de novo. Talvez por isso, para evitar que *aconteça* duravelmente, ela imagina dar o buquê à sua amiga Carlota: "dar as rosas era quase tão bonito como as próprias rosas". Mataria dois coelhos de uma só cajadada: agradaria à amiga e "ficaria livre delas". Mas logo vem a pergunta, a dúvida: "o que é mesmo que *aconteceria*"? [grifo nosso]. A recorrência do verbo "acontecer", em quatro tempos ou modos diferentes, lembra a intervalos regulares que a crise paira sobre o personagem, que ela só foi resolvida na superfície, e ameaça voltar a atacar a qualquer momento. O que interroga sobre o significado desta "crise".

Por enquanto completamos o esboço desta pequena comédia com a estrutura das personagens. Apenas três estão no palco, este ocupado sem interrupção pela mulher. No entanto, a narrativa, que adota quase constantemente o ponto de vista de Laura, estrutura o drama e os seus bastidores em torno de um quarteto, um quadrado perfeito, atravessado por relações cruzadas: ao paralelismo dos dois casais sobrepõe-se um paralelismo dos sexos, os homens entre eles, as mulheres trocando sobre "coisas de mulheres", um eco de Tereza Quadros (pseudônimo de Lispector) e a sua coluna "Entre mulheres" (1952), ou então a crônica feminina da suposta atriz Ilka Soares (outro avatar inventado pela jornalista Lispector em 1960, ano de publicação de *Laços de família*). O mundo do homem está aberto para o exterior, os amplos espaços, ele está interessado nas notícias mundiais publicadas nos jornais; o das mulheres restringe-se aos assuntos domésticos e à intimidade.

Pouco se sabe sobre João, uma figura marginal, já que a relação começa com uma amizade de infância entre Laura e Carlota. De fato, as esposas ocupam a linha da frente da história. Cada uma delas encarna um perfil de conduta e concepção da mulher que deve convidar o leitor a não se contentar com esquemas binários (o dominante/o dominado...), nem reduzir o livro a um simples manifesto contra o patriarcado ou a favor da emancipação da mulher. É verdade que, na "vida real", Clarice Lispector acabara de deixar o seu marido nos Estados Unidos e regressar para o Rio, com os seus dois filhos, quando publicou *Laços de família*. Tinha experimentado o casamento e os seus reveses, o tédio da mulher de diplomata; a partir de 1959 descobriu a condição de mulher separada (o divórcio sendo oficialmente reconhecido no Brasil em 1977, ano da morte da escritora). Mas, longe de se prestar a uma leitura de mão única, seus contos observam todas as nuances dos códigos de gênero, frequentemente observados do ponto de vista feminino, mas também, por vezes, a partir do ângulo masculino: ver precisamente o final de "Os laços de família" ou de "A imitação da rosa". Sobretudo, os contos justapõem tipos muito diversos de mulheres, desde a velha Anita em "Feliz aniversário", agarrando-se aos seus princípios rígidos e arcaicos que a fazem condenar quase todas as suas noras e seus próprios filhos, até à jovem e mais independente Catarina ("Os laços de família") que rivaliza cordialmente com a sua mãe, a apropriadamente chamada Severina. Apesar de todas as contingências e adversidades, a mais feliz e menos atormentada dessas mulheres é Pequena Flor. Em "A imitação da rosa", Carlota encarna a visão "moderna", aquela que estabelece uma relação de igualdade no casal: "a amiga tinha um modo esquisito e engraçado de tratar o marido, oh não por ser 'de igual para igual', pois isso agora se usava". No livro, padrões concorrentes opõem gerações, mas também mulheres da mesma idade, refletindo a influência do *american way of life*, com a sua dona de casa *up to date* consumista, contra a organização tradicional da família. A prosa de Clarice questiona, no fundo, tanto a noção de normas, os papéis sociais e máscaras quanto a própria "dominação" entre classes e gêneros.

A amiga, uma mulher ousada, é o oposto de Laura, insípida, baixinha, sem muito encanto. Desde o colégio do Sagrado Coração onde se conheceram, Carlota vem exercendo um fascínio sobre a sua amiga; ela, presa na imagem da esposa devota, cuja vida está organizada em torno do seu marido. Ele trabalha, tem uma vida fora de casa; Laura existindo a seu serviço. O cabelo dela, meticulosamente preso, ilustra a contenção da sua conduta. A sua roupa marrom (que reaparece em "O búfalo"), em harmonia com a cor dos seus olhos, combina com o colarinho de creme feito de "renda verdadeira", compondo um caráter discreto, o oposto da mulher decidida, Carlota, de uma bondade algo autoritária. Ambiciosa e viva, individualista, a amiga goza a vida, mesmo que isso signifique mentir às freiras do internato. Laura, pelo contrário, valoriza a autenticidade: ela não tem os olhos verdes das esposas que escondem coisas dos seus maridos, nem o cabelo preto ou louro das sedutoras, mas sim o cabelo castanho. Ela é lenta, bem cuidada, sincera; o modelo do "segundo sexo", sempre em segundo plano, que existe para valorizar o homem. Ela até aspira a um estado de insignificância e de esquecimento:

> [...] recebendo enfim de novo a desatenção e o vago desprezo da amiga, a sua rudeza natural, e não mais aquele carinho perplexo e cheio de curiosidade — e vendo enfim Armando esquecido da própria mulher. E ela mesma, enfim, voltando à insignificância com reconhecimento. Como um gato que passou a noite fora e, como se nada tivesse acontecido, encontrasse sem uma palavra um pires de leite esperando.

Como se tratasse de respeitar os códigos sem ostentação, de alcançar uma espécie de verdade do neutro, a comparar com a aspiração do neutro da narradora de *A paixão segundo G.H.*: "Mas se eu cumprir o meu núcleo neutro e vivo, então, dentro de minha espécie, estarei sendo especificamente humana".

UMA MULHER "ALIENADA"?

Seria fácil ler, nesta passagem, uma confirmação da alienação de Laura. Porém a questão não é tanto que Laura adote uma atitude "submissa", mas que ela escolha entre duas posições alheias: recusando a "ternura perplexa e curiosa" demonstrada por Carlota, ela prefere a "desatenção", escolhe voluntariamente desaparecer. Desta forma, também rejeita mentiras e falsas atenções, e não quer ser tratada como um animal curioso, por causa da sua fragilidade psíquica. Pois, quando não compreendida, vai presa — assim como fora presa "no tempo do Sacré Coeur". A história de Laura é, em alguns aspectos, uma história de confinamento. A sua "loucura", tratada como uma doença, medicalizada, levou-a para fora do mundo comum. Ela apenas deseja regressar a esta banalidade, passar despercebida, deixar de ser alvo de atenção, a única forma de ajuda aceita:

> As pessoas felizmente ajudavam a fazê-la sentir que agora estava "bem". Sem a fitarem, ajudavam-na ativamente a esquecer, fingindo elas próprias o esquecimento como se tivessem lido a mesma bula do mesmo vidro de remédio. Ou tinham esquecido realmente, quem sabe. (LISPECTOR, 1990, p. 48)

O importante não é que ela esteja bem, mas que tenha ou dê a sensação de que está bem. Este "bem" colocado entre aspas sublinha que não se trata de uma realidade vivida, mas de um discurso sobre si própria, assumido pelos outros, e integrado pela própria Laura. Melhor a dureza de Carlota, a sua verdade por ser "natural" do que demasiada atenção; do mesmo modo, as recomendações do médico visam um retorno à naturalidade: "tudo voltará com naturalidade"; e Laura vai sentar-se com o seu copo de leite no sofá, "com muita naturalidade", fingindo falta de interesse, "não se esforçando". As aspas voltam a aparecer para filtrar esta alegada espontaneidade, trazendo de volta o discurso (social). Já que temos de desempenhar um papel, mais vale adotarmos o papel do apagamento. Ser esquecida dos outros é garantir a si mesma que voltou ao mundo do cansaço, da banalidade, da normalidade.

Notamos o peso das metáforas, tudo menos inofensivas. Aquela sobre o regresso do gato é duplamente surpreendente. Além do felino, a palavra "gato" remete também a um homem bonito, a conquista viril, e o que implica em termos de desejo sexual. Associação surpreendente quando aplicada à Laura, mas coerente quando convoca o pires de leite: ele prepara o copo de leite do "tratamento", e é associado à bebida do bebê, à comida dos primeiros meses fornecida pela mãe (ora não há mãe), a brancura e suas propriedades calmantes e medicinais.

Outra imagem: "como se tivessem lido a mesma bula do mesmo vidro de remédio", que surge para ilustrar o esforço de voltar ao normal e, no entanto, convoca o universo semântico do campo médico: em vez de reforçar a ideia de cura, a imagem enfatiza o patológico. Assim funciona a escrita clariciana, por aproximações falsamente inesperadas, associações discretas e secretas, correspondências e paradoxos...

Finalmente, se Laura quer ser tranquilizada sobre a sua normalidade, é porque sabe, no fundo dos seus olhos, que não é de forma alguma "normal". Os "sintomas" são: a sua esterilidade, o seu caráter maníaco, as suas tendências super-humanas. "Por acaso alguém veria, naquela ponta mínima de surpresa que havia no fundo de seus olhos, alguém veria nesse mínimo ponto ofendido a falta dos filhos que ela nunca tivera?" Este segredo quase imperceptível, a ausência de uma criança, revelaria a sua incompletude, explicaria a sua instabilidade? A maternidade tê-la-ia feito alcançar a plenitude do seu sexo, enquanto ela está privada dele, enquanto ela sente apenas metade de uma mulher? Este tema da maternidade, muito presente na obra de Clarice Lispector, refere-se naturalmente à "função-mulher" tal como é entendida pela sociedade, mas também ao ciclo espontâneo da vida, à perpetuação da espécie, bem como ao mistério da criação. É o grande assunto do íntimo. Em "Uma galinha", o ovo repentino traduz o interior inacessível, enigmático, imprevisível do bicho; a "maternidade" torna-a intocável durante um tempo, sagrada, elevando-a à categoria de "rainha", como nos contos de fadas. Em negativo, a falta de filho de Laura distingue-a de Ana, Catarina, da rapariga... Revela uma falha, a ser explicada "cientificamente", pela insuficiência ovárica.

> [...] de volta à paz noturna da Tijuca — não mais aquela luz cega das enfermeiras penteadas e alegres saindo para as folgas depois de tê-la lançado como a uma galinha indefesa no abismo da insulina —, de volta à paz noturna da Tijuca, de volta à sua verdadeira vida: ela iria de braço dado com Armando, andando devagar para o ponto do ônibus, com aquelas coxas baixas e grossas que a cinta empacotava numa só fazendo dela uma "senhora distinta"; mas quando, sem jeito, ela dizia a Armando que isso vinha de insuficiência ovariana, ele, que se sentia lisonjeado com as coxas de sua mulher, respondia com muita audácia: "De que me adiantava casar com uma bailarina?", era isso o que ele respondia. (LISPECTOR, 1990, pp. 54-5)

Na citação, Laura é justamente comparada com uma galinha indefesa quando, no hospital, as enfermeiras a colocam em coma de insulina (um tratamento de choque então em voga, supostamente para curar a esquizofrenia, mas na realidade ineficaz e com efeitos secundários devastadores). Notemos também a "senhora distinta", à parte (e sofisticada), caracterização que se deve tanto à sua infertilidade, quanto ao seu corpo desproporcionado, longe dos cânones de papel brilhante das revistas: coxas curtas e gordas, realçadas por uma cinta apertada (ver o cruel "empacotava"). Armando tranquiliza-a, criticando o sistema de valores do mundo circundante, superficial e vicioso: a bailarina tem corpo esbelto e gracioso, mas é também associada à prostituta. A citação traz, por fim, um novo devaneio de Laura: ela na rua, à vista de todos, no braço do seu marido. Mais uma vez, tenta corresponder às expectativas dos outros. Alienada não no sentido psiquiátrico de loucura, ou no sentido marxista de submissão à ideologia dominante, mas na medida em que está, em certa medida, alienada de si mesma, quer pelos discursos alheios que assume, quer pelos papéis que aceita desempenhar. A normalização de sua esterilidade passa pela medicalização, ou seja, o discurso do outro, da ciência, do médico: sua incompletude sai do domínio moral ou psicológico, para se ancorar na ordem fisiológica. Assim dissocia o seu ser mais profundo, as suas fontes mais escondidas, e aquele que ela tenta fazer coincidir com certos códigos em vigor. Há nela um cálculo, uma aderência superficial ao estereótipo. "A paz do homem...", com o seu valor proverbial de verdade geral, afirma uma espécie de lei da natureza. Da mesma forma, no Sagrado Coração, copiava as lições na perfeição, mas sem as compreender; e leu "com o ardor de um burro" o livro da piedade, ao mesmo tempo em que sentia o perigo dela se abandonar realmente a ele. Ela é uma estranha na sua própria casa, vendo-se como numa sala de espera: "Oh como era bom rever tudo arrumado e sem poeira, tudo limpo pelas suas próprias mãos destras, e tão silencioso, e com um jarro de flores, como uma sala de espera. Sempre achara lindo uma sala de espera, tão respeitoso, tão impessoal".

Outro sinal de uma existência não tão ordinária é o comportamento obsessivo ou maníaco de Laura, "seu gosto minucioso pelo método". Ela arruma a casa, passa roupa..., tudo é pretexto para pôr as coisas em ordem, o que a narrativa mimetiza por abundantes repetições e que Clarice assim comenta: "'Imitação' me deu a chance de usar um tom monótono que me satisfaz muito: a repetição me é agradável, e repetição acontecendo no mesmo lugar termina cavando pouco a pouco, cantilena enjoada diz alguma coisa".[2]

À redundância junta-se esta forma insólita de estruturar o texto por listas: "[...] ela não precisasse fazer mais nada, senão 1) calmamente vestir-se; 2) esperar Armando já pronta; 3) o terceiro o que era? Penso que sim. Era isso mesmo o que faria". Esta preocupação pelas arrumações, limpeza, higiene remonta à infância. Mas transforma-se numa obsessão que encobre uma certa vacuidade, come esse "terceiro" sem objeto, as afirmações repetidas, que ritualizam a rotina e preenchem o vazio com uma "riqueza íntima"...

O que devia fazer, mexendo-se com familiaridade naquela íntima riqueza da rotina — e magoava-a que Carlota desprezasse seu gosto pela rotina —, o que devia fazer era: 1) esperar que a empregada estivesse pronta; 2) dar-lhe o dinheiro para ela já trazer a carne de manhã, chã de dentro; como explicar que a dificuldade de achar carne boa era até um assunto bom, mas se Carlota soubesse a desprezaria; 3) começar minuciosamente a se lavar e a se vestir, entregando-se sem reserva ao prazer de fazer o tempo render.

Não se trata, de novo, de psiquiatrizar o que parecem perturbações obsessivas do comportamento, mas de notar que, tal como em outros contos, o foco interno e o discurso indireto livre contaminam a narrativa *heterodiegética*, que absorve suas cores, a forma de falar e pensar da personagem, que se mantém a grande distância da sua verdade intrínseca e sente uma enorme dificuldade de adaptação à realidade. As parcas marcas do presente são intercaladas por considerações longas, nebulosas, fantasiosas ou irreais, condicionais e subjuntivas, Laura movendo-se mentalmente para trás e para a frente, em camadas do passado e do futuro mais ou menos próximo: são como os bastidores de um teatro, que tiram a personagem do presente mas lhe dão, ao mesmo tempo, uma espessura diacrônica. Encenando esta perda de contato com a realidade, o aviso "Mas, quando viu as horas..." tem o efeito de reiniciar momentaneamente a "ação". Outro exemplo extraordinário desta dissociação é fornecido pelo parágrafo marciano:

> Se uma pessoa perfeita do planeta Marte descesse e soubesse que as pessoas da Terra se cansavam e envelheciam, teria pena e espanto. Sem entender jamais o que havia de bom em ser gente, em sentir-se cansada, em diariamente falir; só os iniciados compreenderiam essa nuance de vício e esse refinamento de vida. (LISPECTOR, 1990, p. 51)

Mais poderoso do que a difração reflexiva do espelho, este excurso em Marte ecoa certamente, para o ler trivialmente, a aventura espacial desencadeada no período pós-guerra (e, em geral, a atenção de Clarice Lispector às ciências, ao mundo do átomo, das "partículas"), mas ilustra sobretudo o quanto Laura vive em outro planeta e o quanto ela observa e sonha mais do que vive (ao contrário da pragmática Carlota). A penteadeira, móvel feminino por excelência, dedicada a vestir e encenar o corpo da mulher — aparência que disfarça o ser — é também propícia ao distanciamento e à introspecção. Em frente ao espelho, a mulher avalia-se, pergunta-se quem é... Aqui o móvel tem uma função narrativa: introduz a descrição física da personagem através da sua própria visão; e mostra a Laura mais uma vez ocupada a arrumar (ou planejar arrumações).

Marte, espelho ampliando a imagem refletida, introduz o terceiro "sintoma", aquele pelo qual tudo indica que Laura foi internada: a síndrome da perfeição. A humanidade, vista de Marte, é definida pela sua falibilidade, a sua fadiga. Mas a Laura não dormia mais. E a sensação de exaustão tranquiliza-a sobre o seu estado: "No cansaço havia um lugar bom para ela, o lugar discreto e apagado de onde, com tanto constrangimento para si e para os outros, saíra uma vez. Mas como ia dizendo, graças a Deus, voltara". Assim como ela estica o tempo inútil, as compras no mercado..., ela estica o seu reflexo sobre o cansaço, o seu desejo de dormir, a sua tentação de uma sesta:

> Mas não tinha verdadeiramente tempo de dormir agora, nem sequer de tirar um cochilo — pensou vaidosa e com falsa modéstia, ela era uma pessoa tão ocupada! Sempre invejara as pessoas que diziam "não tive tempo" e agora ela era de novo uma pessoa tão ocupada. (LISPECTOR, 1990, p. 53)

O papel de Laura consiste, e esta é toda a contradição, em voltar a ser normal, como todos os outros, na *perfeição*.

IMITAÇÃO, TENTAÇÃO, PERFEIÇÃO

Cabe aqui se debruçar sobre o lugar de *Imitação de Cristo* no conto, uma obra que ecoa no título da história, e é mencionada duas vezes na narrativa. A primeira leva-nos de volta ao tempo do Sagrado Coração.

> Quando lhe haviam dado para ler a Imitação de Cristo com um ardor de burra, ela lera sem entender, mas que Deus a perdoasse, ela sentira que quem imitasse Cristo estaria perdido — perdido na luz, mas perigosamente

perdido. Cristo era a pior tentação. E Carlota nem ao menos quisera ler, mentira para a freira dizendo que tinha lido. (LISPECTOR, 1990, p. 49)

Ao contrário de Carlota, Laura tentou ler este manual ascético da Idade Média tardia, como as freiras do internato lhe pediram, mas apesar de afirmar não compreender nada do livro, tira conclusões que são o oposto do propósito do livro, conclusões próximas das notas da autora, uma vez que a própria Clarice voltou a este clássico em várias ocasiões. A 14 de agosto de 1946, enquanto vivia em Berna, falou nestes termos à sua irmã Tania:

> Ah, querida, como estou cansada de ter saudade e de pensar. Estou tão cansada disso e de tentar pelo pensamento sair fora da vida que levo que não tenho gosto nem força de trabalhar. Um dia desses abri um livro que comprei, o célebre *Imitação de Cristo*, e estava escrito: ainda não sofreste até o sangue. Acho que no momento em que isto suceder, será o momento de agir, de resolver. Por enquanto ainda posso contemporizar.[3]

No mesmo dia, escreve ao seu amigo e jovem escritor Fernando Sabino:

> Quanto à Imitação de Cristo, ela manda sofrer até o sangue, e me ceder inteiramente. Sofrer até o sangue, chegarei lá e mesmo às vezes já cheguei. Mas me abandonar, não sei como, me falta a graça. Como diz Álvaro Lins, eu sou dos muitos chamados e não escolhidos [...].[4]

A 5 de Outubro de 1953, sete anos mais tarde, ela volta ao assunto: "Quanto às leituras, variadas, provavelmente erradas, a mais certa é a *Imitação de Cristo*, mas é muito difícil imitá-LO, e isso é menos óbvio do que parece".[5]

Confirma-se que o livro causou impacto duradouro na Clarice. Uma espécie de relação sadomasoquista estabelece-se entre o livro e a leitora. A imitação parece-lhe muito exigente, para além do possível. Sem, evidentemente, confundirmos a escritora e sua personagem, vemos que ela transpõe para o romance uma espécie de relação fascinante em que Laura também enfrenta seus próprios limites: de compreensão e sacrifício. Melhor ainda, a ficção desliza da imitação à tentação, numa transformação paradoxal de Cristo em tentador: uma inversão das provações a que Ele teria sido submetido no deserto. Deus e o diabo aproximam-se, Cristo tornou-se tentação.

Imitar é correr o risco de se perder na luz. Existe uma sedução perigosa do extremo, da radicalidade do julgamento, à qual Laura finalmente resiste. Em vez da salvação, a perdição espera aquele que se atreveria a imitar Cristo. Luz e perdição... *Cristo era a pior tentação*. Clarice tem um prazer malicioso em cultivar contradições e inverter os significados. Esta conversão da imitação em tentação precede nada menos que seis outros retornos do tema, todos ricos em significado.

Em primeiro lugar, a tentação refere-se ao período em que ela se torna super-humana, período que precipitou o seu internamento e que ela rejeita com força: "Oh, fora apenas uma fraqueza; o gênio era a pior tentação". Deve-se resistir à perfeição do super-homem, como se deve resistir à imitação de Cristo. Mais adiante, Laura repele a tentação de uma sesta. Paradoxalmente, ela escolhe a ascese que tinha rejeitado. Mas, em breve, são as rosas que atravessam o seu caminho, tal um demônio sedutor: "Como uma viciada, ela olhava ligeiramente ávida a perfeição tentadora das rosas, com a boca um pouco seca olhava-as". Vem o último parágrafo onde aparece o verbo "tentar":

> Quando Maria voltou e pegou o ramo, por um mínimo instante de avareza Laura encolheu a mão retendo as rosas um segundo mais consigo — elas são lindas e são minhas, é a primeira coisa linda e minha! e foi o homem que insistiu, não fui eu que procurei! foi o destino quem quis! oh só dessa vez! só essa vez e juro que nunca mais! (Ela poderia pelo menos tirar para si uma rosa, nada mais que isso: uma rosa para si. E só ela saberia, e depois nunca mais oh, ela se prometia que nunca mais se deixaria tentar pela perfeição, nunca mais!) (LISPECTOR, 1990, p. 64)

Transparece uma deliberação difícil, uma verdadeira luta interior, entre o desejo de guardar as rosas para si e a resolução de dá-las à sua amiga. As exclamações sinalizam a paixão ardente que apela à conservação do buquê. O parêntese abriga um argumento incontornável, como se assim pudesse escapar a Deus que vê e ouve tudo (mas não lê o que está entre parênteses). Além disso, a questão é enganar a realidade: fazer transportar as flores, mas distrair uma delas para uma *felicidade clandestina*. Em todos os casos, guardar as rosas soa como uma decisão transgressiva, uma exceção a nunca mais repetir. Entre as razões favoráveis, contudo, encontra-se a da posse: seria a primeira vez que Laura possuiria algo bonito. Possuir é como se pertencer a si mesmo, ela que até agora *passou das mãos do pai e do padre para as do marido*.

No entanto, o álibi do destino repousa mais uma vez na tentação de um homem, o florista que insistiu para que ela comprasse as rosas. Mais um homem no seu caminho? Existe uma grande diferença entre o seu marido e este sedutor vendedor (sedução a que ela sucumbiu). Armando é tímido; quando ele vai visitá-la no hospital, não sabe o que fazer com ela. Quando Laura comenta a conduta de sua amiga, ele concorda como para evitar a discussão: "Armando concordara mas não dera muita importância". Contentar-se com uma esposa curta e robusta, desdenhando as "bailarinas", também faz parte daquela fisiologia do casamento que, segundo as instruções do "padre austero", permite apenas "alegria humilde e não a imitação de Cristo". Esta é uma fórmula decisiva, que justifica a rotina vulgar e sem alegria cultivada por um marido fraco, que tenta esconder as aspirações da sua mulher à "perfeição", as "tentações" de Laura. Tentação mística (o livro da piedade), tentação estética (as flores) e tentação do êxtase físico. De fato, ela oscila constantemente entre os papéis sociais e o desejo de se abandonar, de desfrutar as coisas de corpo e alma. Imitar Cristo, imitar a rosa, aceitar o "bliss" (Katherine Mansfield), seria uma forma de se deixar devorar, de ser engolida. É por isso que a imitação é violenta, perigosa e, por assim dizer, impossível ou proibida: Laura não pode imitar, só pode se tornar aquilo que imita transformando-se, passando ao outro lado do espelho.

> [Armando] abriu a boca e involuntariamente a cara tomou por um instante a expressão de desprendimento cômico que ele usara para esconder o

vexame quando pedira aumento ao chefe. No instante seguinte, desviou os olhos com vergonha pelo despudor de sua mulher que, desabrochada e serena, ali estava. (LISPECTOR, 1990, p. 69)

O particípio "desabrochada" passa do vocabulário das flores para a mulher, em plena floração, para a qual o marido não pode olhar. E se a "loucura" não fosse de Laura, mas do seu marido e dos que não toleram nem permitem o prazer feminino indecente, imodesto, religioso, artístico, carnal?

Este final exige várias observações, sendo a primeira de que o ponto de vista mudou: a cena é vista através dos olhos de Armando, um recurso narrativo que é suficientemente extraordinário para ser sublinhado. Embora a própria Laura sugira o regresso da "sua loucura" e o anuncie ao seu marido, a questão está efetivamente situada na forma como ele olha e não olha para ela. Ela cedeu à tentação, à perfeição, tornou-se literalmente rosa (a rosa, que tradicionalmente encarna a beleza feminina), ela está sentada e em movimento, transportada. O marido não embarca com ela, permanece no cais. As fissuras mudaram de lado. Um pouco mais acima, a lucidez também passou para o lado de Laura, com algumas latências eróticas quando ela imagina a chegada de Armando:

> Armando abriria a porta. Apertaria o botão de luz. E de súbito no enquadramento da porta se *desnudaria* aquele rosto expectante que ele procurava disfarçar mas não podia conter. Depois sua respiração suspensa se transformaria enfim num sorriso de grande desopressão. Aquele sorriso embaraçado de alívio *que ele nunca suspeitara que ela percebia*. Aquele alívio que provavelmente, com uma palmada nas costas, tinham aconselhado seu pobre marido a *ocultar*. (LISPECTOR, 1990, pp. 66-7, grifo nosso)

É a vez de Armando fingir, esconder fendas profundas, como lhe foi aconselhado. Essas fissuras dos seres revelam vulcões, um racho sísmico. Anunciar que "está de volta" significa que a Laura finalmente se entregou. O "desabrochada" é, deste ponto de vista, mais do que metáfora: a mulher encarnou-se num buquê. Existe uma relação fenomenológica entre as coisas, que supera o corte sujeito/objeto (daí a frequência do foco interno e o discurso indireto livre),[6] e tende a apagar os limites (dentro/fora etc.); daí também a tênue fronteira entre metáfora e metamorfose, e entre imitação e autenticidade: "Noto que os meus imitadores são melhores que eu. A imitação é mais requintada que a autenticidade em estado bruto".[7]

Concluamos, voltando ao parágrafo da "Explicação inútil" sobre a composição de "A imitação da rosa", da qual citamos apenas as últimas frases. Assim começa:

> 'Imitação da rosa' usou vários pais e mães para nascer. Houve o choque inicial da notícia de alguém que adoecera, sem eu entender [o] porquê. Houve nesse mesmo dia rosas que me mandaram, e que reparti com uma amiga. Houve essa constante na vida de todos, que é a rosa como flor. E houve tudo o mais que não sei, e que é o caldo de cultura de qualquer história. (LISPECTOR, 1984, p. 365)[8]

Há sempre uma espécie de novo romance nestas exegeses entregues pela escritora, uma metaficção, em parte, mimética, do conto em questão; em parte, nova bifurcação. Assim a história teria nascido de vários pais, assim como Laura passou de homem para homem. Seria a concreção de uma série de anedotas contingentes e de um caldo de cultura. Clarice não diz nada sobre as suas tentativas de ler a *Imitação de Cristo*. A gênese guarda os seus segredos.

NOTAS

1. A Tijuca era um local de média e alta burguesia. A desvalorização "social" do bairro ocorre por volta dos anos 1970, quando a "burguesia abastada, mas burra" começa a migrar para a Barra da Tijuca. Os que ficam vão para a Zona Sul (quem pode) e permanecem os menos abastados e mais empobrecidos. À época da escrita do livro — e, em geral, durante todo o período em que Clarice publicou —, a Tijuca, apesar de ser um bairro menos "moderno, avançado", ainda mantinha uma reputação de bairro "fino". Por isso mesmo, sempre foi extremamente reacionário e conservador. Na verdade, "morar na Tijuca" também é um significante nessa novela; é a Laura que consente, que não se deixa cair em tentação [comentário de Cristina Batalha, professora da UERJ].

2. Clarice Lispector, *A descoberta do mundo*. Rio de Janeiro: Nova Fronteira, 1984, p. 365.

3. Clarice Lispector, *Minhas queridas*. Rio de Janeiro: Rocco, 2007, p. 154.

4. Id.; Fernando Sabino, *Cartas perto do coração*. Rio de Janeiro: Record, 2002, p. 51.

5. Ibid., p. 112.

6. E as flutuações entre a figura da escritora e suas personagens, em *A hora da estrela* e *Um sopro de vida*.

7. Tomamos a liberdade de citar *Um sopro de vida* (Rio de Janeiro: Círculo do Livro, 1978, p. 35), apesar dos problemas genéticos que pesam neste livro póstumo, editado por Olga Borelli: ver, por exemplo, Odile Cisneros, "O último sopro de Clarice: Um sopro de vida como Ars Poetica", *Revista da Anpoll*, v. 51, n. esp, Florianópolis, jan./dez. 2020, pp. 83-94; Alex Keine de Almeida Sebastião, "O manuscrito de *Um sopro de vida*: imagens da letra", *Vertentes & Interfaces I: Estudos Literários e Comparados*, Vitória da Conquista, v. 12, n. 2, jul./dez. 2020; e a conferência de Carlos Mendes de Sousa, "Sete semanas ou o livro por vir: *Um sopro de vida*" [colóquio internacional *online*], Cem anos de Clarice Lispector, mesa 5, 20 de outubro de 2020. Disponível em: https://www.youtube.com/watch?v=4bCo4IREjBM&t=8s>.

8. Clarice Lispector, *A descoberta do mundo*, p. 365.

PARTE III

Percursos

Brasília, a *extrósima** **

CARLOS MENDES DE SOUSA

α

O que Clarice Lispector disse sobre Brasília talvez pudesse ter dito sobre os seus próprios textos, concretamente sobre *A maçã no escuro*, livro fascinante, sem esquinas, onde é preciso aprender a habitar. Aproximamo-nos da literatura de Clarice como nos aproximamos de Brasília. E o que Oscar Niemeyer disse da cidade também se poderá aplicar a Clarice: "você pode gostar ou detestar Brasília. Mas não pode dizer que viu antes coisa parecida".

Foi precisamente através de *A maçã no escuro* que entrei no mundo de Clarice. E quando vi Brasília ocorreu-me essa aproximação para a qual procurei justificações. Antes de tudo, a vizinhança dos tempos: o tempo da ideação e da construção da cidade (1956-1960) e o tempo da criação e do aparecimento do romance. No fim de *A maçã no escuro*, encontramos a nota: "Washington, maio de 1956"; o romance foi publicado apenas em 1961. Com as devidas distâncias relativamente àquilo que não é comparável, podem encontrar-se os laços: a

* A editora optou por manter a grafia do português de Portugal. (N.E.)

** Dedico este texto a Vilma Arêas, Marta Peixoto e Yudith Rosenbaum pelos diálogos sobre este e outros lugares de Clarice. Uma versão mais extensa e diferenciada deste ensaio, com o título "Brasília em sobrevoo", encontra-se em formato on-line, no site sobre Clarice Lispector do Instituto Moreira Salles. Disponível em: https://site.claricelispector.ims.com.br. (N.A.)

arquitectura e o monumental; a estranheza e o espanto; a poesia e a modernidade. Tudo isto une as duas obras que trazem consigo uma diferença fundacional. Mas na verdade as aproximações que busquei repercutem mais fundo. Brasília abre-se a horizontes que, na obra de Clarice, vão muito para além deste romance.

I.

Na sequência da primeira visita a Brasília, dois anos após a inauguração, Clarice escreveu um texto com o título "Brasília: cinco dias", divulgado primeiramente na coluna "Children's Corner", da revista *Senhor*, em 1963, e coligido, no ano seguinte, na segunda parte do livro *A legião estrangeira*.

Em 1974, regressou à nova capital e escreveu um texto mais extenso "Brasília: Esplendor", publicado na antologia *Visão do esplendor* (1975), onde aparece posposto ao texto escrito aquando da primeira viagem. A junção de dois textos, de tempos diversos, com a referência às datas de escrita, constitui uma situação singular dentro da obra. A ligar os dois blocos, encontra-se um pequeno fragmento onde são explicitados os momentos das visitas e da escrita:

> Estive em Brasília em 1962. Escrevi sobre ela o que foi agora mesmo lido. E agora voltei doze anos depois por dois dias. E escrevi também. Aí vai tudo o que eu vomitei./ Atenção: vou começar./ Esta peça é acompanhada pela valsa "Sangue Vienense" de Strauss. São 11h20 da manhã do dia 13.

É notória a atenção que é concedida pela autora a estes dois textos, reunidos sob o nome "Brasília", desde logo pelo reflexo no nome escolhido para o título da antologia e pelo facto de o díptico abrir o volume. Fica-se com a ideia de que Clarice projectou um livro que acolhesse o texto resultante da visita à cidade em 1974. Também se pode pensar que tal escolha tenha decorrido igualmente do desejo de dar um destaque ao primeiro texto, acompanhando naturalmente a seleção de outras crónicas saídas na imprensa e incluídas em *Vi-*

são do esplendor. A brevidade das duas visitas contrasta claramente com a demora do olhar sobre a cidade, expressa nos textos que lhe dedicou.

II.

A metáfora do sobrevoo aparece em muitos textos relativos ao planeamento da cidade de Brasília. Também a encontramos em Clarice. Por exemplo, quando, em *Água viva*, se reporta ao modo de olhar para o texto como se visto de avião. A explicação (momento metadiscursivo) sobre a imagem da vista aérea adquire aqui uma particular relevância. É a distância que permite o discernimento da ordem: "Este texto que te dou não é para ser visto de perto: ganha uma secreta redondez antes invisível quando é visto de um avião em alto voo".

Não é difícil encontrarmos na obra sucessivos pontos de chegada que se constituem como pontos de partida. Concretamente no que diz respeito aos romances. No início, no meio ou na última fase, as diferenças e as semelhanças permitem-nos argumentar em função de mudanças que implicam recomeços. Também textos de menor extensão podem ser entrevistos nessa perspectiva. Pretendo ler "Brasília" dessa forma, assinalando algumas conexões, alguns pontos que nos permitem uma revisitação da obra.

Uma das implicações maiores da junção dos dois textos sobre Brasília num díptico decorre justamente da possibilidade que é proporcionada de uma leitura em perspectiva, tendo em conta as datas em que as "crónicas" foram escritas, os contextos em que aparecem e o diálogo estabelecido com outras obras da autora. O primeiro texto remonta ao período-chave em que se situa a escrita de alguns dos mais emblemáticos livros de Clarice: entre os romances *A maçã no escuro* e *A paixão segundo G.H.* e entre os livros de contos *Laços de família* e *A legião estrangeira*.

Saltam à vista as diferenças entre os dois blocos. O primeiro, mais compacto, produz um efeito de maior fechamento. Apesar da existência de elementos provocadores de estranhamento, comporta um assinalado sentido de coesão assente no propósito de recriação de uma particularíssima fábula fundadora. O segundo bloco é marcado pelo estilhaçamento observável, de imediato, na configuração formal, através da presença de parágrafos muito curtos.

No primeiro texto, a amplidão impõe-se à voz enunciadora que diz a estranheza do lugar. O registo discursivo remete para capítulos de *A paixão segundo G.H.* (como o cap. 18), mas também para alguns dos textos de *A legião estrangeira*, concretamente da segunda parte — "Fundo de Gaveta".

Quanto ao segundo texto, somos de imediato levados a contextualizá-lo no quadro da produção de Clarice dos anos 1970, particularmente marcada pelo signo do fragmentário. Importa considerar uma leitura que coloque em diálogo os textos das diversas fases, tendo obviamente em conta as especificidades dos momentos. Neste quadro, gostaria de destacar o livro *Água viva*, de 1973. É importante sobretudo assinalar que a partir daqui se vai operar uma espécie de deslaçamento ou uma nova direcção muito expressiva.

Pretendo mostrar que a "Brasília de Clarice" é um lugar onde, como que distraidamente, mil portas se abrem. Nesse modo de se apresentar a cidade, toda a Clarice está lá dentro, afinal. Como quem não quer a coisa, no mesmo plano, o alto e o baixo, as questões autobiográficas e identitárias, literatura e verdade, vida e morte; mas também a brincadeira e o humor, o desconcerto e a deflação.

III.

No primeiro bloco, Brasília aparece associada à claridade e à cegueira, à gelidez do cristal. A incidência da luz crua realça o desterro. Fala-se da cidade soterrada que se ergue dos escombros. Foi a natureza que se encarregou de escondê-la, até que reaparecesse um dia. É este o móbil da fábula fundadora. Pode-se falar de uma teoria dos estratos (o passado, o presente, o futuro) determinantes na configuração e na existência da urbe. Representa-se uma cidade que cumpre os atributos do lugar mítico circular: a concretização de uma abstracção ou idealização ("redonda e sem esquinas").

Um passado fantástico é reinventado a partir de dados reais: "Olho Brasília como olho Roma. Brasília começou com uma simplificação final de ruínas". Os elementos que se reportam à realidade empírica ancoram numa historicidade reconhecível, mas o trânsito dominante é o da amplificação superadora dessas referências. Uma Antiguidade florescente (o século 4 a.C.) mesclada com um presente intemporal reenvia-nos para o livro *A cidade sitiada*, um dos romances da fundação (do nome próprio, da escrita). A dado momento, diz-se de Lucrécia que é "grega numa cidade não erguida", encontrando nomes para as coisas, ressonância que ecoará extraordinária e sumptuosamente amplificada no referido cap. 18 de *A paixão segundo G.H.*

No primeiro parágrafo deste primeiro bloco de "Brasília", a convocação do mito (para dar conta do que se vê e sente) sublinha o momento auroral apoiado na analogia primeira: a criação do mundo. Os leitores de Clarice Lispector não deixam de ter presente o modo como, na obra da autora, em concreto na fase inicial, se encontram muitas revisitações dos mitos fundacionais. Nesse sentido ganha força a identificação entre Clarice e a cidade de Brasília: grega, romana e *brasiliária*, ela também. Os confrontos com o lugar da estranheza são a estranheza de si. O foco da observadora desvela a sua condição alienígena que põe em marcha continuamente a autoconsciência e a alteridade propulsoras.

IV.

As interrogações sobre o Brasil, as tentativas de compreender o país a partir desse lugar, que é a nova cidade, são recorrentes na década de 1960. Lembro diferentes olhares de fora, de alguma forma coincidentes, como o do sociólogo Max Bense, que se debruça sobre o cartesianismo e a amálgama, ou o da poeta Sophia de Mello Breyner Andresen, que fala da cidade "lógica e lírica". No próprio Brasil são recorrentes as visões que dão conta do estranhamento. Lembre-se o curta-metragem de Joaquim Pedro de Andrade — "Brasília: contradições de uma cidade nova".

Em Clarice, não é difícil fazer um levantamento muito completo de uma geografia literária. Mesmo de cor, quem conhece a obra pode apresentar um quadro que sucintamente permita aceder a uma síntese onde se destacam, em particular, vários lugares da cidade do Rio de Janeiro. Nos primeiros livros, são mínimas as referências a uma qualquer vinculação de ordem geográfica localizável. Convém não esquecer o sentido fundador integrado no arco que a construção da obra apresenta. No livro de 1949, em cujo título, genericamente, aparece a palavra "cidade", impõe-se uma certa atmosfera, de paisagem cruamente extraterritorial, isto é, prevalecentemente abstracta.

Importa então perguntar: por que uma tão explícita e demorada atenção à nova capital? Dos lugares mapeáveis e das impressões objectiváveis, em "Brasília", depressa somos confrontados com as linhas de fuga. O motivo das deslocações repercute nos textos: das ressonâncias familiares da primeira viagem (na referência aos filhos) à explicitação dos motivos da segunda deslocação (a conferência aí proferida).

No início do segundo bloco, num parágrafo sobre a visita à igreja de d. Bosco, é referida a imobilidade contemplativa e a admiração pelos vitrais "esplêndidos". Mas logo se aponta uma dissonância e sugere-se um propósito de acção: "O único defeito é o inusitado lustre redondo que parece coisa de novo-rico. A igreja ficaria pura sem o lustre. Mas que é que se há-de fazer? Ir de noite, bem no escuro, roubá-lo?". O texto progride ao lado do mapa: "Depois fui à Biblioteca Nacional"; progride com as referências às sensações, com as referências àquilo que marca o contacto da escritora-visitante e com o modo de interagir com elementos definidores da cidade; progride com as referências precisas à fome que sente, ao frio, à luz, ao ar seco. Muito depressa, a narração vai-se deixando contaminar por aquilo que desconcerta, aquilo que escapa ao convencionalismo do relato de viagem ou da crónica.

V.

A visita à cidade e o regresso pressupõem um movimento que releva do signo da hospedagem. Assinalem-se dois aspectos relacionados com esta questão: o contraponto com outras cidades, outros lugares convocados no texto, e a questão brasileira. O sentido da hospedagem é particularmente actuante no segundo bloco ("Brasília: Esplendor"), marcado pela pendularidade entre o Rio de Janeiro e Brasília, um movimento que ritma todo o texto. Observa-se, contudo, uma mescla que, por vezes, parece gerar confusão e que implica o trânsito entre as duas cidades — o lugar onde se chega e o lugar de onde se partiu e aonde se regressa.

Vejamos os quatro primeiros parágrafos do segundo bloco. A extensão dos dois primeiros é similar. O terceiro parágrafo diminui de tamanho e o quarto é muito mais curto. Uma frase apenas: "Páro um instante para dizer que Brasília é uma quadra de ténis". Depois desta pausa, o parágrafo seguinte começa assim: "Faz lá um friozinho revigorante". O advérbio aponta para o lugar que é objecto da atenção. É a partir daqui que ocorrem algumas contradições, do ponto de vista enunciativo, apontadas pela própria autora, sobre os tempos de escrita e os lugares: "Amanhã volto para o Rio, cidade turbulenta de meus amores"; "Amanhece aqui no Rio"; "Brasília tem gnomos?/ A minha casa no Rio está cheia deles".

Paradoxalmente, a visita permite o regresso ao lugar onde a exilada se reconhece. Em Brasília, Clarice encontra um mundo à sua imagem, uma terra em que possa pisar. Ronda, ameaçador, o anjo da expulsão, mas está ausente.

A aproximação a Brasília pode dar-se pela via do significado político. Nas crónicas de Clarice no *JB*, deparamos algumas vezes com a preocupação face à questão nacional. Gilberto Figueiredo Martins, no livro *Estátuas invisíveis. Experiências do espaço público na ficção de Clarice Lispector* (São Paulo: Edusp, 2010), apresenta uma leitura sob este foco, dando conta de uma diferença no segundo texto face ao primeiro, que reflete o momento político. A lei da cidade hospedeira impõe-se em alguns momentos e suscita o confronto. Lemos aí a referência à "Brasília implacável" e ao implacável olho verde, à cidade que "prende" e que desapossa de documentos, identidade, veracidade e hálito íntimo, enfim, à cidade que a conduz ao crime. Mas já em 1962, Clarice falava do "estado totalitário". Quando entrevistou Oscar Niemeyer, confrontou-o com este juízo: "Eu uma vez escrevi: 'A construção de Brasília: a de um estado totalitário'. Que é que você acha dessa minha impressão, Oscar?". Na mesma entrevista, surge a preocupação relativamente ao modo como a cidade poderia levar a cabo a concretização do ideal democrático consonante com o projecto arquitectónico. Em 1972, quando entrevistou Paulo e Gisela Magalhães, arquitectos que trabalhavam em Brasília, afirmou claramente: "Quando há anos estive lá, pareceu-me uma cidade desertada pelas gentes"; E mais: "Minha impressão primária, já bem antiga [...] e que vi no começo de Brasília, foi a de uma cidade do *farwest* dos filmes, com *saloons* e tiroteio".

A deslocação é feita para um lugar que suscita reflexão. O retorno ao ponto de partida é um estar dentro, mas simultaneamente fora. No regresso, como se fosse um improviso, irrompe uma torrente de memórias, num registo de imagens fugidias. A aceleração projecta espelhos multiplicadores, um modo de escapar à fixidez. Os contrapontos encontram, por oposição, referentes precisos: Nova York, Capri, Bahia, Ceará, Recife, Lisboa... Que tempo faz? Como se vive? Se Brasília aponta para uma dimensão trans-histórica e transtemporal, a habitante da terra, Clarice Lispector, pede também que haja lugar para o terreno banalizado.

VI.

Nas visões propostas, ecoa sempre o impulso criador: "minha insónia sou eu, é vivida, é o meu espanto"; "Eles ergueram o espanto inexplicado. A criação não é uma compreensão, é um novo mistério".

Pode então afirmar-se que a cidade é espelho da escrita: a autora capta-a no seu tempo, que é o de uma estranheza reconhecida. Em espelho, na cidade encontra-se a si própria. Por todo lado, nós, leitores, fazemos o reconhecimento, ao lermos os lugares, os tópicos do universo Lispector. Lugares em perspectiva: o mundo é de tantas maneiras quantas aquelas que Lispector nos diz que pode ser visto e tantas mais quantas nós, lispectorizados, o passamos a ver.

Na Brasília de Clarice somos continuamente transportados para o domínio da superação e da transmutação. O frio, a luz, a cor da terra, as árvores, o trânsito, são transformados em signos claricianos. Entrelaçam-se dados factuais com alusões fantásticas, como quando se diz que os ratos de Brasília comem carne humana. "Brasília" é, em Clarice, um lugar onde sempre se escapa ao rótulo. Um lugar onde poderíamos ler, como legenda, a frase de *Água viva*: "gênero não me pega mais". Frase que, na obra, se pode ler afinal à entrada de tantos textos. Às vezes de forma mais explícita, como numa peça de difícil classificação que dialoga com "Brasília": "O relatório da coisa" (*Onde estivestes de noite*). Significativamente, quando publicado na coluna do *JB*, este texto recebeu o nome "Objeto: anticonto". Clarice apresentou aí uma nota esclarecedora: "O que tentei com essa espécie de relatório?/ Acho que queria fazer um anticonto, uma antiliteratura. Como se assim eu desmistificasse a ficção. Foi uma experiência valiosa para mim. Não importa que eu tenha falhado. Chama-se: Objeto".

VII.

Em oposição ao cimento armado, aos edifícios monumentais, à solidez, ao terroso, à solenidade da abertura da cidade nova, nascida do nada, surge a cidade espectral que se esfuma, a cidade que levita, a flutuação, o difuso: "Estarei sendo levitada? Brasília sofre de levitação". O que causa a perda? O que fantasmaticamente desaparece? Em jogo permanente está o que se consegue mostrar e o que escapa ao sujeito da percepção. Evidencia-se o pendor indagativo, as enunciações associadas à ideia de fuga. Por que colocar as questões? Por que Brasília? O texto está pejado de interrogações. E, a todo o momento, esbarramos na enunciação dubitativa que desemboca nas premissas duplas. Pressupõem sempre mais do que um caminho. Até mesmo a possibilidade de voltar atrás no juízo e de ficar com a não resolução: "Será que em Brasília tem faunos? Está resolvido: compro é chapéu verde para combinar com o meu xale. Ou não compro nenhum?"; "Já resolvi: não preciso de chapéu nenhum. Ou preciso? Meu Deus, que será de mim?"; "disse ou não disse [...]?".

A assunção da própria morte é outro assinalado signo de fuga. Ver-se-á como a estranha formulação "morri" apresenta em si uma impossibilidade ontológica. Tudo é velozmente percebido — de repente, tudo é passado, esquecimento e o que a velocidade nos deixa entre as mãos é um pequeno tempo esvaziado. No primeiro bloco, o olhar de espanto sobre a cidade recém-nascida projeta-se em viagens no tempo, concretamente num futuro além morte e num passado fabulosamente reinventado: "Quando morri, um dia abri os olhos e era Brasília"; "Mamãe, está bonito ver você em pé com esse capote branco voando. (É que morri, meu filho)".

A desarmante e obsessiva enunciação sobre a própria morte abre para os sentidos da fuga, associados a uma marcada fantasmagoria. No segundo bloco, retoma-se este comparecimento expandido em formulações cada vez mais desconcertantes em que se misturam o humor e o tom elevado:

> Meu nome não existe. O que existe é um retrato falsificado de um retrato de outro retrato meu. Mas a própria já morreu. Morri no dia 9 de junho. Domingo. Depois de ter almoçado na preciosa companhia dos que amo. Comi frango assado. Estou feliz. Mas falta a verdadeira morte. Estou com pressa de ver Deus. Rezem por mim. Morri com elegância.

VIII.

O encontro com a nova capital suscita uma deflagração que brota da energia anárquica da voz. Um fluxo que pode ser lido como um manifesto contra a cidade programada. Uma criatividade explosiva revela o avesso do retrato que a autora nos dá de Berna ou de outros lugares, nos antípodas de Brasília. Palavras, expressões, recursos gráficos conformam formulações singulares que dão conta da extraordinária inventividade: "Eu te amo, oh extrósima! Oh palavra que inventei e que não sei o que quer dizer". Entre tantos exemplos, veja-se o parágrafo com uma frase destacada: "Brasília é um olho azul cintilanterríssimo que me arde no coração".

O discurso progride com admirável à vontade. Brasília é uma máquina produtora de imagens. Desenrolam-se os fios, desmantelando-se os lugares-comuns. As dualidades e as alternâncias dominam: da imagem celebrada à figura humilhada. As percepções espontâneas associam-se ao relato do imprevisível. Constelações semânticas suscitam perspectivas sobre perspectivas.

Brasília permite uma série de cruzamentos, de jogos, de entrelaçamentos. Texto-encruzilhada: notas referenciais, relatos fantásticos, fragmentos autobiográficos, tiradas humorísticas, paródicas. É grande a relevância deste centramento cosmofágico: "Peço humildemente socorro. Estão me roubando. Todo o mundo é eu? Espanto geral". Imediatamente a seguir lê-se "Isto não é ventania não, senhor, é ciclone". Mais à frente: "A máquina monstruosa. É um telescópio. Que ventania. É ciclone? É".

A intensidade é o grau em que Clarice se investe. Ela é ciclone. A serviço da novidade estilística, que marca a fuga e o estilhaçamento do texto, encontramos recursos que enrolam e desenrolam as frases: as palavras com hifens no interior de sílabas ou letras (um modo de as tornar mais audíveis?), as frases incompletas, as formulações diferentes ("Lá as pessoas se jantam e se almoçam — é para ter gente que as povoe"), as repetições muito marcadas: "Bem disposta, bem disposta, bem disposta, sinto-me bem". A percepção do sujeito enunciador é desconcertante e apoia-se na segmentação, na acumulação, nos encadeamentos impertinentes, no ritmo alucinado, nos símiles estranhos, no retrato perturbador.

Em "Brasília", como em "O relatório da coisa" ou mesmo antes em "O ovo e a galinha", ganha força a figura do *brainstorm*, que Clarice adoptará em textos da última fase. Aparece mesmo uma "Tempestade de almas" em *Onde estivestes de noite*. Há frases soltas que ecoam em Brasília, pensamentos que se cruzam, incertos dizeres, aforismos, vozes, ecos (encontramos uma passagem em que a narradora se apresenta como receptáculo de vozes que regista), jogos e trocas de palavras ("Seus", em vez de Deus).

No vórtice das falas, os sonhos erguidos diante nós, as ínfimas (ou infinitas) perguntas em proliferação. No redemoinho para que o relato nos atira, de vez em quando, impõe-se uma paragem, uma flecha ou um *flash*, uma cintilação ou imagem inusitada, antes do regresso ao turbilhão: "Eu não passo de frases ouvidas por acaso. [...] Em Brasília tenho resistência física, enquanto no Rio sou meio mole, meio doce. E ouvi a frase seguinte das mesmas mulheres gordas que eram baixas: 'Que é que ela tem que fazer lá?' E foi assim, minha gente, que fui expulsa".

A complexidade do *brainstorm*, que acolhe uma diversidade de estratos, assenta em movimentos tensivos de uma mescla de registos surpreendente: do clima fantástico associado ao humor crítico e às referências autobiográficas constantes, à coabitação de referências literárias díspares. Como no registo das crónicas, mas mais extensamente liberto. Assinale-se a força do discurso telegráfico e do discurso espontâneo, a transcrição de registos em outras línguas (em especial o inglês), a transcrição das palavras silabadas: "Quero voltar a Brasília para o apartamento 700. Assim ponho o pingo no 'i'. Mas Brasília não flui. Ela é ao contrário. Assim: iulf (flui)". Iulf ao contrário. A denegação diz a centralidade. Como o discurso flui! Clarice não é discurso rebarbativo, não é pedras duras na boca. É água que flui, água densa de estrelas e joias raras, água de beber, água de vida. A narradora é apanhada pela poderosíssima força impregnante da cidade. É o efeito atordoador (a inexplicabilidade do lugar) que, em parte, desencadeia a torrencialidade do discurso.

IX.

Há um cruzamento de muitos eixos em "Brasília". Mais do que em qualquer outro texto próximo deste (pense-se em "O ovo e a galinha", "O relatório da coisa" ou "Onde estivestes de noite?"), existe aqui um caminho que é o do anúncio de *A hora da estrela*.

Quase no final do segundo bloco, lemos: "Sou inocente e ignorante. E quando estou em estado de escrever, não leio. Seria demais para mim, não tenho força". Declarações desta ordem antecipam a chegada do alter ego Rodrigo S.M. (entrevista igualmente em *A via-crúcis do corpo*, na personagem de Cláudio Lemos). Aquilo que no início do primeiro bloco de "Brasília" era um reflexo de espelhos (a autora falava do mistério da criação dos arquitectos, falando de si), é, no segundo bloco, explicitado pendor metaliterário.

São muitas as semelhanças encontradas entre este texto e *A hora da estrela*, no domínio da reflexão sobre a própria escrita. Coisas que ouvimos na voz de Rodrigo S.M. já tinham sido antecipadas em "Brasília: Esplendor". No romance de 1977, a dado momento, o personagem escritor sublinha enfaticamente que "não é fácil escrever. É duro como quebrar rochas. Mas voam faíscas e lascas como aços espelhados". No texto sobre Brasília, a narradora afirma que "as palavras nada têm a ver com as sensações. Palavras são pedras duras e as sensações delicadíssimas, fugazes, extremas".

Em "Brasília: Esplendor", cruzamo-nos com personagens reais e fictícias — na biblioteca, no aeroporto, no avião. Entre essas personagens é revelada Brasília. A relação da narradora com a cidade é muito próxima daquela que o narrador Rodrigo S.M. estabelece com Macabéa. Neste domínio dialogal, também se pode ainda entrever uma geminação de "Brasília" com *Um sopro de vida*, em particular nas intertrocas entre o Autor e Ângela. Com liberdade, e num registo repleto de humor, a personagem Brasília ("magra", "toda elegante") é interpelada para, distanciadamente, melhor ser vista. O desvelamento decorre da perseguição e saturação da figura, procedimento recorrente em Clarice.

É muito marcado o signo da privação: *cidade sem esquinas/ não tem botequim para a gente tomar um cafezinho/ É verdade, juro que não vi esquinas./ Em Brasília não existe cotidiano*. Na cidade asséptica, o erro foi erradicado. Reivindica-se uma revisão. Porque a habitabilidade, o lugar do humano, pressupõe a fundamental incorporação do erro. No final de um parágrafo lê-se uma espécie de máxima: "Brasília é uma piada estritamente perfeita e sem erros. E a mim só me salva o erro".

Através do jogo, da paródia e do humor, procura-se continuamente resgatar a falha. Também aqui somos conduzidos às aproximações com muitas das personagens de Clarice, especialmente Macabéa: "Brasília é Marcha Nupcial. O noivo é um nordestino que come o bolo inteiro porque está com fome há várias gerações. A noiva é uma velha senhora viúva, rica e rabugenta".

E, contudo, a assunção da falha não implica a desistência. O desafio que a cidade pede é da ordem do risco. Aqui se encontra mais um dos fortes traços identificativos do universo de Clarice Lispector: "Brasília é arriscada e eu amo o risco. É uma aventura: me deixa face a face com o desconhecido".

Uma muito expressiva recorrência neste texto — a tentativa de dizer pela predicação — traduz uma impossibilidade ("Brasília é..."). Que outra coisa pode querer dizer essa insistência? A irrupção dessas tentativas reforça a incapacidade de descrever: "Está se vendo que não sei descrever Brasília". Como em toda a obra, anda-se à volta de um objecto ou pessoa, procura-se incessantemente atingi-lo, chegar ao núcleo.

No jogo de aproximações, assinalem-se dois elementos: a cadeira do dentista e a quadra de ténis. A máquina do dentista em Brasília, um motivo recorrente, conduz-nos à dor de dentes, a "coisa de dentina exposta" de *A hora da estrela*. A referência à quadra de ténis aparece num conto de *Onde estivestes de noite*, "A partida do trem", texto que ocupa um papel assinalável no domínio das inter-relações estabelecidas entre textos da última fase. Na estrutura dual que o conto apresenta, a figura de Ângela Pralini surge diante de d. Maria Rita, mas projectando um diálogo com a personagem ausente, Eduardo. O sentido atribuído à caracterização da personagem está próximo daquele que começa por ser convocado para descrever a cidade, na primeira ocorrência: "Paro um instante para dizer que Brasília é uma quadra de ténis". A complexificação manifesta-se no avançar do texto: "Eu disse ou não disse que Brasília é uma quadra de tênis? Pois Brasília é sangue numa quadra de ténis. E eu? onde estou? eu? pobre de mim, com o lençol manchado de escarlate. Me mato? Não. Vivo como bruta resposta. Estou aí para quem me quiser". E mais à frente: "Lembram que falei na quadra de ténis com sangue? Pois o sangue era meu, o escarlate, os coágulos eram meus". E se o sangue pode conduzir a uma leitura política, na desmontagem do cenário opressivo da ditadura militar, como pretende Gilberto Figueiredo Martins, esse sangue diz também o reenvio à essência do ser e à experiência dos limites — a obsessão pelo *âmago*, pelo *núcleo da vida*.

"Será essa história o meu coágulo? Que sei eu", afirma Rodrigo S.M., na "Dedicatória do Autor".

Poderíamos continuar a arrolar exemplos. Lembro apenas o final de "Brasília", tão próximo do fecho do último romance: "E agora vou morrer um pouquinho. Estou tão precisada./ Sim. Aceito, *my Lord*. Sob protesto./ Mas Brasília é esplendor./ Estou assustadíssima".

α

É uma voz declaradamente autobiográfica que comparece em "Brasília", ainda que essas notações irrompam aqui de uma forma solta, muitas vezes quase despercebidamente. Os procedimentos indagativos sublinham o propósito de ocultação e desvelamento da figura do escritor e dos processos de escrita. São múltiplas as referências à Clarice-mãe, ao cão Ulisses, que ocupa um espaço privilegiado neste texto, à coca-cola, aos taxistas, às empregadas, à cartomante d. Nadir do Méier...

Desvelamentos? Alguns. Outras vezes a latência que nos suscita a interpretação: "Ai, coitadinha de mim. Tão sem mãe. É coisa da natureza. Sou a favor de Brasília".

No quadro das explicitações, recorde-se, a título de exemplo, a comparência directa de tópicos de forte ressonância no universo da escritora: "Como eu disse ou como não disse, quero uma mão amada que aperte a minha na hora de eu ir". E é em "Brasília" que surgem autocaracterizações lapidares que serviriam de mote aos biógrafos. Olga Borelli retrata: "Seu porte tinha algo da humildade de uma camponesa mesclada à altivez de uma grande dama". Na voz de Clarice lemos aqui: "Ora essa, sou uma mulher simples e um pouquinho sofisticada. Misto de camponesa e de estrela no céu". Acima de tudo, o que se persegue em "Brasília" é o que se persegue em toda a obra: o encontro do eu com o eu. Uma busca que encontra, aqui, uma expressão maximizada na interrogação em torno da figura-emblema da escrita de Clarice Lispector. "Brasília é guindaste alaranjado pescando coisa muito delicada: um pequeno ovo branco. Esse ovo branco sou eu ou uma criancinha que nasce hoje?"

No limiar das casas de Clarice Lispector

CLARISSE FUKELMAN

> *O interior [das casas burguesas] obriga seus moradores a adquirir a quantidade maior possível de hábitos.*
>
> Walter Benjamin

> *Por que não tentar neste momento, que não é grave, olhar pela janela?*
>
> Clarice Lispector

Através da publicação das correspondências, passamos a conhecer um pouco da intimidade das casas em que Clarice Lispector viveu. Enquanto filha de imigrantes pobres buscando um lugar para se fixar e, depois, como esposa de diplomata em países europeus e nos Estados Unidos, trocou de endereço inúmeras vezes, como se estivesse predestinada à itinerância, desde o berço: Maceió, Recife, Rio de Janeiro, Berna, consulado do Brasil em Nápoles (durante a guerra), Washington, até se fixar novamente no Rio de Janeiro, desta vez no bairro do Leme, à beira do mar, nutrindo lembranças dos passeios com o pai e as irmãs nas praias nordestinas.

Tomando por base as cartas trocadas com Fernando Sabino, Clarice se espanta ao saber que o escritor mineiro, morando nos Estados Unidos, trabalha de noite num arranha-céu; fica radiante ao se mudar para uma "casa com lareira" cuja arquitetura foge ao usual: apartamento de dois andares, "com uma escada no meio (só isso me deixa feliz), e meu quarto tem aspecto de ateliê de artista pobre do século suponhamos 18, com uma das paredes inclinada e o teto inclinado"; comenta, usando uma adjetivação morna, que em Washington, "cidade vaga e inorgânica" onde "falta bagunça", foi morar "numa casa simpática, com jardinzinho e quintal, janelas verdes, algumas árvores, tudo murcho agora, sem folhas". Na mesma cidade, cinco meses depois, vive um "dia tão pacífico que poderia estar escrevendo de um curral", imagem que se repete no mês subsequente: "hoje já não está muito curral, se bem que fosse tão bom ter o aconchego deste num dia de chuva". Por fim, reiterando a perspectiva de que ali não é o "seu" canto, comenta: "vou pedir lá em casa que me mandem" o livro do Guimarães Rosa, referindo-se à casa das irmãs, que tem como sendo dela também, o seu (re)canto.

Essas casas serviram de insumo para o imaginário e o projeto ficcional claricianos. Remeto aqui às construções criadas pela escritora para instalar as personagens, a maioria delas vivendo em espaços compartimentados e incomunicáveis. O lugar para sentir e saciar a fome, para sonhar, para alienar-se, para sofrer pesadelos, para recolher-se etc. Casas elegantes e assépticas como o apartamento de G.H. ou, ao contrário, exalando poeira em meio a bibelôs, como o sobrado em que vivia Lucrécia, de *A cidade sitiada*, e a casa da tia de Joana, de *Perto do coração selvagem*, ostentando peso e rigor — todas de algum modo preparadas para manter intacta a rotina, regularizar o tempo e domar desejos.

Proponho observar conexões entre o projeto arquitetural e o projeto ficcional claricianos, suplementando, assim, abordagens precedentes consagradas pela crítica, desde o tema do olhar até a tríade comunicação, corpo e linguagem, que se expressa de forma mais aparente, sistemática e radical na produção literária a partir de 1964, com a progressiva implosão de coordenadas espaciais a favor do fluxo da escrita, desaguando em obras como *Água viva* (1973) e *Onde estivestes de noite* (1974). Ao final, portanto, e à contraface, pretendo chegar às "não casas", textos-fluidos abrigados no espaço da página, como se quisessem transcender os limites do suporte, expandindo-se como uma música; e, de forma correlata, à proposta implícita quanto ao modo de uso ou modo de relação do leitor com o espaço-texto.

A planta baixa das edificações no âmbito privado, interno, doméstico, e no âmbito externo, público, orienta os usos dos cômodos (por critérios de gênero, idade e grupo social) e estrutura o percurso das narrativas. Ao mesmo tempo, Clarice arquiteta brechas (sonoras, visuais, olfativas, rememorativas) que quebram ou desestabilizam o programa previsto. Tendo em vista estas construções textuais do espaço físico, como se esquivar do traçado das edificações, numa escritora obcecada pela forma, pela imagem, pela ideia de desenho, pelos múltiplos ângulos com que o real se apresenta?

Pensar arquiteturalmente a obra de Clarice significa considerar os objetos e o espaço visível e tangível (edificações e entornos) como campo de expressão. Neles se elaboram percepções e experiências sociais, culturais, emocionais e afetivas. Se, em diversas narrativas, a escritora, num primeiro momento, apresenta a naturalização do espaço construído, com a cegueira cognitiva de corpos habituados à mesmice, num segundo momento, ela própria quebra esta naturalização, ao evocar a *paisagem imaginada*, sem contorno definido, que abala aqueles valores morais, políticos, de gênero etc., levando a uma zona de rememoração e criação.[1] O mesmo se poderia comentar a respeito dos objetos dispostos nas cenas; a força de sua fisicalidade[2] vem do fato de operarem o silêncio e em silêncio.[3] Entretanto, o foco, aqui, não serão elementos como roupas, mobiliário ou apetrechos pessoais e da casa. Tomo como eixo de leitura um artefato que ganhou peso excepcional em nossas vidas. Desde março de 2020,* habitamos uma zona marcada pela apreensão, pela premente reorganização e avaliação da experiência de espaço e tempo e, no limite, observando o duelo entre morte e vida. Além dos canais de comunicação modernos — telas do computador, da televisão e de celulares —, buscamos oxigênio nas janelas. Aquela data anunciou, até graficamente, a era das janelas. Era de tomar distância e, simultaneamente, aproximar-se do outro e de si próprio, de ser capaz de se sensibilizar com a dor alheia e ser tolerante consigo mesmo.

A perplexidade de viver em suspensão, no interstício, faz com que nos agarremos às janelas para buscar a luz, equilibrar o medo, reconectar a natureza e também buscar diferentes ângulos de interpretação. Sob o compasso da temperança compulsória, imposta pelo ins-

* Refiro-me a medidas sanitárias de reclusão tomadas pelo Brasil e por outros países para controlar a pandemia da Covid-19, causada pela disseminação do novo coronavírus. (N.A.)

tinto de preservação, através da moldura e do vidro, cada um de nós busca se reinserir no ciclo do sol, da chuva, das aves e das bicicletas. Contempla-se o mundo e controlam-se apreensões, muitas vezes difusas, ao abrir a janela em busca do horizonte, ou acostar o rosto ao vidro, como muitas protagonistas da escritora, de Joana à narradora de *Água viva*.

O crítico e ensaísta suíço Jean Starobinski (1984) comenta, a propósito de Kafka, que, exatamente por constituírem lugares destinados à passagem, as janelas "colocam ainda mais em evidência a impossibilidade de se ir além, o que, por sua vez, destaca o perigoso privilégio da ultrapassagem".[4] A janela posta na cena clariciana fala, sobretudo, de um espaço físico lacunar que contextualiza um modo de ser e estar e que, ao mesmo tempo, traz questões pertinentes à linguagem e à ficção.[5] A janela, estrutura vazada que cria uma abertura numa edificação, constitui um tema e também uma forma figurativa e retórica. Esta é a direção que tomo aqui: o interstício entre o que está e o que se projeta, o aquém e o além, o quase, força dentro da forma, apelo à pausa e ao movimento, emanação de sentidos, substrato imaginário em trânsito entre diferentes planos de realidade. Ela nos coloca em outro plano, quebra a horizontalidade, movimenta o corpo em infinitas direções, multiplica o viés.

Assim, se, em toda sua obra, Clarice conduz personagens e leitores a participar de estados fronteiriços, ela o faz também através da arquitetura, em cujo traçado finca um espaço liminar e lacunar, pausa e travessia entre tijolos fixados com cimento e areia, sem criar um código, um passe livre para superação de obstáculos, conforme indica Gilda de Mello e Souza, trazendo a historicidade sobre a condição feminina: "como não lhe permitem a paisagem que se desdobra para lá da janela aberta, a mulher procura sentido no espaço confinado em que a vida se encerra: o quarto com os objetos, o jardim com as flores, o passeio curto que se dá até o rio ou a cerca". (1980, p. 79)

Enquanto ideia, imagem e forma, a janela comporta, de um lado, a estrutura física consistente, firme, regular e limitada e, de outro, o miolo vazado, recoberto ou não de vidro ou outro material, permitindo múltiplas angulações, dimensões e graus de luminosidade e profundidade. Independentemente de sua localização, Clarice tira proveito, através da janela, da figuração do duplo, mas sua força imagética supera o binarismo, a favor da perspectiva, do dúbio, que é ternário e múltiplo; invoca temas a ela associados pela metonímia, sinonímia e por um amplo espectro metafórico. Espelho, porta e vidraça podem, deste modo, absorver diversos meios e modos de representação (fotografia, jornal e a própria página do livro), pontos de vista (o alto e o baixo; o dentro, o meio e o fora; o próximo e o distante) e tensões (visível e não visível; translucidez e reflexo; ascensão e descensão; elevação e vertigem).

Desde a sua forma, a janela é suporte ou condição prévia para a faculdade imaginativa, para o gesto do olhar, pausa no tempo e *locus* que evoca quebra de limites, ponte, lacuna, interrupção, descontinuidade, continuidade; sua natureza contrasta com a solidez e impenetrabilidade da parede. Assume múltiplas feições. Janela-fenda, janela-passagem, janela-moldura, janela-esconderijo, janela-ameaça, janela-contemplação, janela-trampolim, janela-escudo, janela-texto. Nesta breve enumeração, um elenco de roteiros interpretativos indicia a escala e a profundidade com que o dispositivo janela pode ser apreendido e interpretado na ficção clariciana.

DE JANELA EM JANELA

Tema herdado das artes plásticas, a janela se desenvolve enquanto motivo literário a partir do século 19, sob o impacto das profundas transformações técnicas e urbanísticas. Novos modos de circulação, convivência e exposição consolidam uma poética do olhar que considera as reconfigurações do público e privado, nas literaturas de Edgar Allan Poe, Rimbaud, Baudelaire, adentrando o século 20 com Kafka, Robbe-Grillet, Fernando Pessoa, entre outros.

Como primeiro movimento para comentar a inserção da janela no universo clariciano, é inevitável o contraponto com a parede. Uma de suas mais sutis abordagens encontra-se no texto “Desenhando um menino” (*A legião estrangeira*, 1964) ou, na versão publicada no *Jornal do Brasil*, "Menino a bico de pena" (18 de outubro de 1969). Nele, a construção do indivíduo se modela mediante coordenadas da edificação da casa. Aquele ser miúdo sentado no chão, "imerso num vazio profundo", sem autonomia, sem domínio do corpo e de linguagem, ele vai se configurando à medida que conquista o território lar e é por ele moldado (*o chão* move-se incerto, a *cadeira* o supera, a *parede* o delimita). Neste microcosmo, ensaia o mundo, experimentando a divisão dos espaços (mãe na cozinha; ele, na sala e, depois, no quarto) e símbolos que modelarão uma identidade que se quer definida e definitiva. A parede fixa, sólida, protetora e, simultaneamente, impossível de transpor, apresenta-lhe a imagem sacra em que deverá se espelhar: "E na parede tem o retrato de *O menino*. É difícil olhar para o retrato alto sem apoiar-se num móvel, isso ele ainda não treinou". O "retrato alto" ilude a autossustentação, pois entre o olhar e o comando do corpo, entre o desejo e a sua realização, há uma distância a ser vencida. Em meio a quedas na "sala entortada e refratada pelas lágrimas", aprenderá a se medir e a se situar (o "teto está mais perto, agora; a mesa, embaixo"). Entrar numa fôrma exige treino, progresso, "bondade necessária". Ao final internalizará movimentos, como uma máquina. O preço da modelagem definida será trocar hesitação por certeza, informe e inesperado por marcos regulares do viver ("o domesticaremos em humano"); o processo de individuação envolve um sacrifício ritualístico agregador (Girard, 1990).

Para esta criança, a escritora não fez brotar na parede uma janela que se apresentaria, talvez, como um espaço utópico da dúvida, no processo de passagem para a vida adulta — sem que isto significasse redenção e paz. Mas o tópico janela veio se construindo de diferentes maneiras e com uma pluralidade de intenções, desde os primeiros textos. Como fios de um tear, janelas elaboram "presenças", no sentido que lhes atribui Gumbrecht (2010, p. 13). Presença enquanto "relação espacial com o mundo e seus objetos". Uma coisa "presente" "pode ter impacto imediato em corpos humanos", capaz de "'trazer para diante' um objeto no espaço". A "produção de presença" envolve eventos e processos nos quais "se inicia ou se intensifica o impacto dos objetos 'presentes' sobre corpos humanos". Quando surge uma fricção, ou um estranhamento, resulta em uma experiência (no sentido benjaminiano)[6] fascinante e aterrorizadora: espaços edificados e entornos se definem como corpos, e podem se alargar em paisagens.[7] Mas o inverso também ocorre: a indiferença, o papel decorativo das passagens.

Um rápido passeio pela obra atesta sua onipresença. O conto juvenil "História interrompida" (1941), publicado *post mortem* em *A bela e a fera*, tem o influxo da atmosfera romântica, apesar do anticlímax anunciado no título. O enredo amoroso entre a jovem de vestido florido e o rapaz "moreno e triste" é contado pela perspectiva da mulher adulta, casada e mãe. Os movimentos da moça se decidem à beira da janela, onde, no contato com a "natureza em todas as fibras", colhe energia e se intensifica ("num dia de verão abri a janela de par em par. Pareceu-me que o jardim entrara na sala"). Diante da instabilidade do namoro, apoia "as mãos no parapeito da janela", em busca da pausa e do influxo necessários para evitar o rompimento. A janela se desdobra em cenas, figurações pictóricas ("imaginando quadros") através das quais tenta, em vão, resgatar a alma do rapaz egocêntrico e perdido, ideia abençoada pela lua que penetra o quarto.

Seguimos com *Perto do coração selvagem*, também da década de 1940. Desde o primeiro capítulo, a imagem da protagonista criança se fixa como "investigadora da realidade", ofício que se torna marca de sua personalidade: "Encostando a testa na vidraça brilhante e fria olhava para o quintal do vizinho, para o grande mundo das galinhas-que-não-sabiam-que-iam-morrer". Bordejando a janela, lugar de pausa e *cogito*, ensaia captar o sentido da "coisa", porque "Entre ela e os objetos havia alguma coisa".[8]

O choque vivido pela órfã Joana, ao ser recebida pela tia madrasta, se traduz na parede ostensiva daquela casa onde faltam sinais vitais, "onde o vento e a luz não entravam", onde rumina a *sombria sala de espera* [...] entre os *móveis pesados e escuros* e *homens emoldurados*. Diante das calcificações do ambiente ("mal respirando", "doce e parado", "mofo"), o imaginário poético de Joana reage. Seu ponto de fuga, o mar, a amplitude, a expansão, o movimento corporal: "paredes e o teto que rodavam e se desmanchavam". Ou a fuga: "As *paredes* eram grossas, ela estava *presa, presa!* Um homem no *quadro* olhava-a de *dentro* dos bigodes e os seios da tia podiam derramar-se sobre ela, em gordura dissolvida. Empurrou *a porta pesada* e fugiu". [grifos nossos]

Já adulta, a parede demarca a barreira no vínculo amoroso: "como ligar-se a um homem senão permitindo que ele a aprisione? Como impedir que ele desenvolva sobre seu corpo e sua alma *suas quatro paredes*?". De entremeio, no internato, a água e o estado onírico amolecem a dureza dos limites: "Quando as paredes cedem, se adoçam e diluem em fumaças, outra zona se abre"; "O quarto abafado de vapores mornos, os espelhos embaçados, o reflexo do corpo já nu de uma jovem nos mosaicos úmidos das paredes"; "A cama desaparece aos poucos, as paredes do aposento se afastam, tombam vencidas. E eu estou no mundo solta e fina como uma corça na planície".

Laços de família, composto em grande parte por textos escritos da década seguinte (1950), concede protagonismo à janela em quase todos os textos. Entre objetos que compõem rituais domésticos, a família alimenta uma vaga ideia de felicidade e harmonia. Nisso, intromete-se a janela. Por ela, numa atmosfera onírica, anuncia-se a puberdade, simbolicamente marcada pelo jacinto quebrado no jardim; ela se transmuta em janela-jaula para a mulher em sua catarse diante do búfalo; opera flashes cortantes colhidos nas casas burguesas, revelando flagrantes de repúdio em relação ao Outro, ao diferente ("A menor mulher do mundo"); imobiliza fotograficamente o marido de Catarina — paralisado, como quem vê na vitrine uma joia cobiçada, mas distante, e do alto observa, perplexo, a esposa e o filho passearem independentes, donos da rua; demarca um programa para a boa esposa ("ela estava de novo 'bem', tomariam o ônibus, ela olhando como uma esposa pela janela, o braço no dele"); juntamente com o espelho em tríptico da penteadeira, item essencial no mobiliário feminino nos anos 1950, prepara a rapariga para a quebra de sua rotina ("Estava a se pentear vagarosamente diante da penteadeira de três espelhos, os braços brancos e fortes arrepiavam-se à frescurazita da tarde. Os olhos não se abandonavam, os espelhos vibravam ora escuros, ora luminosos. Cá fora, caiu à rua uma cousa pesada e fofa"), num dia coroado pela contemplação da lua que adentra seu quarto de madrugada. E, situação exemplar, no conto "Amor", a janela em vigília murmura sonhos abortados: semidesnuda, mal encoberta pela cortina que sacoleja ao primeiro sinal de vento, põe de sobreaviso/estado de alerta desejos soterrados, antevê o desastre que acontece a seguir, quando Ana vê o cego mascando chiclete e termina encolhendo-se à meia-luz do quarto[9].

Em *A paixão segundo G.H.*, que inaugura o romance em primeira pessoa, a janela do quarto de empregada subverte as expectativas da proposta modernista enlaçada ao estilo de vida conservador. A janela grita, escancara. Como um olho vigilante, corrói certezas, usos e funções previstos desde a concepção do imóvel, que segue o estilo de vida burguês. A artista plástica "esperara encontrar escuridões", se preparara "para ter que abrir escancaradamente a janela e limpar com ar fresco o escuro mofado" para, afinal, descobrir que "aquela Janair nunca, pois, havia fechado a janela? Aproveitara mais do que eu da vista que se tinha da cobertura".

Aos poucos, andar pela casa significa, para G.H., correr o risco do precipício. Janelas pantagruélicas, vorazes, antropofágicas devoram as bases de um programa de vida estruturalmente hierarquizado: "A área interna era um amontoado oblíquo de esquadrias, janelas, cordames e enegrecimentos de chuvas, janela arreganhada contra janela, bocas olhando bocas". Elas solapam a linearidade do tempo, trazem, em turbilhão, um trabalho imemorial: "Através das outras janelas dos apartamentos e nos terraços de cimento, eu via um vaivém de sombras e pessoas, como dos primeiros mercadores assírios. Estes lutavam pela posse da Ásia Menor".

Uma versão da janela, feita à mão, instala-se sobre a parede e agrava a crise de G.H.: com sua arte rude, trêmula e incisiva, a doméstica deixa na dobra do muro, como um legado, o desenho vazado em cujo vazio a patroa se espelha, sendo levada a um delírio de projeções.

JANELA-TEXTO, JANELA-LEITOR

Desde G.H. somam-se textos que implodem cada vez mais as coordenadas físicas e se tornam palco de reflexão sobre a linguagem, ampliando a reflexão sobre a janela em confronto com o texto. Outros horizontes se abrem a partir da janela ficcional, pertinentes, de forma mais explícita, ao processo criativo, à leitura, à produção de linguagem e à comunicação.

Em breves apontamentos, citam-se, primeiramente, o suporte e as condições materiais que mediam o ato de escrita. A janela se desdobra no espaço da folha enquanto janela-tela, como a página de abertura de *A hora da estrela*, em que a autora explora a disposição geométrica dos títulos; pelos usos inesperados de sinais gráficos (interrupções através de travessões e reticências, que criam uma camada sonora de vocalização e uma presença corporal); através da incorporação da imagem tipográfica da palavra, tomada visualmente enquanto corpo, como na frase extraída de *Água viva*: "Mas eternidade é palavra dura: tem um 't' granítico no meio"; e, evocando Virginia Woolf, ao compor o ambiente propício ao desenvolvimento da escrita: também em *Água viva*, a máquina de datilografia é alocada perto da janela do quarto ou do ateliê. Por ela, recebe o "zumbido de abelhas e vespas, gritos de pássaros", a "música selvática [...] de uma casa vizinha onde jovens drogados vivem o presente"; de novo e, sempre, a lua cheia, num trânsito permanente entre o curso da natureza, a rotina diária e a fala.

Em segundo lugar, considera-se o acervo de crônicas (a que sucederá o acervo de cartas), como um método de investigação que opera "à moda de janela", em dois sentidos. Muito tempo tida como gênero bastardo, a crônica oferece novos roteiros de leitura, permite ampliar interpretações do conjunto da obra, dar contorno mais definido a conflitos entre privado e público e identificar a abordagem mais direta de temas políticos. A sua publicação, em livro, redirecionou e aprofundou perspectivas de análise de sua produção escrita como um todo. Abriu-se uma fresta não só para dados biográficos pessoais (o modo como vivenciava a cidade, como lidava com a maternidade etc.) num contexto que vai do pós-guerra à ditadura, mas também mudanças de comportamento, como a febre de consumo, a tecnologia e os primeiros movimentos de abertura política.

Por outro lado, a desconfiança de Lispector, em relação ao gênero, expressa seu receio em se expor. Sua relutância em escrever crônicas semanais, decorre de seu estatuto anfíbio, entre o factual e o ficcional (impulsionada, desde a sua origem, pela "coisa pública", pelo fato e, ao mesmo tempo, ser uma espécie de diário pessoal); da exposição da intimidade, ao trazer a assinatura da autora (e não da narradora); e de ocupar um lugar intermediário entre textos por encomenda, e sob pseudônimo, para colunas femininas, e textos "propriamente" ficcionais. Mas esta relutância tem um lado paradoxal, considerando-se que Clarice desenvolveu um verdadeiro projeto de ruptura com modelos e fronteiras entre gêneros literários. Um volume considerável de suas crônicas se dá em estado de *flânerie* pela cidade, a meio caminho, seja de ônibus (raramente), a pé ou de táxi. Esta sondagem urbana é propícia à reelaboração de si, em face dos fluxos e tropeços pelas gentes, ruas e calçadas, com armadilhas geradas pelo acaso, pelo choque, por regras de civilidade, pelo que excede e coage.

Sobre as estratégias ficcionais que utiliza, a própria Clarice dá dicas. Na crônica "Ficção ou não", de 14 de fevereiro de 1970, afirma: "Mas exatamente o que não quero é a moldura [...]. Por que não ficção, apenas por não contar uma série de fatos constituindo um enredo?". A escritora recusa, para si, enquadramento. E também para os leitores. Na mão dupla de escrita-escuta, cria aproximações muito estreitas com os personagens e suas coisas, como se operasse lentes de aumento, e provoca diversos tipos de ruído (na rede imagística, na sequência frasal, na estrutura narrativa, nas sentenças enigmáticas) que operam como horizontes a serem conquistados: "Este texto que te dou não é para ser visto de perto: ganha uma secreta redondez antes invisível quando é visto de um avião em alto voo. Então adivinha-se o jogo das ilhas e veem-se canais e mares" (*Água viva*).

Por fim, Lispector desde sempre manifestou suas afinidades com as artes visuais. Ao plantar janelas em toda a sua obra, o que lhe interessa é a irrupção do que está dentro do suporte e de algum modo se propõe a transcendê-lo, mesmo que não o consiga; nas janelas importa a perspectiva de abertura e de profundidade, marcando que há um ponto de vista que orienta e desafia a visão. A operação de leitura demanda contemplação e meditação que pode causar desnorteamento. Como a escritora que, diante do quadro de Klee, confessa: "Se eu me demorar demais olhando *Paysage aux oiseaux jaunes*, de Paul Klee, nunca mais poderei voltar atrás. Coragem e covardia são um jogo que se joga a cada instante". A aquarela com fundo negro sobre o qual aves e árvores, ao redor de um astro, apontam para diferentes direções, combina a precisão do traço preciso e a atmosfera onírica. Além disso, a paz e a simetria convivem com a sugestão de movimento e ritmo, resultando num alargamento do cenário ali criado. A palavra poética de Clarice Lispector, em comunhão com a pintura, contesta o modo de estar no mundo atrás das barras da prisão, acomodado e medroso, porque não aceita o desafio da janela que, sedimentada na vida cotidiana, propõe travessias inauditas.

NOTAS

1. Valor de rememoração compreende valor de ancianidade, valor histórico e valor de rememoração intencional (Aloïs Riegl, 2003).

2. Fisicalidade implica o corpo, compreendido como forma sensível que age, reage e atua; ser espacial, que reclama um campo de ação (objetos e espaços construídos).

3. Daniel Miller (2013) atribui o descaso da crítica literária em relação ao mundo material à "humildade dos objetos"; apesar de guardiães de narrativas e evocações, estão de tal modo urdidos à vida do indivíduo, que se tornaram imperceptíveis. Michel Butor (1964) segue a mesma direção, ao se referir ao papel poético e revelador dos móveis, "bem mais ligados à nossa existência do que comumente admitimos"; "descrever móveis, objetos, é um modo de descrever os personagens, indispensáveis" (pp. 54-5).

4. "*Mettent d'autant mieux en évidence l'impossibilité de passer outre, laquelle, à son tour, met en valeur le dangereux privilège du franchissement.*"

5. Dado o contexto político, a escritora apresenta, simbolicamente, na crônica de 17 de fevereiro de 1968, uma janela-torre, atrás da qual se protege o então ministro da Educação, encastelado e covarde, defendendo-se do contato com a massa estudantil que reivindica vagas na universidade. Na arquitetura e usos da cidade, através da tensão entre casas, palácio e rua, expressa o desequilíbrio nas instâncias de poder. Ao final, em protesto, transforma o seu texto em uma utópica passeata em Brasília.

6. "Experiência é matéria da tradição, tanto na vida privada quanto na coletiva. Forma-se menos com dados isolados e rigorosamente fixados na memória, do que com dados acumulados, e com frequência inconscientes, que afluem à memória". Já a vivência (*Erlebnis*) se constitui de "dados isolados" "rigorosamente fixados na memória" (Walter Benjamin, 1994. p. 105).

7. Merleau-Ponty (1992). Como resultado da correlação entre sujeito e objeto há um terceiro elemento, dinâmico e tenso, pelo qual se alarga o campo de visibilidade, ao mesmo tempo "visível e tangível", dizível e indizível.

8. A angústia diante do que se vê e não se pega, mas que certamente ali está, é mola propulsora do pensamento e da meditação de Sofia. Este tema recorrente em Lispector se consuma na palavra "coisa" que terá uma exploração sistemática em *Água viva*, obra que dramatiza a tensão entre a "coisa em si", inalcançável, e a sua realização em palavra. Para marcar a diferença, a narradora joga com os termos "it", neutro e impessoal, e sua versão visível, o símbolo "X".

9. Outras obras poderiam ser incluídas, como as janelas noturnas de *A maçã no escuro*, cuja cena inicial se dá numa sacada em um "dia inescalável", e *Uma aprendizagem ou O livro dos prazeres*, em que Ângela Pralini parece ampliar eroticamente as sensações e desejos da protagonista do conto "História interrompida", assinado pela jovem Clarice: "Quando chover quero que caia sobre mim, abundantemente. Abrirei a janela de meu quarto e receberei nua a água do céu".

REFERÊNCIAS BIBLIOGRÁFICAS

OBRAS DA AUTORA

LISPECTOR, Clarice. *A bela e a fera*. Rio de Janeiro: Nova Fronteira, 1979.

______. *A cidade sitiada*. Rio de Janeiro: José Olympio, 1975.

______. *A descoberta do mundo*. Rio de Janeiro: Rocco, 1999.

______. *A maçã no escuro*. Rio de Janeiro: Paz e Terra, 1978.

______. *A paixão segundo G.H.* Rio de Janeiro: José Olympio, 1974.

______. *Água viva*. Trad. de Regina Helena de Oliveira Machado. Paris: Des Femmes (edição bilingue), 1980.

______. *Laços de família*. Rio de Janeiro: José Olympio, 1973.

______. *Felicidade clandestina*. Rio de Janeiro: Nova Fronteira, 1981.

______. *Para não esquecer*. Rio de Janeiro: Ática, 1978.

______. *Perto do coração selvagem*. Rio de Janeiro: Editora Sabiá, 1969.

______. *Uma aprendizagem ou O livro dos prazeres*. Rio de Janeiro: Francisco Alves, 1990.

______; SABINO, Fernando. *Cartas perto do coração*. Rio de Janeiro: Record, 2001.

TEXTOS TEÓRICOS E CRÍTICOS

BACHELARD, Gaston. *La poétique de la rêverie*. Paris: PUF, 1971.

BENJAMIN, Walter. "Charles Baudelaire: um lírico no auge do capitalismo". *Obras escolhidas III*. São Paulo: Brasiliense, 1994.

BUTOR, Michel. *Répertoire II*. Paris: Les Editions de Minuit, 1964.

DEL LUNGO, Andrea. *La fenêtre. Sémiologie et histoire de la représentation littéraire*. Paris: Seuil, 2014. (Collection Poétique)

GIRARD, René. *A violência e o sagrado*. São Paulo: Paz e Terra; Unesp, 1990.

GUMBRECHT, Hans. *Produção de presença*. Rio de Janeiro: Contraponto, 2010.

MELLO E SOUZA, Gilda de. "O vertiginoso relance". In: *Exercícios de leitura*. São Paulo: Duas Cidades, 1980.

MERLEAU-PONTY, Maurice. *O visível e o invisível*. Trad. de J.A. Gianotti e Armando Mora d'Oliveira. São Paulo: Perspectiva, 1992.

MILLER, Daniel. *Trecos, troços e coisas: Estudos antropológicos sobre a cultura material.* Rio de Janeiro: Zahar, 2013.

RIEGL, Aloïs. "Le Culte Moderne des Monuments". *Socio-Anthropologie*, 9|2001, 15 jan. 2003. Disponível em: http://journals.openedition.org/socio-anthropologie/5. Acesso em: fev. 2012.

STAROBINSKI, Jean. "Fenêtres (de Rousseau à Baudelaire)". In: *L'idée de la ville*, Actes du colloque international de Lyon. Seyssel: Editions du Champ Vallon, 1983.

______. "Regards sur l'image". In: *Le siècle de Kafka*. Catálogo da exposição do Centro Georges Pompidou. Paris, 1984.

Arrumar a forma?

VERONICA STIGGER

A narrativa de *A paixão segundo G.H.* inicia-se com a protagonista falando da "desorganização profunda" em que vive, em função do que lhe ocorrera no dia anterior. Na manhã da véspera, Janair, a empregada, demite-se e G.H. decide, então, ir até o quarto dela para arrumá-lo. Fazia seis meses que não entrava ali, o exato tempo que Janair trabalhara para ela. Como é costume nos apartamentos brasileiros de classe média e alta, este quarto situa-se o mais distante dos aposentos dos proprietários, o que implicava num deslocamento espacial da protagonista por sua própria morada em direção à parte menos frequentada — em suas próprias palavras: "O bas-fond de minha casa".[1] G.H. imagina encontrar um quarto escuro, sujo, desorganizado, algo como um depósito com pilhas de jornais velhos e "as escuridões da sujeira e dos guardados",[2] mas depara com o oposto: um ambiente organizado, claro, limpo, "um quadrilátero de branca luz", que "tinha uma ordem calma e vazia".[3] Diante da imprevista organização, sente-se traída por Janair, que passa a ver como uma estrangeira em sua casa: "Não contara é que aquela empregada, sem me dizer nada, tivesse arrumado o quarto à sua maneira, e numa ousadia de proprietária o tivesse espoliado de sua função de depósito".[4]

A sensação de traição se reforça quando vê, numa das paredes do quarto, um desenho a carvão que nada mais é que um simples contorno dos corpos nus de uma mulher (com a qual se identifica), de um homem e de um cachorro: "três figuras soltas como três aparições de múmias".[5] Para G.H., "o desenho não era um ornamento: era uma escrita".[6] Talvez um recado de Janair a ela, ou melhor, contra ela, como uma pequena rebelião de classe: "Pareciam ter sido deixados por Janair como mensagem bruta para quando eu abrisse a porta".[7] Até então, era como se a patroa nunca houvesse percebido a presença da empregada. Nem mesmo do seu rosto conseguia, num primeiro momento, recordar — o que a leva a pensar num ódio mútuo: "Perguntei-me se na verdade Janair teria me odiado — ou se fora eu que, sem sequer a ter olhado, a odiara".[8] Como se não bastasse deparar com a organização e a luminosidade do quarto e com o desenho na parede, G.H. ainda avista, saindo do armário, uma barata.

Essas descobertas não apenas a tiram de sua rotina, mas a colocam frente a algo com que não sabe lidar: "A isso prefiro chamar desorganização pois não quero me confirmar no que vivi — na confirmação de mim eu perderia o mundo como eu o tinha, e sei que não tenho capacidade para outro".[9] Essa "desorganização" de que fala G.H. não é apenas uma desorganização espiritual, mas também (e talvez fundamentalmente) uma desorganização corpórea, ainda que o corpo, aí, não se restrinja a nenhuma materialidade física simples: "Fico tão assustada quando percebo que durante horas perdi minha formação humana. Não sei se terei uma outra para substituir a perdida".[10] É precisamente a perda da "montagem humana" que leva à escrita: "Quem sabe me aconteceu apenas uma lenta e grande dissolução? E que minha luta contra essa desintegração está sendo esta: a de tentar agora dar-lhe uma forma?".[11] Escrever se constitui como uma tentativa custosa de dar forma e, portanto, existência ao que se passou: "Mas é que também não sei que forma dar ao que me aconteceu. E sem dar uma forma, nada me existe".[12] (E é preciso, neste ponto, levar em conta a formulação singular "nada me existe", em que chama a atenção esse pronome oblíquo "me" associado ao verbo "existir" que qualifica a existência como *existência-para-si* que é também, dada a ambiguidade da construção, *existência-de-si*: em resumo, *sem forma*, nada existe *para mim*, ou *em relação a mim*, mas também, *sem forma*, nada existe *em mim* — e, portanto, também eu, na medida em que só posso existir na relação com o que está fora de mim, não existo.)

G.H. é escultora diletante e, como tal, dedica-se justamente a dar forma à matéria. Ou de modo mais específico, como ela mesma define, "desgastar pacientemente a matéria até gradativamente encontrar sua escultura imanente".[13] A prática da escultura — aventará ela no desenrolar da narrativa — talvez seja decorrência de sua "única vocação verdadeira", a de *arrumar*. Afinal, dirá ainda, "arrumar é achar a melhor forma": "Ordenando as coisas, eu crio e entendo ao mesmo tempo".[14] E acrescenta, supondo uma troca de papéis entre ela e Janair: "Tivesse eu sido empregada-arrumadeira, e nem sequer teria precisado do amadorismo da escultura; se com minhas mãos eu tivesse podido largamente arrumar".[15]

Na pergunta que se faz em seguida, talvez esteja a chave para a compreensão da busca que empreende na fatídica manhã da partida de Janair: "Arrumar a forma?".[16] Embora a procedência da palavra "arrumar" seja incerta, nas três possíveis etimologias propostas no *Grande Dicionário Houaiss* há sempre uma associação com a ideia de espaço ou, mais precisamente, de um deslocamento espacial. Uma possibilidade é que venha de "rumo", termo com o qual originalmente se designava cada um dos 32 espaços em que se divide a rosa dos ventos, o diagrama que mostra as direções da esfera celeste. Outra hipótese é que provenha do francês antigo *arrumer*, relacionado ao germânico *rūm*, que indica o "espaço ou lugar num navio". Poderia, porém, também ter sofrido influência do francês *arrimer*, que significa "dispor as mercadorias de maneira conveniente", isto é, organizá-las no espaço. Rumo, de resto, é também a direção que segue um navio e, por extensão de sentido, "percurso, orientação a seguir para ir de um lugar a outro; caminho, vereda, itinerário, rota".[17]

"Arrumar a forma" seria, então, dirigir-se a ela, percorrer o caminho entre a não forma (o caos) e a forma. Há aí, implicada no verbo utilizado por G.H., uma ênfase sobre o deslocamento — o que podemos ler como uma sugestão de que a forma talvez nunca se complete, esteja sempre em processo, ou mais precisamente (e com o perdão da redundância) sempre em formação. Já afirmava Henri Focillon, em seu estudo sobre as *formas*: "Ela [a forma] é estrita definição de espaço, mas é sugestão de outras formas. Ela continua, se propaga na imaginação, ou melhor, a consideramos como uma espécie de fissura, pela qual podemos entrar num reino incerto, que não é nem o estendido nem o pensado, uma multidão de imagens que aspiram a nascer".[18]

Como Cristo pelas estações da via-crúcis a que a *paixão* do título faz referência,[19] G.H. passa por vários ambientes de seu apartamento até chegar ao quarto, onde para. Seu percurso se interrompe diante da falta do que arrumar no ambiente limpo, iluminado e organizado de Janair. Se "arrumar é achar a melhor forma", quase como "desgasta[ndo] pacientemente a matéria até gradativamente encontrar sua escultura imanente",[20] que forma ela pode extrair do que vê como um "vazio seco"?[21] Afirma G.H. quando, finalmente, penetra na peça: "apesar de já ter entrado no quarto, eu parecia ter entrado em nada".[22] Se "uma forma contorna o caos", se "uma forma dá construção à substância amorfa",[23] funcionando como um invólucro ou uma casca,[24] como dar forma ao *nada*, que, como a própria Clarice Lispector anotaria anos depois em *Água viva*, "não tem barreiras", sendo "a verdadeira incomensurabilidade" — ao contrário do *tudo*, que, por ser "quantidade", "tem limite no seu próprio começo"?[25] Podemos, quanto a isso, recorrer novamente a Focillon, quando este observa a respeito do trabalho dos arquitetos com a forma: "O construtor envolve não o vazio, mas uma certa estadia das formas [*un certain séjour des formes*], e, trabalhando sobre o espaço, ele o modela, por fora e por dentro, como um escultor".[26]

Se a ideia inicial de G.H. era interferir no quarto da empregada, a tarefa falha e ela não consegue desempenhar aí a função da arquiteta-escultora — tampouco, na outra ponta da perversa escala social brasileira, o papel de "empregada-*arrumadeira*". Ao não encontrar espaço para si no território de Janair — "Mesmo dentro dele, eu continuava de algum modo do lado de fora. Como se ele não tivesse bastante profundidade para me caber e deixasse pedaços meus no corredor, na maior repulsão de que eu já fora vítima: eu não cabia"[27] —, G.H. acaba por estabelecer uma cisão entre o quarto e seu próprio apartamento, como se aquele não fizesse parte da estrutura deste, constituindo uma espécie de anexo incômodo ou enclave potencialmente violento. O quarto se torna, então, tão estrangeiro

— tão inimigo — quanto a própria criada. Daí, talvez, a vontade súbita de "matar alguma coisa ali".[28] Por isso também G.H. diga a si mesma, em desespero, quando se acha dentro da peça: "Ah, quero voltar para a minha casa".[29]

Nessa cisão, cria uma identificação do quarto a Janair, e do apartamento a si mesma: "O apartamento me reflete. [...] Como eu, o apartamento tem penumbras e luzes úmidas, nada aqui é brusco: um aposento precede e promete o outro".[30] O quarto, por sua vez, "era o retrato de um estômago vazio".[31] G.H. o enxerga como um quadrilátero irregular: uma irregularidade dentro daquela inesperada ordem que supõe ser ocasionada não pela própria arquitetura, mas por seu olhar sobre aquele determinado ambiente. É ela, bem sabe, que o vê de maneira deformada.[32] Curiosamente, nessa recusa ao quarto da empregada, ela não o rebaixa, mas o imagina acima do próprio apartamento, quase que completamente independente e distante, "como um minarete [...], solto acima de uma extensão ilimitada".[33]

Ao não reconhecer o quarto como parte do apartamento, mas como um enclave sobre o qual não tem domínio, termina por não se reconhecer a si mesma, como se finalmente se desse conta de que até então vivera uma vida "entre aspas" ou como se compreendesse, pela primeira vez, que o silêncio e o mistério de seu próprio sorriso inexpressivo nos retratos era uma das expressões desse "eu" que, em suas próprias palavras, pouco a pouco, "havia se transformado na pessoa que tem [s]eu nome":[34]

> Essa imagem de mim entre aspas me satisfazia, e não apenas superficialmente. Eu era a imagem do que eu não era, e essa imagem do não ser me cumulava toda: um dos modos mais fortes é ser negativamente. Como eu não sabia o que era, então "não ser" era a minha maior aproximação da verdade: pelo menos eu tinha o lado avesso: eu pelo menos tinha o "não", tinha o meu oposto.[35]

A outra expressão desse "eu" entre aspas, que criara para si e cuja forma (isto é, contorno, invólucro, casca) era dada pela estrutura mesma do apartamento, eram suas iniciais nas valises: "Esse ela, G.H.

no couro das valises, era eu; sou eu — ainda?".[36] E as malas, ironicamente, encontravam-se empilhadas num canto do quarto da empregada. Lá estava aquele "eu" limitado não apenas pelas iniciais, mas também por uma pele animal, o couro, que, em certa medida, desde já a ligava, pela animalidade, à barata.

A fusão com o próprio apartamento é levada a tal ponto que passa a se referir ao próprio corpo como uma construção: "meu edifício".[37] É esta construção, aliás, que se desmonta, que rui, que desaba: "Caminho em direção à destruição do que construí, caminho para a despersonalização".[38] A perda da "formação humana"[39] e a entrada num âmbito de vida mais "primária" que leva G.H. a matar a barata e a provar de seu interior são narradas através de uma comparação com o momento mesmo em que a arquitetura vira ruína, isto é, quando a arquitetura — "a mais sublime vitória do espírito sobre a natureza", segundo Georg Simmel[40] — desaba e a natureza volta a dominar a cultura. Porém, também a arquitetura que aqui desmorona participa, em alguma medida, do inumano — não só são edifícios, mas cavernas. Conta-nos G.H.: "Como te explicar: eis que de repente aquele mundo inteiro que eu era crispava-se de cansaço, eu não suportava mais carregar nos ombros — o quê? — e sucumbia a uma tensão que eu não sabia que sempre fora minha. Já estava havendo então, e eu ainda não sabia, os primeiros sinais em mim do desabamento de cavernas calcárias subterrâneas, que ruíam sob o peso de camadas arqueológicas estratificadas — e o peso do primeiro desabamento abaixava os cantos de minha boca, me deixava de braços caídos".[41]

Tudo à volta passa então a ser percebido como que imbricado à natureza e, nessa transmutação, tanto tempo quanto espaço se distendem e se fundem. Do mesmo modo que G.H. vai da pré-história ao presente, vai dos fundos do prédio à usina, à caverna, à montanha. No início de sua jornada, antes de chegar ao quarto, compara a sua posição em seu apartamento de cobertura à do "pico de uma montanha".[42] As montanhas, diga-se de passagem, parecem ser, em Clarice Lispector, o lugar preferencial da magia, da transmutação, da transformação (e não esqueçamos que é num monte que se dá a transfiguração de Cristo, ao fim da paixão), como fica evidente, por exemplo, no conto que dá título ao livro *Onde estivestes de noite*, em que um estranho ritual ocorre no alto de uma montanha. Montanha e usina se comunicam nisso, são lugares de transformação — na usina, transformação da matéria, destruição de uma forma em direção a outra forma.

A derrocada da "montagem humana" corresponde justamente ao momento de transmutação de G.H., atingindo em cheio a maneira pela qual se apresenta ao mundo, pelo nome: "Até que me seja enfim revelado que a vida em mim não tem o meu nome. E eu também não tenho nome, e este é o meu nome".[43] Daí ela não ser, ao longo da narrativa, mais do que iniciais afixadas nas malas — elementos, por excelência, associados ao deslocamento. Como bem lembra a narradora do conto "O ovo e a galinha", publicado pela primeira vez no mesmo ano de *A paixão segundo G.H.*, "'eu' é apenas uma das palavras que se desenha enquanto se atende ao telefone, mera tentativa de buscar forma mais adequada".[44] Ou seja, é o nome que dá contorno ao "eu", é a sua moldura. A tomada de consciência de si própria só se completa quando esmaga a barata no armário, quebrando a sua casca, seu invólucro,[45] isto é, o que a delimitava e lhe dava uma forma. A barata, aliás, também era vista de modo arquitetural, ao ser comparada por G.H. a uma cariátide.[46] Portanto, ao quebrar sua casca, ela rompe sua estrutura, a faz também desabar, liberando seu interior pastoso. Assim, a barata acaba por se aproximar do modo como G.H. se vê naquele momento: sem contorno, sem limite; em uma palavra, informe. Estabelece-se então uma identificação dela com o inseto:

> Eu, corpo neutro de barata, eu com uma vida que finalmente não me escapa pois enfim a vejo fora de mim — eu sou a barata, sou minha perna, sou meus cabelos, sou o trecho de luz mais branca no reboco da parede — sou cada pedaço infernal de mim — a vida em mim é tão insistente que se me partirem, como a uma lagartixa, os pedaços continuarão estremecendo e se mexendo.[47]

Não resta, pois, forma a arrumar.

A descida ao nível do inseto conclui-se com a ingestão de parte da massa branca de seu interior. Nesse gesto antropofágico de comunhão com o inseto,[48] parece haver não apenas uma busca de identificação com a barata, mas uma tentativa de se transformar no outro, de vir a ser outro, deixando de ser o que era. Talvez seja nesse sentido que possamos compreender a epígrafe de *A paixão segundo G.H.*, extraída do historiador da arte Bernard Berenson: "Uma vida plena talvez seja aquela que termina em tal identificação com o não eu que não resta mais um eu para morrer".[49] *Uma vida plena*: uma vida plenamente consciente, não só no conceito, mas no próprio corpo, de que a aventura da forma nunca se completa, que a forma talvez só se dê a ver, em plenitude, como experiência da não forma, porque todo esforço para *arrumar a forma*, se levado ao seu limite — como vemos exemplarmente encenado no romance de Clarice Lispector —, põe a perder, de uma vez por todas, não só a forma, mas o próprio rumo.

NOTAS

1. Clarice Lispector, *A paixão segundo G.H.* Rio de Janeiro: Francisco Alves, 1995, p. 41.
2. Ibid.
3. Ibid.
4. Ibid.
5. Ibid., p. 43.
6. Ibid.
7. Ibid., p. 44.
8. Ibid., p. 47.
9. Ibid., p. 15.
10. Ibid., p. 18.
11. Ibid.
12. Ibid.
13. Ibid., p. 30.
14. Ibid, p. 37.
15. Ibid.
16. Ibid.
17. *Antônio Houaiss, Dicionário Houaiss da Língua Portuguesa.* Rio de Janeiro: Objetiva, 2001.
18. Henri Focillon, *Vie des formes*. Paris: PUF, 2004, p. 4.
19. Cf. Olga de Sá, "A reversão paródica da consciência na matéria viva: o signo iconizado", em *Clarice Lispector: A travessia do oposto*. São Paulo: Annablume, 1993, p. 126 e ss.

20. Clarice Lispector, *A paixão segundo G.H.*, p. 30.
21. Ibid., p. 41.
22. Ibid., p. 49.
23. Ibid., p. 18.
24. Em "O ovo e a galinha", Clarice Lispector deixa mais explícita a relação entre forma e casca ao afirmar: "Pego mais um ovo na cozinha, quebro-lhe casca e forma" (in: *A legião estrangeira*. Rio de Janeiro: Rocco, 1999, p. 56).
25. Clarice Lispector, *Água viva*. Rio de Janeiro: Artenova, 1973, p. 108.
26. Henri Focillon, op. cit., p. 35.
27. Clarice Lispector, *A paixão segundo G.H.*, p. 49.
28. Ibid.
29. Ibid., p. 111.
30. Ibid., p. 34.
31. Ibid., p. 46.
32. Ibid., p. 42.
33. Ibid.
34. Ibid., p. 29.
35. Ibid., p. 36.
36. Ibid.
37. Ibid., p. 179.
38. Ibid., p. 177.
39. Ibid., p. 18.
40. Georg Simmel, "Ruína". Trad. de Sebastião Rios. In: Jessé Souza e Berthold Öelze. *Simmel e a modernidade*. Brasília: UnB, 2005, p. 135.
41. Clarice Lispector, *A paixão segundo G.H.*, p. 48.
42. Ibid., p. 39.
43. Ibid., p. 179.
44. Clarice Lispector, "O ovo e a galinha", p. 56.
45. Diz G.H.: "Mãe, eu só fiz querer matar, mas olha só o que eu quebrei: quebrei um invólucro! Matar também é proibido porque se quebra o invólucro duro, e fica-se com a vida pastosa. De dentro do invólucro está saindo um coração grosso e branco e vivo com pus, mãe, bendita sois entre as baratas, agora e na hora desta tua minha morte, barata e joia" (*A paixão segundo G.H.*, p. 98).
46. Ibid., p. 58. Em sua dissertação de mestrado, Mariana Silva Bijotti propõe que compreendamos a própria barata como uma escultura (*Moldar o inexpressivo: A formação do artista em Clarice Lispector e a escrita escultórica em* A paixão segundo G.H. São Paulo: FFLCH-USP, 2020, p. 91).
47. Ibid., p. 69.
48. Berta Waldman já havia chamado a atenção para a comunhão entre G.H. e a barata: "É a partir dele que G.H. se desnuda do núcleo de sua individualidade para estabelecer com o inseto um laço de união. Para confirmar esse nexo, ela ingere a massa branca da barata esmagada, numa espécie de ritual de comunhão sagrada, em que o horror e a atração se equivalem" (*Clarice Lispector: A paixão segundo C. L.* São Paulo: Escuta, 1992, p. 77). E Eduardo Viveiros de Castro atenta para a antropofagia nesse gesto de G.H., precisando a noção de "antropofagia": "A palavra antropofagia é potencialmente ambígua: costumamos usá-la no sentido de 'comer outro humano', mas ela pode

significar 'comer o humano de si', entenda-se, a humanidade, aquele que come. A antropofagia seria assim uma autofagia 'indireta', um comer o humano daquele que come, devorar-destruir o que há de sujeito naquele mesmo que come outro sujeito. Aquele que come o homem se 'desumaniza': para comer o homem é preciso primeiro comer a si mesmo enquanto homem, comer o humano de si mesmo de forma a poder comer o outro humano; para que o outro seja humano é preciso que eu não seja" ("Rosa e Clarice, a fera e o fora". In: *Revista de Letras: As muitas coisas de Clarice Lispector*, n. 98, jul./dez. 2018, p. 20).

49. Citado na epígrafe de *A paixão segundo G.H.*

A cidade sitiada: O caroço e seus frutos

REGINA LÚCIA PONTIERI

A sucessão de histórias que constituem o conto "A quinta história" mostra também o processo pelo qual as baratas, de início puros objetos de morticínio, transformam-se em subjetividades. Monumentalizadas como estátuas, lembram os humanos que, em Pompeia, participavam da "orgia no escuro" sem saber que se petrificavam. Decisivo é o passo final desse processo: uma barata agora individualizada, "aquela ali, a de antena marrom suja de branco" torna-se sujeito de linguagem dizendo: "é que olhei demais para dentro de mim!".[1]

Estaria Clarice Lispector, num lance de autoironia, fazendo referência a suas obras, apontando nelas a presença de subjetividades olhando demais para dentro de si mesmas? O que faria de Joana a puxadora de uma longa fila, chegando ao final até Rodrigo S.M. e passando por G.H. e tantos outros? Como sabemos, Benedito Nunes vincula o romance de estreia da autora a "um modo de apreensão artística da realidade na ficção moderna, cujo centro mimético é a consciência individual, enquanto corrente de estados ou de vivências".[2] Entretanto, Nunes observa também que em *A paixão segundo G.H.* "desagrega-se a sondagem introspectiva que absorve nos romances anteriores o dinamismo da ação romanesca".[3]

Se for assim, interessaria investigar o modo como se opera tal desagregação, tão cheio de consequências para o restante da ficção lispectoriana. Penso que essa ficção esteve desde o início assombrada pelos paradoxos da alteridade, figurada de diversas formas: a alteridade feminina, a alteridade animal, a alteridade social, a alteridade corporal e, enfim, a alteridade do silêncio constitutivo da linguagem. A propósito, caberia lembrar um dos momentos em que Lispector figura o modo como a alteridade se constitui para ela como problema. Num texto intitulado "A experiência maior", ela diz:

> Eu antes tinha querido ser os outros para conhecer o que não era eu. Entendi então que eu já tinha sido os outros e isso era fácil. Minha experiência maior seria ser o outro dos outros: e o outro dos outros era eu.[4]

A rigor, pode-se dizer que o processo de desagregação a que se refere Nunes já está em andamento em *Perto do coração selvagem*, mesmo que de maneira muito incipiente. O mergulho na consciência a tal modo absorve a realidade ficcional que mesmo os aspectos que poderiam dar a Joana a feição de um eu singularizado vivendo entre os demais, ficam relativizados, na medida em que pouco comparecem outros eus singularizados. A prova é que, nas poucas vezes em que a narrativa se detém na consciência de Otávio, vemos que essa consciência difere muito pouco da de Joana, o que parece sugerir que o outro desse eu-indivíduo seja já um eu-impessoal — ou "despessoal", para falar com G.H. —, algo próximo do que aparecerá em *Água viva*. E também próximo do *eu* que, na primeira das histórias de "A quinta história" diz "queixei-me de baratas" etc., isto é, um puro agente. Que será paulatinamente recheado dos traços de pessoalidade, nas versões seguintes.

Voltando a "A quinta história" e suas baratas, vejamos um rápido histórico da aparição dessa imagem tão densa e cheia de consequências, tal como se dá nos romances iniciais da autora, de onde migrará para outras obras. Em *Perto do coração selvagem*, a barata aparece como objeto de devoração: Joana, assim, antecipa-se a G.H. Pois o "bolo esquisito, escuro" que a menina Joana come e vomita, na ocasião da morte do pai, tem "gosto de vinho e de barata".[5] Em *O lustre*, baratas reaparecem como objeto, agora da visão de Daniel, que se refere a "baratas velhas, cinzentas e vagarosas".[6] É somente em *A cidade sitiada* que a barata virá, pela primeira vez, para a frente da cena, identificada com a personagem central, Lucrécia Neves. Em conversa, Perseu, um dos namorados da moça, lhe diz que sentira à noite em sua casa mosquito, mariposa e barata voadora, completando que "já nem se sabe mais o que está pousando na gente". A isso, Lucrécia lhe responde: "Sou eu".[7]

De fato, parece possível dizer que o terceiro romance que Lispector publica em 1949 inaugura o prestígio das radicais *outridades* que frequentam a obra da autora: as empregadas — Eremita ou Janair; a anã africana de "A menor mulher do mundo", as várias galinhas, sejam elas propriamente animais, tal como aparecem, por exemplo, em "Uma galinha" ou em *A vida íntima de Laura*, seja a mulher-galinha, ela também uma Laura, de "A imitação da rosa"; o búfalo ou o cão que se alçam à condição de interlocutores mudos — da mulher de "O búfalo" e do professor, de "O Crime do Professor de Matemática", respectivamente. Todos descendentes de Lucrécia Neves, tanto quanto de Perseu e Efigênia, outras personagens de *A cidade sitiada*, que compartilham com Lucrécia a condição de videntes/visíveis, isto é, corpos feitos para ver e serem vistos, e nisso partícipes plenos de um mundo entendido como campo de visibilidade. Antecipando-me um tanto, diria que agora o corpo, como o outro do espírito, vem para primeiro plano.

Antes de dar outros esclarecimentos sobre minha visão desse romance, gostaria de retomar, de modo muito sumário, alguns momentos de sua fortuna crítica. Quando tive oportunidade de me deter com vagar sobre essa obra, pude acompanhar melhor o que chamei de "infortúnios de uma cidade".[8] Escolhi dois de seus leitores críticos mais antigos e um mais recente, para esclarecer que me parece que, daquele momento até agora, não mudou essencialmente a recepção dada ao livro. Recepção que se poderia qualificar de "cautelosa", para não mencionar os casos em que ela é francamente desabonadora. De fato, de modo geral, é possível dizer que o romance causou estranheza por sua obscuridade e hermetismo.

Começo com o primeiro dos leitores críticos a tratar o livro com maior atenção e mais detidamente, justamente um que qualificou a obra como hermética. Trata-se do crítico português João Gaspar Simões, que se manifestou sobre *A cidade sitiada* já no ano seguinte ao da publicação. Seu artigo, que apareceu no jornal carioca *A Manhã*, intitulava-se "Clarice Lispector 'Existencialista' ou 'Supra-Realista'". Observe-se que essa aproximação do estilo da obra àquele do surrealismo já tinha como antecedente a manifestação de Sérgio Milliet, qualificando esse estilo como "preciosista" e "rococó".

Simões aparentava *A cidade sitiada* com as experiências então recentes de Simone de Beauvoir e Sartre, no âmbito do romance existencialista. Aí estaria para o crítico o perigo: um excessivo conceptualismo, vinculando o romance a sistemas filosóficos, corria o risco de torná-lo abstrato, perdendo-se a concretização da vida. Referindo-se ao "hermetismo dos sonhos" de que se fazia o livro, o crítico, então, concluía: "Haja quem lhe encontre a chave".

Benedito Nunes, este grande clássico entre os leitores críticos de Clarice, foi de particular valia para minha própria abordagem do livro de 1949. Em 1973 ele publicava, pela Quíron, *Leitura de Clarice Lispector*, avaliando toda a ficção da autora até *Uma aprendizagem ou o livro dos prazeres*. Tanto quanto Gaspar Simões, Nunes também registrava o parentesco de Clarice com o existencialismo, sobretudo de Sartre. No referente a *A cidade sitiada*, o crítico observava sua diferença com relação aos dois romances anteriores, diferença atinente ao ângulo de visão. Enquanto os primeiros eram centrados na consciência da personagem, o terceiro estaria distante dela. Nunes apontava também a natureza alegórica do romance, o que transparecia no título do capítulo: "A cidade sitiada: uma alegoria". O romance seria composto de "quadros estáticos da vida de província" e enfatizaria a caricatura e o grotesco, na apreensão dos gestos. Diversamente dos romances anteriores, o distanciamento narrativo, que tornaria maquinal a gestualidade das personagens, permitiria também operar uma "reversão da experiência interna, objetificada para o próprio sujeito, como reflexo de uma realidade que lhe é estranha".[9] Enfatizo essa questão da objetificação do sujeito porque esse é um ponto que retomo adiante.[10]

No capítulo 2 de *O dorso do tigre*, de 1965, Nunes realçava a diferença entre Clarice e Kierkegaard, no que se refere à natureza da subjetividade. Enquanto o filósofo limitaria a realidade do ser humano à subjetividade, a ficcionista veria, nessa subjetividade, "apenas um momento privilegiado dessa experiência que [...] possui extensão universal e caráter cósmico" de modo que a "existência humana, individualmente considerada, torna-se aí apenas um aspecto ou um modo determinado da existência universal que se manifesta em todas as coisas e até nos mais humildes objetos".[11] Esse predomínio da existência universal seria referido por Nunes a *A maçã no escuro* e *A paixão segundo G.H.* E aí está outro ponto que eu gostaria de sublinhar. Pois embora tenha notado n'*A cidade sitiada* a objetificação do sujeito, que é uma forma de manifestação dessa existência cósmica, Nunes veria n'*A maçã no escuro* a experiência da "existência irredutível, inexplicável, das coisas que não precisam de nós para existirem tal como existem" pois elas "vivem de uma vida própria assediando a consciência". Parece-me, ao contrário, que já está n'*A cidade sitiada* o início do processo de prestígio das coisas.

Concluo este sumário da fortuna crítica, com um posfácio de Benjamin Moser, que aparece numa edição brasileira bastante recente do romance em epígrafe. O posfácio é datado de 2018 e nele se encontram vários dos lugares-comuns da fortuna crítica do livro, desde sua publicação. O que dá a ver que o passar dos anos não modificou substancialmente essa fortuna. Depois de fazer referência ao fato de que a própria Clarice achava o livro difícil e que ele seria, segundo ela, "um de meus livros menos gostado", Moser introduz seu comentário sobre o assunto, em termos que não deixam de ter certa graça:

> Todo brasileiro instruído conhece G.H. e Macabéa. Mas só o clariciano devoto reconhecerá rapidamente o nome de Lucrécia Neves Correa. Num país vergado sob o peso de escritos sobre Clarice Lispector, o livro que tem Lucrécia como protagonista é um órfão. Ensaios e artigos sobre ele são raros no Brasil, e aparentemente pouco lidos. As vendas indicam que é o menos popular dos romances de Clarice.[12]

Como Simões e Nunes, Moser também aproxima Lispector do existencialismo, mas agora na figura da Simone de Beauvoir de *O segundo sexo*, publicado no mesmo ano de *A cidade sitiada*. Aqui retorna a questão da objetificação. Pois a abordagem da filósofa, enfatizando o processo de construção da mulher como objeto do olhar masculino, processo que passaria pela atitude da própria mulher, erigindo-se em objeto de adorno, tal abordagem fornece, ao crítico, material para uma avaliação nada lisonjeira de Lucrécia Neves:

> Diferentemente das protagonistas dos dois primeiros romances de Clarice, Lucrécia é fútil e pretensiosa, satisfeita de permanecer na superfície. Lucrécia — está em seu nome — é lucro, é só mais um dos bibelôs de porcelana na sala de estar de sua mãe [...]. Suas ambições são materiais, e ela é a mulher mais insolentemente superficial que Clarice retratou.

Moser, que tão bem percebeu a importância que Lispector atribuiu a esse romance, lembrando que ela volta a mencioná-lo na última obra, *Um sopro de vida*, serviu-se de um referencial, o de Beauvoir, que só explica uma parte da obra, a convivência entre Lucrécia e os homens com quem se relaciona. Mas não ajuda a entender o fato de outras personagens serem também objetos de olhar: sobretudo Perseu, mas também Efigênia, uma viúva solitária, que apesar de aparecer poucas vezes é figura emblemática da obra. Da mesma forma, não ajuda a entender a ênfase posta no espaço — a cidade e seus habitantes — como corpos videntes-visíveis, que olham e são olhados.

De fato, a atividade principal a que se entregam não só as personagens mas também os objetos do mundo é olhar e serem olhados. Daí a ênfase na superfície, na exterioridade, no espaço, seja o da cidade e seus diversos lugares, seja o dos corpos, das pessoas e dos objetos. As personagens não são consciências imaginantes ou reflexivas, não são interioridades: seu pensamento se limita à visão das coisas. Por isso são, também, parcas de inteligência e, no limite, impessoais. Lavando louças em sua casa, Lucrécia adere a tal ponto ao mundo que

> as coisas eram vistas imediatamente. A pia. As panelas. A janela aberta. A ordem, e a tranquila, isolada posição de cada coisa sob o seu olhar: nada se esquivava. [...] Tudo estava à mão. O que era tão importante para uma pessoa de algum modo estúpida; Lucrécia que não possuía as futilidades da imaginação, mas apenas a estreita existência do que via.[13]

Note-se que a futilidade que Moser atribui a Lucrécia aqui não aparece como característica sua, uma vez que a futilidade é atributo da imaginação, e a moça apenas vê. Um pouco adiante, ela surge "remoendo sua dificuldade de raciocinar", uma vez que "o pensamento, quase nunca utilizado, primarizara-se até transformar-se num sentido apenas. Seu pensamento mais apurado era ver, passear, ouvir".[14]

É justamente essa total aderência ao mundo, essa "impessoalidade", que faz dela a construtora do mundo pelo olhar: "A realidade precisava da mocinha para ter uma forma. 'O que se vê' — era a sua única vida interior; e o que se via tornou-se a sua vaga história".[15] Trata-se de uma visão que apreende a pura exterioridade: "A esse esforço S. Geraldo tornara-se extraordinariamente exterior, as pedras leves. As coisas se mantinham à própria superfície na veemência de um ovo".[16] Aqui é difícil não lembrar a que ponto esse livro é o antecedente forte de outro texto da autora tido como muito hermético, "O ovo e a galinha", que descortina o encontro entre um olho e um ovo-superfície, donde se extraem imagens as mais inusitadas.[17]

Também Perseu, que depois de Lucrécia é a personagem mais destacada, é de inteligência parca. O segundo capítulo, intitulado "O cidadão", é inteiramente dedicado a mostrá-lo à janela de um segundo andar, enquanto decora um texto cujo significado ele ignora: "Decorar era bonito. Enquanto se decorava não se refletia, o vasto pensamento era o corpo existindo. [...] a inconsciência do rapaz dominava largamente a cidade".[18] Tanto quanto Lucrécia, ele se confunde com a cidade da qual é artífice: "Despercebido à janela porque ele era apenas um dos modos de ser S. Geraldo. E também um de seus alicerçadores somente por ter nascido quando o subúrbio também se erguia[...]".[19]

Clarice dá indicações bastante claras sobre seus objetivos ao se propor uma tarefa tão difícil, penosa e arriscada. Respondendo a uma crítica a seu romance, ela esclarece que Lucrécia seria uma "personagem sem as armas da inteligência, que aspira, no entanto, a essa espécie de integridade espiritual de um cavalo, que não 'reparte' o que vê, que não tem uma 'visão vocabular' ou mental das coisas, que não sente a necessidade de completar a impressão com a expressão — cavalo em que há o milagre de a impressão ser total — tal [sic] real — que nele a impressão já é a expressão". Além disso, continua Clarice, "o modo de ver, o ponto de vista altera a realidade, construindo-a. Uma casa não é construída apenas com pedras, cimento etc. O modo de olhar de um homem também a constrói. [...] Uma das mais intensas aspirações do espírito é a de dominar pelo espírito a realidade exterior. Lucrécia não o consegue — então 'adere' a essa realidade, toma como vida sua a vida mais ampla do mundo".[20]

Uma manifestação dessa ordem repõe o problema da já referida "objetificação" de Lucrécia e os demais. Se o que se procura é apagar o que, no humano, tem relação com a subjetividade — a saber, pensamento, reflexão e imaginação — como falar em "objetificação" onde não há sujeitos? Não se poderia pensar que a escritora estaria, aí, tentando questionar a oposição entre sujeito e objeto?

Para construir esse mundo em que a cidade, os habitantes, as coisas, tudo enfim é exteriorizado como visão, Clarice lançou mão de procedimentos estilísticos vários. Gaspar Simões, referindo-se à estética do surrealismo, enfatiza a ambiência onírica em que, com frequência, aparecem mergulhadas as personagens. Mas também os paradoxos e as metáforas insólitas são vinculáveis à mesma estética. Também o grotesco e a caricatura, aos quais se referira Benedito Nunes, são categorias que ajudam a compreender a figuração de uma realidade em que humanos e animais, humanos e coisas, animais e coisas, tudo se aparenta, na condição de corporeidades visíveis.

Chamam a atenção também as várias imagens visuais que funcionam como emblemas ou efígies da própria obra. Não é casual que uma delas seja a imagem de Efigênia — o nome diz tudo — que, surgindo ao final do primeiro capítulo, dá início a um novo dia que desponta, construindo-o com seu olhar. Outro emblema são os cavalos (com que Lucrécia é identificada) que ora aparecem soltos no morro do pasto, sinalizando a esfera subterrânea do fluido e livre; ora imobilizados, seja como estátua equestre ou atrelados às engrenagens do progresso do subúrbio. Seria possível apontar outros emblemas, mas vou me limitar a um que não só parece funcionar como emblema de *A cidade sitiada*, mas também sugere a importância desse livro para outras obras de Clarice.

O capítulo em que se vê Perseu "à janela, de um segundo andar", decorando um texto cujo sentido é ignorado, mostra-o, depois, comendo tangerinas e cuspindo os caroços:

> Em breve comia e jogava os caroços no beco sujo. Olhava piscando: o caroço dava dois pulos antes de imobilizar-se ao sol. Perseu não o perdia de vista apesar da distância e das pessoas que já se entrecruzavam apressadas [...]. E em pouco a rua se achava plena de pontos concretos: inúmeros caroços espalhados numa disposição que tinha um sentido flagrante — apenas que incompreensível.[21]

De algum modo, também sobre *A cidade sitiada* se poderia falar num sentido flagrante, apenas que incompreensível. Perseu emblematiza não só a atividade dominante das personagens da obra, olhar o mundo, mas também aquilo que, nesse romance, contrastado com outras obras de Lispector, fica como que em estágio recessivo, embora se apresente: a oralidade. O moço engole a fruta e depois cospe os caroços, assim como, ao recitar, expele pela boca caroços verbais. O texto recitado vai aparecendo aos pedaços ao longo do capítulo, interrompido por observações do narrador. O comer e vomitar, que antes se vira em Joana, passa por Perseu, antes de chegar a G.H. Parece, assim, que *A cidade sitiada*, em sua dureza de texto hermético é da natureza do caroço. Dele brotarão frutos. Vejamos alguns.

A maçã no escuro é o romance cuja publicação se seguiu a *A cidade sitiada*, embora doze anos depois. Ambos iniciam numa ambiência noturna. Só que *A cidade sitiada* apresenta o povo de S. Geraldo na noite de festa em homenagem ao padroeiro. Ainda assim, a experiência onírica é traço forte da caracterização: "A multidão, tocada do sono rápido em que sucumbira, moveu-se bruscamente [...]. Sonolentas, obstinadas as pessoas se empurravam com os cotovelos [...] os habitantes [...] cujas costas já davam para o vazio lutavam sonâmbulos para entrar".[22]

N'*A maçã no escuro*, trata-se da noite de sono de Martim:

> Esta história começa numa noite de março tão escura quanto é a noite enquanto se dorme. O modo como, tranquilo, o tempo decorria era a lua

altíssima passando pelo céu. Até que mais profundamente tarde também a lua desapareceu. Nada agora diferenciava o sono de Martim do lento jardim sem lua: quando um homem dormia tão no fundo passava a não ser mais do que aquela árvore de pé ou o pulo do sapo no escuro.[23]

Ora, o capítulo 5 de *A cidade sitiada* trata também do sono de Lucrécia. Não parece casual que seu título seja "No jardim". Nos dois casos, a metáfora é a mesma: "jardim" é espaço onírico. E o modo como se figura esse espaço é semelhante nos dois romances:

> o rosto de Lucrécia estava transviado pelos primeiros espantos do sono. Mal-assombrada como se já tivesse adormecido, interrompeu-se com o vestido na mão [...] mais um instante e começaria a sonhar [...]. Havia um momento na imobilidade dos objetos que assombrava numa visão [...]. Fitar as coisas imóveis por um momento a solevou num suspiro de sono, a própria imobilidade a transportou em desvairamento [...] Em breve estava na cama. Adormeceu desperta como uma vela.[24]

Note-se que de Martim também se diz que "suspirou dentro de seu largo sono acordado".[25] Além disso, assim como, dormindo, ele é impessoal como uma árvore ou um sapo, Lucrécia o é como uma estátua: "Enquanto sonhara, já se passara muito tempo sobre o rosto [...]. Os lábios de pedra haviam-se crestado e a estátua jazia nas trevas do jardim".[26]

N'*A maçã no escuro* lemos que "os canteiros tinham uma ordem que procurava concentradamente servir a uma simetria. Se esta era discernível do alto da sacada do grande hotel, uma pessoa estando ao nível dos canteiros não descobria essa ordem". A imagem é muito próxima daquela já citada em que Perseu, também ele postado no alto de um sobrado, cospe caroços na rua e constrói uma figura "cuja disposição tinha um sentido flagrante, apenas que incompreensível". Aliás, como Perseu, que é visto de pé à janela de um segundo andar, também Martim "ficara de pé, na sacada procurando, com inútil obediência, não perder nada do que se passava". [27]

Tanto quanto Lucrécia e Perseu, Martim aparece, ao menos nesse início de história, como parco de recursos mentais:

Assim pensou ele. E findo o raciocínio, ao qual chegara com a maleabilidade com que um invertebrado se torna menor para deslizar, Martim mergulhou de novo na mesma ausência anterior de razões e na mesma obtusa imparcialidade, como se nada tivesse a ver consigo mesmo, e a espécie se encarregasse dele.[28]

Também ele, nesse momento, aparece mais como corpo do que como espírito: "Ninguém ensinara ao homem essa conivência com o que se passa de noite, mas um corpo sabe".[29]

Volto à imagem do jardim por ser ela frequente em obras de Lispector. Próximo à publicação de *A maçã no escuro*, no volume de contos dos *Laços de família*, encontra-se esse que talvez seja um dos contos mais conhecidos da autora: "Amor". Embora Ana não seja qualificada como "burra" ou "estúpida", adjetivos que servem para Lucrécia ou para a Laura de "A imitação da rosa", ela se mantém fortemente aderida ao cotidiano banal de dona de casa e mãe de família:

> A cozinha era enfim espaçosa, o fogão enguiçado dava estouros [...] o vento batendo nas cortinas que ela mesma cortara lembrava-lhe que se quisesse podia parar e enxugar a testa, olhando o calmo horizonte. Como um lavrador. Ela plantara as sementes que tinha na mão, não outras, mas essas apenas.[30]

Também para Lucrécia, no seu destino de moça casadoura, o espaço da cozinha e as modestas atividades domésticas são referências importantes:

> Nesse dia aconteceu a Lucrécia Neves estar na cozinha às duas horas da tarde [...] Esfregando os dentes do garfo, Lucrécia era uma roda pequena girando rápida enquanto a maior girava lenta — a roda lenta da claridade, e dentro desta uma moça trabalhando como formiga. Ser formiga na luz absorvia-a inteiramente e em pouco, como um verdadeiro trabalhador, ela não sabia mais quem lavava e o que era lavado.

Como se vê, são situações muito semelhantes: se Ana aparece "como um lavrador", Lucrécia também é "um verdadeiro trabalhador". Ainda no mesmo capítulo em que Lucrécia lava pratos, lê-se também que

> a moça tinha sorte: por um segundo sempre escapava. Verdade era que, pela diferença deste segundo, outra pessoa de súbito compreenderia. Mas era verdade também que pelo mesmo segundo, outra pessoa seria fulminada: S. Geraldo estava cheia de pessoas fulguradas que se sacolejavam plenas de alegria no carro de socorro do Hospício Pedro II.[31]

Com pedras parecidas, Lispector constrói situações diversas. Se Lucrécia escapa de compreender e de ser fulminada, Ana não é fulminada mas, no ambiente do jardim, fora do círculo protegido da cozinha, e depois da visão do cego, adquire a compreensão relativa à vida anterior à domesticidade da qual buscava fugir. Já Laura, de "A imitação da rosa" é a "estúpida" que não escapa e acaba sendo fulminada.

Essa família de mulheres de horizontes limitados, "estúpidas", fornecerá a Lispector o exemplar com o qual concluirá sua obra, levando-a à altura das estrelas. Pois, tanto quanto para Lucrécia, para Macabéa "pensar era tão difícil, ela não sabia de que jeito se pensava".[32] A relação de ambas com os respectivos pretendentes é muito semelhante. Durante um passeio com Lucrécia, Perseu tem "um pensamento obstinado de amor, que ele não sabia lhe dar. 'E não havia mesmo motivo de lhe dar amor'... Apenas razões contra; e uma delas é que 'ela escolhia muito' [...] Perseu buscava algo sobre o que ter piedade amorosa porém mesmo os defeitos físicos da namorada eram calmos".[33]

Também no caso de Macabéa e Olímpico, trata-se de um "namoro talvez esquisito mas pelo menos parente de algum amor pálido".[34] Quando os dois conversam, a coisa sai assim:

> — Olhe, Macabéa...
> — Olhe o quê?
> — Não, meu Deus, não é 'olhe' de ver, é 'olhe' como quando se quer que uma pessoa escute! Está me escutando?
> — Tudinho, tudinho.
> — Tudinho o quê, meu Deus, pois se ainda não falei![35]

Compare-se com a conversa de Lucrécia com outro pretendente, o tenente Felipe:

> — ... que horas são... indagou ela com gentileza.
>
> Felipe coçou o pescoço, levantando o queixo iluminado:
>
> — As mesmas de ontem a essa mesma hora...
>
> Lucrécia Neves riu, os lábios secos partiram-se com ardor em vários talhos sem sangue.
>
> [...]
>
> — Não, de verdade, Felipezinho, que horas são, ronronava a moça inquieta e atraente.
>
> [...]
>
> — Já não lhe disse? insistiu o tenente examinando-a na penumbra esverdeada com um interesse maior...[36]

Macabéa ainda apresenta um traço que a aparenta não só a Lucrécia mas a outras mulheres lispectorianas já referidas: a proximidade com a imagem da barata. E, no seu caso, tal parentesco é evocado de modo fortemente enviesado. Diz-lhe o nada gentil namorado: "Você não vai entender mas eu vou lhe dizer uma coisa: ainda se encontra mulher barata. Você me custou pouco, um cafezinho. Não vou gastar mais nada com você, está bem?".[37]

Esses exemplos de migração de temas, procedimentos estilísticos e modos de caracterização, d'*A cidade sitiada* para obras posteriores, não são os únicos. Um levantamento mais exaustivo seguramente apontaria para outras obras beneficiadas pela experiência que o romance de 1949 significou para a prática de escrita da autora. Com isso, parece ser possível auferir de modo mais aprofundado o valor e a importância desse romance. Nele, efetivamente, Lispector se empenhou como um lavrador, como um verdadeiro trabalhador: garimpando pedras, lapidou diamantes.

Para concluir, volto ao começo, à importância das baratas em Clarice. Mesmo que não ouse, aqui, me aproximar de G.H., pois esse seria assunto para outro ensaio. Em "A quinta história" se diz que o veneno que mata as baratas esturricaria o de dentro delas. Ao tentar construir, n'*A cidade sitiada*, personagens sem o de dentro delas, Clarice parece procurar aliviá-las do *veneno* da subjetividade. O que lhes confere a marca de estrangeiras e as aproxima de experiências ficcionais de outros escritores importantes do período, como Camus ou Robbe-Grillet, por exemplo. Sem falar de antecessores que já vinham elaborando formas diversas de repensar a subjetividade, como Proust e Woolf. Sobre esses dois, Michel Serres diz que eles "cantam a alma das coisas".[38] De Lispector se poderia dizer que canta a fusão da alma com as coisas.

NOTAS

1. "A quinta história". In: *A legião estrangeira*. Rio de Janeiro: Editora do Autor, 1964, p. 93.
2. *O drama da linguagem*. São Paulo: Ática, 1989, p. 13.
3. Ibid., p. 14.
4. *A legião estrangeira*, pp. 142-3.
5. *Perto do coração selvagem*. 5. ed. Rio de Janeiro: José Olympio, 1974, p. 31.
6. *O lustre*. Rio de Janeiro: Nova Fronteira, 1982, p. 189.
7. *A cidade sitiada*. 5. ed. Rio de Janeiro: Nova Fronteira, 1983, p. 41.
8. Cf. *Clarice Lispector: Uma poética do olhar*. São Paulo: Ateliê Editorial, 1999.
9. Cf. Clarice Lispector. São Paulo: Quíron, 1973, pp. 18-21.
10. *Uma poética do olhar*, pp. 62-4.
11. *O Dorso do Tigre*. 2. ed. São Paulo: Perspectiva, 1976, p. 122.
12. O posfácio de Moser encontra-se em *A cidade sitiada*. Rio de Janeiro: Rocco, 2019, pp. 193-207.
13. *A cidade sitiada*, op. cit., p. 86.
14. Ibid., p. 87.
15. Ibid., p. 19.
16. Ibid., p. 48.
17. O texto está incluído em *A legião estrangeira*.
18. *A cidade sitiada*, op. cit., p. 28.
19. Id., p. 27.
20. *A descoberta do mundo*. Rio de Janeiro: Nova Fronteira, 1984, p. 416-7. Carta publicada na coluna do *JB* de fev. 1970.
21. *A cidade sitiada*, op. cit., p. 28.
22. *A cidade sitiada*, op. cit., pp. 9-10.
23. *A maçã no escuro*. 3. ed. Rio de Janeiro: José Álvaro Ed., 1970, p. 11.
24. *A cidade sitiada*, op. cit., p. 75.

25. *A maçã no escuro*, p. 13.
26. *A cidade sitiada*, p. 80.
27. *A maçã no escuro*, p. 11.
28. Ibid., pp. 14-5.
29. Ibid., p. 15.
30. *Laços de família*. 3. ed. Rio de Janeiro: Sabiá, 1973, p. 17.
31. *A cidade sitiada*, op. cit., p. 85.
32. *A hora da estrela*. 7. ed. Rio de Janeiro: Nova Fronteira, 1984, p. 63.
33. *A cidade sitiada*, op. cit., pp. 39-40.
34. *A hora da estrela*, p. 69.
35. Ibid., p. 63.
36. *A cidade sitiada*, op. cit., pp. 49-50.
37. *A hora da estrela*, p. 64.
38. "Tempo, erosão: faróis e sinais de bruma". In: Virginia Woolf, *O tempo passa*. Belo Horizonte: Autêntica Editora, 2013. Trad. e org. de Tomaz Tadeu, p. 66.

O começo e o fim

VILMA ARÊAS

...uma grande vontade de se dissolver até misturar seus fins com o começo das coisas.
Clarice Lispector

Imagino que *Perto do coração selvagem*[1] produza um estremecimento no leitor desde a sua primeira página, quando Joana, menina, depois de "um momento grande, parado, sem nada dentro", percebe que "deram corda no dia e tudo começou a funcionar [...] como uma chaleira a ferver". Olhando a cena de fora, percebemos que essa chaleira pode ser a chaleira da literatura, movimentando elementos exteriores e interiores como num brinquedo de dar corda, segundo palavras da narradora. Não é novidade que o fogo desse coração selvagem alimentou, de feição irradiante, direta ou obliquamente, os livros que se seguiram, até a assombrosa *A hora da estrela*,[2] cuja presença Clarice já intuíra desde o começo, durante a adolescência de Joana no colégio interno, ao admirar a noite por uma janela aberta: "[...] estrelas grossas, sérias e brilhantes, como um aviso parado: como um farol. O que tentam dizer?" (p. 58).

Ela sente então "a forma brilhante e úmida debatendo-se" dentro de si. Mas como falar dela? Aflita, pergunta-se: "onde está o que quero dizer, onde está o que devo dizer?", desejando a autonomia do querer ("eu posso tudo", costumava dizer), mas que fosse ao lado da palavra justa, aquela que deve ser dita ou escrita.

Por isso, antes de mais nada, uma linha forte de *Perto do coração selvagem* se apoia numa investigação intuitiva, mas insistente, sobre o pensar a função do próprio pensamento, em mais de um aspecto imposta por esse conceito de autonomia, buscado também intuitivamente. A tensão advém da exigência muitas vezes obscura da verdade e do que se deve dizer. Apesar disso, Joana não desiste, afastando lembranças pessoais, sempre incertas, para encontrar "a primeira verdade".

"Onde foi que eu vi uma lua alta no céu, branca e silenciosa? As roupas lívidas flutuando ao vento [...] Estou me enganando, preciso voltar. Não sinto loucura no desejo de morder estrelas, mas ainda existe a terra. É porque a primeira verdade está na terra e no corpo" (p. 59).

O problema seria articular a imanência do ser com o discernimento. Ao lado disso acrescenta o princípio ético, que se deixa entrever na aspiração da criança de ser "herói",[3] isto é, salvar, fazer o que deve ser feito; em geral, atribuição dos heróis. Este desejo se projetou nos livros seguintes, embora Joana não saiba muito bem o que significa esse "heroísmo". Também quer se tornar uma verdadeira estrela, o que só seria possível quando fosse além da inspiração e possuísse "a própria coisa" (p. 58).

Adiantando, o ponto de chegada do longo caminho que os vários narradores, "na verdade Clarice Lispector", percorreram às voltas com esse desejo, nos é dito em *A hora da estrela*, num cenário radicalmente transformado, quando o mesmo Rodrigo S.M./Clarice Lispector, narradores duplos, concluem pragmaticamente que a hora da estrela é a hora da morte, momento em que os sinos badalam "sem que seus bronzes lhes dessem som" (p. 103).

No início, num mundo incompreensível, Joana tenta a experiência de possuir; no limite, "compreender", "ter concretamente" objetos e elementos, a começar quando tenta segurar o ar e fracassa, mesmo sabendo que <u>é</u> o ar, mas não sabendo <u>o que é</u> o ar: "sim, eu sei o ar, o ar! Mas não adiantava, não explicava" (p. 12). A experiência com a água do mar abre uma distância, a menina dá um passo além. O pai havia morrido e ela passa a viver em casa da tia, para onde fora levada. Transtornada com a mudança indesejada, foge para a praia, para o mar. A água corria, "escapulindo clara como bicho transparente e 'vivo', mas que "escorregava, fugia" (p. 35). Nesta precisa ocasião, ela vai ficando feliz, mas era "uma alegria séria, sem vontade de rir, uma alegria quase de chorar".

"Devagar veio vindo o pensamento. Sem medo... nu e calado embaixo do sol como a areia branca. Papai morreu. Papai morreu... Agora sabia mesmo que o pai morrera... O pai morrera como o mar era fundo! Compreendeu de repente. O pai morrera como não se vê o fundo do mar, sentiu" (p. 66).

A observação da natureza é uma lição que permite o pensamento, levando à autotransformação: "Não estava abatida de chorar. Compreendia que o pai acabara. Compreendia que o pai acabara. Só isso". Ela conseguia, portanto, ir além da simples experiência concreta, podendo assim compreender, na prática, o pensamento que levava à autotransformação. Isto é, o movimento alcançara um desenvolvimento pela natureza do objeto que está exposto, acessível a suas contradições. Para começar, ela nem sabia dizer quem era.

"Quer dizer, sei-o bem, mas não posso dizer. Sobretudo tenho medo de dizer, porque no momento em que tento falar não só não exprimo o que sinto como o que sinto se transforma lentamente no que digo" (p. 17).

O esforço mental da protagonista, em movimento e ebulição — a referida chaleira a ferver — é constante em *Perto do coração selvagem*, e ela treina suas possibilidades nas mais variadas ocasiões. Basta observarmos a estratégia de brincar de bonecas. A menina está séria, calada, os braços ao longo do corpo, sem tocar na boneca, pois "de longe mesmo possuía as coisas". Nessa surpreendente brincadeira, percebe ainda uma coisa difícil de compreender e que em *A hora da estrela* chega às últimas consequências: isto é, o narrador da ficção, que é sempre construído pelo autor e sua invenção, contém tudo o que é pensado. Assim, depois de brincar de bonecas inventando um enredo, compreende que a boneca, o carro azul que a matou, a fada, "não eram senão Joana, senão seria pau a brincadeira" (p. 10). A experimentação abrange vários domínios, inclusive o dos sonhos, quando explica que uma empregada lhe ensinava a brincar de sonhar (p. 43). Os sonhos iam se modificando, tornando-se cada vez mais detalhados e mais complexos. Também confessa que "em pequena podia brincar uma tarde inteira com uma palavra" (p. 150).

A primeira análise a respeito de *Perto do coração selvagem*, a de Antonio Candido,[4] pouco depois da publicação do livro em 1943, aponta dois traços que serão importantes para este meu comentário: o primeiro significa o predomínio da expressão e da sensibilidade para a transfiguração do cotidiano e suas referências, pois como diz Joana a Otávio, no final do livro, na página 177: "tudo o que nos vem é matéria bruta, mas nada existe que escape à transfiguração". Isso ela aprendeu na praia, como vimos, ampliando a busca do sentido da vida, estendendo-o mais tarde à linguagem e à arte. Isso pode aproximá-la dos "romances de aproximação", diz Candido, que substituem a relação bilateral sujeito/objeto, pela identificação do escritor com o assunto de que trata (como vimos na brincadeira de bonecas), fazendo a língua adquirir "o mesmo caráter dramático que o entrecho". Assim, cria-se muitas vezes uma falsa terceira pessoa que estabelece um duplo olhar, aprofundando divisões íntimas e de entendimento da própria personagem, que muitas vezes não compreende o que vive.

Quando traduziu *Bliss*, de Katherine Mansfield, Ana Cristina César[5] também observou que, do ponto de vista estilístico, as variações estruturais da história "não são orientadas por fatores externos, tais como trama e tempo, nem mesmo pela alternância clássica entre o mostrar e o narrar, entre a cena e o panorama, ou entre o mundo subjetivo e o mundo objetivo, entre o lírico e o dramático". Ao contrário, "a estrutura da história é organizada pelo tom, em perpétua e simétrica oscilação, em contínuo movimento de ruptura e discórdia". Embora em terceira pessoa, a ação é simultaneamente filtrada por outra consciência (discurso indireto livre), limitando as funções de intervenção pessoal do narrador e possibilitando, ao leitor, a experiência direta do personagem.

Nos textos clariciano, o procedimento acontece muitas vezes às claras, quando a primeira pessoa repentinamente atropela o discurso da terceira: "E sempre no pingo de tempo que vinha nada acontecia se ela continuava a esperar o que ia acontecer, compreende?" (p. 12). "Estava alegre nesse dia, bonita também. Um pouco de febre também. Por que esse romantismo: um pouco de febre? Mas a verdade é que tenho mesmo" (p. 16).

Uma outra referência, ampliando limites, nos é dada pela própria Clarice numa entrevista a Pedro Bloch: "Comecei a escrever, com sete anos, histórias que ninguém publicava... Todas as histórias publicadas contavam fatos. As minhas relatavam repercussões de fatos".[6]

Ora, "repercutir" significa refletir, dar nova direção, fazer sentir indiretamente, inclusive quanto aos narradores, e é isso o que acontece frequentemente nos textos. Palavras e situações também deslizam, liberando os conteúdos possíveis da palavra ou da situação. Por exemplo, no final de *Perto do coração selvagem*, somos informados da viagem e do caso amoroso com um homem, de quem ela nada sabia. Mas parece que o nada saber abre espaço à invenção, perturbando a interpretação anterior da leitura.

"As ondas cor-de-rosa escureciam, o sonho fugia. Que foi que eu perdi? que foi que eu perdi? não era Otávio, já longe, não era o amante, o homem infeliz nunca existira" (p. 185).

Como entender a última afirmação? Do mesmo modo, a viagem no final do romance aparece a primeira vez, e sempre muito repetida, em um quadro nos aposentos do "homem infeliz". Estará criada a dúvida? Existiu mesmo a viagem? Brincadeiras com a natureza fugidia das palavras?

"O pequeno navio branco flutuava sobre grossas ondas, verdes, brilhantes e malfeitas — via ela deitada, espiando o pequeno quadro na parede" (p. 146). "O fim da lucidez de Joana misturou-se ao navio torto sobre as ondas, movendo-se? movendo-se. Bastava menear a cabeça para que as ondas a acompanhassem" (p. 152).

Numa entrevista ao *Pasquim*[7] em 1974, Ziraldo observou a respeito de "O búfalo" que ela narrava não o que estava acontecendo com o búfalo ou a personagem, mas o que se desenrolava no espaço entre eles. Portanto ela escrevia mais sobre as possibilidades do que sobre o fato em si.

Essa "suspensão de sentido", que na verdade é a problematização das muitas camadas de sentido, significa também momentos de conflito com as relações familiares, pai, tia, marido, amante; com as leis sociais (ela acha natural roubar, mentir, sente náuseas com a bondade[8] etc.; maturidade intelectual e sensitiva que perturba os professores; como vemos na pergunta a uma professora, que contara uma história com final feliz, para que os alunos a escrevessem. Mas Joana parece em dúvida: "depois que se é feliz o que acontece? o que vem depois?")[9] (p. 25).

Talvez os elementos mais importantes sejam os conflitos ou angústias a respeito da construção literária, que aparecem desde a obra de estreia, pois tudo leva a crer que o narrador, naquele mesmo momento, esteja escrevendo o livro que temos nas mãos. Como acontecerá em *A maçã no escuro* e especialmente em *A hora da estrela*, as dúvidas dos narradores são muitas.[10] Depois de todas as elucubrações, quando se sentia de "outra qualidade", "espalhada no ar, pensando dentro das criaturas, vivendo nas coisas além de mim mesma" (p. 24), percebe que se afastara da terra e do corpo, pois escolhera os caminhos "antes de neles penetrar — e apenas com o pensamento" (p. 167). Mas já estamos no final do livro, a personagem/narradora não tem mais tempo, embora confesse corajosamente que não sabe resolver o desfecho. Então pergunta ao leitor: "como terminar a história de Joana?". E avalia: "Eu não a chamaria de herói, como eu mesma prometera a papai" (pp. 168-9). Fracassara. Entrega-se, então, às promessas do futuro, redefinindo o próprio projeto: "Eu romperei todos os nãos que existem dentro de mim ... o que eu disser soará fatal e inteiro ... serei leve e vaga como o que se sente e não se entende ... de qualquer luta ou descanso me levantarei forte e bela como um cavalo novo" (pp. 178-9).

Quarenta e três anos depois, *A hora da estrela* responde a essa promessa, descartando, entretanto, o fundamental; isto é, o protocolar desfecho ditoso. Basta-nos observar um dos treze títulos do romance (".quanto ao futuro."), em que o futuro se mostra encurralado pelos dois pontos finais. Evidentemente não é assim com os outros personagens, pois a linha mais forte da trama vai se construindo apoiada na imagem, ao mesmo tempo realista e imaginária, de uma retirante miserável,[11] que é, ao mesmo tempo, a narradora (não incluo aqui Rodrigo S.M., porque ele já é "na verdade" Clarice Lispector). À Macabéa o futuro feliz é apenas prometido pela patética cartomante, pouco antes do atropelamento fatal:

> Ao dar o passo de descida da calçada para atravessar a rua, o Destino (explosão) sussurrou veloz e guloso: é agora, é já, chegou a minha vez! E

enorme como um transatlântico, a Mercedes amarela pegou-a — e neste mesmo instante em algum único lugar do mundo um cavalo como resposta empinou-se em gargalhada de relincho[12] (p. 95).

Naquele momento, à narradora só resta concluir que a morte naquela história era "seu personagem predileto".

As trinta e seis linhas iniciais de *A hora da estrela*, que compõem a "Dedicatória do Autor (na verdade, Clarice Lispector)", contêm em essência o conteúdo da obra, a começar pela reafirmação da morte: "Pois que dedico esta coisa aí ao antigo Schumann e sua doce Clara que são hoje ossos, ai de nós". É interessante comparar essa desalentada dedicatória com a primeira página de *Perto do coração selvagem* porque, apesar da insistência desse motivo em vários textos de Clarice, o tom que os percorre inspira diferenças sutis. Aqui também o tom e o tempo determinam diálogo e divergência entre os dois livros. Joana se refere à morte, mas observada de longe, fazendo parte do ciclo da vida. Encosta "a testa na vidraça brilhante e fria", olhando no quintal do vizinho para "o grande mundo das galinhas-que-não-sabiam-que-iam-morrer", enquanto "uma ou outra minhoca" se espreguiçava "antes de ser comida pela galinha que as pessoas iam comer" (p. 9).

A hora da estrela retoma o fio desta pauta. De um certo ângulo, travestida e meio disfarçada, a recordação da vida enche dramaticamente as páginas, como uma espécie particular de *Amarcord*.[13] Além disso, a estrutura narrativa é provocante e claramente circense,[14] com o par de *clowns*, Macabéa e Olímpico de Jesus, que lembram Gelsomina e Zampanó, também de Federico Fellini, antiga admiração de Clarice. O filme é *La Strada* ("A Estrada da Vida").[15] Com tal apoio, o livro pode vestir-se com negligência proposital, com ares de improvisação, embora saibamos que, em arte, a improvisação não se improvisa. A revolta é destilada pouco a pouco, não apenas pelo escândalo da desigualdade social brasileira, mas também pela própria Clarice, na obra, com suas lembranças de pobreza e sua melancolia profunda, que sempre vêm à tona. Portanto, a confissão "tanto nos intertrocamos", referida a si própria e a Macabéa, não funciona como blague, apenas.[16] E, como se não bastasse, narradora e personagem estão, concreta e imaginariamente, a um passo da morte. Sentindo-se um fracasso, ela repete Martim, de *A maçã no escuro*, que desistira da verdade. Agora, esta mesma verdade, embora procurada, era "irreconhecível" para os homens. Além disso, conclui que qualquer história tem a condição e a contradição de ser "verdadeira, embora inventada". Abala, portanto, aquela verdade anterior baseada na terra e no corpo, como vimos antes. A desilusão frente a tudo isso a faz considerar o próprio livro como "esta coisa aí". A protagonista nunca passara "de uma caixinha de música meio desafinada", em oposição à obra dos grandes músicos citados na sequência. Assim, a ela só resta a lastimável confissão: "O que me atrapalha a vida é escrever".

A história, perpassada por uma "levíssima e constante dor de dentes", acontece "em estado de emergência e de calamidade pública". Em sua elaboração, não só o cenário e o figurino obedecem ao teatro popular, mas também o som, que abre a cena com um "violino plangente tocado por um homem magro bem na esquina"; a "explosão" dos tambores soa, nos momentos de expectação, e a marcação dos minutos que ecoam mecanicamente na Rádio Relógio misturam-se a rápidas informações culturais e musicais. Foi então que Macabéa ouviu, pela primeira vez, *Una furtiva lacrima*, "única coisa belíssima de sua vida".[17]

Os personagens principais, cada um com sua máscara, formam um elenco circense completo, a começar pela extraordinária transmutação de Macabéa feita pelo espelho deformante, que passa a identificá-la como *clown*: "meio caiada" de pó de arroz, com a bocona vermelha para imitar seu ídolo, Marilyn Monroe, e o narigão. Os outros atores/atrizes são a cartomante gorda, "bonecão de louça quebrado", Glória, com seu bigode dourado criado pelo buço oxigenado (o que faz Olímpico, excitado, se perguntar se "lá embaixo" ela era também loura), e o próprio narrador que se diz "ator", porque, "com apenas um modo de pontuar, faço malabarismos de entonação, obrigo o respirar alheio a me acompanhar o texto" (p. 29); Olímpico de Jesus,[18] parceiro clownesco de Macabéa, é personagem complexo, que mereceria uma análise mais detida. É ele quem revela Macabéa ao leitor, no primeiro encontro que tiveram.

"— qual é mesmo a sua graça?

— Macabéa.
— Maca — o quê?
— Bea, foi ela obrigada a completar.
— Me desculpe, mas até parece doença, doença de pele." (p. 53).

Não é raro a crítica relacionar o nome da personagem ao *Livro dos Macabeus*, mesmo que este, embora conhecido, não faça parte da Bíblia judaica. Não possuir a Palavra conduziria à desagregação pessoal, conforme acontece com a personagem. A relação é clara, ninguém pode negar e, em "O Estrangeiro em Clarice Lispector", Berta Waldman a examina de modo perspicaz.[19] Mas, segundo penso, existe o outro lado da moeda, claramente colocado. Vejamos: por que será que Olímpico associa o nome "Macabéa" a "doença de pele"? Aliás, num efeito dramático, mas temeroso, ele repete a palavra "doença" ("Até parece doença, doença de pele"). Isso não pode ter sido por acaso. Só encontro a resposta pela associação sonora de "Macabéa" com "morfeia", isto é, lepra, comum no Norte e no Nordeste, entre as classes populares,[20] pelo menos na época. Acho que esta relação é estrutural do livro. Quanto ao divino, não são raras as afirmações como esta: "Ela não pensava em Deus, Deus não pensava nela. Deus é de quem conseguir pegá-lo"[21] (p. 33).

A este ponto retomo a "Dedicatória", com apoio no ensaio citado de Antonio Candido. Pois em *A hora da estrela* a linguagem também adquire o mesmo caráter dramático do entrecho, o que não deixa de significar o respeito à verdade para com os materiais. Assim, se o assunto é a pobreza, a linguagem se faz também pobre, mal articulada e com erros de português. Desde os nomes dos protagonistas, Macabéa e Olímpico, que imitam o costume popular de batizar os filhos com nomes excêntricos, talvez como empurrão mágico para afastá-los da pobreza. O mesmo acontece com o esforço de "falar difícil", imitando a classe de cima. As últimas linhas da "Dedicatória" nos servem de demonstração, para o jeito troncho do uso: "Resposta esta que espero que alguém no mundo ma dê. Vós?". No exemplo, a construção gramatical é apenas improvável. Mas o que dizer desta: "Cada coisa é uma palavra. E quando não se a tem inventa-se-a"?

Do mesmo modo, encontramos grande falta de cerimônia e humor, quando a narradora muda termos cristalizados na crítica literária, como "autor" e "personagem". Por exemplo, "Dedicatória do Autor (Na verdade Clarice Lispector)". São traços que se espalham pelo livro, a partir também da "história lacrimogênica" do penúltimo título. Aliás, treze títulos entram pelo mesmo caminho, além de brincar, exagerando comicamente, os títulos duplos dos melodramas. O narrador, também duplo, chega a perguntar: "Isto é um melodrama?".

Os exemplos oscilam entre erros e invenções notáveis e lúdicas: "Ruflar" por "rufar", "efemérides ou efeméricas?" Ou "efemírides"? (p. 49). "Imaginavazinha" (p. 40); "vivia em câmara leeeeenta, lebre puuuuulando no aaaar sobre os ooooouteiros" (pp. 40-1). Um dia Macabéa vê num botequim um homem muito belo. "[Era] tão, tão, tão bonito que-que queria tê-lo em casa. Deveria ser, como-como ter uma grande esmeralda-esmeralda-esmeralda num estojo aberto" (p. 50).

A radicalidade gestual da expressão dispensa interpretações. O mesmo acontece com os diálogos, principalmente entre os dois *clowns*, a começar do primeiro, já citado. O hábito de Macabéa ouvir a Rádio Relógio, a única "escola" ao alcance das mil Macabéas brasileiras, é fonte de *gags*, ou efeitos burlescos, extraordinários.

> — Eu gosto tanto de ouvir os pingos de minutos do tempo assim: tic-tac-tic-tac-tic-tac. A Rádio Relógio diz que dá a hora certa, cultura e anúncios. Que quer dizer cultura?
>
> — Cultura é cultura — continuou ele emburrado. — Você também vive me encostando na parede.

> — Você sabia que na Rádio Relógio disseram que um homem escreveu um livro chamado *Alice no País das Maravilhas* e que era também um matemático? Falaram também em "élgebra". O que é que quer dizer "élgebra"?
>
> — Saber disso é coisa de fresco, de homem que vira mulher. Desculpe a palavra de eu ter dito fresco porque isso é palavrão para moça direita.

Os exemplos são inúmeros, para não falar das estranhíssimas mesóclises, já citadas, e que são a preferência de alguns de nossos políticos históricos.

Por tudo isso, *A hora da estrela*, em seus doze segmentos, é mais do que um depoimento dilacerante ou uma despedida. Trata-se de uma revisão total do registro literário anterior, uma retificação, um deslocamento da história do olhar. Assim, se a "pálida e frágil" Joana, de *Perto do coração selvagem*, é como um pássaro, cuja perna se assemelha a "uma asa frágil", não deixa de partilhar essa qualidade alada com Macabéa, mas os termos são corrigidos: Macabéa possui, sim, o olhar "de quem tem uma asa ferida", mas "é distúrbio talvez de tiroide" (p. 33); e se anda de leve "é por causa da esvoaçante magreza" (p. 24). Essa retificação é uma invariante do texto e aponta, em Clarice, a coragem de rever sua atividade de escritora, recolocando as muitas contradições do intelectual, já indicadas nos treze títulos, a que se acrescente a situação das classes populares.

Talvez possamos ver (e agora é nossa vez de dizer explosão, explosão) uma sombra de promessa para a classe das Macabéas, no final do livro. Vejamos: caída no chão depois do atropelamento, com o rosto voltado para a sarjeta, da cabeça de Macabéa sai "um fio de sangue inesperadamente vermelho e rico. O que queria dizer que apesar de tudo ela pertencia a uma resistente raça anã e teimosa que um dia vai talvez reivindicar o direito ao grito" (p. 96).

Isto quer dizer que a única esperança talvez esteja, ou um dia estará, na resistência das classes populares. Então, fora do livro, imaginariamente e em outros termos, *A hora da estrela* será a resposta esperada desde *Perto do coração selvagem*.

NOTAS

1. Clarice Lispector, *Perto do coração selvagem*. Rio de Janeiro: Livraria Francisco Alves Editora, 1963.

2. Id. *A hora da estrela*. Rio de Janeiro: José Olympio, 1977.

3. Suponho que "heroína" não fosse comum nos anos 1940.

4. A análise de *Perto do coração selvagem* foi republicada com o título de "No raiar de Clarice Lispector" (In: Antonio Candido, *Brigada Ligeira*, 1945), e republicada em *Vários escritos*. São Paulo: Livraria Duas Cidades, 1970.

5. Ana Cristina César, "Introdução" a *Escritos da Inglaterra*. São Paulo: Brasiliense, 1988.

6. Pedro Bloch, "Entrevista — Vida, pensamento e obra de grandes vultos da cultura brasileira". Rio de Janeiro: Bloch Editores, s.d., pp. 7-11 (as entrevistas são datadas de 1963-64-65; a de Clarice é de 1964).

7. Cf. *Encontros/Clarice Lispector* (Org. Evelyn Rocha). Rio de Janeiro: Azougue Editorial, 2011, p. 121.

8. Yudith Rosenbaum, *Metamorfoses do mal*, principalmente o capítulo primeiro sobre *Perto do coração selvagem,* quando Joana surge como "matriz da crueldade". (São Paulo: Edusp; Fapesp, 1999.)

9. Não deixa de ser curiosa a coincidência, e evidentemente não passa disso, da formulação de Clarice quanto ao "ser feliz" e a de Samuel Beckett (em *En Atendant Godot*, publicado em 1952 pela Minuit), nove anos depois de *Perto do coração selvagem.* A fala é de Estragon: "*Qu'est-ce-qu'on fait maintenant qu'on est content?*".

10. João Adolfo Hansen, "Uma estrela de mil pontas". *Língua e Literatura: Revista do Departamento de Letras da USP.* São Paulo: Edusp, ano XIV, v. 17, 1989.

11. Macabéa é representante de toda uma classe. "Como a nordestina há milhares de moças espalhadas por cortiços, vagas de cama num quarto, atrás de balcões trabalhando até a estafa ... é minha obrigação contar sobre essa moça entre milhares delas etc." (p. 18).

12. A cena da morte de um cavalo, a tiro, aparece na ficção de Clarice desde *A via-crúcis do corpo,* quando ela viu o filme *A noite dos desesperados*, que fez enorme sucesso no Rio dos anos 1970, e era baseado no livro de Horace McCoy, *They shoot horses, don't they?* (1930), que se passa na época da Depressão Americana.

13. "*Amarcord*", em dialeto romagnolo, significa "eu me recordo" (cf. Luiz Renato Martins, *Conflito e interpretação em Fellini*. São Paulo: Edusp; Instituto Cultural Ítalo-Brasileiro, 1994).

14. O que se segue sobre a estrutura do livro é, em parte, o que discuti em *Clarice Lispector com a ponta dos dedos/A trama do tempo,* op. cit., cap. 4.

15. Cleusa Rios Passos, "Clarice Lispector, os Elos da Tradição", em que a ensaísta examina, no cruzamento do *King Lear shakespeariano* com "Feliz Aniversário", de *Laços de família*, a "reinvenção textual" de Clarice, fluindo meio encoberta sob o texto, mediante mecanismos diversos. Cf. *Revista USP*, n. 10, jun./jul./ago. 1991.

16. Gilberto Figueiredo Martins, *Estátuas invisíveis: experiências do espaço público na ficção de Clarice Lispector*. São Paulo: Nankin; Edusp, 2010, principalmente o capítulo 2: "Infância e fome: O espaço rememorado (Evocações do Recife)".

17. A ária é último ato de *L'elisir d'more,* de Gaetano Donizetti (1832). Gelsomina também ouve um dia uma melodia seiscentista que a impressiona, aprende a tocá-la numa corneta e foi o que lhe restou até a morte.

18. Não esquecer os nomes pomposos dos circos do passado, como "Circo Real" ou "Circo Olímpico". (Cf. Mário Fernando Bolognesi, primeiro capítulo "Asteleys — Observações Históricas sobre o Circo". In: *Palhaços*. São Paulo: Unesp, 2003.)

19. Berta Waldman, "O Estrangeiro em Clarice Lispector". *A narração do indizível.* Porto Alegre: Artes e Ofícios, 1998.

20. Cf. estatística sobre a lepra nas classes populares em Fausto Cupertino, *População e saúde pública no Brasil.* Rio de Janeiro: Civilização Brasileira, 1976. Cf. também Marlyse Meyer, *Caminhos do imaginário no Brasil,* primeiro capítulo, em que ela cita a *Folha de S.Paulo*, de 4 nov. 1979: "Manaus convive com seis mil hansenianos desamparados".

21. Como uma pista, talvez, para a religiosidade de Clarice, aconselharia o excelente artigo de Joaquim Alves Aguiar, "O Poeta Aviador", sobre Manuel Bandeira, pois o poeta, apesar de não acreditar em Deus, tem muitas referências a Ele e às coisas sagradas. (Cf. *Letras & Letras: Revista do Instituto de Letras e Linguística da Universidade Federal de Uberlândia*. Uberlândia: Edufu, v. 17, jan./dez. 2001.)

REFERÊNCIAS BIBLIOGRÁFICAS

AGUIAR, Joaquim Alves de. "O Poeta Aviador". *Letras & Letras: Revista do Instituto de Letras e Linguística da Universidade Federal de Uberlândia*. Uberlândia: Edufu, v. 17 n. 1-2, jan./dez. 2001.

ARÊAS, Vilma, *Clarice Lispector com a ponta dos dedos/A trama do tempo*. São Paulo: Imprensa Oficial, 2020.

BLOCH, Pedro. *Entrevista: Vida, pensamento e obra de grandes vultos da cultura brasileira*. Rio de Janeiro: Bloch Editores, s/d.

BOLOGNESI, Mário Fernando. *Palhaços*. São Paulo: Ed. Unesp, 2003.

CANDIDO, Antonio. "No raiar de Clarice Lispector". In: ______. *Vários escritos*. São Paulo: Duas Cidades, 1970.

CÉSAR, Ana Cristina. "Introdução". In: ______. *Escritos da Inglaterra*. São Paulo: Brasiliense, 1988.

CUPERTINO, Fausto Guimarães. *População e saúde pública no Brasil*. Rio de Janeiro: Civilização Brasileira, 1976.

HANSEN, João Adolfo . "Uma estrela de mil pontas". *Língua e Literatura: Revista do Departamento de Letras da USP*. São Paulo: Edusp, ano XIV, v. 17, 1989.

LISPECTOR, Clarice. *Perto do coração selvagem*. Rio de Janeiro: Livraria Francisco Alves Editora, 1963.

______. *A hora da estrela*. Rio de Janeiro: Editora Livraria José Olympio, 1977.

MARTINS, Gilberto Figueiredo. *Estátuas invisíveis: experiências do espaço público na ficção de Clarice Lispector*. São Paulo: Nankin; Edusp, 2010.

MEYER, Marlyse. *Caminhos do imaginário no Brasil*. São Paulo: Edusp, 1993.

PASSOS, Cleusa Rios. "Clarice Lispector: os Elos da Tradição". *Revista USP*, São Paulo: USP, n. 10, 1991.

ROCHA, Evelyn (Org.). *Encontros/Clarice Lispector*. Rio de Janeiro: Azougue, 2011.

ROSENBAUM, Yudith. *Metamorfoses do mal, uma leitura de Clarice Lispector*. São Paulo: Edusp; Fapesp, 1999.

WALDMAN, Berta. "O Estrangeiro em Clarice Lispector", em *Clarice Lispector, a narração do indizível*. Porto Alegre: Artes e Ofícios, 1998.

PARTE IV

Diálogos

Sereias: Sedução/Conhecimento/Danação[1]

ADELIA BEZERRA DE MENESES

O romance *Uma aprendizagem ou o livro dos prazeres*,[2] de Clarice Lispector, sugere um inescapável contraponto com a *Odisseia*[3] e, muito especificamente, com o *topos* da sereia. No entanto, antes de mergulharmos no texto da Clarice, impõe-se uma interpretação da *Odisseia* em suas linhas essenciais, focando a questão da sedução nesse texto matriz. E o guia dessa interpretação será a leitura que Adorno faz da epopeia de Homero, em *Dialética do Esclarecimento*.[4]

De significativa presença não apenas literária como iconográfica, as sereias povoam a Antiguidade Clássica, de Homero, a Eurípides, Platão, Plutarco, Ovídio etc. Esse *topos*, no entanto, atravessa tempos e espaços e repontará em mitos de outras cepas culturais, com outras modulações.

Em termos literários, a matriz é a *Odisseia* de Homero e, na apresentação que aí se faz das sereias, ressalta aquilo que ao longo dos séculos restará como a característica fulcral desses seres perigosos: voz maravilhosa, seduzem quem delas se aproxime, levando à destruição. Todos conhecemos o episódio do Canto XII da épica, em que Odisseu, para escapar das sereias, utiliza o estratagema de vedar os ouvidos dos seus companheiros com cera, para que continuassem a remar, e, quanto a si próprio, fazer-se amarrar de pés e mãos no mastro do navio, mantendo os ouvidos livres. [Canto XII, vv. 38-55].

Importa dizer que o texto homérico não fornece uma descrição física dessas criaturas, sua representabilidade é dada pela iconografia, que mostra seres metade mulheres, metade pássaros. Mas elas passaram posteriormente à tradição — em consonância com seu status de divindades marinhas — figuradas como metade mulheres, metade *peixes*. A figuração pisciforme, no entanto, data de fins da Idade Média. E o que as caracteriza, inescapavelmente, é o canto que encanta.

Mas o que cantam as sereias? Qual o conteúdo desse canto? Essa informação será dada nesse mesmo Capítulo XII, na sequência do relato de Odisseu ao rei dos feácios sobre o encontro que tivera com as sereias. Diz Odisseu:

> Estávamos à distância de um grito, avançando rapidamente, quando elas perceberam o ligeiro barco singrando perto e ergueram um canto mavioso: "Dirige-te para cá, decantado Odisseu, grande glória dos aqueus; detém o teu barco para ouvir-nos cantar. Até hoje ninguém passou vogando além daqui, sem antes ouvir a doce voz de nossos lábios e quem a ouviu partiu deleitado e mais sábio. Nós sabemos, com efeito, tudo quanto os argivos e troianos sofreram na extensa Troia pela vontade dos deuses e sabemos tudo quanto se passa na terra fecunda. (Canto XII, vv. 182-200)

O que é significativo — e esse é um elemento em geral descurado na diluição do mito das sereias, ou melhor, totalmente ausente na comercialização consumista do mito — é o *tipo* de sedução que elas representariam para quem cai na sua armadilha: as sereias são detentoras de um saber. Prometem a quem os ouve que partirá "mais sábio".

Elas seduzem pela promessa de um saber que é fundamental a Odisseu, que o concerne vitalmente, na medida em que conhecem tudo que gregos e troianos viveram em Troia; mas, para além da própria épica, sabem "tudo quanto se passa na terra fecunda". São detentoras de um conhecimento de uma amplidão totalizante. Não há nenhum sinal de sedução sexualizada, não há sinal de uma beleza corporal das sereias, nada de uma descrição física; no entanto, a sua voz é qualificada várias vezes como "doce" e, sobretudo, nos é apresentado o seu efeito: elas fascinam, atraem prometendo conhecimento. Sua sedução, não é demais repetir, é a do saber. No entanto, que fique claro, elas não disponibilizam esse saber naquilo que Odisseu, amarrado ao barco e impossibilitado de lançar-se ao seu encontro, efetivamente ouve. Seu canto apenas promete o saber, mas como Odisseu não cai na armadilha, não experimentará o que o deixaria "mais sábio". Ouve a promessa do saber, mas não prova desse fruto. No entanto, outros marinheiros, cujos ossos e peles se veem na ilha das sereias, esses se deixaram atrair até elas — e morreram. Conhecimento e danação articulados.

As sereias no mundo grego corresponderiam, assim, à serpente no mundo bíblico, tentando Adão e Eva para que provem do fruto da Árvore do Conhecimento do Éden. Gabriel Germain,[5] em seu alentado *Gênese da Odisseia: O Fantástico e o Sagrado*, trata muito rapidamente dessa questão. E se pergunta sobre o canto das sereias: "Ele age sobre os sentidos, ou procura atingir diretamente o espírito? Qual é sua 'tentação'?". Responde infelizmente rápido demais para o que nós gostaríamos, citando numa nota de rodapé de J.E. Harrison: "É estranho e belo que Homero faça dirigir-se o apelo das sereias ao espírito, não à carne. Para o homem primitivo, grego ou semita, o desejo de saber — de ser como os deuses, era o desejo fatal".[6] A esse desejo não sucumbiu Odisseu.

Efetivamente, nesse mito de outra cepa cultural, que é o da Bíblia,[7] no Livro do *Gênesis*, lemos:

> A serpente era o mais astuto de todos os animais dos campos, que Iahweh Deus tinha feito. Ela disse à mulher "Então Deus disse: Vós não podeis comer de todas as árvores do Jardim?"
>
> A mulher respondeu à serpente: "Nós podemos comer do fruto das árvores do jardim. Mas do fruto da árvore que está no meio do jardim, Deus disse: dele não comereis, nele não tocareis, sob pena de morte".
>
> A serpente disse então à mulher: "Não, não morrereis! Mas Deus sabe que, no dia em que dele comerdes, vossos olhos se abrirão e vós sereis como deuses, versados no bem e no mal.
>
> A mulher viu que a árvore era boa ao apetite e formosa à vista, e que essa árvore era desejável para adquirir discernimento. Tomou-lhe do fruto e comeu. Deu-o também a seu marido, que com ela estava e ele comeu. Então abriram-se os olhos dos dois e perceberam que estavam nus; entrelaçaram folhas de figueiras e se cingiram.[8]

Aqui também acabou havendo, em algumas das interpretações, uma erotização do mito, como se a "tentação" da serpente fosse da esfera sexual. Descura-se o "adquirir discernimento", o tornarem-se "versados no bem e no mal", e a reiterada alusão à imagem de "abrirem-se os olhos". Mas o que importa são as consequências: a queda, a expulsão do Paraíso e a perda da imortalidade, com seu preço em dores, velhice e morte.

Nesse cotejo de dois textos fundadores de civilização, de dois pilares da civilização ocidental, de duas obras canônicas, uma observação: na *Odisseia*, o astuto Odisseu não comeu desse fruto que lhe foi apresentado, resistiu às sereias, escapou da danação.

Importa agora ver como o herói grego age ao longo de suas demais aventuras — mas isso implicará em um recuo teórico, como se segue — e que consistirá na interpretação que Adorno faz da epopeia — e das sereias, em particular.

Nos capítulos "O Conceito de Esclarecimento" e "Ulisses ou Mito e Esclarecimento" da *Dialética do Esclarecimento*,[9] Adorno desenvolve sua famosa interpretação da *Odisseia*, que pode ser resumida como a viagem metafórica do homem ocidental em busca da constituição do sujeito. Ele aponta uma unidade em todas as lendas difusas que constituem o tecido das aventuras do herói, e que estão recolhidas entre os cantos IX e XII da épica. Esses episódios versam sobre o confronto de Odisseu com seres fantásticos e primitivos, como gigantes antropófagos com um olho só, ou monstros híbridos como Cila e Caribdis, e, num outro registro, mas igualmente fatais, as sereias.

Grandes helenistas debruçaram-se sobre esse miolo folclórico da *Odisseia*, apontando o caráter de oralidade da epopeia — que a irmanará à poesia oral de outros povos. (A esse respeito, é muito curioso que até em narrativas dos nossos indígenas, à margem de qualquer influência colonizadora, encontramos alguns topoi, como o da ypupiara, ser horrendo que habita as águas e arrasta para a perdição aqueles que dela se aproximam.

Adorno analisa os episódios em que Odisseu, no retorno de Troia a Ítaca, tem um embate com seres arcaicos, míticos e mágicos, forças primitivas e poderosas, que ele vence através da razão, sabendo renunciar, num primeiro momento, para poder ao fim afirmar-se plenamente: "Nos perigos mortais que teve de arrostar, foi dando têmpera à unidade de sua própria vida e à identidade da pessoa".[10]

Efetivamente, em todas as aventuras mais significativas vividas pelo herói, delineia-se sempre o mesmo esquema. Por exemplo, no encontro com os lotófagos, Odisseu renuncia a provar da flor do lótus, planta que, uma vez ingerida, o mergulharia num estado de felicidade e comunhão panteísta com a natureza, mas lhe tiraria a memória e, consequentemente, o desejo da volta a Ítaca; ele não come a carne das vacas, proibidas porque pertenciam ao deus Hélio, contrariamente a seus camaradas, que comeram e todos pereceram; vence o Cíclope Polifemo, o gigante de um olho só, que ele cega depois de embebedar, mas renuncia a alardear seu próprio nome de vencedor, dizendo chamar-se "Ninguém" (o que impediu que os demais cíclopes o atacassem, ao virem socorrer o companheiro ferido). Os outros cíclopes, ao verem Polifemo urrar de dor, perguntam "Quem te feriu?" e Polifemo responde "Ninguém me feriu!". Diz Adorno, analisando essa passagem: "Ele (Odisseu) faz profissão de si mesmo negando-se como Ninguém, ele salva a própria vida fazendo-se desaparecer".[11]

Poderíamos falar aqui, freudianamente, da necessidade da repressão para a passagem da natureza à cultura. Essa repressão é iconizada pelo episódio paradigmático das sereias: como já vimos, o herói vence sua sedução fazendo-se, muito sugestivamente, amarrar ao mastro do navio (ligando-se ao seu próprio eixo, poderíamos interpretar), o que o impediria de atirar-se aos braços das cantoras, ao mesmo tempo que coloca cera nos ouvidos da tripulação, para que não ouvissem o canto e continuassem a remar, sem desviar o barco de sua rota. Eu poderia dizer também que aqui neste episódio vemos a *sedução* encenada no seu viés etimológico: *se-ducere* significa conduzir para o lado, levar à parte, afastar, desviar. (Do latim *se* = à parte + *ducere* = conduzir).

De fato, foi baseado nos enfrentamentos de Odisseu com esses seres folclóricos, de narrativas do gênero "maravilhoso", que Adorno tece suas doutas considerações sobre a constituição do eu, aí vendo um percurso do sujeito em confronto com potências míticas, e através do qual ele se individua, nessa passagem do *mythos* ao *logos*: "As aventuras de que Ulisses sai vitorioso são perigosas seduções que desviam o eu da trajetória de sua lógica".

Efetivamente, Odisseu é transformado no protótipo do ser humano: "A viagem errante de Troia a Ítaca é o caminho percorrido através dos mitos por um eu fisicamente muito fraco em face das forças da natureza e que só vem a se formar na consciência de si".

Efetivamente a literatura é testemunha do desenvolvimento espiritual do ser humano: a gente sabe que a tragédia grega mostra a formação do homem como sujeito responsável, estando os gregos do séc. 5 a.C. às voltas com a categoria da "vontade". Nos tempos homéricos, recuados de quatro séculos (por volta do séc. 9 a.C.), lida-se com algo mais primordial: a questão do *in-divíduo* no sentido etimológico, do não dividido. Adorno, ao tratar do herói da *Odisseia*, fala de um processo de questionamento da unidade do próprio ser. Ele aponta, nos embates de Odisseu com as sereias, com o Cíclope, com os lotófagos etc., uma constante: a necessidade de se constituir como sujeito passa pela necessidade de se dominar. Com efeito, ao longo do texto, nem sempre se tratará de vencer monstros ou mesmo de driblá-los, às vezes o inimigo é interno. Na consulta que Odisseu faz a Tirésias, no reino dos mortos, a volta à casa é posta na dependência da sua capacidade de "domar o coração".

Finalmente, pensando na literatura de uma maneira geral, creio que se poderia dizer que é esse processo de busca de uma identidade configurada, de uma individuação a ser conquistada, que resta a grande parte da ficção intimista contemporânea, como vou apontar, ao abordar *Uma aprendizagem ou o livro dos Prazeres*, de Clarice Lispector, focando na questão da sereia e do conhecimento.

No texto de Clarice, a odisseia (odisseia com "o" minúsculo) é outra. Nesse romance em que a protagonista tem nome de sereia, Loreley (a sereia nórdica), toda a temática gira em torno da constituição do eu. Efetivamente, Loreley (chamada ao longo do romance, na maioria das vezes, pelo apelido redutor "Lóri") contracena com a personagem Ulisses, estabelecendo-se um complexo jogo de reapropriações, retomadas e inversões da *Odisseia*. Lóri não apenas descola da protagonista da *Odisseia*, Penélope, identificando-se ao viajante Odisseu, mas também constela toda uma temática ligada à sereia. Assim, de um lado vê-se às voltas com problemas da sedução feminina e suas falácias (*sedução* no sentido etimológico já apontado, de *se-ducere* = conduzir para o lado, desviar da rota); mas de outro lado, num nível mais profundo, bordeja a questão da articulação entre a sereia e o saber, que, como vimos, familiarmente aproxima as sereias de Homero à serpente bíblica, no mito do Gênesis. Não por acaso, a maçã tem uma presença significativa no romance de Clarice, como se verá. E "morder a maçã" é tingida com as cores da modernidade.

Eu falei em reapropriações e inversões: nessa reescrita em clave intimista da epopeia grega, a viagem é interior e efetivada pela personagem feminina, enquanto Ulisses é quem espera. É o caso de se acompanhar o percurso de Loreley, em sua busca da constituição do sujeito (para se falar nos termos de Adorno), auxiliada não por Atena, a protetora do herói grego, mas por um Ulisses, professor de filosofia, numa "aprendizagem" em que, ao final, individuados, os dois se encontrarão no amor. O romance mostra os vários percalços nessa empreitada de constituir-se um "eu": aventuras todas interiorizadas e, quando exteriores, reduzidas às dimensões da vida moderna, ou mais especificamente, do cotidiano da média-alta burguesia brasileira, na virada dos anos 1960 a 1970.

Contrariamente aos entes míticos com que Odisseu se defronta na épica, aqui no romance de Clarice Lispector não são seres excepcionais ou perigos extremos e externos que desafiam a protagonista na sua trajetória rumo a uma individuação, mas os internos. Trata-se de um processo de busca de uma identidade, de uma individuação duramente conquistada, de uma aventura interior. Retomo, como se vê, a interpretação adorniana da *Odisseia*, acima sintetizada como a viagem metafórica do homem ocidental em busca da constituição do eu. Pois bem, essa viagem interior é o que estrutura o romance. Trata-se, efetivamente, de uma "reapropriação" que, conscientemente, essa autora faz da *Odisseia*, um "capital cultural", uma "herança clássica" nos termos de Bourdieu.[12] Como se verá, há aqui um paralelismo invertido — pois, apesar de o protagonista ser "Professor de Filosofia" — representando a *metis* (para os gregos, a inteligência, característica fundamental de Odisseu) — e ser aquele que conduz Lóri, a constituição do sujeito é efetivada, ou melhor, nos é mostrada em seu processo sobretudo pela personagem feminina. Há assim, um jogo entre homem/mulher, inteligência/sedução, seduzido/sedutora, espera/viagem, com os agentes trocados. Lóri faz a viagem, empreende a sua aventura interior; Ulisses é quem espera, paciente, e pacientemente ensina — posição um tanto irritante ao longo do livro e que, para Benedito Nunes, era "exercida com pedanteria e em tom didático".[13]

Nessa retomada da *Odisseia* o confronto com o texto matriz propicia que se conheça melhor a atualidade. Não no que diz respeito ao protagonismo feminino, pois a Penélope do mito era uma personagem forte, malgrado o contingenciamento de seu lugar social fixado pelo horizonte de sua cultura (ela é a mulher que fica e chora, enquanto seu homem vai para a luta e vive sua odisseia). Embora dependente de marido e filho, na realidade ela tem um papel significativo na épica: engana os príncipes aqueus por dez anos, com o ardil do manto que tece de dia e desmancha à noite. Astuta (apesar de ser esse o epíteto primordial de Odisseu), ela interfere com força no enredo e com sua trama enreda o mundo masculino.

Como Penélope, Lóri também tece:

> faz de conta que fiava com fios de ouro as sensações [...], faz de conta que amava e era amada, faz de conta que não precisava morrer de saudade [...], faz de conta que ela não ficava de braços caídos de perplexidade quando os fios de ouro que fiava se embaraçavam e ela não sabia desfazer o fino fio frio, faz de conta que ela era sábia bastante para desfazer os nós de corda de marinheiro que lhe atavam os pulsos[14]

As "aventuras" de Lóri, no mundo exterior, são banais acontecimentos do dia a dia de uma representante da classe média alta do Rio de Janeiro, de fins da década de 1960 — no registro do cotidiano. Algumas de suas aventuras são apresentadas quase que carnavalizadamente, como por exemplo, o telefonema "dificílimo" para chamar o bombeiro de encanamentos de água; mas outras se revestem de um caráter inapelavelmente simbólico, como o banho de mar iniciático, de madrugada, sozinha, do qual ela sai fertilizada pela água salgada.

Tal empreitada é dos dois e implicará em *domar o coração* (para se falar nos termos de Homero); em *renunciar* (para se falar nos termos de Adorno). O Ulisses de *Uma aprendizagem*, embora desejando-a, declara esperar que Lóri "também tenha corpo-alma para amar".

Mostra-se um percurso que é uma aprendizagem afetiva e existencial que temporalmente vai desembocar na estação em que o amor floresce, em que os seres do reino animal se acasalam e em que tudo brota e reverdece. Nesse livro que se inicia com uma vírgula e acaba com um dois pontos — portanto, assumindo o caráter intervalar de tudo — delineia-se um percurso. O enredo se sobrepõe ao ciclo do Cosmos, indo de uma primavera à próxima primavera — que, como todos sabemos, é um recomeço.

O estado que as personagens atingem é o da "individualidade como pessoa". Tínhamos visto, logo na primeira página, no seu monólogo-fluxo-de-consciência, que a protagonista lembra-se de que o namorado dissera uma vez que queria que ela, ao lhe perguntarem o nome, não respondesse "Lóri", mas "meu nome é eu". (Diferentemente do Odisseu da épica que, indagado pelo Cíclope, declara que se chamava "Ninguém".) No entanto será em outras formulações da busca da subjetividade que esse *topos* volta, como um *leitmotiv*: "A mais premente necessidade de um ser humano é tornar-se um ser humano"; "E o que o ser humano mais aspira é tornar-se um ser humano". São máximas que ecoam algo de outro grego: refiro-me a Píndaro, o poeta lírico do século 6 a.C., cujo verso "Torna-te o que tu és!" foi utilizado por Nietzsche como epígrafe para o seu livro *Ecce Homo*. "Torna-te o que tu és." Pois bem, ao final do romance, as personagens reconhecem esse ideal em vias de ser atingido.

Retomemos o contraponto com a *Odisseia*, nas demais reapropriações, inversões e transgressões do romance. Afora a pequena passagem, acima referida, em que se alude a Lóri tecelã, a protagonista nada tem de Penélope, mas, nessa sua viagem interior, de um lado identifica-se com Odisseu, experienciando a grande viagem em sua aventura de individuação; de outro lado, a partir do seu nome, Loreley, constela toda uma temática ligada à sereia, vendo-se às voltas com problemas da sedução feminina. Mas aqui, num nível mais profundo, bordeja-se a questão menos evidente da articulação entre sedução e saber, presente nas sereias de Homero e na serpente bíblica. É isso que justifica, como se verá, a significação que, nesse romance, ganha a simbologia da maçã. Mas antes, vamos à sereia Loreley.

Há um momento importante no romance em que o nome da protagonista é explicitado. Diz Ulisses à sua namorada: "Loreley é o nome de um personagem lendário do folclore alemão, cantado num belíssimo poema por Heine. A lenda diz que Loreley seduzia os pescadores com seus cânticos e eles terminavam morrendo no fundo do mar [...]".

Encontram-se no poema de Heine[15] as grandes invariantes do mito das sereias: a mulher associada a um canto que fascina, a atração que leva à morte, a sedução. E aquilo que se foi agregando ao longo do tempo, no recorte das narrativas folclóricas: os longos cabelos loiros, o pente de ouro, o ato de pentear-se enquanto canta (que vamos ver presente na Yara do folclore brasileiro). Mas em Heine — como nas incidências do tema das sereias no folclore — está totalmente ausente o assunto que particularmente me interessa, a relação da sereia com o saber, a sedução pelo saber.

Processa-se ao longo do romance uma nítida evolução: no início, Lóri agencia todos os quesitos habituais da sedução feminina superficial, mas quando vai naquela noite ao encontro de Ulisses, sai de cara lavada, com apenas uma camisola por debaixo da capa de chuva. Detecta-se o abandono progressivo das "práticas" exteriores de sedução — maquiagem, perfumes, vestidos justos etc. — para um outro tipo de sedução, que tem a ver com a busca do conhecimento a que ela se entrega e que fascina o companheiro. Só quando dispensa todos os recursos exteriores da sedução, essa mulher está "pronta" para ficar com o seu homem.

Um dado extremamente interessante é apontar de que maneira Clarice Lispector desenvolve esse elemento que sublinhei em Homero, e que ficou estranhamente ausente na diluição do mito das sereias: sua inquietante associação a um saber — que, como já referi, as aparenta à serpente do Éden — em cuja sedução caiu Eva, arrastando Adão. E é esse mito que acabará por dominar no final de *Uma aprendizagem ou o livro dos prazeres*, com a prevalência do símbolo da maçã.

Importa dizer que na primeira página do romance já se alude à maçã, no monólogo interior com que se inicia o texto, em que Lóri pensa em "dispor na fruteira as maçãs que eram sua melhor comida".

Essa maçã, Lóri vai comer, de fato, lá pelo meio do livro; e simbolicamente, ao final, num sonho, numa alusão direta e explícita à narrativa bíblica. Mas a leitura do mito feita por Clarice traz uma inversão fundamental: ao morder a maçã, Lóri *entra* no Paraíso. Diz o narrador que Lóri toma em mãos a maçã. E

> Depois de examiná-la, de revirá-la, de ver como nunca vira a sua redondez e sua cor escarlate — então devagar, deu-lhe uma mordida. E, oh Deus, como se fosse a maçã proibida do paraíso, mas que ela agora já conhecesse o bem, e não só o mal como antes. Ao contrário de Eva, ao morder a maçã, entrava no Paraíso.[16]

Como se vê, foi aqui convocado, ao lado da épica grega, o outro grande cânon da literatura ocidental, que é a Bíblia, o "Grande Código", como a nomeia o crítico Northrop Frye.[17]

No contexto das relações entre sedução e conhecimento, o mito bíblico é desconstruído/reconstruído. Lóri morde a maçã, e isso não é uma transgressão; ou melhor, é uma transgressão necessária. A consequência de morder a maçã é detidamente descrita, ela leva à lucidez, uma lucidez de quem "sem esforço, sabe."

"Era uma lucidez de quem não adivinha mais: sem esforço, sabe. Apenas isso:

sabe. Que não lhe perguntassem o que, pois só poderia responder do mesmo modo infantil: sem esforço, sabe-se".

E, ao final do capítulo, ela chega à percepção de que "Havia experimentado alguma coisa que parecia redimir a condição humana, embora ao mesmo tempo ficassem acentuados os estreitos limites dessa condição. E exatamente porque depois da graça a condição humana se revelava na sua pobreza implorante, aprendia-se a amar mais, a esperar mais".[18]

Trata-se da percepção de um estado contraditório, de seres marcados pela finitude, pela precariedade e pela cisão, à beira do risco; de seres que sabem que a completude é um processo de busca renovada e incessante; que sabem — como diz Chico Buarque, na canção "Beatriz" — que "para sempre é sempre por um triz".

Essa experiência, provocada simbolicamente pelo morder a maçã, precede o encontro sexual de Loreley com Ulisses. Ela vai para a casa dele, dispensados todos os signos convencionais de sedução feminina — "Fora tudo tão rápido e intenso que não se lembrara sequer de se pintar".[19] Nas páginas finais do romance, na sequência de uma conversa dos amantes, ainda na cama, explicita-se a temática da sedução, que é nomeada com todas as letras, mas na chave oposta àquela esperada pelo nome de sereia, e também oposta a uma identificação com a Eva bíblica:

> Meu amor, disse ela sorrindo, você me seduziu diabolicamente. Sem tristeza nem arrependimento, eu sinto como se tivesse enfim mordido a polpa do fruto que eu pensava ser proibido. Você me transformou na mulher que sou. Você me seduziu, sorriu ela.[20]

Mas antes, houve o sonho de Loreley. Pois logo após terem finalmente a sua primeira relação sexual, num "semissono", ela sonhou com a maçã, desta vez num contexto erótico:

> Foi nesse estado de sonho-deslumbre que ela sonhou vendo que a fruta do mundo era dela. Ou se não era, que acabara de tocá-la. Era uma fruta enorme, escarlate e pesada que ficava suspensa no espaço escuro, brilhando de uma quase luz de ouro. E que no ar mesmo ela encostava a boca na fruta e conseguia mordê-la, deixando-a no entanto inteira, tremeluzindo no espaço. Pois assim era com Ulisses: eles se haviam possuído além do que parecia ser possível e permitido, e no entanto ele e ela estavam inteiros.[21]

Plenitude e incompletude, inteireza e cisão. O ser pleno, efetivamente, só existe no mito. Para além desse viés sexualizado que parece querer prevalecer, ao fim, no romance de Clarice — nesse recorte das relações entre sedução e saber, conhecimento e danação —, o mito bíblico é desconstruído/reconstruído. O ser humano, consciência cindida, vive sob o signo da fragmentação. E da transgressão. Há aí nessa "fruta do mundo", nessa "fruta enorme, escarlate e pesada que ficava suspensa no espaço escuro, brilhando de uma quase luz de ouro", uma grande condensação: além da maçã do Éden, ela nos remete à maçã de Newton (cuja teoria da gravidade significou um marco decisivo na ciência para a humanidade); remete ao pretensioso símbolo da cidade de New York (a "Big Apple") e ao que ela significa em termos de civilização e barbárie;[22] e, finalmente, remete ao logotipo da maçã mordida da Apple, estampado nos nossos computadores e celulares "inteligentes" (muito posteriores ao romance de Clarice, diga-se de passagem). Aquilo que existe de prometeico no ser humano sempre será disruptor: é roubo do fogo dos céus?

Em todo o caso, a busca do conhecimento bordeja o abismo da danação:

"Depois de tal saber, qual perdão?",[23] diz o verso de Eliot, em *Gerontion.*

NOTAS

1. Esse texto constitui uma síntese de um ensaio com o título de "Sereias: sedução e saber" publicado na *Revista do Instituto de Estudos Brasileiros da USP.* Cf. Adelia Bezerra de Meneses. "Sereias: sedução e saber". *Revista do Instituto de Estudos Brasileiros*, São Paulo: Universidade de São Paulo (USP), n. 75, pp. 71-93, abr. 2020. Disponível em: http://www.revistas.usp.br/rieb/article/view/169168.

2. Clarice Lispector. *Uma aprendizagem ou o livro dos prazeres*, 19. ed., Rio de Janeiro: Francisco Alves, 1993.

3. Homero, *Odisseia*. Trad. de Jaime Bruna. São Paulo: Cultrix, 1993, p. 142.

4. Theodor Adorno; Max Horkheimer, "O Conceito de Esclarecimento" e "Ulisses ou Mito e Esclarecimento". In: ______. *Dialética do Esclarecimento*. 2. ed., Rio de Janeiro: Zahar, 1986.

5. Gabriel Germain. *Genèse de l'Odyssé: le fantastique et le sacré*. Paris: Presses Universitaires de France, 1954.

6. J.E. Harrison apud Germain, 1954, p. 384.

7. *Bíblia de Jerusalém.* São Paulo: Edições Paulinas, 1987.

8. Gn 3,1-17.

9. Theodor Adorno; Max Horkheimer. "O Conceito de Esclarecimento" e "Ulisses ou Mito e Esclarecimento". In: ______. *Dialética do Esclarecimento.* 2. ed., Rio de Janeiro: Zahar, 1986.

10. Cf. *Dialética do Esclarecimento*, p. 43.

11. Ibid., p. 65.

12. Pierre Bourdieu. *A economia das trocas simbólicas.* Intr., org. e seleção de Sérgio Micelli. São Paulo: Perspectiva, 2007.

13. Benedito Nunes. *Leitura de Clarice Lispector.* São Paulo: Quíron, 1973, p. 76.

14. *Uma aprendizagem ou o livro dos prazeres*, pp. 20-1.

15. Heinrich Heine. "Die Loreley". In: ______. *Buch der Lieder*, Berlin: S. Fischer Verlag, 1824.

16. *Uma aprendizagem ou o livro dos prazeres*, p. 154.

17. Northrop Frye. *Le Grand Code. La Bible et la Littérature.* trad. de Catherine Malamoud. Paris: Seuil, 1982.

18. *Uma aprendizagem ou o livro dos prazeres*, p. 154.

19. Ibid., p. 167.

20. Ibid., p. 177.

21. Ibid., p. 175.

22. "O drama de uma sociedade que desenvolveu sua tecnologia, sua burocracia e seu potencial bélico até o paroxismo, enquanto os indivíduos se submetem a uma impotência tanto maior quanto mais elevado o nível quantitativo do progresso, prefigura-se nessa cisão operada pela epistemologia científica do pensamento da Ilustração". ("Civilização e barbárie: à guisa de um comentário mínimo, uma reflexão de um filósofo tecendo considerações sobre a *Dialética da Ilustração* de Adorno/ Horkheimer". In: Eduardo Subirats. *Paisagens da Solidão. Ensaios sobre Filosofia e Cultura.* São Paulo: Livraria Duas Cidades, 1986, p. 118.)

23. "*After such knowledge, what forgiveness?*" (T.S. Eliot. *Poemas.* Org. e trad. de Caetano Galindo. São Paulo: Companhia das Letras, 2018.)

A potência do pequeno: Notas sobre “A menor mulher do mundo”, de Clarice Lispector[1]

ELIANE ROBERT MORAES

I.

Em dezembro de 1943, Clarice Lispector publica seu primeiro livro, intitulado *Perto do coração selvagem*. Meio ano depois, ela atravessa o Atlântico numa sinuosa viagem rumo à Europa, vindo a desembarcar no oeste africano em 31 de julho de 1944, para uma escala que se estende por dois dias. Suas notas sobre essa brevíssima temporada na África poderiam muito bem partilhar o título do romance de estreia, na medida em que registram a primeira aproximação da então jovem escritora ao coração selvagem desse continente que ela qualifica de “indomável” e, mais tarde, reconhece como “o nascedouro do mundo”.[2]

A maior parte dessas anotações foi escrita no calor da hora, por ocasião da sua chegada à Libéria, onde Clarice pernoitou. Nelas, misturam-se impressões de viagem com registros de sensações físicas, desejos e expectativas de futuro, além de descrições e comentários. Lidos em conjunto, esses apontamentos parecem se oferecer como a primeira palpitação do conto “A menor mulher do mundo”, que seria publicado originalmente em 1959, na revista *Senhor* e, no ano seguinte, na coletânea *Laços de família*. Por tal razão, vale a pena reproduzi-las, senão na íntegra, ao menos em suas passagens mais expressivas, como as que se seguem, datadas de 31 de julho de 1944, dia da chegada:

As *negras de busto nu nas vilas onde os missionários não chegaram.* [...] Um negro, a quem eu dei adeus e *sorri mais demoradamente*, de propósito, *ficou encantado e pôs a mão no* [rasurado]. As negras jovens pintam o rosto com traços de cor creme e o lábio inferior com uma tinta da cor de azinhavre. [...] Uma falou alguma coisa longa e complicada. Vi que era a meu respeito e *ela ria*. (*Eles riem com grande facilidade, mas alguns são tristes e mesmo o riso deles é de humildade e fascinação.*)

[...]

Entramos numa loja pobre, quase sem nada. O homem *ria, ria de alegria* da gente ter entrado lá. *Aquele tambor também para chamar todos* [...].

Ah, o corpo, o corpo. Como é difícil arranjar uma posição confortável para ele!

[...]

O incompreensível está salvo dos indiscretos [...].

Perto não há nenhuma cidade. Vi alguns negros. Bonitos, limpos (por que estou falando deles como de animais? [...] Parece-me que tanto faz estar na Libéria como no Brasil. Não sinto mudança de natureza, não sinto "viagem"! Pois agora uma mania de procurar poesia nas coisas, de se enternecer. É horrível isto e, no entanto, fácil e atraente. Não *existirá um modo mais, digamos, austero e fino de ver as coisas?* E no momento em que esse modo austero e fino for um abismo onde se cai com prazer, procurar um novo modo. Para não ofender as coisas. Ser leal com elas. Não enganá-las. Não ver no mar imediatamente o verde, o brilho, as ondas, o poder, a calma. Se não puder ver mais nada, o silêncio será mais simples e mais puro como atitude.[3]

Não é difícil, ao leitor familiarizado com o conto, perceber as possíveis repercussões dessas notas no texto que será escrito por volta de dez anos mais tarde. Do busto nu das mulheres, que por certo desafiava a severa moralidade dos missionários, ao riso fácil dos nativos que devia confundir os viajantes por expressar sentimentos paradoxais; do intento de encontrar uma posição confortável para o próprio corpo às estranhas reações precipitadas pelo corpo do outro; do tempo que não se mede pela produtividade das tarefas até o tambor usado como legítimo meio de comunicação — tudo naquele lugar, que parecia distante de tudo, demandava uma compreensão mais profunda, que ultrapassasse as aparências. Até a visão imediata dos corpos — "bonitos, limpos" — era colocada em suspeita, por talvez encobrir o mais impiedoso dos preconceitos: ver os outros como se fossem animais.

Tal qual a protagonista do conto, flagrada no constrangedor ato de se coçar "onde uma pessoa não se coça", aqueles africanos que colocavam a mão no lugar "errado" pareciam excluídos do círculo humano.[4] É digno de nota que, ao reproduzir o texto original num comentário posterior sobre a mesma viagem, Clarice tenha "corrigido" o episódio do moço que se encantou com ela "e pôs a mão no [...]", preenchendo a rasura com as seguintes palavras: "Sou extremamente examinada por um negro jovem e, sem saber o que fazer, termino por lhe dar adeus, já que eles gostam tanto de dar adeus. O rapaz fica encantado e, com aplicação, numa delicadeza de oferenda, ingênuo e puro, faz gestos obscenos".[5] Nada mais distante da mentalidade dita civilizada do que uma obscenidade casta e pura.

O que se impõe diante da escritora em sua escala na África é, definitivamente, o desconhecido, a demandar "um modo mais austero e fino de ver as coisas". Era preciso cultivar esse novo olhar "para não ofender as coisas" e tampouco "enganá-las". Tratava-se de ignorar o que há de mais evidente na paisagem marinha — ou seja, de resistir à enganosa claridade do óbvio para poder reconhecer as opacidades que se escondem nas suas profundezas. Tratava-se, sobretudo, de não reduzir os africanos às impressões imediatas, estas não raro acomodadas a estereótipos etnocêntricos e ofensivos quase sempre disfarçados de "obviedades".

Nenhum apelo ao exotismo se faz notar nos apontamentos de Clarice. Muito pelo contrário. Em carta a Lucio Cardoso, datada de 30 de setembro de 1944, a autora faz um breve comentário sobre sua passagem pelo território africano, para contar sua chegada a Fisherman's Lake, e dizer: "Eu precisava me repetir: isso é África — para sentir alguma coisa. Nunca vi ninguém menos turista".[6] De certa forma, reitera-se na carta a observação feita em seu diário já na manhã da chegada, quando Clarice escreve que "tanto fazia estar na Libéria como no Brasil. Não sinto mudança de natureza, não sinto 'viagem'!".

"Sentir viagem" — a expressão estranha parece dizer mais do que aparentemente diz. Primeiro, porque nela a viagem é tratada mais como sentimento do que como acontecimento, pouco ou nada tendo em comum com o turismo. Assim também, o deslocamento implicado na ideia de "mudança de natureza" sugere uma superação das evidências factuais e a passagem para um patamar de impressões sensíveis bem menos evidentes. O que predomina na concepção clariciana é, em suma, um modo de viajar, análogo ao modo de ver, reivindicado nos mesmos apontamentos, a saber, aquele modo "mais austero e fino" no qual a transfiguração das coisas, possibilitada pela atividade criadora, pudesse constituir — e reconstituir — a paisagem. Tudo leva a crer que, para a autora, esse modo será dado pela escrita.

É o que se conclui do último texto de Clarice sobre aquela experiência de viagem, este já devidamente aquilatado pelo trabalho da memória, uma vez que se apresenta francamente como lembrança do passado, talvez registrada um quarto de século depois do episódio africano. Publicado no *Jornal do Brasil* em 1971, o caráter de rememoração se reforça desde o título "Estive em Bolama, África", ao qual se seguem as considerações abaixo:

> Também por desvio de rota, eis-me na possessão portuguesa africana, Bolama. Lá tomei *breakfast* e vi os africanos. Os portugueses, pelo menos aqueles que eu vi, tratavam os negros a chicote. Falam os negros um português de Portugal engraçadíssimo. Perguntei a um menino de seus oito anos que idade tinha. Respondeu: 53 anos de idade. Caí para trás. Perguntei ao português que me acompanhava no *breakfast*: como é que se explica isso? Ele respondeu: não sabem a idade, a senhora podia perguntar àquele velho a sua idade e ele poderia lhe responder dois anos. Perguntei: mas é necessário tratá-los como se não fossem seres humanos? Respondeu-me: de outro modo eles não trabalham. Fiquei meditativa. A África misteriosa. Neste mesmo momento em que alguém me lê, lá está a África indomável vivendo. Lamento a África. Gostaria de poder fazer um mínimo que fosse por ela. Mas não tenho nenhum poder. Só o da palavra, às vezes. Só às vezes.[7]

Muita coisa muda aqui, se comparado com as notas de 1944. O texto, feito de associações abruptas que desnorteiam o leitor, não faz qualquer menção a datas. Além disso, a notação geográfica sobre a antiga capital da Guiné só ganha importância por ser o pano de fundo de um espetáculo atroz de crueldade. Mas a passagem para o âmbito público não apaga a responsabilidade pessoal que a escritora assumira antes: se, nas anotações originais da viagem, Clarice atribui a si mesma o preconceito ("por que estou falando deles como animais?"), ao ampliar seu alcance, ela não deixa de se incluir entre aqueles a quem acusa. Pronta a acolher as contradições, a narradora do fragmento de 1971 que denuncia a violência colonial também desfruta, colonialmente, de seu *breakfast* europeu, que exclui os africanos. A cada linha, o relato ganha em complexidade e o incógnito se mostra mais e mais eloquente, atestando a dificuldade, senão a impossibilidade, de se conhecer uma África tão dominada quanto indomável, tão explorada quanto misteriosa. Recorde-se que, segundo ela, o mais simples dos entendimentos da vida civilizada, o da notação numérica para a passagem do tempo, não é partilhado pelos habitantes de Bolama: para estes, as idades simplesmente inexistem, nem a história e, a bem da verdade, nem o tempo tal qual o concebemos.

Ora, esse lugar onde não existem datas e idades já é uma Bolama transfigurada pela memória e convertida em um mundo outro, com tempo e espaço próprios, a precipitar o sentimento de viagem. Ou seja: para ela, o deslocamento só se efetiva nas situações paradoxais em que a distância se torna condição de proximidade para permitir a ciência das coisas. O simples ato empírico de testemunhar os fatos de perto não garante acesso ao conhecimento. É o que sustenta Raúl Antelo, ao propor uma fértil comparação entre o relato clariciano e um escrito de Henri Michaux, que explora a mesma ordem de inquietações, partindo de uma pergunta que poderia perfeitamente ter sido assinada por Lispector: "Onde fica a viagem?". Observa o intérprete:

> Quase no fim do percurso de *Equador* (1929), navegando o Amazonas como turista aprendiz, Henri Michaux pergunta-se "mais où est l'Amazon?" [Mas onde está a Amazônia?], o que o conduz a uma pergunta on-

tológica mais capital ainda, "Mais, où est-il ce voyage?" [Mas onde fica a viagem?]. Embora Michaux esteja no rio, navegue por ele, ele não vê o rio. Para vê-lo é preciso subir, vê-lo do alto, não basta a horizontalidade do deslocamento, mas exige-se, fundamentalmente, a verticalidade da abstração, uma cartografia, uma ficção. "Il faut l'avion" [Precisamos do avião], a técnica, os dispositivos da Europa, a linguagem, o poder. "Je n'ai donc pas vu l'Amazon" [Então, eu não vi a Amazônia]. Em outras palavras, vivência não é experiência.[8]

Como que pactuando a mesma disposição de Michaux, que só vê o Amazonas através da escrita, Clarice relaciona duas experiências que se desenrolam paralela e simultaneamente — a do texto e a da vida — sabendo que nada, ou quase nada, garante a existência de um ponto de contato entre uma e outra. Nada, ou quase nada, é forçoso insistir, pois as entrelinhas deixam entrever uma tênue esperança de que a palavra possa ser compartilhada e, quiçá, valer-se de seu poder transformador: "Lamento a África. Gostaria de poder fazer um mínimo que fosse por ela. Mas não tenho nenhum poder. Só o da palavra, às vezes. Só às vezes".

II.

É no coração selvagem da misteriosa África de Clarice que o leitor surpreende os singulares protagonistas de "A menor mulher do mundo". Lê-se nos parágrafos iniciais do conto:

> Nas profundezas da África Equatorial o explorador francês Marcel Pretre, caçador e homem do mundo, topou com uma tribo de pigmeus de uma pequenez surpreendente. Mais surpreso, pois, ficou ao ser informado de que menor povo ainda existia além de florestas e distâncias. Então mais fundo ele foi.
>
> No Congo Central descobriu realmente os menores pigmeus do mundo. E — como uma caixa dentro de uma caixa, dentro de uma caixa — entre os menores pigmeus do mundo estava o menor dos menores pigmeus do

mundo, obedecendo talvez à necessidade que às vezes a Natureza tem de exceder a si própria...[9]

A abertura do conto adota um tom jornalístico e pouco se identifica, nela, da voz literária de Clarice, nada afeita ao didatismo referencial que marca tais parágrafos. Assim também, o trecho que se segue, mantendo o padrão da linguagem objetiva, desliza para a explicação científica, na tentativa de mimetizar o tom dos estudos etnográficos, notadamente aqueles de viés positivista. Os likoualas são descritos em seus principais atributos, a começar pelo fato de serem um grupo em extinção. Susceptíveis a toda sorte de precariedades sanitárias e alimentares, são presas frequentes dos "selvagens bantos" que "os caçam em redes". Destaque é dado ao tambor, um "avanço espiritual" que lhes serve de utensílio quando dançam sob a proteção de um pequeno machado.

Ora, para *colher* esses dados a respeito da Pequena *Flor*, o explorador francês ostenta uma disposição típica do universo investigativo das ciências naturais, marcada pelo distanciamento e pela formalidade, e introduzida em suas facetas mais caricaturais. A relação de Marcel Pretre com a pigmeia é quase sempre definida por meio de clichês que se acumulam no decorrer da narrativa, ora na voz do narrador, ora na do personagem, cujos discursos convergem até o ponto de se tornarem indistintos. Elemento de multiplicação, a paródia se constitui como um dos principais procedimentos estruturantes da narrativa, e vários intérpretes apontam diálogos com outros gêneros literários (do conto de fadas ao *roman noir*) e também cinematográficos (dos documentários científicos aos filmes de terror).

A justaposição de diálogos paródicos evidencia uma das principais operações simbólicas nas quais o conto investe intensa e vertiginosamente: a *ampliação*. Esta se faz presente também nas enumerações e na proliferação de enunciados hiperbólicos, cujo melhor exemplo talvez esteja na passagem em que Pretre se dá conta da magnitude de sua descoberta. Afirma o narrador: "Seu coração bateu porque esmeralda nenhuma é tão rara. Nem os ensinamentos dos sábios da Índia são tão raros. Nem o homem mais rico do mundo já pôs olhos sobre tanta estranha graça. Ali estava uma mulher que a gulodice do mais fino sonho jamais pudera imaginar".[10]

A tendência a tudo ampliar, agigantando sentimentos, sensações e valores, chega a contemplar o próprio título do conto, instaurando um paradoxo. Afinal, o pressuposto de que existe *a* menor mulher do mundo supõe a conquista do lugar mais alto de determinada escala, que faz dela não só *a menor* dentre eles, mas ainda *a maior* de todos. Atente-se ao fato de que o texto afirma repetidamente a pequenez da pigmeia e reitera, categoricamente, que "entre os menores pigmeus do mundo estava o menor dos menores pigmeus do mundo, obedecendo talvez à necessidade que às vezes a Natureza tem de exceder a si própria". O menor dos menores escapa ao paradigma.

O paradoxo do título se repõe na outra operação simbólica estruturante do conto, que implica justamente o contrário da ampliação, a saber, a *redução*. Escusado lembrar que figuras da diminuição, da subtração e do encolhimento são soberanas na narrativa. Se as mais evidentes se manifestam nos recorrentes diminutivos — da "racinha de gente" ao "retratinho dela, coitadinha" —, uma das mais complexas se esboça quando o narrador diz que "não tendo outros recursos, [Pequena Flor] estava reduzida à profundeza".[11] Redução que, assim formulada, se furta por completo à claridade: a exemplo do que ocorre com o fundo do mar, essa profundeza não se revela a quem divisa seus domínios, estes imersos na opacidade do desconhecido. É o que se confirma na leitura de outro texto de *A descoberta do mundo* que dialoga com "A menor mulher do mundo": "Mas ninguém encontraria nada se descesse às suas profundezas — senão a própria profundeza, como na escuridão se acha a escuridão". [12]

Semelhante busca se faz ler em outra imagem da autora que concentra o sentido mais profundo do recurso da redução, seja nesse conto, seja em outras obras suas. Trata-se da "caixa dentro de uma caixa, dentro de uma caixa" que se impõe como emblema de uma procura infinita, em cujo horizonte se revelaria a unidade infinitesimal da "matéria vivente". Ou, como propõe José Américo Motta Pessanha, aquilatando a urgência da redução para se chegar ao âmago de todo ser em que pulsa a vida:

para chegar lá é preciso "reduzir" ainda mais. É preciso ir ao ser humano, mas tão pouco, tão primitivamente humano, tão pequenamente humano, que se vai à "Menor mulher do mundo". E, como se não bastasse, à menor mulher do mundo que está grávida. Recuo antropológico e biológico: disfarce de redução fenomenológica. Busca da semente na semente — esta forma de já se estar buscando a essência. Como nesses artefatos da paciência chinesa que, dentro de pequeninas esferas de marfim, trabalha uma sucessão de esferas cada vez menores — num tender para zero que é a forma metafísica de se buscar a unidade mínima indispensável, esta essência.[13]

Por certo, o leitor familiarizado com a obra de Lispector logo reconhece as palavras acima em uma extensa série de figuras que compõem seu imaginário, todas aludindo de algum modo a tais formas mínimas de vida. Do ovo à água viva, da baba ao ectoplasma, da pulsação de uma tartaruga arfando à massa interior de uma barata moribunda, o obstinado desejo da autora no sentido de conhecer o mais ínfimo sopro de vida passa invariavelmente por uma vertiginosa interrogação do que é insuficiente, insignificante ou mesmo informe. Note-se que Pequena Flor, este raríssimo exemplar de uma racinha de gente condenada à extinção, ganha uma qualificação muito particular: "Foi, pois, assim que o explorador descobriu, toda em pé e a seus pés, a *coisa humana* menor que existe".[14]

De grande força expressiva, a associação desses dois termos pede esclarecimento. Afinal, o que seria a coisa humana?

Lê-se num verbete intitulado "Homem" que a revista *Documents*, dirigida por Georges Bataille, publica em 1929:

Homem — Um eminente químico inglês, o dr. Charles Henry Maye, empenhou-se em estabelecer de forma exata de que é feito o homem e qual é seu valor químico. Eis os resultados de suas sábias pesquisas. A gordura de um corpo humano de constituição normal seria suficiente para fabricar sete porções de sabonete. Encontram-se no seu organismo quantidades suficientes de ferro para fabricar um prego de espessura média e de açúcar para adoçar uma xícara de café. O fósforo daria para 2200 palitos de fósforo. O magnésio forneceria matéria para se tirar uma fotografia. Ainda um pouco de potássio e de enxofre, mas em quantidade inutilizável. Essas diversas matérias-primas, avaliadas na moeda corrente, representam uma soma em torno de 25 francos.[15]

Essa imagem perturbadora, que decompõe o ser humano em porções para definir "de forma exata do que ele é feito", evoca com terrível poder de síntese a redução do corpo humano a um quase nada. O verbete atribuído a Bataille supõe um princípio radicalmente materialista, em cujo horizonte talvez resida o pesadelo de uma dissolução química dos corpos, a sugerir uma impiedosa antecipação da realidade: dez anos depois da publicação do artigo, esse pesadelo realmente se efetiva nos processos de "liquidação industrial" levados a termo pelo nazismo. De fato, essas formas "científicas" de decomposição remetem inexoravelmente à degradação dos corpos: nessas imagens o ser humano é confrontado com a sua condição de matéria, perecível e reciclável, cuja evidência mais dramática se manifesta no aspecto definitivo do cadáver. Por coincidência, em que pesem os distintos contextos dos escritos de Bataille e de Lispector, semelhante redução ao cadáver será evocada de maneira eloquente numa das páginas mais impactantes de "A menor mulher do mundo".

Trata-se da passagem em que o narrador invade a intimidade dos leitores de um jornal de domingo que publica a foto da diminuta criatura em tamanho natural. Como quem abre uma nova caixa na narrativa, ele segue de apartamento em apartamento para colher novos dados: num salto abrupto do coração da selva africana para o cenário urbano contemporâneo, ele investiga o impacto da imagem da pigmeia nas famílias de classe média brasileira que folheiam o suplemento dominical. De todas as cenas descritas, ganha relevo aquela em que a mãe de um menino devaneia diante de um espelho, recordando o que lhe contara uma cozinheira sobre sua infância num orfanato:

> Não tendo boneca com que brincar, a maternidade já pulsando terrível no coração das órfãs, as meninas sabidas haviam escondido da freira a

morte de uma das garotas. Guardaram o cadáver num armário até a freira sair, e brincaram com a menina morta, deram-lhe banhos e comidinhas, puseram-na de castigo somente para depois poder beijá-la, consolando-a. Disso a mãe se lembrou no banheiro, e abaixou mãos pensas, cheias de grampos. E considerou a cruel malignidade de nosso desejo de ser feliz.[16]

O trecho concentra diversas sobreposições, entre as quais Rosenbaum destaca a perplexidade da mãe que sorri e coloca "entre seu rosto de linhas abstratas e a cara crua da Pequena Flor, a distância insuperável de milênios". A modernidade aparece aí como abstração de uma crueza condensada na pessoa da pigmeia: "é do abjeto enquanto magma primordial, morada informe de nossa ancestralidade, mundo pulsional de um fundo sem fundo, que o sujeito humano se distancia para se constituir, perdendo sua carnalidade, tornando-se abstrato, ou seja, genérico, alienado de sua singularidade".[17] Daí o paralelo com a terrível redução que Bataille reconhece no desencantado mundo moderno onde, alienados de sua força vital, os seres soçobram como restos materiais. Afinal, se a cena das órfãs expõe o horror do desamparo, o processo de reificação só faz reiterá-lo como ameaça ao menino criado para ser distinto de alguma coisa "escura como um macaco". O horror trabalha em tempo integral, seja em laboratórios ou em câmaras de gás, seja nos porões dos orfanatos ou nos apartamentos citadinos.

Todavia, ainda que denuncie os signos da morte inscritos nesses impiedosos devires, a *coisa humana* de Lispector não se esgota no apelo ao inanimado, marcando distância do caráter finalista que dá o tom do verbete batalliano. No fundo sem fundo explorado pela escritora há sempre uma nova dimensão a ser descoberta, como atenta Berta Waldman: "ao mesmo tempo em que se desconstrói um modelo cristalizado de racionalidade, de cultura, de ciência, emerge o exame do informe, da matéria humana minúscula, quase reduzida a nada, e, no entanto, pulsante". Por isso a conclusão de que "se, por um lado, o trabalho do explorador é o de tentar afastar a pigmeia da espécie humana, de outro, o movimento da pigmeia é o de impor sua humanidade despossuída de acréscimos civilizacionais, espécie de humanidade em estado puro".[18]

Forçoso lembrar que o significante *coisa* se reveste de significados plurais, ambivalentes e por vezes misteriosos nas mãos de Clarice, nem sempre conformado aos termos que tradicionalmente estão a ele associados como objeto, produto, utensílio ou qualquer outro aparato material sem vida. Para a autora, *coisa* pode realmente ser muita coisa ou até mesmo qualquer coisa, sem excluir os sentidos equívocos que a psicanálise empresta à expressão *Das Ding*. Em meio a tal polifonia, ganha singular força a evocação da palavra, numa contundente nota da escritora sobre a origem do conto, que lhe teria sido sugerido por um artigo de jornal norte-americano em torno de uma pigmeia. Já mãe, com filho no colo, a notícia lhe inspira reflexões sobre a coisa vivente:

> "A Menor Mulher do Mundo" me lembra domingo, primavera em Washington, criança adormecendo no colo no meio de um passeio, primeiros calores de maio — enquanto a menor mulher do mundo (uma notícia lida no jornal) intensificava tudo isso num lugar que me parece o nascedouro do mundo: África. Creio que este conto vem de meu amor por bichos: parece-me que sinto os bichos como uma das *coisas* ainda muito próximas de Deus, material que não inventou a si mesmo, *coisa* ainda quente do próprio nascimento; e, no entanto, *coisa* já se pondo imediatamente de pé, e vivendo toda, e em cada minuto vivendo de uma vez, nunca aos poucos apenas, nunca se poupando, nunca se gastando.[19]

III.

Búfalos, peixes, cachorros, baratas, macacos, corujas, cavalos, pintinhos, galinhas, galinhas e galinhas — a copiosa imaginação zoológica de Lispector caminha em paralelo a seu declarado e inesgotável amor pelos bichos. Daí que venha a ser tópica obrigatória para os exegetas de sua obra, sempre aberta à descoberta de novas potencialidades animais e não raro tangenciando o "incompreensível" que preside o apelo à *coisa*. Aliás, é nessa aproximação que a autora parece apostar quando associa sua delicada protagonista aos bichos, por ser, como eles, "coisa já se pondo imediatamente de pé, e vivendo toda, e em cada minuto vivendo de uma vez".

Estranha-se, pois, que ao longo do conto a identificação da pigmeia com os bichos só venha a se fazer em tom pejorativo e em franca chave de depreciação. "Escura como um macaco" — vaticina o francês; "parecia um cachorro" — acrescenta o narrador, ao descrever sua foto no jornal; sua tristeza é "de bicho, não é tristeza humana" — esclarece a mocinha noiva, com dó no coração. O que prevalece nesses testemunhos, portanto, não é a declarada disposição amorosa da escritora com relação aos animais, mas aquela sua antiga suspeita formulada com limpidez na pergunta de 1944 — "por que estou falando deles como de animais?".

O que prevalece aí é a palavra truculenta do colonizador, imposta como ato inaugural de uma violência que se faz corpo, excedendo em muito a própria palavra. Entende-se por que a ideologia colonialista seja a primeira caixa que o conto deixa a descoberto, ganhando evidência antes de qualquer outra, por resultar de um processo autoritário de opressão e de exploração. Como resume Wilton de Souza Ormundo, "a estranha graça de Pequena Flor e o quase 'apetite devorador' do europeu sobre ela permitem uma inevitável associação entre esse encontro e o processo de colonização das Américas, África e Oriente". [20]

É desse quadro que parte Daniela Mercedes Kahn, ao analisar o texto como uma reflexão literária que desmistifica o discurso da colonização. Para tanto, a intérprete propõe um diálogo entre "A menor mulher do mundo" e *As viagens de Gulliver*, a grande obra satírica de Jonathan Swift que, publicada originalmente em 1726, foi traduzida e adaptada no Brasil dos anos 1970 por ninguém menos que a própria Clarice Lispector.

Como se sabe, as passagens mais conhecidas das aventuras ficcionais de Gulliver se concentram na sua descoberta do Império de Lilliput, habitado por uma população de indivíduos minúsculos, que não excedem treze centímetros de altura. A descrição desse país onde o herói passará longa temporada torna-se ocasião privilegiada para o autor criticar com humor, veemência e pessimismo os valores de sua própria sociedade, revoltando-se contra o sistema de conquista colonial escravista então vigente em diversos pontos da Europa. Não surpreende que o personagem se mostre profundamente hostil à vida de seus compatriotas, o que o leva a rejeitar as tradições ditas "civilizadas" e, por consequência, a adotar hábitos e pontos de vista dos povos que visita.

Observa Kahn que, sendo irlandês, Swift ocupa "uma posição periférica dentro do próprio Império Britânico, posição essa que, sem dúvida, favorece o olhar crítico com relação ao imperialismo inglês". Da mesma forma, o conto da escritora brasileira enfoca "o confronto entre o colonizador e o colonizado emblemático para a relação entre os povos da era moderna ao colocar face a face o explorador francês e a africana Pequena Flor". A exemplo do autor de Gulliver, a criadora de Macabéa também fala de uma posição periférica, o que é determinante para a escolha da África como cenário do conto, pois, sendo associado aos atributos "escuro", primitivo e misterioso, "do ponto de vista brasileiro o continente se configura como lugar de barbárie" assim como "do ponto de vista europeu o Brasil faz parte do mundo bárbaro".[21]

Jogos de espelhos que se impõem e se interpõem sobre as diferenças entre os exploradores de Swift e de Lispector: distantes no tempo e no espaço, as obras se aproximam como discursos de alta voltagem crítica contra os abusos coloniais. Elemento essencial dessa crítica, cabe assinalar, é a disposição por parte dos dois escritores em deixar um espaço em branco — não preenchido e nem preenchível — que preserva a inviolabilidade das alteridades, em respeito ao que Kahn define como "natureza indecifrável do outro".

Prova disso é que Clarice insiste em manter Pequena Flor na condição de "incompreensível", sem jamais explicar a escuridão de sua mudez, o abismo de seu sorriso ou sua capacidade de amar profundamente um anel ou uma bota. Da mesma forma, Swift termina o romance lançando seu herói aos confins do inexplicável. É digno de nota que sua última aventura transcorra numa terra ignota onde vivem cavalos de extraordinária inteligência, que teriam domesticado os homens. Gulliver admira essa civilização e se abandona voluntariamente ao aprendizado de seus hábitos e de sua língua. Obrigado a retornar à sua pátria, de tal forma a companhia dos compatriotas lhe é insuportável que, passados cinco anos, ele ainda se sente um estrangeiro ao lado deles. Homem culto e experiente, no seu estábulo vivem dois cavalos, com os quais ele conversa quatro horas por dia.

Se o desfecho das *Viagens de Gulliver* se reveste de inegável opacidade, aquele de "A menor mulher do mundo" não é menos enigmático. Vale evocar o fim do relato, quando, depois de ter se perturbado "como só homem de tamanho grande se perturba", o explorador "se chamou à ordem, recuperou com severidade a disciplina de trabalho, e recomeçou a anotar". Completa o narrador, retornando ao prédio de apartamentos onde os moradores ainda contemplavam a foto no jornal: "Quem não tomou notas é que teve de se arranjar como pôde: — Pois olhe — declarou de repente uma velha fechando o jornal com decisão —, pois olhe, eu só lhe digo uma coisa: Deus sabe o que faz".[22]

É de se perguntar o que faz no texto uma frase feita como essa, ainda mais como desfecho. Lugar-comum das ladainhas das beatas brasileiras e das tagarelices de quem busca a salvação em fórmulas instantâneas, responderia ela ao desejo da escritora de fechar o conto com um toque de ironia? Ou, ao contrário, seria acaso um expediente literário "para não ofender as coisas", para "ser leal com elas" e para "não enganá-las"? Impossível saber, sobretudo quando se tem em mente que a rara criatura era incluída por Lispector no rol das "coisas ainda muito próximas de Deus".

Seria fácil ver aí uma declaração de fé da escritora que, então, se renderia a uma explicação de fundo criacionista para dar conta da presença dos animais no mundo. Seria, porém, um equívoco: assim como acontece com a enigmática palavra *coisa*, as menções da autora à figura divina se recobrem de tal complexidade que realmente se torna impossível fixá-las num sentido único e inconteste. E não será por isso mesmo que a passagem acima associa os dois significantes, preferindo aludir às *coisas* e não às *criaturas* "próximas de Deus", como que professando um estranho materialismo místico?

A frase se reveste de uma obscuridade que demandaria mais espaço do que este ensaio pode lhe dedicar, embora se possa ainda abordá-la obliquamente para tentar entender a particularidade desse chamamento. Resta saber que lugar cabe à imponência celestial nos minúsculos universos habitados por gente como os likoualas e os liliputianos.

No mais das vezes, o que está em questão no confronto entre a grandeza divina e aquilo que é menor, mais baixo ou mesmo insignificante, é a própria condição humana, a testemunhar sua irremediável queda e consequente miséria. Embora tal perspectiva não escape aos textos de Lispector e de Swift, ela não deixa de ser subvertida quando eles atribuem um sentido positivo às figuras do pequeno, quase sempre em comparação com a ostensiva pequenez dos que se vangloriam de seu tamanho. Recorde-se que Gulliver reconhece a superioridade moral de seus miúdos anfitriões assim como o narrador clariciano não deixa de denunciar os disparates dos "grandes", diante da singela pigmeia.

Mais importante do que o elogio do diminuto é o fato de ambos os autores cultivarem um singular jogo de proporções que, oscilando entre o físico e o espiritual, vem perturbar as noções de medida humana estabelecidas na modernidade ocidental. Nunca é demais lembrar que Swift também narra em detalhe a passagem de Gulliver por Brobdingnag onde, capturado por gigantes, o personagem conhece aventuras ainda mais surpreendentes do que as vividas em Lilliput. Por conta de seu tamanho então reduzido, ele quase se afoga numa tigela de leite ou é esmagado por uma maçã, passando igualmente maus bocados quando preso no focinho de um cachorro. Nesse mundo superlativo, o herói passa a viver sob o nome de Grildrig — significando "pequeno pedaço de homem" — até o dia em que sua "casa portátil" é lançada ao mar, de onde ele será resgatado por um navio inglês.

Colocado na situação inversa que caracterizava seu convívio com os lilliputianos, o personagem é reduzido à mais completa impotência em Brobdingnag, o que permite ao seu criador expor a fragilidade das bases sobre as quais se ergue a imagem do homem ocidental, deixando patente que o grande e o pequeno são valores relativos, que se implicam mutuamente. Talvez esteja justamente nesse particular, e não na ficção sobre os pequeninos, a afinidade maior entre as duas fabulações, a princípio tão distintas, permitindo a conclusão de que o tempo forte do romance e do conto reside numa interrogação de alto teor filosófico sobre a medida do humano.

Porém, longe de pretenderem dar uma resposta às questões que formulam, um e outro preferem manter viva a inesgotável pergunta que suas fábulas precipitam. Afinal, manter o estado de interrogação significa preservar o mistério, e é precisamente nesse ponto que a evocação de Deus ganha sentido em "A menor mulher do mundo", já que a simples menção ao seu nome é suficiente para que toda medida seja colocada à prova de sua insondável desmedida.

Entende-se por que Clarice potencializa, nesse conto, seu singular talento para transfigurar questões existenciais em problemas de composição, valendo-se à vontade dos expedientes literários da ampliação e da redução. Estes não só se alternam mas também se embaralham, até o ponto de perturbar por completo as proporções em jogo. É o que ocorre em mais uma passagem exemplar do texto, quando o explorador francês flagra a pigmeia rindo e "gozando a vida":

> Era um riso como somente quem não fala ri. Esse riso, o explorador constrangido não conseguiu classificar. E ela continuou fruindo o próprio riso macio, ela que não estava sendo devorada. Não ser devorado é o sentimento mais perfeito. Não ser devorado é o objetivo secreto de toda uma vida. Enquanto ela não estava sendo comida, seu riso bestial era tão delicado como é delicada a alegria.[23]

Nesse momento de súbita harmonia, em que um simples sorriso passa a valer por toda uma existência, o bestial se reconcilia com o delicado e a morte é decididamente adiada. O menor e o maior se equivalem como potências do excesso, alheias a todas as classificações: reduzida à profundeza, Pequena Flor partilha da desmesura de Deus. Daí que, vedado a quem se expressa em linguagem articulada, o incompreensível venha precipitar uma estranha e exuberante fruição: "Se a própria coisa rara estava rindo, era porque, dentro de sua pequenez, grande escuridão pusera-se em movimento".[24]

O sopro da escuridão vibra em silêncio — e não conhece limites.

NOTAS

1. Este texto é uma versão reduzida de artigo publicado na França sob o título "A potência do pequeno: Notas sobre 'A menor mulher do mundo'". In: Sandra Assunção, Ilana Heineberg, Michel Riaudel (Orgs.). *Hispanismes Revue de la Societé des Hispanistes Français*, v. 15, pp. 98-120, 2021. Disponível em: https://hispanistes.fr/index.php/31-hispanismes/1733-hispanismes-n-15.

2. Clarice Lispector, "A explicação que não explica". In: *A descoberta do mundo*, Rio de Janeiro: Nova Fronteira, pp. 365-6, 1984.

3. Clarice Lispector, *Caderno de bordo*. Disponível no site do Instituto Moreira Salles: https://claricelispectorims.com.br/caderno-de-bordo. Acesso em: 15 out. 2020. [Os *itálicos* indicam palavras e temas presentes no conto.]

4. Id., "A menor mulher do mundo". In: *Laços de família*, Rio de Janeiro: Rocco, 1983, p. 79. [Todas as menções ao conto, doravante, com o título abreviado "MMM" serão referidas a essa edição.]

5. Clarice Lispector, "Corças negras". In: *A descoberta do mundo*, op. cit., p. 270.

6. Id. [A Lúcio Cardoso], *Correspondências*. Rio de Janeiro: Rocco, 2002, p. 54.

7. Clarice Lispector, "Estive em Bolama, África". In: *A descoberta do mundo*, p. 552.

8. Raúl Antelo, "Mas onde fica a viagem?". In: *Confluenze - Rivista di Studi Iberi Americani*, v. 4, n. 1. Bolonha: Dipartimento di Lingue e Letterature Straniere Moderne, Università di Bologna, p. 2, 2012.

9. MMM, p. 77.

10. MMM, p. 79.

11. Clarice Lispector, "A menor mulher do mundo", op. cit., p. 84.

12. Id., "Como uma corça". In: *A descoberta do mundo*, p. 85. [A frase descreve Eremita, que Rosenbaum aproxima de Pequena Flor.]

13. José Américo Motta Pessanha, "Clarice Lispector: O itinerário da paixão". In: Clarice Lispector, *A paixão segundo G.H.*, Edição crítica coordenada por Benedito Nunes. Madri/ Paris/ México/ Buenos Aires/ São Paulo/ Rio de Janeiro: ALLCA XX, 1996, p. 321. (Coleção *Archivos*)

14. MMM, p. 79, itálicos nossos.

15. Revista *Documents* n. 4, Paris: Jean-Michel Place, p. 215, 1991, edição *fac-simili.*

16. MMM, p. 81.

17. Yudith Rosenbaum, "Uma estranha descoberta. Leitura do conto 'A menor mulher do mundo', de Clarice Lispector". In: *Revista Literatura e Sociedade*, v. 20. São Paulo: FFLCH-USP, 2015, p. 152.

18. Berta Waldman, "Duas mulherzinhas". In: *Entre passos e rastros. Presença judaica na literatura brasileira*. São Paulo: Perspectiva, 2001, pp. 64-5.

19. Clarice Lispector, "A explicação que não explica", op. cit., pp. 365-6. [grifos nossos]

20. Wilton de Souza Ormundo, Figurações do grotesco nas narrativas curtas de Clarice Lispector. São Paulo: FFLCH-USP, 2008, p. 41. Disponível em Biblioteca Digital de Teses e Dissertações da USP: https://www.teses.usp.br/teses/disponiveis/8/8149/tde-12082009-163845/pt-br.php. Acesso em: 2 nov. 2020, p. 51.

21. Daniela Mercedes Kahn, "A menor mulher do mundo, de Clarice Lispector e a Desmistificação do discurso da colonização". Revista Ângulo 111, Lorena: Unifatea, out./dez. 2009, p. 28.

22. MMM, p. 86.

23. MMM, p. 84.

24. MMM, p. 84.

Clarice Lispector, musa inquietante

GILBERTO FIGUEIREDO MARTINS

Et quid amabo nisi quod aenigma est?
Giorgio de Chirico

Dentro do mais interior de minha casa morro eu neste fim de ano exausta. Eu, eu, se não me falha a memória, morrerei. O clímax de minha vida será a morte.
Clarice Lispector[1]

Aspecto privilegiado — e talvez superdimensionado — em sua fortuna crítica, a vinculação entre vida e obra preside a fatura de ao menos três estudos publicados após a morte de Clarice Lispector (1920-1977).[2] Neles, a opção comum pelo encadeamento cronológico faz confluir, para as páginas finais, o relato dos instantes derradeiros de padecimento físico da escritora, vitimada pelo câncer.

Cinco meses após viagem de uma semana à Europa, Clarice fora internada no Rio de Janeiro, no fim de outubro de 1977, vindo a falecer pouco mais de um mês depois, em um hospital público, numa manhã de sexta-feira, 9 de dezembro. No dia seguinte, seria seu 57º aniversário. Com base no depoimento da secretária e amiga de Lispector, Olga Borelli (1926-2002), reconta-nos a sua primeira biógrafa:

> Na véspera da morte, Clarice estava no hospital e teve uma hemorragia muito forte. Ficou muito branca e esvaída em sangue. Desesperada, levantou-se da cama e caminhou em direção à porta, querendo sair do quarto. Nisso, a enfermeira impediu que ela saísse. Clarice olhou com raiva para a enfermeira e, transtornada, disse:
>
> — Você matou meu personagem![3]

Conforme a tradição judaica à qual pertencia por origem, a escritora não pôde ser enterrada no sábado (*shabat*) e seu corpo foi levado para o Cemitério do Caju no domingo. Na segunda-feira, 12 de dezembro, a *Folha de S.Paulo* noticiou o ritual ortodoxo observado no sepultamento:

> Numa cerimônia simples, sem discursos, na qual a família chegou até a dispensar a presença do grão-rabino Henrique Lemle, substituído pelo cantor-mor Joseph Aronsohn, a escritora e jornalista Clarice Lispector [...] foi sepultada ontem no Cemitério Comunal Israelita, no Caju. Cerca de 200 pessoas, entre parentes e amigos, acompanharam o corpo — velado desde sexta-feira no oratório do Cemitério — até o túmulo 123, da fila G [...]. Antes de ser enterrado, o corpo da escritora, de acordo com o ritual judaico, foi purificado, sendo lavado, interna e externamente, por quatro mulheres da Irmandade Sagrada "Havra Kadisha". No oratório, o caixão, fechado, coberto apenas por um manto negro com uma estrela de David bordada em prateado, foi visitado pelos escritores Rubem Braga, Fernando Sabino, Nélida Piñon e José Rubem Fonseca [...]. Ainda no oratório, precisamente às 11 horas, o substituto do rabino deu início à liturgia lendo, em aramaico, o "Salmo 91", do "Antigo Testamento", seguido de cânticos em hebraico e de uma leitura, agora em português, de alguns Salmos. Ali, antes do caixão ser conduzido à sepultura, Joseph Aronsohn ainda fez a despedida do corpo, rezando o "El Molê Rachamim". [...] À beira do túmulo, Joseph Aronsohn [...] rezou o "Kadish" — oração fúnebre —, enquanto a última homenagem a Clarice Lispector era prestada com o lançamento de três pás de terra sobre o caixão, indicando que "da terra vieste, à terra voltarás". A cerimônia foi encerrada com o substituto do rabino pedindo aos presentes que se voltassem para a direita, em direção ao Oriente, indicando o sentido de Jerusalém.[4]

Motivado pelas celebrações do centenário do nascimento de Clarice Lispector, em 2020, recupero tais relatos, a fim de revisitar o impacto que seu indesejável momento terminal teve para um de nossos maiores poetas, o qual, à morte da amiga, reagiu criando.

Ferreira Gullar (1930-2016) conta ter conhecido Lispector em 1955 ou 1956 (depois da publicação de seu livro de poemas *A luta corporal*),[5] numa tarde de sábado ou domingo, na casa da artista plástica Zélia Salgado, em Ipanema, cerca de cinco anos após ter lido o romance *O lustre* (de 1946), o qual o deixara "bastante impressionado, por sua estranheza e densidade poética".[6] Também impactado pela aparência da escritora — para ele, semelhante a uma "loba fascinante", com os "olhos amendoados e verdes, as maçãs do rosto salientes" —, saíra da reunião "meio atordoado", imaginando que um reencontro o levaria a se apaixonar por ela.[7] Na redação do "Suplemento Dominical" do *Jornal do Brasil*, onde publicava seus primeiros poemas concretos, voltaria a vê-la algumas vezes. Depois, apenas quando regressou do exílio político, em março de 77, "respaldado pela repercussão do *Poema sujo*, escrito em Buenos Aires". Clarice lhe telefonou, querendo entrevistá-lo para a página que assinava na revista *Fatos & Fotos*, convidando-o para ir a seu apartamento, no Leme:

> A esta altura, a mulher de 30 anos que eu conhecera naquela tarde de sábado era agora uma senhora de 52 anos,[8] marcada pelo sofrimento e por um acidente com fogo que quase lhe inutilizara uma das mãos. Mas continuava encantadora. Ela me recebeu afetuosamente e por um momento falamos do passado.

Na lembrança de Gullar, os olhares trocados então ganham espaço de destaque, os dela como fonte de encantamento e perturbação: "fixou seus olhos nos meus e falou", "rimos e ficamos olhando um para o outro"; e os dele não teriam igualmente passado despercebidos por ela, que lhe teria dito: "Gosto de teus olhos... São bondosos". No comentário que antecede a entrevista publicada, Lispector afirma ser sua "fervente admiradora [...], desde os tempos de *A luta corporal* até esse escandalosamente belíssimo *Poema sujo*":

> Mas eu tinha um pouco de medo dele, parecia-me que, com seu extraordinário poder verbal, eu seria aniquilada. Éramos um pouco distantes um do outro, e eu desconfiava que ele rejeitava a minha "literatura". Mas o

que fazer? Nada, senão continuar a gostar do que ele escrevia e escreve. Nesta entrevista, ele me assegurou que a desconfiança antiga era errada. Aleluia!

Durante a conversa, comentam de que modo para ambos se processava o ato criador, identificando-se quanto à quase ausência de revisão ou reescrita feita naquilo que produziam. Ferreira Gullar tenta explicar-lhe o impulso lírico:

> Em mim o poema quase sempre é provocado por um choque emocional qualquer. [...] O choque emocional já por si provoca as palavras, eu em geral não me preocupo em escolhê-las, elas jorram. [...] Sempre fiz literatura como um modo de entender a vida e a mim mesmo. [...] [o poema] é uma tentativa de dizer tudo como se depois dele eu fosse morrer.[9]

O poeta menciona a alegria de rever grandes amigos, entretanto lamenta a ausência daqueles "que desapareceram para sempre", como os dramaturgos Vianinha e Paulo Pontes. Finalmente, a entrevista termina com Gullar declamando de cor o poema que escrevera para Oscar Niemeyer (também entrevistado por ela) e afirmando que gostaria mesmo era de ter escrito "um poema capaz de abarcar toda a história sofrida e obscura da gente brasileira". Clarice entrega-lhe um exemplar autografado de seu *Água viva* (1973).[10]

Dias depois, jantam no restaurante Fiorentina, onde conversam sobre o problema de saúde dos filhos, quando, por acaso, aparece Glauber Rocha, provocando polêmica ao defender o regime militar. Finalmente, em outra ocasião, se reveem no apartamento dela, juntamente com Rubem Fonseca, Fauzi Arap e outros amigos: "Foi a última vez que a vi. A roda-viva daqueles tempos me arrastou para longe dela, em meio a problemas de toda ordem, crises na família, filhos drogados, clínicas psiquiátricas".[11] Logo, ela adoece, é internada em clínica particular do bairro Jardim Botânico e depois no Hospital da Lagoa. Ele combina com Olga Borelli, acompanhante da escritora, de ir visitá-la, mas Lispector manda avisar que não gostaria, pois não queria ser vista com a aparência debilitada.[12] Completa o escritor:

Ela nunca voltou para casa. Dias depois, pela manhã, estou me aprontando para uma viagem a São Paulo, quando soa o telefone. Atendo: "Clarice morreu", disse a voz. "O enterro será hoje mesmo de manhã". Fiquei desesperado, não podia adiar a viagem. A caminho do aeroporto só penso nela, comovido. Na manhã linda e iluminada, as árvores balançavam seus ramos naturalmente, como se ela não tivesse morrido. O mundo não precisa de nós, disse a mim mesmo [...].[13]

Naquele mesmo dia, em trânsito rumo a seu compromisso, um poema lhe vem pronto, como reação ao potente choque emocional da perda:

MORTE DE CLARICE LISPECTOR

Enquanto te enterravam no cemitério judeu
do Caju
(e o clarão de teu olhar soterrado
resistindo ainda)
o táxi corria comigo à borda da Lagoa
na direção de Botafogo
E as pedras e as nuvens e as árvores
no vento
mostravam alegremente
que não dependem de nós[14]

Também o Ferreira Gullar cronista, anos depois, reativará a memória afetiva, em novo (e belo) registro, evidentemente esteado nas imagens do próprio poema:

De viagem marcada para São Paulo, entrei num táxi que me levou pela lagoa Rodrigo de Freitas. Não poderia ir a seu sepultamento. O táxi corria dentro de uma manhã luminosa, enquanto a brisa balançava alegremente os ramos das árvores. Clarice morrera e a natureza o ignorava. No avião, escrevi um poema falando nisso. Que mais poderia fazer?

Alguns meses atrás, quando aceitei fazer a curadoria da exposição sobre ela, no Museu da Língua Portuguesa, todas essas lembranças me acudiram. Ia ser bom voltar a pensar nela, reler seus livros, pois é neles e só neles que é possível reencontrá-la agora e nunca naquele saárico túmulo do Cemitério Israelita do Caju, aonde certo dia, sob sol escaldante, fui, com Cláudia Ahimsa, visitá-la. Não havia Clarice nenhuma sob aquela laje de pedra, sem flores. E não havia porque, de fato, o que Clarice efetivamente foi, o que fazia dela uma pessoa única e exasperada, era sua patética entrega ao insondável da existência — e a necessidade de escrever, de tentar incansavelmente dizer o indizível, mas certa de que, ao torná-lo dizível, o dissiparia.

Não obstante, isso era tudo o que valia a pena fazer na vida, conforme afirmou: "Quando não escrevo, estou morta".

Em compensação, quando a lemos, ressuscita.[15]

Seco, direto, o título do poema anuncia o que de incontornável e definitivo há na fatalidade que motivou a escrita, aproximando-se do prosaísmo da manchete jornalística ou mesmo do proclama fúnebreo. Se a própria escritora explicava a origem de seu sobrenome vinculando-o à imagem metonímica do corpo velado — com a flor-de-lis no peito —, a incômoda proximidade sonora entre os vocábulos morte e Lispector retoma e confirma o vínculo etimológico-semântico, tornado ecoante verdade irrecorrível. Com enunciação dirigida à interlocutora ausente — referida na 2ª pessoa do singular e cujo nome aparece tão somente no título —, o eu lírico parece combinar relato e justificativa, lamento e escusa, amparado no ritmo e pulsação da palavra, a fim de resgatar a ambiência de proximidade da conversa íntima.

Se a predominância marcante do som surdo da consoante oclusiva T, no verso de abertura, alude ao processo de inumação do corpo, dando a ideia de um ruído seco, repetido, que as palavras derivadas do elemento natural (enterravam e soterrado) vêm igualmente reiterar, a renúncia quase absoluta à pontuação, sobretudo ao ponto final para (não) encerrar o poema-décima,[16] concretiza na escrita a recusa do fim e, por oposição, a resistência do fulgor — ora sovertido — do olhar oblíquo que tanto siderara o autor. Daí o realce dado à exceção: a presença, no 3º e no 4º verso, dos sinais de parênteses, os quais encerram e isolam uma ponderação ou ressalva (de sobrevida) por meio de dois vocábulos que, combinados, semântica e acusticamente remetem à ideia de continuidade e duração — "resistindo ainda".

A perícia linguística do poeta atua para acentuar o efeito de contraste da escolha lexical: em versos diferentes, porém em posição imediatamente subsequente, os vocábulos "soterrado" e "resistindo" contrapõem semanticamente o aspecto verbal do particípio — com função adjetiva/predicativa, a indicar um processo acabado/concluído —, o qual imanta a "o clarão de teu olhar" um sentido de passividade e resignação, e o verbo no gerúndio — com forma adverbial/circunstancial e valor de voz ativa —, conferindo, ao mesmo sintagma nominal, atributos de vontade e potência de reação à finitude. Combinação tensiva de opostos: consumação e perpetuidade, interrupção e prolongamento. Posto que enterrado, o "clarão" do olhar de Clarice fulge em sua hora de estrela, feito vestígio de luz viva sob o solo, memória persistente a emitir sinais e a estimular a demanda de interlocução, à que o elegíaco apelo verbal em forma de poema dá voz.

Primeira palavra do texto, a conjunção "Enquanto" assinala a concomitância temporal de dois fatos: encerrado no táxi, em corrida "na direção de Botafogo", o sujeito da enunciação lírica distancia-se fisicamente do lugar onde se efetiva, naquele mesmo momento, o funeral da escritora: "o cemitério judeu do Caju".[17] Outro jogo de simultaneidade dialética configura a segunda parte do texto (versos 7-10): a natureza segue "alegremente" seus processos e fluxos,[18] com aparente sem-razão, ao passo que o reconhecimento da finitude da condição humana expõe e impõe limites à consciência-de-si, no mundo da cultura, do simbólico e da representação. A mescla ligeira de elementos narrativos e descritivos gesta a conclusão reflexiva (à que o uso do pronome pessoal "nós" confere dimensão plural e centrípeta, tragando e incluindo o leitor, no presente da recepção) acerca da distinção entre sujeito e objeto, negando-se assim a chave romântica da pretensa continuidade entre a fenomenologia do espírito (ser-para-a-morte) e o curso da verdade do mundo.

Ao mobilizar as palavras "judeu" e "Caju", para além do efeito chiante de aliteração e rima interna com que a repetição da sílaba *ju* contribui para a tessitura sonora do poema, Gullar aproxima (e afasta, por *enjambement*/transposição/cavalgamento) a origem estrangeira étnico-religiosa da imigrante ucraniana e sua adesão ao elemento nacional, tensionando o índice étnico-religioso com a palavra tupi que designa a fruta, a qual metonimicamente recupera a cor local de fundo biográfico, ao condensar simbolicamente a fase da juventude em que Clarice viveu no Nordeste (região à que ele próprio, maranhense, também pertence), nos estados de Alagoas e Pernambuco. Mais uma vez, simultaneidade e contraste: errância e imobilidade, migração e identidade, alteridade e pertença. Finalmente, etimologia e toponímia confluem para a construção do sentido: também é chamado de "caju" o forte vento noroeste que sopra ocasionalmente na baía de Guanabara, a indicar mudança das condições climáticas,[19] ligando-se, portanto, não apenas os versos 1 e 2, mas este e o verso 8, igualmente curtos, condensando locuções de lugar. Aliás, a insistência com que comparecem no texto signos de referencialidade espacial ("do Caju" / "da Lagoa" / "de Botafogo") reafirma, após tantas viagens (compulsórias ou não), a opção comum de ambos os escritores pela capital fluminense, cidade onde moraram até seus últimos dias.

Dez anos após a morte de Clarice Lispector, em 1987, Ferreira Gullar lança o livro *Barulhos*, com outro poema em que há referência direta à amiga:[20]

ONDE ESTÃO?

Na enseada de Botafogo o mar é cinza
e sobre ele se erguem os rochedos da Urca,
o Pão de Açúcar.
É tudo solidamente real.

Mas e os mortos,
onde estão?
O Vinícius, por exemplo,
e o Hélio? a Clarice?
Não quero que me respondam.

Pergunto apenas, quero
apenas
fundamente
perguntar.

Ia cruzando a sala de manhã quando
me disseram: a Clarice morreu.
E no banheiro, depois, lavando as mãos,
lavava eu as mãos já num mundo sem ela
e água e mãos eram um enigma
de sensações e lampejos
ali na pia.
É que a morte revela a vida aos vivos?

Quando Darwin morreu
fomos todos para o seu apartamento na Rua Redentor.
Ele estava esticado num banco
enquanto eu via
pela janela sobre a praia
um helicóptero
a zumbir na atmosfera iluminada
longe.
Thereza, Guguta, Zuenir,
estavam todos ali e o bairro
funcionava, a cidade funcionava naquela manhã
como em todas as manhãs.
Não era realidade demais
para alguém deixar assim
para sempre?

A caminho do cemitério me lembro
havia uma casa espantosamente ocre
recém-pintada — e até hoje me pergunto
o que há de espantoso numa casa ocre
recém-pintada.

Não sei se devido à quantidade de automóveis
que há na cidade
o surdo barulho das ruas
e os aviões que cruzam o céu,
o certo é que
subitamente
me pergunto por eles.

Onde estão?
onde estou?
O mundo é real demais para alguém pensar
que se trata de um sonho.[21]

Desde o título, Gullar mobiliza e reatualiza mais diretamente o *topos* literário do "*Ubi sunt?*", o qual remonta pelo menos ao século 13, segundo o esclarecedor ensaio de Augusto Meyer (cujo desenvolvimento, aliás, o poeta parece acompanhar *pari passu*).[22] "Pergunta sem resposta", a fórmula recorrente "Onde estão?" reaparece como motivo literário obsedante, da literatura medieval à barroca, da modernista à mais contemporânea, inicialmente via Boécio e Villón, com graus de formalismo diversos, pela maior ou menor adesão de cada poeta ao paradigma retórico da antiga chapa, ao clichê da "velha receita". A "fórmula interrogativa tão seca e direta, ameaçadora e cortante em sua brevidade",[23] repõe a reflexão acerca da evanescência natural das coisas e seres e inspira os autores a enfileirar nomes e pontos de interrogação em meio a graves considerações que ratificam a consciência da caducidade dos bens temporais.

Repetida à exaustão, por vezes como estribilho, a indagação ecoa nos textos e se transfere aos leitores, com isto se ampliando sua expressão angustiante, pois na longa tradição ocidental (de cuja ramificação é o poema de Gullar um evidente exemplo de derivação tópica), é "interrogação que na verdade não espera resposta alguma".[24] Se o passado fora o tempo da presença, o presente certifica apenas a ausência, como prova inescapável de que o processo avança rumo ao futuro e de que, portanto, tudo passará. Daí a inclusão do eu lírico, muitas vezes, no próprio catálogo nominal de fantasmas, na enumeração ou "lengalenga dos nomes", de "cerrados pelotões de mortos, tudo de cambulhada".[25]

Otto Maria Carpeaux, em sua tentativa de "Resposta à pergunta" do amigo Augusto Meyer, acentua as ressonâncias melancólicas do tema e a significação metafísica daquele *lugar-comum* poético.[26] Para ele, na literatura medieval, porque profundamente marcada pelo espírito religioso da época, observa-se ainda a possibilidade de evasão ou de arrefecimento da angústia, visto que os "que antes de nós viviam neste mundo" estariam no além, sendo recompensados ou punidos conforme suas virtudes ou pecados. Embora nem por isto deixassem os poemas de servir de alerta ao leitor, como reafirmação sempre reposta do temível "*Memento mori*" ("Lembre-se da morte" ou, mais diretamente, "Lembre-se de que também vai/vamos morrer").

Se, por outros momentos de sua obra poética, não seria difícil filiar Ferreira Gullar ao epicurismo e à tradição estoica, mencionados por Carpeaux — em que se responde à certeza da finitude humana com o aceite do convite à boa vida e o "acorde da alegria de viver", temperado com notas orgíacas de "sensualidade brutal" —, neste caso, o dos poemas dedicados a Clarice Lispector e a outros amigos mortos, a evidência maior é a de que o pensamento do poeta brasileiro adere, antes, ao materialismo moderno, segundo o qual, após a morte, nada há e os já idos tão somente "não estão", restando deles apenas a cinza e o pó, como traços residuais da (in)existência do corpo, fugazes porém concretos demais: "É tudo solidamente real!".[27]

Ao rastear temas e recursos poéticos medievos nos poemas de Manuel Bandeira, Franklin de Oliveira detém-se na musicalidade dos versos, vinculando-a à tristeza elegíaca e à irradiação da "voz subjacente" do "*Memento mori*" como presença fortemente atuante em sua poética. Para tanto, o crítico revisita a obra monumental de Ernest Robert Curtius, *Literatura europeia e Idade Média latina*, com destaque para a investigação acerca da "tópica do inexprimível" e do "sentimento do irrevogável, da irreparável perda" e da "tópica da vanidade de todas as coisas, a qual condicionava quase todo o pensamento medieval":

> [...] uma das tônicas é o motivo da decomposição do corpo. O tema das lamentações pela beleza que se converte em putrefação está [...] na base da *ars moriendi*; nela ressoa a voz do *Memento mori. É o núcleo do Ubi sunt* [...] A tópica da evanescência de todas as coisas é uma ideia propedêutica: ela nos prepara para a natural aceitação do conceito da morte, como o único problema da existência [...].[28]

Em seção de seu ensaio dedicado à análise interpretativa do poema "Profundamente", de Bandeira, Davi Arrigucci Jr. recupera as reflexões dos críticos que o antecederam, a fim de também esquadrinhar o "motivo arquibatido" da ausência, "na forma de uma pergunta enumerativa e reiterada, sugerindo o desaparecimento de uma série de indivíduos", como "padrão repetitivo ao longo da história literária do Ocidente (e não apenas)",[29] tradição à qual se filia, acrescento, o texto de Ferreira Gullar. Em comum com este seu colega maranhense, o poeta de Pernambuco faz uso de um "tipo de forma mesclada, épico-lírica [...], na qual o discurso expressivo em primeira pessoa" depende intimamente da "memória épica, a faculdade mestra do narrador", "evocando, com efeitos plásticos marcantes, eventos e figuras humanas [...], como se contassem uma história, de teor profundamente subjetivo, por meio de quadros imagéticos".[30] E, assim como Gullar, Bandeira revisita o *topos* elegíaco, agregando à fórmula o "elemento pessoal e autobiográfico", sob o aspecto da existência individual, envolvendo o seu passado recente, "ao dar espaço na lista de nomes ilustres para pessoas [...] saídas ao que parece do círculo de convivência estritamente pessoal e íntima do poeta":[31]

> Ora, o tema do *Ubi sunt?* representa, no universo da lírica, precisamente o momento de concentração e organização da experiência diante da morte, sob a forma da meditação elegíaca, quando é possível pensar o sentido de uma vida e da própria existência humana como um todo, quando o aprender a morrer se impõe como necessidade de pensar o horizonte da própria vida. [...] O aproveitamento levado a cabo por Bandeira representa uma renovação profunda do tópico, pela sabedoria construtiva com que soube inseri-lo numa nova situação histórica e pessoal, particular e

concreta, para dele extrair sua mais íntima experiência [...]. [Ele] insere o tema, de forma decisiva, no contexto histórico do país em processo de modernização, tornando-o um eco elegíaco de todo um mundo em processo de extinção, fazendo da história mais ampla de uma sociedade em transformação uma história pessoal e íntima e, ao mesmo tempo, generalizando a experiência individual, através do motivo recorrente da tradição, numa forma simbólica de alcance universal, exprimindo a atitude de um homem diante do fato inelutável e comum a todos que é a morte.[32]

Como no poema anterior, neste, Gullar reúne topônimos cariocas ("enseada de Botafogo", "Urca", "o Pão de Açúcar") e elementos da paisagem natural ("mar", "rochedos", "praia", "atmosfera iluminada") para servir de cenário empírico e "solidamente real" à inquirição metafísica, que se repõe com a constatação acumulativa da perda de tantos amigos, dentre os quais o poeta Vinícius de Moraes e o artista plástico Hélio Oiticica,[33] mortos no mesmo ano de 1980, e o jornalista Darwin Brandão, cujos velório e enterro ganham destaque (e três testemunhas) a partir da quarta estrofe. A terceira, dedicada a mais uma vez repercutir o passamento da amiga escritora, é composta quase integralmente por decassílabos (versos 14-17 e 21), em sequência interrompida justamente quando se interpõe à razão organizadora da forma fixa "um enigma" (verso 18), com potência desagregadora — que a cisão dos versos 19 e 20 vem formalizar: "É que a morte revela a vida aos vivos?".

Antes, nos dois primeiros versos da estrofe, o contraste auditivo faz cessar a homofonia de assonâncias que indicavam o antes ("Ia cruzando a sala de manhã quando/ me disseram:") e o depois da notícia ("a Clarice morreu"), caso exemplar de utilização estilística de sonoridade expressiva. Já nos dois últimos (versos 20 e 21), reforça-se a oposição acústica, com efeito de reflexo invertido, pela ausência de nasalização nas palavras formadas com a vogal "i" ("ali" / "pia" / "vida" / "vivos"), a ressoar a sílaba tônica de "enigma" e do prenome da autora (verso 15), além de, cifradamente, remeter ao título do livro que ela lhe dera de presente, *Água viva*.

Métrica e ritmo ajustados em consequência dos "lampejos" de clareza e verdade que a experiência da morte alheia (re)vela acerca da própria vida (tornando mais significativa a fantasmática falta de menção ao provável espelho sobre a "pia" do "banheiro", no qual o sujeito certamente se miraria ao se lavar). E a repetição do substantivo "mãos", em posições diferentes nos versos 16-18, soma-se à alternância do verbo lavar no gerúndio e no pretérito imperfeito do indicativo, a fim de representar iconicamente, também no branco do papel, à maneira *verbivocovisual* dos ex-colegas concretistas, o movimento contínuo e recorrente do ato banal que se repete, porém ora ressignificado por novas "sensações", "já num mundo sem ela".

Pois é justamente ao recordar a ocasião de mais uma perda — quando se postara na janela de um apartamento a focalizar a paisagem urbana, no movimentado "bairro" da "cidade" cosmopolita, enquanto o corpo do companheiro jornalista jazia "esticado num banco" — que o eu poemático se dá conta, com perplexidade analítica, do desacordo, de que tudo ainda "funcionava", ininterruptamente, "como em todas as manhãs". E assim se constata que o domínio da técnica neste universo prosaico e desencantado não decifra, antes adensa e complexifica, a sempiterna incógnita da perecibilidade: "Não sei se devido à quantidade de automóveis/ que há na cidade/ o surdo barulho das ruas/ e os aviões [e um helicóptero] que cruzam o céu,/ o certo é que/ subitamente/ me pergunto por eles."; afinal, "Não era realidade demais/ para alguém deixar assim/ para sempre?". No momento mesmo em que se repõe o enigma do desaparecimento de outrem afetivamente caro, o que outrora fora familiar é estranhado e a rotina apaziguadora que arrefecera o choque de lutos anteriores é rompida com a reinstalação do assombro — como a fixação da imagem da esfíngica "casa espantosamente ocre / recém-pintada", no caminho do cemitério, vem ratificar.[34]

Se, em 1964, Clarice Lispector afirmara, por meio da narradora protagonista de *A paixão segundo G.H.*, que "a explicação de um enigma é a repetição do enigma",[35] resta-nos — agora que o poeta Ferreira Gullar também não mais se encontra neste mundo "real demais" — tão-somente "fundamente perguntar": "onde estão? / onde estou?". Mesmo certos de que as respostas possíveis apenas repõem a pergunta, indefinidamente... Afinal, como exprime, na frase em latim que abre este ensaio, o pintor greco-italiano Giorgio de Chirico (1888-1978) — que retratou a escritora em 1945 e é também o autor de quadro cujo título é *As Musas Inquietantes* —, "E o que devo amar senão o enigma?".

O resto é silêncio.

NOTAS

1. Gotlib, 1995, pp;. 482-3.

2. Cf. Gotlib, Ferreira e Moser.

3. Gotlib, p. 484. Cf. Ferreira (pp. 290-2), em 28 de outubro, durante cirurgia de obstrução intestinal, constatou-se tumor nos ovários e Clarice foi transferida, em 17 de novembro.

4. Disponível em: http://almanaque.folha.uol.com.br/ilustrada_12dez1977.htm.

5. Cf. *Cadernos* IMS (pp. 53-5) e Gullar (2016), pp. 86-7.

6. "Já no segundo romance, *O lustre*, o discurso mostra-se intenso, movido por uma retórica outra, nova, cheia de elementos inesperados. O propósito da romancista, menos que contar uma história e definir caracteres, foi gerar uma atmosfera tensa e atordoante, alucinatória quase, de que se ergue uma realidade estranha, transfigurada. As personagens não são seres excepcionais, antes são pessoas comuns, vivendo em um mundo, por assim dizer, mágico; mas de uma magia diferente, clariciana, feita de enigmas e perplexidades — uma magia nascida da exacerbação da palavra. Percebe-se, já nesse livro, que um traço decisivo da personalidade da escritora é a audácia que, daí para a frente, determinará o caminho seguido por ela." (Gullar; Peregrino, p. 34).

7. "Nos dias que se seguiram, não conseguia esquecer seus olhos oblíquos, seu rosto de loba com pômulos salientes."

8. Cinquenta e seis anos. "Já quase nada tinha da jovialidade de antes, embora continuasse perturbadora em sua natural dramaticidade."

9. Lispector (2007), pp. 53-5.

10. "[...] *Água viva* tampouco tem a atmosfera soturna e angustiada dos livros anteriores e, particularmente, de *A paixão*. Livre do compromisso narrativo, [...] ela parece viver uma aventura literária sem limites, entregando-se à improvisação e ao fluir da escrita, descomprometida, sem qualquer objetivo previsível. Lembra, nisso, a escrita automática preconizada pelos surrealistas e que nenhum deles pôs de fato em prática, mesmo porque, nos termos em que a concebiam, era impraticável, uma vez que não se pode escrever continuamente sem qualquer interferência da razão ou da consciência. De qualquer modo, os surrealistas abriram caminho para uma linguagem que incorporasse o onírico e o mágico. Clarice, 'tomada por um ritmo incessante e doido', tentou vencer os limites da coerência lógica e criar, assim, um discurso encantatório. Há momentos, em *Água viva*, em que o fluxo da escrita se faz movido por jogos de ideias e palavras 'cegas', que arrastam o leitor sem lhe dar tempo de compreender o que lê; ou se rende ou desiste. Por isso mesmo, este livro reflete, como nenhum outro livro seu, uma alegria que vem certamente do fato de que, nele, ela está a salvo de qualquer injunção; escreve para escrever, para gozar da liberdade de inventar o texto e elevá-lo a alturas inspiradas para além da compreensão, pois o que deseja é o encantamento. Trata-se talvez do que ela definiu como 'a vida pela vida',

acrescentando: 'Posso não ter sentido mas é a mesma falta de sentido que tem a veia que pulsa'. E nisso também difere dos surrealistas; já não quer perder-se no onírico, mas no real." (Gullar; Peregrino, pp. 44-6).

11. Gullar, 2016, p. 87.

12. "E se ela não voltasse mais para casa? Dobrei o papel com o recado e guardei-o no bolso, desapontado. Àquela noite, quando contei o ocorrido a minha mulher, ela explicou: 'Clarice, vaidosa como era, não queria que você a visse no estado em que estava'. Pode ser, mas, de qualquer forma, até hoje lamento não ter podido vê-la uma última vez." (Ibid.)

13. *Cadernos* IMS, p. 55.

14. Na 1ª versão do poema, cemitério "de S. Francisco Xavier", nome substituído em *Toda poesia* (Gullar, 2015, p. 370). Em São Luís do Maranhão, há a "praia do Caju" (Gullar, 2006), p. 141.

15. "Presença de Clarice", 20/5/07. In: Gullar, 2016, p. 87.

16. Embora as maiúsculas nos versos 1 e 7 cindam o poema em dois períodos.

17. Em "o táxi corria comigo" (verso 5), cruzam-se os sentidos de o veículo trafegar com o passageiro e o de este ser expulso (ou escapar) do lugar onde deveria estar.

18. Há imagens dos quatro elementos fundamentais: "enterravam"/ "soterrado", "Lagoa"/ "nuvens", "vento", "Botafogo"/ "clarão"; e dos reinos humano/animal, vegetal ("árvores") e mineral ("pedras").

19. Cf. *Dicionário Houaiss da Língua Portuguesa*.

20. Sobre *Barulhos*, diz Camenietzki (2006, p. 177): "São poemas da maturidade poética, em que [...] acumulam-se grandes perdas pessoais. Mário Pedrosa, principalmente, mas também Glauber Rocha, Armando Costa e a lembrança de Clarice Lispector. [...] Mesmo que irreligiosa, sua poesia nem por isso deixou de se debater incansavelmente com a morte (ou talvez por isso mesmo). Sem transcendência da alma, o corpo se extingue e, com ele, a vida que havia. Apenas na memória dos vivos os mortos vivem, e no poema".

21. Gullar, 2015, pp. 394-5.

22. Meyer, pp. 81-93.

23. Ibid., p. 83.

24. Ibid., p. 85. Os versos 9-13 explicitam: "Não quero que me respondam/ Pergunto apenas, quero/ apenas/ fundamente/ perguntar".

25. Meyer, p. 85. Na última estrofe, surge a variante "onde estou?", incluindo o *eu*, por antecipação, no inventário de ausentes, ampliando-se a perplexidade existencial e metafísica.

26. Carpeaux, pp. 9-13.

27. "Ora, acredito saber uma resposta. [...] foi dada, definitivamente, pelo buril de Goya: na gravura na qual um esqueleto escreve sobre seu próprio túmulo a palavra *Nada*." (Ibid., pp. 10 e 13).

28. Oliveira, pp. 242 e 248.

29. Arrigucci Jr., p. 217. Ver Rosenbaum (2002), caps. 3 e 4.

30. Id., p. 205. O uso dos advérbios de modo (solidamente, fundamente, espantosamente, subitamente) reforça a hipótese intertextual.

31. Arrigucci Jr., p. 220. "Entendida assim, a convenção do *Ubi sunt?* seria um meio entre outros que o homem encontrou para lidar com a morte, através da poesia, não tanto ou apenas para frisar o poder devastador do tempo sobre a existência humana e todas as coisas, mas antes para *instaurar a meditação capaz de tornar admissível a própria ideia*

de morrer. [...] Dessa aprendizagem da morte — a que busca familiarizar-se a todo custo, tratando-a como algo sério e problemático, mas sem chegar ao trágico, através de uma mescla estilística que passa pela representação concreta do cotidiano, incorporando traços do *sermo pedester* ou *humilis*, como no discurso cristão — extrai a condição mesma da liberdade através da meditação constante [...]." (pp. 222-3).

32. Ibid., p. 225.

33. Gullar refere-se a Hélio Oiticica como "uma espécie de irmão mais novo", ao relatar a "experiência-limite" de criação do "Poema enterrado", em 1960 (Gullar, 2016, pp. 151-2; Gullar, 2006, pp. 147-55).

34. "De lampejos e aparições é feito o imaginário móvel de Gullar trabalhado em mais de um poema. Este amador das artes da forma e da cor vê dentro e fora de si uma inesperada verde relva em meio à sua cidade em ruínas. 'De tais espantos somos feitos'. [...] O mesmo se dirá da recorrência de um certo tom drummondiano audível em poemas imersos na cidade grande ou evocadores de mortos — aqueles que sobrevivem nas fotos ou no ventre da memória mais doída" (Bosi, p. 59).

35. Lispector, 1998, p. 134.

REFERÊNCIAS BIBLIOGRÁFICAS

ARRIGUCCI JR., Davi. *Humildade, Paixão e Morte — A poesia de Manuel Bandeira.* São Paulo: Companhia das Letras, 1990.

BOSI, Alfredo. *Entre a Literatura e a História*. São Paulo: Ed. 34, 2013.

Cadernos de Literatura Brasileira 17 e 18 — Clarice Lispector. São Paulo: IMS, 2004.

CAMENIETZKI, Eleonora Z. *A trajetória de Ferreira Gullar*. Rio de Janeiro: Revan, 2006.

CARPEAUX, Otto M. Resposta à pergunta. In: *Respostas e perguntas*. Rio de Janeiro: MES/IN/SD, 1953, pp. 9-13.

FERREIRA, Teresa C. M. *Eu sou uma pergunta — Uma biografia de Clarice Lispector.* Rio de Janeiro: Rocco, 1999.

GOTLIB, Nádia B. *Clarice — Uma vida que se conta*. São Paulo: Ática, 1995.

GULLAR, Ferreira. *Toda Poesia*. 21. ed. Rio de Janeiro: José Olympio, 2015.

______. *Sobre arte sobre poesia (Uma luz do chão)*. Rio de Janeiro: José Olympio, 2006.

______. *A alquimia na quitanda*. São Paulo: Três Estrelas, 2016.

GULLAR, Ferreira; PEREGRINO, Julia (curadoria). *Catálogo da exposição "Clarice Lispector: a hora da estrela"*. São Paulo: Museu da Língua Portuguesa, 2007.

LISPECTOR, Clarice. *Entrevistas* (Org. Claire Williams). Rio de Janeiro: Rocco, 2007.

______. *A Paixão segundo G.H.* Rio de Janeiro: Rocco, 1998.

MEYER, Augusto. "Pergunta sem resposta". In: *Textos críticos*. São Paulo: Perspectiva; Brasília: INL, 1986 (pp. 81-93).

MOSER, Benjamin. *Clarice*. Trad. de José Geraldo Couto. São Paulo: Cosac Naify, 2009.

OLIVEIRA, Franklin de. O Medievalismo de Bandeira: a Eterna Elegia. In: BRAYNER, Sônia (Sel.). *Manuel Bandeira*. Rio de Janeiro: Civilização Brasileira; Brasília: INL, 1980 (p. 235-62).

ROSENBAUM, Yudith. *Manuel Bandeira: uma poesia da ausência*. 2. ed. São Paulo: Edusp, 2002.

Literatura e cinema: *A paixão segundo G.H.**

NÁDIA BATTELLA GOTLIB

A partir do momento em que se assiste à narrativa cinematográfica intitulada *A paixão segundo G.H.*, obra de Luiz Fernando Carvalho, a correlação entre duas linguagens — a do filme e a do romance homônimo, de Clarice Lispector, parece inevitável. Não há como escapar. E é justamente esse diálogo que me servirá de fio condutor ao longo de minha reflexão.

Antes de entrar na questão propriamente dita, centrada na leitura desses dois objetos estéticos, romance e filme, e já que o tema propõe considerações entre literatura e cinema, gostaria de me reportar a um outro objeto estético do campo do cinema, criado por Suzana Amaral, falecida há apenas quatro meses, aos 25 de junho deste 2020.

Seu filme, *A hora da estrela*, de 1985, baseado em romance de igual título, escrito por Clarice Lispector, teve papel significativo na divulgação da escritora junto a um público mais amplo. A cineasta paulistana fez uma opção: usou apenas uma das histórias que compõem o romance *A hora da estrela*, que é a de Macabéa. Assim sendo, Rodrigo S. M., o narrador criado por Clarice Lispector para contar — e efetivamente conta — a história de Macabéa, não tem aí sua própria história — a história sua, enquanto escritor — incorporada ao filme.

* O texto que ora se publica é uma versão transcrita da que foi apresentada por ocasião do Colóquio Internacional Cem Anos de Clarice Lispector, em outubro de 2020. A partir da gravação, recebeu pequenas alterações e inclusão de novos trechos, com vistas à melhor explicitação das considerações aí expostas.

Perdeu-se o fio estrutural do romance que se constrói mediante a imbricação dessas duas histórias. Trata-se de uma opção, entre tantas outras, assumidas pela cineasta ao criar sua adaptação.

Suzana Amaral justificou sua escolha, argumentando que, ao adaptar *A hora da estrela*, evitou a fala do narrador que no curso da narrativa registra sua experiência — a história do escrever o romance —, pois esse recurso lhe apresentava o risco de o filme se tornar monótono. Seja como for, e tal como foi adaptado, o filme foi um sucesso e ganhou merecidos prêmios, como o Urso de Prata de Berlim, concedido em 1986 a Marcélia Cartaxo como melhor atriz.

Alerto, pois, para o fato de que o filme *A paixão segundo G.H.* tem proposta bem diferente da que foi assumida por Suzana Amaral. Trata-se de uma outra postura diante da obra a ser recriada em linguagem de cinema. O cineasta Luiz Fernando Carvalho tem, como objeto, o livro na sua totalidade. Poderia optar por uma das histórias, pois, nesse romance, G.H. nos conta o que lhe aconteceu no dia anterior. Temos aí duas vertentes da mesma personagem: a que mnemonicamente capitula a história (G.H. narradora) e a que é objeto da história registrada (G.H. no dia anterior ao da "contação" da história), duas histórias criadas pela autora Clarice Lispector. Sob esse aspecto, há um trio gerador do romance, tal como em *A hora da estrela* — com a diferença de que aqui, neste, em *A paixão segundo G.H.*, o nome da autora Clarice Lispector aparece explicitamente apenas na capa do romance, ao passo que, em *A hora da estrela*, além do seu nome registrado na capa, a sua assinatura atravessa os treze títulos do romance numa de suas primeiras páginas.

Mas registra-se, em ambos, a técnica do desdobramento: uma autora cria uma personagem narrador/narradora que cria um romance ou uma história de personagem: história de Macabéa, em *A hora da estrela*; história de G.H. no passado recente, em *A paixão segundo G.H.*

Convém considerar que o filme surgiu como resultado de um contato intenso e duradouro do cineasta com o romance. O próprio Luiz Fernando Carvalho afirma que começou a ler a obra de Clarice Lispector há muitos e muitos anos, lendo-a enquanto filmava o romance *Lavoura arcaica*, de Raduan Nassar — filme, aliás, que ganhou dezenas de prêmios pelo mundo afora. Afirma inclusive que, durante as filmagens de *Lavoura arcaica*, *A paixão segundo G.H.* era seu livro de cabeceira, porque G.H. expressava, no romance, tudo aquilo que a Ana, personagem de *Lavoura arcaica*, não dizia, ou não podia dizer, tendo em vista o meio familiar extremamente repressor em que ela vivia. Portanto, interessante observar que o diretor, enquanto filmava a obra de Raduan, já elaborava um diálogo entre esses dois romances. De lá para cá, passaram-se vinte anos.

Também penso ser oportuno revelar que me surpreendi, de maneira muito positiva, com o modo como o cineasta preparou a equipe do filme *A paixão segundo G.H.* Lembro-me do dia em que cheguei ao Galpão Criativo, local da Oficina Teórica destinada à preparação da equipe, no bairro Leopoldina, em São Paulo. Um enorme galpão, com um grande espaço vazio no meio, tinha vários cenários na parede de fundo. Num deles, podia-se divisar a assinatura de Clarice Lispector. Outro espaço da mesma parede, mas do alto até quase embaixo, era ocupado por interessante painel com o desenho de um homem, uma mulher e um cão. Claro que identifiquei, imediatamente, o desenho feito por Janair no quarto de empregada que ela ocupava no apartamento de cobertura de G.H. Ao lado e na mesma parede, um oratório. Perguntava-me: seria o local sagrado em que se transforma o quarto de empregada durante uma das experiências aí vividas por G.H.? E, num dos cantos do galpão, um quarto pequeno, de madeira, com uma cama: o quarto de Janair, espaço construído para a preparação da atriz Maria Fernanda Cândido que, no filme, interpreta G.H.

Num segundo momento, quando lá cheguei para fazer uma palestra sobre o romance, fiquei surpresa com a quantidade de pessoas que formavam a equipe, composta por cerca de uma centena de pessoas, que incluía também convidados do meio artístico e cultural, ali reunidas para seguir uma programação que previa uma série de palestras, em diferentes datas, feitas por Franklin Leopoldo e Silva, Yudith Rosenbaum, José Miguel Wisnik, Carlos Byington, Maria Rita Kehl, Rafaela Zorzanelli, Flávia Trocoli. A equipe pôde, assim, discutir leituras do romance com especialistas de várias áreas do conhecimento — literatura, filosofia, psicanálise, sociologia.

Pude perceber então a proposta colaborativa da equipe, que incluía profissionais diversos: a responsável pelo figurino, a pessoa que servia o café, a roteirista, o motorista, a atriz, enfim, estava ali presente um grupo muito numeroso.

Não vou me estender sobre tal assunto porque o percurso de preparação, desenvolvimento e execução do filme encontra-se devidamente documentado em livro organizado pela jornalista e roteirista Melina Dalboni, a ser divulgado por ocasião do lançamento do filme. Mas me detenho apenas num outro momento da preparação da equipe de que participei, quando cerca de oito pessoas, sentadas em volta de uma mesa, fizeram a leitura do romance, palavra por palavra, do início ao final. Pude perceber então que essa leitura em grupo, além das anteriores, revelava o extremo cuidado com cada palavra do romance, assim experimentada por cada um de nós envolvidos no projeto.

A essa minha experiência de contato com a equipe somou-se uma outra posterior: a de poder assistir ao filme em algumas etapas de sua edição.

O que também pretendo apresentar a vocês, hoje, é um resumo de algumas das reações que tive durante esse processo. Elas me levaram a detectar pontos que considero significativos nesse diálogo entre o filme e o romance. Por isso, passo a me deter em apenas alguns momentos da trama cinematográfica, no sentido de registrar alguns dos recursos que aí observei nesse percurso de se "experimentar" Clarice.

De fato, o filme me trouxe a convicção de que a proposta do cineasta caminha na direção de tentar passar para o espectador aquilo que a Clarice buscou oferecer a nós, leitores. Ou seja: raptar o leitor, a fim de fazê-lo mergulhar nesse universo. Ora, se tal proposta é uma característica de toda arte, no entanto ganha especificidade ao se constituir como uma experiência do "ser Clarice". É isso que, suponho eu, o diretor propõe: a experimentação do "ser Clarice". E como é que isso acontece?

Observe-se que o romance exibe pontos fundamentais de ordem estrutural, em parte desenhados pelo seu fio episódico e que podem ser encontrados na história da literatura da escritora. Já no seu primeiro texto publicado, o conto "Triunfo" (alguns consideram o título com o artigo, "O triunfo"), impresso na revista *Pan* em 25 de maio de 1940 — portanto quando Clarice tinha seus dezenove anos —, a personagem é uma mulher em estado de perda (o marido abandonou-a) e de solidão (não há mais ninguém na casa). Esse núcleo de situação da personagem feminina há de ter vida longa na obra da escritora. Reaparece em G.H.

Também nesse conto se observa outro recurso utilizado: a narradora rememora. A personagem do referido conto, depois da partida do companheiro e sozinha em sua casa, volta-se para a cena do dia anterior, o da partida do companheiro, e adquire assim consciência de seu próprio papel na relação afetiva, depois de descobrir que o marido era, na verdade, um escritor medíocre e frustrado. Esse é o processo de rememoração desenvolvido pela narradora do conto. E também pela narradora G.H. — embora, evidentemente, a narradora remonte a várias relações sentimentais do seu passado. E a autora desenvolve seu relato com maior desenvoltura estética, em parte propiciada por se tratar de romance, texto mais extenso, ou ainda e talvez, por se tratar de autora em fase de maturidade criativa, já que o romance foi escrito entre seus 41 e 43 anos de idade.

Seja qual for o motivo, observa-se no romance um nível de alta tensão, diria mesmo um nível de alta voltagem, renovada a cada um dos 33 fragmentos (ou capítulos), que prendem o leitor numa verdadeira rede, reforçada pelo fato de que um capítulo se liga ao outro como uma corrente, pela repetição do último enunciado de um capítulo no início do capítulo seguinte. Justamente pelo grau elevado de tensão, que se acumula, por uma série de sobressaltos, a narrativa acaba sendo desconfortável e às vezes insuportável. É esse o clima que o filme também traduz.

Mas há um outro recurso do romance, a pujança imagística, o luxo figurativo, elevado a uma enorme potência. Se o leitor, no ato da leitura, cria seu próprio repertório de imagens, montando cenários, desenhando paisagens, compondo fisionomias e gestos a partir dos dados escritos que lhe são legados pelo escritor, nesse caso temos diante de nós as imagens do cineasta, que abre um novo universo do imaginário, de que destaco trechos.

Ressalto as primeiras imagens do filme: o da apresentação, em que a figura da atriz nos surge distorcida, movimentando-se em linhas sinuosas, ora saindo da tela, ora voltando, em tons pastéis e às vezes com alguns borrões vermelhos. E ao som de uma música atonal — nem poderia ser outra — de Gustav Mahler, um dos compositores que Clarice apreciava.

Tal como o romance, o filme nos traz uma série de impactos. E este, o da apresentação, é o primeiro. Diante da imagem distorcida, temos a recepção, a primeira, do que há de se comprovar ao longo da narrativa: a desmontagem. Do quê? De tudo: da personagem G.H., dos padrões, dos sistemas, da própria convenção narrativa. Cascas de sentido vão sendo desvestidas, num processo que o crítico Benedito Nunes considerou como sendo o da "desescritura", e que a escritora leva a extremas consequências, na medida em que desmonta o sentido da própria ficção, o sentido da literatura, o sentido de si mesma como escritora profissional.

Como, nesse primeiro momento do filme, a imagem da atriz se encontra em movimento, ela se expõe, se esconde e volta de novo, a desconfiguração da figura física da atriz Maria Fernanda Cândido, de certa forma, expressa o primeiro contato do espectador com alguma coisa que ele tenta apreender e não consegue: eis o cerne mesmo do sentido dessa obra, do romance e do filme: a procura.

A cena da atriz sentada à mesa da cozinha, moldando lentamente bolinhas de pão, abre-nos o campo para o passar do tempo e para a intimidade das rememorações. E o close no rosto da atriz inaugura as primeiras falas ou as palavras do primeiro parágrafo do romance, com o olhar voltado para nós, espectadores, mantendo de nós pouca distância — seria a distância que mantemos do livro ao lermos o romance?

"Estou procurando... estou procurando, estou tentando entender, tentando dar a alguém o que vivi, e não sei a quem. Mas não quero ficar com o que vivi, não sei o que fazer do que vivi, tenho medo dessa desorganização profunda."

Ela nos oferece, a nós, leitores, o que ela viveu. E a história é a da "desorganização profunda" na busca do sentido da vida.

Além desse primeiro momento de apresentação do filme, seguido das primeiras cenas — G.H. na cozinha, moldando bolinhas de miolo de pão, e G.H. diante de nós, próxima a nós, na sua primeira fala —, destaco cenas que se passam no ambiente social da sala do apartamento. Como sabem, o trajeto da personagem ao longo do romance se faz entre dois ambientes: da sala para o quarto de empregada.

No filme a sala aparece muito bem decorada, com sobriedade, mas também com certa alegria colorida, ainda que discreta. Trata-se de um espaço construído pelo cineasta como se fosse, ele também, uma obra de arte. A decoração, típica dos anos 1960 — quando foi escrito e publicado o romance —, mostra o requinte e a sofisticação cuidadosa, de acordo com o status social da artista escultora que tem dinheiro e vive num apartamento de cobertura.

Interessante o recurso da linguagem cinematográfica criada pelo cineasta para traduzir essa elegância de uma vida social intensa, numa sequência de recepções luxuosas: a porta de entrada do apartamento abre e fecha sucessivamente e, a cada vez que se abre, G.H. exibe uma toalete requintada diferente, um novo penteado, com igual nível de sofisticação.

Por outro lado, enquanto a personagem passeia ali na sala, nota-se o que eu poderia traduzir como o não dito. Por trás da aparência da elegância, o cineasta constrói com perspicácia uma certa inquietação por parte de G.H., que aparece em mínimos detalhes: certos olhares e gestos da atriz.

Segundo expressão da própria narradora do romance, há um "leve prazer geral" ou "suave pré-clímax", ou simplesmente ali está a "mulher que sorri e ri", e também "o doce tédio da lua de mel". Paira alguma coisa ainda informe que a personagem tenta aplacar e disfarçar. Eu diria que ali existe um estado de periclitância, de estar à beira de alguma coisa que há de acontecer.

Já passando para um outro espaço cênico — o do quarto de empregada —, gostaria de me deter em apenas um dos seus elementos de composição, tanto no romance quanto no filme: o mural, com o desenho de um homem, uma mulher e um cão, que, no filme, é o mesmo que figurava numa das paredes do galpão de preparação da equipe e desenhado pelo próprio Luiz Fernando Carvalho.

Então, se aparece um cineasta diretor que nas primeiras imagens do filme é um pintor, um escultor, ao criar imagens da personagem em cores trabalhadas em movimento, nessa cena é ele também um desenhista. Confesso que, desde que vi esse desenho num painel do Galpão, não consigo dele me desligar — tal como a imagem da atriz Marcélia Cartaxo, do filme *A hora da estrela*, que se transformou, para mim, na imagem da personagem Macabéa do romance. Uma contaminou (no bom sentido) a outra.

É esse mural que G.H. descobre, logo ao abrir a porta do quarto ocupado pela empregada, Janair, que já fora embora, espaço que G.H. escolhe limpar, supondo que seria o mais sujo, e que inesperadamente reconhece como sendo limpíssimo. Pois bem. O desenho coloca G.H. diante do seu "vazio seco". De fato, só existe o contorno das três figuras, sem nada dentro. A tendência da personagem G.H. é apagar essa imagem de si, que lhe traz um vazio desconhecido e até então não enfrentado. Eis uma passagem do romance: "A Janair me fez assim, mas eu não quero adentrar esse oco!". A intenção é despejar baldes de água sobre os traços desenhados por Janair na parede, destruindo assim a imagem que o outro tem dela, sem nada dentro.

No filme, esse embate entre Janair — negra e empregada doméstica — e G.H. — branca e patroa — acontece mediante genial solução do cineasta. Duas mãos se conectam numa sugestiva batalha: a mão negra arranha a parede, risca o carvão com violência, produzindo ruído desagradável, ao fazer o desenho, enquanto a mão branca tenta apagar esse registro, raspando com veemência os riscos da parede.

Trata-se de cena contundente, em que passado (tempo em que Janair desenhou o mural) e presente (tempo em que G.H. se depara com o desenho) se encontram. E aí torna-se patente a força de Janair sobre a patroa, induzindo-a a enfrentar seu próprio vazio. Porque, com esse desenho, Janair irrita a patroa, provoca-a a tal ponto que se impõe diante dela. E G.H. acaba por reconhecer quem é Janair.

Se antes Janair vestia uniforme marrom, que se confundia com a sua pele negra e passava absolutamente despercebida, pela primeira vez G.H. consegue ver Janair como pessoa, como um ser vivo. Apenas no quarto de empregada e após o baque do enfrentamento do seu "oco" é que G.H. consegue distinguir o rosto de Janair, lembra-se do nome dessa serviçal, que se torna uma "rainha africana". Mas observe-se que é Janair quem conquista sua visibilidade diante da patroa. Eis o papel revolucionário — de índole emancipatória e de caráter abolicionista — dessa cena do romance, que ganha realce na linguagem do filme.

Tem longa história na vida literária de Clarice Lispector o tema do respeito pelo outro. Mas essa questão que aparece no repertório de contos, crônicas e artigos jornalísticos, e tão evidente no romance de que tratamos aqui, ganha nova configuração no filme: na cena em que as mãos da patroa e empregada se digladiam, até que acontece o desfecho. A minoria vence. A patroa se reconhece como um ser vivo, tal como Janair.

E passamos ao penúltimo item dessa minha breve apresentação: remeto ao momento em que G.H. se encontra diante da barata, num enfrentamento que atinge o seu clímax quando a personagem mata e supostamente come a massa branca que sai de dentro do animal. Há várias fases de aproximação entre essas duas personagens. Mas um recurso importante na cena em questão é o olhar direto com que G.H. encara essa "outra", olhar esse que foi examinado pelas colegas Lúcia Helena e Regina Pontieri.

De fato, o olhar fulminante em direção ao seu alvo é recurso utilizado pela autora em vários momentos de sua obra. Lembre-se da troca de olhares entre a personagem e o búfalo, no conto "O búfalo", publicado em *Laços de família*.

Abro parênteses para observar a importância do olhar da própria Clarice em algumas fotos dela. Quando preparava o livro *Clarice fotobiografia*, selecionei algumas fotos da Clarice menina, com seus oito e dez anos de idade, porque, para mim, o *punctum* — para usar expressão de Roland Barthes —, ou seja, o ponto que me atraía nas referidas fotos era mesmo o olhar da menina fixamente voltado para a câmera fotográfica. Pelo mesmo motivo — a fulminância do olhar —, selecionei para o mesmo livro duas fotos de Alair Gomes, dos anos 1960, dois olhares implacáveis e sem benevolência dirigidos a nós, espectadores.

Além da impactante cena de troca de olhares entre as personagens em confronto, com detalhe decisivo que aqui não conto, para não tirar a surpresa, seleciono uma outra imagem da barata. Em dado momento, somos colocados diante das suas antenas, que, em movimentos curtos, repetitivos, parecem tentar captar um sinal — o sentido da vida? Um pedido de socorro, prevendo a sua própria morte? A câmera, centrada nos dedos da mão da personagem G.H., dedos longos voltados para o alto, eles também, como as antenas da barata, acionam movimentos leves. Estariam eles também tentando captar sinais de sentido?

Tais apelos contrastam com o mundo externo, que nos surge em imagens de antenas e fios instalados no topo do edifício, que a câmera percorre, em ritmo lento; antenas de metal que distribuem sinais sem que se perceba de onde e para onde vão e ficam, ali, como monumentos grudados nos telhados dos edifícios da cidade grande.

Eis que a câmera desenha, pois, o contraste entre o mundo arcaico, o mundo da barata, que consegue sobreviver há 350 milhões de anos "sob os escombros da civilização", portanto, num mundo subterrâneo, e o mundo da tecnologia moderna, alçado nos ares, com ondas invisíveis a atravessar os céus.

É bem verdade que, no romance, o exterior se estende pela janela do quarto de empregada até as favelas do Rio de Janeiro e chega a países distantes — Egito, Ásia Menor e a outros tantos lugares desse mundo global. Se o espaço amplo do imaginário no romance alcança tais limites, no filme aparece, por exemplo, mediante cenas em que o calor do deserto egípcio invade o quarto minúsculo em que G.H. se encontra, e se complementa mediante vestuário típico de um ritual ancestral de evocação de entidades sagradas.

Também ao longo do filme, a imagem da barata, tal como elaborada pelo cineasta, leva o espectador a reforçar a lembrança de certas imagens do romance. As asas transparentes do corpo do inseto, superpostas, me remetem à imagem das cascas de cebola usada pela romancista, ambas — asas e cascas — finas e transparentes, possíveis traduções do processo de desmontagem. É como se o objeto — a cebola e a barata — fossem se desfazendo de seus invólucros, fossem descascadas das camadas de cultura acumuladas pela civilização, para se chegar ao sumo, ao mais arcaico, ao núcleo da "coisa".

As cascas transparentes da barata, em tons de amarelo e marrom, aparecem, no filme, diretamente diante de nós e, por vezes, em absoluto silêncio: impossível deixar de encarar esse objeto que nos fita, que nos causa ao mesmo tempo atração e repulsa.

Vemos a barata como G.H. a vê, pelos olhos da personagem. Nesse momento de clímax, a construção da imagem consegue atingir uma síntese dos sentidos que a barata nos foi transmitindo, com suas antenas em estado de alerta, ao longo dos episódios encenados no quarto de empregada. Da troca de olhares chega-se ao alvo: o crime consumado, quando então, mediante a devoração do outro, a personagem finalmente experimenta o "estar sendo viva".

Não se trata apenas de um ato banal, mas o auge de um cerimonial ritualístico, devoração antropofágica e arcaica, de apelo erótico acentuado, tanto no romance quanto no filme. E não só de devoração do outro — a barata, o homem, o amante —, mas a si mesma, ritual autofágico, devoração de si sob a forma de masturbação. E chega-se à sentença síntese do processo: "A vida se me é".

O importante é que, ao longo desse percurso de desmontagem, percebe-se uma aproximação do outro, a tal ponto que o outro, desdobramento de um eu que a narradora reconhece como o Mim, é que olha para o eu. O jogo de alteridade, de um eu em direção a um outro, me traz à lembrança um dos poemas de Fernando Pessoa, ortônimo da série "Chuva oblíqua". O poeta registra uma descida até a tumba do rei Quéops. O percurso tem início quando o poeta se encontra em ato de escrita, a pena a desenhar sinais hieroglíficos no papel em branco, cujo vértice é também o da parede do quarto branco, que, por sua vez, é o vértice da pirâmide em que mergulha até o fundo, em busca do tesouro, que encontra, mediante troca de olhares, quando se identifica com o rei: "Rei Quéops em ouro velho e Mim".

Tal como o poeta Fernando Pessoa, G.H. encontra o tesouro da cidade do Rio de Janeiro: a barata em mim, ou seja, em G.H. E em nós, quando lemos — nós, leitores que somos. É o momento em que a personagem pode afirmar: "Eu não entendo o que digo, e adoro".

Existe pois, além da identificação de G.H. com Janair, a identificação de Janair com a barata, e de G.H. com a barata, num processo de desdobramento sucessivo, que consuma a proposta já anunciada na cena do embate diante do mural: o mergulho no de dentro do outro, isto é, de si mesma. No final do filme, o cineasta traz de volta a personagem Janair. E acontece a cena em que a semelhança entre as duas mulheres se consolida, numa demonstração do que chamei há algum tempo de "grandeza igualitária".

A última cena que eu gostaria de destacar é a que, de certa forma, foi construída — e tudo ali é criação — para dar a dimensão do próprio ato inventivo em cena. O cineasta aparece no canto esquerdo da tela. E aponta para o set de filmagem. Muitas questões são colocadas nesse final de narrativa — romanesca e fílmica. Pois é nesse final que se indaga: o que é a verdade? O que representa essa reiterada procura, numa sequência de perdas e de novas tentativas?

Tanto no romance como no filme se desenha o gesto de procura em direção ao que nos compõe como matéria viva, em direção ao inexpressivo, ao atonal. Mas, no filme, a mão do cineasta que aponta para a obra que ali se faz, o filme, essa mão, tal como uma antena a mais que anuncia o processo da necessária desmontagem dos padrões, mitos, verdades definitivas, segue a trilha de um Deus "que não se deixa ver". E eu cito Clarice: "Pois Ele sabia que eu não saberia ver o que visse".

Eis o ritual de paixão e de libertação se criando, de vida emergindo e se impondo plasticamente, artisticamente, esteticamente, com a "máscara da solenidade", porque o filme todo, como o romance, é um ritual — na tradução de que, e eu cito a Clarice, "a explicação de um enigma é a repetição do enigma".

Escrituras e pinhos-de-riga: A incomum paleta de cores de Clarice Lispector[1]

RICARDO IANNACE

Uma escultora; duas pintoras; dois escritores. Respectivamente: G.H.; a narradora de *Água viva* (1973), cujo nome não é revelado, e a personagem Ângela Pralini; Rodrigo S.M. e aquele que figura em *Um sopro de vida: Pulsações* (1978) como AUTOR. A esse quinteto somem-se ricas e quantitativas referências nas esferas musical (Frédéric Chopin, Arnold Schönberg...), arquitetônica (Pompeia, Acrópole de Atenas...), escultural (Cariátide, Vênus de Milo...), pictórica (Paul Klee, Marc Chagall...) e, sobretudo, literária (William Shakespeare, Fiódor Dostoiévski...). Tal repertório, distribuído pelo conjunto de títulos de Clarice Lispector, sinaliza a atenção que ela confiara às artes. O contato com amigos que experimentaram o ofício da pintura (Lúcio Cardoso) ou se dedicaram vocacionalmente ao segmento (Augusto Rodrigues, Maria Bonomi), e mesmo os artistas que entrevistou para a revista *Manchete* (entre eles, o arquiteto Oscar Niemeyer, os pintores Iberê Camargo e Djanira da Motta e Silva),[2] atestam de algum modo uma vivência refletida em sua ficção.

Coincidência ou não, chegara-lhe nos anos 1970 a encomenda de três obras para tradução e adaptação: *Histórias extraordinárias de Allan Poe* (volume do autor estadunidense em que se insere "O retrato oval"), *O retrato de Dorian Gray*, de Oscar Wilde, e a novela *Unfinished portrait*, de Mary Westmacott (pseudônimo de Agatha Christie). O conto de Poe e o romance de Wilde mencionados abalizam, indiscutivelmente, uma reflexão *sui generis* sobre a natureza do estético. Ocorre que, se ambos escritores despontam também como tratadistas do mistério e da sublimidade da arte, Clarice, a seu jeito, se pronunciara com frequência sobre constructos da ordem do figurativo e do abstrato,[3] manifestando-se a respeito da técnica e da matéria que desenvolveu como pintora — afinal, produziu vinte e três quadros —[4] lançando, em paralelo, proposições no tocante à forma de seus registros literários.

A ficção *Água viva*, que ela começara a redigir por volta de 1971,[5] é, sem dúvida, a obra que mais põe em relevo sua experiência no terreno do pictórico — a narradora, antes de tudo, apresenta-se como artista plástica. Essa trama é ponto de viragem na literatura clariciana — radicaliza o processo de escrituração; o texto, ostensivamente fragmentado, impõe-se tal qual uma teia desagregada e a reboque de estruturas preestabelecidas; a engrenagem que opera o discurso é centrífuga e rizomática: "um emaranhado de fios [...] em eriçamento" que "não tem começo: é uma continuação". "Ah este flash de instantes nunca termina."[6]

Se no romance *Perto do coração selvagem* (1943) existem elementos e aspectos que apontam filiação com James Joyce e Virginia Woolf (mais de um crítico, à época, observou — é o caso de Álvaro Lins: "[*Perto do coração selvagem*] é o nosso primeiro romance dentro do espírito e da técnica de Joyce e Virginia Woolf. E, pela novidade, este livro provoca desde logo uma surpresa perturbadora";[7] se nos romances ulteriores fica visível uma montagem episódica em sincronia com o referido gênero (*A paixão segundo G.H.* [1964] está nesse grupo); e se os contos de *Laços de família* (1960) e *A legião estrangeira* (1964) anunciam um plano de composição, independentemente da originalidade, que evidenciam os legados de Anton Tchekhov e Katherine Mansfield, a obra *Água viva* escapa de toda essa tradição; dispensa paradigmas.

Sua enunciação reverbera, intencional e experimentalmente, uma sintaxe estilhaçada, em fluxo intenso e desenfreado — o leitor, decerto, tem a impressão de que o léxico pulsa e queima. Nessa vertente, o título responde à tessitura de *Água viva* como responderiam — se prevalecessem — os outros dois nomes eleitos para a obra: *Atrás do pensamento: monólogo com a vida* e *Objeto gritante*.[8] A narradora busca, à revelia de gênero literário (novela?, romance?; não — melhor é chamá-la de ficção ou de prosa poética), apossar-se "do é da coisa".[9] Pretende-se tocar o *it*. E tal experiência implica o exercício da desarticulação, a procura da "harmonia secreta da desarmonia".[10]

Nessa metaficção por meio da qual a narradora infere que "Este não é um livro porque não é assim que se escreve",[11] há laivos de escrituração ensaística. Ou seja, a artista, ao testemunhar que pinta "o horror", não apenas exprime considerações a respeito do estrato plástico (cores, texturas), como ainda dissemina, no calor da hora, colocações desta envergadura: "quando estranho uma pintura é aí que é pintura. E quando estranho a palavra aí é que ela alcança sentido".[12] Com efeito, *Água viva* é um convite à conciliação entre o literário e o pictórico. Essas duas formas de expressão se friccionam. Lembre-se: a narradora, a certa altura, diz querer "sentir em [suas] mãos perquiridoras o nervo vivo e fremente do hoje",[13] já que ela perdeu o "medo da simetria, depois da desordem da inspiração".[14]

Não por acaso, a malha de *Água viva* se urde à imitação de uma paleta abstrata; a saber: instabilidade da hegemonia verbal; orações com cortes bruscos; esgotamento quanto à acepção corrente da língua; chamamento à fruição de uma gramatura sugestivamente espessa, pastosa e dotada de resíduos. Como atinadamente escreveu Olga de Sá, manipulam-se, no campo sígnico de Clarice Lispector, "metáforas, imagens, recursos sintáticos, sinestesias, paronomásias, oximoros, repetições",[15] a convergirem para o que a professora chama de "desgaste da linguagem", submetida "a um processo de corrosão contínua".[16]

Nessa esteira, vale frisar que tal nervura estaria em paridade com dominantes que perspectivam, grosso modo, as manufaturas das quais emergem cores arbitrárias, pinceladas enérgicas, movimentos exagerados, colagens e rupturas de superfície que promovem camadas sobressalentes, fibrosas. Em resumo, enseja-se tornar fulgurante a veemência da realidade. Em *Água viva* a narradora assegura pintar — acima de tudo — pintura. Não o figurativo clássico, mas o "figurativo do inominável".

Crie-se aqui um parêntese para duas citações de Jacques Derrida recolhidas de seu livro *Pensar em não ver: escritos sobre as artes do visível* (1979-2004):

> É quando as palavras começam a enlouquecer, e não se comportam mais com propriedade em relação ao discurso, que elas têm mais relação com as outras artes e, inversamente, isso revela como as artes aparentemente não discursivas, como a pintura e a fotografia, correspondem à cena linguística.[17]

> a palavra pensar é uma das mais obscuras, das mais enigmáticas [...]. O pensamento não se reduz nem à razão, nem ao saber, nem à consciência; há um pensamento inconsciente; há um pensamento sem conhecimento [...]: ele nos chama, mesmo que não saibamos de onde vem o chamado.[18]

Lê-se em *Água viva*: "não acredito em mim porque meu pensamento é inventado".[19] Melhor: o que se nomeia "instintiva volúpia" é antes uma "verdade inventada". Inconteste, a palavra em situação ficcional, para Lispector, avoca um pensamento (ou mesmo se fixa como ato de pensamento) à revelia de qualquer previsibilidade ortodoxa: intuição e inspiração criadoras assumem o comando discursivo; o texto ensaia-se. A língua, como preferira Manoel de Barros, ecoa seu *deslimite*, e o saldo dessa performance elucubrativa expressa o descompromisso surpreendente com a lógica cartesiana — o primevo ou o anverso dela; o atrás... do pensamento.

E quantos não são, em *Um sopro de vida*, os sintagmas que selam essa percepção da escritora: "Eu trabalho com o inesperado [...] nos solilóquios do escuro irracional".[20] Ou: "Uma palavra é a mentira de outra".[21] No atinente a essa última sentença, faz-se intrigante o fato de a autora estar em conformidade com filósofos da linguagem que, contemporâneos da ficcionista, explanaram exaustivamente acerca da polissemia e da ambiguidade do verbo — de sua imprecisão e, portanto, incerteza semântica, a exemplo de Roland Barthes,[22] Michel Foucault, Maurice Blanchot e Derrida.

Quando este pós-estruturalista franco-argelino adverte para o desvario das palavras na "cena linguística" do literário e para um "pensamento inconsciente" — isto é, o "pensamento sem conhecimento" que parece eclodir involuntariamente, sem que "saibamos de onde vem o chamado" —, vislumbramos pela óptica derridiana o agenciamento escritural de Lispector. Quer dizer, aí reside a dicção tremente, libertária, cuja fabulação suscita incalculáveis leituras pelo que encerra de aparente ilogicidade, vagalumeando em paradoxos.

A propósito, o já mencionado poeta mato-grossense empresta uma frase de Clarice, decalcando-a como epígrafe, no seu livro *Ensaios fotográficos*: "'Eu te invento, ó realidade!' — Clarice Lispector". Na poesia intitulada "Autorretrato", surge esta sensível declaração: "Tenho uma confissão: noventa por cento do que/ escrevo é invenção; só dez por cento que é mentira".[23]

No texto "Palavras", assim escreve: "[...] Eu desestruturo a linguagem? Vejamos: eu estou bem sentado num lugar. Vem uma palavra e tira o lugar debaixo de mim. [...] Foram as palavras pois que desestruturaram a linguagem. E não eu".[24]

Estes são os dois primeiros versos de "Comportamento": "Não quero saber como as coisas se comportam./ Quero inventar comportamento para as coisas".[25]

Em *Água viva*, aparecem referências do primeiro quadro que Clarice teria pintado: *Interior da gruta*, datado de 1960. Na ficção, a pintura é mencionada como "esverdeada pelo limo do tempo".[26] Nessa furna refugiam-se ratos, aranhas, morcegos, baratas... Um receptáculo aterrorizante, grotesco. "As grutas são o meu inferno",[27] diz a narradora.

No romance *A paixão segundo G.H.*, que antecede *Água viva*, uma gruta também se fizera inscrita. A protagonista, que mora em apartamento de cobertura em edifício de classe alta no Rio de Janeiro, bem-sucedida economicamente, ao adentrar o quarto de Janair, a empregada negra que deixara por definitivo o trabalho, reporta-se ao cubículo como uma representação de caverna e minarete.

O minúsculo dormitório não se diagrama sob o diâmetro de um retângulo, tampouco de um quadrado: ele é quadrilátero assimétrico de verticalização acidentada; seus ângulos são imperfeitos, irregulares.

Cumpre recordar que em uma das paredes está, a carvão, o painel sinistro (à maneira de um trabalho rupestre), a plasmar três contornos: de um homem, de uma mulher e de um cão. Na visão de G.H., "o desenho não era um ornamento, era uma escrita",[28] encravado na parede demasiadamente branca e rugosa à qual adere o preto do bastão de ponta quebrada, gerando um traço duplo, grosso e trêmulo.

A fim de se sublinhar a identificação de Clarice Lispector com essa agrimensura plástica, o quarto delegado à Janair admitiria aproximações fundadas em um elo que sumariza o espaço e o acontecimento absurdo expostos no romance: 1. dormitório-cárcere (espécie de cela que aprisiona G.H.); 2. miniauditório-judiciário, no qual um discurso de autoacusação é encenado ("Eu matara", confessa a protagonista que prensa a "cintura" da barata com a porta do guarda-roupa); 3. aposento-*vernissage* (carvão sobre alvenaria à mostra no recinto antes ocupado pela serviçal).

Há, em meio à atmosfera insólita, uma cena em que G.H. relata certo devaneio: "[...] sou o trecho de luz mais branca no reboco da parede [...]. Sou o silêncio gravado numa parede, e a borboleta mais antiga esvoaça e me defronta: a mesma de sempre".[29]

Em 1975, passados onze anos da publicação de *A paixão segundo G.H.*, Clarice Lispector cria o quadro *Caos, metamorfose, sem sentido*. Esse experimento, produzido em técnica mista sobre madeira, com tintas nas cores vermelho e salmão, canetas esferográficas preta, verde e vermelha, cola e vela derretidas, forma um mosaico de estranha geometria, simulando asas de borboletas em alusão a um ecossistema desmesurado, senão a um bestiário licencioso, imbuído de rastros e vestígios dessa natureza de difícil classificação. Desordem? Ordem indigesta, internalizada?

Na obra *Um sopro de vida*, título publicado em data póstuma, Ângela Pralini surge como personagem que se lança à aventura pictórica. Abona-se que ela é tanto "barroca" quanto um "superlativo".

ÂNGELA — Estou pintando um quadro com o nome de "Sem Sentido". São coisas soltas — objetos e seres que não se dizem respeito, como borboleta e máquina de costura.[30]
[...]
ÂNGELA — Meu ideal seria pintar um quadro de um quadro. Vivo tão atribulada que não aperfeiçoei mais o que inventei em matéria de pintura. Ou pelo menos nunca ouvi falar desse modo de pintar: consiste em pegar uma tela de madeira — pinho-de-riga é a melhor — e prestar atenção às suas nervuras. De súbito, então vem do subconsciente uma onda de criatividade e a gente se joga nas nervuras acompanhando-as um pouco, mas mantendo a liberdade. [...] É um modo genérico de pintar. E, inclusive, não se precisa saber pintar: qualquer pessoa, contanto que não seja inibida demais, pode seguir essa técnica de liberdade.[31]

Um sopro de vida projeta um AUTOR e essa sua personagem. Em dado momento ele pede licença para escrever "a sucata da palavra". E mais: "Quero escrever esquálido e estrutural como o resultado de esquadros, compassos e ângulos de estreito enigmático triângulo".[32] Avisa seu leitor que, como literato, se deixa guiar pelo "inesperado". Diz que dentro de si está alojada uma escuridão equivalente a uma larva, e também afirma que sua invenção — Ângela Pralini — se afigura como um casulo fechado.

Nesse aspecto, a pintora se engenha, simbolicamente, em correspondência com o quadro que ela própria compõe. Fique esta pergunta: Ângela se mimetizaria, como em um caleidoscópio, nos casulos que fabrica? Ou seja: *Caos, metamorfose, sem sentido* se forjaria como autorretrato da personagem que é conhecida como *alter ego* de Lispector?

Talvez estas duas citações extraídas de *Água viva* colaborem um pouco mais para intuir o panteão da desordem e da transcendência, promulgado pela ficcionista — e auxiliem no questionamento de sua gramática do desarranjo:

"[...] esmago borboletas entre os dedos. [...] Sou em transe."[33]

"No atrás do meu pensamento está a verdade que é a do mundo. A ilogicidade da natureza."[34]

NOTAS

1. O presente texto, com ligeiras alterações, apresenta-se fiel à comunicação que proferi em mesa mediada por Eliane Fittipaldi no *Colóquio Internacional: Cem Anos de Clarice Lispector*, na tarde de 19 de outubro de 2020, coordenado pelas docentes e colegas Yudith Rosenbaum e Cleusa Rios Pinheiro Passos, da Universidade de São Paulo.

2. Ver Clarice Lispector, *De corpo inteiro*.

3. A propósito, há, na seção Fundo de Gaveta, de *A legião estrangeira*, tanto um registro intitulado "Abstrato e figurativo" quanto uma crônica intitulada "Irmãos", republicada como "Dois meninos" em *A descoberta do mundo*.

4. Vinte e uma pinturas são produzidas sobre pinho-de-riga; uma, apenas, sobre tela. (Ver Ricardo Iannace, *Retratos em Clarice Lispector: literatura, pintura e fotografia*). Recentemente, a artista plástica Maria Bonomi, amiga de Clarice Lispector, divulgou a existência de um retrato sobre tela que a escritora criou e com o qual a presenteou — intitula-se *A matéria da coisa*.

5. Nádia Battella Gotlib. *Clarice: uma vida que se conta*, p. 510.

6. Clarice Lispector. *Água viva*, consecutivamente: pp. 24, 49 e 95.

7. Álvaro Lins. "A experiência incompleta: Clarisse *[sic]* Lispector". In: ______. *Os mortos de sobrecasaca*, pp. 188-9.

8. Nádia Battella Gotlib, op. cit., p. 510.

9. Clarice Lispector. *Água viva*, p. 9.

10. Ibid., p. 12.

11. Ibid., p. 12.

12. Ibid., p. 85.

13. Ibid., p. 72.

14. Ibid., p. 77.

15. Olga de Sá. *Clarice Lispector. A travessia do oposto,* p. 19.

16. Ibid., p. 19.

17. Jacques Derrida. *Pensar em não ver: escritos sobre as artes do visível* (1979-2004), p. 40.

18. Ibid., p. 74.

19. Clarice Lispector, *Água viva*, p. 46.

20. Id. *Um sopro de vida*, p. 20.

21. Ibid., p. 87.

22. Fac-símiles de datiloscritos dessa ficção, antes de se chamar *Água viva*, revelam uma epígrafe assinada pelo semiólogo francês: "'- - - - não há arte que não aponta sua máscara com o dedo'. Roland Barthes". (Cf. Clarice Lispector, *Água viva*, edição com manuscritos e ensaios inéditos, p. 14). Quanto à ensaística barthesiana, tal poética notadamente se espraia em *Água viva* — a narradora-pintora estaria, pois, em diálogo empático com o autor de *O prazer do texto*. Ela diz: "[...] esta é uma festa de palavras. Escrevo em signos que são mais um gesto que voz.". Id., p. 24.

23. Manoel de Barros. "Autorretrato". In: ______. *Ensaios fotográficos*, p. 45.

24. Id. "Palavras". In:______ *Ensaios fotográficos*, p. 57.

25. Id. "Comportamento". In:______ *Ensaios fotográficos*, p. 65.

26. Clarice Lispector, *Água viva*, p. 15.

27. Ibid., p. 15.
28. Clarice Lispector. *A paixão segundo G.H.*, p. 33.
29. Clarice Lispector. *A paixão segundo G.H.*, p. 57.
30. Id. *Um sopro de vida*, p. 38.
31. Clarice Lispector. *Um sopro de vida*, pp. 40-50.
32. Id. *Um sopro de vida*, p. 73.
33. Id. *Água viva*, pp. 68-9.
34. Id. *Água viva*, p. 87.

REFERÊNCIAS BIBLIOGRÁFICAS

BARROS, Manoel de. *Ensaios fotográficos*. 3. ed. Rio de Janeiro: Record, 2001.

DERRIDA, Jacques. *Pensar em não ver: escritos sobre as artes do visível* (1979-2004). Orgs. Ginette Michaud, Joana Masó, Javier Bassas. Trad. de Marcelo Jacques de Moraes. Florianópolis: Editora da UFSC, 2012.

GOTLIB, Nádia Battella. *Clarice: uma vida que se conta*. 6. ed. rev. e aum. São Paulo: Edusp, 2009.

IANNACE, Ricardo. *Retratos em Clarice Lispector. Literatura, pintura e fotografia.* Belo Horizonte: Editora da UFMG, 2009.

LINS, Álvaro Lins. *Os mortos de sobrecasaca*. Rio de Janeiro: Civilização Brasileira, 1963.

LISPECTOR, Clarice. *Laços de família*. Rio de Janeiro: Livraria Francisco Alves, 1960.

______. *A legião estrangeira*. Rio de Janeiro: Editora do Autor, 1964.

______. *A paixão segundo G.H.* (1964). Rio de Janeiro: Rocco. (Edição digital: jul. 2015).

______. *Água viva* (1973). 6. ed. Rio de Janeiro, Nova Fronteira, 1980.

______. *Água viva*. Edição com manuscritos e inéditos. Organização e prefácio Pedro Karp Vasquez. Rio de Janeiro: Rocco. (Edição digital, 2019).

______. *De corpo inteiro*. Rio de Janeiro: Artenova, 1975.

______. *A hora da estrela*. Rio de Janeiro: José Olympio, 1977.

______. *Um sopro de vida: pulsações*. Rio de Janeiro: Nova Fronteira, 1978.

______. *A descoberta do mundo*. Rio de Janeiro: Nova Fronteira, 1984.

SÁ, Olga de. *Clarice Lispector. A travessia do oposto*. São Paulo: Annablume, 1993.

PARTE V

Estórias enredadas

O tesouro que é só descobrir: Uma leitura de "Os desastres de Sofia"

JOÃO CAMILLO PENNA, BELINDA MANDELBAUM
E ENRIQUE MANDELBAUM

Para Yudith Rosenbaum

A LEGIÃO ESTRANGEIRA

"Os desastres de Sofia", de Clarice Lispector, primeiro conto da coletânea *A legião estrangeira*, publicada em 1964, é uma história construída de histórias. A narradora diz algo nesse sentido: "meu enleio vem de que um tapete é feito de tantos fios que não posso me resignar a seguir um fio só; meu enredamento vem de que uma história é feita de muitas histórias".[1] O foco de nosso trabalho é falar de algumas delas, com a condição, no entanto, de nenhuma se sobrepor em importância às outras. As histórias guiam a narradora sem que ela tenha consciência, como ela mesma diz: "sem saber [...] eu obedecia a velhas tradições, mas com uma sabedoria com que os ruins já nascem — aqueles ruins que roem as unhas de espanto".[2] Nem todas as histórias ela pode contar, pois "uma palavra mais verdadeira poderia de eco em eco fazer desabar pelo despenhadeiro as minhas altas geleiras".[3] Sustentando o edifício, portanto, está a própria natureza ficcional e memoriosa das histórias, que se organizam em ecos e ecos de ecos em torno de uma verdade histórica, biográfica e experiencial, sempre auscultada, mas evitada. Aqui nos embrenhamos pelos ecos de algumas dessas histórias e pela sabedoria contida nelas, algumas que nascem com a narradora, outras que antecedem o seu nascimento, outras ainda que a fazem nascer. Mas, sem perder de vista que a ignorância é também uma condição da autora. Como ela afirma quase no desfecho do texto, "eu era a escura ignorância com suas fomes e risos, com as pequenas mortes alimentando a minha vida inevitável — que podia eu fazer? eu já sabia que eu era inevitável".[4] A ignorância e o entendimento se conjugam na autora em lúcido estranhamento: "Assim, eu nos entendi, e nunca saberei o que entendi. Nunca saberei o que eu entendo".[5]

Como Clarice sempre pensava a colocação de cada conto dentro do conjunto, podemos supor que essa posição não seja casual, e o conto inaugure a coletânea por se tratar de um relato sobre inícios e iniciação. Se essa é uma história que trata de inícios, de aberturas, de entrada de algo novo e para algo novo, da inauguração da autora como escritora, ela é também a história dos desastres que levaram a esse início e se realizaram nele, e do próprio desastre que é esse início. Desastres de vida mentada e vivida, desastres da memória, em torno de memórias de desastres: as brincadeiras de menina, sua família, a escola, vida escolar, o professor, o pai, a voz própria, o início da escrita — um desastre que pode ser "bem feito". Esses "desastres" são configurados na forma de uma parábola estendida que narra o nascimento da autora de parábolas, imbricada em tantos desastres que ficam ali submersos ou apenas levemente sugeridos. Início, repetição e fim, ver e se ver ser vista, sem querer deixar de continuar sendo quem era, é a matéria dos laços e desenlaces: é o "ponto de desenlace dessa história e começo de outras", escreve a narradora.[6]

Escrito em primeira pessoa, "os desastres" são as memórias da menina cujo nome, Sofia, aparece apenas no título do conto. Dentre os vários fios que compõem o "tapete" de histórias que nos enredam, ao enredar Sofia, está a referência ao volume homônimo de histórias edificantes infantis, "Os desastres de Sofia" (*Les malheurs de Sophie*, 1858), da autora russa, naturalizada francesa, Condessa de Ségur. O volume é um dos mais célebres dos inúmeros escritos pela Condessa, bastante populares no século 19, e relata o duro aprendizado prático do bom comportamento (sentido moral também de "*sage*" em francês, a que remete a raiz grega de Sofia) através dos erros cometidos, em experiências desastrosas a que é levada pela curiosidade, pelo desejo e por suas deduções equivocadas sobre as coisas. A referência irônica à "sabedoria" grega de Sofia, em seu aprendizado empírico e moral da realidade, onde as travessuras involuntárias da menina não têm nada de sábias, é uma das operações do texto. O resultado é algo, assim, como a conversão de Sofia em criança modelo. Conforme o formula a Condessa, na dedicatória à sua neta: "ela era colérica, tornou-se doce; era comilona, tornou-se sóbria; era mentirosa, tornou-se sincera; era ladra, tornou-se honesta; enfim, era malvada, e tornou-se boa".[7] Já no texto de Clarice, a narradora diz, após sua redação ganhar o reconhecimento do professor e ter despertado nele uma alegre surpresa:

> "Abaixei os olhos com vergonha. Preferia sua cólera antiga, que me ajudara na minha luta contra mim mesma, pois coroava de insucesso os meus métodos e talvez terminasse um dia me corrigindo: eu não queria era esse agradecimento que não só era a minha pior punição, por eu não merecê-lo, como vinha encorajar minha vida errada que eu tanto temia, viver errado me atraía".[8]

Podemos ver que a "*sagesse*" da Condessa de Ségur é problematizada pela Sofia de Clarice. Não que Clarice propriamente desminta essa filosofia, ou entre em conflito com ela. É bem mais: a Sofia de Clarice se autoafirma em traquinagem, assim se perde, mas assim também se acha e aprende. Ela precisa aprender com suas travessuras para tornar-se "sábia", bem-comportada e, afinal, escritora, o que não deixa de conter certa sabedoria. No conto de Clarice, a referência é equivocamente irônica, ao transformar as travessuras da menina em sabedoria a seu modo muito peculiar, a cuja cifra se trata aqui de enfrentar. Assim o nome grego da protagonista insere o relato, e a sabedoria nele contida, em uma história europeia, refratada a partir da experiência particular brasileira e, mais do que brasileira, com sotaque pernambucano. Tudo isto faz parte, como veremos, da *legião estrangeira*, conforme o conto homônimo e título da coletânea.

O relato da Condessa termina com uma viagem da família, de navio, à América, para buscar uma herança. A viagem pitoresca em navio de luxo parece uma versão sublime e ideal da terrível viagem da família de Clarice no paquete Cuyabá, de Hamburgo para Maceió. Dentre as promessas exóticas da América, ainda no texto da Condessa, se abre a possibilidade de conhecer os "selvagens negros, amarelos, vermelhos". Mas Sofia tem medo de ser comida por eles, algo que parece retornar sutilmente no final do conto de Clarice, com a referência aos lobos e sua "cruel boca de fome", na última volta dos contos de fadas que o conto dá.[9] O exotismo da visão europeia da América, a referência implícita ao trauma europeu da antropofagia tupinambá do século 16, em contraposição à realidade que vivia na América, deve ter divertido Clarice quando leu o livro em menina. Era algo da história da menina que começava a se escrever nas margens dos modelos europeus, e em diferença com relação a eles.

Essas leituras de criança devem ser integradas a outros *biografemas* evidentes que aparecem dispersos no relato como escolhos narrativos, em torno dos quais se fiam as histórias. A morte da mãe de Clarice, Mania Krimgold Lispector, em 21 de setembro de 1930, por exemplo, data a história, o colégio e o professor, inscrevendo o conto no registro do "memorial":[10] "Eu tinha nove anos e pouco"; "Meu pai estava trabalhando, minha mãe morrera há meses. Eu era o único eu".[11] O conto é uma versão transfigurada, elaborada por camadas sucessivas de memória e de tempo, de suas experiências na escola aos nove ou dez anos, o que o situa por volta de 1930. E tem, no centro delas, seu professor, que veio a morrer quatro anos depois, quando "eu já não era mais um moleque e sim uma jovem digna". A escola era o Collegio Hebreo-Idisch-Brasileiro, onde Clarice cursou o terceiro e o quarto ano primário, entre 1930 e 1931.[12] O professor, o seu professor de hebraico, Moysés Lazar. Mencionamos essas referências com um sorriso nos lábios — bem cientes de que tudo aqui é revisto pela regra memoriosa da narradora —, porque elas são importantes para a hipótese que formulamos. Em volta do professor há a classe, em volta da classe o jardim da escola, cenários onde a relação interior da aluna com o professor se materializa. A relação de Sofia com o seu professor é intensamente perturbadora:

> Passei a me comportar mal na sala. Falava muito alto, mexia com os colegas, interrompia a lição com piadinhas, até que ele dizia, vermelho:
>
> — Cale-se ou expulso a senhora da sala.

Ferida, triunfante, eu respondia em desafio: pode me mandar! Ele não mandava, senão estaria me obedecendo. Mas eu o exasperava tanto que se tornara doloroso para mim ser o objeto do ódio daquele homem que de certo modo eu amava. Não o amava como a mulher que eu seria um dia, amava-o como uma criança que tenta desastradamente proteger um adulto, com a cólera de quem ainda não foi covarde e vê um homem forte de ombros tão curvos.[13]

Na relação de Sofia e seu professor, encontramos um bom exemplo do fenômeno que Freud chama de transferência, e que pode assoberbar qualquer relação. O professor é bem mais do que um professor para ela. Para ele e nele, Sofia projeta bem mais do que um interesse didático. Para ele e nele, isto é, com ele, Sofia tem que lidar até o extremo com toda a sua ambivalência de intensas emoções. Ela se comporta mal, intensamente mal, intensamente arrogante, intensamente desobediente. E, no entanto, em torno de toda a dor resultante da construção desse objeto de ódio — o professor —, brilha um amor por ele. "Eu era atraída por ele", diz a narradora.[14] O que a leva a querer, à sua maneira, salvá-lo. Característica singular desse amor transferencial, o programa da salvação ("Cada dia renovava-se a mesquinha luta que eu encetara pela salvação daquele homem").[15] O que a irrita é ver um homem tão forte numa situação tão curvada. Quer que ele se rebele, que se liberte. Paradoxal amor que não era o amor da mulher que Sofia seria um dia, mas da criança que quer "proteger um adulto", que precisa que o adulto represente a lei dos adultos, assim salvando-o e assim protegendo também, ato contínuo, a integridade do mundo da criança.[16] Para salvá-lo seria preciso que ele a punisse, tornando-se assim a lei na qual ela quer transformá-lo, mas na qual ele teima em não se deixar encarnar. Sofia transfere para o professor algo da situação existencial de seu próprio pai. O professor é um objeto em ressonância com a biografia paterna. Tal como o pai, o professor é parte de uma "legião estrangeira". É por aí que o conto começa:

> Qualquer que tivesse sido o seu trabalho anterior, ele o abandonara, mudara de profissão, e passara pesadamente a ensinar no curso primário: era tudo o que sabíamos dele.

> O professor era gordo, grande e silencioso, de ombros contraídos. Em vez de nó na garganta, tinha ombros contraídos. Usava paletó curto demais, óculos sem aro, com um fio de ouro encimando o nariz grosso e romano. E eu era atraída por ele.[17]

Não há referência explícita ao fato de o professor ter vindo de outras terras, mas ele seguramente é estranho e mal adaptado à condição que vive. Tal como a aluna, sabemos dele muito e muito pouco: em sua trajetória de vida há abandono, mudança, peso, contração e nó na garganta. E traços contraditórios: "um homem forte de ombros tão curvos", "seus gordos ombros contraídos e seu paletozinho apertado" mostram alguém que não cabe bem no papel que deve desempenhar. Uma incongruência, que aparece no advérbio, "pesadamente". Sabemos que ele mudara de profissão, evoca-se um trabalho anterior, quem sabe uma vocação contrariada. E o segredo quase total de seu passado, como que proibido, sugere que fugira dele, como se contivesse algo de que o professor devesse ter vergonha. Se pouco ou quase nada sabiam dele, mais adiante ela ou os colegas parecem saber tudo: "suas histórias não me ludibriavam e [...] eu bem sabia quem ele era". A menina saber quem era o professor é parte da chave para o que nos interessa aqui. Em nosso entendimento, e como procuraremos mostrar, ela sabe dele porque compartilham, cada um a seu modo, desastres históricos que são transformados pelo conto em parábolas, no centro das quais temos uma parábola hassídica em duas versões. Essas duas versões se tornam, pela escrita de Clarice, uma *mise-en-abyme* do conto como um todo, que, por sua vez, como uma matrioska narrativa, pode ser lido como uma dupla parábola sobre o nascimento da literatura para e de Clarice, imbricada na história da imigração judaica no Brasil, nas primeiras décadas do século 20, tudo isto escrito a partir da experiência e do testemunho de quem a viveu.

A narradora não é apenas parte da legião estrangeira a que o professor também pertence. Dos *biografemas* que apontamos e que suportam a emergência da narrativa, fazem parte quem sabe serem ambos, Clarice/Sofia e o professor, *irmãos de navio*, por assim dizer. Ela, sua família e o professor, imigrantes judeus em terras brasileiras. Talvez seja esta identificação que permite a circulação da profunda, estranha e conflitiva intimidade, familiaridade e reconhecimento que agiliza a estranha e intensa relação entre essa aluna e seu professor. É isso que nos permite sugerir que aspectos da relação de Clarice com seus pais são atualizados e realizados, isto é, são possíveis de ganhar algum tipo de elaboração, em torno desse desastre criativo que é o vínculo de Sofia com seu professor. O texto ficcional é também uma elaboração emocional da autora em torno de si própria e seus laços de família, laços que comparecem aqui pela ausência, e que se esgarçavam na coletânea homônima de 1960.

HISTÓRIAS HASSÍDICAS EM CLARICE LISPECTOR?

Um *biografema* não é apenas um traço material biográfico/histórico da autora, presente em seu texto ficcional. "Os desastres de Sofia" trazem evidências de outras histórias que vão além da sugerida leitura na infância/juventude de Clarice do texto da Condessa de Ségur, eles trazem também aspectos da tradição cultural de sua família. É possível que esteja em jogo na literatura de Clarice uma forma de processar e metamorfosear as incontáveis histórias que compõem o manancial das narrativas hassídicas, esse movimento de renovação judaica, surgido no século 18, originado na região da atual Ucrânia, muito próximo de onde vem a família de Clarice, para se espraiar pela cultura ídiche europeia e se desdobrar e dissolver com a perseguição de judeus da Europa que culminaria no holocausto e, por razões muito diferentes, mas também relacionadas ao holocausto, na fundação do estado de Israel.

Nas entrelinhas dos restos das histórias de uma boa parte das famílias de imigrantes judeus do leste europeu, costumam sussurrar narrativas hassídicas. O hassidismo é um movimento religioso, espiritual e cultural que, desde o final do século 18 e durante todo o século 19 e início do século 20, foi ganhando penetração dentre a população judaica do leste europeu, principalmente nas periferias das grandes cidades, em aldeias e cidades menores, onde grandes parcelas dessa população viviam em condições de extrema precariedade histórica, em todos os sentidos — sociais, econômicas, sanitárias, familiares etc. O hassidismo impulsionou essas populações a uma metamorfose radical, ao mobilizar uma espiritualidade paradoxal: ao mesmo tempo conservadora e transformadora. Em largos traços, podemos dizer que a espiritualidade hassídica se caracteriza por conservar uma fidelidade ao corpo de leis que fundamentam a prática da vida judaica e, por outro lado, promover a fruição da vida em seu sentido histórico material, ao mesmo tempo rigorosamente imanente e transcendente, construído através da virtual indiferenciação entre sagrado e profano, e muitas vezes confrontado por setores do judaísmo oficial da época. Gershom Scholem e Martin Buber, dentre muitos outros, já mostraram a importância do hassidismo na transformação desses cidadãos do leste europeu para a condição de imigrantes forçados no chamado Novo Mundo, nas primeiras décadas do século 20, ou em colonos, na construção do estado de Israel.

Estas novas situações de vida, como mostram esses autores, são a realização de permanências e transformações, de rupturas e continuidades de um longo processo espiritual e ideacional. O hassidismo soube transformar a história que essa população em estado de vida emergencial vivia em narrativas, oferecendo uma melodia que os impulsionasse. Ele ensinou o povo a contar cantando o que vivia. As narrativas hassídicas cantam a história que esses homens, mulheres e crianças atravessavam. E, nelas, as origens retornavam. Velhos sábios se atualizavam e o tempo abria as portas para novas histórias, para um progressismo histórico de todos os implicados, encarnado essencialmente no labirinto infinito de narrativas contadas e recontadas, variantes de variantes, que vão sendo desfiadas ao longo de gerações. Toda história hassídica em seu centro tem o tema da graça e sua identificação com a lei. Trata-se de uma graça autorizada, isto é, da abertura para algo novo que é legitimado desde velhos tempos, senão pelas histórias que são recontadas, ao menos por fragmentos que também demandam velhos sonhos que custaram a vida de muitos e que, agora, renascem, desta vez em melodia ou narrativa. O importante é que se renova a vida, como abrir os olhos ou escutar alguma coisa, tocar ou ser tocado, promover a emancipação de cada um e uma.

Em Clarice, tudo isto tem um lugar. Lei e graça são temas centrais na sua obra, aos quais ela insistentemente retorna. O fato de que Clarice tenha se sentido, antes de mais nada, uma autora brasileira, com pouca ou nenhuma relação aparente com sua história familiar de imigração, não implica o desaparecimento das marcas trazidas por essa cultura. Este é um quadro comum dos judeus de sua geração, estimulados pelos pais a "esquecerem" o ídiche — a língua original de emergência do hassidismo — e tudo o que essa cultura da diáspora podia trazer consigo, ao adotarem as línguas e os modos dos países para onde imigraram. Se, na origem da espiritualidade hassídica, o ídiche foi legitimado como língua da transformação de seus falantes, ele também se tornou o meio de transporte histórico coletivo entre a origem, na tradicional vida judaica em territórios europeus, e o desembarque em novos terrenos históricos, em diferentes línguas de chegada. Para a grande maioria dos homens, mulheres e crianças implicados, essa língua-transporte deixou de ter presença manifesta, os seus falantes se reatualizaram em outras histórias, novas línguas, mas em seu interior, de forma latente, traços mnêmicos (para usar uma expressão freudiana) agem ativamente, de forma inconsciente, desde o silêncio das línguas mortas-vivas. É bom sempre termos em mente que a família de Clarice e ela mesma desembarcaram no Brasil alguns dias depois de 24 de março de 1922, em Maceió (Alagoas), no paquete Cuyabá, falando, isto é, vivendo em ídiche.[18] E, no entanto, o imperativo histórico que parecia organizar essas populações de novos imigrantes exigia que esse mundo fosse inteiramente soterrado pela experiência no novo mundo, como o foi por Clarice, ou guardado, como também o foi por ela, numa memória imemorial, para ser então integralmente salvo na letra de sua escrita. O que expõe o exercício crítico a um impasse: a reconstituição arqueológica de suas camadas salvas não pode frequentemente ser comprovada; nunca saberemos ao certo, em Clarice, o que é Brasil e o que é esse outro do Brasil, contido na história hassídica subterrânea a partir da qual a sua literatura se escreve. Nossa leitura põe em movimento uma hipótese desse tipo.

TESOUROS

No núcleo do conto e da memória de menina há uma história que o professor conta aos alunos e, em seguida, a composição que pede que escrevam. Essa história e suas diferentes versões — a do professor e a da menina, na composição que escreve — presentificam-se no conto como suporte para as elaborações dos desastres de cada um, seu modo de lidar com eles, ao reelaborarem uma parábola hassídica que os dois parecem conhecer, que está na origem de suas vidas, a serviço da expressão do ser de cada um — modo, aliás, pelo qual as narrativas hassídicas sempre funcionaram, ao atualizar velhas tradições na vida presente dos coletivos judaicos. A versão do professor é a seguinte:

> [...] um homem muito pobre sonhara que descobrira um tesouro e ficara muito rico; acordando, arrumara sua trouxa, saíra em busca do tesouro; andara o mundo inteiro e continuava sem achar o tesouro; cansado, voltara para a sua pobre, pobre casinha; e como não tinha o que comer, começara a plantar no seu pobre quintal; tanto plantara, tanto colhera, tanto começara a vender que terminara ficando muito rico.[19]

E essa é a versão de Sofia:

> A história que eu transcrevera em minhas próprias palavras era igual à que ele contara. [...] Com alguma faceirice, pois, havia acrescentado as frases finais. [...] Provavelmente o que o professor quisera deixar implícito na sua história triste é que o trabalho duro era o único modo de se chegar a ter fortuna. Mas levianamente eu concluíra pela moral oposta: alguma coisa sobre o tesouro que se disfarça, que está onde menos se espera, que é só descobrir, acho que falei em sujos quintais com tesouros.[20]

A história "igual", mas diferente. A diferença consiste precisamente naquilo que a narradora chama de "tirar a moral das histórias, o que, se me santificava, mais tarde ameaçaria sufocar-me em rigidez". As frases finais acrescidas, "a moral da história", o que diferencia a versão da menina da do professor, diz respeito precisamente à graça.

Não há que procurar e trabalhar para encontrar o tesouro: ele se dá a nós *de graça*, "é só descobrir". E é esta reatualização da moral da história hassídica, que também tem força suficiente para ressignificar a própria narrativa de origem, a da Condessa de Ségur, a qual o conto faz referência. Lá, a menina traquina teria que aprender com a experiência que, para se tornar Sofia, deveria evitar desastres. Aqui, não. Aqui, fortalecida pela lei e pela potencialidade de emergência da graça na narrativa hassídica, das traquinagens pode emergir Sofia. Aquilo que mobiliza as traquinagens da "menina safadinha",[21] da "menina muito curiosa" que "via o abismo do mundo [...] anônimo como uma barriga aberta para uma operação de intestinos"[22], é a via de acesso aos seus tesouros, sua escrita: um possível remédio para outros, seus leitores, para o professor, e uma perdição para ela.

A parábola, a história do tesouro, contada pelo professor e "transcrita em suas próprias palavras" pela menina, é uma versão de uma parábola hassídica célebre, de que temos várias versões, dentre elas a do rabi Bunam de Pzhysha (Polônia, 1765-1827). Bunam contava aos neófitos que vinham procurá-lo essa história do rabi Aisik. Fazemos aqui um resumo dela:

> Depois de sonhar três vezes que devia procurar um tesouro perto da ponte que leva ao palácio real de Praga, o rabi Aisik finalmente decidiu obedecer ao mandato do sonho e viajar da Cracóvia, onde morava, até Praga. Chegando lá, descobre que a ponte era vigiada por sentinelas dia e noite, e ele não se atreveu a cavar embaixo dela. Todos os dias ele retornava à ponte e a rondava até a noite. "Finalmente o capitão da guarda, que se havia percebido de seus movimentos, perguntou-lhe se procurava algo ou alguém." Aisik contou-lhe sobre o sonho do tesouro. O Capitão riu e lhe disse: "E tu, pobre coitado, peregrinaste até aqui com os sapatos rasgados, por causa de um sonho? Ora, quem crê em sonhos! Se eu acreditasse em sonhos, também teria de sair andando e ir a Cracóvia procurar um tesouro embaixo do fogão da casa de um judeu chamado Aisik, filho de Iekel". O rabi Aisik cumprimentou-o e viajou de volta para casa, escavou o chão exatamente onde o capitão havia dito, e encontrou o tesouro, exatamente onde o capitão havia dito que estaria. Ali ele construiu uma sinagoga. E o

rabi concluía a história com a moral: "Há algo que não poderás encontrar em parte alguma do mundo, nem mesmo com o *tzadik*, e, no entanto, há um lugar onde o poderás encontrar".[23]

O *tzadik* é o "líder santo e espiritual da comunidade hassídica", o mestre, o "Messias não messiânico", por assim dizer, como explica Gershom Scholem.[24] A parábola trata do tema da graça. Contada ao neófito que vinha buscá-la junto ao *tzadik*, ela o alerta sobre o fato de que a graça não será encontrada necessariamente junto ao sábio, mas em si mesmo. A parábola funciona assim como um dispositivo antimessiânico. A outra versão da parábola de que dispomos, do rabi Nachman de Bretzlav (Ucrânia, 1772-1810), apresenta pequenos, mas significativos deslocamentos. Em primeiro lugar, a busca do tesouro leva a personagem a Viena, e não a Praga. Ora, Viena era a capital do Império Austro-Húngaro, e rabi Nachman transfere assim a personagem para o centro do mundo judaico ashkenazi da época, o espaço mais cosmopolita e mais urbano, que envolvia, por isto mesmo, problemas maiores de assimilação. A parábola sugere que rabi Aisik retorne às suas origens, à sua casa, que lá está o verdadeiro tesouro, mas dentro de uma dialética mais conflitiva do que na narrativa de rabi Bunam. Em rabi Nachman, o fortalecimento da identidade judaica singular dá-se em torno da busca no centro do cosmopolitismo contemporâneo. Além disso, nessa versão, o sonho manda rabi Aisik ir a Viena para ouvir a história, o que introduz uma segunda dobra narrativa à parábola — a de que é preciso ouvir a história para se chegar ao tesouro, ou ainda, de que a história é o tesouro a ser encontrado. Aqui, o elemento antimessiânico não é apenas a casa pessoal, mas também a própria narrativa hassídica. A dobra que rabi Nachman realiza dá tanta força a esta história hassídica que não podemos deixar de nos lembrar de um outro integrante da *legião estrangeira*, também morador de Viena: Freud. Juntando hassidismo, sonho, história e Viena, essa história pode ainda ser lida como uma parábola da psicanálise, da interpretação dos sonhos, cujos tesouros se encontram "embaixo do fogão da casa", do eu. Ou, quem sabe, seria o contrário: a psicanálise, ela própria, como uma imensa parábola hassídica, que propõe o método de interpretação dos sonhos como caminho para o encontro sempre infinitamente adiado de si mesmo.

A história contada pelo professor do conto de Clarice, embora ela também baseada na parábola hassídica, contém uma moral que inverte o seu sentido original, conforme as versões que conhecemos, ao eliminar dela justamente o seu núcleo irradiador, a ideia da *graça*, que por sua vez a menina recupera em sua composição. Da estrutura das parábolas rabínicas, mantida pelas parábolas hassídicas, Sofia conserva o *mashal*, a parábola em si, mas muda o *nimshal*, "a aplicação ou significação fornecida pelo contador da história".[25] Sofia comenta a moral das duas histórias, a do professor e a sua; primeiro a dele que, podemos depreender, é a moral prevalente nesse novo giro da história judaica, agora feita de legiões de estrangeiros que fogem das perseguições em solo europeu, que cansados andam o mundo inteiro e continuam sem achar o tesouro, e trocam a moral hassídica, a graça do tesouro que vem de graça e está no próprio e sujo quintal, em si mesmos, pela ética do trabalho duro, exclusivamente, com potencialidade de eclipsar a graça. Sofia muda "levianamente" e "arbitrariamente" o fim de sua história, fazendo-a terminar pela moral oposta, a do tesouro que "é só descobrir". Só que, em sua forma "leviana" e apressada, ela resgata, não apenas para si, mas também para o professor, o tesouro hassídico original, se é que se pode falar de originalidade aqui. Porque o quintal "próprio e sujo" pode bem ser não só esse acolhedor quintal da escola em que a menina pode se soltar e alegrar-se, mesmo portando todos os lutos de casa. Esse "próprio e sujo" quintal agora é o Brasil, um Brasil que soube acolher Clarice e ressignificar criativamente seus desastres pessoais, permitindo que ela escreva o que escreveu ao professor, e a nós, a sua literatura, a partir já de sua experiência em quintais brasileiros.

É desse modo que a economia contida na "leviandade" da menina gira toda ela em torno da graça: dar tudo por nada e tudo receber também por nada. Essa, a sua "irrazoável esperança". Ocorre que a graça tem sempre uma dimensão do dialógico. A graça é um estado que implica necessariamente uma situação relacional: é o reconhecimento pelo professor da criatividade presente na composição da aluna que transforma e legitima, para Clarice, sua escrita em autoria inaugural. A versão primeira do professor, por sua vez, teria invertido a parábola hassídica, inversão através da qual ele constrói para si uma versão de sua própria história, talvez consolando-se com a esperança mais razoável de que a riqueza virá, não de(a) graça, mas do trabalho (duro). Quem sabe como parte das transformações do professor, daquelas que fizeram dele um homem grande enfiado num paletó curto demais, que curvou seus ombros e deu um nó na garganta, quem sabe ele supôs que, para fazer parte da legião estrangeira em busca de um tesouro, ele teria que deixar de lado atmosferas místicas onde homens sonham com tesouros que vêm de(a) graça. Se isto for verdade, o professor trocou a versão milagrosa da parábola original por uma ascese advinda do suor nosso de cada dia, como caminho árduo ao tesouro.

Se nossa hipótese for correta, e o professor reelabora a parábola hassídica original, transcrevendo assim a sua própria história e convidando os alunos a criarem as suas, é justificável que sorriamos, como ele acaba por sorrir, porque o que é "engraçado", toca em nossas entranhas, ou "finca a flecha" em nossos corações, é que é esta menina endiabrada em terras brasileiras, numa escola do Recife, que lhe põe uma vez mais em contato com a parábola hassídica "original", aquela em que o tesouro vem de(a) graça, está em nós mesmos, nos nossos sujos quintais, e não depende de nosso trabalho intencional, racional, razoável. Sofia coloca o professor uma vez mais em contato com as velhas e "irrazoáveis esperanças" que apareciam nos sonhos dos judeus pobres dos quintais sujos dos pequenos *shtetls* do leste europeu. E este é um núcleo central da escrita de Clarice. Ao longo de sua obra, a cena se repetirá e tesouros emergirão, reservados aos leitores, de graça, surpreendentemente, em sujos quintais, por assim dizer, das situações de vida mais comezinhas. Tesouros não materiais, mas capazes de, ao estremecer algo da vida anímica, abri-la para algo inesperado: um sopro novo de vida. Em familiaridade com as narrativas hassídicas, os textos de Clarice ofertam a experiência da graça, muitas vezes compreendida por leitores como uma epifania, isto é, um encontro com algo do divino. É verdade, a graça pode ser uma epifania, mas capaz de ser realizada em lugares tão improváveis como sujos quintais, em sua plena imanência, isto é, onde o quintal é mais sujo, no mais escuro da maçã.

A menina, "sem saber [...] obedecia a velhas tradições...",[26] este mistério que atravessa as gerações nos lembra o que Freud diz sobre o seu próprio judaísmo, no prefácio à tradução judaica de *Totem e Tabu* (1930/1976), ao falar de si como alguém que "abandonou todas as características comuns a seus compatriotas", e em quem, apesar disso, ainda resta "uma parte muito grande e provavelmente a própria essência" do judaísmo.[27] Talvez algo semelhante acontece em Clarice.

Nunca saberemos se a menina já ouvira alguma versão da parábola hassídica original — de seu pai, por exemplo? Clarice parece que a conhecia. Mas, no conto, a "velha tradição" aparece como tendo sido inventada pela sabedoria de Sofia. Há uma perda necessária da tradição para que ela pense que inventou o que já existia, ela que, "safadinha", acha que o professor se deixara enganar, ao mesmo tempo em que confusamente viu que "através de mim, ele recebera [...] aquilo de que somos feitos".[28] Neste caso, talvez não seja um erro dizer que ambos eram feitos, dentre outras coisas — e aqui, no conto, sim —, de parábolas hassídicas. Ou então, seria possível que *ao mesmo tempo* essa história fosse inteiramente inventada e inteiramente lembrada por Sofia? Que ela tivesse sido concebida junto à inocência idílica dos cavalos e esquilos do parque infinito anexo ao colégio onde não estudava, ao mesmo tempo que lembrada, sem ela saber, a partir de "velhas tradições" que ela, sem saber, sabia e de que se lembrava sem saber que se lembrava? De qualquer maneira, a nova versão de Clarice da velha parábola hassídica não apenas a revive para a menina e o professor. Aqui, a versão ganha tamanha atualização que se manifesta viva para além da legião estrangeira, para qualquer leitor. É como se ela, ao ressignificar e atualizar as estrangeirices pessoais, levasse cada leitor(a) a se abrir às legiões estrangeiras que o(a) habitam, pessoalmente. A menina redescobre o tesouro em quintais brasileiros ou, se se quiser, os quintais brasileiros permitem redescobrir os tesouros hassídicos. Seria esse o trabalho da memória, que lembra de algo que nunca aconteceu e, ao mesmo tempo, não parou de acontecer, tantas vezes de tantas maneiras em tantas histórias anteriores e posteriores à nossa própria vida, "de eco em eco", mostrando-nos a vida imprópria que, como a memória, não é de ninguém?

O PROFESSOR

Nádia Gotlib, em sua biografia de Clarice Lispector, descreve um certo professor de hebraico, Moysés Lazar, do Collegio Hebreo-Idisch-Brasileiro em Recife, onde Clarice estudou precisamente entre 1929 e 1931, que se mudaria depois para Israel. É ele que talvez tenha morrido por volta de 1934, quando a menina tinha treze anos ("aos treze anos, de mãos limpas, banho tomado [...] recebi então a notícia de que o professor morrera naquela madrugada").[29] E é precisamente naquele momento, na madrugada de sua morte, que se inscreve a primeira dobra dessa história, a primeira camada de memória da história de Sofia e de seu professor, provável início de sua escrita, fazendo-a voltar a "quatro anos atrás".[30] O personagem atraiu a atenção dos seus três biógrafos. A colega Anita Levy descreve uma cena curiosa de Clarice com esse professor:

> Clarice estava falando com o professor dela de hebraico, Lazar, que era uma sumidade. Não era um simples professor de abc. Eu ia passando. E a Clarice insistia com ele porque queria saber qual era a diferença entre homem e mulher. Insistia tanto para que lhe explicasse! Insistia mesmo.[31]

De fato, não seria excessivo afirmar que "Os desastres de Sofia" é também uma parábola sobre a diferença sexual, essa mesma sobre a qual Clarice menina interrogava insistentemente o seu professor, e que é parte do assunto transfigurado pela narrativa. Um pequeno detalhe, narrado por outra biógrafa, Teresa Montero, evoca também algo de "Os desastres de Sofia": Clarice sai ao encalço do professor, depois de tocar a sineta do recreio. O prof. Lazar "era muito pra frente", horrorizando às vezes os alunos, com as respostas iconoclásticas que dava às perguntas insistentes: "Como é que foi, Deus entregou a

Torá na mão dele?". Ao que o prof. Lazar respondia: "Olha, ninguém viu". Não se tratava de um professor que impunha a religião aos alunos, o que destoava talvez de algumas das expectativas doutrinárias colocadas sobre ele.[32] Talvez parte da revolta da pequena Sofia com o seu professor fosse que ele traísse suas expectativas de que ele encarnasse uma lei mais conservadora que ele se recusava encarnar. Um outro biógrafo, Benjamin Moser, sugere uma hipótese com a qual concordamos: a de que ele seria talvez um dos modelos na composição dos personagens de professor que comparecem nos textos de Clarice, sobretudo em "Os desastres de Sofia".[33] Pois esse professor de hebraico que "era uma sumidade", como diz a colega de Clarice, parecia ser demais ali, ensinando num curso primário, excessivamente progressista para o meio, num estado de opressão pessoal para o qual, talvez, a sua ida para Israel tenha sido uma resposta, e a redação da menina Sofia, um estímulo. O certo é que, no professor do conto, há uma profunda melancolia, um "nó na garganta", podemos supor que devido à mudança e à perda, que também é um amálgama de perdas, resultantes da imigração.

Sugerimos que as fontes que mobilizam a produção desse personagem, o professor, seja o que, em psicanálise, chamamos de processos identificatórios primários, aqueles que põem em movimento a identificação com cada um dos pais, a cena primária, suas ressonâncias sedutoras e castradoras, entre o incestuoso e o criativo universal. Lidando de forma criativa com esses difíceis e ambivalentes núcleos primários, o reconhecimento do professor leva a narradora a ter que se reconhecer autora menina, como que repentinamente transformada, entre outros atributos, em mulher e mãe do professor, chamada a testemunhar o nascimento dele, transformado em "homem", que ela despreocupadamente provocara ao lhe dar a sua composição, e que se dá diante de seus olhos. É como se, de algum modo, Sofia tomasse consciência daquilo que é capaz de suscitar, nos outros, a inusitada escrita de Clarice. A redação de Sofia mexe no professor como os textos de Clarice mexem em seus leitores. Este é o tesouro que Sofia encontra no retorno do professor, um retorno que tem a ver com ver e ser vista:

> Vi tão fundo quanto numa boca, de chofre eu via o abismo do mundo. Aquilo que eu via era anônimo como uma barriga aberta para uma operação de intestinos. [...] Eu vi dentro de um olho. O que era tão incompreensível como um olho. Um olho aberto com sua gelatina móvel. Com suas lágrimas orgânicas. Por si mesmo o olho chora, por si mesmo o olho ri.[34]

Nessa visão de um olho, boca ou barriga, vistos de dentro, abertos ao olhar da menina, convocada a testemunhar, há, quem sabe, algo da ferida de suas metamorfoses que se põem à mostra, nuas, "o abismo do mundo", algo, quem sabe, do mundo abissal da imigração, expresso na carne. A menina vê porque se vê solicitada a isto, é uma demanda que sente que lhe fazem, desde criança: "sem entender, eu sabia que pediam de mim que eu recebesse a entrega dele e de sua barriga aberta, e que eu recebesse o seu peso de homem".[35] Há aqui associações precisas, explicitadas no conto, com o seu pai, Pinkhas — que adotou o nome de Pedro ao chegar no Brasil, tal como ela era Chaya e virou Clarice — e a ferida dele, que a menina precisa cuidar: "Eu já me habituara a proteger a alegria dos outros, a de meu pai, por exemplo, que era mais desprevenido que eu".[36] Nossa hipótese inclui a asserção de que a ferida do pai, inscrita de forma incisiva por seu caráter desarmado e não precavido, é também um efeito de imigração, de ser um judeu no Brasil, ele também parte de uma legião estrangeira.

ÁVIDA MATÉRIA DE DEUS

Falemos ainda um pouco mais do materialismo hassídico de Clarice e suas "lágrimas orgânicas",[37] tal qual se inscrevem no conto. O misticismo ali expresso não é *por Deus*, mas pela matéria de Deus ("E a fonte de um nascente misticismo. Não misticismo por Ele, mas pela matéria d'Ele, mas pela vida crua e cheia de prazeres: eu era uma adoradora").[38] Ela, que é "ávida matéria de Deus". Adoração material e transgressiva da "vida crua e cheia de prazeres", adoração, portanto, à matéria de que ela própria é feita. A mística de que a menina já traz sinais é imanente e material.

Emaranhados aos fios de histórias hassídicas há histórias cristãs: "os segredos de confessionário", "a freira monstruosa", a repetição dos *tipos* (os ícones): o santo e a prostituta ("eu estava sendo a prostituta e ele o santo"),[39] o professor reencenando o papel de Jesus e ela o de Maria Madalena, organizam a escrita figural de Clarice como um todo. E essa referência repetida ao homem como "rei da criação" ("o homem era o meu rei da Criação"),[40] que define a matriz da sexualidade da menina, revista pelo olhar da mulher que escreve. A referência aqui, ao contrário do que se imagina num primeiro momento, não se encontra no Gênesis. Ela vem provavelmente da *Patrística* de Gregório de Nissa, que comenta a passagem do livro do Gênesis em um opúsculo chamado "A criação do homem".[41]

Mais uma vez é notável a maneira como a menina retrabalha essas histórias. O opúsculo comenta e desdobra a passagem do Gn 1,26, que narra a criação do homem "à nossa imagem, como nossa semelhança", com o propósito de fazê-lo dominar "sobre os peixes do mar, as aves do céu, os animais domésticos etc.". O motivo do domínio do homem sobre as outras criaturas, como tema fundante da hierarquia que governa o mundo, coincide com a determinação do *ícone* ("imagem", em grego) como modelo da relação homológica entre Deus e a criatura homem. O domínio (*arkhô*, em grego) do homem, (*ánthropos*) isto é, de *adam*, "terra", "solo", em hebraico, ainda sem gênero, sobre os outros seres, estabelece também o domínio da analogia, que Gregório de Nissa vai transformar em regra hierárquica da construção das coisas: o criador do cosmos, Deus, está para a terra como o homem está para a casa, como o rei está para o seu trono, como o mestre da casa está para a casa. O homem de que se trata aqui (*adam*, *ánthropos*), concebido como "rei da criação", é composto de imanência e transcendência, "misturando o terreno e o divino", como escreve Gregório, uma prefiguração de Jesus Cristo. Entre o Gênesis e o Novo Testamento ocorre a intervenção de S. Paulo, o verdadeiro "inventor" da doutrina da encarnação de Deus no ícone humano (na imagem) de Jesus Cristo.[42] Essa é a matriz de todos os ícones, o ícone dos ícones, que comanda a hierarquia imagética e analógica que ordena o mundo. O cerne da analogia depende da fundação messiânica do reino de Deus nesse mundo. É também um discurso sobre o tesouro, as "riquezas" que povoam o mundo, como a parábola hassídica, mas entre os dois tesouros existe um mundo de diferenças. Para o cristianismo, trata-se de estabelecer um programa de domínio sobre as coisas, enquanto para os pobres judeus que sonham com o tesouro que depois encontram no quintal embaixo de seu fogão, trata-se de fundar a casa de Deus (as duas sinagogas) *pela fábula*.

"O rei da criação" estabelece o domínio especista da espécie humana sobre todos os seres da terra, criados por Deus para que o homem deles desfrute. Na *Patrística*, a afirmação do reinado do homem sobre o mundo é um enunciado teológico-político, que funda o reinado do Messias na terra, a sua *basileia*, neste mundo. É algo como uma dupla soberania que se expressa aqui: da espécie humana sobre as outras, consignada pela superioridade icônica do homem sobre as outras espécies, e do homem — enquanto gênero, sobre a mulher.

Nada disso, no entanto, aparece em Clarice, muito pelo contrário. A obra dela gira frequentemente em torno de uma ampla reinterpretação do versículo anterior, Gn 1,24-25, que trata do método de criação divina dos seres da terra, "segundo sua espécie". *Espécie* traduz o grego *génos*, "família", em hebraico, *min*. Todos os seres da criação são referidos a essa lei da espécie, que determina a forma impessoal a que todos os seres são subordinados. É essa lei que é, ao mesmo tempo, a nossa prisão e a nossa graça, a nossa necessidade e a nossa liberdade. O que interessa a Clarice é a determinação de cada espécie pela forma perdida que ela é, a que devemos retornar para nos salvarmos, e que implica não numa condição imóvel, mas a própria mobilidade do ser que somos. É, portanto, nesse versículo imediatamente anterior à criação do homem que Clarice colhe a lei da *espécie*: anterior àquele que estabelece o jugo especista da *imagem* (o *ícone*) humana sobre as outras espécies, destinado a que foi o homem; anterior à diferenciação de gêneros, a dominar as outras espécies e, posteriormente, a dominar também as mulheres. Para Clarice, ao contrário, cada espécie obedece à lei do seu tipo: "Toda mulher é a mulher de todas as mulheres, todo homem é o homem de todos os homens, e cada um deles poderia se apresentar onde quer que se julgue o homem. Mas apenas em imanência, porque só alguns atingem o ponto de, em nós, se reconhecerem", dirá G.H.[43] Assim como "a barata é a barata de todas as baratas", como toda galinha, cachorro, tanto os animais como as plantas e flores — todos eles são "segundo a sua espécie", eles são a repetição que põe em movimento a forma da espécie, são a matéria em movimento segundo o ser da variação em um *continuum* vital, vistos pela distância milenar e matemática de Deus, já que todos eles são em Deus. Este, o misticismo "pela matéria" de Deus.

No conto de Clarice, esse "homem" humano, por analogia platônica plasmado em rei que governa sobre todas as outras criaturas, é transformado no homem sexualizado, diferente da mulher, e que reina sobre ela. Mas, "coitado desse rei da Criação", entende a menina, ambos submetidos que são à regra comum da realidade e da dor.[44] A operação consiste nada mais nada menos do que na erradicação da transcendência do "filho do homem". O "homem" é só um homem imanente (ao mesmo tempo *anér* e *ánthropos*). Como o Jesus Cristo de Clarice, que não é um Deus, mas um homem, ou é Deus porque é homem, o professor deixa de ser professor e torna-se justamente "o homem" a partir do momento em que Sofia volta do recreio para a sala de aula. É o homem, *Adam* diante de Eva, *Havvah*, em hebraico, que tem a raíz *hayah*, "viver", o mesmo radical que compõe *Chaya*, nome de Clarice. O parque dentro do qual se situava o Colégio ("alugado dentro de um dos parques da cidade"), que "não acabava nunca", onde "cabia um ar livre imenso", com suas "azedas begônias" e "abelhas [que] faziam mel", quem sabe uma das matrizes do Jardim Botânico de "Amor" ou da fazenda de *A maçã no escuro*; é um pouco o jardim do Éden, com seus troncos de árvore inscritos de corações de amor, onde as crianças "faziam o seu mel".[45] Na formação de Sofia indicia-se sempre a precariedade da educação formal, o Colégio como variação episódica do recreio infinito, do jardim e suas descobertas, travessuras e sabedoria muito singular. A gênese da escrita é indissociável da traquinagem com o Gênesis. De maneira perceptível, a interpretação de Clarice da analogia patrística é perfeitamente hassídica: o homem, compósito de *ánthropos* e Deus, como Cristo, é lido por ela de maneira estritamente imanente: Jesus Cristo é Deus porque é humano, porque Deus está nos humanos como nos outros seres, igualmente, e não como um Deus que teve que se esvaziar da divindade para se fazer humano (esse o sentido da *kénosis*), tornando-o o sucedâneo de Deus na terra e legítimo soberano dos seres que aqui estão. Não, cada ser, em sua diferença, situada num *continuum* da vida, se situa em perfeito pé de igualdade com relação à soberania única de Deus sobre a sua criação, que não se projeta em uma soberania humana sobre as coisas.

A CURA

Os fios das diversas histórias se desenlaçam e reenlaçam em torno do sentido do tesouro contido na graça revelada pela parábola. E a graça consiste na *cura* através do nascimento material e orgânico. É pela composição, pela escrita de uma história contada, esquecida e lembrada, que o professor e a narradora renascem, cada um a seu modo. É pela escrita, mais uma vez, que lemos o relato desse nascimento, da vida do homem salvo pela menina artista e arteira que vira a escritora que escreve o conto que lemos; que naquele preciso momento nasce como escritora. Para o professor que acreditava no tesouro obtido pelo trabalho árduo, a facilidade de encontrar o que não precisa ser buscado equivale à mais preciosa descoberta: a graça da vida, a vida gratuita do que simplesmente está à mão. Em uma primeira camada de sentido, o tesouro é a própria Sofia, que *cura* o "homem" ao lhe dar a própria vida nua e desprotegida, a nudez daquilo que pode se mostrar, que não precisa mais se ocultar.

É sob o signo da metamorfose orgânica na volta do recreio que tudo começa a se dar: na aproximação lenta da sala, a menina se sente "como num espelho", uma "coisa úmida", uma ameba fria e sem contorno, que se esgueira colada à parede da sala.[46] O professor vira repentinamente, como vimos, "o homem", e mais que isso, "o homem de sua vida". Mais adiante, é a cesariana metafórica do sorriso que testemunhamos a partir do olhar da menina: os cílios de barata doce dos olhos do professor,[47] a feia entrega de quem recebeu a dádiva do tesouro de viver. Mas a metamorfose da graça é recíproca, a menina e o homem se salvam um ao outro pelas graças do tesouro. A *mise en abyme* se abre sobre o "abismo do mundo", a fenda do corpo ferido mostra as suas entranhas. É o mundo inteiro que se apresenta ali porque todo nascimento envolve forças cósmicas, infinitas e anônimas. A cesariana de um sorriso, que a menina despreocupadamente opera no "homem", não ocorre só na boca. A vida não nasce no útero, mas no corpo inteiro: intestinos, fígado, pé, olho. É o corpo orgânico e cego, "a barriga aberta para uma operação de intestinos", "como se um fígado ou um pé tentassem sorrir", ou um olho visto por dentro com sua "geleia móvel".[48] O sorriso orgânico se irradia pelo corpo, quem sorri são as partes cegas da pele que sente e se abre ao outro. O corpo é todo feito de aberturas que dão a ver o que está dentro. Quem nasce não é uma pessoa, mas a vida "anônima", nua e qualquer. O nascimento da vida, revisto pelo olhar memorioso da literatura, é o nascimento da vida em tudo o que vive.

Como entender a mútua operação de cura e graça que se dá ali? É a menina que dá ao professor o tesouro que se disfarça e que está à mão, facilmente encontrável. É ele que lhe dá a terrível graça ambígua de ter de receber a entrega inteira de um homem, de ser a mulher do pobre rei da Criação. Em ambos os casos, trata-se da descoberta da vida. Para Sofia, uma vida indissociável da escrita e do amor. Receber o peso de um homem, a graça terrível de ter de ser responsável, isto é, de responder pelo nascimento de alguém. "Ver como nasce a vida", escreve a narradora. Mas Sofia resiste à vocação precoce da dádiva, que faz dela parte dessa legião estrangeira dos vulneráveis e feridos, daqueles que não podem esconder os seus tesouros.

No entanto, a conclusão inapelável da menina, num primeiro momento, era de que a salvação seria impossível para ambos. Para ele, por haver ingenuamente acreditado numa lorota de menina e, para ela, porque salvar-se dependia de os adultos encarnarem a lei, cuja queda colossal ela testemunha em primeira mão. Há ali algo como uma vingança, o "ídolo caído" que cai do alto de sua monumentalidade, com um baque. Não é Deus quem faz o homem à sua própria imagem, mas é Sofia quem faz o adulto à sua própria imagem e semelhança.[49] Uma imagem dela própria apenas "purificada pela penitência do crescimento, enfim liberta da alma suja de menina".[50] Ainda aqui reescreve-se o itinerário do ícone. Agora a menina descobre que o adulto é igual a ela, que "aquele homem também era eu", e a descoberta equivale à "queda do ídolo" (era "meu amargo ídolo que caíra"). A iconoclastia corresponde a algo como a morte de Deus, numa cena familiar em que parecem enlaçados os temas do materialismo do século 19, de Feuerbach, de Nietzsche e de Wagner. Se o professor do conto for de fato baseado no professor de hebraico, Moysés Lazar, como acreditamos ser, o que isso diz sobre o nascimento da literatura de Clarice? O que isso diz sobre a relação entre a língua hebraica e o português como tradução obrigatória, para a geração de Clarice, do ídiche, tudo isto ligado à descoberta da vocação de escritora brasileira? A menina não apenas transcreve uma parábola hassídica do rabi Bunan ou do rabi Nachman, mas o próprio conto, como um todo, é escrito à maneira de uma parábola hassídica.

A constatação da impossibilidade da salvação se dá pela descoberta da comunidade entre ela e o homem, já que "aquele homem também era eu".[51] O tesouro é decepcionante, melhor seria tê-lo encontrado depois de uma longa busca, muito longe, quem sabe: "[...] e a troco de nada, eu perdia o meu inimigo e sustento", escreve a narradora.[52] Mas, o que fazer se ele sou eu, eu apenas eu? Já no parque, a escrita da história se transforma em ícone gravado no tronco da árvore, o "duro entalhe de um coração com flecha", vislumbra-se o "fim do mundo", o "fim sombreado do parque".[53] Para o homem, ela era o tesouro disfarçado. Mas, e para ela, que queria que o tesouro se mantivesse no mundo inexpugnável dos adultos? Coitado desse "rei da Criação" que fez dela o seu tesouro. Ela não pode ser o tesouro de ninguém. Decididamente não poderia nunca ser ela, o tesouro nunca poderia estar perto, nos "sujos quintais" do eu. "Eu não era um tesouro", conclui ela, recusando a dádiva do tesouro que o homem lhe tinha dado ao receber, de sua mão, o seu. Ela recusa o artifício do tesouro em troca da realidade, esse o nome do seu tesouro afinal. "A realidade era o meu destino, era o que em mim doía nos outros".[54] O homem se enganara, então. Ela não era o tesouro, embora para ele certamente o fosse. Ela o fizera ver o tesouro nele mesmo, fora isso que ela presenciara: o recebimento afinal do tesouro que ele era, que ele tinha à mão e não sabia. O tesouro não poderia nunca ser ela. Não se trata então de tesouro, conclui ela em negação, mas do real feito da realidade da dor. Porque a realidade contém a possibilidade da cura, e o seu tesouro consiste, afinal, em curar: "só naquele instante de mel e flores descobria de que modo eu curava: quem me amasse, assim eu teria curado a quem sofresse por mim".[55] Ela curava quem sofresse por ela, amando-a. Mesmo não "prestando", ela se tornara o tesouro daquele homem, e não podia negar isso. Ela aceita, então, ver-se através da perspectiva do outro e, por mais absurdo que fosse, perceber que ela tinha sido o tesouro valioso de alguém. Quem sabe então o tesouro esteja no outro, na perspectiva do outro sobre nós mesmos. Em aceitar ser o tesouro de outro, mesmo que não nos vejamos assim. Aceitar a lei do outro: isso talvez seja a graça.

A metamorfose final da história retoma, sob a forma de parábola, na última dobra da parábola hassídica, o conto de fadas da *Chapeuzinho Vermelho*, recontado pelos irmãos Grimm, mas que data do século 10, talvez ainda mais antiga que uma versão sufi muito antiga da parábola contada pelo rabi Bunam, recontada por Sofia e invertida pelo professor.[56] A menina, agora mulher, é o lobo que come o outro, fazendo-o sofrer, mas que salva a Chapeuzinho Vermelho que ela própria engoliu. Ela, que nascera com a mão dura, sem nojo da dor, e que podia, portanto, arrancar a flecha farpada do coração de quem ama. O texto retoma a enunciação da fábula em primeira pessoa. Essa a dobra final da metamorfose da história: ela se encarna na pessoa ou seria a pessoa que se encarna nela, que se transforma em fábula?

> Para que te servem essas unhas longas? Para te arranhar de morte e para arrancar os teus espinhos mortais, responde o lobo do homem. Para que te serve essa cruel boca de fome? Para te morder e para soprar a fim de que eu não te doa demais, meu amor, já que tenho que te doer, eu sou o lobo inevitável pois a vida me foi dada. Para que te servem essas mãos que ardem e prendem? Para ficarmos de mãos dadas, pois preciso tanto, tanto, tanto — uivaram os lobos, e olharam intimidados as próprias garras antes de se aconchegarem um no outro para amar e dormir.[57]

Os lobos são os que mais precisam: aninhados de mãos dadas, mordem e amam. As voltas dos muitos fios das histórias nos levaram a uma parábola sobre o amor do "*homino homine lupus*" radicalmente diferente do de Thomas Hobbes, que salva pelas garras de sua história os nossos corpos feridos de leitores de parábolas que não acreditamos em salvação, mas aceitamos afinal a graça de sermos, nos submetendo à magia de sua cura. Se o texto de Sofia cura o professor, esse homem grande, gordo e silencioso de ombros contraídos, abrindo espaço para a emergência de um sorriso e um reconhecimento que ressignificam, para ele, essa aluna tão indisciplinada; para ela, a transfiguração suscitada no professor, ao reconhecê-la como criadora, não ressignifica propriamente tudo o que estava envolvido em sua perturbadora relação com ele. Ela preferiria "sua cólera antiga, que me ajudara na minha luta contra mim mesma, pois coroava de insucesso os meus métodos e talvez terminasse um dia me corrigindo".[58] Sofia preferiria que a moral presente nos textos da Condessa de Ségur se realizasse, que ele a castigasse duramente por suas impertinências de menina, que se vingasse dela. Ela preferia

> receber de volta em pleno rosto a bola de mundo que eu mesma lhe jogara e que nem por isso me era conhecida. Ia receber de volta uma realidade que não teria existido se eu não a tivesse temerariamente adivinhado e assim lhe dado vida. Até que ponto aquele homem, monte de compacta tristeza, era também monte de fúria?[59]

Ela não admite propriamente ser algum tipo de tesouro: algo de sua rigidez, do rigor de seu modo de ser, de sua lei pessoal, a leva a considerar que "tudo o que em mim não prestava era o meu tesouro".[60] A súbita falta de raiva nele a deixa intrigada e desconfiada. A súbita falta de raiva abre ameaças novas. Sofia sofria: "[...] Perplexa, e a troco de nada eu perdia o meu inimigo e sustento. Olhei-o surpreendida".[61] O que ela vê é o impacto da sua escrita, que ela aloca como um encontro de olhos: "Eu vi dentro de um olho. O que era tão incompreensível como um olho. Um olho aberto com sua gelatina móvel. Com suas lágrimas orgânicas".[62] O olho que agora ela olha e que a olha é o impacto que sua escrita pode realizar no outro. Essa é a sua graça, que não tem nada de graciosa. É uma graça capaz de arrancar pérolas da barriga aberta, "lágrima orgânica": "vida nascendo era tão mais sangrento do que morrer. Morrer é ininterrupto. Mas ver matéria inerte lentamente tentar se erguer como um grande morto-vivo... Ver a esperança me aterrorizava, ver a vida me embrulhava o estômago".[63]

Para nós, essa passagem pode ser entendida como uma espécie de leitura pessoal de Clarice sobre o efeito clariciano de seus textos em seus leitores. Sofia abriu os olhos de seu professor e, de algum modo, abriu seus olhos para a sua escrita. Ela tem a competência de fazer circular tesouros, de encontrar pérolas nas vísceras aprisionadas em realidades cotidianas. Ela não tem casa para onde voltar e perdeu a moral da Condessa de Ségur. Sofia aprendeu a pôr um lobo em ação. Só isso. Não é pouco, pois esse lobo pode curar outros. Mas é uma esperança que a aterroriza, demanda-lhe muita coragem. Ela sabia agora que inventava algo que não é só mentira, algo que alimenta. Assim como o professor, nós, leitores de Clarice, podemos parecer "um mendigo que agradece o prato de comida sem perceber que lhe haviam dado carne estragada".[64]

Kafka suspeitava que a sua escrita surgia de sua perdição e temia que talvez pudesse promover a perdição de seus leitores. Talvez por isso, pediu, antes de morrer, que seu amigo Max Brod queimasse toda a sua obra. Clarice, não. Nesse texto, Sofia reconhece que seu texto pode, de fato, curar o seu leitor, ao fazer brotar em sua boca um sorriso, tocar o orgânico, fazer a matéria viva nascer. Uma cura fulgurante e momentânea que é a cura da literatura, muito diferente, por exemplo, da cura proposta pela psicanálise. Cura para os outros, mas que não cura a escritora. Cura para o leitor e não para a autora. A escritora, quanto a ela, permanece fiel ao veredito de Kafka, reportado por Janouch: "Existe muita esperança, mas não para nós". Seu texto não resgata Sofia. Ao contrário, se saber escritora enreda para sempre Clarice aos quintais sujos. O tesouro hassídico reencontrado por Clarice em quintais de língua brasileira, no grande parque do colégio, talvez a tenha auxiliado, como ela diz, "a aprender a ser amada, suportando o sacrifício de não merecer, apenas para suavizar a dor de quem não ama".[65] E nós, leitores de Clarice, lendo-a, quem sabe aprendamos um pouco mais sobre o duro amor que é viver.

NOTAS

1. Clarice Lispector, "Os desastres de Sofia. In: *Todos os contos*. Rio de Janeiro: Rocco, 2016, p. 262.

2. Ibid.

3. Ibid., pp. 262-3.

4. Ibid., p. 277.

5. Ibid., p. 278.

6. Ibid., p. 266.

7. Comtesse de Ségur, *Les malheurs de Sophie*. Édition du groupe "ebooks libres et gratuits", abr. 2004, p. 4.

8. Clarice Lispector, "Os desastres de Sofia, pp. 274-5.

9. Comtesse de Ségur, *Les malheurs de Sophie*, p. 143.

10. Cf. Yudith Rosenbaum, "Diabólica inocência". In: *Metamorfoses do mal. Uma leitura de Clarice Lispector*. São Paulo: Edusp/Fapesp, 1999.

11. Clarice Lispector, "Os desastres de Sofia, pp. 261, 271.

12. Nádia Battella Gotlib, *Clarice. Uma vida que se conta*. São Paulo: Ática, 1995, p. 94.

13. Clarice Lispector, "Os desastres de Sofia, p. 261.

14. Ibid., p. 261.

15. Ibid., p. 262.

16. Ibid., p. 261.

17. Ibid.

18. Nádia Battella Gotlib, *Clarice Fotobiografia*. São Paulo: Edusp/Imprensa Oficial do Estado de São Paulo, 2009, 2. ed., p. 47.

19. Ibid., p. 266.

20. Ibid., p. 268.

21. Ibid., p. 275.

22. Ibid., p. 273.

23. Martim Buber, *Histórias do rabi*. Trad. de Marianne Arnsdorff et al. São Paulo: Perspectiva, 2012, p. 571.

24. Gershom Scholem, *As grandes correntes da mística judaica*. Trad. de Jacó Guinsburg et al. São Paulo: Perspectiva, 1995, 3. ed., p. 373.

25. Aryeh Wineman, *The Hasidic Parable. An Anthology with Commentary*. Filadélfia: The Jewish Publication Society, 2001, p. XV.

26. Clarice Lispector, "Os desastres de Sofia", p. 262.

27. No prefácio à tradução hebraica de *Totem e Tabu* (1930/1976), Freud escreve: "Nenhum leitor [da versão hebraica] deste livro achará fácil colocar-se na posição emocional de um autor que é ignorante da linguagem da sagrada escritura, completamente alheio à religião de seus pais — bem como a qualquer outra religião — e não pode partilhar de ideais nacionalistas, mas que, no entanto, nunca repudiou seu povo, que sente ser, em sua natureza essencial, um judeu e não tem nenhum desejo de alterar essa natureza. Se lhe fosse formulada a pergunta: 'Desde que abandonou todas essas características comuns a seus compatriotas, o que resta em você de judeu?', responderia: 'Uma parte muito grande e, provavelmente, a própria essência'. Não poderia hoje expressar claramente essa essência em palavras, mas algum dia, sem

dúvida, ela se tornará acessível ao espírito científico". [Sigmund Freud, *Totem e Tabu e outros trabalhos.* Edição Standard Brasileira das *Obras Psicológicas Completas de Sigmund Freud*, v. XIII (1913-1914). Rio de Janeiro: Imago, 1976, p. 19.]

28. Clarice Lispector, "Os desastres de Sofia, p. 278.

29. Ibid., p. 265.

30. Ibid., p. 266.

31. Nádia Battella Gotlib, *Clarice. Uma vida que se conta*, p. 94.

32. Teresa Cristina Montero Ferreira, *Eu sou uma pergunta. Uma biografia de Clarice Lispector*. Rio de Janeiro: Rocco, 1999, pp. 41-2.

33. Benjamin Moser, *Clarice, uma biografia*. São Paulo: Cosac Naify, 2009, p. 106.

34. Clarice Lispector, "Os desastres de Sofia", p. 273.

35. Ibid.

36. Ibid., p. 275.

37. Ibid., p. 273.

38. Ibid., pp. 263-4.

39. Ibid., p. 262.

40. Ibid., p. 265.

41. Citemos um trecho: "Esta grande e honrável coisa que é o homem não havia ainda encontrado lugar na criação. De fato, não era conveniente que o chefe aparecesse antes das coisas sobre as quais teria comandado. Mas não era senão depois da preparação de seu reino que devia logicamente ser revelado o rei, quando o Criador do cosmo tivesse por assim dizer preparado o trono daquele que devia reinar. Eis a terra, as ilhas, o mar e sobre eles, o céu como um teto. Riquezas de todos os gêneros tinham sido colocadas nesses palácios: por riquezas, eu entendo toda a criação, tudo o que a terra produz e faz germinar, todo o mundo sensível, vivente e animado. [...] o homem chegou como cumprimento, não seja relegado com menosprezo ao último lugar, mas porque desde seu nascimento convinha que ele fosse rei. E como um bom mestre de casa não faz entrar o convidado antes de ter preparado os alimentos, mas depois que tenha preparado todas as coisas e decorado com ornamentos adaptados à casa, o assento da refeição, a mesa, e quando todas as coisas são preparadas para o jantar faz entrar o convidado no lar doméstico, do mesmo modo, aquele que, em sua imensa riqueza, é hóspede de nossa natureza, decora, antes de tudo, a casa com belezas de todo gênero e prepara um variado e magnífico festim; então ele introduz o homem para lhe confiar não a aquisição de bens que ele não teria ainda, mas o regozijo daqueles que se lhe oferecem. E, por essa razão, lança nele dois princípios de criação, misturando o terreno com o divino, a fim de que, através de ambos, tenha de maneira congênere e familiar o regozijo de um e de outro: de Deus através de sua natureza mais divina, dos bens terrenos através da sensação, que é da mesma ordem que esses bens" (Gregório de Nissa, *A criação do homem. A alma e a ressurreição. A grande catequese*, v. 29. São Paulo: Paulus, s/d., Coleção Patrística.)

42. Marie-José Mondzain, *Image, icône, économie. Les sources byzantines de l'imaginaire contemporain*. Paris: Seuil, 1996, p. 28.

43. Clarice Lispector, *A paixão segundo G.H.* Rio de Janeiro: Editora do Autor, 1964, p. 176.

44. Id. "Os desastres de Sofia", p. 276.

45. Ibid., p. 267.

46. Ibid., p. 270.

47. Ibid., p. 271.
48. Ibid., p. 273.
49. "O homem fabrica uma imagem de Deus, isto é, ele transforma a entidade abstrata da razão, a entidade do pensamento, num objeto dos sentidos ou numa entidade de fantasia." (Ludwig Feuerbach, *A essência do cristianismo*. Trad. de José da Silva Brandão. Petrópolis: Vozes, 2007, p. 99.)
50. Clarice Lispector, "Os desastres de Sofia", p. 276.
51. Ibid.
52. Ibid., p. 272.
53. Ibid., p. 276-7.
54. Ibid., p. 277.
55. Ibid., p. 277.
56. Wineman observa que exatamente a mesma parábola do rabi Bunam pode ser encontrada, com cidades trocadas, Bagdá e Cairo no lugar de Cracóvia e de Praga, na obra do poeta sufi persa, Jalal ad-Din Rumi, que viveu no século 13, cinco séculos antes do surgimento do hassidismo polonês. Aryeh Wineman, *The Hasidic Parable*, op. cit., p. 176.
57. Clarice Lispector, "Os desastres de Sofia", pp. 278-9.
58. Ibid., p. 274.
59. Ibid., pp. 270-1.
60. Ibid., p. 278.
61. Ibid., p. 272.
62. Ibid., p. 273.
63. Ibid., p. 274.
64. Ibid., p. 275.
65. Ibid., p. 279.

As tramas de *Laços de família*: A palavra em espera*

CLEUSA RIOS P. PASSOS

UM RECURSO EVOCADOR: A REPETIÇÃO

"Os laços de família", parte do livro quase homônimo *Laços de família*, ganha aqui relevo por sublinhar uma constante em Clarice Lispector que pode ser nomeada "a palavra em espera", isto é, aquela palavra suspensa que as personagens não formulam, sufocam, e, com ela, ocultam desejos, angústias, ressentimentos etc., não os expressando a seus parceiros, pais e familiares em geral. Os laços entre esses seres são paradoxais, prendem, geram solidão e a contenção de afetos chega ao leitor pelo fluxo de pensamento de cada um.

A "palavra em espera" constitui um recurso que se estende por vários textos de *Laços de família* e, dentre eles, três serão enfocados para estabelecer breve relação com o conto escolhido como eixo e, neste, precisamente, um traço psíquico fundamental se impõe, qual seja, o esquecimento. Aspecto retomado de modo insistente, ele aflora graças a um jogo verbal entre uma mãe e uma filha sobre o ato de esquecer, velando a força dos dizeres represados que, por sua vez, operam sob o signo da repetição. Em outros termos, desde as primeiras linhas, o "esquecimento" estará no lugar de algo reprimido, revelado

* Este ensaio foi ampliado, com alterações, em "*Laços de família*: A palavra em espera", texto no qual, além das personagens femininas aqui enfocadas, a figura masculina, bem como o paralelismo composicional com sua mulher são contemplados mais alongadamente.

sob a forma de repetição e atuante na existência das duas mulheres e seus vínculos familiares.

Em linhas gerais, "Os laços de família"[1] trata do fim de uma visita de duas semanas de Severina, a mãe, a Catarina, a filha casada e mãe de um menino de quatro anos. Ao deixar Severina na estação e retornar sozinha, a moça sente a dor do amor materno e, ao entrar em seu apartamento, revê o filho, pega-o pela mão e sai. De passagem, comunica brevemente sua partida a Antônio, seu marido.

Habituado a ter o sábado para si, porém com a família "em casa", o homem experimenta, sozinho, sensações de perda de controle e exclusão, responsáveis por divagações a dominarem o discurso até o fim, momento indicativo de ilusória volta à "normalidade". Se o narrador lhe cede esta segunda parte do conto, a primeira é destinada a Catarina e será o principal objeto desta leitura. Tal procedimento permite apreender o fluxo de consciência das personagens, sublinhando suas relações, marcadas seja pelo automatismo do cotidiano de um casal economicamente bem-sucedido da década de 1960, seja pelo "esquecimento" da troca sugestiva de seus desejos e reflexões mais íntimas. Como se vê, as poucas ações giram em torno das partidas (as de Severina e de Catarina) que acabam por desencadear afetos, inquietudes e desamparo particulares.

Já no parágrafo inicial, o leitor depara com mãe e filha dentro de um táxi com destino à estação. O diálogo entre elas é, em aparência, inócuo, porém, portador de outro sentido a merecer atenção: Severina se preocupa em contar e "recontar" as malas desnecessária e ironicamente, pois são apenas duas, perguntando pela "terceira vez" se não esquecera "nada". Divertida e paciente, Catarina responde que não. Sem saber o que dizer à filha, a repetição se instaura na pergunta recorrente "Não esqueci de nada?". Vale frisar que as duas mulheres "esquecem" de reconhecer o amor e as decepções mútuas.

Em uma passagem anterior, num instante capital, resultado de uma "freada súbita" do táxi, uma é lançada "contra" a outra, ocorrendo "um desastre irremediável" — o renomado relance epifânico de Clarice? —, Severina balança a cabeça, tornando-se, de repente, "envelhecida e pobre" e Catarina lembra de "uma intimidade de corpo há muito esquecida, vinda do tempo em que se tem pai e mãe" (p. 111).

Ora, criado pelo acaso, o encontro desperta a "verdade" ignorada, ou parte dela, e, nesse momento, o toque dos corpos, realizado um "contra" o outro, insinua não apenas a falta de intimidade, mas, sobretudo, o incômodo do contato. Além disso, essa "meia" verdade aflora, como algo peculiar ao ato de lembrar, graças ao dado "externo" que reaviva o "interno", levando a filha aos tempos de cumplicidade com o pai, quando a mãe os obrigava a comer demais e eles trocavam piscadelas coniventes. Aflora, igualmente, como nostalgia de um tempo, para sempre perdido, em que pai e mãe, mais do que laços consanguíneos, representavam figuras que ocupavam (e, de outro modo, ainda ocupam) lugares no imaginário da filha, em sua constituição como sujeito que ganha existência, tendo acesso à linguagem, ao desejo e seus desdobramentos.

No encontro inesperado, revela-se, por exemplo, a falta fulcral na família de Catarina da troca de carinhos, que acabam desviados pela mãe para a preocupação alimentar excessiva, atuante no presente, em relação ao neto, considerado magro por ela. Comer adquire outra função corporal, a de tomar o lugar do amor que ela não conseguira demonstrar à filha, nem parece conseguir, agora, oferecer ao neto. Não reelaborar seus sentimentos, por meio da verbalização, determina o retorno do ato de outrora sem que Severina o "saiba". Vale frisar: repetir constitui uma forma de substituir o passado esquecido, ensina Freud.[2]

Mas o choque do táxi é provocador e algo vem à luz, levando Catarina a reconhecer que "a mãe lhe doía" e a redescoberta desse afeto esquecido, algo "sabido", mas sufocado ao longo do tempo só se faz na iminência da partida do trem, quando nada mais podem dizer e confissões, dúvidas e angústias são contidas. Para encobrir a falta de diálogo, as duas proferem palavras que as identificam e manifestam o máximo de afeto possível a ser verbalizado: "Mamãe" e "Catarina". E sobrevém uma revelação a Catarina: "Que coisa tinham esquecido de dizer uma a outra, e agora era tarde demais. Parecia-lhe que deveriam um dia ter dito assim: sou tua mãe, Catarina. E ela deveria ter respondido: e eu sou tua filha." (p. 113).

Contudo, restam as palavras em espera; palavras que, ao longo da vida, a personagem substituiu pelo olhar, ligeiramente estrábico, isto é, próprio ao desvio do que precisa conter. Desde pequena, "rira pelos olhos" e sempre lhe "doía um pouco ser capaz de rir", transgredindo, aparentemente, a própria função prazerosa do riso pela incorporação da dor; no fundo, é o humor que desloca a dor. Logo, o olhar tem duplo papel, o de rir e o de manifestar afetos e sensações encobertos pela mulher. Nesse jogo, entram os paradoxos de Clarice, frequentes na complexidade composicional de seus seres ficcionais.

Se Catarina não verbaliza o que sente, por outro lado, seu olhar "fala" por ela, estabelecendo uma espécie de subversão criativa, responsável por uma singularidade que a impele a não permanecer na mera repetição, legada pelo laço materno. Não se pode ignorar que, embora não o declare, a filha mostra bom humor, cuja presença textual acaba por desvendar certos sentimentos dissimulados pela mãe e pelo marido. E, ainda, o humor, "dom precioso e raro",[3] vai além de lhe permitir fruir o prazer, apesar dos elos afetivos dolorosos, porque, no conjunto da narrativa, ele se faz um traço importante para sublinhar a solidão das personagens. Segundo Freud, o humor pode completar "seu curso dentro de uma única pessoa",[4] dispensando a participação do outro. Daí, por analogia, esse curso cabe à moça, que usufrui sozinha determinadas situações, ponderando sobre o desconcerto dos familiares na cena de despedida da mãe: "[...] Se eu rio, eles pensam que sou louca [...]" (p. 110).

Catarina deseja, então, outro destino para a própria função materna. Ao chegar ao apartamento, ela procura desatar os nós entrelaçados com Severina; contudo, são eles que, de maneira sub-reptícia, lhe sugerem outros rumos. Localiza o filho e mais uma epifania se desenrola. Sempre distraído, o menino, que organiza sua fala costumeira quase ignorando os verbos, "não ligando as coisas entre si", para o espanto da moça, num "tom" diferente e "sem pedir nada", chama-a: "mamãe!".

O RELANCE CRUCIAL

Distinta da palavra dos adultos que buscam ardis para não formular a palavra esperada pelo outro, a da criança vem à luz sem simulação, comovendo a mulher, que se pergunta a quem deveria relatar o acontecimento e de que modo o faria. A solução seria mudar a forma e hipóteses aparecem. Catarina contaria que a criança dissera "mamãe, quem é Deus?". Ou "mamãe, menino quer Deus", refletindo, ainda, que "sua mentira" se mostra necessária e, inesperadamente, ri "de fato para o menino não só com os olhos", mas seu "corpo todo" ri, "quebrado, quebrado um invólucro, e uma aspereza aparecendo como uma rouquidão" (p. 116).

A cena é plena de sugestões primordiais. Para a personagem, junto ao filho, desponta o valor do simbólico, da linguagem, da palavra pronunciada, reveladora de uma troca afetiva sem disfarce ou negação. O filho a nomeia, levado pelo desejo (não sabido?)[5] de constatar seus elos com a mãe, num tom inexplicável textualmente, porém carregado de sentido afetivo para ela, que, de súbito, percebe a existência do menino pelo ato da fala e os vínculos de parentesco entre ambos se constituem com a "verdade" possível, engendrando-se de maneira diferente daqueles estabelecidos entre ela e Severina. Aqui não há mais a "palavra em espera". A criança a enuncia. Não por acaso, em meio às conjecturas, relativas à ideia de comunicar aos demais a "mentira" sobre a invocação recebida, Catarina declara fugir da mãe. Imaginariamente, acredita que Severina deva estar fora de tais relações; paradoxalmente, a "velha" senhora não está. Embora negada, sua presença foi determinante para que a filha percebesse sua própria história, que não prescinde do passado, nem do desejo de seu lugar e função singular como mãe.

Há, ainda, as questões forjadas pela moça, que subvertem a fala do menino. Mais uma vez, surge o deslocamento, contínuo ao longo da narrativa. Certa de que não poderia explicar todas as faces afetivas da evocação "mamãe", só apreendida por ela, a personagem desvia tal dizer, incorporando a ele perguntas relativas a Deus. E sua escolha suscita várias leituras. Uma delas poderia sugerir a ideia da unidade de Deus, próxima ao sentimento de união com o filho, experimentada na gestação e revivida, imaginariamente, nesse momento? Só a imagem do Absoluto daria conta de tal sensação? Mais hipóteses surgem ainda: a criação da palavra ganharia traços divinos, daí sua contiguidade com Deus?[6] A alusão ao Verbo não seria também a forma de a moça religar o filho com o processo da linguagem já que, literalmente, ele "falava como se desconhecesse verbos"?[7] A palavra não reatualizaria o instante da concepção de um ser e, para tal feito, só seria compatível a presença Daquele que, na tradição judaico-cristã, criou os seres e a mãe se identifica com Ele, pois, em ponto menor, ela também gera um ser, cabendo à palavra do filho marcar esse feito?

Por outro lado, tais associações poderiam conter outra e fundamental indagação: no imaginário de Catarina, Deus não constituiria o pai idealizado, onipotente, protetor e perfeito substituto de Antônio para o filho, uma vez que o marido se caracteriza como o pai simbolicamente ausente, fora da cena com a criança? Esta, ao enunciar a palavra "mamãe", marca sua presença no simbólico, acionando tanto a função materna, como, indiretamente, a paterna, pois também Antônio é responsável pela entrada do filho no mundo da cultura e, mais precisamente, no simbólico. E, nessa elaboração, surge a pergunta intrigante desde Freud: "o que é um pai?". O que ele transmite? Qual sua posição nesse lugar? Clarice tentará perseguir a resposta, na parte final do conto, enfocando os conflitos da personagem masculina, sua dificuldade em assumir tal posição, o desamparo e a angústia que ele projeta no filho, visto pela janela, "fora de seu alcance". Vale aqui evocar uma das hipóteses de Lacan, segundo a qual o único a responder completamente por tal posição, enquanto pai simbólico, "é aquele que poderia dizer como o Deus do monoteísmo: *Eu sou o que sou*".[8] já que a ninguém mais é dado pronunciar a frase e Antônio trata a função paterna a partir de inquietações como filho de um pai "morto", conforme se depreende de suas projeções. Não por acaso, Catarina o destitui de tal função, ao evocar Deus e desviar o discurso da criança, reconstruindo outro, peculiar a seu desejo, com a incorporação da palavra esperada (mamãe) para concluir: "Só em símbolos a verdade caberia, só em símbolos é que a receberiam". Deus ocuparia, plena e imaginariamente, a posição de pai simbólico para o menino, na perspectiva da mulher.

Voltando à fala do filho, esta é, sem dúvida, uma revelação inusitada e quem responde pela mãe é seu próprio corpo. O riso, "de fato", ocorre agora no lugar, sem tampouco abandonar os olhos, porque o corpo todo ri por ela; e, paradoxalmente, quebrado. Bem-vinda, a metáfora sublinha a ruptura com uma espécie de revestimento que envolve seu corpo e alma (inseparáveis), levando à indagação: do que se protege Catarina? E para quê? Ao longo do texto, observa-se, pelas reflexões do marido, seu papel como esposa de engenheiro bem-sucedido: tranquila, calada, sempre atenta ao "apartamento arrumado, onde 'tudo corria bem'", para que o companheiro, "cheio de futuro", obtivesse mais sucesso econômico-social. Também paradoxalmente, ela o ajudaria a conseguir "e odiaria o que conseguissem" (p. 118).

Tais imposições sociais não questionadas dessa típica esposa burguesa dos anos 1960, no Brasil urbano, aliam-se a certa transmissão dos traços paternos. Severina (a severa) parece ter sempre lhe negado a "palavra esperada" sobre o amor, as relações conjugais e a existência; já seu pai, embora evocado afetivamente, surge apenas em uma passagem como cúmplice da dissimulação diante da mãe, sugerindo quase uma ausência de voz. Assim, o dado social, a rede familiar e o casamento padronizado criam o "invólucro" que parece inibir a moça de seguir um caminho próprio. Vale destacar que o movimento feminista, no país, foi muito gradativo; basta observar que apenas em 1932 é garantido o sufrágio feminino. E, mais espantoso, só na Constituição de 1988, no que concerne ao Direito de Família, o homem deixou de ser "o chefe da sociedade conjugal", podendo ambos exercer "direitos e deveres [...] de igual forma".

"Os laços de família" veio a público em 1960 e, entre essa década e a de 1970, eclode a "revolução sexual"; contudo, muito da educação conservadora de séculos persiste, refletindo-se na personagem que representa anos anteriores e um pouco dos vindouros, sem menções temporais claras. Um exemplo se encontra em sua submissão ao pudor, exigido à grande parte das mulheres, ao evitar ser vista nua pelo parceiro, atitude aceita entre quatro paredes e no escuro, isto é, o recato impede o abandono do corpo ao olhar do marido.[9] E, mais, é ele quem relata o episódio, confessando entrar no quarto enquanto Catarina troca de roupa para humilhá-la, sem saber por que o faz. Uma resposta estaria no desejo de manter o poder sobre ela, estendendo a dominação econômica ao que a companheira tem de mais íntimo e exclusivo, seu corpo, marcado por imposições da moral e da educação tradicionais.

Dessa perspectiva, a fragmentação metafórica suscitada pelo filho permite a Catarina, ainda que sugestiva e momentaneamente (em Clarice, o relance é sempre crucial!), livrar-se das amarras sociais, suspender, em parte, os deslocamentos que a regem — o riso volta a seu lugar — e reconhecer (sem o dizer) seu desejo. Entrevê-se, aí, a possibilidade de mudança. A demanda de reciprocidade amorosa da criança obriga a retribuição do afeto e a mãe o faz por meio do rubor e do ato que substitui a "palavra esperada" (e bem-dita), a saber, o convite desviante: "Vamos passear".

Quanto ao marido, a saída de mulher e filho parece desafiadora, desencadeando inquietude e ruptura (instantânea ou duradoura?) da composição do casal e desvelando os grilhões dos laços familiares, isto é, para além da acepção de vínculo, laço contém a de armadilha e prisão. Antônio considera que sua mulher, em algum momento, doará ao filho "uma prisão de amor que se abateria para sempre sobre o futuro homem" e o menino, já adulto, repetiria sua situação, olhando a cena que ele vê pela vidraça (e se reflete), devendo "responder a um morto", ou seja, a um pai fantasmático. Aí estaria a transmissão de gerações?

Ora, Catarina também parece ter sido aprisionada pelos laços/armadilha do amor materno. De certa forma paradoxais, tais laços incluem seu pai, embora a maioria das cenas seja centrada em Severina. Em suma, a palavra do menino, uma espécie de "eu existo" capital, acorda a moça para sua implicação na função materna, sem que a narrativa o exponha com todas as letras. Esse despertar gera reações, ao atingir Antônio que, solitário, começa a perceber seu papel como pai e marido; algo doloroso e cruel. Num esmerado paralelismo entre as personagens, a última parte da trama, como em um espelho que reflete a primeira, desvenda o imaginário masculino, capturado pelos processos de projeção, deformação e negação. Em construção simétrica, o casal só se desvela graças aos fluxos de consciência, isoladamente.

Por fim, num ilusório "esquecimento" de seu conflito, Antônio aguarda o retorno de Catarina, bem como a repetição do cotidiano sem inquietações, sempre reprimidas. Já a mulher nos escapa, pois, se a cena com o filho evidencia a impossibilidade de ela formular a palavra de amor esperada pela criança, essa mesma cena pode ter outra face: a do gesto inaugural de, repentinamente, tomar o filho pela mão — corpo a corpo, sem o "choque" vivido com Severina — e, com ele, sair em busca de mais um paradoxo, o do "mistério partilhado". Pode-se sublinhar: nem sempre partilhado, mas que permite puxar aqui o fio da trama de outras figuras femininas. Vamos a elas.

"DESTINO DE MULHER"

Brevemente, vale recobrar a palavra em espera, o temor de pronunciá-la ou seu deslocamento por uma cena e/ou frase dissimuladora dos desejos de personagens que evocam Catarina ou são evocadas por ela, constantes em "A imitação da rosa", "Feliz aniversário" e "Amor".[10] Nessas narrativas destacam-se a repetição, a asfixia do desejo, a palavra "não dita", o olhar agudo, a dor de "cair num destino de mulher" e um elemento "disruptivo" que atingem suas protagonistas, aproximando-as de Catarina, em maior ou menor grau.

Resumidamente, em "A imitação da rosa", Laura regressa ao lar ou à literal "insignificância com reconhecimento" — da dona de casa, vale acrescentar —, saída de alguma clínica e disposta a retomar o cotidiano anterior, que, por ironia, combina com as recomendações médicas a observar: o método tranquilo da mesmice, da imobilidade e do esquecimento. O narrador, em terceira pessoa, segue o fluxo de pensamento da personagem e, entre suas lembranças, ressurgem, nos olhos, "o ponto ofendido" de uma falta "de filhos" ou o "gosto minucioso pelo método" desde a época do colégio, ao lado da obrigação de controlar a ansiedade para voltar à "normalidade".

O conto é exemplar em termos do paradoxo entre a lucidez luminosa e o automatismo de repetição destruidor, considerado não só um traço (sintomático?) da mulher, mas, sobretudo, a proposta terapêutica para retornar à insipidez do cotidiano; a saber, horário do leite, dos remédios, esquecimento dos conflitos e "do que aconteceu"; em uma palavra, repressão da angústia, evitando contaminar a quietude alheia, no caso, a do marido. E, por outro lado, a contradição do conselho curativo de "abandonar-se". Ora, nada se enuncia claramente no texto. O leitor não sabe se Laura esteve em uma clínica psiquiátrica, o que lhe ocorreu ou que a levou à suposta internação, tudo é insinuado, as palavras precisas ficam em espera.

Contudo, entra o elemento "disruptivo": a personagem compra rosas silvestres, "miúdas", belas, que a encantam e iluminam sua sala a ponto de a beleza e a perfeição incomodarem profundamente e ela cogita presenteá-las para a amiga perfeita com quem deve jantar. Laura o fará, mas o risco da beleza já se instaurara, assim como o devaneio prazeroso da maneira pela qual as flores seriam recebidas, opondo-se à hesitação maior de realizar seu desejo, ficando com as rosas. Há aí uma quebra da rotina e o conflito se estabelece: ter ou não as flores? Parece pequeno, contudo, é o conflito de possuir ou não as coisas e ela ainda se impõe mais um: "a uma coisa bonita faltava o gesto de dar"; porém, para preencher essa falta específica, que substitui outras, será necessário abdicar da realização do desejo. O perigoso círculo da repetição se inaugura em outro nível, não mais envolvendo aspectos da repetição embrutecedora do cotidiano da casa, e, sim, a repetição movida pelo desejo, despertado pela beleza, encadeando os elos da perfeição, do prazer de olhar, e gerando o ato de se perder na dúvida entre o ter e o doar.

Quando o marido volta do trabalho, Laura não está pronta para sair, no entanto, mostra-se tranquila e "desabrochada". Como as rosas! "Miúdas" e "silvestres" (análogas, respectivamente, a seu perfil constrangido e apagado e a seu corpo sem frutos?). Ela só consegue dizer que não pôde "impedir". O quê? Não se sabe. O objeto direto faltante constitui a palavra em espera e a cena final desloca a possibilidade de que tal palavra viesse a ter lugar. Laura permanece no sofá com a metáfora paradoxal do narrador, única a dar conta do que dela não se apreende: "alerta e tranquila como um trem. Que já partira". Nova suspensão verbal ocorre, restando a dúvida: impossível de ser refreada, a personagem partira para onde? Domina o que habitualmente se designa por "loucura"? Ou domina o que se chamaria de "outra lógica", isto é, ceder ao desejo sem as amarras do princípio de realidade? Clarice nos coloca diante de mais um intrincado paradoxo: qual a mais doída repetição, a do automatismo engendrado pelas regras sociais das tarefas cotidianas (aliás, de qualquer trabalhador), das normas sociais e médicas impostas a Laura ou a de seu desejo singular que pressupõe devaneios, incluindo o "gosto minucioso pelo método", presente desde menina, embora distantes do princípio de realidade? O gozo ou o literal "alívio" da entrega ao que ela e o marido temem nomear, ou seja, a palavra suspensa. A que designaria um sintoma? E importa sublinhar que o tal "alívio", de não mais se moldar às regras alheias para ser aceita, devendo abdicar da "perfeição" alastrada "como câncer na alma", pode ocultar uma parcela de dor, mas vem ao lado de outra perfeita metáfora para essa mulher que espera o marido, sentada, "com a serenidade do vaga-lume que tem luz" (e não controla a própria luz... semelhante a ela), num enredo permeado pelo traço lírico e dramático, possível graças à arte literária.

Por sua vez, em "Feliz aniversário", a repetição adentra o modo pelo qual as personagens chegam à festa de D. Anita, a mãe, avó e sogra que completa 89 anos. Os convidados teatralizam seus movimentos, pois cumprem um papel que não lhes agrada. As relações consanguíneas são substituídas pelas socioeconômicas, a família se divide em classes diferentes e determinadas pelos bairros do Rio de Janeiro de onde provêm e ainda, por mero costume da cultura ocidental, cabe a Zilda, a única filha mulher, cuidar da mãe. É ela, então, a primeira a abafar o discurso que gostaria de enunciar por sua irritação devido às tarefas gerais, sem a contribuição dos demais. A fala contida se desloca para seu "coração revoltado". Além disso, Zilda teme a reprovação dos parentes sobre uma cena em que D. Anita cospe no chão. Nesse momento, há uma inversão de papéis e, envergonhada, a filha acredita ter por função educar a mãe.

A cuspida configura-se o resultado da "cólera" da velha senhora, depois da reflexão não explicitada, mas, metaforicamente, expelida do corpo pela boca, mesmo lugar da fala reprimida. A aniversariante acaba de repensar a vida e a geração de filhos, netos e bisnetos, avaliando sua época, seus valores e os da família, sentindo "desprezo pela vida que falhava" e se espantando com o fato de que seu "tronco" bom dera frutos "azedos e infelizes". Em seguida, sufocada pela raiva, suspende a palavra precisa e a substitui pelo pedido de um "copo de vinho". Significativamente, D. Anita não bebe o vinho, pois ele está no lugar de outro desejo e sua função é justamente a verbalização da demanda para chocar os parentes que já não a consideram adulta e lúcida.

Nessa narrativa, "a verdade" (ou parte dela) se desloca de tal forma, que só a constatamos em Cordélia, a nora mais moça. Observadora e silenciosa, ela se manifesta pelo olhar e expressões distintas: sorri, olha esbaforida, "ausente diante de todos", "espantada", "estarrecida", para a aniversariante, até atingir o instante "disruptivo" no qual captura, "num ímpeto dilacerante", o 'dizer' mudo da sogra: "É preciso que se saiba. É preciso que se saiba. Que a vida é curta. Que a vida é curta". O narrador recupera o clichê e o rearticula, quebrando a sintaxe e obrigando o leitor a reelaborar duas vezes a oração para lhe dar sentido. E isso num relance. Forma ímpar de se obter a verdade?

Os dois contos, cada um a seu modo, comportam a repetição, elemento importante em "Os laços de família" e Laura, Zilda, D. Anita ou Cordélia são capturadas pelos laços-prisão, não conseguindo exprimir pelo verbo o que sentem, trocando-o por um gesto ou discurso desviante, reprimindo seus desejos. No entanto, uma ruptura ocorre nessas personagens, apenas Zilda permanece refém das armadilhas familiares. Na ruptura das demais atua, sobretudo, a força do olhar, que substitui igualmente a palavra suspensa: em Catarina, ele é responsável por sua subversão criativa; em Laura, o olhar desvela o desejo diante das rosas; em D. Anita, suas piscadas o substituem, denunciando ainda seu "sopro" de vida; em Cordélia, ele captura, gradualmente, o estranhamento frente à indiferença de todos perante a velhice e a brevidade da existência. Em todas, instaura-se a solidão.

Por fim, em "Amor", Ana também não escapa de tais armadilhas e cai "num destino de mulher, com a surpresa de nele caber como se o tivesse inventado", pois, bem casada, dedicada a marido e filhos, esquece "seu desejo vagamente artístico" para dele lembrar apenas quando, de um bonde parado, observa um cego mascando chiclete e seu movimento reiterado de parecer "sorrir e deixar de sorrir". De repente, o bonde arranca e seu saco de compras cai, assustando-a. Aqui, a experiência de repetição de Ana aproxima-se à de Catarina. Só que, agora, a repetição se instala na imagem do cego, aquele que não vê, mas faz Ana ver, e a arrancada do bonde substitui o "desastre irremediável" do táxi da personagem da outra narrativa, choque responsável por desatar alguma liberação dos elos entre a moça e sua mãe. Estendendo-se a imagem, o bonde é deslocado pelas rosas em Laura e pela velhice que ultrapassa o ser em Cordélia.

São momentos desencadeadores de fraturas e mudanças. Cada mulher reage a seu modo e Ana vai para o Jardim Botânico, onde depara com um universo inusitado. Se todas tentavam apaziguar a vida, conforme se lê em "Amor", para que "esta não explodisse", sem dúvida, não o conseguem: a vida explode! E, em todas, a palavra sobre o futuro permanece suspensa. Com Ana, a "flama do dia" se apaga como uma vela — que pode reacender? O marido de Catarina espera seu regresso. De que modo será? Laura parte "como um trem". Sem retorno? Cordélia se deixa levar pela mão do filho... Para onde? Não se pode ignorar que os contos revelam paralelismos sutis. Os desenlaces de Catarina e Ana não significam que elas voltem a seus cotidianos anteriores. Para Ana, fica a pergunta: "O que o cego desencadeara caberia nos seus dias?". Para Catarina: quebrado o invólucro e partilhado o mistério entre ela e o filho, bastariam o jantar e o cinema rotineiros, com o marido, para apagar a revelação do dia? Seus pensamento e voz ficam suspensos. A incerteza do leitor se estende ao destino dessas mulheres. No entanto, resta o encontro com certa verdade de si mesmas, verdade singular, instantânea, nunca toda, mas fundamental para se constituir como barreira ao esquecimento do próprio desejo. Logo, Clarice acerta ao elaborar relances da "verdade" de formas distintas e acesso surpreendentemente reveladores nos desvios de uma linguagem que desarranja seus universos estereotipados, rearticulando-os pela força do engenho da palavra, seja ela presente ou ausente...

NOTAS

1. Todas as citações referentes a essa narrativa estão em Clarice Lispector, *Laços de família.*, 10. ed. Rio de Janeiro: José Olympio, 1978, pp. 109-20.

2. Cf. Sigmund Freud. "Recordar, repetir e elaborar" (1914). *Observações psicanalíticas sobre um caso de paranoia relatado em autobiografia ("O caso Schreber"). Artigos sobre técnica e outros textos (1911-1913).* São Paulo: Companhia das Letras, 2010, p. 201.

3. Cf. Sigmund Freud. "O humor" (1927). *Inibição, sintoma e angústia, O futuro de uma ilusão e outros textos (1926-1929).* São Paulo: Companhia das Letras, 2014, p. 330.

4. Cf. Sigmund Freud. "Os chistes e sua relação com o inconsciente" (1905). *Obras completas.* Rio de Janeiro: Imago, v. VIII, 2015, p. 150.

5. Há sempre algo que pensamos não saber, pois quem "sabe" é o Outro, o Inconsciente, que tem lógica própria e "pensamentos", sabendo o que acreditamos ignorar. Contudo, esse algo ignorado pode aflorar a qualquer instante, no que a psicanálise nomeia "formações do inconsciente", ou seja, nos sonhos, lapsos, atos falhos etc. ou na fala "imprevista" do semelhante. No conto, é o chamado do menino o responsável pela produção do choque na mãe, que, repentinamente, captura o novo sentido de sua função materna. Sobre o assunto, ver Jacques Lacan. *Le séminaire. Les formations de l'inconscient.* Paris: Éditions du Seuil, 1998.

6. Não se pode esquecer a afirmação bíblica:

"*No princípio era o Verbo e o Verbo estava junto de Deus, e o Verbo era Deus.*
Ele estava no princípio junto de Deus.
Todas as coisas foram feitas por meio dele [...]
Nele estava a vida e a vida era a luz dos homens".
(*Bíblia Sagrada*. Trad. dirigida pelo Pontifício Instituto Bíblico de Roma. Prólogo. (Jo 1,1-4). São Paulo: Ed. Paulinas, s./d.)

7. Agradeço à Suely Corvacho pela discussão dessa ideia e à Amanda Herane pela atenta revisão.

8. Ver, sobre o assunto, Jacques Lacan, "Le séminaire livre IV", *La relation d'objet.* Paris: Éditions du Seuil, 1994, p. 210. Vale ressaltar que não se enfocou, minuciosamente, as questões do nome-do-pai, ligadas às instâncias paternas (Real, Imaginário e Simbólico), sempre entrelaçadas, em vista da concisão do artigo.

9. Ver, sobre o assunto, Mary del Priore. *Histórias íntimas: sexualidade e erotismo na história do Brasil.* São Paulo: Planeta, 2011, p. 177.

10. Os três contos aqui mencionados compõem a edição de *Laços de família* citada no início. Convém esclarecer que, sob outra perspectiva, "Amor" e "Feliz aniversário" já foram relacionados a "Os laços de família" por Nádia Gotlib ("Os difíceis laços de família". *Cadernos de pesquisa.* São Paulo: Fundação Carlos Chagas, n. 91, nov. 1994, pp. 93-9.)

A coisa social*

JOSÉ MIGUEL WISNIK

Num depoimento curto, lúcido e nu, chamado "Literatura e justiça", Clarice Lispector expõe sua culpa por não tratar a "coisa social", em seus escritos, com a contundência que lhe é devida.[1] Por que não escancarar a miséria e a injustiça, pergunta-se ela, por que não combatê-las explicitamente, por que não vocalizar a indignação, se o sentimento de revolta diante dos mocambos em Recife, assim como "a beleza profunda da luta", anterior mesmo à descoberta da "arte", foram a sua "primeira verdade"?

A resposta está contida na pergunta: é exatamente porque essa verdade já lhe é conhecida, porque é a premissa inerente à sua relação com o mundo, que não será a razão de ser de sua escrita. Também não é um fim, nem se converte num programa temático, porque consiste no próprio postulado de seu confronto com o real da vida coletiva: "O problema da justiça é em mim um sentimento tão óbvio e tão básico que não consigo me surpreender com ele — e, sem me surpreender, não consigo escrever".

A declaração expõe o fato, aliás, evidente, de que, para Clarice, escrever não se resume a *dizer o que se acha de alguma coisa* mas, ao contrário, de achar o que se diz da *coisa* ou, mais propriamente, de achar *o dizer da coisa*, no sentido forte de sua "coisidade", isto é, daquilo que

* Escrito originalmente a convite de Verônica Stigger e Eucanaã Ferraz para o catálogo da exposição Constelação Clarice (São Paulo, Instituto Moreira Salles, 2021).

"recusa e resiste", na obscuridade da existência, à sua captura "pela instrumentalidade humana".[2] Em outras palavras, aquilo que "interpela o sujeito sem se deixar nomear; que se volta enigmaticamente para quem se volta para ele; que resiste a ser apreendido, designado, significado".[3] Pode ser o ovo, a barata, ou tantas outras coisas, mas não é sem consequências, em se tratando dessa escritora, que ela se refira à questão da injustiça usando, mesmo que quase casualmente, a expressão "*coisa* social" [o destaque é meu].

Ao afirmar que não há uma passagem automática da demanda por justiça à sua problematização literária, Clarice estava dando uma resposta estratégica, sem deixar de ser sincera, às cobranças por engajamento feitas aos escritores e escritoras no início dos anos 1960. Ela não o diz nesses termos, mas a exigência de empenho social vinha geralmente empacotada em noções políticas que pressupunham a literatura como uma espécie de fábula com mensagem. Aqui, ela desvencilha-se dessa armadilha afirmando, de maneira inesperada, a anterioridade radical do político em relação a tudo, inclusive à arte. O mal-estar social — o choque da menina ante os mocambos no Recife — é a "primeira verdade", a fratura exposta, gritante e inalcançável de tão real. A seu modo, a crônica recusa transformar esse mal-estar numa mistura de boa consciência com má literatura. *Isso*, essa coisa inominável de tão óbvia e tão entranhada na experiência traumática da cidade, grita por si só e cala em si mesma, exigindo outras estratégias de dizer, como veremos.

Entenda-se também que esse lugar conflituoso, em que Clarice Lispector se coloca, está longe de ser assumido como prerrogativa de uma superioridade qualquer sobre alguém. Ela se atormenta ao confessar que não sabe "como se aproximar de um modo 'literário' (isto é, transformado na veemência da arte) da 'coisa social'"; ao afirmar que não consegue extrair surpresa do sentimento de revolta ante a injustiça (pois esse sentimento é uma de suas raras certezas); e ao não poder contribuir com ações consequentes para a luta política, pois o ofício de escrever, até onde ela alcança, não dispõe dessa capacidade (e porque ela mesma se perderia "ignorantemente" nos domínios da política, caso se aventurasse por aí).

"Literatura e justiça" é, assim, uma declaração de impotência que envolve a culpa, a dor, a vergonha e a humilhação de não corresponder na justa medida à certeza de que a ordem social se constitui sobre o erro. Vergonha de não saber, de não conseguir e de não poder, mas *nenhuma vergonha por escrever*: envergonhar-se de escrever, diz ela numa última ironia, seria pecar por orgulho — dar importância demasiada, talvez, a si mesma. Muito mais que isso, fica implícito nessa passagem que culpar-se pela aparente irresponsabilidade da escrita seria trair o compromisso, que lhe é inerente, de dar voz ao difícil, de nomear o não nomeado e o não nomeável.

Engana-se, pois, quem pensar Clarice como uma escritora desligada da inquietude e do fervor social, supostamente mergulhada nos desvãos existenciais e psicológicos de uma obra da qual a dimensão política estaria ausente. O que acontece é que o sentimento da injustiça está pulsando, sempre visceralmente, e com a "veemência da arte", justamente ali onde é menos esperado.

Tomemos por exemplo o famoso conto "Amor", coração do livro *Laços de família*, no qual Ana, dona de casa, esposa e mãe, é arrebatada, em meio à rotina das compras domésticas, por um surto visionário que a desencaminha para um estado de graça e de náusea, levando-a ao recesso do Jardim Botânico. Ali onde "tudo era estranho, suave demais, grande demais", onde ruídos, cheiros e os menores movimentos se intensificam, fazendo em surdina seu "trabalho secreto"; ali onde frutos, caroços, flores e raízes persistem e apodrecem em nojo e fascínio; ali onde "a crueza do mundo era tranquila", onde "o assassinato era profundo" e "a morte não era o que pensávamos"; no meio desse lugar em que o Jardim do Éden confina com o Inferno, a revolta irrompe de dentro, de repente, numa golfada: "Quando Ana pensou que havia crianças e homens grandes com fome, a náusea subiu-lhe à garganta, como se ela estivesse grávida e abandonada".[4]

O gozo das propriedades sensíveis das coisas, muito mais que contemplativo, guarda um componente convulsivo — em meio a ele, a lembrança da miséria no mundo vem como um quase-vômito. A sensação física da injustiça da desigualdade se descobre, pois, para a personagem, no âmago do Jardim Botânico — esse lugar de poder cujas intensidades desencadeadas antecipam, aliás, as do quarto de Janair em *A paixão segundo G.H.* Aquilo a que ela aspira dizendo-se impotente, em "Literatura e justiça" — aproximar a "coisa social" da "veemência da arte" —, *acontece* de fato, aqui: o mal-estar social coincide com a *coisidade* exposta do mundo, e o faz com a força do inesperado. Em Clarice, isso se dá *sem que se tire o corpo fora*: a existência de crianças e homens famintos bate em cheio nessa mulher que se percebe de repente como que "grávida e abandonada".

Sintomaticamente, a primeira crônica, entre as centenas que ela escreveu durante sete anos para o *Jornal do Brasil*, vai ao nervo da mesmíssima questão:

> Não posso. Não posso pensar na cena que visualizei e que é real. O filho está de noite com dor de fome e diz para a mãe: estou com fome, mamãe. Ela responde com doçura: dorme. Ele diz: mas estou com fome. Ela insiste: durma. [...] Ele insiste. Ela grita com dor: durma, seu chato! Os dois ficam em silêncio no escuro, imóveis. Será que ele está dormindo? — pensa ela toda acordada. E ele está amedrontado demais para se queixar. Na noite negra os dois estão despertos. Até que, de dor e cansaço, ambos cochilam, no ninho da resignação. E eu não aguento a resignação. Ah, como devoro com fome e prazer a revolta.[5]

"Cena que visualizei e que é real", diz ela. Trata-se, bem entendido, de uma projeção imaginária (cena mental, no sentido de que não é *vista*, e sim *visualizada*), mas ao mesmo tempo real (considerando que real é o que não dá pra não ver, mesmo que não se esteja vendo). Cena que salta à mente, incontornável, e que, condenada à "resignação", não desaparece nem se resolve, retornando como espectro. Na passagem, a indignação acaba devorada com volúpia feroz por esta que, negando-se à resignação, mas condenada à impotência, vinga-se da fome refestelando-se na substância da revolta, num ato autofágico.

O livro *A hora da estrela* se escreve todo "em estado de emergência e de calamidade pública", por dentro do mal-estar de classe que é *dele*, *meu* e *teu*, como se infere do pronome na primeira pessoa do plural que termina esta frase: "A dor de dentes que perpassa esta história deu uma fisgada funda em plena *boca nossa*" [o destaque é meu].[6] Mesmo nos momentos em que não dói no nervo, o incômodo de fundo não abandona a narrativa, para cuja apreensão importa saber que "esta é acompanhada do princípio ao fim por uma levíssima e constante dor de dentes, coisa de dentina exposta".[7] O narrador, Rodrigo S. M., é convocado "na verdade [por] Clarice Lispector" para dar conta de colocar no papel da página a graça despossuída da moça pobre nordestina que, em algumas noites, come papel para encher o estômago. Nas palavras do livro: "Às vezes antes de dormir sentia fome e ficava meio alucinada pensando em coxa de vaca. O remédio então era mastigar papel bem mastigadinho e engolir".[8] Nesses dois papéis — o de escrever e o de comer, o papel do escritor ante a narrativa impossível e o da datilógrafa inepta e pobre que o usa para driblar a fome — projetam-se destinos à primeira vista inconciliáveis, que a narrativa cruzará, ao fazer de cada um o outro do outro: "Vejo a nordestina se olhando ao espelho e [...] no espelho aparece o meu rosto cansado e barbudo. Tanto nós nos *intertrocamos*" [o destaque é meu].[9] *A hora da estrela* é a seu modo uma amplificação extremada daquela "primeira verdade" traumática — o mal-estar diante do mal social, a miséria dos mocambos na cidade da infância —, atazanando *ad infinitum* e *ad nauseam* em espasmos intermitentes.

O escritor-fantasma da autora (se não for o contrário) identifica-se como um desclassificado que, não se reconhecendo nem sendo reconhecido por sua classe social, só se reconhece nessa outra da qual está radicalmente apartado ("a classe alta me tem como um monstro esquisito, a média com desconfiança de que eu possa desequilibrá-la, a classe baixa nunca vem a mim").[10] Ao escrever, ele não poderá "enfeitar a palavra", ostentando queira ou não as prerrogativas do estilo, sob pena de, tocando no pão da moça, transformá-lo em ouro — "E a jovem não poderia mordê-lo, morrendo de fome". A relação narrativa com esta *outra* radical não se inicia sem passar por um rito expiatório em que o narrador busca fundar uma periclitante ética da escrita, falando de dentro de um poço de contradições: "Tenho então que falar simples para captar a sua delicada e vaga existência. Limito-me humildemente — mas sem fazer estardalhaço de minha humildade que já não seria humilde — limito-me a contar as fracas aventuras de uma moça numa cidade toda feita contra ela".[11]

Mas nada se compara, em matéria de testemunho, ou em termos de uma anatomia política da própria ideia de justiça, à crônica de junho de 1962, encomendada pela revista *Senhor*, a propósito da morte de José Miranda Rosa, o bandido conhecido como "Mineirinho", caçado e morto com treze tiros no final de abril daquele ano, conforme amplamente noticiado na ocasião (treze tiros inauditos para a época, embora tão distantes da escala a que fomos obrigados a nos acostumar).[12] Tratava-se, na verdade, da cena inaugural de um novo estágio da violência brasileira, em que o confronto armado entre forças policiais e banditismo urbano ganhava os meios de massa, pendulando entre o registro das ocorrências e o sensacionalismo. De um lado, um banditismo ainda longe de se tornar crime organizado, concentrado na figura individual e algo romantizada do bandido; de outro, uma ação policial que evidenciava adotar métodos *parapoliciais* mal disfarçados.

Os principais jornais do Rio (*Diário Carioca*, *Diário de Notícias*, *Correio da Manhã*) reportavam, no primeiro dia de maio de 1962, que Mineirinho fora morto na região central da cidade e *desovado*, para usar a expressão que se tornaria comum, anos depois, na estrada Grajaú-Jacarepaguá. Fugira do Manicômio Judiciário no dia 23 de abril, prometendo só se entregar morto; baleara dois policiais num entrevero em Tomazinho e, pego de surpresa na rua General Pedra, "nas fraldas do Morro do Pinto", fora executado quando tentava reagir, já baleado e tombado sob um ônibus estacionado na rua. "À primeira rajada 'Mineirinho' caíra sob o ônibus, ouvindo-se uma voz ordenar: 'Mate logo'." Três homens portando metralhadoras usadas pelas Forças Armadas e pela polícia, identificados pela reportagem como os detetives Daniel, Guaíba e Malvadeza, "apanharam o cadáver e o colocaram dentro de um carro pequeno, tipo 'Volkswagen', de cor amarela, que desapareceu em disparada", segundo testemunho de populares.[13]

Um texto de cunho editorial, publicado na primeira página do *Correio da Manhã* sob o título de "A cidade está em paz", dá a medida das questões que embaraçavam a opinião pública diante do atropelamento da justiça formal pelo justiçamento sumário — justiçamento que se escondia sob a capa de uma cena de morte visivelmente forjada. O texto deixa ver, também, um sinal da reação popular à morte do bandido (que portava, segundo os jornais, a aura de Robin Hood do morro, que era devoto de são Jorge e em cujo bolso foi encontrada, segundo informa a reportagem do *Correio da Manhã*, a oração "Cinco minutos diante de santo Antônio"):

> Não foi a justiça quem decretou a morte do mais temível assaltante do Rio de Janeiro [...]. Ele próprio a procurou, desafiando a tranquilidade pública e um aparelhamento policial cujas metralhadoras sabia não lhe dariam trégua. Carregando 104 anos de prisão, o facínora ainda brincou pelas ruas e favelas da cidade durante dias, assaltando e baleando — que estas eram sua razão de viver. Não há pena de morte, muito menos os policiais têm carta de legítima defesa permanente, para matar sem dar as devidas satisfações. Seja a vítima da mais alta periculosidade. Daí seu corpo ter sido manhosamente transportado para local ermo, numa prova de que nem sempre os detetives sabem despistar. Mas isso é outra história. "Mineirinho" acabou para a crônica policial. Seu corpo, como outro qualquer, só mereceu do popular que aparece na foto o gesto de retirar o chapéu de sobre a cabeça, em sinal de respeito. Em sinal de respeito aos leitores, também evitamos focalizá-lo varado pelas balas.[14]

O artigo é bastante sintomático do desconforto provocado pelo duplo movimento de intervenção e despiste que identifica na ação dos policiais, mas que se vê levado a redobrar em seu próprio discurso. Reconhece a ilegitimidade da execução ("não há pena de morte, muito menos os policiais têm carta de legítima defesa permanente, para matar sem as devidas satisfações"), reporta a simulação da cena do crime, "manhosamente" plantada pelos agentes da lei, mas justifica ao mesmo tempo a necessidade do ato sumário, dado como imposto pelos fatos. A incongruência entre a ordem jurídica e o justiçamento fica na conta da "outra história" ("mas isso é outra história"), que cabe à esfera pública silenciar. Registra ainda o gesto nobre do homem popular na fotografia, que parece dispor da civilidade humilde de um poema de Manuel Bandeira, ao tirar o chapéu em respeito ao morto; e finaliza a matéria evitando estampar o cadáver "varado pelas balas", como se fechasse aos olhos do respeitável público a janela "de frente pro crime" (lembrando aqui a canção de João Bosco e Aldir Blanc).

O pronunciamento jornalístico exemplifica bem a posição dúbia e prenhe de consentimento contra a qual Clarice levantará sua revolta articulada ponto a ponto. Se nele se entremostrava e recalcava o novo real da cena urbana no Brasil — a um só tempo exposto e ocultado —, a crônica é um libelo inequívoco contra a pena de morte tácita contida na execução de um homem acuado, ao mesmo tempo em que uma reavaliação radical do sentido de justiça, medida em suas consequências de longo alcance. A argumentação atesta em registro literário a formação da autora em direito, sem deixar uma palavra solta e, mais uma vez, sem tirar o corpo fora. Com "Mineirinho", Clarice Lispector tornava-se provavelmente a primeira pessoa pública a acusar os justiçamentos policiais e *parapoliciais* que se converteriam em norma na montante da violência brasileira, desmascarando a sua lógica interna.

Por que dói — "está doendo" — "a morte de um facínora"?, pergunta ela, de início. Por que os treze tiros que o mataram parecem pesar mais, nela, que o número de seus crimes? Como nos dois pratos de uma balança, de um lado encontram-se os crimes evidentes de um marginal matador e, de outro, os tiros de agentes da lei convertidos em bando de matadores. O argumento segue uma dialética vertiginosa: a lei não pode se tornar criminosa ante o criminoso, pois, se sua prerrogativa é a de se contrapor ao crime, exercendo seu poder de punir, o crime dos agentes da lei é ainda mais inadmissível que o do criminoso, ao forjar o lugar do impunível,[15] o que a levará a acusar uma inversão de sinais, produzida paradoxalmente pela ação policial: "Na hora de matar um criminoso — nesse instante está sendo morto um inocente".

O julgamento se desenrola no foro íntimo da cronista, que se assume como "um dos representantes de nós" — representando esse "nós", por sua vez, a introjeção da esfera pública representada por sua classe. Por isso mesmo, submete a questão ao testemunho de alguém de fora dessa ordem: a cozinheira que trabalha em sua casa, a quem pergunta o que pensa sobre o assunto. Esta, mexida na sua alma pela interrogação difícil, vivendo "a pequena convulsão" íntima de um conflito entre "sensações contraditórias", e o mal-estar por "não saber como harmonizá-las", afirma, com alguma raiva da patroa, que aquilo que sente "não serve para se dizer", pois, se Mineirinho era inegavelmente criminoso, certamente terá entrado a salvo no reino do céu. As duas mulheres, sugere o texto, concordam em que "Mineirinho era perigoso e já matara demais"; e, não obstante, "nós [elas] o queríamos vivo". Sofrendo a impossibilidade de decidir a questão no plano terreno, onde a violência se consuma, a mulher pobre encontra a redenção para seu mal-estar no plano da justiça divina, no qual, acrescenta a patroa, devolvendo a questão à terra, o criminoso entraria em glória "mais do que muita gente que não matou".

É sabido, diz ela, que "a primeira lei" — "não matarás" — é "a minha maior garantia: assim não me matam, porque eu não quero morrer, e assim não me deixam matar, porque ter matado será a escuridão para mim". Sob o império dessa lei, que implica inexoravelmente o eu e o outro, escrutina os treze tiros do fuzilamento numa escalada vertiginosa:

> Há alguma coisa que, se me faz ouvir o primeiro e o segundo tiro com um alívio de segurança, no terceiro me deixa alerta, no quarto desassossegada, o quinto e o sexto me cobrem de vergonha, o sétimo e o oitavo eu ouço com o coração batendo de horror, no nono e no décimo minha boca está trêmula, no décimo primeiro digo em espanto o nome de Deus, no décimo segundo chamo meu irmão. O décimo terceiro tiro me assassina — porque eu sou o outro. Porque eu quero ser o outro.

Indo do alívio de segurança (pela suposta eliminação do perigo) ao estado de alerta, ao desassossego, à vergonha, ao horror, ao tremor, ao espanto prostrado ante o silêncio divino e ao apelo ao irmão ausente, a ira sagrada desemboca na identificação radical com a vítima, o sujeito-objeto da caçada: "O décimo terceiro tiro me assassina — porque eu sou o outro. Porque eu quero ser o outro".

Muitos anos depois, perguntada, naquela que foi sua última entrevista, sobre o que escolheria destacar entre tudo o que escreveu ao longo da vida, ela cita dois textos: "O ovo e a galinha" e "Mineirinho", lembrando especificamente *deste* parágrafo. Dá um testemunho inequívoco, assim, do alcance de sua "revolta enorme" e do lugar que ocupa, na sua escrita, o ato de converter-se em outro: "eu me transformei em Mineirinho", diz ela na entrevista. Diz ainda da "prepotência" e da "vontade de matar" mal disfarçadas no suposto cumprimento da justiça, pensamento que, na crônica, aparece formulado de maneira cristalina e fulminante: "Na hora em que o justiceiro mata, ele não está mais nos protegendo nem querendo eliminar um criminoso, *ele está cometendo o seu crime particular, um longamente guardado*".

A argumentação se apoia na distinção cortante entre duas formas de justiça. Uma é a "justiça estupidificada" a que aderimos, enquanto "sonsos essenciais", para que ela proteja nossos privilégios e não permita que se abale o chão sobre o qual assenta a nossa casa:

"Para que minha casa funcione, exijo de mim [...] que eu não exerça a minha revolta e o meu amor, guardados. Se eu não for sonsa, minha casa estremece. Eu devo ter esquecido que embaixo da casa está o terreno, o chão onde nova casa poderia ser erguida".

A outra é "uma justiça um pouco mais doida", uma "justiça prévia" que fosse capaz de ir ao erro primeiro que está na fonte da violência, espelho do nosso erro, lá onde se encontram o medo, o amor pisado, a fome de reconhecimento, a falta social de pai, a matéria da vida aberta na carne, em espanto, placenta e sangue:

"Uma justiça que se olhasse a si própria, e que visse que nós todos, lama viva, somos escuros, e por isso nem mesmo a maldade de um homem pode ser entregue à maldade de outro homem: para que este não possa cometer livre e aprovadamente um crime de fuzilamento".

Ao longo do texto, a busca por nomear essa segunda justiça lança mão, repetidas vezes, do recurso à indeterminação da palavra "coisa", indiciando algo que só se pode apreender pela borda, algo que precisa ser adivinhado, captado no movimento inapreensível de sua falta e de sua força originárias. É "alguma coisa" que a faz ouvir, por exemplo, a mensagem dos treze tiros; é "uma coisa pura e cheia de desamparo", "essa coisa que move montanhas", que teria que ter sido resgatada em

Mineirinho por um gesto que se antecipasse à perdição; "é uma coisa que em nós é tão intensa e límpida como um grama perigoso de *radium*", "essa coisa" que "é um grão" ambivalente de violência e amor; "alguma coisa em nós que desorganizaria tudo — uma coisa que entende" — que desorganiza a *coisa social* tal como está posta, "coisa" muito séria diante do homem metralhado, "coisa" que não é "o assassino em mim", mas "o desespero em nós".

Do primeiro tipo de justiça (abençoada por um deus fabricado "à imagem do que eu precisar para dormir tranquila", justiça dos honoráveis "baluartes de alguma coisa"), Clarice tira consequências implacáveis: tal disposição mental, cumpliciada com o morticínio clandestino, converte o sujeito individual, ele mesmo, no equivalente de um bando armado até os dentes ("se eu não fosse doido, eu seria oitocentos policiais com oitocentas metralhadoras, e esta seria a minha honorabilidade"). Em outras palavras, a aceitação do justiçamento camuflado, que se implantava na cena urbana brasileira e que toma para si a prerrogativa de matar a contrapelo de qualquer lei, converte o suposto sujeito *de bem* (isto é, aquele sujeito *sonso* que, precavidamente, *não é doido*) em milícia particular *manhosamente* introjetada. A análise, exposta com extraordinária lucidez, ilumina a atualização histórica dessa vocação miliciana, que se nos apresenta hoje de maneira cabal, no plano real e no plano imaginário, no plano individual e no coletivo, como incubada no pacto sinistro que a execução de Mineirinho selava na vida pública brasileira.[16]

A outra justiça considera que o território de toda casa está disposto sobre a materialidade áspera e difícil do terreno, "o chão onde nova casa poderia ser erguida", território que seria preciso desorganizar para entender, ou entender para desorganizar. Recusando os eflúvios do "sublime" e as concessões a uma "caridade vaga", sentimental e autoconciliatória, a coisa social diz respeito à destinação social da habitação, lugar onde assenta a possibilidade de justiça. É isso que entra em jogo na discussão do assassinato social de Mineirinho.

Um último ponto. Em *A paixão segundo G.H.* a figura da empregada doméstica assume um lugar crucial. No romance, uma mulher rica e independente, morando num apartamento de cobertura em

Copacabana e girando na mesmice inautêntica de seu lugar de classe (tal como ela mesma o descreve), adentra o quarto vago de Janair, a empregada que deixara o emprego na véspera, e, na ausência desta, é impactada pela força de sua passagem por ali: o presumido muquifo da mulher negra e pobre estampa na parede um desenho seco e cru que parece radiografar a alma e o corpo da patroa, abalando as estruturas mentais, existenciais e discursivas sobre as quais esta se move.[17] Ali onde supusera reencontrar o "*bas-fond* de [sua] casa" — pardieiro habitacional convivendo com "o amontoado de jornais" e "as escuridões da sujeira e dos guardados" —,[18] G.H. depara, na verdade, com um "minarete" caiado e impecável, um campo energético poderoso voltado contra ela na forma desse mural quase rupestre, no qual se veem os contornos a carvão de um homem nu em tamanho natural, de uma mulher nua e de um cão "mais nu do que um cão".

O quarto, do qual Janair se apossou com "ousadia de proprietária", espoliando-o "de sua função de depósito" e convertendo-o numa clara zona de poder, cava dentro da habitação um avesso que faz, da empregada doméstica, a senhora de um império: o império da posse contra o da propriedade.[19] Sem ser a detentora legal do apartamento, ela mostra-se a *dona de fato* de seu próprio quarto, enfeitiçando-o.[20] *A paixão segundo G.H.* instaura, assim, um olhar contundente, a contrapelo, sobre esse fenômeno arquitetônico e social brasileiro, o apartamento de moradia com cubículo para a criada — quadrilátero levemente irregular, de uma geometria anômala e quase imperceptível, no qual ressaltam o colchão crispado, o guarda-roupa empenado e imprensado contra a cama, exalando um bafo de galinha, do qual emergirá a barata numa casa de resto "minuciosamente desinfetada",[21] tudo manifestando ainda a segregação escravista e a senzala enquistada no prédio de luxo.[22] (Como em "Mineirinho", a questão de fundo é também, aqui, a da destinação social da habitação.)

Ao empreender a luta pela reintegração da posse ultrajada daquele rincão de seu apartamento ("procurando apossar-me um pouco mais daquele enorme vazio"), G.H. se propõe a faxiná-lo, banhá-lo e encerá-lo, mesmo que "sem nenhuma intimidade" com a tarefa braçal, numa purga expiatória que tem como alvo primeiro o guarda-roupa.[23]

Mas é justamente ao tentar abri-lo (com dificuldade, pois na estreiteza do cubículo a porta se emperra contra o pé da cama) que G.H. se defronta com a "barata grossa" que se move lentamente dentro dele, "na meia escuridão".[24]

Vale dizer: a *barata* adentra o romance pela fenda da "coisa social", sem prejuízo de abrir-se para a voragem ontológica. Não porque salte para o símbolo ou para a alegoria, mas porque inflete para a força irredutível da coisa. Pois, se se constitui na irrupção da *coisa*, num sentido filosófico, é também "coisa social" investida da "veemência da arte": cifra obscura e metonímica do confronto da patroa com a empregada, na disputa pelo território. Dito de outro modo, a ação de *espoliar o quarto de despejo da sua função de depósito*, por Janair, de torná-lo habitável e potente, afrontando a condição da subalternidade, corresponde a elidir a utilização instrumental do outro e a fazer emergir um recalcado social e ontológico do qual a barata será a manifestação suprema, e sem o que não existiria a experiência na qual o romance mergulha. Justamente por isso, impõe-se a G.H. reconhecer que "a barata e Janair eram os verdadeiros habitantes do quarto".[25]

A propósito desse ponto, é preciso assinalar o impacto, na cena cultural brasileira, do livro *Quarto de despejo*, lançado em 1960 por Carolina Maria de Jesus, catadora de papel, lavadeira e moradora da favela do Canindé, em São Paulo. Ao escrever o testemunho literário de sua condição de vida, Carolina já *espoliava*, à sua maneira, *o quarto de despejo da sua função de depósito*, fomentando um deslocamento de perspectiva correspondente, em outro sentido, àquele que levaria Clarice, de maneira simétrica e em época próxima, a adentrar o universo da empregada doméstica (*A paixão segundo G.H.* foi publicado em 1964).[26] Uma foto de 1961 mostra as duas escritoras, juntas, por ocasião de um evento em que Clarice autografava *A maçã no escuro* e Carolina autografava *Quarto de despejo*.[27] A distância implícita nesse encontro é exponenciada e atravessada, pode-se dizer, por Clarice: o quarto de empregada em *A paixão segundo G.H.*, envolvendo a madame e a serviçal, faz um contraponto sugestivo, intencionado ou não, com o aparecimento literário da escritora negra, que anunciava àquela época uma questão micropolítica que se tornou candente hoje.

Desse encontro fica ainda uma conexão vaga, mas intrigante. É que, num de seus muitos manuscritos, Carolina anota: "Quando eu trabalhava como empregada doméstica, se o patrão me despedia, eu deixava um verso escrito na parede para exasperar as patroas".[28] A anotação ressoa curiosamente na inscrição de Janair na parede de seu quarto. Pode não passar de acaso essa dupla ocorrência, de todo modo surpreendente, de inscrições provocativas deixadas na parede por duas empregadas domésticas, nos textos das duas escritoras — inclusive porque o manuscrito de Carolina permaneceu inédito. Mas pode ser também o sinal de uma conversa entre elas, conversa que não ouvimos e que, mesmo se não tiver havido, é próprio da literatura, à sua maneira, fomentar por outros meios. Não cabe dúvida de que uma ligação entre Clarice e Carolina, em algum nível de manifestação, está inscrita nas paredes de *A paixão segundo G.H.* É essa mesma ligação latente que reverbera em dois poemas de Conceição Evaristo: "Carolina na hora da estrela" ("No meio da noite Carolina corta a hora da estrela./ Nos laços de sua família um nó/ — a fome") e "Clarice no quarto de despejo" ("Clarice no quarto de despejo/ lê a outra, lê Carolina,/ a que na cópia das palavras,/ faz de si a própria inventiva./ Clarice lê:/ — despejo e desejos —").[29]

NOTAS

1. Clarice Lispector, "Literatura e justiça". In: *A legião estrangeira*, Editora do Autor, pp. 149-50.
2. João Camillo Penna. "Das Ding". *Revista Letras*, Curitiba, n. 98, jul./dez. 2018, p. 34.
3. José Miguel Wisnik. "Diagramas para uma trilogia de Clarice". *Revista Letras*, Curitiba, n. 98, jul./dez. 2018, p. 296.
4. Clarice Lispector, "Amor". In: *Todos os contos*. Rio de Janeiro: Rocco, 2016, p. 151.
5. Clarice Lispector, "As crianças chatas". In: *A descoberta do mundo*. Rio de Janeiro: Rocco, 2019, p. 23. [Crônica de 19/8/1967].
6. Clarice Lispector, *A hora da estrela*. Rio de Janeiro: Rocco, 2017, pp. 46-7.
7. Ibid. p. 57.
8. Ibid. p. 64.
9. Ibid. p. 56.
10. Ibid., p. 53.
11. Ibid., p. 50.

12. Clarice Lispector, "Mineirinho", *Todos os contos*, pp. 386-90.

13. "Mineirinho foi crivado de balas e atirado no Grajaú-Jacarepaguá". *Correio da Manhã*, 1º maio 1962, p. 5.

14. "A cidade está em paz". *Correio da Manhã*, 1º maio 1962, p. 1.

15. Reflexões agudas sobre o direito e o poder de punir estão contidas em um texto da estudante de direito Clarice Lispector, "Observações sobre o direito de punir", publicado originalmente em *A Época n. 1, revista da Faculdade Nacional de Direito*, 1941-1944, e recolhido em Clarice Lispector, *Outros escritos* (Org. Licia Manzo. Rio de Janeiro: Rocco, 2020).

16. Vale notar que o livro *Primeiras estórias*, publicado por Guimarães Rosa no mesmo ano, dava sinais da migração para a cidade do mundo sem lei do sertão. Ver: José Miguel Wisnik, "O famigerado". In: *Sem receita: Ensaios e canções*. São Paulo: Publifolha, 2004, pp. 121-56.

17. Minhas considerações finais sobre o romance se baseiam, em grande parte, em José Miguel Wisnik, "Diagramas para uma trilogia de Clarice", em especial pp. 300-3.

18. Clarice Lispector, *A paixão segundo G.H.*, Rio de Janeiro: Rocco, 2009, p. 36.

19. A *posse contra a propriedade* é um tema, ou lema, do *direito antropofágico* em Oswald de Andrade, recorrente na *Revista de Antropofagia* e dando nome ao primeiro capítulo de *Marco zero I: A revolução melancólica*. São Paulo: Globo, 2008. Ver, a propósito: Alexandre Nodari, "A única lei do mundo". In:, Jorge Rufinelli; João Cézar de Castro Rocha. *Antropofagia hoje? — Oswald de Andrade em cena*. São Paulo: É Realizações Editora, 2011, pp. 455-83.

20. Eduardo Viveiros de Castro sugere que as imagens desenhadas por Janair "são, entre outras coisas, um feitiço", e que G.H. foi capturada e "enfeitiçada por essa empregada negra". "Rosa e Clarice, a fera e o fora". *Revista Letras*, Curitiba, n. 98, jul./dez. 2018, p. 22.

21. *A paixão segundo G.H.*, p. 46.

22. Antonio Risério anota o fato de que, no Brasil, os dormitórios de empregada doméstica em apartamentos, em razão de sua área incompatível com as exigências legais mínimas, costumavam constar falsamente nos processos oficiais de aprovação de plantas como "despensas, depósitos ou rouparias". A informação amplia o entendimento do alcance do ato de Janair, quando *espolia seu quarto da função de depósito, com ousadia de proprietária*. In: *A casa no Brasil*. Rio de Janeiro: Topbooks, 2019, p. 369.

23. Clarice Lispector, *A paixão segundo G.H.*, p. 45.

24. Ibid., p. 46.

25. Ibid., p. 48.

26. Em Carolina Maria de Jesus, o *quarto de despejo* é uma metáfora em escala urbana: "É por isso que eu denomino que a favela é o quarto de despejo de uma cidade. Nós, os pobres, somos os trastes velhos". Depoimento recolhido em *Quarto de despejo — Diário de uma favelada*. São Paulo: Ática, 2014, p. 195.

27. Ver: Nádia Battella Gotlib, *Clarice fotobiografia*. São Paulo: Edusp/Imprensa Oficial do Estado de São Paulo, 2008, p. 345.

28. Manuscrito recolhido por Raffaella Fernandez em *A poética de resíduos de Carolina Maria de Jesus*, Edições Carolina, pp. 28-9. Agradeço a informação a Lorenzo Mammì.

29. Conceição Evaristo, "Poemas". *Braziliana — Journal for Brazilian Studies*, v. 3, n. 1. jul. 2014, pp. 569-70.

Faces da poética da inocência em Clarice Lispector[1]

SIMONE ROSSINETTI RUFINONI

Leia-se a crônica "O artista perfeito" (1969), de Clarice Lispector, compilada em *A descoberta do mundo*:

O ARTISTA PERFEITO

Não me lembro bem se é em *Les donnés immediates de la conscience* que Bergson fala do grande artista que seria aquele que tivesse, não só um, mas todos os sentidos libertos do utilitarismo. O pintor tem mais ou menos liberto o sentido da visão, o músico o sentido da audição.

Mas aquele que estivesse completamente livre de soluções convencionais e utilitárias veria o mundo, ou melhor, teria o mundo de um modo como jamais artista nenhum o teve. Quer dizer, totalmente e na sua verdadeira realidade.

Isso poderia levantar uma hipótese. Suponhamos que se pudesse educar, ou não educar, uma criança, tomando como base a determinação de conservar-lhe os sentidos alertas e puros. Que se não lhe dessem dados, mas que os seus dados fossem apenas os imediatos. Que ela não se *habituasse*. Suponhamos ainda que, com o fim de mantê-la em campo sensato que lhe servisse de denominador comum com os outros homens lhe permitisse certa estabilidade indispensável para viver, dessem-lhe umas poucas noções utilitárias: mas utilitárias para serem utilitárias, comida para ser comida, bebida para ser bebida. E no resto a conservasse livre. Suponhamos então que essa criança se tornasse artista e fosse artista.

O primeiro problema surge: seria ela artista pelo simples fato dessa educação? É de crer que não, arte não é pureza, é purificação, arte não é liberdade, é libertação.

Essa criança seria artista do momento em que descobrisse que há um símbolo utilitário na coisa pura que nos é dada. Ela faria, no entanto, arte se seguisse o caminho inverso ao dos artistas que não passam por essa impossível educação: ela unificaria as coisas do mundo não pelo seu lado de maravilhosa gratuidade, mas pelo seu lado de utilidade maravilhosa. Ela se libertaria. Se pintasse, é provável que chegasse à seguinte *fórmula* explicativa da natureza: pintaria um homem comendo o céu. Nós, os utilitários, ainda conseguimos manter o céu fora do nosso alcance. Apesar de Chagall. É uma das poucas coisas das quais ainda não *servimos*. Essa criança, tornada homem-artista, teria, pois, os mesmos problemas fundamentais de alquimia.

Mas se homem, esse único, não fosse artista — não sentisse a necessidade de transformar as coisas para lhes dar uma realidade maior — não sentisse, enfim, necessidade de *arte*, então, quando ele falasse, nos espantaria. Ele diria as coisas com a pureza de quem viu que o rei está nu. Nós o consultaríamos como cegos e surdos que querem ver e ouvir. Teríamos um profeta, não do futuro, mas do presente. Não teríamos um artista. Teríamos um inocente. E arte, imagino, não é inocência, é tornar-se inocente.

Talvez seja por isso que as exposições de desenhos de crianças, por mais belas, não são propriamente exposições de arte. E é por isso que, se as crianças pintam como Picasso, talvez seja mais justo louvar Picasso que as crianças. A criança é inocente, Picasso tornou-se inocente.[2]

Partindo de uma proposição de Bergson, segundo a qual "o grande artista seria aquele que tivesse [...] todos os sentidos libertos do utilitarismo", Clarice discute a questão da criação artística. O artista deveria ou poderia ser aquele que foge à convenção, à regra: apreende a "verdadeira realidade" dada sua indisposição em face da convenção e sua predisposição à liberdade. Até esse ponto, uma definição reconhecível: o artista — e consequentemente a arte — assume atitude de antítese em face do mundo. No entanto, o argumento adquire nuances a partir da hipótese mobilizada, segundo a qual a existência de um processo formativo, desvinculado dos padrões reinantes, conduziria uma criança à liberdade total, a ponto de esta não se acostumar, não se adequar. Ao comentar a respeito da necessária fuga do utilitarismo rumo à inocência para a criação artística, a autora diferencia tal empreitada quando feita por um homem comum e por um artista; este não pode prescindir do conhecimento dos males do mundo. Imbuído dessa problemática, empreenderia um retorno à inocência como libertação. Nesse percurso, o narrador indaga a respeito de uma imaginária criança *deseducada*: e se esse singular sujeito se tornasse artista? Como tal, se a arte assume a ordem da oposição, qual seria sua apreensão do mundo? O artista é aquele naturalmente inocente? Uma vez que a condição do artista é a do dissenso, se a inocência olhasse o mundo como arte, o tornaria útil; mas em outros termos, dado que se trata daquele que desconhece o útil do mundo. A criança-artista se libertaria de sua inocência, pintando um céu que se pode comer e descobriria a "utilidade maravilhosa" contrária à "maravilhosa gratuidade".

Esse homem hipotético possuiria uma liberdade perigosa capaz de dizer que o "rei está nu". Despojado de máscaras, destituído de amarras, apto a combater as regras. Diz a autora que teríamos um profeta do presente e não do futuro. Alguém que olhasse o mundo sem o anteparo dos símbolos. Contudo, adverte: "arte não é inocência, é tornar-se inocente". Esse sujeito seria um inocente, uma espécie de príncipe Michkin, cuja *idiotia* ou solipsismo lhe permitiria afrontar a ordem com a serenidade de quem vê além dos dados banais. Apesar disso, tal sujeito não seria artista, pois, para se chegar à arte, deve "tornar-se inocente", o que implica vivenciar o processo que leva à perda e à reflexão como etapa necessária à elaboração estética — imprescindível, portanto, a travessia pelo processo de desencantamento do mundo, já que "arte não é pureza, é purificação, arte não é liberdade, é libertação".

A etimologia ensina que "inocente" vem de *innocens*, aquele que não causa danos e não tem culpas. A arte, ao contrário, implica a aguda consciência do mal. O desajuste conduz ao paradoxo: a inocência almejada é conscientemente inocente; trata-se, pois, de uma construção estética nada inocente da inocência. Artifício refinado de pureza. O pressuposto a ser considerado é o da oposição à civilização, quer esta assuma a face do culto ao inconsciente ou às formas das sociedades arcaicas — um primitivismo refinado, culto, negação que pressupõe o arsenal da civilização.

A inocência pode assumir configurações várias, inflexões que não se reduzem às conhecidas presenças da criança e dos animais na obra da autora.[3] Alguns exemplos poderão dar a medida de como a reflexão sobre o puro, ingênuo ou bárbaro, por oposição aos espécimes da civilização, corta sua obra, assumindo matizes por vezes muito específicos, que vão da observação da vida miúda à modalidade do silêncio ou da experimentação radical, passando pela reflexão sobre o papel da arte e do artista na sociedade — modos e formas de a literatura procurar o inocente, explorando os modos da negação.[4]

A recusa à palavra desgastada, tornada instrumento da ordem social, aliada à busca da palavra intocada, símile do ideal, está no centro do conto "A mensagem". Nos termos da crônica, pode-se contemplar o ideal de inocência como insurgência contra o mundo e a linguagem que o legitima.[5] Dois adolescentes se reconhecem estranhos ante o todo que os cerca e lhes acena com o império do senso comum e suas recompensas. Forjam um escudo de palavras como salvaguarda contra a onipresente ameaça. Unidos pela desconfiança, anseiam por refazer a linguagem que implicaria a não cooptação pelo mundo "dos outros". Nesse processo, ingênua e heroicamente intentam renomear o mundo, possível vertigem à margem do *coração selvagem* almejado. A princípio, concordam em chamar de "angústia" aquilo que experimentam e que os distingue; já o que desconhecem e procuram nomeiam de a "mensagem"; e investem contra a "poesia" — "Poesia era a palavra dos mais velhos" — talvez, sugere Clarice, não desconfiando que o que anseiam mais fortemente estaria inserido nela.[6] O embate assume a forma da investida contra os signos, pois que representantes do mundo convencional, cujo hábito e senso comum induzem à aceitação. Em pauta está a difícil resistência ao mundo que entendem como opressor; este, alicerçado sob os signos, onde jazem os códigos legitimadores da falsa harmonia, deve ser combatido por meio da linguagem.

O estar-no-mundo assume a face da recusa ao signo, onde se depositaram séculos de civilização. Participa dessa difícil aventura o desejo de alcançar a *inocência*, uma vez que se querem anteriores à ordem instituída — e corrompida — do discurso. Não por acaso, várias palavras grafadas em itálico aludem à possível pureza no âmbito da linguagem, oposta ao império do senso comum: eles queriam ser *autênticos*; queriam a *verdade*; orgulhavam-se de serem diferentes dos *outros*; temiam a *normalidade*. Também não é à toa que o ideal de mundo refeito passa pelo desejo de escrever.

A aura de mistério que envolve o conto não esclarece exatamente o que procuram — "Que é, afinal, que eles queriam?", indaga o narrador —, imersos no processo cego da busca por excelência, suspeitam de tudo, das palavras a seus próprios atos. O titubeio em face da identificação do objeto combatido apreende a dinâmica do mal-estar generalizado, próprio daquele que capta a força invisível dos imperativos sociais sem conseguir sopesá-los suficientemente. O ato da procura é mais relevante que o possível êxito. A fase da vida em que se encontram — a adolescência — também é determinante: possuem a selvageria necessária ao embate e se fecham às seduções do mundo. Vivem os resquícios da inocência infantil, unida à revolta e à vertiginosa e heroica arrogância. Bárbaros e sublimes, eles têm o pendor em ser *do contra*, mas contra o que lutam? A incapacidade de resposta reside no próprio desconhecimento do processo e a sensibilidade afim à negação deriva da coragem desse tempo intermediário — o que resta da infância aliado ao melhor do ser adulto — que lhes permite facultar um modo de ser limítrofe, anterior à adesão irrefletida ao *mundo feito*, o mundo dos outros.

Estariam salvos se distantes da "perigosa verdade": salvos para a sociedade e perdidos para o futuro renovado que tanto ansiavam. "Oh Deus, não nos deixeis ser filhos desse passado vazio, dai-nos o futuro".[7] Os adolescentes procuraram o impossível, ao desejar ostentar o "puro rosto" em substituição à máscara; nesta repousa a incontornável escolha humana de representar-se a si mesmo.[8] Viver sob um disfarce traduz o processo de amadurecimento necessariamente atrelado à perda das ilusões e à adesão ao "mundo feito"; uma vez distantes do "futuro", restam presas do "passado", com a consequente renúncia à pureza almejada.

Outra face da inocência perdida, agora sob a égide do *bárbaro*, é entrevista em "A menor mulher do mundo". Neste conto, Clarice constrói uma personagem alheia ao mundo civilizado; a ficção criada dá conta de uma pigmeia, pertencente a uma tribo da África, cuja existência se cola à natureza. A inocência é, agora, a do intocado pelos males do mundo, cuja imagem, contudo, está sujeita à representação literária — esfera cujo refinamento não condiz com a pureza do selvagem — que nos é dada pelo narrador ao orquestrar as vozes das sete casas que a veem e interpretam. Os olhares que a aprisionam estão sujeitos à vertigem da felicidade burguesa: a fantasia da família perfeita, branca e mediana, cercada de mercadorias domésticas, ávida por ampliar o âmbito do consumo. O dialogismo é, a um só tempo, moderno e patriarcal. Talhado pela modernização conservadora, alterna o pressuposto moderno e democrático do reconhecimento da alteridade à imediata subjugação; são flagrantes os indícios de violência travestidos de generosidade. É assim que, de modos diversos, todos desejam, a seu bel-prazer, instrumentalizar a mulherzinha que vai de filha a brinquedo, passando por serviçal e bicho doméstico. Pela via das subjetividades superficialmente evocadas, encenam-se os paradoxais modos da cordialidade nacional. O tom melífluo empregado é característico da dominação privada, inimiga da atribuição da cidadania. Se a cordialidade embute a ânsia de aniquilamento do outro, sua interdição da vida comum, aqui ela ainda é mais enfatizada devido à estratégia que faz da personagem alguém que emergiu do espaço da natureza.

Há claramente uma inflexão da ideia de *inocência* no conto. A personagem é desprovida da camada civilizatória que nos dá sustentação: seu estar-no-mundo é imune à noção de representação, ela não sabe como é ser para o outro, ela simplesmente é — como um bicho. Sem modos, máscaras ou símbolos, sua existência é bruta, sem desvãos. A incapacidade de dissimulação ou de representar-se a si mesma a torna objeto por excelência da interpretação daqueles que acabam por se revelar mais selvagens do que desejariam ser, pondo a nu a barbárie fundadora da civilização.

Nesse sentido, a personagem, composta por vários estigmas de inferioridade natural e social — é mulher, africana, pigmeia, selvagem —, é construção elaborada a fim de despertar, por contraste, o avesso do sujeito civilizado. Cada uma das casas procura, à sua maneira, e como mosaico de polifonia paradoxalmente uniforme, destruir a diferença. Anular a alteridade implicará doar-lhe significado e função reconhecíveis; eles a *civilizam*, por assim dizer.

A coisa estranha torna-se humana na medida em que é criança, bicho, empregada, milagre. Ao inocente é dada uma função no mundo, assim ele passa a ser algo ou um quase alguém. O sentido da oposição inocência × utilidade assume, aqui, uma tonalidade feroz: trata-se da vocação predatória do humano como substrato de civilidade, numa lógica perversa e invertida, uma vez que só a coisificação lhe dará legitimidade.

A personagem — sua construção, bem como sua posição no enredo — enquanto sujeito desprovido de subjetividade reconhecível, instaura o deslumbramento desconcertante do óbvio; sua existência lembra a todos, despudoradamente, que o rei está nu. O ato de desvestir o mundo de seus invólucros amortecedores é, no conto, trabalhado por artifício que lembra as mil e uma noites; "como uma caixa dentro de uma caixa, dentro de uma caixa"[9] — no fundo mais fundo da África, a tribo mais afastada das tribos, o menor ser humano dentre os menores. Além disso (horror dos horrores!), a miniatura de gente traz dentro de si outra mais absurda e diminuta vida: está prenhe. O sistema de encaixes também se comunica à forma cujas dobras desmascaram a civilização, que surge ainda mais desamparada que a mulher sujeita aos canibais: o caçador capta a mulher que, por sua vez, é captada pelo jornal, de onde invade lares instilando a cruel estranheza que assalta suas vidas. Do externo ao mais íntimo, o estranho é alimento de consumo e desencadeador de perversidades. Não só o bárbaro da personagem, mas a estratégia sofisticada com que a literatura rói a solidez da vida instituída, expõe a perigosa nudez do irrepresentável.

Pequena Flor é *amoral*. Nesse caso, não se trata de uma escolha consciente, reflexiva como a que levou certos personagens como Joana e Martim à busca e exploração do mal, a fim de se oporem às instituições, mas no sentido em que ela está além — ou aquém — do bem e do mal. Como parte da natureza e à margem da sociedade, sua existência repele os critérios da moralidade.[10]

Tal qual a criança da crônica, a inocência sem peias da mulherzinha nunca a faria artista, de vez que não lhe ocorreu o descolamento da esfera da natureza, imprescindível à reflexão, por meio da qual a harmonia será sempre almejada e jamais obtida.[11] No entanto, a inocência é um recurso claramente mobilizado a fim de se expor a miríade de reações barbaramente civilizadas que, pretendendo acolhê-la, a devoram. Não se trata do artista que almejou ser puro, mas de um objeto por meio do qual, ao se encenar a interpretação da pureza como barbárie, desvelam-se os perturbadores meandros da vida social.

Sob esse ponto de vista, contos tão diferentes como "A mensagem" e "A menor mulher do mundo" parecem adquirir certa identidade, permitindo esboçar uma poética. Subjaz aos assuntos a elaboração da ideia de inocência como uma poética comum: no primeiro, comparece como modo de não aceitação da ordem vigente; no segundo, o homem natural desmitologizado desnuda a barbárie da sociedade pretensamente moderna. Em ambos os casos, contudo, permanece intocada a questão do ponto de vista da representação e a esfera da forma não parece incorporar a reflexão proposta pela crônica.

Representante de uma literatura que testemunha desconfiança em face das palavras, enraizada na ficção pós-30 que não se rende ao naturalismo, o embuste ou despistamento estético consubstancia-se nos modos como a literatura apreende a representação e o papel do artista. Não há como não recorrer à experiência de *A hora da estrela*, onde a dicotomia abordada na crônica assume caráter dúplice: como componente da personagem Macabéa e como parte do papel da arte e da função do artista. Desse modo, compreendida enquanto traço poético, a temática da inocência incide sobre o papel do escritor e da função da arte, participando do olhar que formaliza o mundo.

Na novela, a inocência irá avizinhar-se da pobreza, aproximação que se dá pelo coeficiente de negação. Se os desdobramentos aqui considerados passaram pelas ideias de pureza e barbárie, agora assumirão os matizes da simplicidade, da ignorância e da miserabilidade. O despojamento do arcabouço civilizado irá se comunicar com o socialmente despossuído. Os termos aproximam-se pela carga negativa que comportam: aquele que não pecou e não tem culpas aparenta-se àquele que não tem nada de seu. Daí a insistência na difícil coincidência entre objeto e representação: à singeleza da personagem deve corresponder uma narrativa também com sinal de subtração. Chama a atenção o quanto a esfera genérica da inculpabilidade do bárbaro adquire tonalidades concretas ante o chão histórico delimitado; desse modo, a culpa, agora, incidirá sobre o narrador, vertendo-se em culpa de classe.

O narrador-protagonista, Rodrigo S.M., expõe a busca pela simplicidade ao desejar despojar-se de seus atributos de classe como expediente que lhe pudesse franquear acesso à pobreza social e existencial de sua criatura, Macabéa.[12] Rodrigo almeja tornar-se inocente, a fim de se acercar da parca existência de sua heroína. No entanto, sabe-se representante de uma classe, detentor da língua e de suas estratégias, enunciador de uma voz socialmente inaudível, mergulhado na matéria impura da pobreza, alienação e exploração. O exaspero em torno da adequação criador/criatura marca a narrativa pela obsessão com o despojamento, espécie de construção de um simulacro de condição de indigência apta a criar um lugar de fala infenso à civilidade.

A inocência molda Macabéa de modo diverso do que ocorre com a personagem de “A menor mulher do mundo”. Sua condição de extrema marginalidade a faz deslocada; porém, apesar de sua inconsciência, está irremediavelmente imersa na sociedade. Caberia a indagação a respeito do sentido de seu alheamento: seria inocência ou alienação? Algo da pureza da pequena africana sobrevive nessa nordestina espoliada, mas o tratamento ficcional é outro: se, no conto, pouco verossímil e embebido em fina ironia, a sociedade comparecia como plataforma de comparação, agora a opressão é objetiva e a personagem, desentranhada do Brasil real.

Macabéa vive num limbo entre o ser e o não ser — "ela vive num limbo impessoal" —, tornam-se indistinguíveis os limites entre a inocência e a alienação de que é vítima. As marcas de despersonalização, articuladas às condições de vida da personagem, deslindam a complexidade da sua indigência social e existencial. No espaço do capital, inocência traduz-se em inadequação e fracasso.

Diferentemente de Pequena Flor, cuja vida se desenvolve rente à natureza, Macabéa — operária pobre e explorada — pensa também estar sujeita a leis tão somente naturais. É absolutamente alheia ao conflito social do qual faz parte. O fato de não se entender como sujeito suprime de sua visada qualquer tipo de reivindicação individual: já que ela "não é" (só passa a ser no momento da morte), não pode almejar a liberdade ou a felicidade. Se o casal de adolescentes opõe a integridade contra o mundo administrado e a encenação do bárbaro, na figura da anã, explora a possível ingenuidade alheia às normas, Macabéa representa a inocência impossível que se faz inconsciência de si, imagem do sujeito desindividualizado, tragado pela história.

A vida adulta repele a pureza, o selvagem é alteridade devorada pelo senso comum, não é possível inocência no espaço do capital — essas as lições desentranhadas da diversidade que o tema assume na obra da autora. Caberia, ainda, indagar: a que, do ponto de vista da forma, conduziria esse retorno ao inocente, puro, aquém da cisão humana e social? O que ocorreria se a inocência intentasse fazer-se forma? A literatura que se dispusesse a trilhar esse caminho correria o risco de perder os contornos reconhecíveis, provavelmente adentrando espaço interdito onde vigora a linguagem experimental, apta a fazer borrar os limites discursivos, de gênero ou narrativa.

Como o imperativo do "tornar-se inocente" penetra a estrutura? De certo modo, o hibridismo está presente em *A hora da estrela*, na medida em que se misturam metalinguagem, monólogo interior e narrativa propriamente dita, em cruzamento ininterrupto de dicções. No entanto, outras experiências estéticas de Clarice parecem desbordar, mais radicalmente, os limites rumo ao aquém civilizado. Distante das formas consagradas pela tradição, parece confirmar-se uma busca pelo *inocente*, transmudado em agônica convivência entre instâncias formais diversas. Caberia pensar, portanto, na experiência do informe como um desdobramento da busca pela pureza; nesse sentido, estaríamos diante da tendência à perda dos contornos, na vertiginosa mistura das ordens do mundo presente em alguns textos que geram maior estranhamento, como ocorre com *Água viva*.[13] Não estaria, aí, uma tentativa de se tornar inocente? A fusão sujeito-objeto faz transbordar os contornos do mundo interpretável que, captado ao nível da linguagem, torna-se gênero indefinível, híbrido. Assim, o caminho rumo ao primitivo parece valer-se de um estatuto paradoxal: enquanto arte moderna, experimental e imersa inevitavelmente no diálogo com a tradição, é refinamento de pureza, inocência construída, artifício de anticivilização. Remontando à crônica, redimensiona-se o "vir a ser" refletido, adensado pelo contato crítico com o mundo, rumo à gratuidade, atributo oposto à utilidade.

O tênue fio objetivo de *Água viva* — uma pintora que, por meio da escrita a um amor passado, investiga-se junto com a arte e a vida — sofre os contínuos efeitos do "tornar-se" algo: dissolve-se, fragmenta-se, emaranha-se em linhas ora contínuas, ora descontínuas, confunde as ordens do mundo. Não só o embaralhamento de sujeito e objeto é intenso, mas, sobretudo, a passagem de um elemento a outro — do humano ao animal, do animal ao vegetal, do humano ao vegetal etc.

O primado do *humano desumanizado* se fará princípio compositivo: o sujeito procura o impessoal do mundo pré-reflexivo e a fatura, avessa às convenções e tensionada por dissonâncias abruptas, assume a ordem do *informe*. Nesse sentido, o repisar da referência ao orgânico se encaminha para outros domínios, possivelmente avessos à consciência. "Quero a profunda desordem orgânica que no entanto dá a pressentir uma ordem subjacente"[14] à ordem da natureza, reino animal e mineral contrário ao sujeito. Uma vez que tal "ordem subjacente" é oposta à subjetividade, o apelo à convivência livre dessas instâncias aponta para a transposição dos limites. As correspondências estruturais são flagrantes: o descosimento do eixo narrativo permite o amálgama com outras modalidades do discurso, fazendo conviver, no mesmo fluxo, aforismos, descrições desconexas, fragmentos de micronarrativas, reflexões filosóficas e estéticas, fulgurações líricas.

Assim, é possível considerar que essa nova curva das acepções possíveis do primado da inocência adquire tonalidade primordialmente estética. A investigação aguda sobre o sentido da vida e do eu mergulha nos espaços anteriores à vida organizada: o não à civilização incorpora uma guinada de volta à natureza selvagem, aos bichos e aos quatro elementos, àquilo que pode neutralizar as conhecidas dicotomias da razão.

Pode-se aventar o quanto a passagem ao inumano remete, ainda, ao conceito de pulsão de morte freudiano.[15] Na economia dos processos psíquicos, Freud propõe a dicotomia entre instinto de vida e instinto de morte; enquanto o primeiro traduz o impulso à perpetuação da vida e da espécie, o segundo refere-se à "necessidade de restauração de um estado anterior",[16] ao desejo de retorno ao elementar, às formas primeiras onde repousa a cessação das excitações e a quietude absoluta. O apaziguamento repousaria no retorno ao inanimado, numa espécie de supressão de todos os desprazeres. O retorno ao arcaico implica a perda do eu; a dessubjetivação que advém desse processo pode encampar uma estratégia de opção pelo impessoal como "vivência primária de satisfação".[17] Esse caminho de autoconhecimento paradoxalmente afina-se com a desindividualização: "Não tenho estilo de vida: atingi o impessoal, o que é tão difícil".[18] O reino das formas primitivas é elaborado pela criação literária e se faz resposta estética às ilusões civilizatórias, bem como à crise do individualismo burguês.

O intocado pelos males do mundo — primitivo, ingênuo, inadaptado — em Clarice está na base de seu peculiar modo de produzir estranhamento. Quer como dado de enredo, quer como lugar de fala ou componente da fatura, a escolha desse *topos* oferece pistas para se penetrar as complexas relações entre subjetividade, forma e matéria social na obra da autora.

Que não se confunda essa *poética da inocência* com descompromisso. A face gratuita da arte faz-se mais uma dobra desse princípio, em detrimento da utilidade; contudo, sabe-se que a literatura é fenômeno de civilização, cuja origem e desenvolvimento estão inequivocamente presos a condições históricas precisas que a fazem autônomo instrumento intelectual da vida pública. Talvez resida no intrincado impasse dessa equação o caráter *singularmente interessado* da escrita de Clarice.

NOTAS

1. Este texto é uma versão reduzida do ensaio "O artista perfeito: Clarice Lispector e a poética da inocência". *Remate de Males*. Campinas, v. 36, n. 02, pp. 357-79, jul./dez. 2016. Disponível em: periodicos.sbu.unicamp.br/ojs/index.php/remate/article/view/8647907.

2. Clarice Lispector, em "O artista perfeito". In: *A descoberta do mundo*. Rio de Janeiro: Rocco, 1999, pp. 228-9.

3. As crianças e os bichos são frequentes na obra da autora que se dedicou, inclusive, à literatura infantil. A respeito da presença da infância na obra da autora, comenta o biógrafo Benjamin Moser: "A nostalgia da infância foi ficando particularmente aguda à medida que Clarice ficava mais velha". (*Clarice, uma biografia*. São Paulo: Cosac Naify, 2013, p. 470.)

4. O caráter metafórico da crônica fornece a hipótese da inocência como princípio estético, uma vez que o tema e suas inflexões cortam a obra da autora. Contudo, cabe notar que, ao mesmo tempo em que os modos e formas dessa temática, ao expressarem a recusa ao mundo, se fazem índice de resistência, o lado oposto, a saber, o tema da perversidade, terá consequências semelhantes. Isto é: tanto a *pureza* quanto a *maldade* irão, na obra da autora, incorporar a oposição à norma, à lei e, portanto, à ordem corrompida do mundo.

5. O desafio da negação à palavra apresenta similitudes com o Ideal, projeção de um mundo inalcançável propugnado pelo artista: "O ideal seria cada poeta ter sua própria linguagem, específica para sua necessidade expressiva; dada a natureza social e convencionada da fala humana, tal linguagem só pode ser o silêncio". (George Steiner. *Linguagem e silêncio: Ensaios sobre a crise da palavra*. São Paulo: Companhia das Letras, 1988, p. 69.)

6. "Um modo possível de se salvarem seria o que eles chamaram de poesia" (In: "A mensagem". *Felicidade clandestina*. Rio de Janeiro: Rocco, 1988, p. 124). Não lhes poderia ocorrer que a poesia é a forma por excelência da oposição, como expressam as palavras de Enzensberger: "Dizer que o poema não é mercadoria não é de modo algum uma frase idealista. Desde o começo a poesia moderna desejou subtrair o poema à lei do mercado [...]. Da mesma forma, o mais alienado texto de Arp ou Éluard já é *poésie engagée* pelo simples fato de ser poesia: oposição, não acordo com o estabelecido". ("Linguagem universal da poesia moderna". In: *Com raiva e paciência. Ensaios sobre Literatura, Cultura e Colonialismo*. Rio de Janeiro: Paz e Terra, 1985, p. 46.)

7. Clarice Lispector, op. cit., 1988, p. 130.

8. Na crônica "Persona" — a propósito do filme homônimo de Ingmar Bergman — posiciona-se Clarice a respeito da oposição face/máscara diante do processo de amadurecimento: "Bem sei que uma das qualidades de um ator está nas mutações sensíveis de seu rosto, e que a máscara as esconde. Por que então me agrada tanto a ideia de atores entrarem no palco sem rosto próprio? Quem sabe, eu acho que a

máscara é um *dar-se* tão importante quanto o *dar-se* pela dor do rosto. Inclusive os adolescentes, estes que são puro rosto, à medida que vão vivendo fabricam a própria máscara. E com muita dor. Porque saber que de então em diante se vai passar a representar um papel é uma surpresa amedrontadora. É a liberdade horrível de não ser. É a hora da escolha". (Clarice Lispector, *A descoberta do mundo*, op. cit., p. 80). Cabe lembrar que o filme aborda a história de uma atriz que decide abster-se do mundo, calando-se voluntariamente, temática que remete às nuances do silêncio em Clarice.

9. "A menor mulher do mundo", op. cit., p. 68.

10. Benjamin Moser (op. cit., pp. 217-9) comenta a presença de Spinoza na concepção de natureza, presente em textos da autora.

11. Vale lembrar a oposição entre o apelo à poesia do mundo natural, cara ao que Schiller chama de modo ingênuo e a poesia sentimental, própria da constatação da inexorabilidade dos conflitos do mundo. Desejar a harmonia perdida pressupõe sabê-la, de antemão, inalcançável. (Friedrich Schiller, *Poesia ingênua e sentimental*. São Paulo: Iluminuras, 1991.)

12. Gilberto Figueiredo Martins pontua, por um lado, o caráter de ascese no exercício de nivelamento entre criador e criatura e, por outro, considera a hipótese do caráter dissimulado do discurso do narrador: "[...] Rodrigo constrói certas estratégias de aproximação que supostamente poderiam garantir algum nivelamento com a criatura que decide retratar; assim, bem ao gosto asceta, propõe-se a, enquanto escreve, colocar-se no nível da nordestina e, para tanto, prescinde do luxo nesse período, abstendo-se de sexo, vivendo do mínimo, alimentando-se mal, descuidando-se da aparência pessoal, desprezando a vaidade. Entretanto, impedido de efetivamente sofrer-com, de sentir compaixão (no sentido lato da palavra), pateticamente se evidenciam a simulação e o falseamento da empreitada". (*Estátuas invisíveis: experiências do espaço público na ficção de Clarice Lispector*. São Paulo: Nankin/Edusp, 2010, p. 116.)

13. *Água viva* foi publicada em 1973, anterior, portanto, à novela *A hora da estrela* (1977). O olhar que acompanha as experiências estéticas em torno da ideia de inocência não pressupõe, portanto, uma trajetória progressiva do tema, mas sim um caminho que considere a complexidade dos encaminhamentos possíveis.

14. Clarice Lispector, *Água viva,* op. cit., p. 31.

15. Sigmund Freud, "Além do princípio do prazer". In: ______. *História de uma neurose infantil* ("*o homem dos lobos*"): *Além do princípio do prazer e outros textos* (1917-1920). São Paulo: Companhia das Letras, 2010.

16. Ibid., p. 230.

17. Ibid., p. 210.

18. Clarice Lispector, *Água viva,* p. 52.

REFERÊNCIAS BIBLIOGRÁFICAS

ENZENSBERGER, Hans Magnus. "Linguagem universal da poesia moderna". In: *Com raiva e paciência. Ensaios sobre literatura, política e colonialismo*. Rio de Janeiro: Paz e Terra, 1985.

FREUD, Sigmund. "Além do princípio do prazer". In: *História de uma neurose infantil ("o homem dos lobos"): Além do princípio do prazer e outros textos* (1917-1920). São Paulo: Companhia das Letras, 2010.

LISPECTOR, Clarice. *A descoberta do mundo*. Rio de Janeiro: Rocco, 1999.

______. "A menor mulher do mundo". In: *Laços de Família*. Rio de Janeiro: Rocco, 1988.

______. *Felicidade clandestina*. Rio de Janeiro: Rocco, 1988.

______. *Água viva*. Rio de Janeiro: Francisco Alves, 1993.

______. *A hora da estrela*. Rio de Janeiro: Rocco, 1998.

______. *Perto do coração selvagem*. Rio de Janeiro: Rocco, 2019.

MARTINS, Gilberto Figueiredo. *Estátuas invisíveis. Experiências do espaço público na ficção de Clarice Lispector*. São Paulo: Nankin/ Edusp, 2010.

MOSER, Benjamin. *Clarice, uma biografia*. São Paulo: Cosac Naify, 2013.

NUNES, Benedito. *O drama da linguagem: uma leitura de Clarice Lispector*. São Paulo: Ática, 1995.

SCHILLER, Friendrich. *Poesia ingênua e sentimental*. São Paulo: Iluminuras, 1991.

STEINER, George. *Linguagem e silêncio: Ensaios sobre a crise da palavra*. São Paulo: Companhia das Letras, 1988.

"Trouxeste a chave?": O significante enigmático em "Evolução de uma miopia"*

YUDITH ROSENBAUM

Entre tantos assuntos recorrentes na literatura de Clarice Lispector, há uma questão que se coloca do primeiro ao último texto e que retorna como indagação perpétua: como pensar a constituição do sujeito humano na cultura? O processo de subjetivação, tão caro às ciências humanas e à psicanálise, em particular, percorre as narrativas claricianas, construindo um painel multifacetado, em que cada texto parece tocar aspectos ou momentos distintos da formação do sujeito no contexto familiar, cultural e social. Para investigar melhor esse núcleo temático, que se irradia por outros tópicos a ele articulados, proponho um trânsito entre dois contos que tratam de passagens etárias e existenciais: "Menino a bico de pena" e "Evolução de uma miopia", com foco neste último texto, mas alicerçado no primeiro deles.

Quem me despertou para esse jogo entre os dois meninos, um começando a aquisição da linguagem e o outro, já mais crescido, vivendo um complexo processo de socialização, com sua rede de expectativas e idealizações, foi a psicanalista Luciana Pires, que publicou nos anais da Abralic de 2008 o belo artigo "Concepções da infância em Clarice Lispector".[1] A sua análise, como vou mostrar aqui, é o cata-

* O presente texto retoma resumidamente, na sua primeira parte, alguns aspectos do meu ensaio "Construindo um sujeito: leitura de 'Menino a bico de pena'" (em *Escritas do desejo. Crítica literária e Psicanálise*. Org. de Cleusa Rios P. Passos e Yudith Rosenbaum. Cotia/SP: Ateliê Editorial, 2010, pp. 217-37), acrescentando a segunda análise, inédita, sobre "Evolução de uma miopia". (N.A.)

lisador desta reflexão, que se abre a novas perspectivas a partir dos insights valiosos de Pires.

Curiosamente, as narrativas possuem duplo título: a primeira, originalmente nomeada de "Evolução de uma miopia", recebe o nome de "Miopia progressiva" quando é republicada como crônica no *Jornal do Brasil* em 11/10/1969 e depois no volume *Felicidade clandestina*, de 1971;[2] já "Menino a bico de pena"[3] intitulava-se "Desenhando um menino", quando surgiu em 1964 na seção "Fundo de gaveta", da primeira edição de *A legião estrangeira*. Note-se que a mudança, neste caso, marca exatamente o grande desafio de tornar-se sujeito, tema de que vou tratar aqui. Inicialmente, o menino ocupa o lugar de um objeto do narrador/desenhista. A ênfase está no ato de desenhar, dado pelo gerúndio ("desenhando"). Na passagem para "Menino a bico de pena", o sujeito agora é o menino, que assume o protagonismo. Ainda que possa ser desenhado por alguém — como, de algum modo, todos nós também somos... —, quem assume o primeiro plano no título é ele. Comento, então, alguns aspectos de "Menino a bico de pena" apenas como passagem para a análise do conto principal, "Evolução de uma miopia".

"Menino a bico de pena" começa com uma pergunta: "Como conhecer *jamais* o menino?".[4] O advérbio de negação já atesta a impossibilidade de chegar ao conhecimento do menino, entregue a um "real vegetativo" (nas palavras do texto), mergulhado na "atualidade absoluta a que um dia já pertencemos".[5] A abertura do conto ainda traz uma frase surpreendente: "Para conhecê-lo tenho que esperar que ele se deteriore, e só então ele estará ao meu alcance".[6] De um lado, o menino ("um ponto no infinito") imerso em um "hoje" inalcançável pelo desenho/escrita do narrador. De outro, um olhar — sempre reiterado nesta narrativa e na obra da autora —, que busca apreender, conhecer, escrever, desenhar: "Quanto a mim, olho, e é inútil: não consigo entender coisa apenas atual totalmente atual".[7] Está armada, em poucas linhas, a figura matricial da obra clariciana: um sujeito frente a uma *coisa inapreensível*, seja a dona de casa vendo um ovo sobre a mesa (no conto "O ovo e a galinha", de *A legião estrangeira*), seja o narrador/personagem Rodrigo S.M. tentando decifrar Macabéa (em *A hora da estrela*), entre tantos outros. Ambos, o ovo, a pobre nordestina — e, aqui, um menino — tendem a ser realidades de impossível apreensão, desafiando um sujeito que "fracassa" em sua linguagem representacional — fracasso decisivo para que a escrita aconteça. Por isso, talvez, no paradigma clariciano, os seres só se entregam quando *não* são entendidos, como profetiza a autora em "O ovo e a galinha":

> Olho o ovo na cozinha com atenção superficial para não quebrá-lo. Tomo o maior cuidado de não entendê-lo, sei que se eu entender é porque estou errando. Entender é a prova do erro. Entendê-lo não é o modo de vê-lo. [...] O que eu não sei do ovo é o que realmente importa. O que eu não sei do ovo me dá o ovo propriamente dito.[8]

Trata-se, então, de ver sem entender — ou seja, tornar o olhar função independente do *logos*, desatrelar o olho que vê do sistema racionalizante, dicotômico, encobridor, que pode devassar a tal *coisa* que Clarice quer tocar com sua literatura. A palavra, que para os gregos também era *logos* — discurso e razão — seria, para Clarice, um anteparo indesejável, mas incontornável. A palavra atravessa o olhar e impede de ver. O não saber, único acesso à *coisa*-ovo, ou à *coisa*-menino, depende de a palavra ser driblada, contorcida ou silenciada para melhor ver o que se apresenta ao olhar.

O observador de "Menino a bico de pena" que tenta, em vão, entender pelo olhar o "hoje" inapreensível do menino[9] é um suposto sujeito, diante de um objeto a princípio colocado para ser conhecido. No entanto, se ele, o menino, jamais poderá ser apreendido pelo saber desse que o vê, pode-se dizer, então, que o menino, em seu começo de caminhada pelo mundo, escapa também à condição de objeto e passa a não ser submetido ao desejo de representação do narrador. Ambos se tornam sujeitos que desconhecem. O menino ainda não é capaz de decodificar o idioma ao seu redor assim como o narrador tampouco pode decifrar o real dessa criança. Digamos que esse primeiro tempo do conto tem conexão com vários outros momentos da obra em que as posições estabelecidas e fixas entre sujeito e objeto são revertidas ou ultrapassadas.[10]

Adianto que, no próximo conto a ser examinado, a operação se inverte: dessa vez é o menino, já crescido, que se encontra diante do enigma do outro e aprende a entender por outras vias, sem olhar — ou melhor, vendo de um outro modo.

Outro elemento chama atenção, ainda na primeira narrativa: a palavra parece ser pesada demais para surpreender a atualidade viva do menino, sentado em sua "meditação profunda". O narrador, então, tenta simular, na escrita, o traço delicado da técnica de desenho a bico de pena, para não ferir "a finíssima linha de extrema atualidade" em que se encontra o objeto de seu olhar: um menino "em quem acabaram de nascer os primeiros dentes e é o mesmo que será médico ou carpinteiro".[11] Sabemos que a mãe tentará dar um contorno ao seu filho, que ainda é "um ponto no infinito", atribuindo-lhe gestos, intenções, desejos, envolvendo-o com palavras e afetos ao longo do conto. Possivelmente, as deduções da mãe, que também busca entender seu filho, entram em desacordo com o que de fato ocorre no organismo do menino, que balbucia, tenta equilibrar-se nos móveis ao pôr-se de pé, cai e chora, reconhece sons, entre tantas peripécias do crescimento. É inevitável haver desencontro entre mãe e criança. Aliás, é nesta falha, intervalo indispensável, que será possível ao sujeito advir.[12]

Mas essa criança só se tornará alguém passível de ser reconhecido pelo outro e de poder constituir-se como subjetividade ao ser enredada pelo circuito simbólico e movimentar seu desejo no intercâmbio de perdas e ganhos entre objetos, afetos, valores e pensamentos.[13] Diz o texto que o menino "ajudará sua domesticação: ele é esforçado e coopera. Coopera sem saber que essa ajuda que lhe pedimos é para o seu autossacrifício".[14]

Domesticar, deteriorar e sacrificar apontam para o sentido da coerção e violência sobre o corpo e o psiquismo do menino. Talvez pudéssemos pensar nos efeitos do adestramento e da educação, formas pelas quais se amolda o pequeno *infans* em seu ingresso na sociedade. Clarice vê com desconfiança e amargura a inevitabilidade dessa ação que expulsa o menino de sua imersão no "vazio profundo" ao lhe atribuir uma história.

O desfiladeiro pelo qual todos nós passamos e que nos desloca, nas palavras do texto, "do tempo atual ao tempo cotidiano, da meditação à expressão, da existência à vida"[15] supõe uma inserção ininterrupta no discurso do *Outro*, no código alheio. Essa passagem, propiciadora da "vida" (diferente da "existência", segundo o texto) exige ainda "o grande sacrifício de não ser louco", para "construir o possível, sacrificando a verdade que seria uma loucura".[16]

O risco de ficar de fora dessa teia de discursos que nos recebe ao nascer e nos acompanha vida afora é, na visão do conto, nada menos do que o enlouquecimento. Perde-se o núcleo vital, mas ganha-se o possível. É essa troca que a psicanálise investiga a fundo, e que Clarice nos traz em palavras e imagens certeiras.

A bela ideia da psicanalista Luciana Pires, mencionada no início deste ensaio, é de que há dois esboços identitários que sustentariam o menino: um é a imagem do retrato na parede (referido como "O menino"), no qual ele apoia seu olhar para ficar de pé. Seria metaforicamente a moldura de um contorno social, de fora e alienante, que serve ao eu como um espelho integrador de seu caos interno, como diria Lacan em seu famoso ensaio.[17] De outro lado, a baba que escorre da boca ao cair no chão (ele a olha e "pensa bem alto: menino") seria, para Pires, "suas vísceras postas para fora e tornadas visíveis" — ao que se somarão o choro e o xixi na fralda molhada. A analista diz que "entre seu retrato e a baba, o caminho humanizante adota o primeiro eixo em detrimento do segundo [...] A umidade de suas entranhas é higienizada e seca pelos cuidados maternos, restando um bebê sequinho de propaganda de fraldas".[18] Segundo Pires, os chamados e os equívocos de interpretação da mãe selam o processo em que o menino se aliena de si, ao ser capturado pela rede humana. Funda-se, aí, "uma cisão entre a experiência de si mesmo, tal qual vivida de dentro e a experiência compartilhada, nomeada, desenhada".[19] Concordo inteiramente com o argumento e, como leitora, me pergunto: seria possível de outro modo? Talvez. Para Freud, de *O mal-estar na civilização*, haveria um excesso nos dispositivos e mecanismos sociais, culturais e políticos que cerceiam a pulsionalidade (as "entranhas", no caso), violentando o núcleo vital. Entre a loucura e a adaptação, que nos seca as vísceras, deveria haver uma terceira margem infensa à alienação. Talvez Clarice assim o desejasse, abrindo brechas, em meio ao mais comum cotidiano, para um vislumbre dessa luminosa e frágil possibilidade.

VISÃO DESCENTRADA

Passemos agora ao outro menino; quem sabe o mesmo, que já cresceu. Embora a idade seja indefinida, trata-se de uma criança que domina com maestria os recursos da linguagem e da racionalidade. Quase podemos sentir a continuidade entre as narrativas, como se "Evolução de uma miopia" trouxesse os embates sociofamiliares que o jogo imaginário provoca, quando já se está fisgado pelo mundo circundante. O menino a bico de pena agora enfrenta novas demandas.

A família envolve o menino no que seria um "rápido movimento do tabuleiro de damas", uma dinâmica de identificações de difícil apreensão. Uma voz em terceira pessoa, mas acumpliciada inteiramente com sua personagem, define o problema a ser enfrentado pelo protagonista ao longo do texto: "Se era inteligente, não sabia. Ser ou não inteligente dependia da instabilidade dos outros".[20] Se todos nós, como quer a psicanálise, somos estrangeiros a nós mesmos, o que dirá uma criança em relação às regras do jogo dos adultos que não pode codificar? Cito o texto: "quando era considerado inteligente, tinha ao mesmo tempo a inquieta sensação de inconsciência: alguma coisa lhe havia escapado. A chave de sua inteligência também escapava".[21] Às vezes, chegava a reproduzir suas frases de sucesso, mas a reação dessa vez era de indiferença. A criança percebe um mecanismo automático na família, de troca de olhares e lugares quando diz algo bem recebido, como uma "quadrilha de dança de filme de *far-west*. [...] Eles se entendiam, os membros de sua família e entendiam-se à sua custa".[22] Como provocar voluntariamente esse movimento no tabuleiro e "apoderar-se da chave de sua inteligência? [...] Na tentativa de descoberta de leis e causas, porém, falhava".[23]

As estratégias para se apoderar da chave de si próprio formam a tessitura desta narrativa de Lispector (e de grande parte de sua obra). Trata-se aqui de se perceber estrangeiro a um idioma desconhecido. A complexidade da rede e suas contradições, nas quais o menino se sente externo ou excluído, abarca também os pais, que se desentendiam permanentemente, ainda que "submissos às regras do jogo, como se tivessem concordado em se desentenderem".[24]

Os "laços de família", tão bem amarrados no primeiro livro da autora, ganham aqui novas configurações, a partir do olhar astuto de uma criança. Como decodificar mensagens cambiantes e mutáveis, sem ser aprisionado no tabuleiro de damas, na dança da quadrilha e nas regras do jogo? Na desordem familiar havia algo inapreensível. O precoce menino é tomado por indagações — "Por que uma vez conseguia mover a família, e outra vez não"? "Sua inteligência era julgada pela falta de disciplina alheia?".[25] Até que, um dia, passa a "substituir a instabilidade dos outros pela própria", vivendo um "estado de instabilidade consciente".

Agora entremos no núcleo do conto. Os olhos, afinal, não poderiam faltar, em se tratando de Clarice. A miopia progressiva, como deslocamento e perda da visão de longo alcance, a cada nova conscientização do menino, ganha corpo como metáfora central. Quanto mais a personagem percebe que não possui controle sobre o que pensam dela, mais a miopia se instala, apagando os contornos de fora e adensando o olhar interno. "Que a sua própria chave não estava com ele, a isso ainda menino habituou-se a saber. [...] E que a chave não estava com ninguém, isso ele foi aos poucos adivinhando sem nenhuma desilusão, sua tranquila miopia exigindo lentes cada vez mais fortes".[26]

Talvez porque a miopia represente um abrigo ao desfocar o mundo próximo e libertar o menino das inconstâncias (suas e dos outros).[27] Sem bem enxergar seu entorno, ele poderia ver melhor a si mesmo e recolher-se no que lhe é próprio. Aliás, o olhar se eclipsa na miopia, que traz embaçamento na distância e foco na proximidade dos detalhes. Resta um modo diferenciado de ver, que acaba por situar o menino fora do jogo imaginário, libertando-o das mutações familiares, ao habitar sua visão interna.

É quando fica sabendo que passará um dia inteiro na casa de uma prima casada, sem filhos e que adorava crianças. Por um dia, teria um amor estável: "durante um dia inteiro, ele seria julgado o mesmo menino".[28] Ocupa-se em antecipar mentalmente a visita, decidindo como iria se comportar, já que sua imagem para a prima permaneceria igual por um dia. Começa a achar preocupante também a estabilidade... As garras dos enquadres internos e externos em Clarice são poderosas. Quem afinal ele seria para conquistar a prima? Se na família a inconstância era a norma, com a prima tratava-se de evitar a fixação em uma imagem. Não só ele poderia se estabilizar em algum erro que "se tornaria permanente", como considerava a própria prima "estabilizada pela permanente vontade de ter filhos".[29] Mas, em ambos os casos, o que é alheio à própria subjetividade continua a ditar a demanda de amor.

Chamo ainda a atenção para certos enunciados do narrador sobre o menino que realçam seus atributos, digamos, próprios de uma maturidade diferenciada: "Mas era um menino com capacidade de estática: sempre fora capaz de manter a perplexidade como perplexidade, sem que ela se transformasse em outro sentimento".[30] Ou ainda: "extraordinária calma de óculos",[31] "[...] e com a capacidade que tinha de suportar a confusão — ele era minucioso e calmo em relação à confusão [...]", "[p]ois prematuramente — tratava-se de criança precoce — era superior à instabilidade alheia e à própria instabilidade".[32] E, por fim, "[...] o passo que muitos não chegam a dar ele já havia dado: aceitara a incerteza, e lidava com os componentes da incerteza com a concentração de quem examina através das lentes de um microscópio".[33]

Ao lado do desvio de sua visão, ele também era um ponto fora da curva da média de sua idade. E o exame microscópico lhe permitia ver mais (ou diferente) onde em geral não se via.[34] No entanto, mesmo em sua singular precocidade, algo não se deixava revelar. A questão irrespondível para o menino seria a seguinte: como saber o que está cifrado na mensagem oculta do desejo da prima?

ENIGMAS DO OUTRO

Isso me leva a um operador de leitura psicanalítico: o conceito de "significante enigmático" de Laplanche.[35] O ponto de partida é que a dinâmica da linguagem — carícias, gestos, palavras, afetos, expectativas —, entre um adulto e uma criança, implica uma tradução de mensagens (e isso nos evoca obliquamente o conto "A mensagem", do mesmo livro...). Laplanche retoma a noção de sedução nos escritos de Freud (1896-1897) e acrescenta a dimensão da tradução, pelo receptor-criança, das mensagens adultas atravessadas, comprometidas por aspectos de seu próprio inconsciente sexual. Laplanche considera, inicialmente, a dissimetria sexual entre o adulto e o *infans* como portadora de mensagens não codificáveis por este. E embora, no conto, não se trate de um bebê sem linguagem, podemos expandir o núcleo das ideias laplanchianas para pensar, metaforicamente, o impasse *tradutivo* do discurso do outro adulto por uma criança em processo de subjetivação.

Segundo o psicanalista, a sedução "funda-se sobre a situação à qual nenhum ser humano pode escapar, a que chamo de situação antropológica fundamental. Essa situação é a relação adulto-criancinha, adulto-*infans*".[36]

Esse diálogo entre ambos, segue Laplanche,

> por mais recíproco que seja, é *imediatamente parasitado por outra coisa*. A mensagem é perturbada. Existe, da parte do adulto, num sentido unilateral, intervenção do inconsciente. Digamos mesmo do inconsciente *infantil* do adulto, na medida em que a situação adulto-*infans* é uma situação que reativa suas pulsões inconscientes infantis [grifos do autor].[37]

O que conta nessa situação é precisamente "a tentativa de tradução e o necessário fracasso desta tentativa".[38] Reconhecemos no conto "Evolução de uma miopia" esse fracasso, na medida em que o amor da prima pelo protagonista (amor esse atravessado por conteúdos não acessíveis ao menino e tampouco ao leitor) torna-se campo de dúvidas e projeções. Para fazer frente ao significante enigmático do outro, os códigos inatos ou adquiridos são insuficientes. Laplanche:

"A criança deve recorrer a um novo código, ao mesmo tempo improvisado por ela e buscado nos esquemas fornecidos pelo meio cultural".[39]

O fato é que os recursos de decifração do menino são desafiados a cada novo acontecimento do mundo adulto. Na evolução do conto (e de sua miopia), dois momentos o surpreendem: o primeiro é quando "negligenciara um detalhe", pois "a prima tinha um dente de ouro, do lado esquerdo",[40] e "foi isso que num só instante desequilibrou toda a construção antecipada".[41] O segundo era "a surpresa do amor da prima". Por não ser inicialmente evidente em seu amor, a prima deu-lhe "um dia inteiro vazio e cheio de sol", ao dizer que ia arrumar a casa e ele poderia brincar. A expressão antitética, um "vazio cheio de sol", talvez condense bem o fato de que é na abertura ensolarada da ausência do olhar do outro que o menino pode abrir-se também. No princípio, o amor sem filhos da prima permite a ele ser, existir fora das idealizações e antecipações que uma gravidez carrega. Luciana Pires anota, no artigo já citado, que "o amor com gravidez confunde, sufoca; o amor sem gravidez liberta. Ou ainda, a falta é clara e fecunda, a presença confunde e sufoca".[42]

Improvisando, então, um novo código — ainda que retirado de seu repertório cultural —, "resolveu que, já que tudo falhara, ele iria brincar de 'não ser julgado': por um dia inteiro ele não seria nada, simplesmente não seria. E abriu a porta num safanão de liberdade".[43]

Esses momentos duram pouco em Clarice e o enigma do significante volta a pedir decifração: "à medida que o sol subia, a pressão delicada do amor da prima foi se fazendo sentir. E quando ele se deu conta, era um amado". Suportar o "amor impossível" da prima, posto que "[e]ra um amor pedindo, *a posteriori*, a concepção", e que exigia dele que "tivesse nascido do ventre dela", faz com que o menino conheça "a estabilidade do desejo irrealizável", "do ideal inatingível". E, diante da falta que percebe no outro desejante, o menino descobre a sua própria falta: "pela primeira vez sentiu-se atraído pelo imoderado: atração pelo extremo impossível. Numa palavra, pelo impossível. E pela primeira vez teve amor pela paixão".[44] A frase inconclusa deixa o leitor suspenso na significação que não se fecha: amor pela paixão impossível que a prima sentia pelo filho que ela gostaria que ele fosse? Ou amor pela paixão impossível que se abria nele pela prima?

A aprendizagem em tal situação de risco — em que o enigma da mensagem permanece desafiador e funciona "como um corpo estranho interno que é preciso a todo preço integrar, controlar"[45] — parece ocorrer por meio da própria miopia, já "evoluída" e instrumento de (in)decifração às avessas. É na ausência de nitidez propiciada pela miopia que o menino passa a ver "claramente o mundo" e a nebulosa que o caracteriza:

> E foi apenas como se ele tivesse tirado os óculos e a miopia mesmo é que o fizesse enxergar. Talvez tenha sido a partir de então que pegou um hábito para o resto da vida: cada vez que a confusão aumentava e ele enxergava pouco, tirava os óculos sob o pretexto de limpá-los e, sem óculos, fitava o interlocutor com uma fixidez reverberada de cego.[46]

Se, em Clarice, olhar é não ver e saber é não entender, o significante enigmático também se mantém ao não se decifrar. Sua tradução é sempre imperfeita, diz Laplanche.[47] O que de fato a prima ocultava, em seus desejos inconscientes, é opaco ao outro, seja o menino, seja o leitor. Quem narra tampouco sabe, restando especular o que o menino conjectura, mudando de opinião à mercê da instabilidade alheia. A miopia, afinal, é o seu ponto de vista, capaz de abrigá-lo da sinuosidade dos adultos. Assim também a ficção de Clarice, cuja visão míope[48] nos faz ver melhor o quanto, de fato, não sabemos. Pela "fixidez reverberada de cego", desfocamos o outro e mergulhamos na nossa própria "imprevisibilidade permanente", nas palavras do texto.

Finalmente, não só personagens e leitor entram no jogo de uma decifração impossível, mas o mesmo jogo tem papel decisivo na impulsão ficcional da autora. Arrisco dizer que sua trajetória pela literatura se faz sob o signo do que os olhos não abarcam e do que o pensamento não codifica, reagindo a infinitos "significantes enigmáticos" que a interpelam desde sempre.

Para afirmar sua escrita outsider, transgressiva e geradora de estranhamento, Clarice engendrou traduções (do que chegava a ela como mistério) fora do dicionário que o "tabuleiro de damas" da vida psicossocial preconizava. Instituiu ela mesma, em seus textos, significantes que nos desafiam a uma perpétua tradução, em rede complexa e provocadora de sentidos sempre alheios ao senso comum. E jogou fora a chave que nem ela tinha, deixando reverberar sua linguagem como "permanente incerteza".

NOTAS

1. Luciana Pires. "Concepções da infância em Clarice Lispector". IX Congresso Internacional da Abralic. *Tessituras, interações, convergências*, jul. 2008. Disponível em: https://abralic.org.br/eventos/cong2008/AnaisOnline/simposios/pdf/048/LUCIANA_PIRES.pdf.

2. Utilizo aqui a edição de "Evolução de uma miopia" de Clarice Lispector, do volume *A legião estrangeira*. São Paulo: Siciliano, 1992, pp. 91-97.

3. O conto "Desenhando um menino" é republicado com título modificado para "Menino a bico de pena", no *Jornal do Brasil* em 18/10/1969, sendo posteriormente recolhido, com o segundo nome, no volume de crônicas de Clarice Lispector, *A descoberta do mundo* (Rio de Janeiro: Rocco, 1999, pp. 240-2). As citações serão desta última edição.

4. Ibid., p. 240.

5. Ibid., p. 241.

6. Ibid., p. 240.

7. Ibid., p. 241.

8. Clarice Lispector, *A legião estrangeira*. São Paulo: Siciliano, 1992, p. 58.

9. Esse "hoje inapreensível", que se aproxima ao "real lacaniano", foi bem situado, em análise do mesmo conto, no artigo "Redesenhando o menino: o real, o simbólico e o imaginário em Clarice Lispector", de Humberto Moacir de Oliveira, a partir dos conhecidos registros de Lacan. Oliveira recorre, ainda, à oposição entre história e real nos estudos de Jacques-Alain Miller e afirma "A oposição entre história e real também está presente em Clarice quando ela diz que a pura atualidade, o que se encontra então, fora do processo de historicização, revela-se um empecilho para o conhecimento do menino" (*Psicanálise & Barroco em Revista*, v. 12, n. 2, p. 140, dez. 2014). Portanto, fora da história, que supõe uma narrativa simbólica, não há ainda um sujeito propriamente dito, como nos revela a teoria lacaniana.

10. Ver, a esse respeito, a notável passagem de José Miguel Wisnik em seu texto "Diagramas para uma trilogia de Clarice Lispector", paradigmática da leitura que desenvolvo aqui: "O móvel secreto do livro [*A legião estrangeira*] (na verdade da trilogia inteira), seu tropismo de fundo, pode-se dizer, é o movimento de descida em direção àquele objeto irredutível que não se confina nem se submete à sua condição de objeto; que interpela o sujeito sem se deixar nomear; que se volta enigmaticamente sobre quem se volta para ele; que resiste a ser apreendido, designado, significado; que se furta radicalmente deixando um rastro rasante de real; em outras palavras, que não é objeto e sim outra *coisa* [...]. Cabe perfeitamente aqui a formulação lacaniana: *o objeto é elevado à dignidade da Coisa*" [grifos do autor]. (*Revista Letras*. Curitiba: UFPR, n. 98, p. 296, jul.-dez. 2018).

11. Clarice Lispector, *A descoberta do mundo*. Rio de Janeiro: Rocco, 1999, pp. 241-2.

12. Sobre esse desacerto profícuo entre mãe e filho, remeto o leitor ao livro de Donald Winnicott, *Bebês e suas mães*, que positiva essas "incontáveis falhas" nas relações entre mãe e filho (São Paulo: Ubu, 2020).

13. Oliveira mostra que a mãe "oferece a palavra e o conforto", trazendo a dimensão simbólica decisiva para a entrada do menino no mundo do Outro (a "morada do significante"). Com a palavra, a criança desestabiliza seu universo imaginário, mas se transforma em alguém reconhecível pelo entorno (op. cit., p. 146).

14. Clarice Lispector, *A descoberta do mundo*. Rio de Janeiro: Rocco, 1999, p. 241.

15. Ibid. p, 241.

16. Ibid.

17. J. Lacan, "O estádio do espelho como formador da função do eu". In: ______. *Escritos*. Rio de Janeiro: Zahar, 1998, pp. 96-103.

18. Luciana Pires, p. 3.

19. Ibid., p. 2.

20. Clarice Lispector, *A legião estrangeira*. São Paulo: Siciliano, 1992, p. 91.

21. Ibid.

22. Ibid.

23. Ibid., p. 92.

24. Ibid., p. 92.

25. Ibid.

26. Ibid.

27. A definição científica e médica da miopia pode oferecer interessante associação analítica com o conto. Vejamos a seguinte descrição de um oftalmologista: "A *miopia* é um erro refrativo do globo ocular no qual a imagem dos objetos no olho é focada incorretamente, isto é, os objetos são focados à frente da retina, fazendo com que a visão dos objetos distantes pareça turva [...] A imagem não é formada corretamente na retina — mas sim à frente da retina. Assim, a imagem transmitida ao cérebro não corresponde à imagem correta". Disponível em: https://www.saudebemestar.pt/pt/clinica/oftalmologia/miopia. Acesso em: 21 abr. 2021. O precoce menino se adiantaria à imagem externa (instável e não confiável), vendo "à frente da retina". Com o foco deslocado e distorcido, é possível desprender-se do visível. O que é erro na medicina se torna, paradoxalmente, vantagem na literatura de Clarice. Aliás, o cacoete do míope piscando os olhos na busca da nitidez é enfatizado no conto e associado tanto à curiosidade ("com os olhos pestanejando de curiosidade") quanto ao pensar, aquém ou além do ver: "Quando homem, manteve o hábito de pestanejar de repente ao próprio pensamento, ao mesmo tempo em que franzia o nariz — o que deslocava os óculos — exprimindo com esse cacoete uma tentativa de substituir o julgamento alheio pelo próprio, numa tentativa de aprofundar a própria perplexidade" (Clarice Lispector, *A legião estrangeira*. São Paulo: Siciliano, 1992, p. 92).

28. Clarice Lispector, *A legião estrangeira*. São Paulo: Siciliano, 1992, p. 93.

29. Ibid., pp. 94-5.

30. Ibid., p. 92.

31. Ibid., p. 93.

32. Ibid., p. 94.

33. Ibid.

34. Para investigar mais a fundo as relações entre as modalidades de visão das personagens claricianas e os procedimentos retóricos das narrativas, remeto o leitor ao instigante ensaio de Clara Rowland, "Revelações ópticas: visão e distorção nos contos de Clarice Lispector", onde a autora também analisa o presente conto. Em certa altura, o argumento se define do seguinte modo: "Pensar a distorção da visão nos contos da autora permite encontrar alguns movimentos, nestes percursos de descoberta, que a representação da cegueira torna invisíveis: e na visão distorcida da miopia podemos procurar o movimento ao mesmo tempo deslocado, desfocado, estranhante e extremamente preciso da prosa de Clarice" (Em *Românica. Revista de literatura*. Departamento de Literaturas Românicas Faculdade de Letras da Universidade de Lisboa, n. 19, 2010, p. 75).

35. Jean Laplanche. "Três acepções da palavra 'inconsciente' no âmbito da teoria da sedução generalizada". Em *Sexual. A sexualidade ampliada no sentido freudiano — 2000-2008*. Trad. de Vanise Dresch e Marcelo Marques (caps. x e xiv). Porto Alegre: Dublinense, 2015, pp. 190-206.

36. Ibid., p. 191.

37. Ibid., p. 192.

38. Ibid., p. 193.

39. Ibid., p. 195.

40. A aparição inesperada do dente de ouro da prima nos remete à quebra do dente da mulher ao morder a maçã no conto "Os obedientes", do mesmo volume. Em ambos, trata-se de um acontecimento disruptivo, que leva as personagens a reconfigurarem a visão de mundo. No caso do conto citado, o caminho é trágico; já em "Evolução de uma miopia", a existência do dente imprevisto desequilibra "toda a construção antecipada", mas gera novos reposicionamentos (p. 95).

41. Clarice Lispector, *A legião estrangeira*. São Paulo: Siciliano, 1992, p. 95.

42. Luciana Pires, p. 7.

43. Clarice Lispector, *A legião estrangeira*. São Paulo: Siciliano, 1992, p. 23.

44. Ibid., p. 96.

45. "A tradução da mensagem enigmática adulta não se faz em uma só vez, mas em *dois tempos*. O esquema em dois tempos é o mesmo do traumatismo. No primeiro tempo a mensagem é simplesmente inscrita, ou implantada, sem ser compreendida. Como se fosse mantida sob a camada fina da consciência ou 'sob a pele'. Num segundo tempo a mensagem é revivificada do interior. Ela age como um corpo estranho interno que é preciso a todo preço integrar, controlar" (Laplanche, op. cit., p. 195).

46. Clarice Lispector, *A legião estrangeira*. São Paulo: Siciliano, 1992, p. 97.

47. Jean Laplanche. p. 195.

48. Refiro-me à expressão "visão de míope" que aparece no ensaio "O vertiginoso relance", de Gilda de Mello e Sousa (*Exercício de leitura*. São Paulo: Duas Cidades, 1980, p. 91), ainda que com diferentes conotações.

REFERÊNCIAS BIBLIOGRÁFICAS

LACAN, J. "O estádio do espelho como formador da função do eu". In: ______. *Escritos*. Rio de Janeiro: Zahar Editor, 1998, pp. 96-103.

LAPLANCHE, Jean. "Três acepções da palavra 'inconsciente' no âmbito da teoria da sedução generalizada". Em *Sexual. A sexualidade ampliada no sentido freudiano —*

2000-2008. Trad. de Vanise Dresch e Marcelo Marques (caps. X e XIV). Porto Alegre: Dublinense, 2015, pp. 190-206.

LISPECTOR, Clarice. *A legião estrangeira*. São Paulo: Siciliano, 1992.

______. *A descoberta do mundo*. Rio de Janeiro: Rocco, 1999.

OLIVEIRA, Humberto Moacir de. "Redesenhando o menino: O Real, O Imaginário e o Simbólico em Clarice Lispector". *Psicanálise & Barroco em Revista*, v. 12, n. 2, p. 140, dez. 2014.

PIRES, Luciana. "Concepções da infância em Clarice Lispector". IX Congresso Internacional da Abralic. *Tessituras, interações, convergências*, jul. 2008. Disponível em: https://abralic.org.br/eventos/cong2008/AnaisOnline/simposios/pdf/048/LUCIANA_PIRES.pdf.

ROSENBAUM, Yudith. "Construindo um sujeito: leitura de 'Menino a bico de pena'". *Escritas do desejo. Crítica literária e Psicanálise.* Org. de Cleusa Rios P. Passos e Yudith Rosenbaum. Cotia/SP: Ateliê Editorial, 2010, pp. 217-37.

ROWLAND, Clara. "Reversões ópticas: visão e distorção nos contos de Clarice Lispector. *Românica. Revista de Literatura.* Departamento de Literaturas Românicas Faculdade de Letras da Universidade de Lisboa, n. 19, 2010, pp. 71-88.

SOUSA, Gilda de Mello. "O vertiginoso relance". In: ______. *Exercícios de leitura*. São Paulo: Duas Cidades, 1980.

WISNIK, José Miguel. Diagramas para uma trilogia de Clarice. *Revista Letras*. Curitiba: UFPR, n. 98, jul.-dez. 2018, pp. 283-303.

Índice remissivo

As obras sem indicação de autor são de autoria de Clarice Lispector

Sobre os autores

ADELIA BEZERRA DE MENESES é pesquisadora do CNPq e foi professora de Teoria Literária e Literatura Comparada na Universidade Estadual de Campinas (Unicamp) e na Universidade de São Paulo (USP). Lecionou literatura brasileira na Technische Universität, de Berlim. Publicou diversos livros e, em 1982, ganhou o Prêmio Jabuti de Ensaio com um texto que posteriormente se tornou *Desenho Mágico: Poesia e Política em Chico Buarque* (Ateliê Editorial, 2022).

ALEXANDRE NODARI é professor do Departamento de Literatura e Linguística e dos programas de pós-graduação em Letras e em Filosofia da Universidade Federal do Paraná (UFPR). É também bolsista de Produtividade em Pesquisa 2 do CNPq. Fundador e coordenador do *species — Núcleo de Antropologia Especulativa*. É coordenador editorial da Mandakaru Editora.

ANTÓNIO LADEIRA é professor associado de Literaturas Lusófonas na Texas Tech University, nos EUA. É licenciado em Estudos Portugueses pela Universidade Nova de Lisboa e doutor em Línguas e Literaturas Hispânicas pela Universidade da Califórnia. Como bolsista da Comissão Fulbright, foi pesquisador visitante na USP, com um projeto sobre Clarice Lispector. Publicou cinco livros de poesia, um romance e quatro livros de contos em Portugal, Colômbia e Brasil.

APARECIDA MARIA NUNES é graduada em Letras e em Comunicação Social. É doutora e mestre em Literatura Brasileira pela USP e pós-doutora em Estudos Literários pela Universidade Federal de Minas Gerais (UFMG). Publicou *Clarice Lispector jornalista: Páginas femininas & outras páginas* (Senac, 2006), além de outros livros que organizou para a editora Rocco: *Clarice na cabeceira: Jornalismo* (2012), *Correio para mulheres* (2018), *Correio feminino* (2006) e *Só para mulheres* (2008).

BELINDA MANDELBAUM é psicanalista e professora associada do Departamento de Psicologia Social e do Trabalho do Instituto de Psicologia da USP, onde também coordena o Laboratório de Estudos da Família, Relações de Gênero e Sexualidade.

Desenvolve atividades de ensino e pesquisa na interface entre psicanálise e psicologia social, em particular com famílias em situação de vulnerabilidade social. Escreveu, entre outros, *Psicanálise da família* (Artesã, 2020) e *Trabalhos com famílias em Psicologia Social* (Casa do Psicólogo, 2014), bem como artigos em revistas nacionais e estrangeiras.

CARLOS MENDES DE SOUSA tem se dedicado especialmente ao estudo da literatura brasileira e da poesia portuguesa moderna e contemporânea. Dedicou vários estudos a Clarice Lispector, dispersos em publicações coletivas, assim como os livros *Clarice Lispector: Figuras da escrita* (IMS Editora, 2012) e *Clarice Lispector: Pinturas* (Rocco, 2013). É codiretor da Fundação Luís Miguel Nava e da revista de poesia *Relâmpago*.

CLARA ROWLAND é professora associada do Departamento de Estudos Portugueses da Universidade Nova de Lisboa e pesquisadora do Instituto de Estudos de Literatura e Tradição. Desenvolve o seu trabalho em Literatura Brasileira, Literatura Comparada e Estudos Interartes. Suas publicações em Estudos Brasileiros incluem ensaios sobre Guimarães Rosa, Clarice Lispector, Bernardo Carvalho, Raduan Nassar, Manuel Bandeira, Carlos Drummond de Andrade. É autora de *A forma do meio: Livro e narração na obra de João Guimarães Rosa* (Editora da Unicamp/Edusp, 2011).

CLARISSE FUKELMAN é doutora em Literatura Brasileira pela Universidade Federal do Rio de Janeiro (UFRJ) e foi professora na PUC-Rio, onde idealizou e implementou a pós-graduação em Leitura, Teoria e Prática. É curadora de seminários internacionais e exposições. Escreveu e dirigiu a peça *Ao redor da tela com Clarice Lispector* (Sesc Rio) e foi organizadora dos livros *Contos em quatro tempos* (Sesc, 2009), *Eu assino embaixo: Biografia, memória e cultura* (EdUERJ, 2014), *Poesia em pauta* (Edições Oito e Meio, 2015).

CLEUSA RIOS P. PASSOS é professora titular de Teoria Literária e Literatura Comparada da USP. Entre suas principais publicações estão *Confluências: Crítica literária e psicanálise* (Nova Alexandria, 1990), *Guimarães Rosa: Do feminino e suas estórias* (Hucitec, 2000) e *As armadilhas do saber: Relações entre literatura e psicanálise* (Edusp, 2009). Participou ao lado de Yudith Rosenbaum da organização de *Escritas do desejo: Ensaios de crítica literária e psicanálise* (Ateliê Editorial, 2010), *Interpretações: crítica literária e psicanálise* (Ateliê Editorial, 2014) e *Infinitamente Rosa* (Humanitas, 2018).

ELIANE FITTIPALDI é mestre e doutora em Letras com especialização em Tradução e fez pós-doutorado em Literatura Brasileira, pela USP, onde também lecionou literatura portuguesa. Também foi professora de teoria da literatura, língua francesa, literatura norte-americana e crítica literária, na PUC-SP, e de comunicação empresarial, na Fundação Getúlio Vargas. Hoje dedica-se a cursos ad hoc na Casa Guilherme de Almeida, à pesquisa e a publicações de crítica e tradução principalmente literárias, atividade que exerce desde 1979. É autora de *Trajetórias do feminino em narrativas de Clarice Lispector, Simone de Beauvoir & Agnès Varda* (Editora Hucitec, 2021).

ELIANE ROBERT MORAES é professora de literatura brasileira na USP, pesquisadora do CNPq e bolsista do Instituto de Estudos Avançados da USP. Publicou diversos ensaios sobre o imaginário erótico na literatura, entre os quais *O corpo impossível, lições de Sade: Ensaios sobre a imaginação libertina* (Iluminuras, 2011) e *Perversos, amantes e outros trágicos* (Iluminuras, 2013). Organizou a *Antologia da poesia erótica brasileira* (Tinta da China, 2017) e a coletânea *O corpo descoberto: Contos eróticos brasileiros* (Cepe, 2018).

ENRIQUE MANDELBAUM é psicanalista e educador. Fez doutorado em Língua e Literatura Hebraica e pós-doutorado em Literatura Comparada, na USP. Escreveu *Franz Kafka: Um judaísmo na ponte do impossível* (Perspectiva, 2003) e diversos artigos de crítica literária e psicanálise em revistas nacionais e estrangeiras.

GILBERTO FIGUEIREDO MARTINS é graduado em Letras pela USP, onde concluiu mestrado e doutorado em Literatura Brasileira, ambos sobre Clarice Lispector e sob orientação de Valentim Facioli. Realizou estágio de pós-doutoramento na Unicamp e especializações em História das Religiões e Religiosidades na Universidade Estadual de Maringá (UEM-PR) e em Direção e Atuação (E.S.A. Célia Helena-SP). É autor do livro *Estátuas invisíveis: Experiências do espaço público na ficção de Clarice Lispector* (Edusp/Edições Nankin, 2010). Desde 2006, é professor de literatura na Universidade Estadual Paulista (Unesp).

JOÃO CAMILLO PENNA é professor titular de Teoria Literária e Literatura Comparada da UFRJ. Escreveu o livro de poemas *Parador* (Móbile, 2011) e os volumes de crítica *Escritos da sobrevivência* (7Letras, 2013) e *O tropo tropicalista* (Azougue/Circuito, 2017). Traduziu com Virginia Figueiredo *A imitação dos modernos: Ensaios sobre arte e filosofia*, de Philippe Lacoue-Labarthe (Paz e Terra, 2000); com Eclair Almeida e outros, *Demanda: Literatura e filosofia* (Argos/Editora da UFSC, 2016), de Jean-Luc Nancy, e com Marcelo Jacques de Moraes, *Documents*, de Georges Bataille (Cultura e barbárie, 2018).

JOSÉ MIGUEL WISNIK é músico, ensaísta e professor sênior de literatura brasileira na USP. É autor de *O som e o sentido: Uma outra história das músicas* (Companhia das Letras, 1989), *Sem receita: Ensaios e canções* (Publifolha, 2004), *Machado maxixe: O caso Pestana* (Publifolha, 2008), *Veneno remédio: O futebol e o Brasil* (Companhia das Letras, 2008), *Maquinação do mundo: Drummond e a mineração* (Companhia das Letras, 2018). Foi professor convidado nas universidades da Califórnia e de Chicago, nos EUA. Foi premiado com o Jabuti de Literatura, o prêmio da Associação Paulista de Críticos de Arte (APCA), o prêmio do Festival de Cinema de Gramado e o Prêmio Literário da Fundação Biblioteca Nacional.

LUCIA HELENA é professora titular aposentada do Instituto de Letras da Universidade Federal Fluminense (UFF) e professora associada aposentada da Faculdade de Letras da UFRJ, onde idealizou e fundou o Núcleo Interdisciplinar de Estudos da Mulher na Literatura. Foi pesquisadora do CNPq de 1993 a 2022. É autora de *Ficções do desassossego* (Contracapa, 2010), *Náufragos da esperança: A literatura na época da incerteza* (Editora Raquel, 2012), *Nem musa, nem medusa: Itinerários da escrita em Clarice Lispector*

(Eduff, 2012), *Uma literatura inquieta* (Caetés, 2016). É professora visitante em várias universidades no exterior e no Brasil.

MARIÂNGELA ALONSO é doutora em Estudos Literários pela Unesp, com período sanduíche na Universidade Paris-Sorbonne. Possui pós-doutorado pela USP e é autora de três livros sobre Clarice Lispector. Em 2012 foi laureada internacionalmente com o prêmio de melhor ensaio acadêmico sobre a obra clariciana pela International Society for Humor Studies. Suas pesquisas englobam Clarice Lispector e a narrativa brasileira moderna. Atualmente desenvolve um segundo estágio pós-doutoral na USP sobre a obra de Marques Rebelo.

MICHEL RIAUDEL é professor titular da *Agrégation* de Letras e fez doutorado em Literatura Comparada sobre a intertextualidade e a tradução na obra de Ana Cristina Cesar pela Universidade Paris Nanterre. Pesquisa literatura brasileira, circulações literárias, questões de recepção, transferência e regimes de conhecimento. É professor responsável do Departamento de Estudos Lusófonos e diretor da UFR de Estudos Ibéricos e Latino-Americanos da Universidade Sorbonne. Traduziu Ana Cristina Cesar, Modesto Carone, José Almino, Milton Hatoum, João Guimarães Rosa, entre outros.

NÁDIA BATTELLA GOTLIB é professora livre-docente de literatura brasileira da USP e pesquisadora sênior do CNPq. Também foi professora visitante de várias universidades brasileiras. No exterior, entre outras instituições, atuou como Senior Assistant Membre junto à Universidade de Oxford e à Universidade de Buenos Aires. Publicou onze livros, entre eles *Clarice, uma vida que se conta* (Edusp, 2013) e *Clarice: Fotobiografia* (Edusp/ Imprensa Oficial do Estado de São Paulo, 2014), ambos traduzidos para o espanhol, respectivamente, na Argentina e no México.

NOEMI JAFFE é escritora e professora de escrita, literatura e crítica literária. Também é doutora em Literatura Brasileira pela USP e escreveu os seguintes livros: *O que os cegos estão sonhando?* (Editora 34, 2012), *A verdadeira história do alfabeto* (Companhia das Letras, 2012, vencedor do Prêmio Brasília de Literatura), *Írisz: As orquídeas* (Companhia das Letras, 2015), *Não está mais aqui quem falou* (Companhia das Letras, 2017) e *O que ela sussurra* (Companhia das Letras, 2020), entre outros. Desde 2016, coordena o centro cultural A Escrevedeira, onde dá aulas de escrita de ficção.

REGINA LÚCIA PONTIERI é professora livre-docente aposentada da USP. Como especialista em teoria do conto, publicou ensaios sobre Edgar Poe, Anton Tchekhov, Virgínia Woolf e outros. Sobre Clarice Lispector, publicou *Clarice Lispector: Uma poética do olhar* (Ateliê Editorial, 2010) e, como organizadora e coautora, *Leitores e leituras de Clarice Lispector* (Hedra, 2004). Publicou *A voragem do olhar* (Perspectiva, 1988), sobre os romances de José de Alencar.

RICARDO IANNACE é doutor em Teoria Literária e Literatura Comparada pela USP, com estágio pós-doutoral em Estudos Literários e Culturais pela UFMG. É também professor das faculdades de tecnologia do Estado de São Paulo (Fatecs) e da pós-graduação em

Estudos Comparados de Literaturas de Língua Portuguesa da USP. Escreveu *A Leitora Clarice Lispector* (Edusp, 2001), *Retratos em Clarice Lispector: Literatura, pintura e fotografia* (Editora da UFMG, 2009) e *Murilo Rubião e as arquiteturas do Fantástico* (Edusp, 2016).

SIMONE ROSSINETTI RUFINONI é professora de literatura brasileira da USP. É também autora de *Favor e melancolia: Estudo sobre* A menina morta, *de Cornélio Penna* (Edusp/Edições Nankin, 2010) e organizadora do volume *Caminhos da lírica brasileira contemporânea: Ensaios* (Edições Nankin, 2013). Atua como pesquisadora e crítica literária com foco nas relações entre literatura e sociedade. Entre seus temas de pesquisa, destacam-se a poesia e a prosa brasileiras do século 19 até a contemporaneidade, com foco na prosa brasileira a partir de 1930.

VERONICA STIGGER é escritora, professora universitária e curadora independente. É doutora em Teoria e Crítica de Arte pela USP e realizou pesquisas de pós-doutorado junto à Università degli Studi di Roma "La Sapienza", ao Museu de Arte Contemporânea da USP (MAC-USP) e ao Instituto de Estudos da Linguagem da Unicamp. É professora da pós-graduação em Histórias das Artes da Fundação Armando Alvares Penteado (FAAP). Foi curadora, entre outras, das exposições *Maria Martins: Metamorfoses* (2013) e *O Útero do Mundo* (2016), ambas no Museu de Arte Moderna de São Paulo (MAM-SP). Ao lado de Eucanaã Ferraz trabalha na curadoria da exposição *Constelação Clarice*, do Instituto Moreira Salles (IMS).

VILMA ARÊAS é titular aposentada de Literatura Brasileira na Unicamp. Foi professora convidada pelas universidades de Salamanca, na Espanha, e de Berkeley, nos EUA. É autora de ensaios e ficção. Entre os primeiros, *Na tapera de Santa Cruz* (Martins Fontes, 1987) e *Clarice Lispector com a ponta dos dedos* (Companhia das Letras, 2005). Ganhou o Prêmio Jabuti pelos títulos *Aos trancos e relâmpagos* (Iluminuras, 2013) e *Um beijo por mês* (Luna Parque edições, 2018). Traduziu com Francisco Guimarães *O método Albertine*, de Anne Carson (Edições Jabuticaba, 2017).

YUDITH ROSENBAUM é professora de literatura brasileira na USP. Trabalha na interface da literatura com a psicanálise, pesquisando autores do século 20 como Manuel Bandeira, Guimarães Rosa e Clarice Lispector. É autora dos livros *Manuel Bandeira: Uma poesia da ausência* (Edusp, 2002), *Metamorfoses do mal: Uma leitura de Clarice Lispector* (Edusp, 2006) e *Clarice Lispector* (Publifolha, 2002). Organizou em parceria com Cleusa Rios P. Passos as coletâneas *Escritas do desejo* (Ateliê Editorial, 2011), *Interpretações* (Ateliê Editorial, 2014) e *Infinitamente Rosa* (Humanitas, 2018), esta última também com Sandra Vasconcelos.

EDITORAS Rita Mattar e Juliana de A. Rodrigues
ASSISTENTES EDITORIAIS Mariana Correia Santos e Cristiane Alves Avelar
PREPARAÇÃO Andressa Bezerra
REVISÃO Anabel Ly Maduar, Paula B. P. Mendes e Andrea Souzedo
ÍNDICE ONOMÁSTICO Marco Mariutti
PRODUÇÃO GRÁFICA Jairo da Rocha
CAPA Luciana Facchini
IMAGENS DE CAPA 1. Fotógrafo não identificado/Acervo Clarice Lispector/Instituto Moreira Salles; 2. Foto Mosso/Acervo Clarice Lispector/Instituto Moreira Salles; 3. Fotógrafo não identificado/Acervo Clarice Lispector/Instituto Moreira Salles; 4. Fotógrafo não identificado/Acervo Clarice Lispector/Instituto Moreira Salles; 5. Fotografia de Bluma Wainer/Acervo Clarice Lispector/Instituto Moreira Salles; 6. Fotógrafo não identificado/Acervo Clarice Lispector/Instituto Moreira Salles
PROJETO GRÁFICO DO MIOLO Alles Blau
EDITORAÇÃO ELETRÔNICA Página Viva

Dados Internacionais de Catalogação na Publicação (CIP)
(Câmara Brasileira do Livro, SP, Brasil)

Um século de Clarice Lispector : Ensaios críticos / organização Cleusa Rios P. Passos e Yudith Rosenbaum. — São Paulo : Fósforo, 2021.

Vários autores.
ISBN: 978-65-89733-48-5

1. Ensaios brasileiros — Coletâneas 2. Lispector, Clarice, 1920-1977 — Crítica e interpretação I. Passos, Cleusa Rios P. II. Rosenbaum, Yudith.

21-85190 CDD — B869

Índice para catálogo sistemático:
1. Literatura brasileira : Antologia B869

Eliete Marques da Silva — Bibliotecária — CRB/8-9380

Editora Fósforo
Rua 24 de Maio, 270/276, 10º andar, salas 1 e 2 — República
01041-001 — São Paulo, SP, Brasil — Tel: (11) 3224.2055
contato@fosforoeditora.com.br / www.fosforoeditora.com.br

Este livro foi composto em GT Alpina
e GT Flexa e impresso pela Ipsis
em papel Pólen da Suzano para a
Editora Fósforo em novembro de 2021.

MISTO
Papel produzido a partir de fontes responsáveis
FSC® C011095

A marca FSC® é a garantia de que a madeira utilizada na fabricação do papel deste livro provém de florestas gerenciadas de maneira ambientalmente correta, socialmente justa e economicamente viável e de outras fontes de origem controlada.